マンシュタイン元帥自伝

Aus einem Soldatenleben 1887–1939

一軍人の生涯より

大木毅［訳］

作品社

1938年当時の著者、
エーリヒ・フォン・マンシュタイン

ユタ＝ジュビレ〔マンシュタイン夫人。旧姓フォン・レーシュ〕に。

序言

「彼に言ってやってください
男になろうとするときには
青年時代の夢を大事にすべきだと」

――シラー『ドン・カルロス』

本書は、私の生涯のうち、生まれてから第二次世界大戦開始に至るまでの前半生を回想するものであり、何よりもライヒスヴェーア時代と新しいヴェーアマハトの創建期を扱うことになる。

私の青少年期やわが家族に関して述べるのは、先祖より受け継がれた資質とならんで、出自や環境、教育が、ある人間の本質を規定するからであり、著者である私自身のことについて、いくばくかのことを知りたいと読者が求めるゆえである。

陸軍幼年学校・士官学校における教育と近衛連隊で過ごした平時の日々については、ごく簡単にしか触れられなかった。が、私は、この時代を感謝を以て思い起こし、わが教官・教師、また第三近衛歩兵連隊の上官ならびに戦友が、私の人生に与えてくれた、もろもろの価値あることを意識するものである。

第一次世界大戦の数年間のことも簡潔に述べたにすぎない。そこでの私の体験は、数千の戦友たちと同様で、大局的な展開においては小さな歯車の役割を果たしたにすぎなかったからだ。

本書に記したすべてのことと同じく、ライヒスヴェーア、そして新国防軍の建設期における私の仕事については、文書や日記ではなく、回想によるものである。ドイツ軍人がなしとげたこと、その思想や行動に関しては、後世の視点から述べるのではなく、われわれが当時、さまざまな事象を体験し、観察・判断したのと同じように描くべく努力した。そうすることによってのみ、かの年月の真正なる像を示し得ると確信したからだ。かかる像はまた、研究を行う歴史家にとっても価値あるものだろう。この間に得られた見聞や、続々と出版されてきた書物から拝借した後知恵に従えば、なるほど、客観的な像が生じるであろう。しかし、あの時代の人間の思想と行動ということになると、そんなことでは、主観的に適正というふうにはなりにくい。

両大戦間期を回顧するにあたり、かつて私の協力者たちであった戦友たち、とりわけ、われわれ皆にとっての模範であった男爵フォン・フリッチュ上級大将〔男爵ヴェルナー・フォン・フリッチュ（一八八〇～一九三九年）。一九三八年まで陸軍総司令官だったが、男色家であるとのスキャンダルを偽造され、失脚。一九三九年にポーランド侵攻に際して、自殺にひとしい戦死を遂げた〕とベック上級大将〔ルートヴィヒ・ベック（一八八〇～一九四四年）。一九三八年まで陸軍参謀総長だったが、ヒトラーの侵略政策に反対したため、退役に追い込まれた。その後、反ヒトラー抵抗運動に参加し、一九四四年の総統暗殺未遂事件直後に自殺を試みたが失敗、警護にあたっていた人物より、とどめの一撃を受けて死亡した〕に感謝の念を抱く。

本書の冒頭に、ポーサ侯爵〔『ドン・カルロス』の登場人物〕の言葉を引いた。青少年期の私は、それに倣《なら》おうと思っていたものだ。人生の厳しい現実の前に、多くの夢は消え失せてしまうのかもしれない。だが、よしたとえ、この世において実現することが許されなかったとしても、若き日々に抱いた理想はなお、私のもとにとどまっている。

本書の草稿を通読し、価値あるアドバイスを出すために、おおいに骨折ってくれた旧友のゲルハルト・ギュンターならびにエゴン・ハイマン氏に感謝の言葉を捧げるものである。しかし、誰よりも感謝しているのは、二十年もの年月を私とともに歩んできた妻であり、それゆえに本書は彼女に捧げられることとなった。

フォン・マンシュタイン

マンシュタイン元帥自伝＊目次

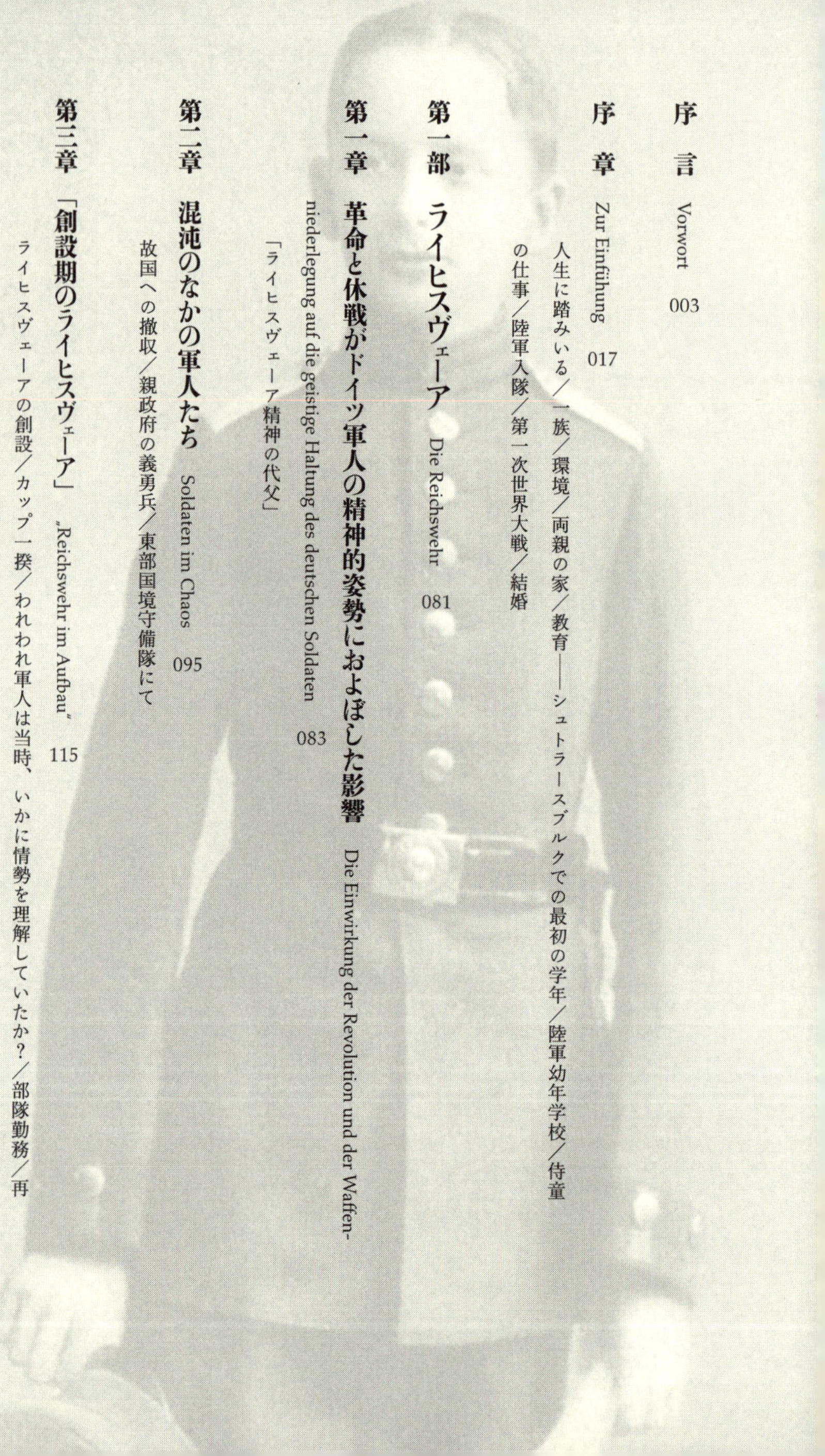

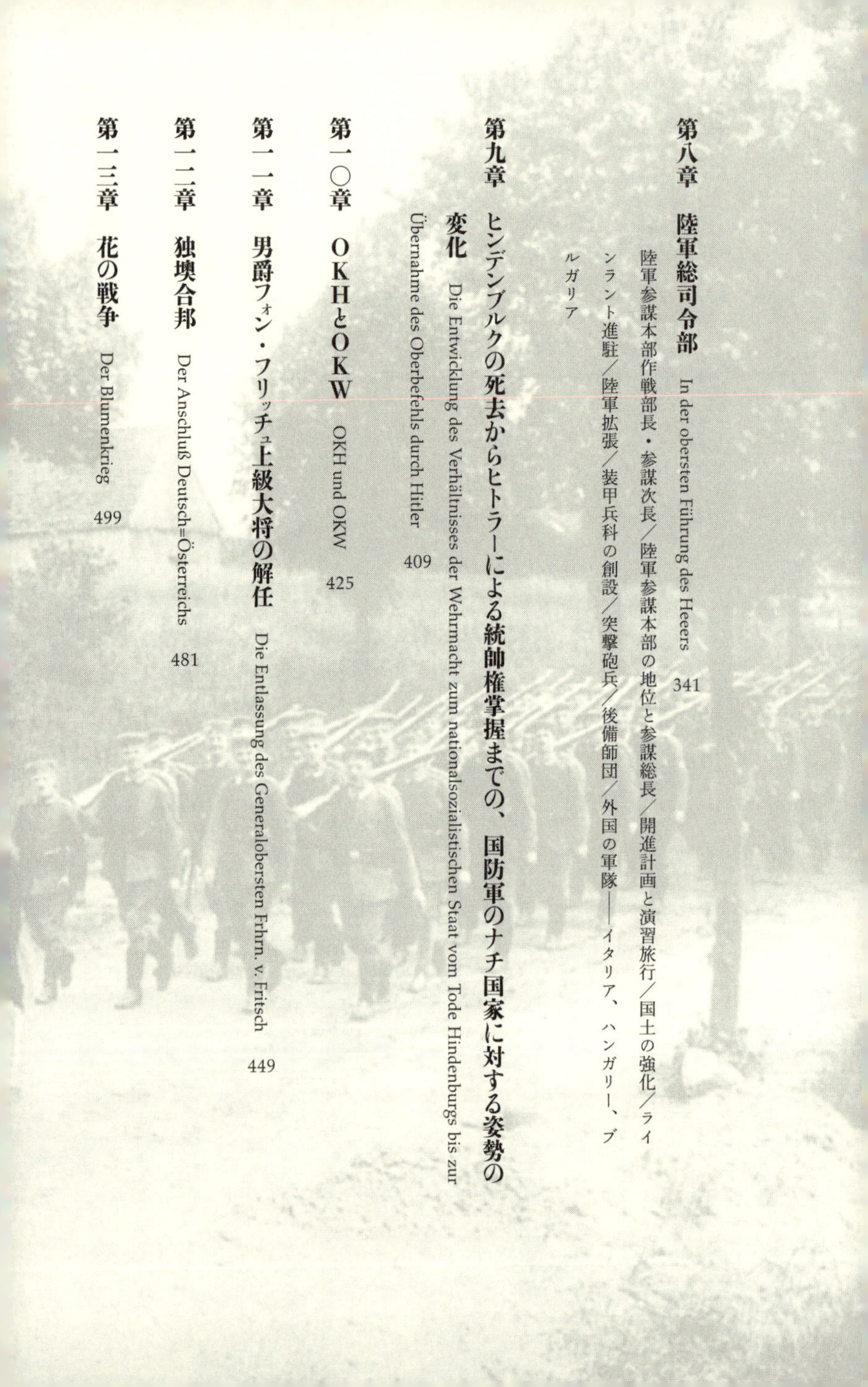

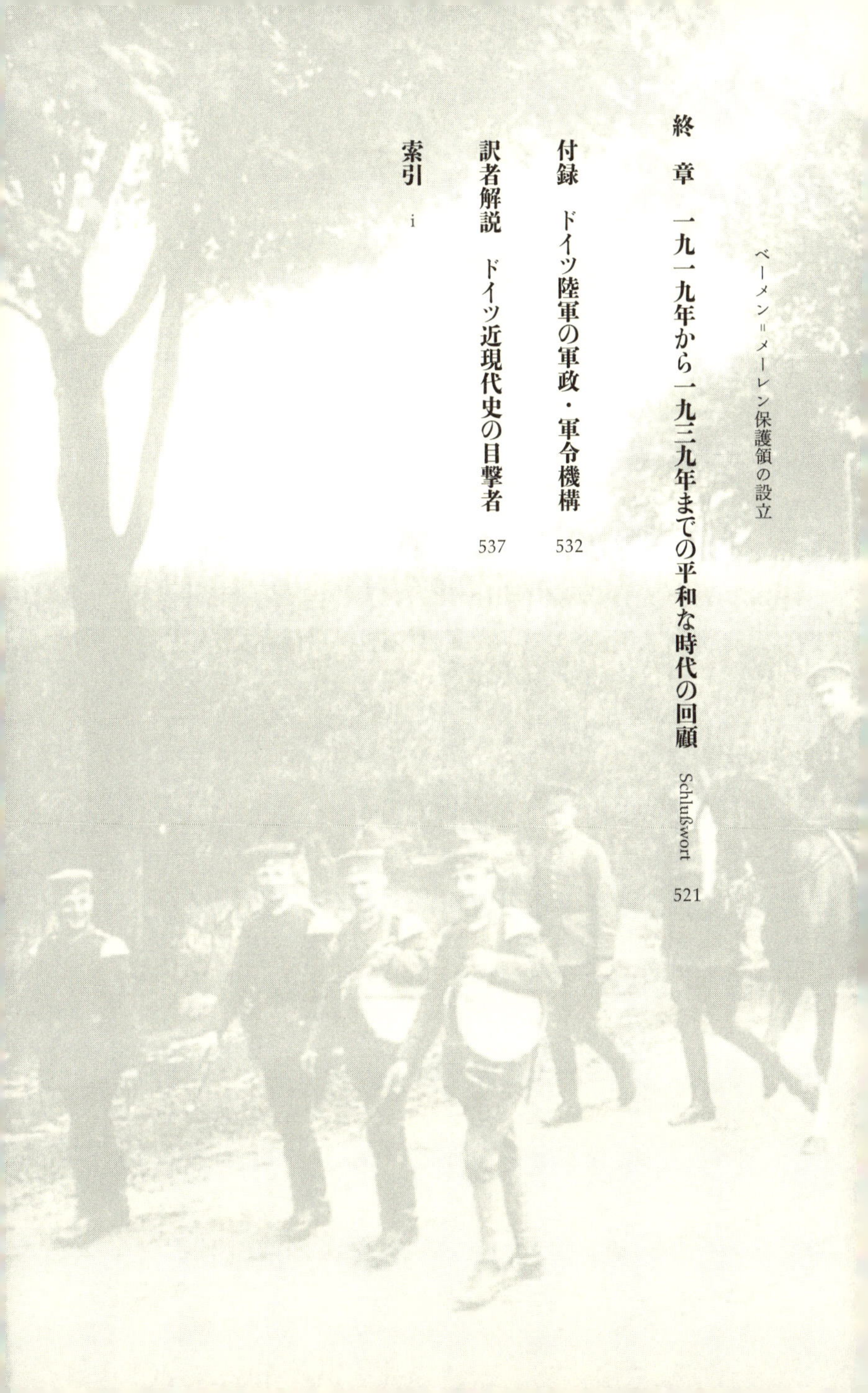

訳者註釈

本書に登場する、さまざまな地名は、東欧・中欧における歴史的経緯を反映して、複数の言語による呼称が存在するものがある。たとえば、ニョーマン川（ベラルーシ）は、ロシア語でニェーマン川、リトアニア語ではネムナス川、ポーランド語ではニェメン川、ドイツ語ではメーメル川となる。本訳書では原則として、当該時期にその地点を領有していた国の言語にもとづき、カナ表記した。ただし、原著者の視点に合わせて、ドイツ名で表記している場合もある。また、一部の地名には、現在の領有国とその言語、あるいは別に通用している発音にもとづくカナ表記を〔 〕内に付した。

ただし、「モスクワ」や「ベルリン」といった、日本語で定着していると思われる慣習的表記については、そちらを採用した（原音主義にもとづいた表記なら、それぞれ「マスクヴァー」、「ベアリーン」になろう）。

あきらかな誤記、誤植については、とくに註記することなく、修正した。

以下、凡例。

一、「編制」、「編成」、「編組」については、以下の定義に従い、使い分けた。「軍令に規定された軍の永続性を有する組織を編制といい、平時における国軍の組織を規定したものを「平時編制」、戦時における国軍の組織を定めたものを戦時編制という」。「ある目的のため所定の編制をとらせること、あるいは編制にもとづくことなく臨時に定めるところにより部隊などを編合組成することを編成という。たとえば「第〇連隊の編成成る」とか「臨時派遣隊編成」など」。「また作戦（または戦闘実施）の必要に基き、建制上の部隊を適宜に編合組成するのを編組と呼んだ。たとえば前衛の編組、支隊の編組など」（すべて、秦郁彦編『日本陸海軍総合事典』、東京大学出版会、一九九一年、七三一頁より引用）。

二、日本陸軍にあっては、戦闘序列内にある下部組織を「隷下《れいか》」にあるとし、それ以外の指揮下にあるものを「麾下《きか》」としたが、ドイツ陸軍の場合、その意味で「隷下」にあるのは師団以下の規模の団隊である。従って、軍団以上の組織の指揮下にある場合は「麾下」、師団以下のそれは「隷下」と訳し分けた。

三、ドイツ語のPanzerは、「戦車」、「装甲」、「装甲部隊」など、いくつかの意味を持つ。本訳書では、文脈に応じて訳し分けた。

四、本書に頻出するドイツ軍の用語Verband（複数形はVerbände）は、さまざまな使い方がされる。通常は、師団、もしくは師団に相当する部隊を表すのに使われるが、それ以上の規模の部隊を示すこともある。また、師団の建制内にない独立部隊を指す場合に用いられることもある。本訳書では「団隊」とし、必要に応じて「大規模団隊」などと補足した。

五、第一次世界大戦に敗れ、ヴェルサイユ条約により軍備制限を課せられたドイツ軍はReichswehrと称することになった。が、一九三五年の再軍備宣言とともに、Wehrmachtと改称される。いずれも訳してしまえば「国防軍」だが、区別する必要がある場合、本訳書では、前者を「ライヒスヴェーア」、後者を「ヴェーアマハト」とする。

また、ライヒスヴェーアにあっては、連合国に対して真の機能を隠すため、さまざまな中央部局に、業務内容にそぐわぬ名称をつけていた。たとえば、主として参謀本部の機能を果たす局は「部隊局（Truppenamt）」とされたのである。本訳書でも、この隠蔽のニュアンスを伝えるために、直訳に近い訳語を当てた。

六、プロイセン＝ドイツ軍では、伝統的に軍団番号と大隊番号についてはローマ数字を用いる。本書でも同様であるが、日本の読者の便宜をはかるため、漢数字とした。

七、〔　〕内は訳者の補註。

八、必要に応じて、訳語に原語にもとづくカナ表記をルビで付した。そのあとに原綴を記したものもある。おおむね初出のみであるが、繰り返したほうがよいと思われた場合にはその限りではない。

九、原文で引用されている文献のうち、邦訳があるものは、初出で〔　〕内に示した。

一〇、ドイツ軍には「元帥」と「大将」のあいだに「上級大将」の階級がある。また、伝統的に、「大将」の階級では所属兵科を付して、たとえば「歩兵大将」のように呼称される。いずれも原文にもとづき、そのように訳した。

一一、原文には、非常に長い段落がある。これは、読みやすさを考慮して、適宜分けた。

一二、原文においてイタリックで強調されている部分は傍点で表した。

一三、原書では、オスマン帝国は「トルコ」と表記されている。本訳書でも、原文のドイツ語における歴史的呼称に従い、「トルコ」とした。

一四、「勲爵士」と訳しているのは、バイエルン王国の一代貴族の称号Ritterである。

ERICH v. MANSTEIN

GENERALFELDMARSCHALL

AUS EINEM SOLDATENLEBEN

1887–1939

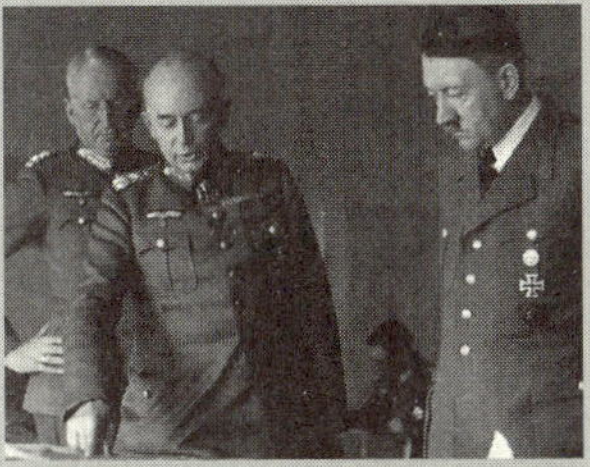

エーリヒ・フォン・マンシュタイン

マンシュタイン元帥自伝

一軍人の生涯より

大木毅 訳・解説

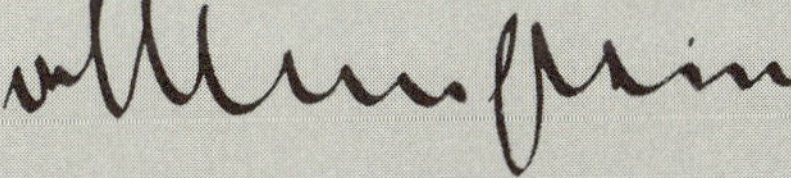

序章

人生に踏みいる　一族　環境　両親の家　教育――シュトラースブルクでの最初の学年　陸軍幼年学校　侍童の仕事　陸軍入隊　第一次世界大戦　結婚

人生に踏みいる

チューリンゲンの小さな町ルードルシュタットの宮殿内に置かれた電信局の役人は、一八八七年十一月二十四日にベルリンからの一通の電報を受け取ったとき、おそらくは、いささか怪訝《けげん》な表情になったことだろう。その電報は、ルードルシュタット駐在大隊長ゲオルク・フォン・マンシュタイン少佐〔一八四四～一九一三年。最終階級は中将〕ならびに彼の細君へートヴィヒ（旧姓フォン・シュペルリング）〔一八五二～一九二五年〕宛てだった。言い伝えられていることが正しいとするなら、電報の文言はつぎのようであったという。「本日、お二人のために健全なる男子誕生。母子ともに無事。心よりお祝いします！　へレーネとレヴィンスキー」。この電報は、私がこの地上に現れ出でたことを告げていたのだ。

私は、一八八七年十一月二十四日、ベルリンにおいて、父エドゥアルト・フォン・レヴィンスキー〔一八二九～一九〇六年。ドイツ軍人で、最終階級は砲兵大将〕の第一〇子、その後妻ヘレーネ〔一八四七～一九一〇年〕にとっては第五子として生まれた。まずは、そう説明しておこう。

ただ、レヴィンスキー家に生まれたものの、私はマンシュタイン家で育ち、同家の姓を名乗ることに決まっていた。早くも上級宮廷説教師フロンメルによって洗礼を受けた際に、フォン・マンシュタイン家の養父母に引き渡されたのである。養母のヘートヴィヒ・フォン・マンシュタイン（旧姓フォン・シュペルリング）は、私の生母の妹であった。私がレヴィンスキー家の第一〇子（結果的には、末子ということになった）として生まれたとき、マンシュタイン夫婦には子供がなかった。が、姉妹二人は心からの愛情で結ばれていたから、わが両親は、私が生まれるよりも前に、待ち望まれている子供が男子であれば、私の養父母となった二人に譲ると決めていたのだ。私は、早くに亡くなった養母の兄が遺した娘で、同様に養子とされた姉マルタとともに、養父母のもとで愛情に包まれて育った。それは、実の両親といえども、これほど強く、深い愛情は注げまいというほどだったのだ。義理の姉と私は、のちに各地を転々とすることになるのだけれども、そのつど、姉の愛情に助けられたのだった。

一族

フォン・レヴィンスキー家は、古くからのポンメルン＝カシューブ貴族の一族である。のちのポーランド支配のもと、長年にわたってレーヴィン（現ポーランド領レヴィノ）を領有したあとで、もともとの姓であるロイクに別の姓が付され、十六世紀から十七世紀にかけては、ロイク＝レヴィンスキーの二重姓を用いるようになった。ただし、十八世紀初頭以来、古文書に出てくるのはレヴィンスキーだけである。わが曾祖父は、フリードリヒ大王〔フリードリヒ二世（一七一二～一七八六年）。プロイセン国王。オーストリア継承戦争と七年戦争に勝利し、プロイセンを大国の地位に押し上げた〕治下の時代、一七五九年にプロイセン軍の将校になった。曾祖父に続いて、私の祖父、父、私自身、そして、われわれ夫婦の長男も同様に、軍人職に一生を捧げた。父方の曾祖母は、ヴェストファーレンの大土地所収者であるブルジョワ一家の出であった。

母方のフォン・シュペルリング家は、チューリンゲンの家系であり、ソ連による土地収用までは、フライブルク・アン・デア・ウンストルート〔「ウンストルート河岸のフライブルク」の意。現ザクセン＝アンハルト州の都市で、南西ドイツの同名の町フライブルク・イム・ブライスガウ（「ブライスガウのフライブルク」の意）と区別するために、このように呼ばれる〕付近、バルクシュテットの地所に居住していた。母方の祖母は、中部ドイツの貴族フォン・クラス家の出身であった。

かくのごとく、私には、さまざまなドイツの家系の素質、そして、ごくわずかだが、ずっと大昔に入ってきたスラヴの特徴が混じり合って、受け継がれている。が、私の場合、北ドイツ的な要因、醒めたプロテスタント気質が勝っているようだ。ヴェストファーレン系の遺伝要素である粘り強さが、チューリンゲンに由来する活発な気質や柔軟な精神と組み合わさっているといえるかもしれない。また、シュプレー川の水で洗礼を受け、ベルリンを故郷としたからには、その影響が私の性格におよび、ベルリンっ子らしさとして現れていることであろう。私は、北ドイツの痩せた地の子供であるから、ドイツ西部・南部地方の好ましい自然、また西部・南部ドイツの、そびえたつゴシック様式のドームやバロック様式の建物といった優れた建築物には、常に魅了される。しかし、わが心があるのは、たとえ単調であろうとも、広大さを感じさせる北ドイツの風景、すなわち、〔ブランデンブルク〕辺境《マルク》〔Mark. 歴史的に、神聖ローマ帝国の周縁とされた地域〕、ポンメルン、プロイセンの静かな森と湖、ドイツの海、はるかに広がる東部平原、城のように東方を見張っている北部の堂々たる煉瓦造りの〔教会の〕ドームに、なのだ。私の職業は、多種多様な地域と人々のあいだにあってなされるものだが、おかげで、人間の価値をはかる際に一面的になることからまぬがれられたのである。

環境

私が育った環境は、プロイセン軍人の世界であった。わが曾祖父がプロイセンの将校になったことについては、すでに述べた。しかも、彼は一兵卒から叩き上げたのだ。レヴィンスキー家の祖父は、一八〇六年の戦争〔ナポレオンのプロイセン侵攻〕の際にはもう士官候補生で、のちの解放戦争〔一八一三年から一八一四年にかけての、プロイセンを中心とする欧州諸国の対ナポレオン戦争〕には将校として参戦した。青少年期には、暴れものの若衆だったようで、長いこと軍に勤務したけれども、少佐止まりだった。十人の子供を遺し、うち二人が男の子、私の父はその一人だった。父は、ドイツ統一戦争でプール・

ル・メリート勲章〔フリードリヒ大王によって制定されたプロイセン最高の勲章。プール・ル・メリートは、フランス語で「勲功に報いて」の意〕を授与され、参謀本部に入った。司令官としての経歴もあり、最後はシュレージェン〔シレジア〕軍団長であった。私の四人の兄も、すべて将校になっている。

母方のシュペルリング家も、何世代にもわたって、プロイセンに将校を送りだしてきた。母方の祖父〔オスカー・フォン・シュペルリング（一八一四〜一八七二年）。最終階級は少将〕は、一八七〇年から七一年の戦争〔対フランス戦争〕において、シュタインメッツ〔カール・フリードリヒ・フォン・シュタインメッツ（一七九六〜一八七七年）。プロイセンの軍人で、最終階級は元帥〕の軍やゲーベン〔アウクスト・カール・フォン・ゲーベン（一八一六〜一八八〇年）。プロイセンの軍人で、最終階級は歩兵大将〕の軍〔正確には軍団〕の参謀長を務めている。

よって、私のなかにも、一定程度の軍人の資質が継承されていると考えてもよかろう。

私が育ったマンシュタイン家も同じで、数世紀のうちに地主の家から将校の家に変じていた。マンシュタイン家は、プロイセンの旧《ふる》き「古貴族」〔十四世紀後半に、神聖ローマ帝国による叙爵が行われる以前からの貴族〕に属する。ドイツ騎士団とともにプロイセンに移住したのではなく、古プロイセン人〔中世バルト人の集団で、のちにプロイセンとなる地域に居住していたが、ドイツ騎士団に征服された〕の主要氏族の一つだった。カルクシュタイン、ペルバント、カルナインほか、いくつかの今日なお存在している一族同様、キリスト教に改宗することで、根絶やしにされることをまぬがれたのである。マンシュタイン家は、そもそもプロイセンで栄えた一族だったが、おもに、ナポレオンによる苦難の時代の帰結として、その領地を失った。しかしながら、大選帝侯〔神聖ローマ皇帝を選挙する資格を持つ貴族。この大選帝侯の領地から、のちのプロイセン王国が生まれた〕のころより、同家はブランデンブルク＝プロイセン国家のために将校を輩出していたのだ。マンシュタイン家からはおそらく、一世代に一人以上の割合で、将校になる者が現れた。マンシュタイン家の分家には、露帝《ツァーリ》に仕えた者もいる。私も、自らの軍を率いてクリミアを征服したとき、黒海の沿岸で、ミュニヒ元帥〔ブルクハルト・フォン・ミュニヒ（一六八三～一七六七年）。ドイツ出身ではあるが、軍人・政治家として、ロシア皇帝に仕えた〕指揮下で軍務に就いた、もう一人のフォン・マンシュタイン将軍〔エルンスト・ゼバスティアン・フォン・マンシュタイン（一六七八～一七四七年）。最終階級はロシア陸軍中将。レヴェリ（現タリーニン）総督を務めた〕の軌跡に邂逅《かいこう》したのである。

私の養父の父〔アルブレヒト・グスタフ・フォン・マンシュタイン（一八〇五～一八七七年）。最終階級は歩兵大将〕は、一八七〇年から一八七一年の戦争で、シュレースヴィヒ・ホルシュタイン第九軍団を指揮した。シュレースヴィヒ・ホルシュタイン第八四歩兵連隊は、彼の姓を冠していたし、同連隊に属していた将兵は今日なお「マンシュタイン兵」と呼ばれているのだ。祖父の思い出の品々〔フリードリヒ・カール公子〔フリードリヒ・カール・フォン・プロイセン（一八二八～一八八五年）。プロイセンの王族。ドイツ統一戦争で、さまざまな軍の司令官を務めた〕やフォン・メクレンブルク大公〔フリードリヒ・フランツ二世（一八二三～一八八三年）。ドイツ統一戦争で、いくつかの軍団の長を務めた〕が彼に贈った自身の肖像画、アルトナ市から贈呈された銀製の月桂冠、ハンブルク市の名誉市民証など。祖父は、フォン・メクレンブルク大公が率いる軍の麾下にあった一軍団を指揮したことがあった〕は、父の執務室に飾られていた。子供時代の私は、それらを畏敬の念を持って眺めたものであった。祖父が、指揮した軍団から贈られた、名誉を記念する剣の剣身は、デュッペル、アルゼン、ケーニヒグレーツ、グラヴロット、オルレアン、ル・マン〔いずれもドイツ統一戦争の激戦場〕という名で飾られていた。父のあとは、私がこの剣を佩用《はいよう》することになったのだ。父もまた、一八六六年〔対オーストリア戦争〕と一八七〇年の戦争に将校として従軍し、将官としてその生涯を終えた。

さらに、われわれの親戚たちをみても、軍人が圧倒的である。私の母〔養母〕の兄弟たちも、みな軍人だった。母の末妹などは、のちの元帥にして、ドイツ国大統領となったフォン・ヒンデンブルク〔パウル・フォン・ヒンデンブルク（一八四七～一九三四年）。第一次世界大戦初頭のタンネンベルク会戦でロシア軍に大勝し、国民的英雄となった〕に嫁いだのである。

私が、ほんの坊やだったころから軍人になりたいとの願いを抱いたとしても、何ら驚くにはあたらないだろう。

両親の家

養父母の家では、キリスト教とプロイセン将校の名誉観念によって、心のあり方が定められていた。われわれは、両親の温かい愛情に包まれて、素朴な教育を受けたのだ。私の養父マンシュタインは、ざっくばらんでまっすぐな性格の人で、古いタイプのプロイセン将校の典型だった。うわべは厳格なようだったが、それもユーモアによってやわらげられていた。親切な心が隠されていたのである。私のことは何ごとも見逃さなかったけれど、唯一の男の子として、とくに可愛がってくれた。養母は、人の心を惹きつけるすべと結びついた、格別の魅力を有していた。彼女は、考えられるかぎりの愛情にみちみちた母親だったのだ。

養父母が実の両親ではないということについては、小さな子供だったころに聞かされていた。そのことで、内的な葛藤が生じるようなことはなかった。二組の両親の家が、互いに親密に結びついていたおかげだった。養父母の家で物心ついて以来、私にとっては、この二人こそが父と母の位置にいたのだ。レヴィンスキー家の両親に会うのは稀で、休暇のときに彼らのもとを訪れるぐらいだったから、そうした思いはなおさらのこととなった。二組の両親とも聡明で、しっかりした人たちであった。子供らしい畏敬の念と相俟《あいま》って、私が彼らに対して抱いた感情は、おそらく最良のものだったといえよう。

養父母の家での暮らしは、プロイセン的に質素だったものの、せせこましい倹約とは無縁だった。あいにく、私たちの家は土地所有による農地との直接のつながりをなくしていたけれど〔マンシュタイン家は、数世代前に東プロイセンの領地を手放していた〕、両親は経済的には独り立ちでやっていたのである。家の資産は、一八七〇年から七一年の戦争ののち、マンシュタイン家とシュペルリング家の祖父二人が、帝国議会の承認を得て、国王より下賜された金がもとになっていた。「金持」と呼ばれるわけにはいかなかったにせよ、わが養父母の家では、日々の費えにあくせくするようなことはなかった。ある程度の金銭的な行動の自由、「栄達」などに左右されないという感覚はまた、国家に対して奉仕する個人のみならず、国家それ自体にとっても、積極的な要因として評価されてもよかろう。

これが、私の育った環境である。一言でいえば、優遇されてはいるのだけれども、その特権を意識し、責任感でいっぱいの環境だった。私は、そのなかで幼少年期を過ごしたのであった。

自分に対して評価を下すなどということは、一般的には好ましくない。にもかかわらず、少年時代の私については、そこそこ客観的な像を描くことができるものと信じる。

肉体的に繊弱《せんじゃく》であったことは、はっきりしている。健全な（のちの陸軍幼年学校にあっては、厳格な）教育によって、私はずっと頑健になった。おかげで、陸軍入隊の際には、「条件付きで適す」の判定になったのである。おそらくは、身体的な能力で戦友に後れを取りたくないと見栄を張ったことが、同時に、ある程度の強さを育んでくれたのだろう。

気性としては、素早い理解力を持った、かなり活発な子供だったと思う。いずれにせよ、性格的にはそう複雑ではなかったのだ。ただ、私が思うままに振る舞ったことは、学校からの要求に対しては、どうもためにならなかった。多くの場合、自分の考えにふけっていて、心ここにあらずだったからである。私の通知表には、ときに、「底抜けにぼんやりしている」と「もっと一生懸命やれば、その資質からして、彼はもっと良い成績をあげられるでしょう」という言葉が記されていたものだ。とはいえ、私は、落第することもなしに学校を卒業した。たいていの試験で、良い成績を得るという幸運にめぐまれたのだ。教師たちが、クラスでの実績からして、この程度だろうと予想した点数よりも、ずっと上だったのである。おそらく、ガリ勉とは無縁な私も、このときばかりは本当に努力したからだろう。

私の成績表では、たいていの場合、公明正大さと子供らしさが、性格評価欄で強調されていた。また、状況に適応することもできたのである。両親に叱られたり、めったになかったけれど、父の籐《とう》の鞭《むち》が使われるようなことになったとしても、そのあと長々と泣きわめいていたり、意固地なままでいるようなことはなかった。雷雨ののち、すぐにお日さまの光が続く。それは、私には、ずっといいことだと思われたのだ。そうした資質のおかげで、幼年学校の厳しい躾《しつけ》に折り合いをつけていくこともたやすくなった。

私は、幼いときから活発な正義感を持っていたものと信じる。多くのドイツ人がそうであるように、私のなかにも、ミヒャエル・コールハース〔詩人にして作家のハインリヒ・フォン・クライストが、一八一〇年に完成させた中編小説。実在の人物をモデルにした証人ミヒャエル・コールハースが、領主の不正への怒りから、武装蜂起の指導者になるさまを描いている〕のかけらが隠れているのだ。

ただし、この正義の観念は、明快なばかりの反抗精神と対になっていた。喧嘩好きというわけではないけれども、闘争において一定の歓びを感じるというのが、昔からの私の性分だったのである。もっとも、肉体的に虚弱だったから、拳や暴力で問題を解決できるというような確信におちいることはまぬがれた。しかし、私のなかにひそむ反抗精神のおかげで、とにかく、そうなっているのだからという理由のみで権威を認めるのは、非常に難しいことだった。それゆえ、のちの人生においても、私が、まったく扱いやすい部下とされるようなことは、まずなくなってしまったのである。その一方で、両親の権威は、私にとって、いつでも当然のものであった。なかでも、父の意見（名誉と義務のまっすぐな道から、いささかなりと逸脱することなど、まず考えられなかった）は、今日なお、私のあらゆる行動について、基準となっている。

生まれつきの才である豊かな理解力が、少なくともうわべでは、感情に勝っていたということはあるかもしれない。加えて、洗礼を受けたシュプレー川の水が、私を口の悪い男にしているのもあきらかである（「シュプレー河畔のアテネ」と称された大都市ベルリンで生まれ育ったことにより、都会的な毒舌家になった、ぐらいの意）。この両方が作用して、成長したのちも、少なくとも私をよく知らない相手からは、しばしば冷淡で辛辣な男だと思われたようだ。ただ、わが愛する妻が、大人しくしなさいとばかりに、影響力をおよぼしてくれたことが、生来の癇癪《かんしゃく》持ちや私の自分勝手になりがちな傾向を封じることに与《あずか》ったと思っている。

私が青年になったころ、父は、マンシュタイン家の歴史を書いた本を贈ってくれた。その表紙に、父は、こういう言葉を刻んでいた。

「あくまで忠実に《イン・トロイエ・フェスト》」。

これは、私のモットーとなった。

［右上］ヘレーネ・フォン・レヴィンスキー（旧姓フォン・シュペルリング）。著者の実母
［右下］ゲオルク・フォン・マンシュタイン。著者の養父
［左上］エドゥアルト・フォン・レヴィンスキー砲兵大将。著者の実父
［左下］ヘートヴィヒ・フォン・マンシュタイン（旧姓フォン・シュペルリング）。著者の養母

［左上］陸軍幼年学校生徒時代の著者。1902 年
［左下］侍童を務める著者。1905 年

［右上］子供時代の著者。1901 年
［右下］第三近衛歩兵連隊少尉に
任官した著者。1907 年

教育——シュトラースブルクでの最初の学年

私の父が勤務する兵営があったルードルシュタットとシュヴェリーンで過ごした幼年期については、ほとんど覚えていない。私にとって、最初に印象に残ったことどもは、「素晴らしく美しい《ヴンダーシェーネ》都市《シュタット》」シュトラースブルク〔現フランス領ストラスブール〕と結びついている。一八九四年から一八九九年まで、私は同市の学校に通った。

かつて修道院だった建物にしつらえられた学園《リツェーウム》〔ドイツ語では、普通Lyceumは女子高等中学校を指す。ただし、この場合は、初等学校の名称を示しているものと思われる〕は、大聖堂、そう、ドイツでもっとも美しい聖堂のすぐそばにあった。わが家は、当時まだ市を帯状に囲んでいた要塞の城壁と壕を抜けるシルティヒハイマー門付近の小さな屋敷だった。日々の通学路は、新しく建てられた、残念ながら、あまり美しいとはいえない帝宮《カイザーパラスト》と大学の脇を通り、イル川を渡って旧市街を抜け、大聖堂に達するというものだ。旧市街には、中世の破風《はふ》が建ち並び、「青雲小路」や「狐が鴨たちに説教するところ」といった具象的な通りの名前が、この古き帝国都市《ライヒスシュタット》〔神聖ローマ帝国で、皇帝に直属した都市〕の中心部には、非ドイツ的な由来があることを指し示しているのだった。美しい建築や、コンタド公園、ブログリー広場、クレベール広場といった地名が、フランス領だった時代を思い起こさせる。クレベール広場は、フランスの将軍たちの立像で飾られていた。かかる歴史的な思い出のよすがが除去され、フランスの偉大な軍人たちの名が、そのときどきの時代の寵児のそれに替えられようとは、当時、誰も考えていなかったのである。

おそらく、シュトラースブルクの魅力《シャルム》の本質は、その姿にドイツ的なるものとフランス的なそれが混淆《こんこう》されていることだろう。ゆえに、この都市は、普通の州首都、もしくは県庁所在地以上の存在になっていた。たとえシュトラースブルクが同時に総督の所在地〔当時、シュトラースブルクが在るアルザス＝ロレーヌ（エルザス＝ロートリンゲン）地方は、一八七〇年から一八七一年にかけての普仏戦争の結果、ドイツ帝国に割譲されていた。同地方は、ドイツ帝国の直轄地域とされ、行政の中心であるシュトラースブルクには、総督が送りこまれていたのである〕で、首都的な性格を帯びていたとしても、古来フランスの帝国都市であったことの記憶は、かえって、よりいっそう強められていたのだ。

移住してきた帝国本国のドイツ人と、フランスを指向しがちな一定のエルザス〔アルザス〕人サークルのあいだには、なお国民的な緊張が存在していたが、むろん、われわれ子供はまだ何も気づいていなかった。私についていえば、生徒の大部分が地元民から成る学園では〔より新しい「プロテスタント古典学校《ギムナジウム》」〔ギムナジウムは、ギリシア語やラテン語といった古典語を教育の中心に置いた中等・高等学校〕とは逆だった〕、ドイツとフランスの心情の対立など、ただの一度もでくわしたことがない。われら学園の生徒と「ヴァッケス」〔Wackesは、かつて北西スイス、バーデン、プファルツ、ザールラントで使われていた口語表現で、アルザスの地元民に対する蔑称〕、この場合は隣接する国民学校の生徒とのあいだに時折生じる乱闘も、たしかに民族の対立にもとづくものなどではなかった。むしろ、われわれが普通の色とりどりの学帽をかぶっていて、それを持っていない連中にとっては目ざわりだったために、そうした喧嘩が起こったのである。さよう、小僧っ子どもはどこでも、そうした外見のちがいを殴り合いのきっかけにしようと、手ぐすねひいて待っているものなのだ。われわれが当時、合戦相手に対して「ヴァッケス」という呼び名を使ったのは、どこかでそれを小耳にしたことがある程度の理由からだった。その名がエルザス人には軽蔑的に響き、政治的に傷つけることになるなどということは、もちろんわかっていなかった。

いずれにせよ、若い者としては、「国境地帯」に生きているという感覚を持っていた。軍隊の広大な兵営とシュトラースブルクが大要塞であるという事実から、外面的にもすぐにそうとわかるような印象があったのだ。そのころにはまた、ドイツ帝国の他の地域から来た者のサークルと、それに相応する社会階層にある地元民との融合は無きにひとしかった。そうした結集が行われなかったことの原因は、地元ブルジョワジーが親密な接触を望まなかったということにあったかもしれない。今日、あの時代を顧みる際に、住民すべての心をドイツ帝国という思想のもとに獲得できなかった（少なくとも、エルザスとドイツ領ロートリンゲン〔「ロートリンゲン」はロレーヌのドイツ名。「ドイツ領ロートリンゲン」は、ロートリンゲン地域中、ドイツ帝国に併合された部分を指す〕ではそうだった）ことの責任を、ドイツの政治と行政にのみ帰することは許されないだろう。ドイツ帝国の領土であるのに、それがフランスに帰属していた二百年もの時間が、政治的ならびに文化的な面において、あとあとまで残る影響を住民におよぼしていたということを忘れるべきではないのだ。

フランス革命前の「エルザスの半フランス」における精神的な事情について、ゲーテは『詩と真実』で、いきいきとした描写をなしている。そのころはドイツ語が圧倒的だったから、ゲーテは（この若き学生〔ゲーテ〕は、一七七〇年から一七七一年にかけての一年半を、ひっそりと聖堂で過ごしたのであった）、このように公言している。「かくて、われらはフランスとの国境近くにいながら、あらゆるフランス的なことどもをいっさい抛《なげう》ち、解放された」。が、その後、一七八九年の革命〔フランス革命〕が、あらゆることを決定的に変化させたのだ。革命の理念、とりわけ民主主義の思想は、ドイツ帝国の他地域のほとんどよりも、エルザスにおいて強く根付いた。旧帝国のドイツ人であり、またエルザスとロートリンゲンという民族的血統を有するという歴史的記憶は、それぞれが離ればなれになっていった。エルザス人は、フランスとの境界地域にあって、革命をともに体験した。革命について考える際、彼らにとって、それは「大革命」〔フランス革命のこと〕なのだ。

ここでは、ナポレオン時代も「栄光《グロワール》」のときだったと思われている。だが、旧ドイツ帝国では、フリードリヒ大王の名声、ナポレオンの抑圧〔一八〇七年のティルジット和約以来の、ナポレオンによるドイツ支配、なかんずくプロイセンに対するそれを指す〕による苦難、解放戦争の記憶は消え去っていなかった。幾重にもわたってめぐらされた姻戚・経済関係は、従前通りにエルザス＝ロートリンゲンの人々をフランスに結びつけており、比較的短期間、ドイツ帝国に帰属したからといって、その結合力が失われることはあり得なかった。それもまた当然のことである。

しかしながら、決定的だったのは、工業の発展とともにエルザスに生じた社会構成から、十九世紀初頭までにブルジョワジーが現れたことであったろう。彼らは、フランス革命によって出現したフランス型のナショナリズムを、喜んで受け入れた。かかるサークル、すなわち大ブルジョワジーから、おおむねフランスに眼を向けている抵抗派がリクルートされていく。こうした情勢に直面したドイツの政治と行政には、一方では明快な方針、また他方では、地元民のメンタリティに対する感情移入能力が、往々にして欠如していた。おそらく、疑うべくもないことである。

だが、別の面からみれば、この帝国直轄地をドイツの支配下に置くことになった、経済的な大躍進は、ドイツ帝国への内的な融合に向けた強い推進力になっていた。それはまた、行政による多くの不器用な措置が引き起こしたやもしれぬ不満を相殺し、帝国の他地域との結びつきを強めるのに適した事態だったのだ。のちの「ツァーベルン事件」〔一九一三年に、エルザスのツァーベルンに駐屯していたプロイセン軍の将校が、初年兵教育でエルザス人を侮蔑したことに端を発する軍と住民の衝突〕のごとき諸事件が、なお存在していた対立に架橋するのに不都合だったのは当然しごく、いうまでもないことである。だが、いかなる場合においても、住民の大多数は〔エルザスとドイツ領ロートリンゲンでも常に〕、そのドイツ的性格を保持していた。彼らが、第一次世界大戦において、一貫してドイツ帝国に忠実であったこともまた、一つの事実なのだ。われわれ、近衛連隊〔マンシュタインは、第三近衛歩兵連隊で任官した〕のところにも、エルザス人兵士は多数いたが、優秀だった。たとえ、一九一八年にドイツ軍部隊が〔エルザス＝ロートリンゲンから〕撤収するに際して、暴徒が本国から来たドイツ人の住居を襲うというようなことがあったとしても、彼らは、かような状況での乱痴気《らんちき》のお決まり通りに振る舞っただけであろう。つまり、それまでは羨望の対象であったが、いまや無防備となった人々から掠奪したのだ。とにかく、このような行動は、住民全体の心情をはかる上では何の物差しにもならない。

もっと早く、全面的な権限を付与された連邦構成国としての地位をエルザス＝ロートリンゲンに与え、地元民を高級行政職につけていれば、あるいは、ドイツ帝国への合一を容易にできたかもしれない。アレマン族〔ライン川上流を現住地とするゲルマン人の一支族〕としてのエルザス人は、さしずされることをけっして好まないのだ。その基本姿勢の特徴は、以下の小話によく表されていると思う。ずっとあとに、ベック将軍が話してくれたものだ。彼は、世紀の交のころに、青年将校としてシュトラースブルクで勤務していたのである。たぶん実話ではないだろうが、それでもよくできた話だ。あるエルザスの夫婦が、シュトラースブルク駅のホームでたがいに別れを告げていた。車窓のそばに立った女房が、亭主に言う。「ジャン、手紙書いてね！《テュ・メクリラ》」　夫「へ？」　妻「ジャン、手紙書いてね！《テュ・メクリラ》」　夫「へ？」　妻「ジャン、手紙書いてね！《ドゥ・シュリヴェスト・ミア》〔ここはエルザス訛りのドイツ語である〕」　夫「おお、いいとも、《アー　ウィ》手紙を書くよ！《ジュ・テクリレ》」

ロートリンゲンの、フランス系住民が圧倒的に多い地域については、ことはまったく異なっていたのは間違いない。ともあれ、その昔、ロートリンゲン人は、彼らの土地がフランス王国に併合されることに対して、絶望的な抵抗を行い、それはドイツ系住民の一部の根絶を招いた。この事実を忘れるべきではない。加えて、当時のパリの者たちは、残ったロートリンゲンの住民を強制的にカナダに移住させようと考えていたのである。

話がそれたが、著者にとって、愛おしく、美《うる》わしいばかりの少年時代の想い出はシュトラースブルクとエルザスに結びついている。読者には、それを諒とされ、その上で本題に戻ることを許されたい。

エルザス＝ロートリンゲンは、もう独仏間の不和のリンゴ〔「もっとも美しい女神に」と刻まれた黄金のリンゴをめぐって、女神たちの争いが起こり、トロイア戦争につながったとするギリシア神話に由来する表現〕ではない。同市が、その代わりに、この、ヨーロッパ大陸でもっとも偉大な両民族を結びつける橋となりますように！

かかる紐帯《ちゅうたい》のシンボルとして、シュトラースブルクをヨーロッパ共同体の首都とするのは、優れた、素晴らしい構想である！

陸軍幼年学校

父は、一八九九年秋にシュトラースブルクに別れを告げた。両親は、短期間ベルリンに滞在したのち、以後数年間にもわたる旅に出た。このとき、わが麗しいシュトラースブルク時代も終わったのである。一九〇〇年の復活祭の日に、私は陸軍幼年学校に入った。まったく、私の望みにかなったことだった。最初の二年間はプレーンの幼年学校《カデッテンハウス》、続いて、大学入学資格試験《アビトゥーア》までの四年間はグロース＝リヒターフェルデの陸軍士官学校《ハウプトカデッテンアンシュタルト》で過ごした。

私は、幼年学校生徒だった時代を好んで回顧する。なるほど、そこでの教育はきわめて厳格だったし、この学校の使命に即し、生徒たちが将来軍人職に就くことに合わせて、授業もある程度は片寄った構成になってはいた。制服を着た坊やたちの多くは母親を恋しがっていたかもしれなかったが、寄宿舎での教育にあっては、いかなる場合にも家庭生活の影響が拭い去られるようにされたのである。

だが、戦友による相互教育は、幼年学校の大きな利点だった。それによって、若者たちは、自らがより高次の共同体に組み込まれているのだという感覚に慣れていったのだ。戦友精神は、おのれの願望の上位にある。予科において、年少の生徒が、最上級学年である第五学年《オーバーテルツィア》の年長者によって十二分にしごかれたこと、リヒターフェルデでも、第九学年《オーバープリーマ》と選抜学級《ゼレクタ》に属する中隊長と居室最先任〔幼年学校内の階級。民間学校の班長に相当する〕が、下級生をしかるべく「研磨」できたこと、それらが愉快でなかったのは間違いない。けれども、正常な若者を傷つけるようなことは何もなかった。どんな場合であろうと、幼年学校の教育は、肉体的な観点からみてまともなものであり、民間の学校よりもはるかに良質で近代的だったのである。学問的な面では、幼年学校は実科ギムナジウム〔ギムナジウムではあるが、より実務的な教育を行う中等・高等学校〕に相当していた。第七学年《オーバーゼクンデ》で幼年学校を修了するのではなく、アビトゥーアを受けようとする生徒は、独立したギムナジウム相当の教育を受け、大学入学資格を得たのだ。

幼年学校生徒は、ほとんどすべてが同じ階層〔将校か、官吏の家庭〕、もしくは同郷の出身であり、ほぼ全員が軍人職を志望していたから、同様の見解、広範な利害の一致、同じ教育基盤を有していたのも当たり前だった。強烈な団体精神が育った。視野狭窄《きょうさく》を招く危険があるものの、いかなる軍隊にあっても必要とされる心性である。

幼年学校で常に叩きこまれたのは、きわだった名誉観念、たとえ義務が重荷となろうとも服従をつくすこと、克己心、そして、何よりも義務観念により恐れを克服すること、確固不動の戦友精神だった。たしかに、悪い特性は一つもない。われわれは「泰然自若としていること」を習った。その点では、幼年学校教育は、現在、われわれが称賛しているイギリスの学寮《カレッジズ》〔独立した研究教育自治体で、教師と学生が同じ寮に寄宿する高等教育機関〕に似ていたといえる。

詩人フリッツ・フォン・ウンルー〔一八八五～一九七〇年。ドイツの文人。最初は軍人精神を賛美する作風だったが、第一次世界大戦後、反戦文学に転じた。一九三二年にはアメリカに移住。戦後、一時西ドイツに戻ったが、同国の再軍備をきっかけに再びアメリカに移住した〕は、一八四八年のパウロ教会における国民議会〔一八四八年革命に際して開催され、ドイツ全土の代表が参加した議会。ドイツ統一への大きな一歩となった〕を記念する演説で、自らの青少年時代について語っている。幼年学校という「奴隷施設」で過ごさなければならなかった、と言ったのである。彼は、その最新の著書でも、芳しくもなければ真実でもないやりようで、このテーマに関して、さらなる侮蔑を加えている。なるほど、フリッツ・フォン・ウンルーは、一九〇〇年から一九〇一年までのあいだ、プレーンの第四学年《ウンターテルツィア》にいて、われわれの学級の最先任〔幼年学校内の階級。民間学校の級長にあたる〕であった。彼は、はつらつとした向こう見ずな少年で、われわれにとっては好ましい人だった。勉学面では、わがクラスの一番というわけにはいかなかったものの、「模範生徒」と呼ばれるような人物だったのである。ウンルーは体操がうまく、「曲馬徽章」を得ていた。いつでも折り目正しく、きちんとしていたのだ。おそらく、こうした特徴が「学級最先任」の位を得るのに与っていたはずである。それに先立つ数年間、幼年学校の躾を受ける年少者として、不幸な思いをしたということがあるのかもしれない。が、われわれは、教育の厳しさにもかかわらず、

「奴隷」だなどと感じたことはなかった。逆である。われわれは、真の意味での「紳士」に育てられたのだ。フリッツ・フォン・ウンルーが、プレーンや当時のわれわれの上官について、その小説で描きだした像は、悪意ある歪曲とはいわぬまでも、嘆かわしいばかりの理不尽な記述だとするほかない。われわれが第五学年に進級するとともに、フリッツ・フォン・ウンルーは、ほかの選ばれた生徒二名とともに、オスカー・フォン・プロイセン王子のご学友とされた。王子は、プレーンでは他の生徒とまったく別にされ、ご学友とともに教わった。彼らは、選り抜きの教師を得、そのころのドイツで考えられるかぎりの最良の教育を受けたのである。私には、ウンルーの記述は、詩人の空想、彼の政治的な変転に由来する怨恨《ルサンチマン》、恩知らずの混淆物であると思われる。

侍童の仕事

陸軍幼年学校の教育は、アテナイのそれよりも、スパルタのより厳しい基準に沿っていた。が、そうであるとしても、リヒターフェルデ士官学校の貴族出身の生徒には、世界の光輝をかいまみることができる期間があった。宮廷で侍童《パージェ》勤務をするあいだのことだ。毎年、宮廷の大規模な祝典がベルリンの宮殿で催されることになっている冬の数か月間、そのつど、第八学年と選抜学級の貴族生徒が、この勤務に配置されるのであった。

付け加えておくと、それは、貴族が幼年学校で例外的に享受する唯一の特典だった。たとえラテン語の成績が5であったり〔ドイツの学校の成績は六段階評価で、1が最高、6が最低である。普通、5と6は落第点となる」、「タンスの整理整頓がなっていない」との評価を受けても、これぱかりは取り消しにされることがなかったのである。

宮廷の祝典の日には、ドイツ皇帝《カイザー》の廏舎から差しまわされた箱型馬車が、監督役の将校に指揮された侍童たちを迎えにくる。たいていの場合、極寒のなかの車行となったが、おおいに楽しいことだった。われわれが、とりわけ愉快に思ったのは、ブランデンブルク門の衛兵が、こちらに対し、捧げ銃《つつ》の敬礼をしてきたことだった。もちろん勘違いで、その歩哨が、宮廷の馬車には、王子か、貴顕が乗っているのだろうと考えたためである。

王宮に到着すると、宮殿のシュプレー川に面した最古の部分、「薬医棟」で、まず朝食を摂った。それから、侍童頭とその奥方により、われわれの着付けがはじまる。侍童の衣裳は、裾が太股のなかほどまで届く緋色の長上着で、銀の組紐と肩章で飾られていた。レースの飾りを胸と袖につけて、装飾ができあがる。加えて、銀の組紐を飾った白カシミアの半ズボン、白い絹の長靴下、黒の留め金付き短靴を着けるのだ。われわれにとって、特別の自慢だった優美な帯剣、ダチョウの白い羽でつくった飾りの付いた平らな帽子（ただし、手に持っているだけのこととされた）で、われらの装束《いでたち》は完成する。

王宮の祭事は、毎年、新年祝賀のレセプションからはじまる。ただし、これに参加するのは、ドイツ帝国とプロイセン王国〔周知のごとく、ドイツ帝国は諸邦から成る連邦国家であるが、プロイセン王国は、そのなかで枢要な地位を占めていた。ドイツ皇帝も、プロイセン国王が兼任する〕関係の高位高官のみだった。連邦参議院、帝国議会、プロイセン貴族院、プロイセン邦議会の議長、また外国の使節といった人々である。彼らのあとに入場してくるのが軍人と文官の廷臣だ。まず第一に在ベルリンの将官たち、それから、近衛連隊の将校が一団となって、騎士の広間に進み、玉座の天蓋《てんがい》の下に立つ陛下の前を通り過ぎる。その際、玉座の前で敬意を表するのである。文官の廷臣としては、宮廷にお目見えすることになった淑女すべてと軍人ならざる貴顕紳士が立ち現れる。淑女たちは、このとき、もったいぶってスカートをつまみあげる一礼をするのだが、これは、けっしてやさしいことではない。とりわけ、年輩の、あるいは太ったご婦人については、そうだった。

一月十八日には、あらたに黒鷲勲章を受け、騎士の位を得る者〔黒鷲勲章を受勲すると、黒鷲騎士団のメンバーとなる〕への叙任式が催される。叙勲前日に、カイザー臨席のもとで執り行われる式典だ。一月十九日には、軍司令官や大臣から郵便局員に至るまで、あらゆる新受勲者がカイザーのお客となって正餐《せいさん》に招かれ、「白色ホール」と他の供宴用の部屋に置かれた長テーブルも満席になるのだった。この催しに、二度の宮廷舞踏会、同じく二度の宮廷演奏会が続く。かかる一連の宮廷祝典の掉尾《ちょうび》を飾るのは、伝統的な祝祭夜舞踏会（仮装舞踏会ではない）であった。その終わりには、ベルリン風パンケーキと夢のようなライン産ワインのパンチ〔酒や水、砂糖や果物、香料を大ボール内に混ぜて出すカクテルの一種〕、有名なベルリン宮廷パンチが振る舞われたものだ。この酒は、お偉方の老人たちまでも常ならぬ陽気さにさせるのにうってつけだった。

祝祭ではなく、政治の一幕も、白色ホールで開催された。帝国議会の開会式である。これは同じく一月のうちに、あらゆる高位高官と外交使節団が列席するなかで催され、カイザーが開会式辞を読み上げるのだ。

われわれ侍童たちは、あるいは宮侍童《ホーフパージェ》、あるいは小姓《ライプパージェ》として、その任を果たす。小姓は、王侯貴族一人につき、二人ずつ配される。その決められた相手に常に付き従い、もし相手が女性であった場合には、ドレスの長裾を捧持するのである。また、公式の晩餐会の際には、従う王侯貴族に対し、給仕も行う。宮侍童は、祝祭の間に控えていて、御用があるごとに、それを行う。たとえば、廷臣たちが縦列をつくって進む道を開けたり、通路を割り当てる、あるいは「陛下のおでまし《グローセン・フォアトリット》」を示すことだ。

宮廷の祝典が行われる、もろもろの間《ま》は、ベルリンの王宮の三階にあり、遊歩庭園に面していた。それらの入り口となるのは「黒色ホール」であり、下からそこに昇るには、階段ではなく、ラセン状のスロープを用いる。昔はおそらく、ここを儀装馬車が上がっていったことだろう。これに、最初の「諸房《カンマー》」と呼ばれる大小の部屋が続く。私の記憶がおよぶかぎりでは、そこから「ブラウンシュヴァイク諸房」の並びにつながっていたと思う。さらに、その先にあるのは、それぞれの騎士団〔赤鷲騎士団と黒鷲騎士団〕にちなんで名付けられた「赤鷲の間」と「黒鷲の間」、黒鷲騎士団の大広間と、有名な銀の聖歌隊席がある騎士の広間だ。ただし、この聖歌隊席も、往時のように純銀製ではなく、銀をかぶせた木材でできていた。もともとの聖歌隊席は、フリードリヒ大王によって、七年戦争のときに鋳つぶされてしまったのだ。ついで、画廊が延びている。そこに掛けられた絵の大部分は、プロイセン陸軍の功業を賛美するものだった。突き当たりから、二階分ほど上の高さのところに、全体が白い大理石でできた大きな「白色ホール」があった。その長い側は、王宮周辺の広場からはみだすほどだった。これに隣接して、大ドームの下のエオザンダー玄関を抜けたあたりに、宮廷礼拝堂が建っていた。また、「白色ホール」と並行して、シュリューター中庭のほうにまで延びる画廊がしつらえられていたのである。

　こうしたバロック様式の、きらびやかな内装をほどこされた諸間で、宮廷の祝典の際には、光輝と色彩にみちみちた一幅の絵のごときさまが展開された。それは、今日ではおそらく、英国の宮廷における大規模な祝典のときにしか見られないようなものだったのだ。

　シャンデリアと壁灯に据えられた無数のロウソクの光が、輝くばかりの美しくはめこまれた寄せ木細工の床に反射する。その光はまた、近衛部隊の色とりどりの軍服、大臣、外交官、宮廷の高官の刺繍をほどこした燕尾服に降り注ぐ。彼ら文官には、半ズボン、長い白靴下、留め金付きの短靴という服装が指定されていた。さらに、ご婦人方の艶めく肩、年長者のふんだんに飾りのついた晴れ着、若者の薄手の衣裳に、黄金色《きんいろ》の光が投げかけられる。光のなか、王侯貴族の夫人たちの装飾品と最高位の勲章に付されたダイヤモンドがきらめく。まったく、おとぎばなしを絵にしたようで、それが、われわれの若い眼の前で展開されているのだった。

　祝典が行われる際には、そのずっと前の時間、従僕たちがまめまめしく祝祭の間のあちこちに香炉を置いているあいだに、早くも王家の直属部隊が出動するのが常だった。黒色ホールには、近衛胸甲《ギャルド・ドゥ・》騎兵《コーア》連隊の喇叭《らっぱ》隊を引き連れた直衛憲兵隊《ライプジャンダルムリー》が佇立していた。近衛胸甲騎兵は、ぴかぴか光る鷲の飾りがついた兜《かぶと》、白い胸甲に、黒鷲勲章の星が留められた深紅の上チョッキ、白ズボンと折り返しのある長靴を身につけている。横にいるのは、直衛憲兵隊第一小隊で、彼らを近衛胸甲騎兵と区別しているのは、袖と襟に青い折り返しがつき、銀の刺繍がほどこされた緑の上着だけだった。第二小隊、「皇后直衛隊《ライプガルデ・デア・カイゼリン》」は、皇后付胸甲騎兵連隊が着用するフリードリヒ大王時代の軍服をまとっていた。黒い三角帽子、えび茶色の襟飾りと袖の折り返し、銀の刺繍がある白い長上着、白ズボンに折り返し付きの長靴といった拵《こしら》えだ。「白色ホール」には、王宮警衛中隊が配置されている。彼らは、フリードリヒ大王の時代以来の、絵のような第一近衛大隊の軍服を着用し、高い擲弾兵《グレナディアー》帽をかぶっていた〔擲弾兵 Grenadier の名は、十六世紀に爆裂弾を投擲させるために集められた志願兵に由来する。爆裂弾は技術の進歩とともに廃れたが、それを投げる兵士は体格が良く、膂力《りょりょく》もあったことから、その後もエリート歩兵の扱いを受け、擲弾兵は精鋭の代名詞となった〕。一つの広間から他の広間への通路には、近衛胸甲騎兵か、王宮警衛中隊から、歩哨が二人立てられている。一方、騎士の広間では、玉座の側か、別のところに、宮侍童が立哨していた。

　こののちに、さまざまな広間で、宮廷での序列に従って並んでいたお客たちが現れる。彼らが入場するたびに、われわれは、帝国の最重要人物を眼にする機会を得た。われら幼年学校生徒が、とりわけ軍の高官に関心を抱いていたことはいうまでもない。そこには、たとえば、メッツ〔現フランス領メス。普仏戦争の戦場〕で軍司令官であったころより、陸軍内で高い名声を享受していた老伯爵ヘーゼラー元帥〔ゴットリープ・フォン・ヘーゼラー伯爵（一八三六〜一九一九年）。ドイツ統一戦争で、第三軍団参謀を務めた〕がいた。彼は、独特でもあり、いかにも、その人らしいような現れ方をした。長い騎馬の暮らしをしているうちに、何度か骨折していたのかもしれない。とにかく、元帥の両脚はあちこちがねじれていた。いつでも二等の辻馬車で王宮に車行してくるのだが、かつてのメッツでは、彼もまた仲間のところに騎行していたことだろう。元帥は、出身槍騎兵《ウラーネン》連隊の軍服を着用におよんでいたけれど、それはもちろん、その高齢に相応の状態となっていたのだった。真っ白な髪は、カラーのところまで垂れ下がっている。が、とっぴな見かけにもかかわらず、彼の姿は威厳にみちた印象を与えたのである。対照的だったのは、大参謀本部〔第一次世界大戦前のドイツ帝国は連邦国家であり、その構成国のなかには、一定の独立性を保ち、バイエルン王国のように、自らの参謀本部を保持しているものもあった。が、戦時ならびに帝国全体の軍令に関しては、これらもプロイセン王国の参謀本部の指揮下に入る。そのため、同参謀本部は「大参謀本部」と呼ばれた〕の総長、伯爵シュリーフェン元帥〔アルフレート・フォン・シュリーフェン（一八三三～一九一三年）。ドイツ帝国の第三代参謀総長として、対ロシア・フランス作戦を立案した。これは、主力をまず西部戦線に集中し、短期決戦でフランスを降したのち、返す刀でロシアに当たるという計画で、「シュリーフェン・プラン」と呼ばれた〕である。当時、彼がとびぬけた重要人物であることについては、われわれも先刻承知であった。それから、当時の帝国宰相ビューロー侯爵〔ベルンハルト・フォン・ビューロー（一八四九～一九二九年）〕が登場する。黒鷲騎士団のオレンジ色のバンドで飾られた国王付軽騎兵の軍服を一着におよんだ、エレガントな姿だ。彼が会話する際の、人好きのするやりようは魅力的だった。

外国の外交官たちのなかでは、ツァーリ、オーストリア皇帝、イタリア国王の大使が眼を惹く。彼らはみな黒鷲勲章を帯びていた。最初に挙げた大使、オステン＝ザッケン伯爵〔ニコライ・フォン・デア・オステン＝ザッケン〔一八三一～一九一二年〕。ロシア帝国の外交官〕は、顔一面に波打つひげをたくわえている。法王猊下の大使たるスェーゲニュイ＝マリチ伯爵〔ラディスラウス・スェーゲニュイ＝マリチ（?～?年）。オーストリア・ハンガリー帝国の外交官。従って、ここで法王猊下の大使とあるのは、原著者の誤記と思われる〕は、ハンガリーの大貴族の絵画のごとき衣裳を着ていた。イタリアのランツァ伯爵〔カルロ・ランツァ・ディ・ブスカ（一八三七～一九一八年）。イタリアの軍人・外交官〕は、人目を惹く、良い外見をしていた。

とくに印象深かったのはメンツェル老〔アドルフ・フォン・メンツェル（一八一五～一九〇五年）。ドイツの画家。プロイセンの歴史に題材を取った絵を多く描いた〕だった。きわめて小柄で、大きな頭を持った人で、ぶつぶつ文句を言いながら、広間から広間へと抜けてくる。同じく黒鷲勲章を受け、騎士位を得ていたメンツェルが、名誉衛兵を務める近衛胸甲騎兵の巨漢たちが敬礼するなかを通っていく姿は（彼の背丈は、彼らの上チョッキのところぐらいまでしかなかった）、たしかに、めったにないありさまだった。だが、老メンツェルは、いささかも意に介しない。序列や位階などお構いなしに、彼が〔宮廷で作業を〕進めつつある絵が見える席につく。スケッチブックを取りだして、周囲を描くということもあった。

定められた時刻まであと数分というところで、黒色ホールから喇叭が鳴り、「ヴィルヘルム・フォン・ナッサウエン」を奏でて、皇帝・皇后の入場を知らせる。黒色ホールでは、直衛憲兵たちが敬礼していた。「陛下のおでまし」に先立ち、式部頭が侍従杖で床を叩き、カイザーの入場を示す。彼の後方には、通常の二人ではなく、十二人の宮侍童が従っていた。そのあとに続くのは、侍従長オイレンブルク伯爵〔アウクスト・ツー・オイレンブルク（一八三八～一九二一年）。プロイセン内務相などを務めた。アジア歴訪使節団の一員として、来日したこともある〕である。多くの者が、帝国宰相職にふさわしいと思っている人物だった。彼は、その礼儀と沈着冷静さによって、宮廷のあらゆる問題を処理することを心得ており、ゆえに「ヨーロッパの侍従長」と称されていた。横にいるのは、宮内庁長官のフォン・リンカー男爵〔モーリッツ・フォン・リンカー（一八五三～一九三二年）か〕だ。二人とも、将官の軍服を着ていた。それから、カイザー、皇后、そして、もし、どこかの邦の王妃がいれば、彼女たちという順序で現れる。さらに続くのは、王子と王女、プロイセン以外の邦の王族である。カイザーや諸邦の王たちの登場が、われわれ若い者たちにどんな印象を与えたか、今日では想像だにできまい。

注目すべきは、カイザーが、いかなる儀式上の振る舞いにおいても、ことさら支配者の威厳を体現するようにするのに加えて、魅力的な会話を行い、いきいきとした表情や身ぶりで自らの言葉を強調、ときには書生めいた発言をすることだった。それに対して、皇后は控えめだったが、愛らしく、慈悲深かったのだ。王子たちのなかでも、とくにわれわれが感銘を受けたのは、当然のことながら皇太子〔ドイツ帝国の場合、帝国の皇太子とプロイセン王国の王太子を兼ねる〕だった。パーゼヴァルク胸甲騎兵の制服を着た彼は、輝いているかのごとくに見えた。祝典のあいだ、王侯たちが動かれるところにはどこであれ、侍従武官フォン・プレッセン上級大将〔ハンス・フォン・プレッセン（一八四一～一九二九年）。最終階級は元帥待遇上級大将〕とフォン・ショル大将〔フリードリヒ・フォン・ショル騎兵大将（一八四六～一九二八年）。最終階級は上級大将〕が、カイザーに付き従っていた。フォン・ショルは偉丈夫で、フリードリヒ大王時代の侍従武官が着ていた、絵のような軍服を身にまとっていた。また、皇后陛下のおられるところには、彼女付きの直衛隊の軍服を着た、やはり長身の将校がいて、その居場所の目印となっていたのである。「陛下のおでまし」のもと、王侯たちが広間から広間へと抜けて、白色ホールに達すると、そこで、王宮警衛中隊が敬礼した。

さまざまなレセプションは、いささか単調であったけれども、黒鷲勲章の叙勲式は、印象深い、一幅の絵を思わせる儀式だった。それは、騎士の広間で催される。そのいくつかの扉には、十八世紀の衣裳を着た伝令使たちが立っていた。銀の聖歌隊席から下に向けて、喇叭が高らかに吹き鳴らされるなか、すでに勲章を得ている騎士たちが祝典の列をつくって、入場してくる。着用しているのは、軍服か、宮中衣。その上に、大きな星形章が刺繍された、赤いビロード製の騎士マントを羽織り、騎士の鎖を着けていた。

それから、近衛胸甲騎兵の軍服と鷲の飾りがついた兜を着けたカイザーが現れ、玉座の天蓋の下にみちびかれる。しかるのちに、新しく騎士に叙任される者が二人ずつ、叙任済みの騎士が務める「パレン」〔代父〕〔キリスト教で洗礼式に立ち会い、神に対する契約の証人となる者をいう。ただし、この場合は、叙勲式における介添役の意〕により、広間にいざなわれるのだ。彼らのそれぞれに、侍童が二人従う。侍童の一人は、赤ビロードのクッションの上に、叙任される騎士のマントを捧げ持ち、もう一人は騎士の鎖を担う。私が侍童を務めていた時期には、アンハルト公爵〔フリードリヒ一世（一八三一～一九〇四年）〕、メクレンブルク＝シュトレーリッツ大公の世子〔アドルフ・フリードリヒ五世（一八四八～一九一四年）〕、そして、二人の将軍が叙勲した。私は、フォン・マッソウ騎兵大将〔ロベルト・フォン・マッソウ（一八三九〜一九二七年）。帝国軍法会議判士長を務めた。最終階級は騎兵大将〕の侍童に指定され、騎士のマントを捧持したのである。儀式はかなり長く続き、まつげを動かしたり、いわんや、別様の動き方をすることなど、むろん許されなかったから、重いクッションに加えて、もっと重いマントを捧げ持っていた私の腕は、しまいには相当痺れてしまっていた。

騎士に叙任される者たちは、「パレン」によって、玉座の前に連れていかれる。そこでひざまずき、騎士の誓いを立てる。その後、パレンが、彼らに騎士のマントを着せかけるのだ。最後に、カイザーが、あらたに叙任された者の首に騎士の鎖をかけてやり、彼らの額に接吻して、「叙任の祝福《アコラド》」となす。叙任が終わると、大広間で騎士総会が開かれることを知らせる伝令使の喇叭が響くなか、カイザーは広間を去り、すべての騎士がそれに従う。

叙任式は祝いの儀式であるから、宮廷舞踏会が魅力的な祭りの絵を描きだすことになる。白色ホールが麗しの舞台となるのだ。広間の長い側の中央に玉座の天蓋が据えられ、カイザーと皇后が、その下に座する。左右に連なり、奥のほうに座ったり、佇立しているのは、他邦の王侯や最高位の貴顕たちである。

広間の狭いほうの壁や玉座に対する長い側の壁に沿って、ダンスをやらないお客たちが席を占める。巨大な広間の中央部は、舞踏に興じる若者たちのものだ。私も、のちに少尉として、彼らの仲間に加わることになる。第一近衛歩兵連隊と近衛胸甲騎兵連隊から出されたソロダンサーが二人、ダンスをリードした。円を描いてのダンスとして、ワルツ（ただし、左に回るように踊ることは禁じられていた）、ポルカ、ギャロップなどが踊られた。しかしながら、いちばん素敵な眺めといえば、コントルダンス、皇后のメヌエット、王子たちのガヴォット、カドリコ、フランセーズだったことは疑いない。それらは、ガヴォット会と呼ばれた宮廷の集まりで、年寄りだが大変に厳しいバレエの名手であるヴォルデン夫人によって教え込まれ、最初の宮廷舞踏会の前に、やはり白色ホールで総稽古したものであった。

ダンスの際には、すべての近衛連隊から男性側の踊り手が、四角に組んだ列ごとに配された。それで、二つの方陣は、近衛胸甲騎兵《ギャルド・ドゥ・コーア》と他の近衛胸甲騎兵連隊の将校によって占められたものだった。そうして、近衛歩兵・砲兵の、刺繍をほどこされた濃青色の上着が、近衛龍騎兵《ガルデ・ドラゴーナー》の明青色、直衛軽騎兵《ライプガルデ・フザーレン》の赤いアッティラ〔紐飾りのついた軽騎兵の短外套〕、あるいは、白色、赤色、黄色のそれぞれの近衛槍騎兵《ガルデ・ウラーネン》連隊〔白色は第一、赤色は第二、黄色は第三槍騎兵連隊〕のウランカ〔槍騎兵の軍服〕と交差する。だが、こうした「色とりどりの装束」を着用した者たちのもとで舞い、優雅に一礼し、つむじ風のように回っていたのは、明るい色の軽やかな舞踏用のドレスをまとったうら若い乙女の一団だったのである！　本当に、陶然としてしまうような光景であった。ダンスのあいだには、別の祝典の間で、晩餐が供されたが、これは大急ぎで摂らねばならなかった。というのは、宮廷では、まったくあり得ないような速さで給仕がなされるからだ。王侯たちが食卓から立つや、さらなる若者たちが白色ホールに殺到してくる。ただちに奏でられる音楽に合わせて、左回りのワルツを踊ることが許されるから、それが目当てなのだった。しばらくすると、式部頭がまた侍従杖で床を叩き、カイザーと皇后の再入場を告げる。お二人は、この間に謁見を行っていたのだ。舞踏会の終わりには、ふんだんに花を用意したコチリヨン〔十九世紀にフランスなどで流行したダンス。偶数人数の組をつくって踊り、景品が出される〕が踊られ、若者たちが、王侯へ敬意を表明する。

普通は第八学年と選抜学級の者が侍童になるのだけれども、幸運なことに、私が第九学年のとき、皇太子の結婚式とカイザーご夫妻の銀婚式（アイテル＝フリードリヒ王子〔アイテル＝フリードリヒ・フォン・プロイセン（一八八三～一九四二年）〕の結婚式と一緒に祝われた）がなされることになった。それで多数の侍童が必要になったため、第九学年の者も再び侍童勤務に召集されたのである。皇太子の結婚式に際し、私は、メクレンブルクの王女に生まれ、ヴラジミル大公妃となった、花嫁の母の義姉である方〔マリー・ツー・メクレンブルク（一八五四～一九二〇年）〕の小姓に配された。カイザーと皇后の銀婚式に際しては、宮侍童だった。

結婚式の前日、皇太子妃はにぎにぎしくベルリンに迎えられた。彼女は、皇后とともに六頭立ての儀装馬車で車行し、ブランデンブルク門のそばで市長と接待の乙女たちの挨拶を受けながら、通り過ぎていった。護衛したのは、儀仗騎兵中隊と馬に乗ったベルリン食肉業者ギルドの者たちである。後者は、王宮に続く「プロイセン・ベルリン」通りと「リンデン」通りに関するかぎり、伝統にもとづく特権を有しているのだ。そこから先は、皇太子が、儀仗哨兵隊となっている近衛第一連隊直衛中隊の指揮を執る。リンデン通り沿いには、近衛兵が両側面に列をつくり、何千ものベルリンっ子たちが、魅力的な外見の若い花嫁に喝采を送った。

晩には、王宮で一大レセプションと祝賀式典が執り行われ、続いて、記念晩餐会が催された。このとき、私は初めて給仕をやらなければならなくなった。もちろん、リヒターフェルデでそれ相応の練習はしていたが、それでも、大きなボールを差し出すのは、けっして容易なことではなかったし、シャンペンを注ぐのは、とくに難しかった。引き裾が数メートルもの長さになる礼装で飾りたてたご婦人の椅子の背は、まさに塔のようで、そのあいだをすり抜けていくとあっては、なおさらだった。ただ、殿下の称号を有する大公妃は、いつでも王侯たちや花嫁花婿のそばに座っていたから、私にしてみれば、多くのことを実見し、観察するチャンスだった。ほとんどすべての諸侯が代理人を結婚式に派遣しており、日本の天皇も皇子を一人送り込んでいた。あいにくなことに、彼は序列に従って、食卓でロシアの大公と向かい合う席に着かなければならなかったのだ。当時、ロシアと日本はまだ戦争になっていなかったが〔マンシュタインの記憶ちがいか。ヴィルヘルム皇太子の結婚式は一九〇五年で日露戦争中のことである〕、大きな花かごが置かれ、二人の対手が互いに見えないようにされた。

結婚式当日には、王家の内大臣により、婚姻成立を告げる儀式が催される。これには、ごく近しい親戚だけが参加するのだが、大公妃はそのなかに含まれていた。続いて、教会による婚姻認定が、宮廷礼拝堂で行われた。私の記憶では、さらに画廊で謁見がなされたように思う。こうした行事に際し、われわれ侍童は長裾を捧げ持つ。それは、まったく骨が折れる仕事であった。細心の注意を払い、捧持する相手のあらゆる動きにタイミングを合わせて、付いていかなければならないのである。おまけに、素晴らしい刺繍をほどこした長裾は非常に重かったから、その裏側には、持ち運びのための木製の取っ手が仕込まれていたものだった。

正午には、騎士の広間で昼餐会となるが、これに参加するのは、邦の統治にあたっている諸侯家のメンバーのみ。その間、他のお客たちは、別の間で食事を摂る。こちらは、とくにお祝いの雰囲気にみちみちていた。お客たちは、蹄鉄型のテーブルに着席し〔蹄鉄は幸運のシンボル〕、その開いた側に特別の食卓が置かれる。そこで、象徴としての意味でしかないとはいえ、将軍が一人、内膳正〔宮廷で食事の責任を負う役職〕の役割を、もう一人の将軍が献酌係の役を果たすのである。諸侯それぞれの背後に、彼らの序列に応じて、将軍か、宮廷役人が一人侍立《じりつ》する。さらに、その後ろには、諸侯のおのおのに配置された侍童が控え、彼らの後方には、また宮廷需品係が一人待機していた。従僕がスープを運んでくると、それは宮廷需品係に渡され、そこから侍童、そして将軍にと送られる。かくて、将軍が、ようやくスープをお客の前に置くのである。スープのあと、カイザーが、花嫁花婿に向けて、おおいに心温まるスピーチを行った。ここで、将軍たちと宮廷役人は解放され、われわれ侍童はもう、自分たちだけで給仕することになる。メクレンブルク大公の姫君として生まれた大公妃は、流暢なドイツ語をしゃべり、シュヴェリーンの擲弾兵連隊に所属していたころの私の父を知っていた。彼女は、私たちに格別親切にしてくれた。われわれは、一杯のシャンペンを振る舞われ、彼女と乾杯することを許されたし、また、慣例として食卓に出されるキャンデー、四角いかたちの砂糖菓子をいただいた。それは、新婚夫婦の写真を付した銀紙に包まれていた。われわれ侍童は、それを入れるために、とくにテーブルクロスで、上着のポケットを裏打ちしておいたものである。

晩には、白色ホールで、大規模な舞踏会が開催された。この、ドイツと外国の諸侯が参加した舞踏会がどんなに華麗であったたか、今日では想像することさえできないだろう。とりどりの軍服、長い引き裾のついた素晴らしい衣裳、なかんずく、この機会にとばかりに淑女たちが身につけた装飾品は、まさに童話から現れ出でたかのようであった。ヴラジミル大公妃は、二日間のうち、一日は真珠を、もう一日はエメラルドをつけた。そのエメラルドほどに大きく美しいものは、その後、お目にかかっていない。

この祝典で特徴的だったのは、伝統的な松明《たいまつ》ダンスであった。それは一種のポロネーズだった。踊り手たちは、お客たちの列に沿って、白色ホールをぐるりと一回りする。彼らを先導するのは、宮中頭のフォン・フュルステンベルク侯爵〔ツー・フュルステンベルク侯爵カール・エゴン四世（一八五二～一八九六年）。ただし、この結婚式当時には、同侯爵は死去しているから、原著者の誤記か〕に指揮された「皇帝のおでまし」係の侍童たちだ。彼らは、あかあかと燃えるロウソクを据えた銀のホルダーを掲げていた。昔は本物の松明が使われていたとのことだ。それも、前世紀の六〇年代、ビスマルクがそんなことは嫌だというまでは、大臣たちが担っていたのである。マイヤーベーア〔ジャコモ・マイヤーベーア（一七九一～一八六四年）。歌劇の作曲家として知られる〕の松明ダンスの曲が響くなか、まず、花嫁花婿、カイザーと花嫁の母であるアナスタシア大公妃〔アナスタシア・ミハイイロヴナ・ロマノヴァ（一八六〇～一九二二年）。ロシア皇帝ニコライ一世の孫で、メクレンブルク＝シュヴェリーン大公に嫁いだ〕、皇后が、たぶんメクレンブルク大公か、諸侯のうちの誰かと踊った。私が覚えているかぎりでは、そうだった。それから、各地を治める諸侯やその夫人が二組ずつ踊り、広間を一巡するのだ。

［上］結婚式の際に行われた、ブランデンブルク門近くでの皇太子妃チェチーーリエの歓迎式
［下］ベルリンの王宮に到着した皇太子妃

［上］武器庫での訓示を終えて、王宮に戻るカイザー・ヴィルヘルム二世
［下］1910年に行われた第三近衛歩兵連隊50周年記念式典。「老先輩」たちが、兵営中庭における連隊の分列行進を観閲する。最前列の右から左に、連隊長エルスターマン・フォン・エルスター大佐、フォン・ヒンデンブルク歩兵大将、フォン・ゴスラー退役歩兵大将・陸軍大臣、フォン・レーヴェンフェルト退役大将、ヘルヴァルト・フォン・ビッテンフェルト、元カイザー・ヴィルヘルム一世付武官だった名誉将官フォン・デーレンタール、フォン・シュテュルプナーゲル歩兵大将

結婚式の夕べは、花嫁が「靴下止め」を配ることでおひらきになる。古いしきたりである。だが、かつての靴下止めの配布は、若い夫婦のイニシャルを飾った白繻子《しろしゅす》の帯で代替されていた。われわれ侍童も、そうした記念品を受け取った。最後に、カイザーが自ら、われらが大公妃を宮廷内の客室に送っていった。そのとき、彼は、この祝典や個々のお客について、面白い寸評を加えたのだった。カイザーが去ってから、大公妃は、ほんの少しだけ、われわれと親しくお話ししてくださった。翌日、われわれは、ロシア大使館に彼女を訪ねていくことになった。そこで、想い出のよすがにと、彼女の写真と金時計を賜ったのだ。リヒターフェルデ士官学校での日常の授業と勤務に戻るのは、美しい夢から覚めることにひとしかった。それは、ご理解いただけるだろう。カイザー夫妻の銀婚式ならびに、同時に催されたアイテル゠フリードリヒ王子の結婚式も、同様に執り行われた。

そうしているうちに、幼年学校時代の掉尾となるアビトゥーアを迎えた。わが教師たちの何人かを驚愕させたことに、私は「優」で合格したのであった。

陸軍入隊

アビトゥーアに合格したのち、私は、一九〇六年三月に第三近衛歩兵連隊に入り、一九一四年の戦争まで同連隊に所属していた。

第一次世界大戦前のベルリンにおける少尉生活は、不安と縁がないばかりか、素晴らしいものだった。反軍人的なプロパガンダが、将校、とくに近衛のそれの生活について描き出した像は、徹底的に歪曲されている。まさにその近衛歩兵連隊にあっては、職務上の要求はきわめて高かった。われわれの生活は、のらくら暮らしとは程遠かったのである。近衛が主としてパレード用の部隊であるなどということは、けっしてなかった。戦闘に向けた錬成において、われわれは、陸軍の他の連隊にひけを取っていなかった。私は、そう信じている。しかも近衛には、いわゆるパレードの教練もあって、さらに負荷を増していたのだ。連隊のなりわいは質素だった。あらゆる近衛歩兵連隊でそうであるように、多数の貧しい戦友たちに配慮して、将校の俸給は低く抑えられていたからだ。

わが連隊がその将兵に教え込んだことは、国王への忠誠、軍人の義務・名誉観念であった。近衛に属していることは、特別の実績を出そうという意味で励みになったが、それで思い上がったりはしなかった。近衛は、第一次世界大戦において、自分たちによって編成された師団は、ドイツ陸軍で最良の部隊に挙げられることを証明したのである。

われらが素晴らしい連隊は、所属する者がそこに別離を告げたのちも忠誠心を抱き続けるような、軍隊における故郷となったのだ。一九一〇年に連隊が創設五十周年を祝った際には〔ヴィルヘルム一世〔一七九七～一八八八年。プロイセン国王にして、ドイツ帝国の初代カイザー〕の陸軍改革のとき、一八六〇年に、第一近衛連隊と第一近衛後備《ラントヴェーア》連隊〔一八一三年、十七歳から四十歳までの、兵役義務があるが正規部隊に属していない者、もしくは義勇兵として勤務していた者により、後備連隊が編成された。これらは、しだいに正規軍に組み入れられていった〕を母隊として、新編された〕、数千の元擲弾兵・銃兵《フュジリーア》〔「銃兵」は、かつて前装式燧発銃 Fusil を使っていたことから来る伝統的な呼称で、歩兵のこと〕が、祝典に参加するためにベルリンにやってきたものである。兵営の中庭で挙行されたパレードでは、われわれの連隊の軍服を着た名誉将官《ゲネラール・ア・ラ・スイット》〔General a la suite. 連隊に置かれる名誉職の一種で、当該連隊の軍服を着用することが許される〕二人が、当連隊とかつての所属将兵、〔ドイツ〕統一戦争でともに戦った老人たちの分列行進を指揮した。のちに元帥・大統領となるフォン・ヒンデンブルクと、元陸軍大臣のフォン・ゴスラー歩兵大将〔ハインリヒ・フォン・ゴスラー（一八四一〜一九二七年）〕も臨席していた。彼らもまた、かつて第三近衛歩兵連隊にあって、ドイツ統一戦争で一緒に戦ったのである。

将校団は一つの家族をかたちづくる。その構成員は、階級や先任順序にかかわらず、平等な者同士なのだ。密なる戦友精神がわれわれを結びつけ、今日なお、二つの世界大戦を生き残った者たちを団結させている。それゆえ、私と古い戦友たち、ギュンター・フォン・ニーベルシュッツ〔四七五頁の本文ならびに訳註参照〕、フォン・リーデル、フォン・レーベル、従兄のオスカー・フォン・ヒンデンブルク〔一八八三〜一九六〇年。パウル・フォン・ヒンデンブルクの息子で、ながらく父の副官を務めた〕、同い年のフォン・ディトフルトとフォン・ビスマルク、少し年少のカール・フォン・オーフェンのあいだには、生涯続く友情が結ばれたのであった。青年将校は、志を同じくし、たしかな足がかりを与えてくれる者のサークルのなかで成長する。そこでは、先輩は、後輩に対して共同責任があるとの念を抱いているのだ。それは一つの利点であったが、遺憾なことに、今日の若者はもう、同じような経験を享受することができなくなってしまった。

そこでの一日は早朝から、国王のための勤務に捧げられる。冬の半期には新兵教育が行われる。春、夏、秋は部隊錬成だ。テンペルホーフ演習場での「中隊教練」からはじまり、辺境地域《マルク》の美しい風景を有するデーベリッツ演習場における二度の野営・射撃演習を経て、軍隊の一年の終わりを告げる秋季大演習に至るのである。その頂点となるのは、テンペルホーフ演習場で春・秋二回行われる御前パレードだった。

冬季にベルリンでの重要な社交行事、すなわち宮中のそれに参加するか、王立劇場〔毎週一回、各連隊ごとに数枚の無料入場券を得ていた〕に出かけるのでないかぎり、晩には、正餐をともにするため、将校団中の独身者が士官食堂《カジノ》に集う。

月に一度、「一般面会日」がある。ほかの連隊から友人を連れてくることができる日だ。加えて、既婚の将校〔兵営外に居住している〕、また、たいていの場合には「老先輩」の何人かも現れる。デュッペル堡塁強襲（一八六四年四月十八日）〔対デンマーク戦争〕、ケーニヒグレーツ会戦（一八六六年七月三日）〔普墺戦争の決戦〕、近衛連隊のサン・プリヴァ突撃（一八七〇年八月十八日）といった連隊の栄誉記念日には、祝典が挙行された。士官食堂が社交の中心地となるのだが、若い後輩たちにとっては、そこは同時に教育の場となるのであった。われわれは、軍隊の日常的なことがらばかりを話題にしていたわけではない。むしろ、専門のことばかりを長々としゃべるのは評価されなかった。食卓に年長の将校（ただし、独身者に限る）が同席すると、会話はがぜん活発になった。すなわち、陸軍大学校や参謀本部に配置された将校が、われわれに多くの刺激を与えてくれたのである。そうした将校として、ここでは、のちの陸軍統帥部長官〔陸軍総司令官に相当する役職〕となった男爵フォン・ハマーシュタイン＝エクヴォルト〔クルト・フォン・ハマーシュタイン＝エクヴォルト（一八七八〜一九四三年）。最終階級は上級大将。部隊局長、陸軍統帥部長官などの要職を歴任した〕と、後年の首相フォン・シュライヒャー〔クルト・フォン・シュライヒャー（一八八二〜一九三四年）。最終階級は歩兵大将。国防大臣、首相などを務めた〕の名前だけを挙げておこう。とはいえ、エルンスト・フォン・ニーベルシュッツ〔第一世界大戦後に純文学作家になった〕〔一八七九〜一九四六年。代表作として、『マクデブルク』、『ハルバーシュタット』など〕のような他の多くの者も、「士官食堂の歓談」を盛り上げるのに貢献した。夏には、多くの日曜日を水辺で過ごした。連隊でヨットを二隻所有していたから、それに乗って、シュプレー川上流の湖の魅力的な風景のなかを横切っていたものである。

私自身、最初の二年間は、新兵教育に携わった。この素晴らしい任務は、格別に好ましい想い出となっている。それは、自分もまだ青二才だというのに、ほぼ同年配の者たちに軍務を習得させるのみならず、教育をほどこし、彼らに真の軍人たる者の倫理的価値を伝える仕事なのであった。そうして、最初の一年が経ち、新兵たちが二年の兵役を終えて〔ドイツ帝国時代の兵役は、歩兵で二年、騎兵と砲兵で三年、海軍で三年〕兵営を去っていく。彼らの人生にいくばくかを与えてやろうとした、その若者たちとの別離のときは悲しいものだった。一九一一年、私は、わが連隊隷下の銃兵大隊付副官となった。

一九一三年秋から、一九一四年の世界大戦勃発までは、陸軍大学校に入学している。

あの、うるわしい平和な数年間に経験したことのうち、ある旅行について記しておきたい。それによって、私は、地中海世界の輝きを初めて実見することができたのだ。連隊における私の戦友にして、最良の友であるヴィルヘルム・ディートリヒ・フォン・ディトフルト（ニックネームは「ディーコ」）のご父君は、トルコ陸軍の教官として、コンスタンティノープル〔現イスタンブール〕で勤務していた。ディトフルトのご両親は、その息子と一緒にコンスタンティノープルを訪問するよう、私とディーコの共通の友人であるゲプハルト・フォン・ビスマルク、それに私を招待してくださったのである。加えて、われわれの指揮官は太っ腹で、四週間の休暇を許可してくれた。

ディトフルトが先行して旅立った。一方、ビスマルクと私は、演習を終えたあと、一九〇八年九月末に、ルーマニアの黒海に面した港コンスタンツァに、鉄道で向かった（われわれ少尉の俸給に相応の二等席であったことはいうまでもない）。続いて、小さな沿岸汽船で海を越え、ボスポラス海峡に達する。嵐の夜の航海だった。翌朝、日が昇るころには、船はまさに海峡に着いていた。トルコの城塞の廃墟が進入路を見下ろしている。ヨーロッパ側がルメリ・ヒサル城、アジア側がアナトリ・ヒサル城である。そのあとのボスポラス海峡を抜ける航海は、輝ける青い空のもと、素晴らしいものとなった。海岸からは、絵のようなトルコの村々や壮麗な邸宅が挨拶を送ってくる。ヨーロッパ側には、外国の大使たちが夏に居住する、魅力的なテラピアの地。アジア側には、全体が白い大理石でつくられた夢のようなドルマバフチェ宮殿。ここは、当時のスルタンであったアブデュルハミト〔アブデュルハミト二世（一八四二〜一九一八年）〕が、その跡継ぎ、のちに最後のスルタン、メフメト五世〔一八四四〜一九一八年〕となった人物を保護・軟禁していたところである〔実際には、メフメト五世のあと、メフメト六世がスルタンになっている〕。これらの建物のあいだを、われわれは通過していった。

汽船がペラ〔古名に従えば、ガラタ〕埠頭に横付けになると、われわれは、パシャ〔かつてトルコやエジプトで、高官に与えられた称号〕であるフォン・ディトフルト閣下と、われらが友ディーコに迎えられた。が、同時に、商人、物乞い、ポーターがわれわれを取り囲み、押し合いへし合いをやらかしては叫んだ。ハマルと呼ばれるポーターたちが、われわれの荷物を引き受けようと試み、ついには互いに喧嘩におよんだことはいうまでもない。一隻のランチに乗って、われわれは、やや波高い濃青色のボスポラスの海を渡り、郊外の別荘地カディ・ゲジイに向かった。ディトフルト家は、そこに住んでいたのである。私は、ディトフルト家よりも、仲良しで愛にみちみちた家庭は、まず知らない。われわれは、そんな家に迎えられたのであった。

その邸宅は、椰子《やし》やレモン、オレンジ、イチジクなどの果樹が生い茂った庭園のなかに在った。だが、もっとも美しかったのは、ボスポラス海峡の向こう側に横たわるコンスタンティノープルの眺めである。近代的なペラ街区からは、中世にジェノヴァ人が建てた荘厳なガラタ塔と高くそびえたつドイツ大使館が眼に入ってくる。そこから、金角湾への進入路、さらには、モスクのドームや祈りの塔《ミナレット》、旧後宮を囲む高い壁といったものが立ち並ぶ半島《スタンブル》〔金角湾とマルマラ海のあいだの城壁に囲まれた半島を指す〕へと、視線がさまよっていく。早朝には明るいピンク色に輝き、夕には沈む太陽の光によって深い橙色に照らされる空を背景としたスタンブルのシルエットは、とりわけ魅力的な風景となっていた。

われわれがスタンブルを訪問したり、アジア側の海岸に馬で遠乗りした際に見た美しきものすべてを描写することは、私には不可能である。いずれにせよ、コンスタンティノープルはもっとも華麗で、私が見たなかでもいちばん絵画的な（少なくとも当時はまだ）都市だった。いたるところで、建築が、長く、名声にみちた過去の証人となっている。ローマ時代の遺跡にはじまり、全世界にビザンツの栄華を証明してみせるような建築、イスラム文化の精巧な創造物までが存在するのだ。とくに強い印象を受けたのは、建築術の奇跡ともいうべき作品、ハギア・ソフィア大聖堂だった。五三二年から五三七年にかけて、ユスティニアヌス帝〔東ローマ帝国皇帝ユスティニアヌス一世（四八二〜五六五年）〕のもとで建設され、その圧倒的な規模と内部に使われた色とりどりの大理石によって、深い感銘を与えてくるのだった。残念ながら、トルコ人は、コンスタンティノープルを征服したのち、コーランの箴言《しんげん》を上に描いて、壁のモザイクを覆い隠してしまった。同様に壮麗で美しいのは、スルタン・アフメト・モスクである。その内部では、壁全体に美麗なタイルがはめ込まれていた。

また、他の多くの建築とともに、とくにビザンツの昔を思い起こさせるのは、有名なコンスタンティノス〔東ローマ帝国皇帝コンスタンティノス七世（九〇五？〜九五九年）〕のオベリスクや高い市壁であった。コンスタンティノープルが征服された際、この市壁にしつらえられた門の一つのそばで、ビザンツ帝国最後の皇帝がトルコ人に降ったのだ。

旧後宮（かつてはスルタンの宮殿であった）では、華々しい昔ばなしの多くが頭に浮かぶばかりではない。それは、いまや博物館として、ギリシア、ローマ、ビザンチン、トルコの芸術の比類なき宝を収蔵しているのだった。金角湾の岸には、絵のごときエジュプ墓地がある。トルコの墓碑は、長方形で幅の狭い、まっすぐに立てられた石板で、そこに飾り文字で銘が刻まれている。上部には、ターバンか、トルコ帽《フェズ》がかぶせられていた。もし、それが斜めにかぶせられていたら、当該の人物が、スルタンによって斬首に処せられたということになる。こうした昔の時代の記念碑が、これ以上はまず考えられないというほど多種多様で、しかし、やかましく、汚らしい日常のまわりにあふれかえっているのである。

そのような暮らしの中心になっているのは、金角湾に渡された、ペラ地区とスタンブルを結ぶ金角湾に渡された浮き橋とバザールだった。橋の背後には、金角湾に封じられるかたちで、トルコ艦隊が停泊していた。革命になるのではないかと常におびえていたスルタン、アブデュルハミトは、そこに艦隊をしかと留めておいたのである。われわれが聞かされたところによると、軍艦には弾薬は積まれていない。いかなる日が来ようと、スルタンが居住しているユィルディズ小荘《キオスク》を砲撃できないようにするためだった！

この幅広の木製橋の上を、あらゆる国籍と人種の人々、馬車、荷物を積んだラクダとロバの流れが、絶えることなく行き交う。橋の手すりの側は、どこもかしこも、小さな屋台がいっぱいに立ち並んでいる。そこでは、肉、魚、果物、さらには靴や革製品、甘味等々が、声高な呼び込みとともに売られているのだ。また、駄獣の御者、大勢の人を押しのけて道を開こうとするハマル、水売りが、喧噪の交響曲を演奏するのに与っていた。

もともとは丸天井の屋根があった地区である旧バザールを抜ける通路は、いっそう印象深かった。ここでは、あらゆる生業をなすものが、その種類ごとに、自分たちのバザール通りを持っている。もっともみごとだったのは、武器バザールの商店だった。この輝かしい業種の店では、剣や匕首、装填済みのピストルが売られているのだ。絹商人の店なども素晴らしかったが、いちばんの見ものは絨毯《じゅうたん》商人の店だった。オリエントのすべての地方から来た最高の絨毯を眺めることができたのである。加えて、とくに外国人の買い手の気を引くような品々があったことは、もちろんだ。銅や真鍮《しんちゅう》の細工物、綺麗な古いタイル、寄せ木細工の小卓……。さまざまな売り手たちを観察するのは、非常に興味深かった。大部分は、ギリシア人、アルメニア人、ユダヤ人である。彼らの振る舞いには、生まれつきのにぎやかさがあった。言い値よりもできるかぎり安い値を言ってやると、彼らはそくざに、もうそこまで値下げする余裕はないと誓ってみせるのだ。とにかく、まあ、受け入れられる値段で折り合いがつくまで、長い駆け引きを要する。その際、売り手は、自分の商品を贈呈しろというも同然のことを口にする外国人の無理解について、涙を流さんばかりにしているのである。とうとう交渉を打ち切って、去ろうとすると、追いかけてきて、やいのやいのと言い、戻って話を続けてくれと訴えるのであった。

だが、トルコ人、とりわけ武器バザールの者は、まったく異なる種類の人間だった。彼らは、おのが商品の後ろに、威厳たっぷりに座って、水煙草を吸っている。客引きの努力など、いっさいやらない。むろん、彼らとて、買い手が言い値を値切ろうとするだろうと思っているし、それに備えてもいる。しかしながら、もし買い手が求めようとする品の価値よりも低い申し出をしたなら、トルコ人の売り手からはもう相手にされないだろう。それは間違いない。その売り手にとって、彼はもはや空気も同然なのである。さりながら、何かを買えば、同時に、極上のトルコ風コーヒーを小さなカップに一杯振る舞われるということになる。大使館の通訳ならびにコンスタンティノープル在住のあるドイツ人をガイド兼相談役として、ちょっとした買い物ができたという点では、われわれは幸運であった。素敵だというよりも、むしろ刺激的だったのは、「泣き叫ぶ修道僧《ダルヴィーシュ》」、過激な禁欲的宗派を訪ねたときのことだ。相応の代償を払って了解してもらい、その勤行を見学することが許されたのである。その際、ダルヴィーシェは、彼らの祈禱室の床にあぐらをかいて座り、刺激的なリズムの曲が鳴らされると、上体を旋回させる運動を行った。そうしているうちに、彼らは忘我の境地に達する。荒々しい叫びを放ち、唇から泡を噴く。それが、とうとう消耗しきって、くずおれてしまうまで続くのだ。この、宗教的な熱狂こそ感じられるものの、気味の悪い見世物の場を去ったときには、ほっとしたものであった。けれども、それは当時、コンスタンティノープルの「名物」とされていたのである。ともあれ、マルマラ海に浮かぶ「王子の島々」へ行ったときの経験は、ずっと素晴らしかった。第一次世界大戦のあと、それらの島々の一つに、コンスタンティノープルで捕らえられた、飼い主がいない犬が数万頭も捨てられ、飢え死にするにまかされたのだった。もっとも、われわれが訪れたときには、その島々の犬は保健所の役目を果たしていた。というのは、犬たちは、無造作に通りにぶちまけられたゴミをあさっていたからである。

さて、われわれにとって、とくに興味深かったのは、出席を許された二つの催しだった。

一つは、初めて実行可能となった、首都に駐屯するトルコ軍親衛軍団による部隊演習だった。われわれがコンスタンティノープルに到着してからほどないころ、「青年トルコ」〔従来、「青年トルコ党」とされてきたが、西欧的な意味での政党・政治集団ではないことから、近年では「青年トルコ」、もしくは「青年トルコ人」とされる〕が最初の革命を起こした。それによって、スルタンのアブデュルハミトはなお玉座を保ってはいたが、実質的な権力を奪われてしまったのである。そのときまで、在コンスタンティノープルのトルコ軍部隊は、大演習のために兵営を出ることを許されていなかった。スルタンが、常に、反乱を起こされるのではないかと恐れていたからだ。いまや、トルコ軍部隊にもやっと、より多くの自由が与えられたというわけだった。彼らは、親衛軍団長マームト・ムフタル・パシャ将軍〔(一八六六〜一九三五年)。トルコの軍人・外交官。最終階級は中将〕に率いられていた。彼は、ベルリンで第二近衛歩兵連隊付として軍事教育を受けた人物で、ドイツ語を流暢に話した。トルコの軍人は、きわめて熱心だった。ドイツ陸軍付で勤務するか、ドイツ人教官の生徒だった年長の将校もいれば、おそらく、その多くが「自由と進歩」委員会〔正確には「統一と進歩委員会」〕のメンバー、つまり「青年トルコ」に属していたであろう青年将校もいる。いずれも好感が持てた。ただし、最初の大規模な演習により、トルコ軍部隊を苦しめている困難を認識させられたことはいうまでもない。

もちろん、それと並んで、なんとも独特な光景も見られた。私は、小さな馬に乗った肥満老人たちのことを覚えている。その足は、ほとんど地面につきそうになっているのだった。雷雨、もしくは、燃える太陽の暑熱のおかげで不快な思いをせぬよう、彼らは馬上に傘を携行していた！　格別に奇異の念を起こさせたのは、スルタンの宦官長が出席していることであった。彼は、帝室の公子に準じる身分を有しており、スルタンに絶大な影響をおよぼしているとみなされていた。それゆえ、最大限の配慮を払った扱いを受けていたのである。宦官が、演習終了時の講評に耳をそばだてているのは、われわれには、いささか異様に感じられた！　その際、最初に話したのは、フォン・ディトフルト・パシャ閣下だった。彼はドイツ語でしゃべったが、トルコ軍将校の大部分が理解しているようであった。そのあとで、司令官〔マームト・ムフタル・パシャ〕が講評する。彼は、演習のあいだに、われわれ若い少尉ふぜいにまで、非常に愛想良く挨拶してくれたものだ。

われわれが招待された、もう一つの催しは、「大応接《セラムリク》」だった。スルタンが、金曜日ごとに、その宮殿のそばにあるモスクで行う祈禱式である。

すでに述べたように、アブデュルハミトは、金角湾のはるか上、ペラとガラタ間にあるユィルディズ小荘に居住していた。もっとも、小荘という表現は誤解を招きやすい。それは高い壁に囲まれた庭園であり、そこに一連の宮廷の建物が並んでいた。スルタンは暗殺を恐れて、毎夜、ちがう家で過ごすことにしているというのが、もっぱらの噂だった。当然、外国人が入っていくことはできない。例外は、大使や諸侯が謁見をたまわるときだけだった。

その外壁のそばに四阿《あずまや》があって、外交団やとくに招かれたお客が、そこから大応接式を見学することを許される。われわれ三人は、当時コンスタンティノープルで指導的な役割を果たしていた男爵フォン・マルシャル大使〔アドルフ・マルシャル・フォン・ビーバーシュタイン（一八四二～一九一二年）。外務大臣を務めたこともある、ドイツの外交官〕に仲介してもらったのである。この祝典では、外交官はフロックコート着用のことと指定されていた。われわれも、パレード用の上着で出席しなければならなかった。そのために、わざわざ上着をベルリンから携行してこなければならなかったのである。

ユィルディズ小荘の門から、宮殿の下手にあるモスクまで、数百メートルほどしかない通りに沿って、親衛連隊がその両側に列をつくっていた。定められた時間ぴったりに、宮殿庭園の門が開く。一頭立ての小さな馬車だ。引き馬に速歩をさせつつ、スルタンが、モスクに向かって、親衛連隊の列のあいだを車行していく。老人だ。白くなった薄いひげで、やつれた顔が覆われている。見えたかぎりにおいてだが、不安げに眼が泳いでいたようだ。その外見から、想像をめぐらすことができた。この、長いこと、狡猾で残虐な専制君主として支配をおよぼしてきた男は、多くの悪事を犯したのかもしれない。そして、暗殺されたり、反乱を起こされることを恐れながら、何年も生きてきたのだ。

馬車の後ろには、トルコのパシャたちが徒歩で付き従っていた。馬車に歩調を合わせるために、老人や肥満した者も走らなければならない。彼らにとって、少し上り坂になっている帰り道は、とりわけきついものになろうと思われたものである。さらに、その背後からついてくるのは、車窓に格子がついた二頭立ての箱型馬車であった。スルタンの後宮の女性たちが中に座っているのだ。このようなお供のすべてが、スルタンがモスクでただ一人、祈禱を行っているあいだ、前庭で待っていなければならなかった。ハーレムの箱型馬車は、古いしきたりに従い、馬を外されていた。脱走を妨げるのが目的である。

儀式が終わると、スルタンは再び、パシャたちと後宮の女性を引き連れ、敬礼を送る将兵の列を抜けて、宮殿へと戻る。われわれは、たぶん二度と見られないであろう一幕に参列したのだ。

こうして、美しいもの、興味深いものをたっぷりと経験したのち（それには、テラピアにある、おとぎばなしのごとき庭園を備えた大使の夏の別邸への遠足も含まれていた）、われわれのコンスタンティノープル滞在は終わった。われわれは、われらが友ディーコの家族に、無限の感謝を捧げた。彼らこそ、すべてをかなえてくれ、われわれをお客として、親切に迎え入れてくれたのである。帰路にあっては、われわれ三人は、ドイツの汽船に乗った。それは、コレラが蔓延《まんえん》していたオデッサから来た船だったから、ほとんど乗客がいなかった。ゆえに、われわれは、つましい二等船客でありながら、船全体を自由に使うことができた。また同時に、船の士官たちとも、すぐに友達になったのである。秋の日の輝きを受けながらの地中海航行は素晴らしかった。最初に寄港したのは、そのころ、主としてギリシア人が居住していた都市スミルナで、小アジア西岸航路への乗り換え地だった。われわれは、樹木が生い茂る谷に、ささやかな遠足をする時間を持てた。そこには、とあるドイツ人の領地があって、おおいにもてなされたのである。つぎの寄港地はアテネだった。残念ながら、船が入港しているのは一日だけで、圧倒的なアクロポリスの景観と博物館を訪れて宝物を見たことのみが記憶に残っている。メッシナにおいては、数時間投錨したのみだった。二年後、この都市と、その美しいルネサンスとバロックの建築は、地震によって、ほぼ完全に破壊されてしまったのである〔「二年後」とあるのは、原著者の記憶ちがいで、実際に噴火と地震が起こったのは、一九〇八年だった〕。ナポリには三日間滞在し、カプリ島やポンペイにも遠出した。そのあと、およそ一週間、ローマで過ごすことができた。当時のわれわれは若く、好奇心も旺盛だったから、そこでは短期間に、非常に多くのものを見て、多数の美しいものを吸収したのであった。かくて、この旅行は、私にとって、今日なお残る青年時代の想い出となったのである。

第一次世界大戦

一九一四年〔第一次世界大戦開戦〕の動員とともに、私は、われらの連隊をもとに編成された第二近衛予備連隊の連隊副官となった。それは、近衛予備軍団の麾下に入り、私も、ナミュール攻略、マズール湖畔の戦い、ポーランドでの秋季戦役に参加した。一九一四年十一月には重傷を負っている。ある程度回復したのちは、フォン・ガルヴィッツ将軍〔マックス・フォン・ガルヴィッツ砲兵大将（一八五二～一九三七年）。最終階級も同じ。当時、第五軍西部攻撃支隊長〕の司令部に、作戦参謀の補佐官として配属された。一九一六年の北部ポーランドおよびセルビアでの攻勢、一九一六年のヴェルダン攻撃において、私は、攻勢に際して上級司令部に必要とされることへの洞察を得た。ソンムの戦いがはじまると、私は、あらためて新編された第一軍司令部の参謀となった。第一軍司令官は、われらが軍指導者のうち、最良の一人であったフリッツ・フォン・ベロウ将軍〔一八五三～一九一八年。当時、歩兵大将。最終階級も同じ〕、軍参謀長は有名な「防御戦の獅子」、フォン・ロスベルク将軍〔フリッツ・フォン・ロスベルク（一八六八～一九四二年）。当時、大佐。最終階級は歩兵大将。「弾性防御」と呼ばれる、柔軟な防御戦術を駆使したことで、近年注目されている〕であった。この部署にあって、一九一六年のソンムならびに一九一七年のシャンパーニュにおける攻勢を体験した。のち、クールラント〔現在のラトヴィア西部地域〕とエストニアにおいて、第四騎兵師団の作戦参謀を短期間務めた。それによって、初めてボリシェヴィズムと遭遇することになったのである。その後、一九一八年五月には、ある攻撃歩兵師団〔攻撃の先鋒となり、敵陣深く突進して、交通の結節点や補給・通信の中心地を占領、対手をマヒさせることを目的として、特別の装備・訓練をほどこした師団〕の作戦参謀として、西部戦線に配置された。同師団のもとで、私は、ランス地域における五月ならびに八月の攻勢に従事し、それに続いて、スダン地区に至る困難な防衛戦をともにした。

革命と休戦とともに、私の軍人としての青年時代は終わった。それまで、忠誠の宣誓により、最優先に義務を負っていた皇帝兼国王〔四〇頁の訳註に示したように、ドイツ皇帝はプロイセン国王を兼ねていた〕の位置に、「ライヒ」〔ドイツ語の「ライヒ」Reichには、「帝国」という意味もあるが、一般には、統一されたドイツ人の国家を指す。この場合は、後者の語意で使われている。本訳書でも、以下、原著者の意に応じ、原則として「ライヒ」の訳語を用いる〕が立ち現れたのだ。国家の外的形態が変わろうとも、また、新しいかたちが、われわれに好ましいものであるか否かにかかわらず、われらが奉仕しなければならないのは、自らの国民、おのが国家であった。「ライヒの保持」が、われわれの使命だったのである。

結婚

時間的に先回りすることになるが、ここで、私自身の家庭について、いくばくかのことを述べておきたい。それは、本書で主として語ろうとしている時期において、私自身を取り巻く環境となっていた。

一九二〇年の初頭に、ダイヒスラウ（シュレージェン）在の親戚、フォン・ケルン姉妹のところで催された狩猟行で、私は、ユタ＝ジュビレ・フォン・レーシュと知り合った。一月十日には、われわれは婚約していた。結婚式は、六月十日にロルツェンドルフ（ナムスラウ郡《クライス》）で行われた。

わが花嫁は、予備騎兵大尉で、等族代表《ランデスエルテステ》〔身分制にもとづく議会主義を以て統治された「等族国家」において、ある身分を代表した者の職務。この場合は、伝統的な称号になっているものと思われる〕にして世襲制農場主だったアルトゥール・フォン・レーシュと、その夫人、エールス郡ヴァイデンバッハ出身のアマリ（旧姓フォン・シャク）の娘であった。

フォン・レーシュ家の祖は、マクデブルクに発する。その一族は、十八世紀にブレスラウに移った。そこで商業を営み、尊敬される地位に昇ったのである。ブレスラウの外郭環状通りにあり、今なお同家の持ち物である、古き美しき建築「太陽の家」は、その当時のことを示す証人となっている。わが妻の曾祖父は、十九世紀最初の三十年間に、シュレージェンのさまざまな郡に多数の地所を得た。私の義父は、ナムスラウ郡のロルツェンドルフ、ヘナースドルフ、ブーチュカウに土地を持っていた。ブーチュカウは、郡の一部、「ライヒターラー小区」と呼ばれる地域にあったが、連合国がヴェルサイユで行った協議によって、ポーランドに割譲されてしまったのだ。純粋にドイツのものでありながら、ポーランドに融通されてしまった中部シュレージェンの他の地域と同じく、ライヒターラー小区も一度たりとポーランドに属したことはなかった。歴史的かつ民族誌的理由からいえば、すでに述べたごとき、ドイツ人のみから成る住民の民族自決権を論じることもなしに、ポーランド人が同地域を要求するなど、まったくあり得ないことだったのである。われわれがロルツェンドルフで婚約してから数日後、新しい国境の線引きが発効した。その前に、われわれは、ただ一度だけブーチュカウを訪問することができた。このあと、ポーランドは、私の義父から、不法に同地を没収したのだ。かくて、われわれは、親しい家族にまで、ヴェルサイユ条約が押しつけられるのを経験したのである。

婚約によって、私は、数百年来、シュレージェンの地において一致団結してきた家の一員となった。その構成員、なかんずく私の義父は、この国境地帯において（ロルツェンドルフは、ドイツとポーランドの新国境にじかに接していた）、ドイツ的なものを植え付けていった先駆者であり、また、宗派が入り交じった当地での新教徒の支柱であった。ただし、彼らの一族にあって、度を越したナショナリズムや教会への狂信が示されるようなことはなかったのだ。

ロルツェンドルフは、模範的に経営された領地であり、よく知られた家畜の血統群を有していた。一方、ブーチュカウでは、義父によって、名高い種苗産業が育てられている。だが、すべては一九四五年に消えてしまった。

しかし、私の義父アルトゥール・フォン・レーシュは、優れた農場主というだけではなかった。彼が主たる努力を注いだのは、むしろ、国民的でキリスト教的、そして、何よりも社会実践的な領域であった。義父は、前々から、自分の農場での収穫に際して、ポーランドの出稼ぎ労働者を招集することを拒んでいたのだ。すでに第一次世界大戦前から、ロシアよりのドイツ人帰住者〔ロシア帝国には、多数のドイツ系住民がいた〕を受け入れていた。彼らのために、感じのよい労働者住宅を建ててやり、土地と農地での仕事をくれてやったのだ。また、自費でロルツェンドルフに孤児院を建てて、それを維持するということもやっていた。そこでは、まず第一に、両親をなくした大都市の子供たちが収容され、クリスチャンのシスターによって教育されたのである。義父は、何ごとについても、助けられることがあるとみれば、すぐ乗り出せるように用意していた。それゆえ、この大農場主とその労働者ならびに村々の農民の関係が、格別に親密なものになったのも、理の当然であった。労働者たちの一族の大部分は、何世紀も前から、この地所にいた。おそらく三十年以上も私の義父に仕えていた老御者ハインリヒや召し使いのヘルマンは、家族も同然だったのだ。

私の義父がキリスト教的・社会的な努力を払うことは、義母によって心から支持されていた。彼女のように、何であれ手助けしてやろうと備えている領主夫人はみたことがない。村々や領地にあって、心配事や苦労を抱えている者は誰でも、彼女の助けを受けたり、相談に乗ってもらったものだ。どんな時間であろうと、また、邪魔になるようなときに人が来ることがしばしばあろうとも、義母はいつでも、喜んで助けをさしのべていた。ロルツェンドルフ孤児院の子供たちも、特別の愛情を以て、受け入れていた。彼らが成長したのちまでも、義母はその面倒をみていたのである。

わが義父母の進んで他者を助けてやろうとする姿勢は、自分たちは努めて無欲な暮らしをしているという事実と好対照をなしていた。二人は、ほかの者が似たような状態にあったら、当たり前のこととみなすような要求すら出さなかった。義父が、ブーチュカウとともに失われてしまった美しい森への愛情と血統群を維持していることへの誇りのほかに、唯一執着していたことといえば、美しい古家具の収集だった。ゆえに、ロルツェンドルフの家は、ほとんど博物館に比肩し得るほどになっていたものだ。

こうしたエルベ川以東の大土地所有者一族の実例は（ほかの多くの例を挙げていけば、きりがない）、「プロイセンのユンカー」について、破廉恥《はれんち》なプロパガンダが描きだしたこととは正反対だったといえる。いかなる身分にも存在するような、わずかな例外を措けば、かかるあり方がけっして少数派でなかったことは真実なのである。

私の妻は、結婚したときには十九歳、兄一人と四人の弟に挟まれた、ただ一人の娘だった。彼らのうち、四人までが、第二次世界大戦において、予備将校として従軍した。義父の死後、ロルツェンドルフを相続した長兄コンラートは、ポーランド戦役で重傷を負ったのがもとで、一九四〇年三月に死去した。一九三九年に戦争が勃発したのち、われわれは彼の息子ハンス＝フリードリヒを引き取っていた。が、ハンス＝フリードリヒも、まだ十七歳だったというのに、一九四五年四月に戦車の砲手として戦死したのである。妻の四番目の弟エクベルト・フォン・レーシュは、学校に通うため、五年間、私たちの家で暮らしたのだけれど、彼もまた、一九四〇年五月にブリュッセル上空で、急降下爆撃機中隊の隊長として、命を捧げたのであった。

ともあれ、ここで、妻と私が一九二〇年にカッセルで自らの家庭を築いて以来のことについて、一言述べておこう。

われわれが結婚した日からちょうど一年目に、最初の子供である娘のギーゼラが、ロルツェンドルフで洗礼を受けた。さまざまな面で天賦の才能があり、スポーツ好きな彼女は、戦争がはじまる直前に大学入学資格を得たものの、進学をあきらめ、戦争中は衛戍病院で看護婦を務めた。一九四四年には、エーデル・リンゲンタール少佐と結婚した。彼は、〔第二次世界大戦後〕家族とともに誠実な市民生活を送ったのち、現在では再び〔ドイツ連邦国防軍の〕将校となっている。二人には、七人の子供がいる。

もう一年経ったころに生まれた息子ゲーロは、一九四〇年にアビトゥーアに合格したのち、陸軍に入隊した。彼は、十九歳のときに、第五一装甲擲弾兵《パンツァーグレナディアー》〔この場合は、自動車化歩兵の意〕連隊の少尉として、東部戦線のイリメニ湖畔で戦死した。

いちばん下の息子、リューディガーは、一九二九年十一月十九日にベルリンで生まれた。快活で、しかし、幼いころから物思いにふけりがちな子供だった。彼は、われわれとともに、兄や愛する人々の多くを失った上に、故郷をなくし、ついには、私が捕虜になるという事態までも、経験したのである。戦後の困難な数年間において、リューディガーは、まだ少年だったにもかかわらず、私の妻にとっての慰めと支えでありつづけた。大学入学資格試験を終えたのち、将来の懸かった闘争を引き受けたのだ。彼は今、ジーメンスのビジネスマンとして働いている。

これらの子供や面倒をみた子たちが、われわれの人生にもたらした幸せと喜び、一方また喪失の痛みに際して、わが生涯の道程を照らしだしていたのは、私と妻を結びつけている愛の星だった。

私の妻は、生粋の田舎の子供であった。両親の家への深い愛情を持ち、うるわしい故郷ロルツェンドルフと結びついた存在だったのだ。自然の自由と祝福された豊饒《ほうじょう》な風景のただなかにいることに慣れた彼女にとっては、狭隘で制限の多い都会生活になじむのは、たやすいことではあり得なかった。彼女は気丈にもそれを克服し、農園の大規模な家政に対して、制約が多い将校の家庭事情に適応したのである。インフレによる資産減少、日に日に俸給の貨幣価値が減っていくこと、頻繁に転勤するがゆえの避けられない別離など、困難はいや増すばかりだったというのに、だ。

人生がわれわれにもたらしてくれたもの、妻の愛は、あらゆる不安や困難を超えさせてくれた。子供たちにとっては、彼女は、考えられるかぎり、もっとも愛に満ちた母親だった。しかし、彼女は、われわれや一族の者に対してのみ、愛情や親切心を注いだわけではない。妻のもとに来た者は誰でも、その心痛を理解してもらい、彼女の力がおよぶかぎりの助けを得ることができたのである。ところが、妻は、自分のためには何も求めなかった。われわれや他の人々の人生を素晴らしいものにするために、いつでも自らの願いを抑える用意があったのだ。

愛情を与えること、魂と感情の繊細さ、心のつつましさなどが、わが妻により、われらの人生の道のりにもたらされた贈り物だった。しかし、戦争の苦難がドイツにやってきたとき、われわれが愛する若者、二人の養い子、わが義理の兄弟たち、他の、われわれにとって愛おしい人々の多くをなくし、ついには故郷までも失われたとき、この華奢《きゃしゃ》な女性の心にどれだけの忠実さと気丈さが備わっていたのかが示されたのである。われわれが所有していた物すべてを失ったのちも、彼女は、倦《う》むことなく働き、自分とまだ学校に通っている末息子の生活を守った。私が裁判にかけられたときには、彼女は毅然として私の味方となった。彼女は、自分が法廷にいれば、恥知らずな判決が宣告されたときにおいてさえ、私に力を与えることができるとわかっていたのだ。

われわれが一九二〇年六月十日に結婚した際の誓いの言葉は、このようなものであった。

「神は愛なり。愛に居る者は神に居り、神もまた彼に居給う」(ヨハネの第一の書　第四章第一六節)。

わが妻は、これまでの生涯すべてを通じて、この言葉に忠実であったし、また、それは、われわれとその子供たちにも守られている。神がわれわれに贈り給うた愛は、あらゆる苦悩を超えて、われらを導き、堅持されているのだ。

多くの読者が、私の見方や判断の多くに賛成してはくれないだろうということは、よく承知している。しかし、願わくは、このドイツの妻にして母である一女性の像を受け止めてほしい。その像は、ほかの多くのドイツの妻と母のものでもあり、もっとも困難なときにも保持されていたのである。それは、すなわち、愛情にみちあふれ、健気で、忠実なる姿なのだ。

第一部　ライヒスヴェーア

第一章　革命と休戦がドイツ軍人の精神的姿勢におよぼした影響

「ライヒスヴェーア精神の代父」

一九一八年十一月九日の国家転覆と同十一日のドイツ軍の休戦ならびに、その結果が、ライヒスヴェーア精神を担うことになる将校たちに、どれほど深い影響を与えたかをあきらかにしなければ、しばしば論議されるライヒスヴェーアの精神、その国民と国家に対する立場を、正しく判定することはまず不可能である。この二つの事件は、ライヒスヴェーアがカイザーの軍隊の残骸から立ち上がるにあたり、事実上の代父の役割を果たしたのだ。

一九一八年十一月九日、皇帝にして国王であるお方が退位し、オランダに向かったとき〔カイザー・ヴィルヘルム二世は、ドイツ革命により退位、オランダに亡命した〕、それは、軍人にとって、単なる国家形態の変化のみを意味していたのではなかった。市民の場合とはちがっていたのである。少なくともプロイセン陸軍にとっては、彼らの世界の崩壊なのだった。プロイセン陸軍は「国王の」軍隊であった。すなわち、国王その人と、分かちがたく結びついていたのだ。国王に対して行われた忠誠の宣誓により、政治をはるかに超えた、道徳的な紐帯があった。おそらく、ゲルマンの「従士の忠誠《ゲフォルクストロイエ》」という概念によってのみ、理解されることであろう。かかる軍隊はもはや、国王なしということは考えられないのだ。

　ビスマルクは、ドイツ人一般について、以下のように述べている。「ドイツ人の祖国愛は、忠誠心を一身に集める王侯を必要とする」。「ドイツ人の愛国心を活発かつ有効たらしめるためには、通常、王家への忠誠という媒介が要るのだ！」　彼の時代には、根拠がなかったわけでもない名言だ。が、そうだとしても、軍の思想、とりわけ将校団のそれについては、おそらく、より深く立ち入らねばならない。軍隊にとって、国王とは、忠誠・義務観念がそこに結晶する一点であり、「国家」、あるいは「国民」といった抽象概念ではない。軍隊では、誰一人として「国家への奉仕」を口に出す者はいないのだ。その際、ときの君主の人物について、多少なりとも批判的であるかどうかということなど、まったく取るに足りない。ヴィルヘルム二世にではなく、「国王」に仕えているからである。代々の国王は軍をつくり、軍の本質は王家によってかたちづくられてきた。いかなる君主制といえども、帝王と国を守る軍隊のあいだに、かくも緊密な紐帯を有していたものはない。

　最後のプロイセン国王にしてドイツ皇帝である人が、革命の圧力のもとに退位したその日から、ドイツ軍人にとっての過去は、取り返しがつかないほどに粉砕されてしまった。チャールズ一世〔イングランド、スコットランド、アイルランドの国王であったチャールズ一世（一六〇〇～一六四九年）。ピューリタン革命の結果、処刑された〕やルイ十六世〔フランス国王（一七五四～一七九三年）。フランス革命により、処刑された〕のような、斬首された国王であっても、その正統な後継者というかたちで、君主制を回復することはできる。だが、プロイセン王制という理念は十一月九日に消滅し、それを再びよみがえらせるような後継者もいなかったのである。ビスマルクはすでに考えられることとして想定していたらしいが、ドイツ諸侯が王権のために戦おうとしなかったあとになっては、なるほど、君主主義者ではなく、君主が滅び去ったように思われた。

かくのごとく公言したからといって、失脚したカイザーをおとしめるつもりはまったくない。退位し、オランダに赴くという彼の決断は、ドイツ国民に内戦を味わわせたくないという意志、そして、おそらくは彼が玉座から降りることによって、帝国が「十四か条」〔一九一八年一月の演説で、アメリカ大統領ウッドロウ・ウィルソンが提案した、十四か条から成る講和の原則。秘密外交の廃止、公海・通商の自由、民族自決権の一部承認などを謳い、第一次世界大戦後の国際秩序の基礎となった〕の講和を確保するであろうという希望に沿っていたのである。それは、疑う余地のないことだ。彼の動機は徹頭徹尾、立派なものだった。カイザーは、おのが国民のためにあきらめたのであって、従って、その退位によって利益を得た輩《やから》以上に、彼を誹謗《ひぼう》するいわれを持たぬ連中はいない。加えて、あのように情勢が展開したなかにあっては、カイザーにも、他の選択肢はなかったであろう。王制を救うために、前線に出て死を求めることは、当時の戦況にあっては、事実上不可能に等しかった。

そのころ、ＯＨＬ〔第一次世界大戦におけるドイツ陸軍の最高司令部、「陸軍最高統帥部《オーベルステ・ヘーレスライトウング》」（Oberste Heeresleitung）の略号〕の将校たちの多くは、右のやり方でカイザーのあとに続くつもりであった。しかし、首尾良く戦死できる、負傷して敵手に落ちることなどないと、誰が保証できるだろう？　また、ドイツにおける反乱を鎮圧するために、激戦がくりひろげられている前線から多数の師団を引き抜き、その正面が崩壊する危険を招いた責任もあるのではなかったか？　そもそも、将校たちの賛成を得ることもなく、カイザーが退位することが公表されたあとになっても、国内・国外の闘争を成功裡に戦い抜くことなど、望み得たであろうか？

ヴィルヘルム二世は、そのような闘争を遂行するほど強靭でもなければ、不屈でもなかっただろう。世界は、彼の外面的な押し出しを見誤り、強い男だとみなしていた。だが、実際には、大戦を遂行するにあたって要求されるような力と堅忍不抜の精神は、この支配者にはなかったのである。カイザーは、ずっと前から権力を手放していた。それは、とっくの昔に、ルーデンドルフ〔エーリヒ・ルーデンドルフ（一八六五～一九三七年）。ドイツの軍人・政治家。最終階級は歩兵大将。第一次世界大戦中に、参謀次長となり、ＯＨＬを牛耳って、ドイツに事実上の独裁を布いた〕に渡っていたのだ。戦争勃発という運命が、まさに戦争を欲していなかった（そのことは、まったく疑い得ない）彼の上を通り過ぎていったとき、カイザーはもう辞任したも同然だったのである。十一月九日は、現実には、ずっと以前からはじまっていた国王権力の放棄を確認しただけのことだったのだ。[❖1] ヴィルヘルム二世が、世界を覆う嵐のなか、帝国を導いていくような男でなかったことはたしかであった。だからといって、彼が玉座を退いた動機を曲解すべきではなかろう。

さりながら、ドイツ軍人は、王制が廃されたのち、忠誠心の対象、忠誠義務のシンボルを、別に探さなければならなかった。だが、消え去った王制の位置に、何を据えるべきなのか？　忠誠と義務の象徴として、何を選ぶべきなのだろうか？

「国家」を、なのか？　それは、時が経つほどにいっそう、政党と利益集団の玩弄物《がんろう》であることがはっきりしてきた。すべてを掌握する機構とは程遠く、現実の権威を有していなかったのだ。加えて、その形態は、大多数の国民の意思に沿うものではなく、敗北の結果、勝ち誇る敵の願望の所産であるにすぎなかった。

では、「国民」か？　民主主義的な意味では、それが、君主制の権威の跡継ぎであることは疑問の余地がない。しかし、帝王の権威を代替しなければならぬであろう、統一的な国民の意思なるものが、政治、もしくは経済の重要な諸問題にあって、一定程度さえも存在していないことは、たちまち、あきらかにされた。すでに、少数派による国家形態は、国民の大半に驚くほどの負荷を課していたから、国民はすぐに三つの大きな党派に分裂した。右派と左派は互いに相手を仇敵視し、たとえ、さまざまな理由があるとはいえ、「革命」の成果に満足していないという一点でのみ、合致するだけだった。この両者のあいだに、民主主義思想を代表する中道派がいたが、彼らはまったく一枚岩ではなく、世界観もちがえば、政治的・経済的にも相違する考えを持つ政党や利益集団が寄せ集められていたのである。この中道派が「国民の意思」を代表していたなどとは、とてもいえない。むろん、左右両翼のいずれも、そんなことを主張できないのはご同様だ。こんなありさまで、「国民」なる概念が、軍人にとっての国王の位置につくようなことが、どうしてあり得ただろう？　そもそも、この引き裂かれた国民が何をめざしているか、なんびとたりとも、わかっているとはいえなかったのである。心情的には、軍人の大部分が、消えてしまった君主制を惜しむ右派の側にいた。が、義務という点では、その現今の形態が気に入るものであろうとなかろうと、「国家」に仕えなければならなかったし、実際にそうしたのであった。しかしながら、軍人にしてみれば、かくも国民のあいだで論議されている「国家」であれ、最重要の生死が懸かった問題にすら、統一意志が形成できないばかりか、あらたな情勢下で本当の国家意志に到達することが一度たりともできずにいる「国民」であれ、これまで王制によって形成されていたような堅固な中心軸をそれらで代替することなどできない相談であった。

それゆえ、十一月九日のあとに続いた、ヴァイマール共和国と第三帝国〔ナチスの用語で、神聖ローマ帝国が「第一帝国」、ドイツ帝国が「第二帝国」、ナチス・ドイツが「第三帝国」であると称した。ただし、正式の国号としては、使用されていない〕の時代に、軍人にとって、国王相応の地位を得るに至ったのは「国家」でも「国民」でもなく、「ライヒ」の概念であった。それは、なお維持するに足る使命であるとみなされたのだ。抽象的で、さらには神秘的であったともいえる概念だった。それは、「永遠なるドイツ」と呼ばれるもの、すなわち、国民、国土、国家のすべてを包含していたのである。

王制という支えを失ったドイツ軍人が、この、純粋理念的、あるいは神秘的な概念を指向したことは、外国人には、また、遺憾ながらドイツ人の多くにも理解できないかもしれない。いずれにせよ、それは、ドイツ的なるものの典型だった。他の国々にあって、軍隊が同様の状況に置かれたら、君主制支持にとどまるか、親共和国になるであろう。だが、ドイツでは、軍人の全存在が王制と結びつけられてきた伝統があるために、軍人が共和主義者になるようなことは、おいそれとできなかった。とにかく、そんなことは一朝一夕で成ることではなかったのだ。とはいえ、軍人の伝統感覚からすれば、ひとたび生まれ出た国家に反対することは、その義務感に背くものであった。ゆえに、「ライヒ」の理念こそが、彼らを救ってくれたのである。けれども、そこではすでに、ヒトラー支配に対する軍の姿勢の萌芽が生じていた。ドイツが興亡の懸かった闘争にあるとき、軍隊の任務は、最後まで「ライヒ」の存在を守り抜くこと以外にはない。ナチスの主義主張やナチ体制維持のための闘争などとは無関係だったのだ。

が、十一月九日がドイツ軍人の精神的姿勢におよぼした影響は、もっと広範なものであった。かつて、フリードリヒ大王は、左のように述べている。「巨人の肩に載った世界といえども、軍隊に支えられたプロイセンほどには安泰でない」。それは、当時においては、もちろん、外的な脅威に対する国家の維持のみを念頭においた言葉であった。のちに、軍隊がプロイセン国家を担う支柱となり、またドイツ帝国にあっては国内的にもその役目を果たすようになったとしても、一九一八年には、内的な脅威に対して国家を護持するという任は実行されなかったも同然であった。一八四八年の革命〔一八四八年にヨーロッパ各地に勃発し、ウィーン体制を崩壊させた革命。ドイツでは、フランクフルト国民議会の開催につながり、国家統一に向かう一歩となった〕においても、軍隊の出動によって、王制を安定させることはなされなかった。一八四八年革命は、銃口にさらされて崩壊したのではない。それは自ら挫折した。というよりも、むしろ、国王が憲法を認めたことにより、無に帰してしまったのだ。そのころ、プロイセン国民の大多数は、なお「親国王」指向だったからである。

しかしながら、十一月九日とその結果は、国内の脅威に対してライヒを維持するという課題をドイツ軍人に突きつけた。それはすなわち、極左の国家転覆の企て、分離主義者の運動などに対抗することだった。軍は、おのれの持ち場において、かつて君主制がライヒの団結のためにかたちづくっていた、あの、かすがいを代替するという使命に直面したのだ。

かかる、優れて国内政治的な課題は、いかなる軍隊にとっても好ましいものではない。当然のことだ。軍人の視座は、外に向けられている。軍人が望むのは、自らの国民と国土の安全、対外的な独立の守護者たることであって、国内の岡っ引き仕事ではないのである。それゆえ、のちに、権威ある国家指導部が、国家の権威を保持するとの内政的課題、ただし、軍人の感覚からすれば有り難くない課題を、自ら代わって引き受けてくれたとき、国防軍にとって、そこから解放されることは、必ずしも好ましくないことではなかった。その事実は驚くにあたらない。ヒトラーが、国防軍はナチ党と並んで、第三帝国がその上に拠って立つ二本の支柱の一つであると特徴づけた際（彼は、そんなことを真剣に信じていたわけではないのだが）、ヴェーアマハトは、本来の任務、対外的にライヒの安全を守ることに復帰できると喜んだのであった。国内の「支柱」であると国防軍が感じたのは、ただ一般兵役制の枠内で、若者たちをその思想に合わせて育てること、つまり、国家主義者的ではなく国家的な、また、軍国主義者的ではなく軍人的な思想を教えるかぎりにおいてのことでしかなかった。

国防軍が国内問題に背を向けたのは、一方には王制時代からの伝統、他方には、十一月九日と国内における軍の活動（つまり、自国民の一部に対するそれ）の余波として経験した無益なことなどから生じたことであった。

かくのごとく、十一月九日が、ドイツ軍人の国家における地位、そしてまた国家に対する地位を決めたとするなら、休戦の日である十一月十一日、正確にいうなら、休戦協定調印の結果は、国外からの脅威に対して、ライヒの安全を保障するという責務に対する軍人の立場にとっては、決定的なものとなった。

この休戦協定は、ドイツの国防力を無にしたのである。

ドイツは、連合国のスポークスマンである合衆国大統領相手にドイツ政府が行った予備交渉をもとに、この無防備性を負った。この予備交渉において、ドイツは、有名なウィルソンの「十四か条」を受け入れる用意があると宣言していたのだ。十一月五日、大統領から、最終的な回答が出された。連合国諸政府は「一九一八年一月十八日の大統領の議会演説にしたためられた講和条件（十四か条）に基づき、また、それ以降の大統領の諸演説があきらかにした原則によって、ドイツ政府と講和を結ぶ用意があることを宣明する」。

ジョン・メイナード・ケインズ（のちのケインズ卿）〔一八八三～一九四六年。いわゆる「ケインズ理論」を創出したイギリスの経済学者。英大蔵省の財政関連代表として、ヴェルサイユ講和会議に参加した〕は、それについて、このように書いている。「このドイツと連合国のあいだで行われた文書のやり取りより生じた接触の性格は明快であり、あいまいなところはまったくなかった。その講和条件は、大統領演説の内容と一致したものにされることとなっており、講和会議の目的は「運用の細目を話し合う」ことだったのである」（フラー将軍〔ジョン・フレデリック・チャールズ・フラー（一八七八〜一九六六年）。イギリスの軍人・軍事思想家。最終階級は少将。第一次世界大戦では、戦車の運用の発展に貢献し、退役後は機甲戦の理論家として知られた〕著『第二次世界大戦』に従って引用した）。

この休戦条件受け入れ前の覚書交換によっても、正式な意味での「暫定講和」はなお結ばれていなかったのかもしれない。が、そうだとしても、ただドイツのみが休戦協定とそれによる無防備状態を受け入れることになるのは疑い得なかった。なぜなら、それは、最終的に結ばれるべき講和条約について、「十四か条」を拘束力のある前提とみなすのは完全に正当であるとしていたからだ。

そこから生じたことは、誰もがわかっていよう。ヴェルサイユによる講和の強要は、精神と内容の両方において、「十四か条」を辱めた。加えて、勇敢に戦いながらも敗れた敵に対し、バックマスター卿〔スタンレー・バックマスター子爵（一八六一〜一九三四年）。イギリスの法律家・政治家〕の表現によれば「けっして消すことのできない恥知らずな行為」をしでかしたのである（英海軍大佐R・N・ラッセル・グレンフェル『無条件の憎悪』、ゲッティンゲン、一九五四年、九五頁の証言による）。ドイツが休戦協定で無防備状態を受け入れなければ、こんなことは不可能だったのだ。

原註

❖1　当時、非常な感銘を受けた、個人的な体験を付け加えておきたい。一九一七年春、シャンパーニュにおけるフランス軍のニヴェル攻勢〔ジョゼフ・ジョッフル元帥の後を襲って、フランス陸軍総司令官に就任したロベール・ジョルジュ・ニヴェル少将の主導で実行されたことから、この名がある。ニヴェルは四十八時間以内にドイツ軍の戦線を突破するとしていたが、大損害を出しながら、ほとんど前進できなかった〕が失敗したのち、カイザーが、ルテルにあった第一軍司令部を訪問したときのことだ。作戦参謀の補佐官として、私も、軍司令官が行った戦況に関するご進講に陪席することを許された。フォン・ベロウ将軍が、もろもろの戦闘について述べた。そのなかで、攻撃してきたフランス軍は、突破目標に到達することもないまま、大損害を被った（残念なことに、この失敗のあと、フランス軍の多くの連隊が反乱を起こしたことがOHLにわかったのは、ずっと後になってからだった。ペタン将軍〔アンリ・フィリップ・ペタン（一八五六〜一九五一年）。フランスの軍人・政治家。当時、中将。最終階級は元帥。第一次世界大戦ではヴェルダン防衛戦を指揮し、英雄とされたが、第二次世界大戦では第三共和政最後の首相としてドイツに降伏、親独政権のヴィシー政府首班となった。戦後、裁判で死刑を宣告されるも、高齢を理由に無期懲役に減刑された〕は精力的に士気回復に努め、それに成功した。しかしまた、彼はそのために、ひどく消耗した諸部隊に理解を示すということもやったのである。情報が欠如していたから、われわれは、この敵の弱体化につけこむことができなかった）。フォン・ベロウ将軍は、ご進講において、自分の軍の左翼が、フランス軍によって、いくつかの重要な高地を占領されたことにも触れ、そくざに反撃して、それらを奪回するのは不可能であろうとした。この点について、カイザーは、その流儀である短いもの言いで、ただ「奪回するのが当たり前だ」と口にした。ところが、フォン・ベロウ将軍は、お構いなしに話を進めていったのだ。最高司令官の言葉といえども、実現は不可能であるし、実行されないだろうということは、われわれ全員にとって明々白々だった。当軍には反撃用兵力の持ち合わせはないし、その目的のためにOHLから反撃部隊を得られるということもないだろう。また、それが成功したとしても、単なる戦術的勝利では、予想される犠牲を正当化できないのだ。君主の命令、意思表明、あるいは、その言葉がどのように解釈されようと、ここでは、ひっそりと討議もされないままに終わる。かかる事実が、カイザーの軍指導部に対する影響力が大幅に消えているさまを、あざやかなばかりに理解させてくれた。カイザーの命令は不可侵であるとの信念のもとに教育されてきた青年将校には、そうした認識は、ある種の衝撃だったのである。

第二章　混沌のなかの軍人たち

故国への撤収　親政府の義勇兵　東部国境守備隊にて

一九一八年十一月九日、ドイツ陸軍は、西方にあってはなお敵と対峙しており、東部では不安定な占領正面を維持していた。だが、同時に国内においては、皇帝により示されていた拠りどころを奪われていたのである。当時の陸軍の課題となっていたのは、つぎの三点だった。

補給・輸送路が崩壊したなか、猛追してくる敵の面前で、数百万の将兵を故国に撤収させる。

軍人があらたな国家形態に対し、いかなる姿勢を取っていようとも、大混乱を避けるため、新政府を支持する必要がある。

最後に、ライヒの東部国境において、蜂起したポーランド人がさらにドイツの領土を浸食するのを阻止する義務であった。

故国への撤収

フォン・ヒンデンブルク元帥は、新政府に対し、陸軍の故国への撤収を保証すると申し出た。彼の勢威のもと、陸軍は〔兵士評議会〔ドイツ革命勃発にともない、さまざまな部隊に簇生した執行団体〕の存在にもかかわらず〕、西部ならびに東部において、さしたる損害を出すことなく、故国に帰還することに成功したのだ。それが、ドイツ参謀本部の〔第一次世界大戦〕最後にして、また注目すべき功績であったのはたしかであった。西部戦線の敵が、軍事的にも政治的にも不必要な撤退期限を切ってくるほどに、フォッシュ元帥〔フェルディナン・フォッシュ（一八五一～一九二九年）。当時、連合軍最高司令官を務めていた〕の頭にはもう、騎士道的な戦争指導などありはしないのだと証明されていくばかりだった。

この撤退は、極度に大きな要求を諸部隊に課すことになった。だが、それらの部隊は、先立つ戦闘によって消耗しきっていたにもかかわらず、その作業を喜んでわが身に引き受けたのである。兵站の崩壊、あるいは革命の政治的作用によって、困難が生じようと、くじけることは絶対になかった。そのことは、いくつかの個人的な体験からもわかった。

当時、私が作戦参謀を務めていた第二一三歩兵師団は、最後まで、スダン周辺の激戦にその兵員を投じていた。たいていの前線部隊同様、同師団の軍人精神は、大革命が起こったとはいえ、やはり最後まで維持されていた。個々には、自動車に赤旗が掲げられたりもしたけれど、それらはすぐに消え失せた。兵士評議会も〔そもそも、この師団に、そんなものが結成されることがあったとして、ではあるが〕、前線地域にあっては、まだ発言力を持っていなかったのだ。軍人らしい態度を維持し、戦闘で傷んだ服装を修復しようとした部隊の努力は、見誤りようがなかったのである。

第二一三歩兵師団はまず、重要な兵站地の一つであるスダンにおいて、秩序を回復させなければならなかった。そこでは、兵站維持に従事する兵隊と住民が、たっぷりと中身が詰まった倉庫を掠奪しようとしていたのだ。保管されていた大量の酒類が、とりわけ危険であった。誰もワイン樽に近づけないようにするためには、地下倉庫の入り口を爆破するほかなかった。

われわれがルクセンブルク国境に達すると、そこの住民たちが、わが方の後方機関の者たちが潰走するのをみて、ドイツ軍はもう敗残兵の集団にすぎず、もはや何の配慮も必要ないと信じ込んでいることがわかった。だが、当師団が、みごとに規律を保って、ルクセンブルク市を通過行軍したことにより、住民たちも誤った思い込みをしていたことに気づいたのである。しかるのち、師団はトリアーを経由して、モーゼル河谷を下った。最後に、フンズリュックを越えて、ライン河畔に達し、リューデスハイムでそれを渡河する。住民が部隊を受け入れるさまは感動的だった。自分たちも窮乏生活に耐えているにもかかわらず、戦場から戻ってきた将兵をいたわってやろうと、誰もが先を争った。モーゼル河谷での日々は格別に素晴らしく、当時、住民の好意を経験した者にとっては、けっして忘れられないことだったろう。

リューデスハイムから、師団は、フランクフルトへと進路をめぐらせた。同市は政治的に不穏な状態になっていると思われた。ともかく、その市長は、優秀な部隊の姿を見せてやってくれと頼み込んできたのである。が、師団がフランクフルトに入ったときのことは、私の胸に刻み込まれている。われわれは、戦役に勝利して凱旋してきたかのように迎え入れられたのだ。すべての家々が、労働者地区に至るまで、黒白赤の旗〔ドイツ帝国の国旗〕を飾っていた。部隊に喝采を送り、花を捧げるために、数千の人々が通りに押し寄せてくる。しかし、他に、いささか異なる連中がいることがすぐに証明されたのはいうまでもない。師団隷下の諸部隊は数日間休止し、フランクフルト周辺に宿営した。当然のことながら、それによって、将兵を勧誘するアジテーションを行う機会が「独立派」に与えられることになった。彼らは、社会民主党よりもずっと共産主義的な、独立社会民主党（一九一七年創設）のメンバーであった。かかる状況下で、大都市に滞在するのは部隊にとって危険であることが明白になったわけである。

フランクフルトを出発してからの数日間の行軍においては、革命派のプロパガンダの影響が顕著であった。つぎの宿営地では、師団に配属されたバイエルン軍〔ドイツ帝国を構成していた邦の一つ、バイエルン王国の軍隊〕の製パン段列の一つが、これ以上パンを焼くことを拒否した。バイエルン人たちは、マイン川〔プロイセンとバイエルンの境となっている川〕の北でプロイセンのために働くなどごめんだと公言したのだ。彼らは、最短距離で故郷に戻ることを望んでいた。もっとも、バイエルン人たちを服従させるには、わがヴェストファーレン軽騎兵中隊が槍をかざして、パン焼きの駐留地に踏み込むだけで充分だった。

より深刻だったのは、二番目の騒動だったろう。受領した命令に従い、師団隷下の諸部隊、ハノーファー、ブラウンシュヴァイク、ポンメルンの各歩兵連隊と東プロイセン砲兵連隊ならびに他地域出身将兵から成る小部隊を、ゲルンハウゼンから、それぞれの故郷がある地区へと引き揚げさせることになった。ところが、ゲルンハウゼンに到着すると、新しい命令が来た。それによれば、輸送状況は、当地での部隊積載〔鉄道への乗車か〕を許さぬというのだ。当師団はキッシンゲンまでさらに行軍、一月前に部隊積載が可能になることはなかろうとの次第に相成った。当時、すべての将兵がクリスマスまでには家に帰りたいと熱望していたことを知る者なら、この命令がどれだけの失望を引き起こしたか、はっきりと理解できるだろう。翌朝、行軍をはじめようとしたところで、師団はまた報告を受領した。工兵大隊が行軍を拒否し、ゲルンハウゼン発で自分たちを輸送すべしと要求しているというのだ。同大隊の長、ある予備大尉が前夜のうちに、こっそりと逃げ出していたというのだから、かかる反乱が起こったことも驚くにはあたらなかった。部下たちが、彼をお手本にしたとしても、何の不思議もあるまい。この難事は、それが他に広まりかねないという危険をはらんでいたが、そう難しいこともなしに克服された。師団は、工兵を放置したままで、さらに行軍するようなことはしない。けれども、その場合、工兵はもう、いっさいの給養を得られないであろう。彼らに、そう明言したのだ。翌朝、工兵が列車を奪う可能性を最初から封じておくため、ゲルンハウゼン駅に機関銃が配置された。師団が最初の宿営地であるシュペサルトから進発しようとしたとき、工兵大隊もきわめて整然としたようすでやってきた。彼らは考えをあらため、夜間行軍で師団に再び合流したのである。

こうした二つのできごとは、幸いにも、この種の事件としては例外的なものにとどまった。部隊がキッシンゲンに到着した直後、保養所に掲げられていた赤旗を引きずりおろしたときに〔キッシンゲンは、正確にはバート・キッシンゲン。「バート（Bad）」、すなわち温泉の語が示すように、療養地である〕、真の軍隊精神が示された。加えて、その一挙により、われわれを友好的に迎え入れた住民も歓喜したのだ。反抗の試みを二度までも、芽のうちに摘み取ることに成功したのは、とくに喜ばしかった。というのは、所与の情勢下にあっては、暴力の使用は、おそらく不可能だったからである。嘆かわしいことではあったが、義務を放棄した工兵大尉を脱走のかどで告発することはもはやできなかった。

家族から遠く離れて、クリスマスを過ごさなければならないという失望はあったけれども、キッシンゲン市内ならびにその周辺における待機の数週間は、さしたる困難もなしに過ぎ去った。一月初め、諸連隊は、その故郷へと去っていった。東プロイセン砲兵連隊の一部は、ただちに志願して、クールラントに向かった〔当時、そこは、ポーランドほかとの領土係争地となっていた〕。師団司令部も解散になった。私自身はベルリンに赴いた。平時に属していた連隊で、動員解除処置を受けなければならなかったのである。

親政府の義勇兵

私が、自分の原隊である連隊をベルリンに見出すことは、もはやなかった。わが連隊は、他のあらゆる近衛連隊同様、完璧な秩序と規律を守って、帰還した。ベルリン到着時には、ブランデンブルク門で、人民委員評議会の代議士の一人から、挨拶を受けたという。しかし、その議員は、自分の演説に政治的デマゴギーをまぎれこませることをやめられなかった。そこで、連隊長は「担《にな》え銃《つつ》」の号令をかけ、連隊は、パレード用の行進曲が鳴り響くなか、進発していったのである。ヴァンゲリ通りの兵営で終幕がやってきた。前線兵士たちを除隊させ、故郷へ帰してやらなければならなかった。ごくわずか残った現役の将校と下士官を除けば、残ったのは、補充大隊所属の、入営年度が若い要員であり、彼らはすでに革命的なプロパガンダの影響を受けていた。とくに、独立社会民主党の代議士レーデブーア〔ゲオルク・レーデブーア（一八五〇〜一九四七年）。ドイツの社会主義者・政治家〕が営庭にやってきて、残留将兵に演説をぶったが、それは、人民委員評議会政府を支持せよという訴えにほかならなかった。とはいえ、連隊には、今なお本物の軍人がいた。彼らはグロース＝リヒターフェルデに赴き、そこにいた近衛狙撃兵の残兵と合流、一個義勇大隊を結成したのだ。これは、のちに第九歩兵連隊に格上げされることになった。

軍人として幸運だったのは、われらが第二近衛予備連隊が、まずは、一九一四年に私がそれとともに前線に出たときのままのかたちに保たれていたことである。同連隊は、ベルリン市内に進駐せず、第一近衛予備師団の隷下にあって、このライヒの首都周辺に駐屯していたために、革命派のプロパガンダをまぬがれていたのだった。東方でボリシェヴィキの脅威が形成されていたころ、連隊はさらに、大戦中にプール・ル・メリートを受勲した指揮官、フォン・プレーヴェ少佐〔カール・フォン・プレーヴェ（一八七七〜一九五八年）。ドイツの軍人・政治家。最終階級は予備大佐〕に率いられ、志願兵としてクールラントに赴き、そこで、最後まで戦い抜いたのだ。

私も、クールラントに行って、わが予備連隊に合流するつもりだったが、参謀本部の中心部局〔動員をつかさどる第二部か〕より、マクデブルクの司令部に赴任し、同地で義勇部隊の編成に協力せよとの命令を受けたのである。

しかし、ドイツの国内情勢、とりわけベルリンのそれは、革命以来、しだいに危機的な展開をみせていた。戦場から帰還してきた近衛騎馬狙撃兵師団〔「義勇軍」Freikorps の一つ。義勇軍は、復員した将兵の多くが結成した一種の民兵部隊で、多くは極右的な政治傾向を有していた〕が、スパルタクス派[❖1]とその護衛部隊である、いわゆる「人民海兵師団」〔極左派が、元水兵を中心に結成した武装団体〕と激しい戦いを繰り広げた。それは、エーベルト〔フリードリヒ・エーベルト（一八七一～一九二五年）。ドイツの政治家で、当時、社会民主党の党首。ヴァイマール共和国の初代大統領〕を首班とする人民委員評議会政府がいかにぐらついているかを示したのであった。戦場から帰還した軍も、王制廃止により、その枠組が揺らいでいた。また、将兵のあいだでは、家郷に帰りたいという無理からぬ要求が圧倒的だった。従って、軍はもうあきらかに、政府のためにあらたな闘争を遂行する道具となるには適さない存在となっていたのである。そもそも、軍がさらにそうした闘争を行うことは許されなかった。加えて、兵士評議会と協議しなければならないような部隊が、よりにもよって、自国民の一部相手に戦うなど、どうすれば可能になったというのか？　しかも、補充部隊は、どっちみち頼りにならなかったのだ。

革命がかかる結果をたどるのは不可避であると、最初に認識していた先覚者に、当時少佐で、のちに首相となるフォン・シュライヒャーがいた。そのころ、彼は、参謀次長《エルスター・クヴァルティーアマイスター》〔I. Quartiermeister.

第一次世界大戦中、
参謀を務めていたころの著者

1916年の第一軍参謀部。前列右から3番目がフォン・ロスベルク大佐、4番目がフォン・ベロウ歩兵大将。いちばん左が著者

アンガーミュンデで、第五歩兵連隊
第六中隊の先頭に立つ著者

第一軍参謀長
フォン・ロスベルク将軍、1916年

「第一兵站総監」と直訳されている場合もあるが、本訳書では、その機能に鑑み、「参謀次長」とする）のグレーナー将軍〔ヴィルヘルム・グレーナー（一八六七〜一九三九年）。ドイツの軍人・政治家。当時、中将。最終階級も同じ。のち、国防大臣を務めた〕の片腕として働いていた。シュライヒャーは、軍旗のもとに旧軍部隊を維持することを試みるよりも、志願兵によって、新しい部隊を編成するべきだと提案した。かかる方法では、おそらく少数の部隊しか保有できないだろう。が、そうした部隊ならば、政府も頼りにできるのであった。人民委員会評議会政府の首班、のちの初代共和国大統領エーベルトは、この案に賛成した。いかなる場合でもスパルタクス団は政府を一掃し得るし、中央兵士評議会の存在は、旧軍の使用を、事実上不可能としている。この現実に鑑みれば、エーベルトの決断は、唯一正しいものだったのである。それによってのみ、国民議会の選挙を実施し、以後もその議会を維持することが可能になるのであった。

実際、当時の政府や国民議会、さらには、極左革命分子による間接的な脅威に対してライヒの存続を安泰たらしめていたのは、彼ら義勇軍部隊だった。だからといって、彼らに感謝を捧げるというわけにはいかないのは、もちろんである。これ以降、「義勇軍」の多くは、大なり小なり傭兵集団の様相を呈していき、一年後のカップ一揆に示されたように、最後には、脅威を与える危険な存在となった。それも、当時の情勢からすれば、避けられないことだったのかもしれない。これらの部隊は、長期的な解決策にはならなかった。とはいうものの、義勇軍なしには、ヴァイマール共和国も、その誕生直後の危機的な数か月を乗り切ることはできなかったろう。

私が与えられたマクデブルクの任務に関しては、遺憾ながら、目下のところは実行不可能であることがすぐに判明した。ザクセン州を統治していた州長官ヘルジング〔オットー・ヘルジング（一八七四～一九三七年）。ドイツ社会民主党の政治家〕は、政府の意に背き、義勇軍部隊の編成に何らかの助力を与える意志を示さなかったのである。

同地の軍司令部も、まったくマヒしているも同然だった。こんな状況のマクデブルクで、無為に座り込んでいるつもりはない。われわれの予備連隊はもうクールラントに向かったというので、対ポーランド国境防衛に配置してくれるように上申した。すると、ブレスラウの南方国境防衛司令部参謀に任命するとの辞令が得られた。私はそこで、尊敬措く能わざる、かつての上官、フォン・ロスベルク将軍の指揮下に再び入ったのである。将軍は、同司令部で参謀長を務めていたのだ。

東部国境守備隊にて

東部国境守備隊は、ポーゼン州で燃え上がったポーランド人の暴動をせきとめるダムとして、陸軍最高統帥部が編成した部隊であった。西部戦線の軍隊が撤収したのち、OHLは東部国境地域に対する直接指揮権を握り、コルベルクに司令部を置いた。東プロイセンのバルテンシュタインに居を構えた北方国境防衛司令部ならびにブレスラウの南方国境防衛司令部は、国境守備のため、プロイセン東部諸州にあった師団や連隊をかき集めた。なるほど、これらの部隊は定数こそ充たしていなかったものの、故郷に迫る脅威に直面し、固く団結していたのである。そこに、新編された一連の義勇軍部隊が加わった。

むろん、個々の部隊の質は、まったくさまざまであった。畢竟《ひっきょう》、それは、当該部隊を率いる者の人物に懸かっていたのだ。義勇軍の構成員は、おおむね、その指導者個人に忠誠を誓っていた。それぞれの指揮官が、手前勝手なやり方を選べるという、部隊の価値をおおいに減じるような状態だった。あらゆる部隊において、人員数の変化は、かなり激しかった。常に、信用できなかったり、反抗的なことがあきらかになった連中を除隊させなければならなかったからだ。ほかに「退職」する者もいた。脱走兵が美化されたり、政治的な役割を演じることができるような時期で、誰かを強制的に部隊に留める手段など持ち合わせていなかったためである。

ともあれ、このようなドイツ軍部隊でも、戦闘力においては、ポーランド人に優っていた。コルファンティ〔ヴォイチェフ・コルファンティ（一八七三～一九三九年）。ポーランドの民族運動家・政治家。準軍事組織を率いて戦い、ポーランド独立後は国会議員となった〕の「蜂起部隊」を中核とするポーランド人部隊は、当初、武装した匪賊《ひぞく》以外の何ものでもなかった。彼らの戦いようも、それに応じた、獣のようなやり方だったのだ。かかる匪賊は、何度も勝ちを収めたあとになってようやく、多少なりとはいえ、軍隊らしい性格を有するようになってきたのである。加えて、連合国が、西部戦線で彼らの味方となって戦った「ハラー軍」〔第一次世界大戦後半に、フランス軍が編成したポーランド人志願兵部隊。その名は、司令官となったユゼフ・ハラー・フォン・ハレンブルク中将にちなんでいる〕をポーランドに送り込んできていた。

東プロイセンにおいては、愛国的な州長官ヴィニヒ〔アウクスト・ヴィニヒ（一八七八～一九五六年）。ドイツの政治家。社会民主主義者だったが、ドイツ革命を経験して、民族主義者に転向した〕が国境守備隊を支援してくれたものの、シュレージェンの事情はずっと難しかった。この、高度に工業化された州においては、労働者と彼らがあらたに結成した文民行政府が、あらゆる軍人に対して不信を抱いていたのだ。そうした疑念は、同州の国境地域の住民が進んで国境守備に当たるつもりだと聞いて、いっそう強められた。左翼が、これらの住民はいまだに国王に忠実であるとみなしていたのは、おおいに的を射たことだったのである。ゆえに、文官行政の領分においても国境守備に必要な措置を取るため、最高司令部は、幾重にも存在する困難と戦わなければならなかった。各地域に責任を負う司令部は、たしかに最高司令部の麾下にあるのだが、局地的な問題は自己責任で片付けねばならず、なんとも不安定な支えにしかならなかった。その長官は、州の安全保障のために新しい権力を使うよりも、それを譲り渡すほうに傾きがちだったのだ。

かかる国境守備隊の構成や国内状況から生じた諸困難にもかかわらず、東部国境守備隊は、ドイツの領土にポーランド人がさらに氾濫することを防ぐという任務を達成した。その戦いを詳細に描けば、長大な叙述になることだろう。上シュレージェンの所有をめぐっての主たる戦闘は、同地の住民投票がなされてからずっとあとになっても続いていた。東部国境守備隊が、右に示したような形態を取っていたのは、ヴェルサイユの押しつけ条約が調印され、それに続いて、ドイツの東部国境が画定するまでのことである。とりわけ、一九二一年に、ポーランド人叛徒が上シュレージェンにおける住民投票の結果を力ずくで変更せんとした際に、アンナベルク周辺の諸戦闘が遂行されたのは、時系列からいえば、東部国境守備隊が解散したのちのことだった。ドイツ側でこの戦いに加わったのは、ただ義勇軍だけだったのだ。

しかしながら、軍指導部にとっては、強制的な講和条約に調印するか否かの問題と結びついた、あらたな課題が惹起した。

「講和」条件が公表されるや、ドイツの津々浦々まで憤激の嵐が巻き起こったことは、よく知られている。シャイデマン首相〔フィリップ・シャイデマン（一八六五～一九三九年）。社会民主党の政治家〕は、こんな押しつけに署名したら、その手は干からびてしまうにちがいないと発言した。けれども、従前通り、ドイツ国民には、国際法に違反する飢餓封鎖〔第一次世界大戦中から連合軍が実行したドイツへの物資流入封鎖。それによって、ドイツ国民は大幅な食糧不足に陥った〕の重荷がのしかかっていたのだ。また、拒否した場合には、後景に控えている敵が、ドイツ全土を占領するために進軍してくる恐れがある。その際、敵の先頭に立つのは黒人部隊だったろう。こうして、一方では憤怒から、また一方では恐怖と飢餓の圧力によって見解が分裂し、政府・諸政党・国民議会内部で小田原評定が続いた。この強制に屈するべきや否や？

かかる不確かな情勢にあっても、あらゆる可能性に備えておくのは、最高司令部の当然の義務であった。条約の無理強いを拒否した結果、敵が西部に進軍してきた場合には、持久的な抵抗のみを行う。その際、主として抵抗を組織するのは、政府となろう。こちらのケースについては、最初から明快であった。だが、同時期の東部では、何が起こるのだろうか？　敵が西部に侵入したら、休戦協定も自動的に無効となるはずだ。また、ポーランドが、この機会を利用して、より多くのドイツの領土を所有せんと試みることも想定される。それに対しては、ドイツ側が先手を打って同種の行動に出るのが最良の策だと思われた。ポーランド人は、一九一八年十一月の情勢に乗じて、ポーゼンで既成事実をつくった。別の側〔ドイツ側〕がそれに取って代わる、すなわち、奇襲攻撃によって再びポーゼンをドイツのものにすることが考えられたのも当然であった。

けっして語弊を招かないように、とくに強調しておこう。右の諸計画においては、軍事反乱宣言《プロヌンシアメント》〔スペイン語起源の言葉で、軍の反政府行動に先立ち、その司令官が決起の趣旨を宣言したことに由来する。軍の反乱、クーデターの意〕や外交面で政府に不意打ちをかけることが重視されていたわけではない。そのような企ては、条約に署名することを拒否するようなライヒ政府の了解を得た上で実行に移すのでなければ、成功を得ることは不可能だった。国境諸州での独断専行的な活動を行ったところで〔多くの愛国者がそれを望んでいたのだろうが〕、勝利が約束されるわけではなかろう。国境地域の住民、とくに、退去することになるはずの地区の住民は、なるほど、戦うつもりになっていたかもしれない。しかし、後方の住民、とりわけ大都市の労働者はそうではなかったのだ。さりながら、北方・南方の両国境防衛司令部によって、とにもかくにもポーゼン州を急襲・奪回する準備だけは行われた。ヴェルサイユ条約調印前の危機的な数日間、開進〔軍隊の展開・進撃〕用の輸送車両が走り回った。軍事的にみて、この計画は数日間のうちに遂行され、完全な成功を収めるだろう。私は、そのことに何の疑いも持たなかった。が、かような成功が政治的に評価され得るかどうかは、当然のことながら、ドイツ全体の状況、そして、連合国が、一点一画もゆるがせにせず、条約の強制を貫くために、どの程度まで力に訴えるかという問題に左右されるのである。結局、新しいライヒ政府の全権代表は講和条約に署名し、本計画は空を切ることになった。さりながら、このエピソードに、いくばくかの考察を加えるのも甲斐無きことではなかろう。

エルツベルガー〔マティアス・エルツベルガー（一八七五〜一九二一年）。ドイツの政治家。全権代表としてヴェルサイユ条約に調印したことから、極右勢力によって売国奴とみなされ、暗殺された〕が国民議会でおよぼした影響とならんで、参謀次長グレーナー将軍の姿勢が、ライヒ政府をしてヴェルサイユでの条約調印を覚悟せしめるのに決定的であったことは周知の事実である。武装解除は広範に実行されつつあり、また、一七九一年式の大衆動員《ルヴェ・アン・マス》〔フランス革命政府が、一七九三年に外国干渉軍に対応するために、大量徴兵を行ったことを指すと思われる。年号は、原著者の誤記、あるいは誤植であろう〕により、抵抗戦に国民を召集する見込みもない。これらの事実に鑑みて、強制条約の受諾は避けられないというのが、グレーナーの見解であった。かかるグレーナーの立場が、将校団のサークル、とりわけ彼自身が所属していた参謀本部において、激しい拒絶に遭ったこともよくわかる。それゆえ、グレーナーは、すべての参謀将校に対し、自分の主張の理由を詳細に述べた覚書を配った。そのなかで、彼は、各部隊の戦力やドイツの弾薬備蓄・生産状況に関する報告書をもとに、敵が進軍してきた場合、これを長期にわたって支える見込みがないことを詳細に述べたのだ。ライン川やヴェーザー川の線は保持できない。エルベ川の線でさえ、ずっと維持できるかとなると疑問であった。彼は、ドイツ国民のすべてが、今ひとたび戦闘を引き受けんとする意志を有しているわけではないという事実に、注意を喚起したのである。グレーナーはまた、バイエルン、あるいは南ドイツ全土が分割されたり、共産主義者による政府の転覆が生起する危険があることを示唆した。

あからさまなまでのもの言いで呈された、グレーナーの現実的な主張については、何ら反対意見を出すことができなかった。その覚書は、参謀本部の基準に照らしても、きわめて質の高い「情勢判断書」だったのである。もし連合国が最後まで確固たる団結を保つとしたら、軍事情勢が絶望的になることは争うべくもなかった。もっと厳しい講和条件を押しつけられたり、分離主義者や共産主義者の活動によってライヒが崩壊する可能性も排除できなかった。同様に、飢餓封鎖がさらなる影響をおよぼすことも、見逃すわけにはいかなかったのだ。

もっとも、グレーナーの見解に反対して、おそらく左のようなことはいえる。講和条約の調印拒否が、いちかばちかの勝負になったこと、これは疑い得ないだろう。それでも、この大博打は、長い眼でみれば、守れるはずもないヴェルサイユ講和条約の条件を突きつけられたがゆえに、ヒトラーと第二次世界大戦にみちびかれていった道よりもましだったのではないか？　かような問いかけを提示するのも、まったく不当なことではないと思われる。とどのつまり、連合国も彼ら自身の困難を抱えていたのであり、その団結はもはや崩れさっていたのだ。ライヒが「十四か条」に示された権利に依拠したならば、アメリカ国民は、はたしてどのように反応したことだろうか？

原註

❖1　リープクネヒト〔カール・リープクネヒト（一八七一～一九一九年）。ドイツの政治家で、ドイツ共産党創設者の一人〕によって結成された、急進革命・共産主義派の「スパルタクス団」の構成員をいう（その名は、ローマに対する奴隷蜂起の指導者にちなんでいる）。

第三章 「創設期のライヒスヴェーア」

第二集団司令部にて　ライヒスヴェーアの創設　カップ一揆　われわれ軍人は当時、いかに情勢を理解していたか？　部隊勤務　再び参謀本部へ

一九一九年夏に、南方国境防衛司令部が解隊されたのち、私は最初、将来の陸軍の編制を検討する委員会の議長となったフォン・ロスベルク将軍の副官となって、ベルリンに赴いた。

この委員会の業務範囲がきわめて限られたものであったことはいうまでもない。というのは、勤務期間十二年の志願兵の軍隊とすること、編制は、二個集団〔軍に相当〕司令部、七個歩兵師団ならびに三個騎兵師団、さらには、その兵力構成や武装、装備など、連合国によって押しつけられた講和条約によって、細目に至るまですでに定められていたからである。従って、委員会の課題は、かような制限のなかから、可能なかぎり最良のものを取りだしてくること以外にはあり得なかった。だが、そこですぐに突き当たったのは、「所轄」の抵抗だった。いまだ存在していた陸軍省の各兵科に関わる部署のほとんどすべてが、彼らが代表する個別利害を守るため、けんめいに闘争を行ったのである。

ヴェルサイユ条約の指令によれば、それぞれの師団に、自動車大隊一個のほかに、補給隊として車両隊一個を置くことが予定されていた。とはいえ、戦時になっても、補給縦列はいつなりと、迅速に臨時編成できるであろう。そのことは、われわれにはあきらかだった。機材管理監なら誰でも、手持ちの輓馬車両や自動車で、そうした縦列を組めるはずだ。ゆえに、編制委員会は、講和条約の強制条項によって予定されていた車両大隊を、独立した「兵科」として存続させるのではなく、砲兵に組み込むべきだと提案した。その際、企図していたのは、車両大隊に砲兵としての教育をほどこしておき、将来的には、そこから、〔今のところ〕保有することを許されていない重砲大隊へと拡張することができるという構想だった。ところが、陸軍省の輜重部は、かような計画はまかりならんと、精力的に反対した。「彼らの兵科」を放棄したくないのだ。志願兵の軍隊にあっては、将兵が戦士的情動を持っていることが前提とならなければならず、それは、非戦闘部隊の枠内にあっては（かつては、戦時における重要性にもかかわらず、あらゆる戦功評定に際して、輜重隊は非戦闘部隊ということになっていた）満足に達成できないという、われわれの抗議は、何の効果もなかった。しかも、われわれは、ノスケ国防相から厳しい叱責を受けた。われわれがそれを目標として努力していたようなエリート軍には、その発想からして、最初から非戦闘部隊への配属を申し出るような志願兵を置くような部署はない。が、そんな要求が過大だったのは、はっきりしていた。

また、われわれは、医療上の必要の枠内で可能なかぎり、衛生部と獣医部の人員（現役将校・下士官の定数に数えられる）を、契約により義務を負う民間の医師・獣医師で代替しようと試みた。戦時には、彼らも常に軍服を着用できるのである。その際も、同様のことが起こった。この案は通らず、われわれに認められた将校四千名の定員のうち、十分の一は、衛生部・獣医部に渡されることになってしまった。軍医側が、かかる解決策に対して異議を唱えたこと自体は正当であった。それは間違いない。ただ、問題なのは、われわれの将校定数が制限されていたときに、応急的な解決を忍べなかったのかということだった。

一九一九年秋、私は、カッセルに新編されたライヒスヴェーア第二集団司令部の参謀となった。参謀長は、またもフォン・ロスベルク将軍であった。

この時期、集団司令部には、厄介な改編任務が与えられていた。当初なお存在していた「過渡期の軍隊」、「暫定ライヒスヴェーア」を、ヴェルサイユの強制条約で確定された構成と兵力を持つ、最終的なかたちのライヒスヴェーアに変えるのである。同期間に起こった重要なできごとは、カップ一揆とその帰結であった。

ライヒスヴェーアの創設

一九一九年秋には、ライヒスヴェーア旅団二十四個から成る「暫定ライヒスヴェーア」があった。当初の総兵力は、およそ四十万である。これを十万人に削減し、先に触れたように、歩兵師団七個と騎兵師団三個に改編しなければならなかったのだ。

軍を除隊する者に困難と苦渋を味わわせることなしに、それを進めるのは不可能であるとはわかっていた。義勇軍は、一部がライヒスヴェーア旅団の編制に組み込まれはしたものの、なお存続していた。彼らは、その指導者個人に義務を負っていると思っていたし、構成員たちも、そもそも、ある種の「一味徒党」であるとみなされていたのだ。革命や東部におけるポーランド人やボリシェヴィキ相手に、義勇軍が実行した闘争への感謝のしるしとして、将来のライヒスヴェーアにまとめて編入されることを要求する権利を得た。彼らがそう信じていたとしても、あながち不当ではなかった。他方、これら義勇軍、少なくともその一部は、国家指導部が使用する非政治的な暴力装置とみなされ得るようなものではないことも否定できなかった。

そのほか、職業将校❖[1]の大部分を軍から去らせることが不可欠だったのだが、その多くに対し、実質的なことは何もしてやれなかった。たとえ、彼らが心底から民間の生活に順応しようと思っていたとしても、経済状況の厳しさ、将校が民間の仕事に転じられるものかという広範に存在する偏見に鑑みれば、先の見通しは、せいぜい満足できる程度のことにしかならなかった。しかし、何よりも、身も心も軍人であった者ならば誰にとっても、この大好きな職業を辞めることは、手痛い犠牲を意味していたにちがいない。

集団司令部参謀を務めていた私は、この再編成の組織面に携わっただけにすぎなかった。ライヒの西部および南部を管轄する第二集団司令部では、再編成はおおむね、さしたる摩擦もなしに進んでいた。再編成業務がより困難だったのは、所轄下に元義勇軍の将兵が大量にいた上に、バルト地域の部隊を解隊しなければならない第一集団司令部（ベルリン）のほうだった。しかも、そこでカップ一揆が勃発し、それがまた一因となって、困難がいや増したのである。

かかる再編成において、人員面、すなわち人間的な面で苦痛だったのは、職業軍人たちのうち、誰をライヒスヴェーアに引き取り、誰を除隊させるかという問題の答えを出すことだった。幸いなことに、私自身は、そんな検討はやらずに済んだ。そうした選択は常に苛酷であり、個々人においては不当だということになってしまうのは、もちろんだ。だが、ライヒスヴェーアの業績、その将校団がのちに大規模な陸軍を編成することに成功したこと、さらに、その拡張された軍隊が第二次世界大戦で挙げた功績を考えれば、大所高所からみて、一九一九年から一九二〇年にかけて行われた選抜がそう悪いものではなかったことも証明されるだろう。ライヒスヴェーアは、過剰なまでの比率で参謀将校を引き取ったと、しばしば非難される。これについては、彼ら参謀将校たちは、国王の軍隊においてすでに選び抜かれた最良の人員であったということがいえよう。かかる苛酷な除隊措置の対象となった者たちのあいだにも、厳しい試練を乗り切ってライヒスヴェーアに引き取られた者に対する戦友精神がなお存在していた。そう認められるのは、本当に有り難いことだった。私については、参謀長フォン・ロスベルク将軍が、貴官はさらにライヒスヴェーアに勤務する予定になっていると示達してくれた。

カップ一揆

カッセルに置かれた当集団司令部は、まずヴィルヘルムスヘーエに、一時しのぎの宿舎を得た。しかし、執務室は王宮のどこかにではなく、元の廏舎に置かれた。つまり、かつて主馬頭《しゅめのかみ》や廏務員がいた相当狭い小部屋に押し込まれたのである。われわれがフリードリヒ広場そばの旧軍事学校《クリークスシューレ》〔Kriegs-schule. 士官学校卒業生が、さらに軍人の専門知識を習得する学校〕に引っ越しできたのは、ようやく一九一九年秋になってのことだった。

陸軍再編成の作業にいそしんでいるうちに、秋と冬が過ぎ去った。司令官フォン・シェーラー将軍〔ローデリヒ・フォン・シェーラー（一八六二～一九三五年）。当時、歩兵大将。最終階級も同じ〕の業務旅行に随行したことは、歓迎すべき気分転換になった。将軍は、軍事面では当集団司令部の管区が置かれていることになる南ドイツ諸州の政府を訪問したのである。

一九二〇年三月十三日朝、私は、自分の住まいから、フリードリヒ広場の集団司令部に出勤した。そこで、参謀長が、将校を会報〔指示・情報などを与えるための会合〕に召集していると知らされたのだ。フォン・ロスベルク将軍は、幕僚たちに手短に示達した。県知事カップ〔ヴォルフガング・カップ（一八五八～一九二二年）。ドイツの官僚・政治家。国粋主義政党「ドイツ祖国党」の創設者〕を首班とし、フォン・リュトヴィッツ将軍〔男爵ヴァルター・フォン・リュトヴィッツ（一八五九～一九四二年）。当時、歩兵大将で、ベルリンおよび周辺の暫定ライヒスヴェーア部隊司令官。最終階級も同じ〕をドイツ軍全部隊の司令官とする新政府がベルリンに樹立されたとの報せが同地より届いた、と。詳しいことは不明だった。法的に正当なライヒ政府からの命令はなく、連絡も取れない。フォン・ロスベルク将軍は、第一集団の命令は、第二集団の管轄地域においては無効なものとすると指示した。

最近、ベルリンで、ライヒ政府、もしくは国防大臣ノスケ〔グスタフ・ノスケ（一八六八～一九四六年）。社会民主党の政治家。革命派の蜂起を実力で鎮圧するよう命じたことから、「人殺しノスケ」と呼ばれた〕とフォン・リュトヴィッツ将軍のあいだに緊張が生じていることは、もちろん、カッセルでも知られていた。彼らが、何よりも問題にしていたことは、義勇軍、なかでもデーベリッツにいるエアハルト海兵旅団の解散だった。が、政治的な一揆を決行するなどという腹づもりについては、第二集団司令部は何も教えられていなかったのである。フォン・リュトヴィッツ将軍がベルリン進軍前夜にライヒ政府に宛てた「最後通牒」のことも知らされていなかった。リュトヴィッツは、同集団の管轄地域にいる隷下の司令官たちに対し、いったい、どの程度まで、自分の企図をあらかじめ打ち明けておいたのだろうか。それも、われわれには知り得ぬことだった。

午前中に、ライヒ政府がベルリンから逃れることに成功したという情報がカッセルに洩れてきた。政府は、シュトゥットガルトで国民議会を招集、ゼネストを呼びかけるとの由である。

住民大多数が社会主義的な姿勢を取っていたカッセルでは、厖大な数の人々がフリードリヒ広場に集まってきた。彼らはすぐに、当集団司令部に敵対する態度を、公然と取りはじめた。あきらかに、同第二集団司令部が一揆に関与していると信じているのだ。自宅で、この「素晴らしい眺め」に直面していた司令官フォン・シェーラー将軍を司令部に連れてきて、安全な状態に置くために、将校斥候を一名派遣しなければならないような事態となった。この斥候が往路で危険に瀕した際に、短い銃撃戦が生じた。そのときの流れ弾により、フリードリヒ広場からずっと離れたところで、犠牲者が一名出ている。

ともあれ、情勢はまさに緊迫していた。諸政党（社会民主党、民主党、中央党〔カトリック教徒の政党〕）の代表者が集団司令部に現れ、当集団の立場を説明するように求めてきた。フォン・シェーラー将軍が、ベルリンの事件については、質問してきた側と同様に驚かされているし、エーベルト政府からの命令はない、それどころか、政府が目下どこにいるのかさえもわからないのだと説明する。が、政党の者たちが、その説明に不満を抱いていることは明白だった。彼らの一人が、皮肉な質問を発した。「将軍閣下、あなたはきっと、どちらの側に付こうかと待機しておられるのでしょうね？」残念ながら、フォン・シェーラー将軍は、この疑いを含んだ問いかけに対し、そくざに手厳しい反撃を浴びせるでもなく、軽蔑をこめたジェスチャー一つで、かかる濡れ衣を片付けたのみだった。それで満足することにしたのだ。

実際、先に触れた幕僚会報で、フォン・リュトヴィッツ将軍が出した、いくつかの命令は、第二集団の管轄する地域では何の効力も持たないと指示していたのだから、このような疑惑をこめた発言は不適切だった。それによって、ベルリンの一揆とのあいだに一線が引かれた。一揆が、われわれの管区にいる部隊に広がることを封じたのである。また、カッセルの集団司令部麾下にある諸地区の司令官にも、カップ政府に与するような傾向は、いっさいみられなかった。彼らは、その隷下部隊のすべて、すなわち陸軍の主力同様、ライヒ政府に忠実だったのだ。ただし、一九一八年の革命のおかげで、当時、いかに軍隊の統帥権の土台が弱まっていたかも、同様に証明されてしまった、そのことはいうまでもない。それぞれの邦や州にあった地区司令官たちは、おのが所轄の情勢はきわめて困難、あるいは危機的であり、現場で取られるべき措置を決定し得るのは自分だけだということを、多かれ少なかれ理解していた。ハノーファーの第一〇ライヒスヴェーア旅団長フォン・ヒュルゼン将軍〔ヴァルター・フォン・ヒュルゼン（一八六三〜一九四七年）。当時、中将。最終階級は歩兵大将〕は、独断専行で、左翼過激派の指導者たちを、子犬のごとく保護拘禁しなければならなかったと報告してきた。ミュンスターのフォン・ヴァアッター将軍〔男爵オスカー・フォン・ヴァアッター（一八六一〜一九三九年）。当時、中将で、第七ライヒスヴェーア旅団長兼第六軍管区司令官。最終階級も同じ〕は、ルール地方の情勢切迫に鑑み、安寧秩序を維持する責任を取り得るのは自分だけであると意見具申した。シュトゥットガルトからは、当地の軍指導部は政府の後ろ盾となると伝えてきた。が、その政府というのが、ヴュルテンベルク州政府、あるいはシュトゥットガルトへの途上にあるエーベルト政府を指しているのかどうかは、最初、判然としなかったのである。バイエルン州の司令官が、州政府より受領した命令にのみ従うと宣言したことも、バイエルン人のメンタリティからすれば、さほど驚くにはあたらなかった。むろん、かかる宣言が、ある種の懸念を引き起こすようなこともあり得ない。というのは、当時のミュンヘン政府は、ライヒ政府が一年前に、共産主義的なアイスナー〔クルト・アイスナー（一八六七〜一九一九年）。ドイツの政治家・革命家。第一次世界大戦直後のミュンヘン革命を指導し、バイエルン自由邦国の首相となったが、暗殺された〕独裁を排除するために介入してくれたことに感謝しているからであった。

われわれ軍人は当時、いかに情勢を理解していたか?

カップ県知事やフォン・リュトヴィッツ将軍のごとき人々が、いささかでも利己的な理由から行動したのではないこと、それが愛国的な動機に基づいていたことは、なんびとたりとも疑いを差し挟めないだろう。まさに、状況のなさしめた悲劇であった。フォン・リュトヴィッツ将軍の女婿である男爵フォン・ハマーシュタイン＝エクヴォルト〔当時、ある司令部の参謀。のちに陸軍統帥部長官となった〕が、私に語ってくれたように、彼の義父は、「最後のときにライヒを救わなければならない」との強迫観念にかられて行動したのである。だが、ハマーシュタイン自身は、リュトヴィッツの参謀長だったフォン・オルダースハウゼン将軍〔男爵マルティン・フォン・オルダースハウゼン（一八六五～一九二四年）。当時、少将で、第一集団参謀長。最終階級は中将〕や、その作戦参謀でのちに元帥になったフォン・ボック〔フェードア・フォン・ボック（一八八〇～一九四五年）。当時、中佐。第二次世界大戦では、B軍集団や中央軍集団の司令官を務めた〕同様、それはそれとして、一揆への参加を拒んだのであった。そのため、彼は、一時的ではあったものの、フォン・リュトヴィッツ将軍に絶縁されたのだ。

東部諸州にいた、われわれの戦友たち、とくに、ドイツ領東アフリカの防衛にあたった、有名なフォン・レットウ＝フォルベック将軍〔パウル・エミール・フォン・レットウ＝フォルベック（一八七〇～一九六四年）。第一次世界大戦で、ドイツ領東アフリカ守備隊司令官として、同地の防衛にあたり、休戦まで粘り強く戦いつづけた。当時、少将。最終階級は歩兵大将〕のような人物、また社会民主党員の州長官アウクスト・ヴィニヒが、カップとリュトヴィッツに従ったことも、やはり当時の政治情勢から説明できる。これまでドイツ東部においては、革命から立ち現れた政府が、真の意味で確固たる足場を築くということはなかった。とりわけ、押しつけられた講和条約に政府が調印したことは忘れられていなかったのである。少なくとも平野部や小都市では、かかる国家形態と折り合いがつけられることはなかった。ヴェルサイユ条約の強制、加えて、たとえばエルツベルガーをめぐる調印過程の醜聞は、多数の人々に苦々しい思いをさせていたのだ。しかし、東部諸州やシュレースヴィヒ州にとって、何よりも負担となっていたのは、ヴェルサイユで認められた、ポーランド、もしくはデンマークへのさらなるドイツ領土の割譲の発効が、目前に迫っていることだった。しかも、東プロイセン、上シュレージェン、シュレースヴィヒでは、住民投票が行われる予定である。こうしたことすべてによって、住民の多くには、別の政府、すなわち、国民の要求をより確実に代表してくれると信じられるような政府を求める気持が生じていた。従って、ライヒ東部の諸部隊が、その軍事的指導者たるフォン・リュトヴィッツ将軍に従ったとしても、彼らの行動が大部分の住民の心情に一致していたことはあきらかだった。加えて、義勇軍にあっては、解散がさし迫っていたことが一定の影響をおよぼしていた。それについては、先に述べた通りである。

だが、ライヒの西部にいるわれわれは、まったく別の考え方をしなければならなかった。軍事面では、カッセルの集団司令部の管轄となる地方、つまり、中部ドイツならびにライヒの西部・南部では

（連合国に占領された地域は除く）、国民感情はまったく異なっていたのだ。そこでは、ベルリンの一揆が国民の支持（それこそが、事後に一揆を正当化する根拠になるはずだったのだが）を得られないことは、最初からはっきりしていると思われていた。共産主義者を除けば、誰もが、多かれ少なかれ、新しい国家のかたちに順応していたのである。領土割譲の重荷も、東部の人々が感じていたほどには深刻ではなかった。そこにあったのはむしろ、連合国が望まぬ政府がライヒの権力の座に就いた場合、ライン河畔に駐屯する連合軍が進撃してくるのではないかという、正当な恐れであった。そんな政府が軍の一撃によって権力を得るなどという事態は、もはや、いっさいの共感を呼ばなかったのだ。しかしながら、ライヒのことについて考えるとき、われわれ軍人は、内戦の危険に対する不安でいっぱいになった。骨を折ってはみたものの、いまだ安定した秩序が得られたとはいえない。その程度の安寧など、共産主義者がルール大工業地帯や中部ドイツで蜂起することによって、いつでも動揺させることができたのだ。遺憾ながら、かような懸念がすぐに現実化することになる。また、分離主義の潮流が強まることも計算に入れておかねばならなかった。

国民議会によって成立した正統政府に対する忠誠義務をすべて度外視したとしても、西部と南部における政治情勢を虚心坦懐に判断すれば、左の事実ははっきりしていた。ベルリンでのカップの企てが、その権力をライヒ全土におよぼす見込みはない。それればかりか、現状で一揆を起こすことは、ライヒにとっては、大変な危険を意味している。他方、ベルリンに部隊を投入するのも問題外であった。政府によるゼネストの呼びかけは[2]、そうした目的のために部隊を出動させ、輸送する可能性を完全に閉ざしていたのである。ライヒスヴェーア対ライヒスヴェーアの戦闘は絶対に避けなければならないということを措いても、軍の投入は無理だったのだ。結局、ベルリンにおけるカップの企てがたちまち潰滅したことによって、そのような窮状も一掃された。

だが、カップ一揆がもたらした短期間の騒動よりも、ずっと困難なことがすぐに立ち現れた。政府によるゼネスト呼びかけの後遺症である。多くの場所で、そう、カッセルにおいても、ことはゼネストにとどまらず、騒乱に発展した。その背後には、共産主義者がいたのだ。これらは、軍隊を用いて鎮圧しなければならなかった。

ルール地方の状況は、極度に危機的なものとなった。カップ一揆がきっかけとなり、ゼネストが暴力への架け橋となって、大規模な共産主義者の暴動が生じたのである。それが、時間をかけて周到に準備されたものであることは、疑う余地がなかった。重火器と砲兵を有する、本格的な赤色軍隊が出現した。最初に投入可能だった弱体な部隊の一部は、暴徒によって中立地帯に押し込まれ、そこで連合軍に武装解除された。この闘争において、彼ら連合軍は、ドイツの正統民主政府を支援するためには指一本動かそうとしなかったのだ。それどころか、赤軍部隊は、計画通りにヴェーゼル市の攻囲にかかることができたのである。ある砲兵中隊は輸送中に、ルール地方の一停車場において、列車に乗ったままの状態で急襲され、最後の一兵まで残忍に殺戮されてしまった。その指揮官、ハーゼンクレーヴァー大尉は、格別の価値がある将校であった。われわれは大戦中に、第二一三歩兵師団の司令部で緊密に協力しあった仲だったのだ。

まずルール地方を封鎖し、しかるのちに猛攻を展開、暴動を粉砕するためには、より強力な部隊を、全国津々浦々から計画にのっとって開進させることを要した。その際、以前、フォン・リュトヴィッツ将軍が管轄していた地域から来る部隊も、ライヒの西・南部よりの部隊と肩を並べ、ゆるがぬ戦友精神のもとに戦い抜くということが強調されねばならなかった。のちに、第二集団司令部は、チューリンゲンに燃え上がった蜂起も制圧しなければならなくなったが、それにも、同様に強力な部隊を投入することが必要だった。

しかし、カップ一揆が残していったものは、こうした血みどろの戦闘だけではなかった。それは、軍人、それもまず将校の精神的な姿勢に、あとあとまで影響を残さずにはおかなかったのである。ただし、軍人たちが、経験したばかりのできごととその結果について、心のなかで決着をつけたのは、もちろんのことである。

カップ一揆は、将軍たちとその麾下の部隊が、政治家とともに、暴力を以て国家の権威に反抗した、プロイセン・ドイツ陸軍史上最初の事件である。この事件の結果、軍人は、カップ一揆をライヒスヴェーアが法と忠誠を破ったことに敷衍《ふえん》するような悪罵の大波にさらされた。が、そうした罵言が正当であったとはみなし得ない。ライヒスヴェーアの大部分は、一揆に関与していなかった。ゆえに、そうした憤慨を、軍人がまじめに受け取ることはなかったにちがいない。そもそも、このときに、法と忠誠の毀損を声高に罵った者たちとて、一年半前には、自分たちも同様に（たしかに、戦時の窮境を利用してのことだった）、その政治目標を達成するために革命という手段を用いるか、あるいは、日和見を

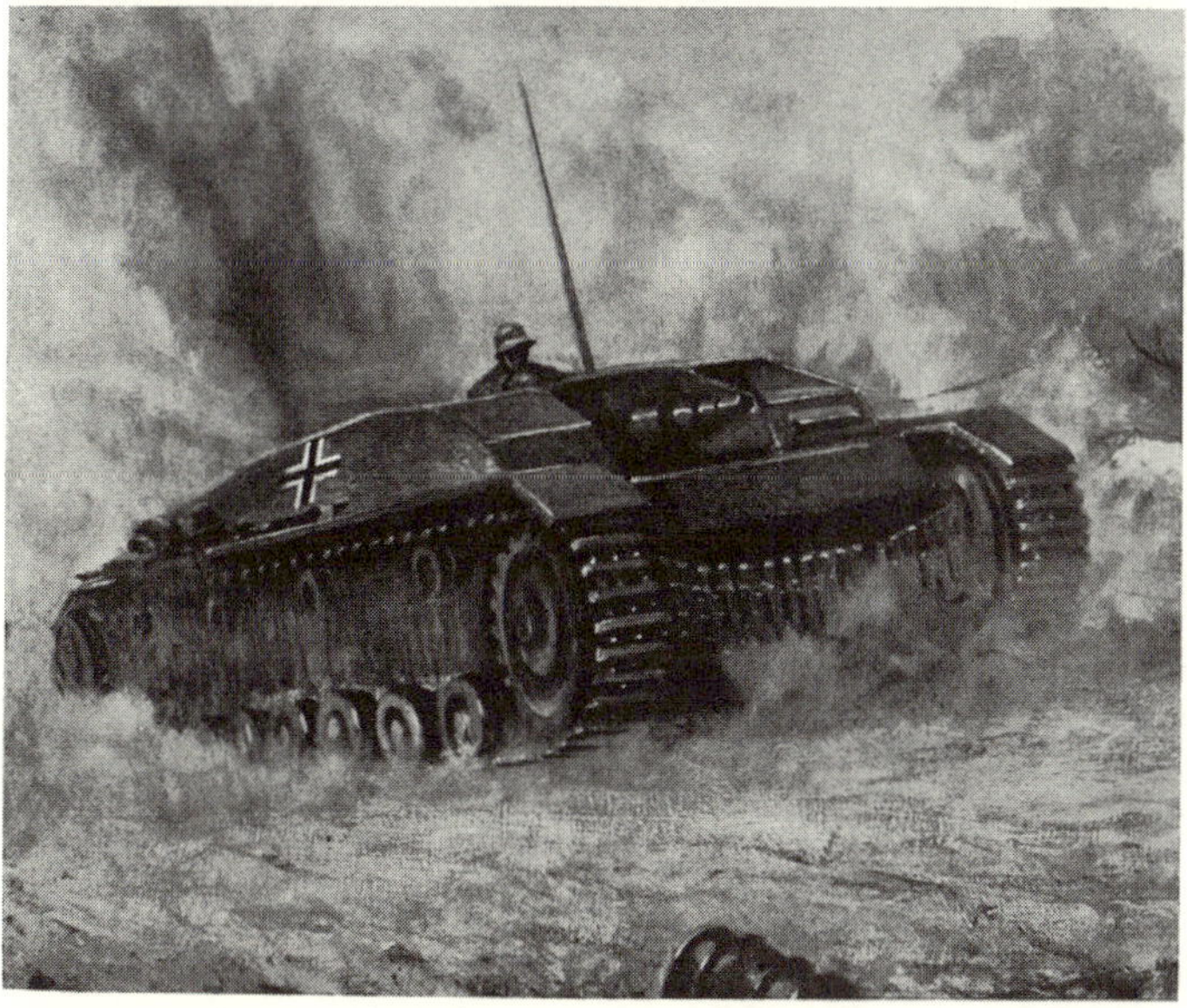

［上］ライヒスヴェーアの演習に際して。〔写真中央左から〕フォン・ヒンデンブルク大統領、フォン・マッケンゼン元帥、ゼークト上級大将
［下］ある構想が実現される。「突撃砲」（第八章を参照のこと）

第三近衛歩兵連隊の軍服を着用した
フォン・ヒンデンブルク元帥

陸軍統帥部長官時代の男爵フォン・
ハマーシュタイン＝エクヴォルト上級大将

決め込んだあげくに、早々と革命の結果に順応していたではないか。

だが、いずれにしても、カップ一揆によって、ドイツ軍人の伝統に背くばかりか、国民のなかにおける軍隊の地位をきわめて危うくするような道に踏み入ってしまったことは認めよう。軍人といえども、そういわねばなるまい。なぜなら、ドイツ国民は昔から、軍人はただ、祖国の守り手にして、秩序と国家の権威のもっとも堅固な支柱の役割を果たすのみと考えていたからだ。かかる過去を規範にするなら、自分が腐敗しているとみなした政府に対し、実力を以て反対する権利を持つと思い上がった「政治的軍人」へと立場を変えることは許されなかった。

ライヒスヴェーアにとって深刻だったのは、カップ一揆により、あれやこれやの政党の信頼を失ったことよりも、この国家権威に対する反乱が、国民の信頼を奪ってしまうことのほうだった。かかる信頼は、何百年にもわたって軍が義務を果たしてきたことで、ようやく獲得されたのである。「政治的軍人」では、そのような信任を、今後もながらく維持することはできないだろう。彼らは政党機構に組み込まれ、若者に対する祖国愛と義務の履行の教育に貢献するという、もっとも素晴らしい任務を危うくするのだ。[3]

カップ一揆とその蹉跌《さてつ》は、軍隊は、かような一挙に向いていないということを、ライヒスヴェーアに、はっきりと認識させた。それは、純粋な軍人の本質と国防軍の任務に矛盾するからであった。加えて、軍人は、命令と服従という柱のあいだをまわることを仕事とし、政治の彼岸にある任務に専念している。彼らには一般に、国内政治の領域に介入するどころか、そこで活動し得るだけの能力が欠けているのだ。軍人は通常、内政の分野における諸潮流や勢力分布を、間違いなく判断できる程度の限られた能力しか持っていない。

「革命的情勢」が存在するとしての話だが、軍事力によって政府を排除することは可能である。しかしながら、かかる政府転覆に際して軍隊が服従を捧げた者が、すぐに山積するであろう諸問題を解決する能力を有しているかどうかは、まったく別の問題なのだ。フォン・リュトヴィッツ将軍が関わったカップ一揆は、そのことを明快に証明した。

けれども、最初に成功を収めながら、それを利用して、何をはじめるべきなのかもわからなかったような指導力の不足のみが、カップ一揆の挫折をもたらしたわけではない。また、ライヒ政府が呼びかけたゼネストだけに、鎮圧の功績を帰することもできないだろう。決定的だったのは、軍事力の助けを借りて、ライヒ指導部を排除せんとした構想が、国民大多数の共感を得られなかったことなのである。なるほど、成功した革命のほとんどは、大なり小なり受動的な大多数に対し、最後の一人まで決意を固め、ゆるぎない組織を持った少数派によって、遂行されたものだ。ところが、そんな力を汲み出すことは、カップ一揆の張本人たちには不可能だった。一揆に同情的な諸勢力もあったが、それらが存在するのは、おおむね、東部の脅威にさらされた地域に限られていた。一般に保守的な立場を取っていた彼らには、成功に不可欠の革命的情熱《エラン》を示すしるしや属性が、いっさい欠けていたのである。

さらに、軍人としては、カップ一揆が引き起こしたライヒにとっての危険を看過することはできなかった。

最初にあったのは内戦の危険だった。これは、一揆が速やかに蹉跌を迎えたこと、また、ライヒスヴェーアの大半がしかるべき姿勢を持したことによって回避できた。それゆえ、遺憾なことではあるものの、実際に生起したのは、ルール地方の流血にみちみちた反乱と、のちのチューリンゲン暴動だけだったのである。

加えて、分解とはいわぬまでも、軍隊が分裂する危険があった。それは、この権力装置を、すでに損なわれていたライヒの安全ならびに、苦労して得られた秩序を保障するという本来の任務に使えなくなることを意味していた。軍隊の分裂が避けられたのは、ひとえに軍人が、一時的な政治観の相違以上に、団結の情を強く尊重したという事実のおかげであったろう。ただし、かかる結果が得られるにあたっては、一揆失敗後に、エーベルト大統領の影響を受けて、政府が取った穏健な行動が、おおいに与っていた。そのことは忘れるべきでない。

むろん、内戦によって引き裂かれ、外国に対してマヒ状態になったとき、国防力無しの状態にある国に必ず突きつけられるであろう危険についても、ライヒスヴェーアは認識していた。

右のごとき、カップ一揆とそのあり得た帰結について考察したことのすべてから、ライヒスヴェーアの軍人たちにとっての教訓が引き出されていた。すなわち、このドイツ軍史上初めての「道を踏み《シュリット・》外した歩み《フォム・ヴェーゲ》」〔一九三九年公開の、三角関係を描いた映画"*Schritt vom Wege*"にかけた表現か〕は、当時の情勢からではなく、根本的な誤謬から生じたということだ。

カップ一揆において、国家、国民、国防軍がおちいった深刻な危機が克服されたのち、ライヒスヴェーアは、自らをヴェルサイユ条約で定められたかたちに変え、同時に各部隊の内部を固めるという任務に着手した。この間、陸軍統帥部長官に任命されたフォン・ゼークト将軍〔ハンス・フォン・ゼークト（一八六六～一九三六年）。当時、歩兵大将。最終階級は上級大将。第一次世界大戦で戦功をあげ、戦後はライヒスヴェーアの創設に取り組んだ〕は、上官の権威、下位者の服従と忠誠に関する彼の構想通りに、軍をつくりつつあった。この課題を達成するため、ライヒスヴェーアは政治から引き離され、カップ一揆によって危険であるとわかった部隊には、その思想に応じた措置が取られた。適切であり、また完全な成功を得たわけであるが、フォン・ゼークト将軍にとっては、将校と下士官兵の理想主義と義務観念を信頼することができるようになったのだ。実際、かの時期には、非常に大きな理想主義が、軍人であること、あるいは軍人になることに与っていたのである。けれども、ライヒスヴェーアには、二重の精神的負担がかかっていた。当時は、ヴェルサイユ条約が軍に課した枠があり、そのため、ライヒを守るという任務を達成することは絶望的であるかのごとくに思われていた。単なる警察部隊としてのみ、存在を許され得るなどという見通しは、ぞっとしないものだった。連合国管理委員会が、ドイツにだけ一方的に向けられるがゆえに、いっそう屈辱的な監視を加えてくるにつれ、そうした制限は、いっそう抑圧的なものになったのだ。かてて加えて、軍は、自国民から敵視され、中道諸政党が抱いた不信感と左翼過激派陣営からの悪罵にさらされた。しかしまた、カップ一揆中のライヒスヴェーアの態度に失望した民族派サークルによっても、幾重にも忌避されたのである。こうしたことすべてが、軍人がその使命に全力を傾注するため、政治から身を引いたことの淵源になっていたにちがいない。のちの第二次世界大戦で証明されたように、軍の課題は達成された。彼らの理想主義、祖国愛、軍人としての能力、そして、過去から受け継いできた美徳のおかげであった。しかしながら、あらたな道に歩みだそうとする軍人の意欲も、それに与っていたのである。

部隊勤務

一九二一年十月一日、私は、第五歩兵連隊の中隊長を拝命し、ベルリンとシュテッティンの中間にある、辺境部《マルク》の小さな町アンガーミュンデで、同連隊第六中隊の指揮を継承した。

アンガーミュンデの主たる利点として、鉄道の結節点で、ベルリンとシュテッティンを結ぶ急行列車の停車駅であるという特徴が挙げられる。それゆえ、いずれの場所へも、すぐに出発できるのだ。実際、この町農民〔都市内に自作農地を持つ市民〕の都市には、美しく古い赤レンガのドームに至るまで、刺激というものがまったく欠けていた。ほかには、ずっと郊外に、周囲を森に囲まれ、教練場と境を接しているヴォレッツ湖があるだけだったのだ。妻と私が、典型的な小都市（アンガーミュンデの住民数は、およそ五千人だったはずである）での暮らしを経験するのは、これが初めてだった。さまざまに滑《こっ》稽《けい》なことがあったが、愉快なことも多数あった。地元の人たちが親切にしてくれたおかげだった。アンガーミュンデの人々は（おそらく、鉄道修理場の労働者は別だったろうが）、比較的、革命の影響を受けていなかった。共和国もまだ、彼らの心情に根を下ろしてはいなかったのだ。生粋の辺境人として、彼らは王政時代に郷愁を感じており、軍隊を誇りに思っていたのである。

最重要の役割を果たしていたのは、私も名誉会員として所属していた、市の警衛協会だった。その会合のほとんどは、明け方までえんえんと続いたから、なかなかの苦労であったことはいうまでもない。そうして集まるなか、旧軍人たちが自分の軍隊時代のことをいかに誇らしげに回顧するか、また、そのかみの上官たちの多くがどんなに好かれているかということが示された。いちばん誇り高いのは、協会の議長で、神《ヘル・ゴット》のごとき存在だった。騎兵曹長として長く勤務し、一八七〇年の戦争〔普仏戦争〕にも従軍した彼は、その旧原隊、直衛軽騎兵連隊の軍服を着用することを許可されていた。彼にとって、それが、自分に得られる、もっとも大きな名誉であったことは疑いようがない。

こうした環境にあって、毎年八月十一日に、国が定めた憲法祝典を挙行するのは、いささか微妙であった。八月十一日は当時祝日〔ヴァイマール憲法発布の記念日〕だったが、住民のあいだでは、まだ人気がなかったのである。それは、アンガーミュンデだけのことではなかった。この日には、公式の祝典を開催しなければならず、また演説も行われることになっていた。郡長の男爵フォン・エルファは、祝典は、郡ではなく、市によって開催されるべきだと宣言することで、この、彼にとって格別に魅力があるわけでもない仕事をまぬがれた。そのような演説が政治の職にある者の仕事であるのは間違いなく、衛戍地《えいじゅち》最先任の私がやることはあり得なかった。残っているのは、市長だけである。彼は、少なくとも私が式典に出席した年においては、おおむね、フリードリヒ大王をプロイセン的義務遂行の模範とするような演説をぶって、この仕事を片付けたのであった。

アンガーミュンデには、文化的な楽しみはそう多くなかったが、軍事的見地からすれば、考え得るかぎり好都合な兵営を提供していた。何の誘惑もないことが、かえって軍の任務に集中する助けとなるのだ。訓練実施も容易で、とくに兵営周辺で戦時に準じた条件の演習が実行できるとあってはなおさらだった。上官たちが常駐していなかったため（大隊長はプレンツラウ、連隊長はシュテッティンにいた）、まったく自分の裁量で、中隊の訓練を行うことが可能だったのである。私の目標は、中隊に良好な訓練（とりわけ戦闘実務において）をほどこすことのみならず、下級指揮官という幹をかたちづくることにあった。首尾良く、陸軍の拡張が行われるようになったとき、彼らを基幹として、分隊・小隊の長を大増員できるようにするためだった。私が中隊長を務めていた二年間に、本目標も達成されたものと確信している。今日、チームワークということがかまびすしく言われ、それは軍事訓練と戦場での活動を土台にしていなければならないとされる。だが、そんな発想は、当時のわれわれによって、とっくに実現されていたのである。そのころ、「チーム」をかたちづくっていたのは、機関銃手と小銃兵から成る分隊で、彼らの編制は変更されないことになっていた。

分隊は、あらゆる種類の軍務において、最小単位、すなわち「チーム」の役割を果たす。彼らはまた、同じ部屋に居住する。各分隊ごとに、続きの二間が与えられるのだ。自分たちの望みによって、一室を居間、もう一室を寝室とすることもできるし、二つの部屋のそれぞれに分隊員の半分ずつが住むようにすることも可能だ。

アンガーミュンデで過ごした時間は、私にとって、特別に価値あるものだった。何年も参謀部にいたあとで、やっと現場部隊で働けるようになったからである。純粋な兵器取り扱い技術を教えるという以上に、若い将兵を、まっすぐで義務観念のある男子、良きドイツ人に育て上げるということは、考えられる範囲でいちばんの素晴らしい任務だった。そうした教育の目標を達成するために、中隊にあっては、上官と部下、また年長者と若者のあいだに、しっかりした礼儀がなければならない。それは、当時すでに当たり前のことになっていた。何よりも「個性を消してしまう」ことが重要だなどという考えは、誰も抱かなかった。教育と訓練のめざすところは、あらゆる階級の将兵に独立した思考と行動を植え付けることだったのである。とはいえ、それは訓練上、いちばん難しい問題であった。

インフレ時代がもたらした、あらゆる困難にもかかわらず、また、それによって、ベルリン行きに好都合な交通事情も利用できなくなったとはいえ、このころの数年間は、軍人として格別に満足がいくものであった。もちろん、軍務の領域においても、この数年の急激な通貨の価値下落は、まさに不快な程度にまで感じられるようになっていた。主計長は、プレンツラウで当大隊の他の中隊に俸給を渡してから、こちらの俸給を携えてやってくる。が、彼が来るのは、たいてい、本来の支払日の翌日なのであった。あのインフレの大波の時代には、お金も一日のうちにその価値を大幅に減じてしまう。私としては、アンガーミュンデの商人たちを訪ねまわり、私の中隊に期日通りに俸給を出せるよう、借金するほかなかったのである。むろん、彼らは、その札束はすぐに、将兵の財布から彼らのもとへと飛んで帰ってくるものとわかっているのだ。こんなささいなことは重要でないと思われるかもしれないが、しかし、当時のあり方にスポットライトを当ててくれることではあろう。中隊長が予定通りに部隊の俸給を払うために借金しなければならないという事実が、何を意味するか。それを推しはかるには、いにしえのプロイセンにおいて、正確無比な行政が実施され、財政面では厳格な秩序が支配していたことを思い起こさなくてはならないのである。

第五歩兵連隊は、その一部は辺境部に駐屯していたけれども、ポンメルン州の師団であった。われわれも、かの美しい州で演習を実施したものである。そうした演習において、われわれの中隊は、とあるポーランド国境に近い村で最初の休日を過ごすことになった。ところが、その村の前で、心配そうな面持ちの宿営係が私を待っていた。そこに宿営するのは、すこぶる適当でないとの由だった。まったく、ポンメルンの話とは思えないぐらいに、そこの住民たちは非友好的だというのだ。同地の農民やそのおかみさんたちは、国境守備のいくさが行われていた時代のことをはっきりと記憶している。そのことは、すぐにわかった。当時、彼らのニワトリやガチョウが失敬されてしまったことはあきらかだったのである。さりながら、われわれが休日を終え、村を去るときには、住民全員が親しげに別れの挨拶を送ってきたものだ。彼らは、再び規律正しい部隊が生まれたのを目撃し、昔同様にそれを宿営させることで、部隊と一心同体になったのだった。

アンガーミュンデでの二年間に起こったことのうち、二つだけは、軍との関係で触れておく必要がある。というのは、それらは直接ライヒスヴェーアにはねかえってきたからだ。その事件とは、キュストリンにおける、いわゆるブーフルッカー一揆と、私がアンガーミュンデ勤務を終えた直後に起こったミュンヘンのヒトラー一揆だった。ブーフルッカー一揆で問題となったのは、いわゆる「黒色国防軍」〔治安維持上の理由から組織された志願兵部隊〕〔実際には、ライヒスヴェーアより、ひそかに支援を受けた、非合法の準軍事団体であった〕が実力を以て、キュストリンの小要塞を奪取せんと試みたことである。同地にあった兵営も、ライヒスヴェーアの業務所のいずれも、この一揆の企てには、いささかも関わっていなかった。キュストリン要塞司令官のグドヴィウス大佐〔エーリヒ・グドヴィウス（一八七六～一九四四年）。最終階級は中将〕は、即刻、自らの手でブーフルッカー少佐〔ブルーノ・エルンスト・ブーフルッカー（一八七八～一九六六年）。最終階級は中佐。カップ一揆に参加したのち、ライヒスヴェーアを辞めさせられたが、その後も軍の密命を受けて、「黒色国防軍」の組織にあたっていた〕を逮捕した。大佐の堅忍不抜の態度により、一揆は血を見ることなく、芽のうちに摘まれたのである。それでも、この一揆は、ライヒスヴェーアに関する、もしくはライヒスヴェーアにとっては好ましからざる審議と不祥事につながっていった。いわゆる「黒色国防軍」は、その存在をいっさい隠していなかったにもかかわらず〔これは、マンシュタインの記憶違い、あるいは虚偽で、ゲスラー国防相は、その存在を否定している〕、それは、民主主義政党にとっては、以前からしゃくの種だったのだ。軍の側が、場合によっては反乱に使用するために、部隊の基幹要員を非合法的に育成する計画を立てていたことは、そうした諸政党を激怒させた。しかしながら、実際には、その種の意図は毛ほどもなかったのである。それは、あらたな共産主義者の反乱行動、もしくはポーランドの攻撃があった場合に、ライヒスヴェーアの戦列を強化するため、義勇兵を確保しておこうとする無益な試みにすぎなかった。そのことは、今日、認められなければならない。これらの部隊を不法に運用することなど、当時の軍の責任ある筋は、いっさい考えていなかった。それもまた、たしかである。とはいえ、「黒色国防軍」がひとたび民主主義政党の不信を引き起こし、また、そのなかに芳しからざる分子がいたからには（彼らと、実際に非合法的な活動を行っている政治グループのあいだには、一定の連絡があったと思われる）、かかる種類の補助組織を組まないほうが、ずっとよかったであろう。はたして、「黒色国防軍」は、のちに解隊されることになったのである。すでに述べたように、ライヒスヴェーアそのものには、ブーフルッカー一揆は、ほんのわずかな影響さえも与えなかった。

が、ヒトラー一揆はちがう。周知のごとく、ヒトラーは、ルーデンドルフ将軍の声望を利用し、ライヒスヴェーア将校の後進たちがいるミュンヘンの歩兵学校を、一時的にではあるにせよ、おのれとその運動のために獲得することに成功した。国民が意気消沈していた時代に、若い軍人がヒトラーの主張に感銘を受けたこと自体は驚くに価しない。軍人が、いかなる敵の介入に対しても、ライヒが無力であることを痛感しなければならなかったとき、彼ら若者は狂躁へと傾きがちだったからだ。ルーデンドルフがヒトラーの運動の先頭に立っていたことは、烽火《のろし》のように、彼らに作用したのである。にもかかわらず、まるまる一年度分の陸軍士官候補生が服従の義務を毀損し、忠誠宣誓に背いた行動を取ったという事実は残る。ヒトラー一揆が失敗すると、歩兵学校の秩序は、そくざに回復された。陸軍統帥部長官は、この不服従に対し、きわめて厳格な処置を取った。とくに、若い軍人たちが義務を果たしていないことに気づかなかった上長たちには厳しかった。

しかしながら、この恥ずべき事件についても、注目しておくべきことが二つある。一つは、かかる反乱が、ライヒスヴェーアのナチ党に対する姿勢にどのような影響をおよぼしたかということだ。これについては、別のところで述べることにしよう。一方、彼ら、ライヒスヴェーアの外にいながら、青年将校や士官候補生の多くを邪道に誘った輩が、数年後には、状況に応じて忠誠宣誓に背くのは当然の義務だと考えたことを見逃してはならない。

「いささか、しゃんとしておらんな」。かつてのわが第三近衛連隊長であるフォン・エルスターマン将軍〔フーゴー・エルスターマン・フォン・エルスター（一八五九～一九四五年）。最終階級は歩兵大将〕ならば、そう口にしたことだろう。将軍は、部下の誰かの道徳的見解に何か問題があったとき、それを強調するために、こうしたもの言いをするのが常だった。危機的状況においては、ある体制どころか、国の存在が、軍隊が忠誠宣誓を守るか否かに懸かっているのだということは、絶対に忘れるべきではない。国家の本質という礎《いしずえ》に触れることもせずに、忠誠宣誓を政治的思惑の対象にすることはできないのだ。

再び参謀本部へ

参謀将校には慣例となっている、二年間の中隊長勤務を終えたのち、私は再び、参謀部、もしくは、当時「指揮官幕僚将校《フューラーシュタープスオフィツィーア》」〔Führerstabsoffizier〕と呼ばれていた部署に配置された。なるほど、ヴェルサイユの強制によって、大参謀本部の保有は禁止されていたが、国防省の部隊局同様に、高級司令部に指揮官幕僚将校を置くことは放置されていたのである。

最初はシュテッティンの第二軍管区司令部、ついで一九二四年十月一日にドレスデンの第四軍管区司令部に配属された。両方の部署ともに、「指揮官補佐《フューラーゲヒルフェン》」たちの教官というのが、私の仕事だった。同じく禁止されていた陸軍大学校の代替として、若い将校向けに、三年の教習課程が設置されていたのだ。この課程における任務は、「軍管区試験」に合格した若者に、将来の指揮官幕僚将校となるための教育をほどこすことであった。最初の二年間は各軍管区司令部、三年目はベルリンの国防省で、教程が実施される。私は、シュテッティン、のちにはドレスデンにおいて、集められた学生のうち、上級生に対して、戦術と戦争史の講義を持った。当該年度の学生はまだ八名を数えるだけだったから、私にとっては、非常に有り難い任務であった。当然のことながら、こういう小集団にあっては、個々の細目に至るまで立ち入ることができるからだ。教官生活の四年間は、好ましく思い出される。その際、私自身も、たしかに多くのことを学んだ。願わくは、私の弟子たちも、充分な利益を得ていてほしいものである。いずれにせよ、彼らはすべて、参謀本部入りができたかぎりにおいては、第二次世界大戦で、高級参謀や軍団長、師団長として、その任を立派に果たしたのであった。この教育の四年間において、彼らとの特別な戦友関係が形成された。

　個人的には、シュテッティンでの一年は、あまり愉快なものではなかった。シュテッティンに家が見つからず、毎日アンガーミュンデからシュテッティンに通勤するか、さもなくば、私一人がそこで下宿住まいをしなければならぬというはめになったのである。国が通勤費用を払ってくれるわけではなかったから、四等車の月極め定期で通うしかなかった。買い出しの人々や闇商人に交じっての旅行は〔アンガーミュンデからシュテッティンまで、約二百キロある〕、ときには、おおいに愉快なものであったが、全般的にはなんとも居心地悪く、楽ではなかった。加えて、その年には別の犠牲を払った。参謀本部配置の内示を得るのが、慣例よりも二年遅れるというはめになったのである。陸軍人事局が、私に不利なかたちで介入し、シュテッティンの家を後任者に引き渡すことになった。それについて苦情を述べたところ、あいにく、陸軍統帥部長官フォン・ゼークト将軍の耳に入ってしまったのだ。彼は不興を覚え、辞令内示リストから私を抹消した。この遅れが埋め合わされたのは、実に十三年後、私が、参謀次長、すなわち、参謀総長代理の地位に就いたときであった。かかる例を引き合いに出すのは、フォン・ゼークト将軍がはなはだしいまでに権威そのものだったことを示すためだ。そもそも、ことのなりゆきが示しているように、私の苦情の正当性は疑う余地があるまい。しかしながら、一介の大尉ふぜいが、ずっと上の人事局が私権に介入することに対して、敢えて抗議する。そのこと自体がやりすぎだったのである。

比類のないほど愉快な文化都市ドレスデンで過ごした三年間は、ずっと素晴らしかった。同市は、軍事的必要性はまったく無かったというのに、一九四五年に無意味な蛮行の対象となった。悲しいことに、一つの都市が廃墟に変じられてしまったのだ。市内にあふれかえっていた避難民から、数えきれないほどの犠牲者が出た。だが、ドレスデンは、その美術館、世界的に有名なオペラハウス、貴重な建築物、環境の魅力によって、われわれに忘れがたい印象を残していたのである。

「指揮官補佐教官」の活動には、毎年、多数の小演習旅行に参加することが含まれる。それらと、のちの大規模な参謀旅行〔実際に現地に旅行し、軍事的な観点から地形を検討したり、あり得る作戦や戦術を議論する訓練の一種）によって、私は、ドイツの津々浦々までも知った。そのような旅では、まさに徹底的に仕事をやったが、ほかに気晴らしもあった。チューリンゲンの森の小旅館に宿泊したときのことである。大きな看板が入り口に立てられていて、そこには「黒鷲旅館」と書かれていた。その下部には、「よく食い、よく眠れがモットーです！」とある。亭主は、元の近衛龍騎兵であり、われわれが泊まることでどんなに喜んだかは筆紙に尽くしがたい。彼は朝晩、飲食物を提供し（昼は、われわれも外に出ていた）、ほんのわずかの宿代で、本当に考えられるかぎりの品を食卓に出してくれた。このような旅行の一つで、ザクセンの小都市Lに行ったこともある。市会議員たちが宴会を催してくれた。市の慣習に従い、われわれは上官に導かれて、宴の間に入場していった。そこでは、すでに名士たちが夫人とともに、大きなテーブルに着いている。われわれの席だけが空いていた。食卓には、市の保有する、美しい錫の古食器がとりどりに並べられている。広間の入り口には、大きなワイン樽が据えられていて、今夜のうちにそれを空にする決まりだった。飲むにつれ、たちまち盛り上がった雰囲気になっていく。食事のあとはダンスだ。私の眼前で、二人の老婦人が愉しげな目つきをして、しかと抱き合って踊っていた。彼女らがワインをきこしめして、ご機嫌になっているのはあきらかである。午前三時に、酔っ払った給仕長が私の健康を祈って乾杯したところで、彼の部下たちが引き続き乾杯を求めてくるのを逃れ、大急ぎでベッドに行った。翌朝、L市の大立て者のうち、二人までも逝去したことが判明したのである。おそらくは、かのワイン樽がその責任を負うものとしなければなるまい。別の旅行で、もっとも美しい想い出となっているのは、ヴュルツブルクの王宮庭園で開催された最初のモーツァルト祭に参加したことだ。

一九二七年秋から一九二九年秋までは、マクデブルクの第四歩兵指揮官〔連合国に対し、秘密再軍備を隠蔽するための名称で、歩兵師団長に相当する〕付参謀を務めた。ザクセン師団の歩兵連隊三個と工兵大隊一個が、その麾下に置かれていたが、それは教育訓練に関してだけのことであった。従って、この配置にあっては、過剰な業務負担を嘆くこともなかったのである。マクデブルク市については、麗しのドレスデンほどには多くを供してはくれなかった。にもかかわらず、私は、この数年間のことを仕事も含めて回顧するのを好む。それはとくに、私と歩兵指揮官、ザクセン人のクランツ将軍〔ルドルフ・クランツ（一八七四～一九四一年）。当時、少将。最終階級は中将〕とのあいだに、親密な信頼関係が結ばれたためであろう。彼は、卓越した前線の軍人であると同時に、人間性の面でも特筆すべき上官であった。マクデブルク着任直後には、妻を同行しての快適なスペイン旅行を計画することができた。私は、ドレスデンにいたころ、余暇を使ってスペイン語を習い、また、国防省から旅行用の補助金を得ていた。陸軍統帥部長官が出した、「指導者から成る軍隊」というテーマの懸賞論文で一等賞を取ったのである。そのおかげで、妻を連れていくことができるようになったのだ。われわれは、マルセイユ、マラガ、グラナダ、ロンダ、セビリア、コルドバ、マドリード、バルセロナ、ジェノバを巡るこの旅を、十二分に楽しんだ。懐具合が限られていたから、マドリードとバルセロナ以外では、スペインの旅館に泊まるのが常だった。当時、それらのほとんどは非常に原始的だった。だが、われわれは、この流儀によって、住民たちの生活や行動を、普通の旅行者よりもずっとよく知ることができたのである。加えて、この数週間には、感銘を受けることが何度もあった。それらは、古代ローマ、ゴート、ムーア人、キリスト教の諸文化が織りなすもので、スペインだけが提示し得たことであろう。陽光にみちみちた南方で、かように素晴らしい時間を過ごしたのちに、無味乾燥な十一月のマクデブルクに帰るのは、容易なことではなかった。

私が、ライヒスヴェーア創設の一端を経験した時代は、マクデブルクで終わった。つぎは、より興味深い中央への配置ということになろう。だが、そのことを詳述する前に、「ライヒスヴェーア」について、いくばくかの言明を付け加えておきたい。

原註

❖1　辞職する下士官、軍属、衛生・獣医科の将校にとっての事情は有利だった。彼らの民間への就職は、より簡単だったからである。

❖2　国防相ゲスラー博士〔オットー・ゲスラー（一八七五～一九五五年）。ドイツ民主党の政治家〕の回想によれば、ゼネストのアピールは、全国報道局長ウルリヒ・ラウシャー〔一八八四～一九三四年。ドイツのジャーナリスト・外交官〕が自己責任において発表したもので、大統領と政府閣僚の署名を得て、正式に公布されたのだという。

❖3　誤解を避けるため、非政治的な軍人が理想とされているわけではないと註釈しておこう。軍人といえども、その時代の政治問題に関わらなければならないのは当然のことである。だが、ただの従者、いわんや、政党政治的方針の実行者になるような真似《まね》は許されないのだ。

第四章　ライヒスヴェーアと共和国

何年にもわたり、「ライヒスヴェーア」の問題は、公の議論において顕著な役割を負ってきた。ある者は、ライヒスヴェーアはひたすら戦争準備にふけっていた、それによって、第一次世界大戦の結果に対する復讐を準備していたのだという見解を示した。別の者は、ライヒスヴェーアを「反動集団」だとみなした。さらに別の者にとっては、舞台裏で機会をうかがっていて、何らかの秘密の方法で政治的影響力を行使した「スフィンクス」だとされた。とどのつまり、軍人は、単なる「兵隊」、もしくは、共和国、あるいは資本主義に身売りした「傭兵」だったと罵る分子は、たっぷりといたのである。

あの、苦労だらけだったライヒスヴェーアの創設期において、自らともに働いた者ならば、それが、貴重なプロイセン・ドイツの遺産の守護者以外のなにものでもなかったことを知っている。つまり、軍人の義務観念、また、それに従って、国家権力の忠実なる道具であることを堅持してきたのだ。ヴァイマール共和国におけるライヒスヴェーアの立場は、「国家内国家」を形成せんとするものであったと定義する試みをする者もいる。

かかる定義には、二つの主張が含まれている。

第一に、ライヒスヴェーアは、恣意専横の政策を推進したとすること。

第二に、ライヒスヴェーアは、国民から隔絶した存在であり、それゆえ、ヴァイマール共和国の枠にそぐわぬ異物だったとすること。

恣意専横の政策を行ったとする非難には、まず最初に、この関連で「ライヒスヴェーア」という集合概念を用いるのは、まったくの間違いだということができる。「ライヒスヴェーア」には、自らの政策を推進することなど不可能だったし、実際、そんなことはしていない。部隊も、その指揮官たちも服従しなければならなかったのである。陸軍は、陸軍統帥部長官の軍事命令に、また、海軍統帥部長官のそれに従ったのだ。彼ら、軍人にとっては、頂点に立っている上官も、軍事的な機能こそ果たしはしたが、政治的には何もしなかった。この両者の上に、議会制に基づき任ぜられた国防大臣がいたのである。その国防大臣も、国防法第八条により、大統領（全国防軍に対する最高司令官）の麾下に置かれていた。つまり、大統領こそが、ライヒスヴェーアに対し、統帥権を行使するのである。ライヒスヴェーアにおいて、政治に携わる部局（最初は、国防軍部、のちには大臣官房）は、国防相に直属し、それ専門の機関となっていた。ライヒスヴェーアで唯一政治的なことを決定する、あるいは議論することを許されるのは、この、議会に責任を負う大臣だけであった。当然のことながら、いかなる国家においても、軍隊は政治に対し、大きな力を有する。国家の土台が弱体化するほどに、軍の重みは増すのである。そのかぎりにおいて、ヴァイマール共和国、とくに最初の数年間のそれほどに不安定な国家機構では、ライヒスヴェーアを粗略に扱うことなどできなかった。しかしながら、この錘《おもり》を天秤秤《てんびんばかり》の皿に投じる権能を有するのは、唯一、国防大臣だけだったのだ。

むろん、政府にとって、最高軍事筋、まず第一に陸軍統帥部長官フォン・ゼークト将軍、そして、多くの者が失念していることだが、ベーンケ〔パウル・ベーンケ（一八六六～一九三七年）。海軍統帥部長官就任当時、海軍中将。最終階級は海軍大将〕、ツェンカー〔ハンス・ツェンカー（一八七〇～一九三二年）。当時、海軍大将。最終階級も同じ〕、レーダー〔エーリヒ・レーダー（一八七六～一九六〇年）。海軍統帥部長官就任当時、海軍中将。最終階級は海軍元帥〕といった歴代の海軍統帥部長官を務めた提督たちの意見を聞くのは重要なことだった。とくに、部隊の空気や内的な支えとなること、すなわち、それによって、国家権力の装置としての価値に影響を与えかねないような情勢や問題に関するものなら、なおのことである。従って、内閣が頻繁にゼークトの意見を聴取したのも、当然のことだった。というのは、彼は、国防軍のなかでも、たとえば国内の騒乱があれば、真っ先に出動しなければならない軍種の長官だったからだ。たしかに、多くの政治的決定に際して、ゼークトの意見に重きが置かれていたかもしれない。しかしながら、軍の長官たちが発言できたのは、あくまで、議会に選ばれて入閣した大臣か、大統領の許可を得てのことだったのである。もし彼らが、大臣や大統領の意志に反する政策を推進しようとしたなら、それを阻むのも大臣の仕事ということになっただろう。また、国防相は、緊急時において、当該の将軍や提督を解任することもできたはずだ。もし、大臣が内閣や大統領の反対に遭って、彼らを解任できない場合には、自らが辞任することも可能だったであろう。かかる権力が国防大臣の手中にあることは、ゲスラー国防相が、それ自体は取るに足りない問題で、フォン・ゼークト将軍との対立におちいったときに、はっきりと示された。その際、ライヒスヴェーアの創設者たるゼークトといえども、辞表を提出しなければならなかったのである。しかも、元軍人として、国防大臣よりもフォン・ゼークト将軍に近い立場にあったヒンデンブルク大統領でさえ、構わずゲスラーに味方する裁定を下したのであった。

かくのごとく、ライヒスヴェーアの領域における責任と権力構造は明快だったのであるが、のちに首相となったフォン・シュライヒャーが、最初は国防軍部部長、あとには国防省大臣官房長として、少なからぬ政治的影響をおよぼしたことも知られている。しかしながら、それらの部署にあったときの彼は、軍政に携わる部局の長、あるいは大臣の相談役以外の何者でもなかった。国防相は、もしもシュライヒャーが、その上官の承知していないような政治的働きを行ったなら、いつでも彼を解任できたのである。加えて、フォン・シュライヒャー将軍は、たとえ、どのような政治的影響力を振るったにせよ、「ライヒスヴェーア」そのものではなかった。その後、自身が国防大臣となり、最後には首相にまで昇りつめたとしても、彼は、ライヒスヴェーアの代表ではなく、政治を預かる大臣として振る舞ったのだ。それを明確に示すために、シュライヒャーは大臣に任ぜられた際、軍を退役している。従って、彼もまた、前任者のグレーナー将軍同様、もはや軍事力の一環を成す現役将校ではなくなったのである。

ライヒスヴェーアの政治的恣意専横として、とりわけ非難されているのは、フォン・ゼークト将軍によって開始され、その後任たちが継続した、兵器開発の分野におけるソ連との秘密協力だ。これについては、最初にソ連への接近をみちびいたのはラパッロ条約だということを指摘できる。この条約は、外相ラーテナウ〔ヴァルター・ラーテナウ（一八六七～一九二二年）。ドイツの工業家・政治家。第一次世界大戦中に、戦時統制経済の管轄にあたる陸軍省戦時原料局長を務めた。戦後、外務大臣に就任、一九二二年に、ソ連との関係を正常化し、経済面での協力を深めることを定めたラパッロ条約を締結したが、その直後に暗殺された〕の仕事だった。このラパッロ条約に続けて、陸軍統帥部長官が、ライヒの安全保障を利するよう、とくにポーランドの野心に対抗するために、赤軍との軍事協力というかたちで、さらに糸をつむぎ、強靭なものとしたことは正しい。もっとも、他の省庁も、経済の分野で同様の行動を取ったのである。現在とは根本的に異なる、当時の政治情勢においては、ライヒが置かれた危険な状態に鑑み、当面のところは東の大国を頼るという策は、そもそも、ロカルノ条約〔一九二五年に、ドイツ、ベルギー、フランス、イギリス、イタリアの五か国間に締結された条約。締結国は、ラインラントの現状維持、不可侵、非武装地帯化を集団的に保障し、紛争を平和的に解決することを約した〕締結までは、ドイツにとって唯一の政治的資産だった。しかも、この軍事施策は、大統領、ときの首相、国防大臣の許可のもとに実現されていた。シュトレーゼマン〔グスタフ・シュトレーゼマン（一八七八～一九二九年）。ヴァイマール共和国で、首相・外相を務めた」がロカルノ条約を以て、はっきりと西向き路線を取ったときでも、フォン・ゼークト将軍には、政府の了解のもと、赤軍との連絡を維持する上での全権が与えられていたのである。さらに、その関係は、もっともな理由から秘密にしておかなければならなかった。また、一知半解の輩の口さがない発言も、独ソの協力に、ありもしない政治的意味合いを添える方向に作用していたのだ。この協力には、ドイツ側にとっては兵器を開発・実験し得るということ、ロシア側にとっては、わが軍の参謀教育課程に自らの要員を送ることができるという可能性が懸かっていた。私が一九三一年に、ある赤軍訪問に際して、部隊局長に随行しなければならなくなった際にも、政治とは、いっさい無関係だったのである。

なお、ライヒスヴェーアに関係する軍備上の諸措置も、手前勝手な政策の実例として述べられている。それらについては、後段で詳しく触れよう。ここでは、ただ、そうした措置は、けっして政治的な戦争目的を持っていたわけではなく、ライヒが攻撃された場合に、最低限の防衛可能性を提供できるようにすることだけが意図されていたのだと確認しておこう。一部の左翼政党が邪推しているがごとく、これらの構想の基盤には、国内における君主制への復古構想があったなどということは絶対にない。かような、ヴェルサイユの強制の軍事条項を迂回する措置が外交的意味を持つ場合には、ライヒ政府が責任を引き受けたのである。政府は、たとえば国境守備隊の件のように、それらの措置を許可し、国会の承認のもと、その資金を準備したのだ。もしも個々の案件において、すでに触れた「黒色国防軍」やローマン海軍大佐の事件〔一九二七年に秘密再軍備の一端が暴露された事件。責任者のヴァルター・ローマン海軍大佐のみならず、ゲスラー国防大臣の辞職や海軍統帥部長官ツェンカー提督の解任につながった」のごとく、軍人側が行きすぎたり、国防大臣の了解なしに行動した場合には、政府、もしくは国会の要求により、当該人物の排除がなされた。

内政分野においては、ライヒスヴェーアの姿勢は、以下のようなものだったといえる。カップ一揆ののち、当時なお存在していた「暫定」ライヒスヴェーアから、最終的なそれへと改編される過程で、部隊もその指揮官たちも共和国に忠実に奉仕した。なるほど、ヴァイマール共和国初期の危機的な数年間にあっては、軍人たちにとって重要だったのは、あらたな国家形態よりも、「とにかく、国家の権威と秩序を維持すること」だった。しかし、彼らにしてみれば、「ライヒの理念」が決定的であったから、新しい国家の秩序を支えたのみならず、共産主義者の暴動に対して、それを守ったのである。

いずれにせよ、ライヒスヴェーアの指導部が、共和国という国家形態を転覆させようと試みたり、計画をめぐらせることとは、一度たりともなかった。さよう、一九二三年十一月のヒトラー一揆ののち、ライヒ全土における執行権力が、フォン・ゼークト将軍の手中にあったときにさえ、そうだったのだ。彼は逆に、安寧と秩序が回復するや、その権能を可及的速やかにエーベルト大統領に返したのである。一時的にせよ、ミュンヘン歩兵学校の者たちが逸脱し、ヒトラーに与したことに対して、フォン・ゼークト将軍がいかに峻厳な対応をとったかについては、すでに述べた。従って、「ライヒスヴェーア」の専横や、それが共和国の国家利益に反する政策を取ったと語ることは、とうてい正当化できないであろう。

一方、陸軍統帥部長官は、立場上、ライヒの国内政治について考えをめぐらすことを避けるわけにはいかなかった。もしも、一九二三年のような騒擾が生起すれば、「執行権力」は彼にゆだねられ、安寧秩序の回復という責任を負わされるのである。ゆえに、フォン・ゼークト将軍は、共和国をおびやかす危機に鑑みて、当面のところは、大統領による評議会設置が目的にかなっているのではないかとの考えにふけるようになった。忠誠を示すかのごとく、彼は、その構想をエーベルト大統領に提案した。だが、エーベルトはそれを拒否し、ゼークトも彼を見限ったのであった。また、一九三三年一月の政府危機においても、陸軍統帥部長官フォン・ハマーシュタイン男爵が、フォン・シュライヒャー首相の意向に沿ったかたちで、大統領に働きかけたことも知られている。この一挙は、国防大臣としてハマーシュタインの上官でもあった政府首班〔フォン・シュライヒャー〕と呼応して、実行された。にもかかわらず、ヒンデンブルクは、かかる行動は、政治問題への許されざる干渉であると考え、これをしりぞけたのだ。だが、いずれのケースにおいても、陸軍統帥部長官は、武装集団の長としてのそれではなく、ただ個人的見解を天秤秤の皿に投じたにすぎなかった。「ライヒスヴェーア」は、こうした行動について、いっさい関与しなかったのである。ライヒスヴェーアが、おのが最高司令官である大統領の権威に反対して、出動し得るなどということは、まったく問題外だった。

ライヒスヴェーアを「国家内国家」と定義するには、まず、ある設問に答えることを要する。つまり、ライヒスヴェーアは「隔絶」されていたのか、それは、当時の国家秩序ならびに国民の内部の「異物」だったのか、という問いかけだ。まさに今日においてこそ、重要な疑問であろう。

第一の設問については、国防の任にあたる軍隊は、どこであれ、国家内で特別のなりわいを送っているということがいえる。職業軍人からのみ成る軍隊であれば、なおさらである。それは、軍人が制服によって、一般市民と外面的に区別されていることの結果ではない。むろん、そのことが一定の役割を果たしているとしても、だ。共通の軍服は、ある共同体意識、すなわち、戦友精神を育む。ヴァイマール共和国においては、カイザーの時代とは逆に、軍服は、市民との区別や選ばれた特別の地位を意味するものではなかった。現在、そうであるのと同様である。さりながら、軍服は、祖国のみ、おのおのが利益ではなく、全体のために奉仕せんとする職業と、あるべき職業の理想を捧持する者たちの結びつきを生み出すのだ。

付け加えれば、民主主義国家においても、民主主義的に軍隊を築くことはできないということもある。民主制においては、形成された国民の意思は、選挙で選ばれた国民の代表を通じて、政府と国家元首に達する。ところが、いかなる軍隊であろうと、それが使い物になるようにするのであれば、上からの命令と下の服従という原則に依らざるを得ないのだ。かかる原則的差異は、国防にあたる軍が国家秩序に無条件に忠実であるということによって、架橋されなければならない。ライヒスヴェーアが、ヴァイマール共和国に対し、そうした関係を保っていたことには疑問の余地がない。カップ一揆を反証例として持ち出すようなことは、いささかなりとも許されないのだ。縷々《るる》述べてきたごとく、この事件に際しても、指揮官と部隊の大部分は忠誠を守ったままだった。しかも、カップ一揆は、共和国の国防力がいまだ固まっておらず、数的には、その大部分が、革命時代の混沌のなかから生じた

「過渡期の陸軍」によって占められていた時代に起こったことだったのである。

あらたなかたちを取った国家に対しても義務を果たすということが、最初から、内面的な確信にもとづく民主的・共和政的思想の肯定と同義ではあり得なかったのも、理解し得ることだろう。ライヒスヴェーアの将校、また、少なくとも年長の下士官兵は、カイザーの帝国陸海軍出身だったのだ。その過去との結びつきは、あまりにも強固で、一夜にして完全に切り替えられるようなものではなかったのである。しかしながら、共和政を指向する分子のみでは、おおいなる危難のときに、敵に対して共和国を守る用意と能力がある陸軍を築くことは不可能だったろう。あの時期、ノスケ国防相が言ったことは、たしかに正しかった。ノスケは、善良だが保守的な将校と、邪悪ではあるけれども社会主義的な将校のいずれを取るかという選択に際しては、前者を選ぶであろうとしたのだ。何よりも、シャツを着替えるごとくに信念を変える心構えでいるような将校を、共和国に奉仕させることはできなかったのである。内面的に納得することから生じる義務観念に応じたかたちの忠誠へと少しずつ移行せしめることは、時間をかけて進めていくしかなかった。ライヒスヴェーアは、彼らに課せられた実務や、国家秩序を維持するために、犠牲を出すこと必至の出動をなすのを認知されることもなく、たいていの場合、根拠もない疑いや敵視にさらされつづけた。そんなことがなかったら、右の移行過程もずっと容易になったろう。

共産主義者がライヒスヴェーアを仇敵とみなしたことも、むろん、軍人の預かり知らぬことであった。実際、ライヒスヴェーアは、彼らに対しては、真の意味で「隔絶」されていたのである。これは、のちのナチ党に対しても同様だった。共産主義者は、実際に軍人に関わることもなしに、彼らを「資本主義の下僕」と罵った。他方、ライヒスヴェーアは、功利主義的な理由から、共和国での勤務のために昔の信念を捨てた「傭兵」だとする者もいた。もっとも、かかるナンセンスな悪罵も、将校ならびに下士官兵を、新しいかたちの国家に対しても、よりいっそうの義務を負う方向に動かしただけにすぎなかった。ただ、嘆かわしかったのは、共和国を担う、主たる諸政党が、ライヒスヴェーアを、義務意識による忠誠から、内面的確信より出る民主的・共和的思想の肯定へと至らしめる道を均《なら》すべを知らなかったことだったのである。たとえ、エーベルト大統領や歴代国防相のノスケ、ゲスラーといった人々が、軍人の忠誠や義務を守っての仕事ぶりを認め、彼らを守ろうとしても、あるいは、さまざまな首相たちが軍隊の必要性を理解したところで、それだけでは充分でなかった。共和国を背負った諸政党にあっては、実情に即して、とても正当化できないような不信が圧倒的であり、それは、ときとして軍事の領域における逸脱への口実を与えかねなかった。かような疑念のうち、最悪だったのは、ある国家は、どんな形態を取ろうと、その軍隊を味方につけられるのかというものであったことは間違いない。祖国の防人《さきもり》、国家権威の守護者としての軍人を必要とするのであれば、彼らを「必要悪」とみなすべきではない。残念ながら、ライヒスヴェーアが自らの見地に対する理解を得たのは、中道派より右の政党においてのみであったのは、異論の余地がないところである。これらの諸政党もまた、共和国に忠実でないとの非難を受けていたのであった。けれども、国土防衛の責任を負う軍の側が、国旗団〔社会民主党の下部組織として設置された準軍事団体〕よりも鉄兜団〔保守政党であるドイツ国家国民党の下部組織で、やはり準軍事団体〕を優先したからといって、何の不思議があろうか？　前者は、はっきりと軍に敵対していたが、後者には、国境守備に参加する用意があったのだ。

ライヒスヴェーアから、すべての政治を締め出すこと、被選挙権と選挙権の拒否、政治集会への参加など、あらゆる政治活動の禁止といった措置が、その「隔絶」を招いたといわれる。が、あの混乱した時代において、和解不可能な内政的対立に直面していたのだから、それ以外の方法は考えられなかった。私は、そう確信している。もし、政治が部隊に入り込むことを認めたなら、当時の事情からして、それらの部隊は、ばらばらにされてしまったであろう。そうなれば、諸政党も、ライヒスヴェーアに対して、相当の影響力を獲得しようと試みたはずだ。

そのころ、ドイツ人のオーストリア連邦共和国〔第一次世界大戦直後のオーストリアの正式国号。より正確には「ドイツ人のオーストリア共和国」〕は、さような道をたどっていた。当初、オーストリア連邦陸軍は、国を支配していた社会民主主義の影響下、社会主義的な思想に則って創設された。だが、キリスト教社会党が優勢になると、社会主義者は大幅に遠ざけられ、連邦陸軍も政権側の方針に沿って改編されたのである。しかも、そのあとには、とくに、もはや帝国・王国軍〔第一次世界大戦終結までのオーストリア・ハンガリー軍の名称。オーストリア皇帝がハンガリー国王を兼ねる国制であったことによる〕の伝統を負わぬようになっていた青年将校や下士官兵のあいだで、ナチズムが圧倒的になったのだ。かかるオーストリア軍内部の事情から生じた緊張やルサンチマンと同様のことが、ドイツにおける陸軍の人員継承に際しては、よりはっきりと見て取れた。危機の時代にあっては、こうした緊張は、国防にあたる軍隊を、多かれ少なかれ、その任務に適さぬものとしてしまう。それどころか、国家にとって危険な存在に変じかねないのだ。それは、たしかなことなのである。

ヴァイマール共和国時代に、国民と国家に対して、ライヒスヴェーアが取った態度については、おそらく左のごとき結論を述べ得る。部隊をいっさいの政治から切り離し、軍人の任務にだけ専念させたことは、彼らを、一定程度、片寄った思考にみちびいたかもしれない。いずれにせよ、職業軍人のみから成る国防軍においては、そうした視野狭窄も深刻なことではなかったろう。だが、敗戦、革命、ヴェルサイユ条約強制の衝撃がまだ克服されていなかった時代、また、すぐに最悪の経済的苦境が訪れて、国内政治に影響をおよぼすことになった時代には、政治に距離を置くことは不可欠だったのだ。しかも、国民は、ほとんど調停できないような政治的見解の対立によって、大きく分裂していたのだから、そうした措置は二重の意味で必要だったのである。あの数年間において、別の手段を以てしては、国家のために、有効な権力装置をつくりだすことはできなかっただろう。

ライヒスヴェーアは、かの過ぎ去りし時代より、プロイセンの「奉仕」という観念を守ってきた。今日、大多数の人々にあっては、「働いて稼ぐ」に席を譲ること、はなはだしい観念だ。が、それこそが、ヴァイマール共和国に対するライヒスヴェーアの態度を述べる上で、もっとも重要なことなのである。細目ではなお過去にかかずらわっていたかもしれないが、「ライヒへの奉仕」という観念は、ライヒスヴェーアにとって、全体のために決定的なことだった。かかる姿勢を堅持することによって、たとえ、いくつかの政党にとっては面白からぬことであったとしても、ライヒスヴェーアはしだいに、国民大衆の注目と信用を獲得していったのだ。それは、ナチ体制の時期においても、充分に明示されていた。ライヒスヴェーアは、国民内部の「異物」でも、「国家内国家」でもなかった。彼らは、国民と祖国に奉仕する、ライヒの楯にならんとしていたのである！

本章の終わりに、一九一九年三月、フォン・ゼークト上級大将が北部軍司令部の将校たちに自らの方針を伝えた際の言葉を付け加えておこう。それは、ライヒスヴェーアを支配していた精神のあり方を示している。服従の義務（現在では、往々にして軽蔑されがちのことだ）を要求するばかりか、ドイツ軍人の信念に即していたがゆえに、将校たちは、その発言を肝に銘じたのである。フォン・ゼークト将軍は、この方針示達のなかで、以下のように述べている。

「あらゆる将校にとって、平時と戦時であるとを問わず、いかなるときであっても、その行動によって負うべき責任は重大である。その重みは、われわれが政治的決断を下す時期にあっては倍になる。かかる責任を引き受けることは、義務観念の上に立脚している場合にのみ可能となるのだ。その義務とは、すなわち、全体の福祉に寄与することである。それは、何であれ、利己的な感情を排除し、心中の信念ではなく、自由意志にもとづく意見の形成や行動を犠牲にすることを要求する。国家、祖国全体の幸福のために、おのずと限界を課せられるのだ。現今、なおいっそうの服従と規律が求められている……」。

「なんぴとによっても、将校が内面の信念を放棄せよと要求されることはない。信念をなくすことは、政治的な敵の眼にも、ただ軽蔑すべきことと映るのだ……」。

「われわれにとって、現在の国家形態が好ましいか、それを正当なものとみなせるか否かは重要ではない。今日、危殆《きたい》に瀕しているのは、国家そのものである。内外において、国家をおびやかす危険が大きくなっているのだ……」。

「将校団に対する不満、それどころか、憎悪までもが、国民大多数を襲っている。いずれも根拠のないことであり、われらの戦友が、国民の平均層以上に血の犠牲を払っていることに対する忘恩だと判断する。しかし、ただ今、このときに、かかる感情が、われわれを支配すること、われわれの行動にいくばくなりと影響をおよぼすことは許されない。共通の危難が、それぞれの苦渋を抑えることを要求している……」。

「われわれの行動の誠実さに疑いが投げかけられるのも無理からぬことだと、理解しておかねばならぬ。自分たちの見通しがまったくさまざまであるにもかかわらず、ことの利害にかなうよう、尊敬されるべき協同を行うつもりであることなど、誰にでもわかるわけではないからだ……」。

「いまや、敵に対する、強いられた闘争に直面しているのであるから、個人的感情は控えなければならない。個人的見解も、祖国を没落から救うという崇高な理想の下位に置かれねばならないのである……」（以上は、一九五一年八月十一日付の『ミュンヘン一般週報』に掲載された、オットー・バウアー退役中佐の記述による）。

願わくは、こうした言葉に表された心情が、ライヒスヴェーア以外のすべてのところにおいても活力を得ていたならば、と思われるであろう。

かの人々、政党の地平を超えた意味での政治家として、ヴァイマール共和国における最初の危機的な数年間に、軍事力の建設を可能とし、また、それを推進した人々に思いを馳せることなしに、本章を閉じることはできない。

エーベルト大統領は、もっとも困難な時期に、真の政治家として、ライヒを救うために、軍の指導者と手を組んだ。

ノスケ国防相は、元軍人たちに支持された反乱の脅威に対応するため、勇気を振り絞った。

国防大臣ゲスラー博士は、愛国者として、あらゆる敵意に抗い、創設まもないライヒスヴェーアを保護したのである。

第五章　軍中央にて

わが新業務の領域　上官たち　男爵フォン・ハマーシュタイン将軍　ドイツの安全保障への第一歩　ヴェルサイユ強制条約の軍事条項に対する侵犯の問題　その理由　その目的　ドイツの軍備措置の規模　「同盟の悪夢《ル・コシュマール・デ・コアリション》」　図上・兵棋演習と演習旅行　われらが高級指揮官　ベック将軍　陸軍統帥部と外務省　外国軍訪問　チェコスロヴァキア軍の演習　モスクワとペテルスブルク　コーカサスにおける赤軍の演習

わが新業務の領域

一九二九年九月末、私は、国防省での業務を開始した。のちに、きわめて重要な空軍参謀総長の職に就いたヴェーファー中佐（当時）〔ヴァルター・ヴェーファー（一八八七～一九三六年）。一九三三年、秘密裡に空軍に転属。最終階級は空軍中将〕の後任として、そのときのTI・第一課長を引き継いだのだ。

TIとは、部隊局第一部のことで、参謀本部作戦部に相当する。TIは、陸軍が国の内外の敵に対してライヒを守るために出動する可能性を見据えて、陸軍指揮に関するあらゆる案件を処理する部署だった。

この部は、三つの課より構成される。そのうち、第二課〔TII〕は、陸軍編制に関する指導業務を引き受けていた（一方、TII、つまり編制課の本来の業務である編成作業は、一般陸軍局の兵器部との協力のもとに行われていた）。また、第二課は、陸上要塞構築の問題に関して、要塞査察部とも協力していた。第三課は、押しつけられたヴェルサイユ条約の軍事条項に関係するあらゆる問題を担当する。そうした条項が、すべての軍事的措置において顧慮されているかを検討しなければならないのだ。そのほか、TIには、補給部と鉄道部も組み込まれていたが、それらは、事実上、まったく独立した存在だった。加えて、TIの麾下には、測量をつかさどる高級職員の指揮下にある地図係と兵要地誌手引き書の作成員が置かれていた。

軍政課は、もともとTIに属していたのだけれども、すでに分離され、国防大臣隷下の基幹として、フォン・シュライヒャーのもと、独立した省の部局として発展しつつあった。

私がその長に就任することになった第一課では、「部隊運用」を扱っていた。すなわち、陸軍統帥部長の作戦参謀部という機能だ。そこには、海軍との協同のため、海軍士官が一名、配属されていた。私を除けば、そのほかに、三名の若い参謀将校が所属している。私が課長だった時代には、彼らのなかに、現在、連邦国防軍総監のホイジンガー将軍〔アドルフ・ホイジンガー（一八九七～一九八二年）。当時、中尉。第二次世界大戦では、陸軍総司令部作戦部長を務め、中将にまで進級した。最終階級は連邦国防軍大将〕と同空軍総監カムフーバー将軍〔ヨーゼフ・カムフーバー（一八九六～一九八六年）。当時、中尉。のち空軍に転属、第二次世界大戦では、ドイツ本土防空の責を負い、夜間戦闘機兵大将に進級した。最終階級は連邦国防軍空軍大将〕がいた。

わが課の業務には、さらに、陸軍統帥部長官、もしくは部隊課長の命を受け、大規模な図上・兵棋演習を執り行うこともあった。これは、高級指揮官や参謀将校に作戦遂行を習熟させるための訓練である。

私の直属上官は、当時大佐のガイヤー〔ヘルマン・ガイヤー（一八八二〜一九四六年）。最終階級は歩兵大将〕TI部長だった。彼はのちに第五軍団長となり、戦争中には第九軍団を指揮した。ガイヤーはまた、第一次世界大戦中の重要な教範「防御戦」の著者としても有名であった。その当時、OHL作戦部の参謀大尉だったのである。

ガイヤーは、カミソリのような理解力の持ち主だった。提出されたことに対して、たちどころにその弱点や欠陥を剔抉《てっけつ》してみせるという、とてつもない天分を有していたのだ。しかしながら、駄目だとはいわないまでも、同じぐらいに肯定的な面も強調してやらなければ、鋭い批判能力も問題となってしまう。ある提案に対して、ガイヤーが持ち出してくる批判は、いつでもそういったやりようであったかもしれず、肯定的な感想で埋め合わせてやるということが欠けていた。おおかたの場合、自ら別の解決を示すとか、他の対応策に与したりもせずに、批判するだけで満足してしまうのであった。ガイヤーは誠実な人であったが、それはむしろ、あり得る自らの解決と同時に、それがはらむ問題性を申し立てずにはおかないというところに、彼を追いやっていた。ただし、彼は、疑いの人というよりも、冷厳なる論理の人であったのである。われわれの気質はまったく異なっていたにもかかわらず、私は彼とおおむねうまくやっていた。彼はすぐに、私の業務範囲内のことに関しては、相当自由にやらせてくれるようになり、演習旅行や図上・兵棋演習の作業にも参与しなくなった。編制の問題における要求では、自分の批判をクリアされたとなれば、注目すべきことに、彼は断固として姿勢を変えない。その鋭い理解力ゆえに、どんなことであれ、ガイヤーと議論すると〔彼の冷徹さはともかくとして〕、いつでも知的な快感を覚えたものだ。

ある一点、部隊局内における作戦部としてのTIという問題に関しては、われわれは常に〔かつての〕大参謀本部の使命を引き受けねばならぬということで一致をみた。作戦部の活動を、何らかの作戦計画立案という、紙上の領域に限定することは許されないというのが、われわれの見解だった。作戦部の責務は、戦争が勃発したときに、初めて開始されるようなものではありえない。将帥が、自らの手で最良の道具〔すなわち、陸軍〕をつくるのと同様、作戦部も、将来の戦争に関するあらゆる問題において、おのれの思想にものを言わせなければならないと、われわれは考えていたのだ。軍隊は、いつか、それを運用することを余儀なくされるであろう者の意思に沿って築かれねばならないのだった。ガイヤー大佐は、徹頭徹尾、かかる立場を主張していたから、部隊局の他の部長たち、あるいは、国防省の編制問題に携わっている部局の者たちに親しまれなかったのも無理はなかった。

私の、さらに一段上の上官は、部隊局長のアーダム将軍〔ヴィルヘルム・アーダム（一八七七～一九四九年）。当時、少将。最終階級は上級大将〕ということになる。バイエルンの将校が参謀本部のトップに召されるのは、初めてのことだった〔アーダムはバイエルン出身〕。アーダム将軍は、かつてバイエルン王国陸軍にいた者たちの小さなサークルにおいて、重要人物であった。が、そうだとしても、彼は、分離主義思想とは無縁だったのである。アーダム将軍は鷹揚《おうよう》で、明快な判断を下しては、速やかに決定するというふうな人物だった。作戦的な問題に天稟《てんぴん》があり、卓越していたのだ。その容姿で特徴的なのは、印象的に輝く眼であり、それはまた魅力的な何かを秘めていた。将軍の性格は、活発な気質によって定められていたといえる。型通りのやりようや形式主義を嫌い、むしろ、新しい思いつきで部下たちを驚かせるのを好んだ。私個人については、アーダム将軍はいつも格別に親切で、全幅の信頼を寄せてくれたのである。私も、彼を特別に尊敬していた。アーダム将軍はのちに、部隊局長から、その愛する故郷を管轄する第七軍管区の司令官に進み、さらに、新設された国防軍大学校の校長となった。そこでの任務は、ヴェーアマハトの陸海空三軍の将校に、統合的な戦争遂行に向けた訓練をほどこすことであった。その軍歴の最後を飾ったのは、戦時に西部国境を守る責務を負った軍集団の司令官職だった。アーダム将軍がこの地位にあったころ、ズデーテン危機〔一九三八年、ヒトラーは、ドイツ系住民が多く住むズデーテン地方の解放を大義名分として、チェコスロヴァキア侵略をはかった。チェコ側も強硬な態度で応じ、戦争一歩手前の国際危機となった。が、英仏独伊によるミュンヘン会談の結果、チェコスロヴァキアは領土割譲を迫られ、翌年には、完全に解体された〕の際に、彼はヒトラーの不興を買った。「西方防壁《ヴェストヴァル》」〔フランスとの戦争に備えて、ドイツの西部国境に築かれた要塞帯〕の建設状況は、予想されるフランス軍の優勢下、長期にわたって持ちこたえられるレベルとは程遠く、まったく不充分だと、遠慮会釈無しの報告を行ったのだ。アーダム将軍は解任された。かくて、大戦中、この重要な軍人の偉大なる能力は使われずじまいとなったのである。

わが業務領域で特別だったのは、部隊局長ならびに陸軍統帥部長官と緊密な信頼関係を保っていなければならないということだった。そのころ、陸軍統帥部長官を務めていたのは、男爵フォン・ハマーシュタイン＝エクヴォルト将軍であった。彼は、私と同じ第三近衛歩兵連隊の出身だった。やはり、われらが連隊出身のフォン・シュライヒャー将軍同様、私が出会ったなかで、もっとも聡明な人々の一人である。エクヴォルト（連隊においては、その従弟のハマーシュタイン＝ロクステンと区別するために、こう呼ばれていた）は、あらゆる問題において、たちまち本質を見抜くことができる、驚くべき能力を有していた。彼は、本質にしか興味がなかったのだ。平均的な人間すべてを念頭に置いての「規則は愚か者のためにある」という言葉は、ハマーシュタイン将軍から出たもので、まったく彼の独特さを示しているといえた。戦時であれば、彼は卓越した陸軍司令官となったであろう。だが、平時の陸軍統帥部長官としては、こまごました仕事の重要性への理解が欠如していた。そもそも将軍は、「精励刻苦」ということについて、そんな特性は、凡庸な連中にとってのみ欠くべからざるものだと、哀れみの感情を示していたのである。実際、彼が勤勉に働くことは、まずなかった。素早くことを把握する才能と透徹した理解力が、そんなやり方を可能にしていたのだ。その軍事的資質は、きわめて明快な政治的判断力で補完されていた。ハマーシュタインは、政治情勢とそれらの所与の条件について、冷徹な観察を向けることにより、そうした判断力を確保していたのである。彼のなかには、計量不能の感情的要因が占める場所など、ありはしなかった。

その大人物的な考え方からすれば、ハマーシュタインの信条的立場は、最初から、騒々しいナチに対する、決然たる敵対者のそれにならざるを得なかった。ナチが権力を掌握してから一年後、彼は辞任した。私には、ハマーシュタインはいつでも、おおいに良くしてくれた。われわれは、彼と仲良くやっており、その夫人とも親しかったのだ。彼女は、フォン・リュトヴィッツ将軍の娘で、めったにない魅力にみちていた。

私が二年間勤務したのち、ガイヤー大佐のあとを襲って、TI部長となったのは、後年、将官に進んだファイゲ〔ハンス・ファイゲ（一八八〇～一九五三年）。当時、大佐。最終階級は歩兵大将〕だった、彼はおそらく、TIの立場をごり押ししたりはしないだろうとの期待ゆえに、この任に選ばれたのであろう。新部長は、非常に愛すべき人物で、軍事的な素質にも恵まれており、何ものにも動じないという傾向がいっそう強かった。彼の最大の長所は、不快なことにでくわしても、冷静沈着でいることだった。私の業務範囲内のことについても、完全な自由を認めてくれたのである。

すでに記したごとく、ガイヤー大佐と私は、作戦部は平時にあっても、自ら用いることになるであろう道具〔軍隊〕の打撃力にとって重要になる可能性がある問題ならば、そのすべてに影響力を行使しなければならないとの立場だった。ヴェルサイユ条約の強制が課した制限ゆえに、軍隊の戦力が疑わしくなればなるほど、何らかの深刻な事態に際して、軍が少なくとも一定のチャンスを得られるよう、われわれはいっそう、あらゆる手をつくすことを考えねばならなかったのだ。

従って、TIでの私の活動の大部分は、そうした影響力をおよぼす方向に割かれていた。その際、とくに問題になったのは、まず第一に、ヴェルサイユ条約の規制が認めている範囲で、陸上要塞をどう築くか、であった。これについては、同分野の専門家、要塞査察部長とその部員たちの多くの抵抗を克服することになった。

ほかの問題としては、地図の案件があった。TIは、たしかに軍側でそれを管轄する部署だったのだが、加えて、内務省（地域開発局）の所轄するところでもあったのだ。従って、この分野で可能だったのは、要求を出すことだけだったのである。われわれにとって重要なのは、三十万分の一縮尺の地図（本来、現場部隊用として作成されたもの）と並んで、作戦用に使われていた十万分の一のそれを、射撃用の五万分の一地図および戦術用の二十万分の一地図に切り替えていくことだった。また、われわれは、兵器開発の領域においても、自分たちの立場を通していくようにしていかねばならなかった。その際、重要な位置を占めたのは、将来の装甲兵科と自動車化の問題だった。

諸省庁の官僚機構の鈍重さを知る者、各部局がその主張の所産にいかに固執しつづけるかをわかっている者なら、かくのごとく影響力を行使するのは、まったく困難な課題だと見て取ることができよう。われわれとて、さまざまな抵抗に対して、いつでも自分たちの立場を貫徹できたわけではないのだ。

ドイツの安全保障への第一歩

ＴＩで業務を開始して早々に、私は、非常に重要な問題において、作戦指導上の見解を認めさせることに成功した。それによって、当該領域でとっくに作業済みだったことをすべてひっくり返さなければならなくなったという点では、注目に価するだろう。

問題とされたのは、十万人の陸軍の動員だった。

押しつけられたヴェルサイユ条約によって、ドイツは、あらゆる動員準備を禁じられた。われわれは、兵員補充組織（地区司令部や兵役登録所）を廃止しなければならなかった。いわゆる「地区将校」、文官の職に就かせ、緊急時において、志願兵による増強を安泰たらしめる者を置いたところで、これらの兵員補充組織の代替にならないことはあきらかであった。ただし、彼らは、東部国境地区で、その住民からの志願兵より成る「護境団」を準備するという有益な活動を展開したのである。

さりながら、一九二九年まで、十万人の陸軍の「動員」は、どんなかたちであれ、計画されていなかった。だが、いかなる軍隊といえども、危急の際には、戦争に向けた基盤を置かねばならない。それは当然のことなのだ。また、平時の職業軍人より成る軍隊は、野戦での運用に必要な数の人員を有していない。従って、いかなる動員をも禁止するというのはナンセンスであった。そもそもドイツが軍隊を保持しておくのであれば、それは、戦時に野戦展開することができるようにしておかねばならぬ。さらに、ドイツが軍事面では絶望的な状況に置かれていることを考えれば、自分から戦争を開始するなど絶対に不可能であるのは、疑うまでもないことだった。もしも戦争が勃発するようであれば、そこで問題になるのは必ず、ドイツ側の挑発によらざる隣国の攻撃ということになろう。かような危惧を抱くのは、まったくもっともなことだった。これについては後述する。ともあれ、いわゆる「講和条約」は、そうして、別の側から破られる可能性があるのだった。

かかる考察の結果、私がTIに配される以前から、十万人の陸軍の動員措置が準備されていた。私が、自分の業務を引き継いだとき、編成部は、のちに国防軍最高司令部《オーバーコマンド・デア・ヴェーアマハト》〔Oberkommando der Wehrmacht. 略称はOKW。国防省の後身組織で、陸海空軍の指揮にあたる〕長官となったカイテル〔ヴィルヘルム・カイテル（一八八二〜一九四六年）。当時、中佐。最終階級は元帥。戦後、ニュルンベルク裁判で死刑を宣告され、絞首刑に処せられた〕の指揮下にあり、動員措置策定の作業を完了していた。動員予定表は、来る一九三〇年四月より発効する予定で、それに従い、一九二九年十月には、個々の作業を管轄する諸軍管区の司令部に配布されることになっていたのである。

この動員予定表によれば、保有を許されている七個歩兵師団ならびに三個騎兵師団を野戦で運用できるように改編するほか、いくつかの師団を新編することが定められていた。記憶しているかぎりでは、全部で十六個歩兵師団を編成する計画であったと思う。しかしながら、新編される九個歩兵師団のうち、一個師団だけが東プロイセンで武装されるのみで、ほかの八個師団は国内でまず「人員補充師団」とされることになっていたのだ。それらの師団の装備は、戦争勃発後に、どこか外国で調達できると考えられているのは、明白であった。前任者のヴェーファーは、このTIIのとほうもない労働の成果を私に引き渡し、とうとう最低限の動員準備ができたと、ある程度の満足を示した。

だが、これまで一度も国防省の考えに触れていなかった私は、本案件について、まったく懐疑的だった。けっして、戦時における陸軍の増強など、欠くべからざることではないとみなしたわけではない。よしたとえ、挑発によらざる攻撃に対し、少なくとも国際連盟の同情を得るまで、長期にわたる抵抗を行うことを望むだけだったとしても、陸軍の増強は必要であったろう。けれども、「人員補充師団」などで、陸軍の増強をはかるべきなのか？　そんな師団は、兵器を持たぬゆえに、いっさい前線に投入できないばかりか、敵が得る捕虜の数を増やすだけということになるのは間違いないのである。

われわれの現場での仕事、また、指揮官幕僚将校としての頭脳労働は、左の観点から実行されていた。すなわち、戦時において、兵士の大多数は分隊を、分隊長の多くは小隊を、有能な小隊長は中隊や砲兵中隊を指揮できるように、平時に軍の将兵を鍛えあげておくことだ。あらゆる将校は、指揮階梯で二段階上の職〔たとえば、中隊長であれば、連隊長の職〕をこなせるだけの教育訓練を受けていた。

情勢に応じて、分隊から小隊、小隊から中隊、さらに中隊をもとに大隊を編成しようとするのは（同時に、機関銃中隊を三等分するなどの措置が取られる）、当然しごくの解決策であった。砲兵や工兵等についても、同様の処置をほどこすことが予定されていた。が、騎兵に関しては事情が異なった。というのは、騎兵の場合、ただちに同程度の拡張を行うのは不可能であるはずだからだ。その点を措いても、来るべき戦争にあっては、もし騎兵師団が存続していたとしても、限られた規模でしか運用できないであろう。

従って、もっとも単純で適切な動員方法は、歩兵師団の数を即刻三倍に、七個師団から二十一個師団へと増強することであるのは明々白々だった。おおざっぱにみて、各歩兵連隊が砲兵一個大隊とともに、野戦師団の大枠を形成するようにしなければならない。その三倍増に必要な人員は、一部は、十二年間の兵役を終えるか、家庭の事情で早期に除隊した者から、また旧軍で訓練を受けた者の志願によって調達し得る。[1]

しかしながら、編制部は、すべての部隊を三倍増するという簡単な道を行くことに対して、距離を置いていた。なるほど、必要な兵員は存在しているが、求められるだけの兵器が得られないと信じていたからであった。事実、ヴェルサイユ条約によって保有を認められている量以上の予備はなかった。フォン・ゼークト将軍が、その在任中に、敵の監視をただちに終わらせるため、制限数を超える兵器の引き渡しを、各部隊に厳格に実行させていたのである。そのため、兵器倉庫にあるのは、部隊の需品のほかは、国境守備隊向けのもののみということになった。

かかる争いがたい事実に鑑み、編制部は、先に触れた「人員補充師団」という構想に立ち至ったのであった。もちろん、ＴＩとしては、それに手をつけることはできなかった。そこで私は、平時の陸軍を三倍増するという単純な方法を可能とするため、当座しのぎをやると決めた。

やり方としては、私自身が介入し、あらゆる部隊向けの建制兵力指示書を作成するほかなかった。これは、必要な人員数を、可能なかぎり少なめに見積もったものだった。武装についても、私は、純粋な戦闘要員だけが兵器を持つようにはかった。直接、戦闘に関係しない要員は、兵器保有をあきらめ、せいぜいピストル程度で武装することを余儀なくされたのである。

かような前提のもと、歩兵中隊の軽機関銃を九挺から六挺に、重機関銃中隊の機関銃を十二挺から六挺に削減し、砲兵中隊の砲数を四門の代わりに三門ということにすれば、歩兵師団数の三倍増は可能になると判明した。その際、ヴェルサイユ条約で保有を認められた予備兵器がすべて組み込まれることはいうまでもない。

これらの厖大な書類を携えて、私は上官たちのところに赴いた。TⅡが完成させた動員指令ならびに、その兵力・武装指示書は目的にそぐわぬものであり、歩兵師団を三倍増するという新計画に変えられなければならないと意見具申したのである。

ガイヤー大佐は、いつも通り、最初は批判的だったが、この解決案の論理性を否定することはできなかった。アーダム将軍は、私同様、あらたに国防省に着任したばかりで、そのため、省の思考にいまだ囚われていなかったから、すぐに賛成してくれた。陸軍統帥部長官フォン・ハマーシュタイン将軍に至っては、その透徹した理解力ゆえに、「人員補充師団」のアイディアをまったく評価していなかったのだ。

何か月もかけて動員計画を作成したのに、仕事の成果をすべて暖炉に放り込んで、可能なかぎり短時間で（当然のことながら、一九三〇年四月一日付で、新しい計画を発効させなければならなかったからだ）新計画を組むことになった編制部の意気が上がらなかったことは、容易に想像できよう。とはいえ、陸軍統帥部長官と部隊局長が賛成しているとあっては、TⅡも、酸っぱいリンゴをかじって（気の進まないことをやるという意味〕、全部の仕事を最初からやり直すしかなかったのである。

新しい思考は、通常、役所に大きな抵抗を引き起こすし、とりわけ困難なのは、実務の専門家たちの反対を押し切って、何かを実行することだ。そのことを知る者ならば、新参者の自分がかくも速やかにおのれの計画を貫徹できたことは驚きであると認めざるを得ないだろう。それも、私が率直で説得力を持っていたため、そして、決定権を持つ人々が、「先例」の壁にぶつかろうとも、新しいことを遂行するだけの度量を持っていたおかげであった。また、この成功によって、以後、作戦部の一員としてのわが見解に、一定程度、重きが置かれるようになるという副次的な効果も得られたのだ。

ヴェルサイユ強制条約の軍事条項に対する侵犯の問題

さて、以上のごとく述べてきた動員準備作業は、ヴェルサイユ強制条約の軍事条項を迂回するということを意味していた。少なくとも、さような逃れ道に入らざるを得なくなった瞬間から、その点は争い得ないのである。

が、あらかじめ確認しておこう。ドイツ軍人は、ライヒの安全を守る責務を負っていることに鑑みて、そうしてヴェルサイユ強制条約をすり抜けることへの責任も、倫理的に許されると考えていた。なぜなら、かかる押しつけによって、敵はいかなる場合においても倫理的な正当性を付与されないことになるからである。条約の拘束性を保障しているのは、そのような正当性なのだ。ヴェルサイユ「条約」なるものは、国際法に反する飢餓封鎖の圧力下にあったライヒに強要された。それは、無力の者が、ピストルでおどしつけてくる男相手に結ばざるを得なくなった約束にひとしかったのである。何らかのかたちで、ヴェルサイユの押しつけに抵触したことへの政治的責任は、ライヒの政治指導者のみが引き受けられるものであった。先に述べたように、そのような人々は、ライヒスヴェーアの軍備上の秘密措置を許可していたのだ。軍人が責任を負うのは、ただ、ライヒの安全を軍事的に保障することだけである。彼らが意見具申したり、要求してくることを是認するかどうかは、軍人ではなく、政府が決めなければならなかったのだ。戦時に陸軍を三倍増する計画が、グレーナー国防大臣に認可されていたことは、おおいに強調しておきたい。この件については、私自身が報告・説明しなければならなかったのである。グレーナーは、本措置の価値に関して、たしかに懐疑的ではあったが、それでも許可したのだ。

その種の企ては当時の敵の介入を招きかねなかっただろうとか、ライヒの平和的政策に矛盾していたと、今日になってから述べるのが安易なことであるのはいうまでもない。かかる措置は、大枠としては、連合国に対して隠しきれなかった。にもかかわらず、彼らは、実際には、それを干渉の契機としなかったのだ。

こんな、取るに足りないやり方で、ヴェルサイユの指令をかいくぐったところで、ライヒにとって充分なだけの安全はもたらし得なかった。だとすれば、確かにあった所与のリスクを冒しても、はたして引き合ったのかどうか。それは、軍事的な面から検証できるだろうか？　そのためには、簡単ながらも、以下の疑問を検討してみる必要がある。

どんな理由から、かかる措置がみちびかれたのか？
いかなる目的のために、それは追求されたのか？
どの程度の規模だったのか？
そうした措置は、どんなかたちであれ、ライヒの隣国にとっては脅威となったのか？

その理由

これら、窮地に追い込まれているがために取られた、その場しのぎの措置すべて、とりわけ敵の攻撃を受けた場合に、ライヒスヴェーアを三倍増する準備がなされた理由は、当時の軍事的・政治的情勢にあった。

ライヒに隣接する諸国については、ドイツが軍備を削減されたことによって、彼らの軍縮もまた、何年も前からヴェルサイユ条約の前提条件とされていた。にもかかわらず、ただの一歩たりとも、全般的な軍縮に踏み出そうとはしていなかった。どの国も例外ではない。逆に、自分たちの軍備を完璧たらしめることに汲々《きゅうきゅう》としていたのである。しかも、小協商を結んだフランスの衛星国はいうにおよばず、ドイツに隣り合った三大国も、はっきりとライヒを対象にした軍事同盟を結んでいたのだ。

同盟を結んだ仮想敵として、ドイツのライヒスヴェーアに対峙していたのは……。

一、フランス陸軍。戦時には、ごく短期間のうちに、およそ三十個師団を有する「掩護《アルメー・ド・クーヴェ》軍《ルチュール》」が編成される。実のところ、重要なのは、その麾下部隊が広範に自動車化されていることからして、それが「掩護軍」どころか、ライン川沿い、もしくはラインを渡河しての迅速な奇襲突進に好適な軍隊であることだ。この、ドイツ侵入を実行し得る第一波に続き、数週間のうちに、いわゆる「国民軍《ナシオン・アルメー》」が集結する。それによって、総兵力は約九十個師団にふくれあがるのである。フランスは、平時においては六十万人に武装させており、戦時兵力は少なくとも百五十万人になるものと推定されている。

二、ポーランド陸軍。平時においては、およそ二十五個歩兵師団と一連の独立騎兵旅団によって構成されている。戦時には、師団数が倍になり、総兵力百万人になると目されている。もっとも、これらの将兵すべてにいきわたるほどの武装があるかは疑わしい。

三、チェコスロヴァキア陸軍。平時兵力は、歩兵師団およそ十五個と騎兵旅団多数。チェコスロヴァキアでも、戦時には師団数が二倍となり、陸軍の総兵力は約六十万になると予想されている。

かくも優勢な敵を向こうに回し、対手と比べれば、言うに足るほどの、重砲、戦車、航空機を持つことができない二十一個師団で、ライヒの安全を保障するのは、できない相談である。標準的なドイツ軍人は、そういう見通しを立てられるぐらいには賢かったといっても、充分納得してもらえるだろう。ドイツ軍人の思考に、常に「同盟の悪夢《ル・コシュマール・デ・コアリション》」が付いて離れなかったことも理解できるはずだ。

ライヒは、こうした同盟との紛争において、いかなる状況下であろうとも対抗できるというには程遠かった。従って、これら三隣国のうち、ただ一国だけでも挑発することになるような真似は、何であれ、避けねばならなかったのである。そんなことは常識であった。

前述の動員計画に至った、ドイツ側の軍事的な考察で重要なのは、連合した近隣諸国との闘争を引き受ける気など毛頭ないことだった。また、これらの三隣国が、ただちにライヒを攻撃してくることはないとも想定できた。そもそもの危険があるのは、その点ではなく、むしろ、左の可能性であった。そうした国々のどれかが、いつの日か、ドイツの弱体ぶりをみて、ドイツ領土に対する要求を実現させたいとの誘惑に屈するかもしれないということである。三国のいずれにも、かような要求があるのは疑い得なかった。ただし、そんな可能性を考える場合でも（ともかくロカルノ条約以後は）、フランスがその種のことを試みるケースは、もっとも少ないと思われていた。一九二三年にルール地方を占領された〔ドイツが、ヴェルサイユ条約にもとづく賠償金の支払い延期を申し出たことに対し、フランスはベルギーとともにルール地方を占領した〕経験があり、また、フランスがドイツを攻撃したならば、ポーランドとチェコスロヴァキアも、自らの分け前に与るべく、馳せ参じるであろうことは、疑う余地のない事実だった。それでも、フランスによる攻撃の可能性は、極少だとされていた。

挑発しなくとも攻撃される危険があるのは、むしろ、ドイツの東にある近隣諸国、なかんずくポーランドだった。何といっても、ポーランドは、一九二〇年に実力でヴィリニュスをわがものとした際、リトアニア相手にそうしたやりようを実演してみせていたのだ。いずれ、上シュレージェン、あるいは、回廊によって分離された東プロイセン〔ヴェルサイユ条約による国境線変更の結果、東プロイセンは、回廊状のポーランド領土によって、ドイツ本国から切り離された飛び地になっていた〕に対して、同様のことを試みるにあたり、ポーランドが強大な兵力にものを言わせるであろうことは疑うべくもなかった。そのような場合、ポーランドは、フランスが積極的に協調することも、また、おそらくはチェコスロヴァキアの協同も、当てにはできなかった。しかし、フランスとチェコスロバキアの両国ともに、自らポーランドを引き止めるようなことはいっさいしないだろうと危惧されていたのである。

ポーランドが、かかる行動に出た場合、侵略者が、狙っていたドイツの領土を占領し、迅速に「既成事実」を固めたならば、国際連盟がドイツを助けるようなことはあるまい。ヴィリニュスの経験が、それを教えていた（リトアニアによるメーメル条項の無効化に鑑みても〔メーメル市（現リトアニア領クライペダ）は、第一次世界大戦後、フランスの委任統治下にあったが、一九二三年にリトアニア軍が侵攻、同国領土に編入された〕、同様のことがいえる。のちには、イタリアが遂行したアビシニア戦争〔一九三五年に、ファシスト・イタリアのエチオピア王国への侵攻によってはじまった、第二次エチオピア戦争のこと。一九三六年にイタリアが勝利し、後者を植民地とした〕や日中戦争も、かかる見解が正しいことを、あらためて証明した）。

その反面、ドイツ側が、この種の挑発によらざる攻撃に対し、長期にわたる抵抗を続けることが可能になれば、ようやく、国際連盟が重い腰を上げて、実効的な介入に至るものと期待できるのであった。ポーランドが上シュレージェンを攻撃した場合（または、かつて住民投票を契機として、ポーランドが実際にやったのと同様に、「蜂起」のかたちでそれが実行された場合）には、ドイツ人が成功裡に抵抗を行うことによってのみ、チェコスロヴァキアが「自国の利益保護のため」と称して、シュレージェン地域をおのが意のままにしようとするのを防ぐことができるのであった。

かかる考慮にこそ、あの数年間に、軍事分野においてドイツ側が取った措置の理由がある。七個歩兵師団および三個騎兵師団を以てしては、東方の二つの隣国のうち、ただ一国に対するだけでも、せいぜい数日間の限られた「シンボル程度の」抵抗を行うことができるのみだったろう。そんなことをしても、善意の、もしくは、われわれに友好的な国際連盟加盟国にさえ、充分に影響をおよぼすことはなかったはずだ。軍事的準備（とくに、七個師団の代わりに、二十一個師団から成る軍隊を持つこと）は、より精密に検討されることになった。が、それによって達成せんと願ったことは、ドイツの東側の隣国が「挑発によらざる攻撃」をしかけてきたときに、たとえ、きわめて脆弱になってしまうにせよ、危険にさらされた他の方面の国境をも守りつつ、より長期の抵抗を行えるようにすることだったのである。

これぐらいの、もっとも根元的な安全ですら、当時の状況や隣国の態度を考えれば、以前には存在していなかったといえた。それを獲得することは、軍人の観点からすれば、政治的リスクを冒すに価するのであった。加えて、どんなものであれ、また、いかに小さなことであれ、条約の軍事条項をかいくぐる際には、リスクがつきものだったのだ。いつの日か、上シュレージェンや東プロイセンが「ヴィリニュス」のような目に遭わされるという危険に、常にさらされているのが嫌なら、かような状況下といえども、いくばくかの代価を払わなければならなかったのである。ピウスツキ元帥（ユゼフ・ピウスツキ（一八六七～一九三五年）。ポーランドの軍人にして政治家。第一次世界大戦後に建国されたポーランド共和国の初代国家元首となった。一九三二年にはソ連、一九三四年にはナチス・ドイツと不可侵条約を結んだ」がポーランドの権力を握っているかぎりは、同国がそのような一挙に出ないと仮定したとしよう。その場合でも、ポーランド国家の指導者が交代し、右に述べたドイツ領土を併合することを狙う一派が権力の座に就くのは、いつでも起こり得ることであった。

その目的

従って、ドイツの軍備措置の目的は、ドイツが引き起こすようなかたちの戦争に備えることでは、けっしてなかった。ライヒの東方にある隣国の一つが、挑発によらざる力の行使を加えてくることに対して、最低限の根元的安全を得ることのみを、ひたすらめざしていたのである。予定されていたドイツの防衛力強化は、少なくとも、その種の暴力行使に対する抵抗を可能にすることになっていた。かような抵抗の継続も、国際連盟が介入するまでの時間をかせぎ、とくに彼らが道徳的に介入せざるを得ないようにすれば、充分であるにちがいなかった。

こうしたドイツの措置は、近隣諸国にとっては、まったく秘密にされていないといっても過言ではなかった。従って、それら諸国の「ヴィリニュス」的急襲を実行したいとの欲望に冷や水をかけたというのも、あり得ることだろう。つまり、ドイツの措置は、平和に奉仕したのである。他方、そうした措置のいくつかは、ポーランドの脅威が切迫してきたことが、直接のきっかけとなって実施されたということも確認し得る。この点については、後段で触れよう。

加えて、ドイツの企て、とくに将校・下士官の頭脳の訓練や兵器開発の継続は、当然のことながら、以下の目的に奉仕するものであった。その狙いは、ひとたび公然たる再軍備がはじまったときに、より大規模な陸軍の根幹をかたちづくることができるよう、小さなライヒスヴェーアに準備させておくことだった。他の列強（大英帝国を除く）には、自らの軍縮を真剣に考えているようすが、まったくなかった。だから、最終的には、彼らがライヒに国防力増強を認めざるを得なくなる日がやってくる。それはあきらかだと思われたのである。単なる警察部隊に成り下がりたくないのであれば、ライヒスヴェーアは、そのときのために準備しておかねばならなかったのだ。

ドイツの軍備措置の規模

ヒトラーのもと、ライヒが公に再軍備を開始する以前に取られた諸措置も、先に述べた目標の枠内で維持された。些末《さまつ》な点を除けば、それらは以下のポイントにまとめられる。

一、すでに存在する三個騎兵師団のほかに、戦時のライヒスヴェーアを七個歩兵師団から二十一個師団に拡張する準備。その際、最初は、単なる応急軍備だったものが、いよいよ恒常的な師団装備とされていった。しかしながら、平時戦力の強化と禁止されていた兵器の導入（騎兵への軽機関銃配備を除く）は実行されていない。

二、ポーランドならびにチェコスロヴァキアとの国境地帯における国境守備隊の組織。それは、国境地帯の住民からの志願兵により編成される。その志願兵の多くは旧軍に勤務した軍人だが、一部には、短期の教程によって応急的な訓練を受けた、より若い層もあった。敵の攻撃があった場合に召集される、これらの国境守備隊は、三十個程度の「国境守備団」に組み込まれる。だが、この種の団隊は、たとえ数においては強力であろうとも、手持ちの兵器の数からして、軽砲兵大隊一個を付せられた歩兵連隊ほどの戦力しか持てなかったかもしれない。小火器しか装備できないこと、また、国境守備隊の隊員が年を取りすぎているか、ごく短期間の訓練しか受けていない事実に鑑み、それらの団隊はもう民兵程度のものでしかなかったのである。彼らはおそらく、せいぜいがハーグ陸戦条約でいう「敵の接近に際して、自発的に武器を執った住民」で、「組織の指揮下にあり」「交戦法規と慣例を遵守する者」と特徴づけられるだけだったろう。

　ポーランドとチェコスロヴァキアに対する国境が延びたため、かかる国境守備団は、もはや国境掩護の薄い膜を張ることができるのみだったのだ（国境一キロあたりに十二名の割合だった！）。その任務は第一に、一九二〇年のコルファンティのゲリラのような、敵の非正規戦力の侵入を防ぐことにあった。より強力な敵正規部隊が進軍してきた場合には、それを遅滞させるぐらいのことしかやれなかったのである。これらの団隊には機動性がないため、作戦的な運用は問題外だった。すでに述べたごとく、西部国境地帯には、かような国境守備隊は存在していなかった。その編成はむしろ、東方の近隣諸国が実施する可能性があるとみられていた奇襲に対するためだけの、予防措置だったのだ。

三、周知のごとく、われわれは、友好的な諸国において、ヴェルサイユ強制条約に認められていない兵器を開発し、ごくわずかな範囲ではあるが、人員の訓練も行った。緊急時に軍備生産を向上させる点においても、同様に、端緒が切られた。こうして基礎を築くなかには、小規模な空軍を創設する準備も含まれていた。

四、陸上要塞は、障害物ならびに東部地域に設置された薄いトーチカの線によって、補完された。それは、とくにオーデル川沿いと東ポンメルンで顕著であった。さりながら、ヴェルサイユ条約によって押しつけられた諸制限にも配慮されていたのである。

加えて、右の地域にあっては、ポーランドの脅威が切迫していたことも、最初に大規模な措置が取られる契機となった。ポーランド側が繰り返し不法な行動を取っていた（とりわけ、上シュレージェンで激しかった）ことを措いても、ポーランド政府は、われわれが治安に関して不安を抱かざるを得ないようにするために、そうした活動を行っていたのである。また、ポーランドの不法な行動は常に、住民投票の際に勃発したがごとき、ポーランド人の暴動に拡大する危険をはらんでいた。いかなる理由からであれ、政治的緊張がはっきりしてくると、彼らは、いわゆる動員演習に踏み切った。それは事実上、ドイツとの国境に沿った諸地区での部分動員だったのだ。「ヴィリニュス」事件のあととなっては、そうした「動員演習」が、力の行使の序幕なのかどうかを判別することはできなかった。一九三一年や一九三二年初頭には、かかる事件が繰り返し生起した。しかも、それらは、東プロイセンの国境沿いの地区において、であったのだ。ゆえに、私は、真剣な対応を取って、ヴィリニュス地域を得たようなやり方で東プロイセンを奪うことは金輪際できないと、ポーランドに思い知らせるべきであると意見具申した。それによって、ただちに、東プロイセンでの要塞構築が開始されたのだ。押しつけられたヴェルサイユ条約により、国境付近に要塞を築くことは禁止されていたから、私は、いわゆる「ハイルスベルク陣地」計画を提案した。それは、鉄条網、対戦車障害、コンクリートのトーチカからなる防衛線で、ザームラント要塞を包含する旧ケーニヒスベルク要塞地域にまで拡張され、東プロイセンに一種の城塞を築くことになっていた。この城塞によって、東プロイセンにある兵力が弱体であろうとも、圧倒的なポーランド軍に対して、長期にわたり抵抗を継続することが可能になるだろう。かかる「ハイルスベルク三角地帯」と称された場所だけは、ヴェルサイユ強制条約のもとでも、われわれが唯一要塞を構築できるところだったのである。

私の提案は、グレーナー国防相に是認された。ポーランドが脅威を突きつけてくるなか、構築計画には最優先で予算が付けられ、それゆえに、作業もすぐにはじめることができた。

こうして、いわゆるドイツ秘密再軍備の理由、目的、規模を説明すれば、それが、いかなる場合においてもドイツの近隣諸国に対する脅威となるようなものではなかったことは明瞭で、異論の余地もないとわかるだろう。たとえ二十一個師団を保有したとしても、ライヒは、問題の三国中の一つに対してさえ、はるかに劣勢なままだったのである。弱い者が正義を望めない時代（さまざまな事件によって、その実態は証明されていた）にあっては、かかる措置は不可欠の安全対策であり、少なくとも東方の近隣諸国の思惑を考えれば、ライヒはそうしなければならなかったのだ。

あのころ、世界では、フランスの「安全」について取りざたされることが多かった。ところが、一九二三年に、少なからぬ非難を浴びながらも、フランスがルール地方を占領したことや、メーメルとヴィリニュスの事件が実証したごとく、ライヒの隣国は、普遍的な意味での安全など、何も保障してくれなかった。であれば、ドイツの安全に頭を悩ませてくれる者など、いるはずもない。実際、どんな状況であろうと、ドイツと国境を接する国々の一つが、挑発によらざる攻撃に出た場合に備えて、ライヒスヴェーアを増強する準備をなすことは、ドイツが安全を得るための小さな第一歩にすぎなかったのだ。いずれにせよ、注目すべきは、ライヒが十年にもわたって、自らの安全を保障してくれるであろう全面的な軍縮がなされるのを待ち、それも無駄とわかったあとになって、初めて、右の諸措置が実行されたということである。

本章のはじめで、ドイツが取った措置の政治的責任は政府にあり、軍人にではないということに注意を喚起しておいた。だが、責任のがれに、そんなことを述べたのではない。もしも、ドイツ軍人が、この安全保障上の予防策を取るよう、政府に迫らなかったとしたら、義務に背くことになったであろう。こうして断言するのも、軍人がその権能を踏み越えてはいないこと、むしろ、彼らの使命にもとづいて、義務とされていることを行ったにすぎないことを明快に示すためである。

「同盟の悪夢《ル・コシュマール・デ・コアリション》」

　ここまで述べてきたような陸上防衛準備の問題に対する影響力の行使は、かくのごとく重要だったのだが、それは、TIで私の麾下にあった諸係本来の業務範囲に入っているものではなかった。かかる案件についての協同には、多くの作業と時間が費やされた。というのは、他の部局が、TIの見解は権威あるものと、そくざに認めてくれるわけではなかったからである。覚書や骨の折れる交渉で、同僚たちを納得させる必要があったのだ。しかしながら、平時における私の課の任務は、まったく別のものだった。戦時に、陸軍をいかに運用するかについて、計画上の準備を進めることだったのである。

　喜ばしいことに、私が勤務した数年のあいだには、国家の権威と秩序を維持するために、国内で軍隊を出動させる必要は減り、そうした案件は、もはや重要ではなくなっていた。従来の、緊急時に向けた準備作業を維持しておくだけで充分ということになっていたのだ。

だが、ことが戦争に進んだ場合、すなわち、ライヒが隣国の一つに攻撃された際に、いかに陸軍を運用するか（海軍との協同も含む）という問題は、手つかずのままであった。

　この課題は、軍人にとって、あり得る任務のなかで、もっとも重要で興味深いものだったことはたしかである。陸軍統帥部長官と、その筆頭助手たる部隊局長だけが、陸軍の投入に関する決定権を握っているのだとしても、彼らに意見具申し、関連する問題のすべてを把握しておくのは、私の任務であった。

あらゆる参謀将校が、そうした仕事は最高の名誉であるのみならず、一つの喜びであったと思っていた。それは間違いない。ただし、後者について、不安の影が差していたのはいうまでもない。ライヒに対する同盟を結んだ近隣三国が圧倒的に優越しているなか、たとえ純粋な防衛戦争に備えるだけにしても、いったい、どのような計画を立てるべきなのか？　ビスマルクが帝国宰相を務めていた最後の二十年間に、彼を圧迫していた「ル・コシュマール・デ・コアリション」（同盟の悪夢）は、どんなかたちであれ、戦争を考える際に持ち得る思想のすべてに覆いかぶさっていたのである。

通常、そうした思考過程は、「開進計画」によって表現される。あらゆる国の参謀本部で、作戦部が立案するものだ。ドイツは、オーストリア・ハンガリー同様、一九一四年に、「厳密」に組み立てられた開進計画を以て臨んだが、ひどい経験をするはめになった。当時の政治的な情勢からすれば、ロシアがドナウ君主国〔オーストリア・ハンガリーのこと〕に攻撃を加えてきた場合には、まず東方で打撃を加え、一方、西方では、フランスの攻撃に備えて待機するというのが得策であると思われた。ところが、策定されていた開進計画は、最後の瞬間にひっくり返すことができるようなものではなく、そうした策を取ることを阻害したのであった〔第一次世界大戦の開戦時、ドイツは、西のフランスを叩き、しかるのちにロシアを撃つというシュリーフェン・プランと、本質的には変わらぬ作戦計画を採用していた。四五頁の訳註を参照されたい〕。

同じような経過をたどって、オーストリア・ハンガリーも当初、策定されていた計画に従い、その軍隊の主力をセルビアに向けて輸送することを余儀なくされた。一部の部隊を対ロシア正面に送るように計画を手直しできたのは、そうした輸送が終わってからのことだったのである。

よく知られているように、この二つのケースにおいて、ドイツは政治的な悪影響を被り、オーストリア・ハンガリーも軍事的に不利な状態におちいった。かような経験のほかにも、別にいくつかの理由があったことから、ドイツの軍事指導者たちは、あらかじめ開進計画を定めることは見合わせるとの結論に至ったのだ。

いまやライヒは、最初から三つの敵国があると覚悟しなければならなかった。そのうちの一国だけでも、軍事的にはずっと優位にあったのである。その三国のうち、いずれと紛争におちいるのか。残る二国もそくざに介入してくるのか、あるいは、時が経ってから、ようやく干渉するのだろうか。まったく見通しがつかなかった。敵が取り得る作戦を考慮すれば、あまりにも多くの可能性があったから、一つや二つ、もしくは、それ以上の開進計画があったとしても、とても対応できなかっただろう。われわれが置かれていた状況においては、ドイツが主導権を取ることを前提として、自らの計画を作成することが禁じられていたことはいうまでもない。一方、戦時に二十一個歩兵師団ならびに三個騎兵師団を与えられたあとでも、ライヒスヴェーアの規模は小さなものにとどまるから、ドイツの鉄道網が有する輸送能力からして、比較的迅速に、望みの方面に集結させることができた。それゆえ、情勢に応じて、最後の瞬間に主力を投入する方向を定められるよう（苦もなく、できるようにせよと呼号された）、そもそも、開進計画を準備するのをやめると決まったのである。東部国境地域の国境守備隊のみが、その特性に応じ、最初から配置を確定されていた。

従って、開進計画が初めて策定されたのは、ようやく一九三七年、ドイツ陸軍がより大きな戦力を得てからのことであった。しかも、この開進計画は、戦略的には防御の枠内にとどまっていたのだ。この点については、あとで述べよう。

防衛戦の場合に備えて、あらかじめ自軍の兵力区分を定めておくことを放棄するからには、紛争時にドイツの軍事指導者がぶつかるであろう、あらゆる可能性を詳細に検討しておくことが前提とされていた。戦争になれば、往々にして、考えていたのとは異なる事態が生じる。たとえ、そうだとしても、あり得る可能性のすべてを徹底的に検討しておくことによってのみ、ドイツ軍指導部がその戦力を早まって誤った場所に配置したり、分散させてしまって、完全に敵の思うがままにされてしまうようなことを無くするための条件が満たされるのである。

かかる思考の準備に、重要な部分で貢献したのは、大規模な図上・兵棋演習と演習旅行だった。それぞれが、陸軍統帥部長官と高級指揮官たち、そして、部隊局長と高位の参謀将校たちによって、毎年、執り行われるものだ。演習旅行の目的は、参加者に作戦的な習熟をうながすとともに、大規模団隊の指揮についての統一的な理解を醸成《じょうせい》することであった。最終的には、指導官と参加者は、場合によっては戦場となりかねないドイツの諸地域について知ることにもなる。もちろん、参加者は互いに親交を深めていく。戦時に、信頼関係のもとで協同することを考えれば、きわめて価値のあることだった。

私は、こうした旅行の想定をつくることに責任を負っていた。それには、相対する両陣営について、開始時の状況を定めることも含まれていた。参加者は、この設定にもとづいて状況を判断し、自らの決定をしたためて、提出しなければならない。しかるのちに、講評がなされる。そのつど、両陣営が、指導官がもっとも目的にかなっているとみた回答を実演してみせるのだ。その最良の回答を見つけた者が、一方の陣営の司令官の役割をすることになっていた。

それらの旅行に際して、私は、演習中は指導官を支援し、また、毎日の課業が終わったあとに、状況の続きを決めておくことになっていた。ほかにも、指導官のため、ずっと演習終了時の講評草案を作成しておかねばならなかった。当たり前のことながら、非常に興味深い仕事だった。そこでは、自ら多くのことが学べるのである。

陸軍統帥部長官の男爵フォン・ハマーシュタイン将軍と部隊局長は、想定作成にあたり、私に完全なフリーハンドを与えてくれた。旅行中、演習の続きや両陣営が取った指揮上の措置に関する態度決定について、私が二人の上官と合意するには、演習終了時に数分ほども使えば充分だった。

終了時の講評草案をつくるには、通常三時間ほどもかかった。そのなかでは、両陣営の指揮官たちの措置を批評するだけでなく、指揮に関する基本的な問題についての見解を示さなければならなかったのである。二人の上官は、私の草案を常に認可してくれた。フォン・ハマーシュタイン将軍の私に対する信頼はきわめて厚かったのだ。ところが、そのおかげで、彼に、講評をする前に草案を通読しておいてくれるようにしてもらうという点で、しばしば苦労することになった。そこまで信用してくれたのは、なんとも名誉なことではあったが、指揮上の根本問題に対する態度表明や高級指揮官への批評について責任を負うのは、私にとっては、いささか重荷だった。

私が、そうした旅行で実務的に学んだことと並んで、それらの機会に、さまざまな人々の知己を得られたことに大きな値打ちがあったのは、もちろんである。あの数年のうちに、私は、ライヒスヴェーアのほとんどすべての将官ならびにあらゆる高級参謀と個人的に知り合いになったのみならず、彼らの軍事的能力や指揮官としての特性を見て取ることができたのだ。かような知識は、私がのちに、第一部長、さらに参謀次長の地位にあったときに行われた同種の旅行で、続けて補強し得た。

かかるやり方で、私は、当時の将官たちや参謀将校といった指導的な頭脳と知り合い、また評価することができたのだが、そのうち、のちに参謀総長になったベックを、とくに傑出した人物として挙げておきたい。だからといって、外面的なことから、そうしたお偉方のなかで、すぐに眼についたというわけではなかった。むしろ、非常に控えめであるため、目立たなかったのである。彼は徹頭徹尾遠慮深く、ゆえに、ことの裏側に常に隠れていた。が、かかる特性には、その性格の誠実さと同じく、偉大なる作戦能力、何ものにも左右されない明快な判断力、けっして放棄されることのない義務観念、多面的な教養が寄り添っていた。とにかく、彼には、その偉大なる先達である伯爵モルトケ元帥〔ヘルムート・カール・ベルンハルト・フォン・モルトケ伯爵（一八〇〇～一八九一年）。プロイセン陸軍参謀総長として、ドイツ統一戦争を成功裡に遂行した〕をほうふつとさせるものがあったのだ。かのモルトケ元帥のおかげで、ドイツ参謀本部は世界的な声望を得たのだったが、実際、ベックを除けば、敢えてモルトケと比較できるような軍人には、私もお目にかかったことがない。

　モルトケと同様、ベックも、たしかに、光輝ある軍人といわれて、一般的に想像されるようなイメージの人ではなかった。また、軍人らしい無頓着さにも欠けていた。のちの陸軍総司令官、男爵フォン・フリッチュ上級大将は、そうした大気ぶりを以て、将兵の心をつかんだのである。一方、ベックは、モルトケのごとく、軍人のそれよりも、きわめて知的な学者の資質を体現していたのだ。彼の決断は、ナポレオンのいう「素早い一瞥《クー・ドゥイユ》」によるものではなかった（当時の陸軍統帥部長官、フォン・ハマーシュタイン男爵には、いささか、そういうところがあった）。ベックは、何ごとにつけても、無造作にやるということがなかったのである。どんな決定であっても、その前に利害得失を微に入り細に入り検討するのだ。また、希望的観測に流れることなど、一度たりともなかった。

　多くの者が、ベックは優柔不断であると非難し、戦時には「のろまのファビウス《ファビウス・クンクタートル》」〔第二次ポエニ戦争中、敢えてハンニバルを攻撃しようとしなかったローマの執政官クィントゥス・ファビウス・マクシムスに付けられたあだ名〕になりかねないと危惧した。さらに、技術の進歩に否定的だったとか、充分な理解を示さなかった、とくに装甲兵科の発展を阻害したなどと、ベックをそしる者もいる。なるほど、彼はしばしば、おそろしく若いワインに水を注ぎはした〔「ワインに水を注ぐ」は、ドイツ語の慣用句で、興奮をさますの意〕。しかし、そうしたのは、責任感と「まず熟慮し、しかるのちに断行せよ」とのモルトケの金言にもとづいてのことであって、ベックは、いささかなりとも時代遅れではなかったのである。もしベックが過ちを犯したとすれば、義務意識が高いために、あらゆる問題を自ら検討、もしくは考量してしまったことであろう。かくのごとく、参謀本部の卓越した教師であった彼は、大規模な演習旅行中の終了時講評に際しても、裁定の解答案に対してすら、はっきりと批判することが、ほとんど一度もできなかった。公正を求める意識とフェアであろうとする感覚によって、ベックは、たいていの場合、その長所と短所を繰り返し検討するほうに動かされてしまったのだ。かかる特性が、自らに過大な労働を要求するという短所につながったことは疑いない。

さまざまな点でベックと似ていた、偉大なる先輩〔モルトケ〕同様に、彼も、戦場で将帥としての資質を示し得ただろうか。この問いかけは回答不可能である。さりながら、ベックが将帥の試練に合格したであろうことを（彼が、国家元首や最高司令官とのやり取りで苦しまねばならないということが前提になるが）、私は疑わない。たしかに、彼は、いつでも「断行」する前に「熟慮」したことであろう。けれども、ベックの心中には、勇敢さという神々しい火花が飛んでいた。ベックほどに、戦争につきもののあらゆる摩擦と偶然に抗して、ひとたび下した決定を不動の心構えで貫徹できる者は、ほかにいなかっただろう。それも、起こり得る可能性のすべてについて、あらかじめベックが熟慮していたおかげということになったはずだ。

人間としてのベック将軍は、私が出会ったなかでも、もっとも貴族的なあり方をしていた。それがあだとなって、ヒトラーのごとき野蛮な輩に屈したのも、無理はないことだと思われる。

さらに、陸軍統帥部長官の男爵フォン・ハマーシュタイン将軍とその後任の男爵フォン・フリッチュ将軍とならんで、後年、元帥となった人々、フォン・ルントシュテット〔ゲルト・フォン・ルントシュテット〔一八七五～一九五三年〕。当時、中将。第二次世界大戦では、A軍集団、南方軍集団、西方総軍などの司令官となった〕、フォン・レープ〔勲爵士ヴィルヘルム・フォン・レープ〔一八七六～一九五六年〕。当時、少将。第二次世界大戦では、C軍集団、北方軍集団などの司令官を務めた〕、フォン・ボックといった第一級の人物がいた。彼ら三人は、戦争〔第二次世界大戦〕の初期の数年間に、わが軍の軍集団を率いたのであった。

ほかにも、当時の高級指揮官や部隊局旅行に参加した高位の参謀将校のサークルのなかにも、きわめて有能な軍人が多数いた。しかし、作戦的な能力という点で、すでに名を挙げた六人の域に達している者は、一人もいなかったといっても過言ではない。ただし、全体的には、軍人、かつ人間として、高い資質を持っているとの印象が得られた。

第二次世界大戦初期のドイツ軍高級指揮官は、ほとんどすべてが演習旅行の参加者であった。彼らはおしなべて、第一次世界大戦の高級指揮官をしのぐとはいわないまでも、少なくとも同等であった。私は、そう信じたい。いずれにしても、彼らは、先輩たちに比べて、二つの長所を有していた。平均すると、彼らは相対的に若く、従って、身体的能力も高かったのだ。そういったことは、第二次世界大戦において、とりわけ軍司令官や軍団長が、前線に対して、ずっと顕著な影響力をおよぼしたという点で、はっきり見て取れた。運動戦、とくに装甲団隊の指揮に際して、非常に重要な意味を持つ事実だった。加えて、先に述べたような、旅行による教育訓練は、かつてのそれよりも、はるかに集中的なものだった。そもそも、第一次世界大戦前の高級指揮官には、そのような訓練は、ほとんどなされていなかったのである。また、かかる旅行の成果は、作戦的な理解において、とにかく大きな一致が得られたことだった。しかも、第二次世界大戦では、司令官にのみ責任を負う職である参謀長の恣意専横といったことは、もはや生起しないも同然だった。そうしたことは、第一次世界大戦においては、ときに表面化したのである。

イギリスの有名な軍事評論家リデル＝ハート大尉〔バジル・リデル＝ハート（一八九五～一九七〇年）。機甲戦理論を提唱した人物で、その著書は多数邦訳されている〕は、その著書『丘の向こう側』〔『ヒトラーと国防軍』岡本鐳輔訳、原書房、新版二〇一〇年〕の末尾で、先の大戦におけるドイツ軍の指揮官について、以下のごとき判定を下している。

「今次大戦で、ドイツの将軍たちは、他のどこの国よりも成功した職業教育の所産であることを示した。より広い視野、より深い理解を有していたなら、もっと優れた存在であり得ただろう。とはいえ、彼らが哲学者になっていたなら、軍人であることをやめていたはずである」。

この判定、最初の文については、大戦最初の数年間における成功によって実証されたものと、私には思われる。戦争が続くにつれ、ヒトラーが軍事指導権をもぎとるほど、また、能力を証明した軍司令官たちの影響力を削ぐほどに、指導的な立場にある将軍たちの姿は変わっていった。ヒトラーが、〔かつての将軍たちの〕後任として指名した者たちは勇敢であったかもしれないが、作戦上の習熟や経験は、個人として大胆不敵であることでは代替できなかったし、若さや、ヒトラーが彼らを選ぶ条件とした（ナチ的な意味での）「信念」も、その充分な等価物とはなり得なかった。

リデル＝ハート大尉の判定、その二番目の文に対しては、われわれの時代には、ドイツ軍の指揮官も、職業による特異化という一般にみられるめぐりあわせをまぬがれていなかったと認めるべきであろう。加えて、ドイツ政治の展開は、軍人職による義務以外の活動を行う道をいよいよ閉ざしていき、全体的な情勢への見通しをふさいでいった。外国旅行で知見を増やすという方法も、ほとんどなかった。いずれにせよ、ドイツ軍人は、自分が責任を負う領域では、おのが使命を完遂したのである。

かかる事情からすれば、演習旅行で扱われた作戦上の諸問題を詳述するのは、蛇足というものだろう。近隣諸国の一つが、挑発によらざる攻撃を加えてきた場合、戦略的防勢にあって、ライヒはいかに対処すべきか。この問題のみが討議されたといえば、充分なはずだ。むろん、参加者を作戦に習熟させるために、攻撃作戦の演習も行わねばならなかったから、開始時の想定を、左のごとくに決める必要があった。敵がドイツ領奥深くまで突進してきてからようやく、ということではあったにせよ、反撃の機会があるようにしておくのだ。もっとも、この点については、近隣三国が同盟を結んでいることに鑑み、ドイツ側に右記の機会を与えるため、そもそもの政治情勢の想定に手心を加えなければならなかった。いうまでもないことである。「同盟の悪夢」は、かような演習旅行にもつきまとっていたのだ。

ここでは、私が部隊局長のために最初に想定を作成した大規模な図上演習のことのみを述べることにしたい。それが、軍隊を用いた紛争に関する陸軍統帥部の立場を明示しているからである。対象としたのは、あいにく、そのころには可能性無しとするわけにはいかなかった案件、政治的緊張がしだいに激化し、ポーランドが、東プロイセン、あるいは上シュレージェンに対して武力を行使した場合だった。

これについて、私は、部隊局長に提案した。本来の図上演習に先行して、政治情勢に関する予備演習を実施し、外務省からも参加してもらうのである。軍務局長は、このアイディアをそくざに採用した。私の提案は、以下の考察を土台にしていた。ポーランド一国の攻撃だけでも、それが長引けば、われわれは防衛しきれない。が、もし同盟三国がすべて同時に攻撃してくれれば、情勢は数日のうちに絶望的になるのは間違いないだろう。かかる現実に鑑み、たとえ緊張激化が続いたとしても、フランスやチェコスロヴァキアが同盟発動の条件がととのったとみなし得るような真似はすべて回避すべきだった。それが重要なのである。加えて、ドイツ側の行動は〔軍事的なものも含めて〕、ポーランドの侵略者に反対するという義務を国際連盟にまぬがれさせるような余地を与えてはならない。その際、ポーランドが短期間のうちに決定的な軍事上の成功を収めるようなことがあれば、国際連盟も有効な介入を行い得ないのも、またはっきりしていた。ひとたびポーランドが東プロイセンや上シュレージェンを確保したなら、もはや国際連盟が彼らから何かを引き出すことはないであろう。

従って、この外交・軍事の予備演習によって、極度の抑制と一定の軍事的防衛準備のあいだでバランスを取ることは不可避であると証明されるはずであった。外務次官フォン・ビューロー氏〔ベルンハルト・ヴィルヘルム・フォン・ビューロー（一八八五～一九三六年）〕がオブザーバーとして参加する一方、高級官僚で外務省政務局長のケプケ〔ゲルハルト・ケプケ（一八七三～一九五三年）か。そうであれば、政務局長というのは原著者の記憶ちがいで、当時は第二部長（東欧・南欧担当）〕が、国際連盟評議会議長の役を演じた。また、外務省の高級官僚が、それぞれドイツとポーランドの外務大臣役を引き受けた。軍指導部の役は、参謀将校たちが占めたのである。

しだいに政治的緊張が高まり、ポーランドによる不法なゲリラ活動を経て、ポーランド軍の干渉となり、公式に開戦に至るまでの展開が、演習で試された。演習統裁官は、おおむね、日に日に激化していくような状況を、両陣営に示していたのだ。双方の軍指導者は、そのつど、「ポーランド側」は侵略を企図しているものとして、一方、「ドイツ側」は効果的な防衛の観点から（たとえば、国境守備隊の召集）、策案と対応措置を提出しなければならなかった。

同時に、両陣営の外務大臣は、それによって自国に都合のいい方向へと影響をおよぼし得ると思われる、国際連盟評議会宛ての外交文書を起草することに没頭した。ポーランド外相を演じているフォン・リンテレン公使館参事官〔エミール・フォン・リンテレン（一八九七～一九八一年）。「公使館参事官」は、この場合、職名ではなく、外交官としての職階。最終職階は大使〕にとっての課題は、ポーランドは、ただドイツの挑発ゆえに干渉実行を余儀なくされたのだと、ジュネーヴに納得させることだった。そのドイツ側の対手は、ポーランドが取った措置によって、緊張はいや増すばかりであるということを前面に押し出した。が、このときは、フォン・リンテレン氏のほうが、はるかに優っていたのである。いわゆるドイツの挑発に関して、彼は捏造の才能を示し、対手を完全に黙らせてしまったのだ。

ジュネーヴ流の言葉づかいに優れた高級官僚ケプケは、このような場合に国際連盟評議会が実際に取りそうな立場を演じることを、十二分に心得ていた。彼は、国際連盟で委員会を設置するとの見通しを告げる、慰撫的な回答を提示した。その委員会に付される全権をめぐってのあれやこれやは、簡単にまとめれば、のちに別の案件に際して、われわれが現実に経験することになったものであった。ケプケはまた、侵略者をひるませるがごとき実効性のある措置を、精力的に遂行しようとはしなかったのである。

この外交・軍事に関する予備演習は、きわめて興味深かった。ポーランドの暴徒集団が取るであろう不法行為が、いかなるかたちを取るか。それについて、予想しておかねばならなかったのだが、そのヒントが得られたのだ。同時に、ドイツ側に関しては、防衛準備のための措置すべてを慎重に考慮すべきだということが示された。何よりも、そうした防衛準備措置には、ポーランドの侵略が明々白々である場合にも、その実態を誤解させてしまう恐れがあったのだ。それによって、ポーランドの同盟国は介入の口実を得られるし、国際連盟には、明快に侵略者を認定することを逃れるためのきっかけを与えかねないのである。

われわれの印象では、外務省の諸氏にとって、こうして、あり得る紛争に備えた演習を通しで実施することは、まったく新しいもので、その価値もはっきりしたように思われた。この例証をお手本として、一九一四年のそれのような欲せざる戦争に、再び「捲き込まれる」のを回避することが望まれた。

かくのごとく、当時の陸軍統帥部は外務省と緊密なつながりを保っていたのだが、ヒトラーのもとで、政府指導部とのそれは断たれることになる。われわれは、もちろん、そんなことになろうとは予想だにできなかった。とにかく、自覚的に戦争をめざしているような男が外交の仕事を一手に握るなどという事態は、考えもつかなかったのである。

いずれにせよ、この図上演習は、戦争に至るがごとき紛争ならびに政治の優位の問題について、陸軍統帥部がいかなる立場を取るかに関する、よい例証となった。一九一四年には、軍の作戦計画が、政治的な開戦過程に決定的な影響を与えたとしても、いまや陸軍指導部は、紛争が迫った場合には、いかなる軍事的な措置であろうと（安全保障のためには、そうした措置も必要となるかもしれない）、所与の政治的状況に合わせるように努力していたのだ。さらに、ドイツ参謀本部は、わが国が国際連盟に属していることにより、あるいは生じるかもしれない可能性をも、その考量に組み込んでいた。それも明示されたであろう。だが、侵略に対して自ら抵抗を継続しないような国に、国際連盟が実際に介入するだろうか。そのことに関しては、われわれも幻想に身をゆだねたりはしなかった。

外国軍訪問

格別に好ましく思い出されるのは、機会を得て、外国の軍隊を実見したときのことだ。

一九三〇年秋、私は、外国軍部（情報部）の担当者であるトゥサン大尉〔ルドルフ・トゥサン（一八九一～一九六八年）。最終階級は歩兵大将。ただし、一九三〇年にトゥサン大尉が外国軍部に勤務していたというのは、おそらく原著者の記憶違いで、彼は当時、第二一歩兵連隊に所属していた。外国軍部に転属したのは、一九三二年〕とともに、チェコスロヴァキアの演習に参加するものと決められた。第一次世界大戦終結以来、ドイツが〔外国〕軍より公式の招待を受けたのは、これが初めてだったのである。よりによって、プラハから招待が来たのは、驚きだったといってよい。そのライヒに対する政治的姿勢は、友好的というには程遠いことは周知の事実だったのだ。理由は、当時のチェコ大統領マサリク〔トマーシュ・マサリク（一八五〇〜一九三七年）。チェコの社会学者・哲学者・政治家。チェコスロヴァキア共和国の初代大統領〕が、自国とライヒの関係を条約の基盤に乗せたいと、はっきり望んでいたことにあった。彼は、チェコの熱烈な愛国者であったが、同時に一人のヨーロッパ人であった。ヨーロッパ人の仮面をかぶりながら、あきらかにチェコのナショナリストであったベネシュ〔エドヴァルド・ベネシュ（一八八四〜一九四八年）。チェコの政治家。首相、大統領、外務大臣など、要職を歴任した〕とは正反対である。

われわれのプラハ滞在は、特筆すべき予想外の事件からはじまった。同地駐在のポーランド陸軍武官が、われわれの演習参加に反対し、チェコ陸軍省に抗議するのは適切なことだと考えたのだ。その際、彼は、ライヒが他国に軍事使節団を送ることを禁じるヴェルサイユ強制条約を持ち出したのである。が、かかる条項が想定しているのは、常設の駐在武官や、かつてのドイツがトルコに常駐させていた使節団の派遣のようなことであって、一定の目的のもと、期限付きの招待を受けることなど意味していないのは自明の理だった。チェコスロヴァキア側が、ポーランドの干渉の試みを不快に思い、その苦情を全面的にしりぞけたのは、もっともなことであった。

われわれ同様に、ゲストとして招待されたオランダの陸軍参謀総長のほか、演習に参加したのは、信任状を提出して、プラハで勤務している駐在武官たちだけだった。

招待側の人々ならびに他の諸国の駐在武官たちのサークルによる、われわれの受け入れは、まったく親切なものだった。それはとくに、ポーランドの非礼な横やりに対する反感から生じたことのように思われた。私はまた、その後に得られたほかの機会に感じたのと同様に、駐在武官というのは独特の連中であると確認することができた。一方では、彼らは、まさに軍事情報の取引所を形成している。他方、特別の機会を得て、ある者は見聞できたが、別の者はそうでなかったというようなことに関しては、駐在武官たちはおおむね嫉妬心に支配されていたのである。さらに、接受国の高級将校が個々の駐在武官にどのように接するかとか、勲章に関わる問題は、重要な役割を果たしていた。かような点に関しては、自国の威信と個人的な虚栄心が、ときに混同されていたのだ。勲章についていえば、取るに足らない国であり、その軍隊があげた業績がわずかであればあるほど、その国の軍人は勲章好きになっているように思われた。優れた人物でさえも、この弱さとは、必ずしも無縁ではいられなかったのだ。

イギリスの駐在武官は、赴任国について相当の知識を有しており、彼と会う機会があればいつでも、それで存在感を示していた。赴任国の高位の人士と渡り合うときにも、強いて無関心なふうをみせた。また、式典の際にも、乗馬鞭の携行を欠かさなかったのである。プラハ駐在武官のサークルにあって、驚くほどのあけすけさで（付け加えるなら、その感じの良さで）目立っていたのは、アメリカの武官だった。彼は、見せられたことについて、みなしゃべってしまうのだ。とりわけ親切で率直だったのは、イタリア人のカドルナ伯爵で、元帥の息子だった〔ラファエレ・カドルナ二世（一八八九～一九七三年）。当時、大佐。最終階級は中将。第二次世界大戦では、対仏作戦や北アフリカ戦役に参加したが、イタリア降伏後、ドイツ軍占領地域で反独レジスタンスを率いた。父は、第一次世界大戦でイタリア陸軍参謀総長を務めたルイジ・カドルナ元帥〕。瀟洒《しょうしゃ》な風貌の人で、流暢なドイツ語を話した。何度も旅したことでドイツをよく知っており、どうみてもドイツを好いているように思われた。さりながら、私が知るところでは、彼は第二次世界大戦において、われわれに対するパルチザン戦で指導的な役割を果たしたという。そのことを書かずにおくわけにはいかない。軍人、そして人間としてのチェコ人については、カドルナは、あからさまに軽蔑を表明していた。彼らは「ヨーロッパでいちばん不快な国民」だと特徴づけたのである。

フランス人とポーランド人を除けば、こうした催しにドイツ将校が再び現れたことを、誰もが、まったく時機にかなったことだとみなしていた。みな、われわれの軍事問題に関する見解を聞きたがっていたというのは、公然たる事実だった。その際、ドイツ軍人に対する敬意が表明されたのだ。われわれをあぜんとさせたのは、あらゆる人々が、当然しごくの前提として、ドイツ軍はもうヴェルサイユ条約に反する近代兵器のすべてを所有しているはずだと思っていることだった。われわれは、せめて、その理屈だけでも部隊に習熟させようと、材木と亜麻布でつくった模擬戦車と対戦車砲の代わりに木でつくった大砲もどきを使っている。それで満足することを強いられているのだ。これは、まったく事実のままのことだったのだけれども、われわれがそう請け合ってみせたところで、礼儀正しいが、不信にみちた微笑で迎えられるだけであった。

演習開始時には、スィロヴィー陸軍参謀総長〔ヤン・スィロヴィー（一八八八〜一九七〇年）。当時、上級大将。最終階級も同じ。のち、国防相や首相を務めたが、第二次世界大戦後、ナチスに協力したかどで禁錮二十年の刑を宣告された〕が客たちを招き、優雅な朝食会が開かれた。そのあとも、演習場から遠く離れた場所で供される朝食と夕方早くから催される晩餐が、訪問中の日々の多くを占めることになった。それはおそらく、有名な東欧の手厚いもてなしの証しというよりも、われわれが多くのことを見聞しすぎないようにする策だったのであろう。

前述の朝食会の際、私の席は、スィロヴィー将軍の隣だった。彼については、狡猾で傍若無人な人物だという印象を受けたが、その軍事的な手腕は、まったく限られたものであると思われた。その経歴について聞いたところでは、彼は一九一四年にオーストリア・ハンガリー軍の衛生科二等兵として出征したものの、その年のうちに脱走、ロシア軍のもとに逃れた。しかるのちに、ロシアで編成されたチェコ兵団〔第一次世界大戦で、ロシア軍の捕虜となったオーストリア・ハンガリー軍の将兵のうち、チェコスロバキア出身の者によって編成された志願兵部隊〕で指導的な役割を演じたのだ。彼には、自分の兵団とその戦利品の極東への移送を購うため、コルチャーク提督〔アレクサンドル・V・コルチャーク（一八七四～一九二〇年）。ロシア帝国の海軍軍人。最終階級は海軍大将。ロシア革命後は、白軍（反革命軍）の指導者の一人となり、赤軍と戦った〕をひそかにボリシェヴィキに引き渡したとの噂があった。スィロヴィーは黒い眼帯をしていて、フス派〔十五世紀にカトリックの司祭だったヤン・フスがはじめた宗教改革に従った者たちの宗派〕の指導者ジシュカ〔ヤン・ジシュカ（一三六〇?～一四二四年）。一四一九年に勃発したフス派のカトリック勢力で、ターボル派（フス派中の急進派）を率いて、数々の勝利をあげた〕をほうふつとさせた。

演習は、スロヴァキア地方において、ブラチスラヴァ〔ドイツ名「プレスブルク」〕とニトラ〔ドイツ名「ノイトラ」〕のあいだの地域で実施された。

社交に忙しく、時間を取られるなか、できる範囲においてではあったけれども、軍事事情を概観した。そこからあきらかになったのは、左の点だった。兵器・資材などの装備が近代的であり、目的にかなっているのは疑いない。とくに、山岳戦に用いられるものはすべて、きわめて実戦的であると思われる。部隊の戦闘訓練は、偽装に関しては優秀であることを証明したものの、他の面ではひたすら凡庸だった。指揮官については、完全に資格を満たしているのは、旧皇帝・国王軍の将校だけであった。ところが、彼らは公然と重要な地位から遠ざけられ、進級においても、元チェコ軍団の者に後れを取っていたのである。

もっとも深刻な弱点として現れたのは、チェコスロヴァキア軍の下士官兵、また将校の大部分が、さまざまな少数民族によって構成されており、国民軍としては問題にならないという事実だった。この国では、ドイツ人とハンガリー人は抑圧されていた。スロヴァキア人も、自らの意に反して、編入されたのだった。私はそこで、隊長の大尉から最若年の初年兵に至るまで、リーゼンゲビルゲ〔直訳すれば「巨人山脈」。シュレージェンとベーメン〔当時、チェコスロヴァキア領。チェコ名「ボヘミア」〕の境を走る山脈で、当時の住民は、大多数がドイツ系だった〕のベーメン側山腹に住むドイツ人から構成された砲兵中隊を見たものだった。かような、ドイツ人、ハンガリー人、スロヴァキア人を中核とする隊が、危急のときに際して、この国のために心底から戦うとは、とうてい思えなかった。

トゥサンと私が、ブラチスラヴァで、マリア・テレジア〔一七一七～一七八〇年。実質的な女帝として、ハプスブルク帝国を統治した〕時代に建てられた宮殿（それが兵営になっていようとは、予想だにしていなかった）を見学したいと思って出かけたときのことである。まもなく、多数のドイツ人新兵が、われわれに向かって殺到してきた。彼らは、ドイツ将校に会えた喜びを、激しいほどに表現したのだ。気まずい事件になるのを避けるため、われわれは大急ぎで離れていかなければならなかった。また、別の機会に、トゥサンがニトラで、チェコ語を使って、数名の兵隊に道を聞いた際には、彼らは、笑いながら答えたものである。「自分たちに対しては、うるわしのドイツ語でしゃべらなければいけないのであります。ああいう輩の言葉はわかりません」。

なんとも愉快だったのは、駐在武官たちや多くのチェコ軍将校が、ドイツ語で書かれた、チェコスロヴァキア軍に関する小さな手引き書を、彼らの知識の源として利用していることだった。

演習終了時の最終講評には、マサリク大統領が現れた。スィロヴィーの講評には、さしたる内容はなかった。ところが、この参謀総長閣下ときたら、新聞記者よろしく、ライカで武装して、大統領のまわりを飛び跳ね、彼を撮影しようとしたのだ。

この催しでは、数はさまざまであったが、袖に赤い布の山型章を着けた将校の一団が眼についた。スィロヴィーも山型章を着けていて、その数は五つ（それほど多く着けているのは、彼だけだった）。私が聞いたところによれば、この山型章は、かつてのチェコ兵団の徽章だということだった。山型章の数は、それを着けている者が連合軍に脱走した年に合わせて、等級が決まっているとの由だ。スィロヴィーが五つの山型章を誇示する一方、一九一八年に脱走した者は一つで満足しなければならないというわけである。そういうものとして公に評価されるとはいえ、そんな脱走徽章が軍隊に導入されることなど信じられないかもしれない。もっとも、チェコスロヴァキア軍にあっては、近隣諸国との戦争においてはいつでも、自らの隊伍から相当数の脱走兵が出ることを覚悟しておかねばならないのだった〔たとえば、ドイツ系の将兵がドイツ軍に脱走するなど、少数民族が敵に走る恐れがあることを意味している〕。

つぎに外国旅行に出たのは一九三一年だった。ソ連旅行である。赤軍が、部隊局長アーダム将軍を招待したのだ。彼は、ロシア語を話す将校のほかに、私を随行させた。この旅行は、政治的な目的を有するものではなく、部隊演習に参観するわけでもなかった。アーダムは、赤軍施設やソ連の工業地帯を見せられる予定となっていたのである。モスクワでは、フォン・ディルクセン大使〔ヘルベルト・フォン・ディルクセン（一八八七～一九五五年）。ドイツの外交官で、駐ソ、駐日、駐英大使を歴任した〕と彼の夫人に、とりわけ親切に迎え入れられ、また、そのころ、ライヒスヴェーア（非公式）の代表を務めていた勲爵士フォン・ニーダーマイヤー博士〔勲爵士オスカー・フォン・ニーダーマイヤー（一八八五～一九四八年）。当時、大尉で退役したかたちを取って、ソ連に派遣されていた。のちに現役に復帰。最終階級は少将〕には、おおいに面倒をみてもらった。ニーダーマイヤーは、並はずれて興味深い人物だった。第一次世界大戦中には、ドイツに有利なようにアフガニスタンを動かそうと、同地に遠征していたのである。

ここで、小さな挿話を交えておきたい。ソ連の交渉テクニックに光を当て、それゆえに、非常にためになるであろうエピソードだ。モスクワ滞在がはじまったころ、さまざまな問題についての会談が持たれることになった。とくに重要だったのは、ソ連国内にある、われわれの実験場にかかる費用に関する、国防大臣〔当時のソ連の呼称によれば、正確には「陸海軍人民委員」。のちの「国防人民委員」〕代理トゥハチェフスキー〔ミハイル・N・トゥハチェフスキー（一八九三～一九三七年）。ロシア内戦で活躍、軍事理論家としても「縦深戦」理論の確立に貢献した。が、スターリンと対立し、粛清された。最終階級はソ連邦元帥〕との話し合いだった。国防省〔陸海軍人民委員部〕に向かう前に、われらが顧問、勲爵士フォン・ニーダーマイヤーが、われわれが会う予定の者たちの人物像や、こうした協議の際にロシア人が用いるのが常である流儀について、アーダム将軍に講義した。彼が言うには、通常の挨拶を交わしたのち、われわれの交渉相手は沈黙を守るだろうということだった。だからといって、アーダム将軍のほうから、うっかり、最初に口を開いてはならない。それではロシア人の思うつぼだからだ。彼らは、そうすることにより、われわれが反対給付に関する希望や申し出で譲歩するように持っていこうと考えているのである。かような場合には、たとえ数時間を経ようとも、ソ連の指導者たちが、彼らにとって関心のある問題を切り出すまで、待っていなければならないという話であった。アーダム将軍は、ニーダーマイヤーのアドバイスに従うと約束した。挨拶を済ませたわれわれが席についたのち、まさしく予想通りに、静寂が訪れた。双方とも互いに、先手を押しつけようとする。だが、二、三分で、アーダム将軍は辛抱しきれなくなった。彼の性格からして、長く待っていることができないのだ。将軍は討議をはじめてしまい、それによって、ソ連の指導者たちは欲するものを得たのである。彼らの時間の感覚はまったく異なっていた。ひたすら待つことができるのだ！

赤軍は、われわれに、できるかぎり多くのことを見せようと努めていた。モスクワでは、陸軍大学校の講義を聴講した。講義には、当時、最高司令官の階級〔この「最高司令官」は、職名ではなく、階級の名称。そのころ、ソ連軍は階級を廃止していたが、それに相応するものとして、「〜司令官」「〜指揮官」などの呼称を使っていた〕を得ていたブジョンヌイ元帥〔セミョーン・M・ブジョンヌイ（一八八三〜一九七三年）。ロシア内戦で騎兵指揮官として活躍し、スターリンの信任を得た。大粛清や第二次世界大戦にも生き残り、ソ連邦英雄にもなっている〕も聴講生として参加していた。空軍大学校と、近代的施設を備えたその付属研究所も見学した。格別だったのは、おそらくは、われわれの訪問に備えて、万端の用意をととのえていたのであろう兵営の視察である。寝所には、純白のシーツを敷いたベッドが誇らしげに並び、食堂のテーブルも、白いテーブルクロスで覆われていた。予想していたブリキ鉢ではなく白の陶皿、フォークとナイフが置かれている。各中隊ごとに、「レーニン・コーナー」〔レーニンの著作を置いた一角か〕を備えた談話室がしつらえられていた。こうした設備も、モスクワから離れるほどに原始的になっていくことは、私ものちに確認できた。もっとも、「レーニン・コーナー」だけは、どこに行っても必ずある設備だった。

モスクワ滞在に続いて、われわれは、赤軍の豪華な客車で、キエフとハリコフに行った。私にとって、キエフでとりわけ興味深かったのは、昔から有名なラヴラ〔ロシア正教会の一部で行われる修道院〕修道院だった。残念ながら、それは、ソ連の時限爆弾によって、吹き飛ばされてしまったという。一九四三年に、短期間、キエフを訪問した際に、私はそう聞いた。あるいは、ソ連が主張するように、S

D〔Sicherheitsdienst の略。ナチ公安機関のこと〕が爆破したというのが事実なのかもしれないが。ともかく、一九三一年当時には、僧たちこそ、そこから追い立てられてしまったものの、修道院は無傷だった。ボリシェヴィキが、そこを名所として見せたのは、過去から受け継いだ文化の記念碑、もしくは、聖なる場所だからではなく、神はいないというプロパガンダに供するためだったのだ。地下集団墓地《カタコンベ》ふうの通路にしつらえられた、聖人やかつての修道院長たちの棺が開かれた。遺骨が示され、これは珍品だとの解説が付される。荒廃が進んでいたけれども、高雅な修道院、とくに、その教会は、印象深い想い出となっている。

ハリコフでは、巨大なトラクター工場が、格別に興味深かった。すべてが近代的で、私が思い出せるかぎりでは、アメリカの機械のみを設置していたと思う。一日あたりの生産量もきわめて高かった。この技術分野においては、アメリカの影響が支配していたが（当時、フォードは、全赤軍に自動車を供給する巨大工場設立の認可を得ていた）、他の部門では、ドイツ製の機械が圧倒的だった。ここで触れたトラクター工場では、社会施設も素晴らしかった。それが、ソ連のご自慢の種であることはあきらかだった。思い出されるのは、そこの、ほとんど贅沢なまでの設備を持つ児童保育所だ。この国の至るところで、完全に不良化した子供がみられるという事実と、なんとも対照的なことであった。

旅行中、われわれは、それぞれの地域の最高司令官たちの知己を得た。彼らは数年後、スターリンの「粛清」に遭って、ほぼ例外なしに処刑されたのである。

最初にモスクワにいたころのある日、われわれは、ヴォロシーロフ国防相〔クリメント・E・ヴォロシーロフ（一八八一～一九六九年）。内戦で頭角を現し、ソ連軍の指導的な地位に就いた。最終階級はソ連邦元帥〕の客となった。内戦で騎兵師団を率いて、優れた働きをしているにもかかわらず、ヴォロシーロフからは、軍人というよりも政治家であるという印象を受けた。人柄としては、無愛想というわけではない。ヴォロシーロフが、クレムリン〔この場合は、旧ロシア皇帝の宮殿を指す〕内に持っていた住居は、実にブルジョワ的な設備を有していたが、彼のような地位にある者の家としては、部屋数は控えめだった。当時は総じて、ボリシェヴィキ体制の頂点にある人々は、いまだに質素な生活を送っているという印象を受けた。ちなみに、このとき、ヴォロシーロフがわれわれに供した正餐は、実に豊かだった。前《ザクー》菜《スカ》も、東方では一般的な、テーブルのそばでの立食ではなく、食卓で給仕されるのであり、それだけで二時間も続くのである。食事には、ソ連軍人の夫人たちも出席した。もっとも、会話できるのは、エゴロフ参謀総長〔アレクサンデル・I・エゴロフ（一八八三～一九三九年）。内戦で功績をあげ、のち在華軍事顧問、白ロシア軍管区司令官などを歴任したが、粛清された。最終階級は元帥〕の奥方だけだった。彼女はフランス語に堪能で、唯一、エレガントな衣裳で眼を惹く存在だった。夫人の職業は映画女優だったのだ。

本旅行当時に知り合った、そのほかの軍指揮官たちのなかで、今なお存命なのはブジョンヌイだけである。かつてのロシア皇帝《ツァーリ》の軍隊で騎兵曹長だった人物は、素朴な豪傑だった。一九二〇年の対ポーランド戦争で、その騎兵軍があげた初期の成功ゆえに、大きな名声を得たものの、同戦役の終結時における敗北には、彼も責任の一端を担っているのだった。第二次世界大戦では、当初、南部戦域の司令官を務めていたが、すぐに解任された。かつて陸軍大学校の聴講生として得た知識は、戦場で優れた将帥であるためには不充分だったわけである。軍人らしく、ぶっきらぼうな人で、自然に、のびのびと振る舞っていた。他のほぼすべての者と異なり、いつでも政治委員〔共産党が、軍の統制のために派遣した代表官〕の顔色をうかがわねばならないというわけではないようだった。

なんとも興味深い人物といえば、トゥハチェフスキー国防相代理だった。その昔は、皇帝の親衛連隊で士官候補生だったのであるが、それは、同時に革命家になる上で、何の妨げにもならなかったらしい。聡明で無遠慮でありながら、うちとけない男であると、私には感じられた。ライヒスヴェーアとの技術的協力についてはは熱心だったけれども〔可能なかぎり与えるものは少なく、得るものは多くという姿勢であったことは、もちろんである〕、フランスのほうに共感を寄せていた。ただし、それも、ソ連の指導者にそもそも許される範囲内でのことだった。

われわれはまた、モスクワ軍管区司令官コルク〔アウグゥスト・I・コルク（一八八七～一九三七年）。エストニア出身のソ連軍人・外交官。ロシア内戦や対ポーランド戦争で注目されたが、スターリンの大粛清により処刑された。最終階級は二級軍司令官（大将相当）〕の知己を得た。彼の場合、政治委員〔あらゆる軍の指揮官に、同格の政治委員が付せられていた〕に依存しているのが、とくに眼についた。もっと重要な人物であると思われたのは、ハリコフ軍管区司令官ヤキール〔イオナ・E・ヤキール（一八九六～一九三七年）。当時、一級軍司令官（上級大将相当）。最終階級も同じ〕だ。空軍大学校長エイデマン〔ロベルト・P・エイデマン（一八九五～一九三七年）。当時、軍団指揮官（中将相当）。最終階級も同じ〕も、有能で親切であると思われた。だが、軍人として、また人間としても最良の印象を与えてきたのは、すでにベルリンで知り合っていたキエフ正面軍司令官オボレヴィッチ〔原著者の誤記で、白ロシア軍管区司令官イェロニマス・P・ウボレヴィッチ一級軍司令官（一八九六～一九三七年）か〕だった。彼が、非凡な軍事的才能を持っていたことは疑いない。われわれは、彼の家でお茶をごちそうになったが、そこでも、階級のわりには、きわめて質朴な生活を過ごしていることがはっきりわかった。彼は、賃貸住宅の四階に、われわれの感覚からすると、なんともつつましやかな住居を構えていたのだ。

もっとも、ちゃんと動くエレベーターがしつらえられていたり、その家族が家政婦を一人使っているのは、むろん特別のことだったろう。かくのごとく、ボリシェヴィキの最高指導者たちが質素な生活を送っていた時代は、もはや過去のことになっている。

モスクワの名所で、有名なクレムリンの教会のほかに訪ねたのは、もとは個人のコレクションだったという、名高いトレチャコフ美術館だった。赤軍博物館をみせられたことは、いうまでもない。この博物館は、内戦における赤軍の事蹟《じせき》を顕彰《けんしょう》するためのものだったから、なんとも殺伐としたつくりとなっていた。思い出されるのは、ツァーリの将軍たちが殺害されるさまを描いた巨大な壁画と、いわゆる「手袋」だった。後者は、人の手の皮を引き剝がしたものだったのである。ただし、こんなおぞましい品は、白軍のしわざだということにされていた。さりながら、この「手袋剝がし」というやり口が、上層階級に対する憎悪から生まれたボリシェヴィキの手法であることは、誰もが知っていたのだ。

オペラ見物は、ずっと楽しかった。モスクワでは、有名なバレエの古典『白鳥』〔『白鳥の湖』か〕を観た。その上演は、本当に完璧だった。また、夢のように壮麗な舞台装置のもとで演じられた、チャイコフスキーのオペラ『スペードの女王』も鑑賞した。このとき、われわれは、婦人を同伴したトゥハチェフスキーを見かけた。が、ヴォロシーロフの正餐会で知己を得た女性と同じでなかったのは、もちろんのことである。われわれは、トゥハチェフスキーは二人の女性を自由にしているとの噂を耳にしていた。彼が、どこかの大使に招待されるようなことがあれば、二人のご婦人のうち、いずれをお連れになると思っていればよろしいのかと、常に問われたことだろう。

キエフでは、ウクライナのオペラを観た。抑圧されたウクライナ農民の、政治的支配者に対する闘争を賛美する内容だった。観客が、そのテーマに非常に感情移入していることが注目された。かような時代以降、ウクライナ農民の暮らしが良くなったかどうかは、詮索《せんさく》しないことにされていたのであろう。なるほど、劇中で重要な役割を果たすポーランド人の圧政はもはやないが、このオペラに描かれた被抑圧者の子孫の大部分が、富農《クラーク》〔自営農のこと。一九二八年に、スターリンが第一次五か年計画を発表し、農業の集団化を進めるとともに、「階級敵」と規定され、絶滅政策の対象となった〕であるとして絶滅させられたはずである。

当然のことながら、市民生活について、多くを実見することはできなかった。モスクワの街々は、クレムリンの周辺に至るまで、おおいに荒れているように見えた。そこそこ程度に良い身なりをしている者でさえ、ほとんど見られない。オペラ観劇の際にさえ、ある程度着飾っているのは、数名のご婦人だけであった。服装と食料について、はっきり良い待遇をされているのは、赤軍の将校と下士官兵、ほかにけチェーカー〔十月革命後に設立された秘密警察。のち、国家政治保安部（GPU）に、さらに統合国家政治局（OGPU）を経て、内務人民委員部（NKVD）に改編された〕だけであった。また、共産党幹部も同様だったかもしれない。当時のクレムリンにおいては、大聖堂の塔はまだ、ツァーリを示す鷲の像を戴いていた。教会そのものは閉鎖されていたが、われわれには、見物の対象として示されたのである。

二つばかりの小さなできごとが、気分を上向きにしてくれた。われわれがモスクワで、レーニン廟に詣でなければならなかったことはいうまでもない。軍人としての参観だったから、軍服を着ていた。墓碑の前には、いつも通りに長い行列ができている。およそ四百人ほどもいただろうか。われわれが進んでいくと、彼らはただちに押し留められ、待たされることになった。おかげで、われわれは、自分たちだけで静かに墓碑を見学することができたというわけだ。続いて、こうして留められたことに不満な者たちから、われわれの案内役に、たっぷりとあざけりの声を浴びせた。「お前ら、実にふさわしいやつを探してきたな！」というものもあった。それを口にしたのは、あきらかにドイツ人共産主義者だったが、疑う余地もないほど正しいことであった。

よく知られているように、レーニンは、赤い大理石の墓標のなか、たった今亡くなった人のように、低圧状態を保っているガラスの棺に横たわっている。儀仗兵が二人、警衛を務めていた。レーニンの容貌は、タタール的な要素が非常に特徴的だった。彼が安らいでいる赤い絹のクッション、身体を覆っている赤い毛布は、レーニンが成功に導いた革命の理想と同時に、それによって流された血を象徴しているといえた。

もう一つのことは、われわれのキエフ滞在中に起こった。われわれの列車が停車場に走り入るとともに、「インターナショナル」が鳴り響いたのである。ホームには、珍しい儀仗隊が並んでいた。武装した民間人で、なかには女性もいる。音楽隊を引き連れて、赤旗を掲げていた。当時の典型的な共産党幹部のいでたち、革上着、膝まである長靴、書類かばんといった格好の民間人が二人、われわれの客車に入ってきた。ドイツ語をしゃべる案内役の将校がまず下車したところだったから、この訪問者をどう扱えばいいのか、外で巻き起こった喝采は何を意味しているのか、われわれにはまったくわからなかった。われわれも彼らも、ともに当惑しているのはあきらかだったが（こちらは軍服を着用していた）、アーダム将軍がウォッカを勧め、まずもてなしにかかった。有り難いことに、まもなく案内役の将校が戻ってきて、二人のお客に二言三言ばかりささやいて、すぐにお引き取り願うようにしてくれた。将校は、われわれに詫びながら、手違いがあったことを伝えてくる。陽気な歓迎は、われわれではなく、同じ列車に乗っているはずのマックス・ヘルツのためのものだったのだ。マックス・ヘルツは、悪名高い共産主義者で、かつてはフォークトラントの盗賊団の首領だった〔マックス・ヘルツ（一八八九〜一九三三年）。ドイツの共産主義者で、一九二〇年から一九二一年にかけて、バイエルン、ザクセン、チューリンゲン、ベーメンにまたがる地域、フォークトラントにおける蜂起を指導した。のち、スターリンに招かれてソ連に移住、同地で客死した〕。われわれは、この一件をオボレヴィッチに話した。ベルリン駐在時代の経験から、われわれと共産主義者の関係を判断できる立場にいたオボレヴィッチは、腹を抱えて笑ってみせたものである。

旅行の公式日程を終えたアーダム将軍がベルリンに帰った直後、私は、ペテルスブルク〔レニングラード〕に寄り道した。エルミタージュ美術館を訪れたのだ。そこには、無数の名作がみちあふれていた。貴重なオランダ絵画、とくにレンブラントのそれは、もともとカッセル宮殿の画廊にあったものだったが、ジェローム王〔ジェローム・ボナパルト（一七八四〜一八六〇年）。ナポレオンの弟で、ヴェストファーレン王国の国王に叙せられた〕が一八一三年に、パリに持ち去ってしまったのだ。ロシアのアレクサンドル一世〔ロシア皇帝アレクサンドル一世（一七七七〜一八二五年）。当初は自由主義的な改革を支持したが、のちに強権的な政策に転じた〕が、そこで、問題の絵画を発見し、一部はカッセルに返還したものの、残りはペテルスブルクに移したのである。一九一七年のボリシェヴィキ革命ののちも、個人所有の作品が国有化され、エルミタージュに詰め込まれた。それに従って、天井の高い広間の壁の上部までも絵が飾られ、個々の作品を楽しむことができなくなってしまった。

広く知られたイザーク大聖堂も、神さまなしの博物館に改装されていた。大祭壇の前には、聖職者をかたどった蠟人形《ろうにんぎょう》が並べられ、そのけばけばしい僧衣が挑発的な印象を与えるようになっているのだった。翼側の礼拝堂は、さまざまな宗教に使えるようになっており、人々の祈りを求める情を笑いものにしていた。カトリックの聖人の図画を収めた礼拝堂の横に、南洋のどこかの、原始的な由来があると思われるグロテスクな邪神の絵が並んでいるというぐあいだったのである。新教の場合、聖人画を示すことはできないが、太く赤い二筋の線で×印を付けられたキリストの絵で、嘲弄の意が表されていた。だが、いまや大聖堂が神なき博物館とされ、神聖を汚されていることなどお構いなしに、そこに昇る階段にひざまずき、祈りを捧げている婦人たちもいた。

ツァールスコエ・セロー〔現プーシキン市〕では、壮麗なエカテリーナ宮殿と最後のツァーリが住んでいた邸宅を見学した。いずれも、プロパガンダの観点から見せられたのである。前者においては、その美しさと芸術的な価値は異議を唱える余地などないものだったのに、ツァーリの虚飾への糾弾を聞かされることになった。食堂には、選び抜かれた華麗な品々が飾られたテーブルがあったが、これも適宜けなされた。それとは逆に、最後のツァーリの住まいは、十九世紀末にしつらえられた、飾りの少ない設備が印象的だったが、これについては「ブルジョワ」的だと明言された。不幸な皇妃の部屋には、無数のイコンが掛かっていたが、ロシア人の訪問者がここに案内されるときには、むろん、それ相応の註釈の対象になったのである。

レニングラードにあっては、オペラも、モスクワ同様の高水準にあった。私は、共産主義革命を賛美するボリシェヴィキのオペラ『赤いけしの花』を観た。ここでもまた、大衆に与える効果を計算した舞台美術ならびに舞踏そのものは、非常に素晴らしかった。そこから生じるプロパガンダ効果を想像するのもたやすいことだったのだ。

モスクワと同じく、街には貧困がみられた。商店のショウウィンドウには、品物がほとんどない。その代わりに、前面に並べられているのは、レーニン、スターリン、ヴォロシーロフといったボリシェヴィキ指導者の肖像画か、石膏の胸像だった。多くの棚には、中古品しか置かれていない。おそらく、かつては「ブルジョワ」の持ち物だったのを没収したのであろう。ただ、いわゆる「外国人取引商店」は例外だった。そこでは、外国人だけが、外国通貨でのみ支払うことを条件に買い物ができるのである。扱われているのは、「没収」された品だけ、イコン、祭壇の備品、絵画、古い陶器、純正品の絨毯といった物だった。こうした店のみが、商品でいっぱいだったのだ！

レニングラードで、ピョートル大帝〔ロシア皇帝ピョートル一世（一六七二～一七二五年）。大北方戦争に勝ち抜き、またロシアの近代化を進めて、大帝と称された〕の記念像がそのままに置かれているのは、注目すべきことだった。また、ネヴァ河畔にあるピョートル大帝の小さな木造家屋にも案内された。その際、このツァーリに対する高い尊敬ばかりは、はばかられることがなかったのである。アレクサンドル三世〔ロシア皇帝アレクサンドル三世（一八四五～一八九四年）。専制権力の強化をはかり、国内の安定をはかった〕の記念像もまだあった。それが、奇異に感じるほどのやりようで、専制を象徴するつくりであったことはいうまでもない。たぶん、彼への敬意を表しつづけるためというよりも、そちらの理由から、像は残されていたのだろう。同様に、要塞教会にある歴代ツァーリの墓地へも連れていかれた。その際、アレクサンドル一世の棺は、開けてみると空になっていたという話を披露された。

レニングラードでは、モスクワよりもいっそうひどく、荒廃がきわだっていた。そのかみの栄華のなごりを、ずっと強く感じ取ることができたためである。

この時期の三度目の外国旅行は、一九三二年秋のソ連再訪となった。赤軍は、ドイツとイタリアからの将校代表団を、コーカサスの演習に招待したのだ。同時に、ソ連の将校も、フランクフルト・アン・デア・オーデル〔「オーデル河畔のフランクフルト」の意。ドイツ東部の都市で、この呼称により、ヘッセンの同名都市フランクフルト・アム・マイン（マイン河畔のフランクフルト）と区別される〕地域のドイツ軍演習に参加することになった。

モスクワに滞在、その間に、前年に得た印象を補強し、また確認したのちに、特別寝台車で四日かけ、クルスク、ロストフ、バクーを経て、トビリシに向かった。案内役として、新任のドイツ駐在武官で、当時大佐のケストリング〔エルンスト＝アウクスト・ケストリング（一八七六～一九五三年）。最終階級は騎兵大将〕が同行した。彼は、ドイツ系ロシア人の一族の出身で、その父君は、第一次世界大戦前には、モスクワのある銀行を所有し、トゥーラ総督府にも地所を持っていたとのことだった。とはいうものの、息子のほうは、ドイツで第五胸甲騎兵連隊に入隊したわけである。その結果、第一次世界大戦と革命のうちに、ご父君の財産は没収されてしまったのだ。

ケストリングは、青少年期のすべてをロシアで過ごしたから、ロシア語を流暢にしゃべった。それればかりか、ロシア人の心性を非常によく知っていたのである。軍人兼外交官として、ソ連軍の指揮官をあしらうすべにも、ずばぬけて長けていた。彼はモスクワで、きわめて有力な位置を占めていた。ソ連軍の指揮官たちは、ケストリングについて、冗談を言ったものだ。「ほら、ロシア最後の御大尽《おだいじん》ですよ！」と。彼が、赤軍とその故国に関して有していた知識と冷静な判断は、われわれにとって、とびぬけて貴重なものだった。

われわれの旅行は、まったく快適に組まれていた。二人ずつ、二組のベッドがある車室をあてがわれ、イタリア軍将校や案内役のソ連軍将校とともに、食堂車で非常に贅沢な食事を供されたのである。

とはいえ、こうした旅のあり方と、途上で見ることになったものを比べれば、そんなやりようが、かえって胸をしめつけることとなったのはいうまでもない。さまざまな駅に、もうぎりぎりまで詰込まれた列車になんとかして乗り込もうと、一日中待ちつくしている人々がいる。とある駅で、一人の男がドイツ語で話しかけてきたことがあった。彼は、財産を没収された農民で、絶望しきっており、役人どもによって、ここからどこかへと連行されるのだと訴えてきたのである。別の機会には、憧れていた楽園を見つけられず、失望したドイツの共産主義者に出会った。

そもそもロシアの鉄道で普通そうであるように、われわれの列車の巡航速度も低かった。上部構造物の状態を考えれば、ひたすら有り難いことだった。一度などは、枕木の結合部が長靴を挟み込んで、飛び出した状態になっているのも確認された。帰路においては、そうした原因から、われわれの列車の前で、別の列車が脱線してしまい、数時間も停車するはめになったことがある。

モスクワから遠ざかるほどに、より多くの食料品が、農民によって駅で売られているようになる。そうした現象を観察できたことは興味深かった。当時、とりわけコーカサスでは、ソヴィエト体制が日常生活のささいな部分におよぼす厳密さ、よくいえば、実効性は、中央からの距離に相応して、いくばくかは緩んでいたのである。かような些事《さじ》で、目立ったものについて触れておこう。たとえば、モスクワでは、どんな運転手もチップを受け取らなかった。それは「ソ連人」の階級意識に反し、その場合、チップは、相手の親切さに対する感謝を表すことにはならないというのだ。同様に、ホテルやわれわれの特別列車の従業員のなかにも、長靴を磨く係はいなかった。われわれには、自分で長靴を磨く用意があった。だが、自国で、辻ごとに靴磨きがいるような生活に慣れているイタリア人はそうでなかった。しかし、われわれが旅行の目的地に到着すると、そこにはまた、靴磨きが現れたのである。この地の住民には、モスクワ基準の階級意識がいまだ通用していないことはあきらかだった。

一時間ほどのバクー訪問は、興味深い内容だった。そこで、油田を見学したのだ。遠くからは森のように見えるボーリング塔が、カスピ海において、すでに掘進にかかっていた。ちなみに、近くによると、その地区全体が、黒い石油だまりをちりばめた荒れ地に見えた。その上で、熱い太陽が燃えつきているようだったのだ。キリスト教の布教以前、あるいは、ムハンマド以前の時代に由来すると思われる、小さな寺院だけが、この荒涼とした景観に変化を添えていた。そのなかでは、ある油井から燃料を供給され、何世紀にもわたって、炎が燃やされているのだ。かつては、この永遠の炎が、神性のシンボルとして、崇拝されていたのである。ところが、今日では、ボーリング塔に象徴されるような技術があがめられている。

われわれの列車は、素晴らしく美しいトビリシから、さらに山上へと進んだ。そこの、千メートルもの高さにある峡谷の引き込み線に入ったのである。列車が、そのまま、演習中の宿営場になるのだった。

本演習は、コーカサスに駐在する諸部隊の総司令官によって指導されていた。山岳演習としても、きわだったものだ。戦闘演習の場は、およそ高度二千メートルの位置にある。にもかかわらず、一個騎兵旅団が演習に参加していた。

演習統裁官は、精力的で優れた軍人であるとの印象だった。ところが、彼は、大なり小なり、すべてのことを自分一人でやらなければならないものとみえた。演習統裁部は、はるか遠くに置かれていて、誰も現れなかったのだ。そこから生じる摩擦により、彼らの幕僚業務は（ともかく、われわれが考える意味では）、完璧な高水準にあるとはいえないことが見て取れた。それは、早くも計画段階で察知できた。われわれを案内する将校は、晩になっても、翌朝、われわれをいつ、どこに連れていくかを知らされていなかったのである。演習統裁部ですら、深夜になってようやく司令部に戻ってきた総司令官が命令を出すのを待っていなければならないというありさまだった。そのことは、はっきりしている。おかげで、われわれは、早朝、たぶん、三時か四時ごろに、大急ぎで準備してくれとの知らせでたたき起こされた。だが、初日の経験に照らして、われわれは、たっぷりと時間をかけたものだ。実際、起こされてから二時間後に食堂車に行っても、朝食はまだ用意されていなかったのである。もっとも、その朝食は、内容豊富で、たっぷりとしたものだったから、たいらげるには充分な時間を要した。そのため、われわれの多くが出発したのは、八時過ぎとなった。車行の途中、路上で将兵が横になっているさまが見られた。われわれ同様、過早に待機させられたのだろう。朝の時間とあって、おそろしく寒く、たいていのところで雨だったというのに、兵隊たちは、薄いリンネルの夏軍服をまとっただけで、濡れた泥のなかに眠っていたのである。彼らの頑丈さを示すと同時に、計画に時間配分の誤りがあったことを表すしるしだった。実際、われわれが、指定された集合場所についに到着したとき、なんと演習はまだ開始されていなかったのだ。これらはすべて、素人仕事の所産、重要でない些事にみえるかもしれない。だが、軍人ならば、そこから、幕僚の能力不足や将兵の精力が考えなしに浪費されていることを推察できるのである。

こうした配慮のなさは、他のできごとにおいても示された。戦闘中の定められた瞬間に、戦車大隊が投入され、決定的な効果をあげると想定されていた、ある日のことだ。加えて、演習の展開があらかじめ細部に至るまで決められていることを示す兆候があり、指揮官の決定権は相当少なくなっていることも一目瞭然だった。にもかかわらず、戦車大隊が時間通りに現れなかったとき、演習統裁部は、何らかの、戦時に準じた応急策を取るでもなく、攻撃中の騎兵旅団を出撃陣地に戻したのであった。かくて、フィルム全体が再び巻き戻されたのである。

ソ連軍将兵は、一般に好印象を与えた。彼らはおおむね、苦しみに慣れている。高級将校についても、何人かは、その任務をこなせるように思われた。われわれは、連隊本部より下の下級司令部からは、可能なかぎり遠ざけられていた。彼らの仕事ぶりを、われわれにさらけだしたくなかったのは明白である。そうした司令部を実見したところでは、政治委員が恐れられているのが眼についた。当時、戦術的な命令にすら、指揮官が、独立した存在として署名することはできなかったのである。兵器の見学については、ソ連側は最初、とにかく消極的だった。しかし、滞在最後の数日中のある日、そうしたありようが、根本から変わった（少なくとも、われわれドイツ人に対しては、ということだが）。きっかけは、その前日に、ヒンデンブルクが、ドイツ軍の演習に参加していたソ連軍将校の代表団に挨拶を送ったことだった。それは二十四時間でコーカサスに伝わった。いまや、われわれは、戦車、航空機、そのほかのものも、願い出れば、何であれ、見られることになったのである。

風光明媚な山の世界のただなかにいるのは、非常に楽しいことだ。もちろん、この高度だと、正午前後には日差しが厳しくなるから、われわれの顔は日焼けして、皮が剝けるほどになった。演習の合間には、小さいが、ごく狭い道をまったく危なげなしに進む山岳馬に乗って、騎行した。もっとも、この馬たちが知っていたのは、常歩と駆歩《かけあし》だけだったのはいうまでもない。速歩で行くなど、一種の曲芸に近かった。

かかる絵画のような山岳地を自動車で行く場合も、それが、かくもおんぼろではなく、また、運転手があのように無頓着に車を進めさえしなければ、もっと楽しめただろう。われわれの車は、すでに走行距離十万キロに達しており、第一次世界大戦の時代につくられたしろもので、三回以上も火を噴いた。曲がりくねった峻険な道を下るときには、運転手はギアをニュートラルにしたが、ブレーキが頼りにならないのだから、安全感が高まるということにはならなかったのだ。もっとも、運転手は安定したやりようで、まったく無造作に車を走らせていた。おまけに、彼はイスラム教徒として、われわれ不信心者が煙草を吸うのを許さないと決めていたのである。とはいえ、別れに際して、われわれが腕時計を贈ってやったときばかりは、宗教的なためらいもすべて克服されたようだ。

演習地のなかでは、実にさまざまな集落にでくわした。非常に美しい峡谷群の一つには、ドイツ系住民の村々が広がっていた。大部分は、ワインづくりと果物の栽培にいそしんでいた。そこには、私が食べたことがあるなかでも、いちばんみごとなグラーフェンシュタイン種のリンゴがあった。また、地名に、付け加えられた部分があることが、コーカサスが征服された時代を思い起こさせたものだ。そのため、ゲヴゲリという村などは、地図にはゲヴゲリ＝シュタープスクヴァルティーアと記されている（地名の追加は、ドイツ語でなされていた）。かつて、この地域に配置された司令官の宿営地があったしるしなのであろう〔「シュタープスクヴァルティーア」Stabsquartier は、ドイツ語で司令部地区の意〕。

これら、ドイツ系住民の集落では、農地改革の対象となったにもかかわらず、昔の富をうかがい知ることができる。が、それとは対照的に、別の、ずっと上の高地にある谷の集落は、まるで遠い昔の原始時代に戻ったかと思わせるものがあった。コーカサスの特別の部族の出身である住民たちは、石窟で暮らしていたのである。同じ空間に、人間と家畜がいっしょになっていた。外壁には、牛糞の固まりが干してある。これが、唯一の暖房用燃料なのだ。農耕機具として、住民たちが持っているのは、きわめて原始的な、ノアの洪水以前のものであるかのごとき木製の鋤《すき》だけだった。雄牛、もしくは雌牛二頭が追い立てられながら回していく、円形の打穀場では、広く伝播されてきた穀物の粒が、どすんと音を立てて脱穀されていた。ところが、こんなに原始的であるのに、婦人たちが着けている銀製のアクセサリーには、素晴らしい細工がほどこされているのだった。

こうした、興味深くはあるが、骨の折れる演習を終えて、午後にわれわれの列車に戻って来ると、またしても組織能力の不足がみられた。腹を空かせきったわれわれが楽しみにしていた昼食は、まだ用意されていなかったのである。それどころか、食事の準備さえ、やっとはじまったばかりであった。

われわれが、とりどりの料理が並んだ食卓につけたのは、夕方になってからだったのだ。

こうして、幸いにも昼食を済ませたあとには、夕食が迫っていた。こちらは、定時よりも繰り上げられたために、ほぼ昼食の直後に供されたのである。われわれは、これを謝絶しつつ、自分たちの車室に引き上げた。ところが、ロシア人ときたら、もっと豊富なコースで出される二度目の食事を、ためらいもなしに、たいらげたのだ。

演習終了時には、われわれの列車が停まっている峡谷で、参加部隊のすべてが参加するパレードが催された。われわれも参列し、観覧席に収まったのであるけれども、容赦なく日差しが照りつけてきたものだから、一時《いっとき》だけでも日陰に行きたいというのが唯一の望みという状態になった。このパレードの際には、将兵は非常に良い印象を与えてきた。ある連隊は、何か伝統的な理由から好まれている銃剣を携え、「万歳《ウラー》」と叫びながら、通り過ぎていった。こうした荒々しい戦士的な姿は、詰めかけた多数の観客を極度に熱狂させた。

この分列行進が終わった直後に、自動車に乗るように言われた。エレヴァン〔アルメニア共和国の首都〕にある北アルメニア共和国〔正確には、アルメニア社会主義ソヴィエト共和国〕の政府が、演習に参加した指揮官たちとわれわれを、観兵式を記念する正餐会に招待してくれたのである。その招待は、われわれにとっては同時に、ロシア人の時間と空間の感覚を象徴するものとなった。昼食のための移動とは、つまり、六ないし七時間のドライブを意味していた。われわれは、コーカサス南部の山脈に連れていかれたのだ。楽しい車行ではあったものの、エレヴァンに着くころには暗くなっていたし、わわれわれも、すっかり埃まみれになっていた。ロシアでしかあり得ないような汚れっぷりだった。有り難いことに、われわれの列車が先行していたから、身体を洗って、着替えることができた。

祝典は、結局、夜の十時か、十一時ごろになって、ようやくはじまった。催しの場は公園だった。青天井の空の下、テーブルが並べられたのだ。食卓は、さまざまな料理で埋めつくされた。コーカサスのワイン、シャンパン、ロシア焼酎など、優れた質の酒が、たっぷりとあふれかえっている。祝賀演説で、赤軍が褒め称えられた。続いて披露されたのは、合唱と民族ダンスであった。朝焼けのころになって、この大規模なお祝いは、やっと終わった。赤軍がいかに尊敬されているか、あるいは、政治的な理由からであれ、人々がどれほど、赤軍に対する祝賀を心がけているかが誇示されたのである。

翌朝、われわれは、エレヴァンに置かれた、有名なアルメニア様式の修道院を参観した。そこには、アルメニア総主教が鎮座していたのだ。彼は、数週間前に亡くなっており、それゆえ、修道院付きの教会では、至るところに黒布が掛けられていた。が、ソヴィエト政府は、あらたな総主教を選ぶ約束をしていた。当時、アルメニア人が自らの宗教を奉じるにあたり、ロシア正教会に対するよりも、多くの自由が認められていたことは明白である。大ロシア〔かつてのモスクワ大公国領土で、ロシアの中心となる地域〕では、おおむね、すべての修道院が閉鎖され、教会も、ほとんどが映画館か、倉庫に改装されていた。ところが、アルメニアでは、ことは、より寛大に進められているようだった。われわれが聞いたところによれば、八世紀に建立されたという、この修道院でも、なるほど、最古のキリスト教文書を収めた図書室は、国家の所有物となっていた。が、それでも、僧たちは、修道生活を送ることを許されているのであった。かかる寛容ぶりの裏に、政治的理由があったことは、はっきりしている。これについては、アメリカ合衆国に住み、その富裕さゆえに一定の影響力を持っている多数のアルメニア人への配慮が作用していたことは間違いないだろう。いまだトルコに属しているアルメニア人をひきつけたいという望みも、一つの理由になっていたかもしれない。加えて、当時の私は、コーカサス諸民族に対するソ連の束縛は、そもそもロシア人に対するそれよりも緩やかであるとの印象を受けた。われわれは、「スターリン（彼はコーカサス人だった）は、コーカサス人のロシアに対する仕返しをやってくれている」という冗談を聞かされたものだ。

二日間の休暇を楽しむため、われわれは、エレヴァンからトビリシに戻ってきた。気候と、とほうもなく豪華な食事のおかげで、みな、相当に参っていた。その治療のため、何人かの戦友と私は、トビリシの硫黄泉湯治場を訪ねることにした。が、そこは赤軍の持ち物で、われわれには、面倒な手続きが降りかかってきた。それをやっているあいだ、「君子危うきに近寄らず」ということわざが思い出されたものである。温泉は、ドーム状の部屋になっていて、ある岩窟のなかにあった。中央に源泉があり、そこから新鮮で温かい硫黄泉が噴き出て、大きなプールを常に満たしている。硫黄のきつい臭いがした。最初に、ひどく熱いお湯のシャワーを浴びる。それから、腰布以外は裸の大男に世話をまかせるのだ。たちまち分厚い石けんの泡に包まれ、ブラシでこすられる。その荒っぽさたるや、馬用のブラシを使われているがごとしだ。しかるのちにマッサージとなるが、痛いと叫ぶのをこらえるのに苦労するようなしろものだった。このあと、石のベンチに横たわり、裸の巨漢が、汗をかくほどの力をこめて、揉み療治にかかる。最後に、腹ばいになった。すると、マッサージ師は、横たわった者の上で膝立ちになって、飛び跳ねるのだ。全体重をかける勢いで、犠牲者の喉もとにのしかかり、頸椎《けいつい》からはじまって脊椎沿いに下のほうへと、膝で押していく。まったく背骨が折れてしまうかと思われた。それが終わってから、熱いお湯をたたえたプールで泳ぎ、回復にかかることができるのだ。温泉を出るときには、実際、生まれ変わったかのように感じられた。

コーカサスの民俗学を扱うトビリシの博物館を訪れたことも、非常に興味深かった。何よりも、そこには、素晴らしい古武具のコレクションが収められていたのである。われわれは、十字軍戦士が東方に携えてきたものといわれる、アウクスブルク産の剣を見た。展示されている鎖帷子《くさりかたびら》や兜が、そう遠くない昔に、それぞれが僻遠の峡谷に住む部族によって使われていたことは請け合いだとも言われた。

ある晩は、ドイツ総領事の客用宿舎で、非常に親切にもてなされた。暗くなったころに、美しい絨毯を勧めるため、アルメニアの商人がこっそりとやってきた。

われわれの列車が、バクーを過ぎて、コーカサス北部に広がるステップのなかにある駅まで来たとき、われわれのホストが、最後のドライブを計画してくれた。有名な、北コーカサス全土を横断するグルジア軍用道路を走るのだ。なんとも素晴らしいドライブだった。圧倒的で、絵のような景色を備えているという点で、この軍用道路に張り合える山岳道は、そうはないだろう。ナルサン泉の水を飲むこともできた。私が知っているミネラルウォーターのなかでも、最高のものだ。

山のなかから、道路の出口にさしかかったとき、運転手が気づかわしげな表情になった。燃料がなくなりかけていたのである。ウラジカフカスで給油しようとしたが、ソ連の労働システムのおかげでうまくいかなかった。ウラジカフカスでは、日曜日の休みを廃止した代わりに、十日ごとに一日を休日にしていたのだ。こんな大都市だというのに、ガソリンスタンドは一軒も開いていなかった。われわれの列車が待っているはずの駅までガソリンが保つことを願って、否応なしにステップを横切って進まなければならなかった。だが、不安こそあったとはいえ、夜のステップを進むドライブは、結局のところ、非常に素晴らしいものとなった。小休止を取ったときには、焚き火がなされ、案内役の者が、あるいは陰鬱な、また、あるいは勇ましい民謡を歌った。この案内の将校たちが言うことには、この旅が、われわれにとって快適なものとなるよう、常に努力していたとのことである。とはいいながら、あらかじめ上に許可されていなければ、彼らが、敢えて何かをするようなことはなかった。それは、もちろんのことである。住民との関わりにおいても、彼らにわれわれを見せるのが問題になるような場合には、その将校たちは、いっそう傍若無人に振る舞った。話していて、ごくまれに政治の領域に触れるようなことがあると、彼らは、他国の軍人が「資本主義のしもべ」以外の何者かであることなど、想像すらできないとの意見を、繰り返し表明するのだった。われわれが、自分たちは国民と祖国に仕えているのであって、そのような「資本主義者」などには何の関心もないと反論すると、彼らは、信じられないというふうな態度を取った。本来の演習中、トビリシ砲兵学校から、年長の将校が、われわれに付せられた。とくに親切で、打ち解けた印象を与える人物だった。ところが、先に触れたパレードのあと、彼は消え失せてしまったのである。この将校が突如召還されたのは、われわれとの関係が良すぎたせいだろうと、ケストリングは信じていた。ソ連においてはたしかに、不断に監視されているとの感覚があった。

ともあれ、問題の晩に、われわれは、自分たちの列車にたどりつくことができた。実際、ガソリンの最後の一滴まで使ってのことだった。モスクワへの帰路では、さしたることもなかった。

この数週間は、かくも印象深く、興味深いものだったけれども、こういう国にいれば、どんな外国人においても、自由な故国に戻りたいという望みが優ってくる。赤軍がわれわれに示した、なんとも太っ腹なもてなしといえども、その感情を封じることはできなかったのだ。ただし、われわれは、モスクワで数日間待たなければならなかった。ソ連側は、われわれとイタリア人たちを、別れの正餐会に招きたいとしていたが、それも、一日また一日と延期された。

そうしてできた時間は、視察に費やされた。われわれは、ある演習場で、砲兵により増強された連隊の戦闘射撃訓練を参観した。その際、注目すべきだったのは、われわれにとっては、ごく普通のことである安全上の規定が、いっさい等閑視されていることであった。攻撃を実行する部隊が、味方の射撃で被害を被らないのは、まったく奇跡というべきだったのだ。この種の戦闘射撃訓練こそ、可能なかぎり実戦に即して行うべきだと主張する者もいる。だが、彼らといえども、不測の事故を避けるため、注意深く実施しなければならないことはわかっている。ところが、ここでは、さような配慮は、まったくないように思われた。目標のところにいる観的係〔砲弾、もしくは銃弾が命中しているかどうかを確認する係〕は、射撃や砲撃に対して安全な掩体物の下にいるわけではない。一発でも直撃弾を受けたら、吹き飛んでしまうような地下壕にもぐっているだけなのである。ソ連軍が人命を軽視していることは、のちの戦争で嫌というほど体験させられたが、その特徴は、このとき、すでに表れていたのだった。

さて、ある晩、とうとう、われわれが別れの宴を催すことができるようになったかと思われた。が、正装して、車で待っていると、ケストリングがやってきて、今夜、まずイタリア人のための正餐会が開かれると伝えてきたのである。われわれのそれは、まだ先のこととされ、日時も確定されていないという。当然のことながら、われわれは、こんな招待のやり方にあぜんとし、もう別れの正餐会などなしで旅立とうと、強く願い出たのであった。しかし、ケストリングは、ここに留まるように懇願した。こうして、最後の延期がなされた理由は、左のごときことだろうと、彼は信じていた。つまり、ロシア人がイタリア人に対して話したことを、われわれに聞かせたくない。逆に、われわれが別れに際して聞いたことがイタリア人に伝えられるのも面白くないのだろうというのだ。

翌日、ついに宴が開かれることになった。食事は、昔、あるモスクワの大商人が所有していたものだという、豪奢《ごうしゃ》で華麗な邸宅で行われた。今では、この屋敷は、政府によって、主たる催事のために使われているとの由だった。テーブルには、大きな生花が飾られている。グラスと食器には、最後のツァーリのイニシャルを組み合わせた文字が付せられていた！　食器は、あるいは古い陶磁器、あるいは銀製である。サービスだけが、この別の時代の様式ではなく、ほかの社会秩序に合わせたものだった。給仕を行ったのは、われわれのホテルから来た者たちで、その白い制服は、全く清潔であるとはいえなかったのである。

招待主は、エゴロフ参謀総長だった。ソ連軍高級将校の一団が、夫人たちとともに出席している。私の隣に座ったのは、ブジョンヌイだった。少なくとも、シャンパンで口が軽くなるまでは、彼が話したドイツ語は「乾杯《プロースト》」のみだった。彼は、この一語だけで、いっさいの話題を片付けたのだ。そもそも、有り難迷惑なことにならないよう、用心しなければならなかった。というのは、招待主がひっきりなしに乾杯を求めてきたからである。その点では、ご婦人たちの一人がぬきんでていた。彼女は、われわれが、乾杯のたびにグラスを干さなければ、絶対に承知してくれなかったのだ。

いずれにせよ、まもなく、おおいににぎやかな雰囲気となった。エゴロフまでもが「開放的」になった。彼は繰り返し、赤軍の友情を約束し、いずれ、共通の敵であるポーランドに対して、戦友のよしみを結ぼうとほのめかしたのである。この場にイタリア人がいなくて、本当によかった。が、もし、イタリア人がいたら、エゴロフは彼らに何を言ったことだろう？　食卓にモカ・コーヒーが配られた際、ナルサン水を載せた盆を持った給仕も現れた。たっぷりとアルコールをきこしめしたあとだったから、そのすっきりとした水を飲めたらいいと思われた。ところが、朴訥《ぼくとつ》なブジョンヌイが立ち上がり、大きく伸ばした腕を一閃させて、水で満たされたグラスを盆から叩き落とした。そうして、「ナルサン水じゃねえ！　ロシア・シャンパンを持ってこい！」と叫んだのである。その後、夜が更けるにつれ、エゴロフ夫人が若い将校と、ちょっとしたコサックの舞踏や他の民族ダンスを踊った。まったく魅力的な個性であった。

この別れの祝宴を以て、われわれの旅は終わった。軍事的な観点からみて、本当に実り多い旅行だった。力強く、非常に美しいコーカサスの地を体験したことは、私に深い印象を残した。彼らの広範な層に存在する困窮と悲惨こそ実見しなかったとはいえ、われわれは、まさにロシアの伝統に則って示された鷹揚なもてなしを、喜んで享受したのである。

ソ連邦の状態に関しては、むろん、通りいっぺんの認識が得られたにすぎなかった。それは、既知のことを確認しただけだったのだ。

赤軍についていては、訓練に熱心なのは疑う余地がなく、その軍備も急速に進んでいたといえる。ロシア軍人の質という点では、われわれは第一次世界大戦の経験を有していた。ソ連軍は、最悪の負荷のもとにおいてもなお発揮される持久力、無欲、忍耐力といった資質にもとづき、ツァーリの連隊に普通にみられたよりも、はるかに苛酷な使われ方をされるだろう。それは明白だった。が、彼らの弱点が指揮官であることも、あきらかだった。高級将校のなかには、かなりの数の有能な軍人がいたかもしれない（彼らはのちに、スターリンによって粛清された）。しかし、大多数の指揮官には、成功の前提である自主独立の思考や責任を自ら引き受けようとする姿勢が欠けていた。かかる能力は、この体制のもとにあっては、まったく伸ばされないも同然であった。彼らの力は、数と、ロシアの広大な空間に秘められたチャンスにあった。われわれが旅したのは、その空間のほんの一部にすぎない。赤軍では、老革命家層とならんで、士官候補生も、政治的に信頼できるようにみえた。下士官兵の集団については、それは何ともいえない。が、ここでも、青年層はもっとも体制に忠実であろうと推測された。
ボリシェヴィキの教義は、どのぐらい、コーカサス諸民族、なかんずくイスラム教徒のなかに根を下ろしているのか。われわれが、その程度を判断できなかったことはいうまでもない。もっとも、そうした事情については、疑わしいものと思っておくのが適切だろうと思われた。

こうして右に述べてきたような総括的印象は、第二次世界大戦で証明されたものと信じる。高級司令官が不充分な能力しか持っていないこと、全体主義体制が原因となっての責任感の欠如、幕僚業務が十二分に機能していないこと、下級指揮官ならびに個々の兵士の自主独立性の不足などが、〔独ソ戦〕一年目の敗北に、大きく与っていたのである。それゆえに、開戦時には、数に劣り、武装の点でも限られた優位しか持たないドイツ軍が、彼らを圧倒したのだった。たしかに、ソ連軍の指揮官たちは戦争中に、あらためて学んでいった。けれども、彼らの成功の多くは、ドイツ軍最高司令部の誤りを措けば、最終的には圧倒的になった数の優越によるものだったのである。兵力比五対一、さらには七対一の勝負ということになれば、かかる優勢に、わざを使って対抗することは無理となる。ソ連軍の指揮官たちは、指揮の技巧を代替して余りあるようなところまで、血と鉄をつぎこむことができたのだ。

もし、ソ連軍指揮官が、かような指揮の高みに本当に達していたのなら、ソ連軍の兵力の優位がいよいよ大きくなっていたことに鑑み、一九四三年の時点で、われわれはもはや持ちこたえられなかったことだろう。こうして述べてきたような欠点が、一九四二年から一九四三年にかけての冬に、ソ連軍が、つかみかけていた決定的勝利を逃した理由の第一であったかもしれない。あの当時、われわれがロシアの国境駅で国際列車に乗り込み、それが、有刺鉄線と歩哨で特徴づけられるソ連の退出門をくぐって走り出したときには、あれほど手厚いもてなしを受けたにもかかわらず、ようやく自由に息をつけるという感覚を抱いたのである。再びヨーロッパにいるのだ！　たとえ、ソヴィエト体制がマルクス主義の西欧的な理念をよりどころにしていようとも、西欧世界の技術的成果を熱心に取り入れていようとも、ソ連邦はもうヨーロッパではないのである！　アジア的専制の影は、この国、その民衆、さらに、ありとあらゆることがらを覆っていたのだった。

もちろん、ヨーロッパは、ラトヴィア共和国というかたちを取り、いささか中世的な気分をもよおさせるやりようで、われわれに挨拶してきた。ラトヴィア政府は、その国土の狭い突端部を通り抜けるだけの短い旅行に対し、いかなる外国人からも、持参している金の一部を取り立てたのである。まるで、泥棒騎士が所有している山を通る際に、旅人が関税を支払った時代に逆戻りしたような気分だった。

原註

❖1　ヴェルサイユ条約の強制により、毎年、兵員の十二分の一、つまり八パーセントが除隊させられていた。加えて、五パーセントが、家庭の事情その他の理由で除隊を許されていた。よって、それらを合計すれば、一九三〇年までに、〔ライヒスヴェーア創設からの〕九年×一万三千人になり、十一万七千人を利用できた。必要な人員数の残りも、志願兵より得られることは確実だった。

第六章　コルベルクの大隊長

「権力掌握」　一九一九年から一九三三年までにライヒスヴェーアがナチズムに対して取った姿勢　ヒトラー一揆の影響　肯定的ならびに否定的な印象　アメリカ合衆国　一九三三年におけるライヒスヴェーアの態度　最初の年

コーカサス旅行を終えたのち、私は、コルベルクの第四歩兵連隊猟兵《イェーガー》大隊〔十六世紀、いかなる地形をも踏破する機動力を持ち、射撃に長けた軽歩兵部隊を編成する必要に迫られたドイツの諸侯は、領内の猟師たちを集め、一種の特殊部隊を創設した。彼らは、その平時の職業にちなんで、猟兵と呼ばれた。時代が下っても、この起源に従い、狙撃や側面掩護、後衛にあたる軽歩兵部隊は「猟兵」と呼称されたのである。ただし、第一次世界大戦のころになると、その本来の機能は薄れ、機動力に優れた歩兵ぐらいの役割になっている〕の指揮を継承した。これは、第三近衛歩兵連隊に志願したときを除けば、私の軍歴において、配属に関する希望を述べることができた唯一の機会であった。われわれの長男が喘息《ぜんそく》で苦しんでいたことに配慮して、コルベルク勤務を願い出たのである。経験的に、海辺の空気は長男に効くだろうと思われた。妻と私が、この選択をとくに悔いるようなことはなかった。

私にしてみれば、参謀本部に長くいたのち〔記述のごとく、当時、参謀本部の維持はヴェルサイユ条約により禁止されていたが、部隊局により、その機能は保たれていた。原著者は、この部隊局を指して、参謀本部と称している〕、かかる新しい配置によって、現場部隊との直接のつながり、軍人としての最高の任務が、再び得られたのである。すなわち、ドイツの若者を、祖国を愛する有能な男子に教育することに寄与するのだ。

この大隊、また、彼ら猟兵の兵科色である緑は〔軍隊では一般に、兵科識別のため、それぞれの兵科の色を定め、徽章などにして軍服に付す〕、コルベルク時代に、私にとっては大事な存在となった。わが部下たちも、そのことを感じ取ったものと信じる。彼らもまた、私に心服してくれていたからだ。

コルベルクは、最良の連隊衛戍地とみなされていた。猟兵大隊の将校たちは、格別に固い結束を誇っていた。連隊長シュトラウス大佐〔アドルフ・シュトラウス（一八七九〜一九七三年）。最終階級は上級大将〕も、その本部とともに、ここに駐在していたのだ。彼は、率直で正直、親切な人柄の上官として、われわれ全員の尊敬を受けていた。また、経験豊かな部隊将校でもあった。第二次世界大戦においては、まず第二軍団、続いて第九軍を率いて、成功を収めている。猟兵に補充される下士官兵の質もずばぬけていた。ポンメルン人は一般に優秀な軍人になるとされている。かてて加えて、小さなライヒスヴェーアは、志願者の山のなかから、補充要員を念入りに選ぶことができたのである。しかも、コルベルクは、バルト海の海水浴場でもあるから、志願兵にとっては、他の小さな連隊衛戍地、シュタルガルト、ノイシュテッティン、ドイッチュ゠クローネといったところよりも魅力があるのだった。

とどのつまり、ここの猟兵大隊は、かくのごときものとして、歩兵のなかでも特別の存在だったのだ。それゆえ、兵隊たちにしてみれば、彼らを外見的に、他の普通の部隊よりもきわだたせている品々のすべてが、相当の魅力を発していたのである。何らかの理由から、自らの軍服に矜持を持つこと、また誇ることを許された者は、その名誉を守るために、おのずから努力する。そこに表出する連帯感は、当該部隊内の戦友意識の涵養《かんよう》のみならず、大きな成果をあげるための貴重な手段であることは疑うべくもない。よって、志願兵たちのなかには、学校で良い成績をあげたり、優れた教育を受けてきた者が多数いるということになった。猟兵大隊は、その兵員が退役したのちも、森林道の仕事を世話してやることができたから、林業を営む者の子弟がとりわけ多く志願してきた。この職業は、これまでも、格別に優れた兵隊を輩出してきたのである。こうしたことすべてが、若い兵員の訓練を容易にした。しかし、何よりも、猟兵大隊においては、整斉たる空気が支配していたから、軍務も厳正に実行された。いわゆる「兵営の営庭流儀」が圧倒的だったからという理由でプロイセン陸軍をそしる者ほど、おそらく戦時下の事情で質が下落した補充大隊のそれしか知らず、昔の優良部隊の現実を充分に理解していないのだと、私は思う。

かように、わが猟兵は自分たちの大隊を誇りに思っていたのであり、私も彼らのことを自慢し得たのである。

純粋に軍人としての見地からみても、私の新しい配置は、きわめて満足できるものだったが、コルベルクはまた、さまざまな楽しみを与えてくれた。ドイツの人々は一般に、ポンメルン奥部について、いささかの皮肉やおためごかしを以て語るのが常である。実際には、森林と湖沼、広大な平野、バルト海の岸など、美しいところが多々ある地方なのだが。気候は荒々しいかもしれないけれど、「この地が保ちつづけることができたものといえば、イノシシ、松枝尺蛾〔松につく害虫〕、ポンメルンの古貴族だけだ」というのは、冗談にすぎないのだ。

　コルベルクそれ自体は、なるほど、地方的な雰囲気を持つ中規模都市以上の何ものでもない。だが、その名は、プロイセンの歴史に響きわたっている。ネッテルベック市長〔ヨアヒム・ネッテルベック（一七三八～一八二四年）。一八〇七年当時、コルベルク市長〕の墓や、一八〇七年にここで指揮を執り、斃《たお》れていったヴァルデンフェルス中佐〔カール・ヴィルヘルム・エルンスト・フォン・ヴァルデンフェルス（一七七二～一八〇七年）。コルベルク防衛戦で、守備隊主力の擲弾兵部隊を指揮した。なお、中佐とあるのは、おそらく原著者の誤記で、ヴァルデンフェルスの最終階級は少佐〕が「ヴァルデンフェルス堡塁」と名付けた場所が、グナイゼナウ〔アウクスト・ナイトハルト・フォン・グナイゼナウ（一七六〇～一八三一年）。当時、少佐で、コルベルク市防衛の指導にあたった。のち、プロイセン軍の改革やナポレオンに対する解放戦争で大功をあげる。最終階級は元帥〕とコルベルク同市長のもとに繰り広げられた、ナポレオン一世に対する防衛戦〔一八〇七年、コルベルク市は、フランス軍の攻囲に対して長期間持ちこたえ、プロイセン国民の抵抗精神を鼓舞した〕を想起させるのだ。

この地に高くそびえたつ、素晴らしい大聖堂は、ドイツ東部の赤レンガを使ったゴシック様式の傑作である。海は、その広大さで人々を惹きつけるが、嵐の日には、巌《いわお》に砕け散る波濤によって、自然の猛威が迫っていることを告げてくる。そうなれば、ペルザンテ川の河口につくられた小さな港に船が入るのは、霧の日同様に難しくなるのだ。霧のときには、霧笛の響きが船乗りたちに警告し、同時に、河口の要塞にしつらえられた灯台が、彼らに入港路を示す。もちろん、この都市は、夏の数か月間には、海水浴のシーズンを迎える。われわれは、海岸のすぐそばに住んでいたから、余暇のほとんどは浜か、海のなかで過ごした。とくに快適なのは八月で、多数の人々が殺到する長期休暇が終わったころに、ポンメルンとシュレージェンの大地主たちがコルベルクに集まってくるのだ。彼らを魅惑するところは、毎年この月に開催される乗馬トーナメントだった。とある意地の悪いバルト人が、一度お国なまりで表現してみせたように、「八月には、ポンメルン貴族が、琥珀で飾った奥方を引き連れて、海に飛び込むために、自分の原生林から現れる」のであった。しかも、秋は好天が多く、十月後半まで海水浴が可能だった。

ポンメルンの素晴らしい長所は、この地のどこに行っても、心から、また当然のこととして、客人が気持よくもてなされることである。私が参加し得た狩猟も、おおいに気分転換になった。小物の猟獣ばかりでなく、鹿やイノシシを撃つことができたのだ。わが猟兵大隊は、広大な練兵場と絵のようなペルザンテ渓谷の一部を含む、自前の猟場を持っていた。われわれがポンメルンで使える時間は限られていたが、それでも、忠実な友人たちが得られた。とりわけ、フォン・デア・マルヴィッツ゠ホーエンフェルデ家ならびにフォン・デア・オステン＝ヴィスブー家の人々は格別だった。

コルベルクの数年は、近衛連隊の少尉だったころ同様、わが軍歴のなかでも最高で、とにかく何の心配もなかった時代ということになった。

神よ、この原ドイツ的な地が再びドイツに戻りますように。また、勇敢でたくましいポンメルン人が父祖の故地に帰ることができますように！

「権力掌握」

ヒトラーによって「権力掌握」、あるいは「国民革命」と称された事件を、私が経験したのは、コルベルクの大隊長としてであった。このできごとは、政治の変革から遠く離れた州で暮らしている者にとっては、当初、そのような呼称にふさわしいものと評価することはできなかった。政府業務の指導がヒトラーに任されたということがいかに重要であろうと、コルベルクからみれば、ベルリンの変化も最初のうちは、長く維持できないのはあきらかな「大統領政府」〔議会多数派によって形成される通常の政府ではなく、ヴァイマール憲法に規定された大統領の緊急権にもとづいて任命される内閣〕から、議会多数派による国家指導へと回帰せんとする試みを表すものと思われていたのである。大統領は、最大政党の指導者に組閣をゆだねた。そうしてできた新しい連合内閣では、閣僚の大多数がナチ党に属していなかったのだ。重要な大臣職のいくつかはなお、大統領の信任を得ている人物に占められていた。新航路、とくに、国家主義的思想を協調すると同時に、社会の和解をはかる政策が期待されていたのは、たしかだ。しかし、ナチ党が、その成功を「国民革命」の勝利だとばかりに、松明行列で祝ったところで、われわれは当初、プロパガンダ上の必要があるのだろうというぐらいにしか考えていなかった。

私がベルリンで勤務していたころには、政治と関わることもなかったから（ただし、先に述べた懸念はあった。ライヒが、非友好的な存念を持つ列強に囲まれているという、政治的・軍事的な情勢ゆえに、あらゆる軍人は、それについて心配しなければならなかったのである）、この大統領の方針転換が実現したことについて、おのれの経験から語れることは何もない。

ただ、今日、充分すぎるほど証明されている通り、「ライヒスヴェーア」が、この展開に関わっていなかった、つまり、非難されるようなことはしていないという事実だけは確認しておきたい。いずれにせよ、この後に続く数年のことを理解するためにも、当時の職業軍人、少なくとも陸軍に属する者の圧倒的大多数が、ヒトラーとナチズムに対して、いかなる態度を取っていたかを検討しておくことは無意味ではないだろう。

一九二三年のミュンヘン一揆より前には、この件について語れることはあまりない。ヒトラーと、彼によって創立された小さな政党は、一九一八年の革命後、最初の数年間において、少なくともバイエルン以外では、軍人の思想とは、ほとんど関わっていなかった。[1] あの数年にあっては、ナチ党は、バイエルンの新生政党とはいっても、当初は、まったく取るに足りない数の党員を擁するだけだった。軍の各司令部ならびに部隊には、その程度の政党に、深く関心を持つようないとまなどなかったのだ。そんなことよりも、軍の創設という難しい課題や、ライヒの他の地域での政治的事件に忙殺されていたのである。かの時期に、戦勝国に抑圧され、引き裂かれたドイツに何が起こったか、ざっと思い出してみるだけで充分だろう！　一九二〇年には、カップ一揆のあとに、ルール地方での共産主義者の暴動が続いた。この種の反乱は、さらにフォークトラントでも勃発し、一九二一年には中部ドイツとハンブルクにおいても発生した。これらは、いずれも撃砕されなければならなかったのだ。シュレースヴィヒ、東プロイセン、上シュレージェンでは、住民投票が実施された。上シュレージェンの住民投票は、右の州にドイツ領として残った部分を力ずくでポーランドに併合することを目的としたコルファンティ一派の暴動に対する回答となった。この間にも、ライヒ国内の対立は、激化の一途をたどっていた。エルツベルガーとラーテナウの両大臣は暗殺された。それに続いて公布された共和国護持のための法をめぐって、ライヒ政府は、バイエルン州政府との紛争におちいったのである。

一九二三年秋には、ザクセンで深刻な騒乱が起こった。そこでは、ツァイグナー〔エーリヒ・ツァイグナー（一八八六〜一九四九年）。ドイツ社会民主党の政治家。第二次世界大戦後、ソ連占領当局によって、ライプツィヒ市長に据えられた〕を首班とする、社会民主党と共産党から構成される州政府が結成されていたのだ。この州の秩序を回復するためには、ライヒ政府の軍隊による介入が必要だった。フランス軍は、マインガウ地方を占領した。のちには、デュッセルドルフも連合国に占領されたのである。最後に、賠償支払いが遅れたからと称して、フランス軍がルール地方を占拠した。裏切り分子が、ライン共和国樹立を呼びかける。しかも、常に加速されるばかりの通貨価値下落の恐怖が襲いかかり、経済的・社会的な影響をおよぼした。かくも困難な諸事件に見舞われていては、たとえ、そのころからすでに声の大きな連中だったとはいえ、ミュンヘンの出来星《できぼし》政党の問題に取り組むひまなどなかったといっても、まったく納得がいくことだろう！

こうして、もっとも重要な政治的諸事件を短く数え上げていくことで、かの混乱した時代、あのように分裂した国民において、国防にあたる軍がいっさいの政治から身を引いていることが、いかに必要不可欠であったかも示されたといってよかろう。フォン・ゼークト将軍と国防相ゲスラー博士が、不退転の覚悟で、その姿勢を貫徹していなかったら、かかる危機的な数年間に、ライヒスヴェーアが権力装置であることもなく、最終的には、国家の権威、さらにはライヒの統一を守るということもあり得なかっただろう。

かような背景にもとづき、ヒトラーが一九二三年十一月八日から九日において実行した一揆が、ライヒスヴェーアにおよぼした影響をみることができる。おそらく、歩兵学校以外にも、多くの軍人、なかんずく若い世代が、最初、ヒトラーが唱える国家主義のスローガンや、ルーデンドルフのような人物がかような企ての首魁《しゅかい》となっていることに印象づけられたかもしれない。全体的にみても、この失敗に終わった一揆は、ライヒスヴェーア、とりわけ、その将校団に衝撃をおよぼした。ヒトラーは、軍の士官候補生を義務違反へと誘惑したのである！　しかも、一時的なことではあるにせよ、本危機のあいだにバイエルンとライヒのあいだに紛争が生じ、ライヒスヴェーアが分裂する危険が浮かび上がってきたのだった。バイエルン州政府は、「バイエルンとライヒが再び了解に達するまで」、バイエルン軍諸部隊に「謹んで忠誠の義務を負わせた」のだ！　これらの事件で、軍に衝撃が広がったことは間違いない。それが、以後、多大なる留保を以て、ヒトラーとナチ党に対するということにつながったのである。

続く数年のうちに、またしても、ナチ党と国防軍のメンバーの連絡が発覚したことがあった。問題にされたのは、ウルムに衛戍地を持つ砲兵大隊に所属する二人の少尉で、彼らはナチ党のプロパガンダに加担したのだ。彼らは除隊処分となり、法のもとに裁かれた〔正確には、兵営内でナチ党のビラを配ったかどで訴追されたのは、少尉二人と中尉一人だった。彼らは、十八か月の要塞禁錮刑を宣告された。一九三〇年のことである〕。しかも、彼らを管轄していたのは、のちに上級大将となるベックだった。彼はむろん、自分の隊の将校がそんな行動をしたことについては容赦しなかったが、一方、その裁判においては、若く、誤った方向にみちびかれた部下に対して、人間的な理解を示したのである。加えて、少数ではあったけれども、何人かの将校が、第一次世界大戦以来、ヒトラーと純粋に個人的な交友を続けているということもあった。だが、たとえ、そうした将校が、その後のナチス体制において、高い地位にのしあがったとしても、かかる関係によって大なる影響をおよぼし得たということはないのである。

さて、以後の「権力掌握」に進むまでの時期に、軍がナチズムに対していかなる態度を取っていたかを検討する作業がまだ残っている。真っ先にいえるのは、冷静な思考を育まれた人間ならば、ヒトラーの信奉者たちがヒトラーにみていたような「運動」の観念に関わることはできなかったという点だ。ナチズムは、すでにあふれかえっていた多数の政党に、また新しいものが一つ加わっただけのこととみなされていた。もっとも、共産党を除けば、古いライバル政党がもはや持ち得なかった、権力獲得のための努力と宣伝能力を有する政党だったことはいうまでもない。しかし、政党とその綱領に対して、軍人は多大なる懐疑を抱いていたし、いずれにしても政治活動は禁じられていた。紙には、嘘であろうと、なんでも書き込める。政党の綱領を印刷した紙となれば、そうした特性も格別な規模に達していた。実践となると、政党は、イデオロギーの対立やその政治的・経済的な目標の追求にうつつを抜かし、全体の利益など簡単に忘れてしまう。さような事態が、往々にして示されるのであった。この権力を追い求める政党〔ナチ党〕は、はたして、それとは異なっているのだろうか？

ヒトラーの個性（また、彼の宣伝指導者ゲッベルス〔ヨーゼフ・ゲッベルス（一八九七～一九四五年）。ナチスの指導者。政権獲得後、宣伝相を務めた。第二次世界大戦の敗北に際して、自殺した〕のそれ）の影響については、政治的集会やデモへの参加を禁止されている国防軍のメンバーの多くにとっては、ナチ党になだれこんでいくばかりの大衆に対するもののようには大きくなかった。ヒトラーの著書『わが闘争』を読んだ軍人も、そう多くはなかったはずだ。フォン・シュライヒャー将軍のごとく、その地位ゆえに政党指導者たちと交わらねばならなかった少数の将校を除けば、高級将校のうち、誰一人として、「権力掌握」以前に、ヒトラーや彼に近しい信奉者たちと個人的に知己となるようなことはあり得なかった。あのころ、高級軍人がヒトラーと会うようなことがあれば、いかなる結果となったか、どのような疑惑の洪水にさらされるはめになっただろうかと、想像するだけで充分だろう。たとえば、今日、アメリカの将軍が、共産党のシンパと手に手を取っているようなものなのである。

もちろん、非政治的な教育を受けたライヒスヴェーアの構成員といえども、活力ある政党について、ただ傍観しているわけにはいかない。その活力こそ、一九二四年に再結成されたナチ党が育んだものであり、彼らはそれによって、年ごとに党員を増やしていったのだ。軍人はまた、何らかのかたちで、この政治現象に対峙しなければならなかった。つぎの数年において、軍人がナチ運動について下した判断は、二つに割れていた。

ナチ党による民族主義思想の強調とヴェルサイユ条約の押しつけに対する反抗は、軍人にとっては、肯定的に作用した。ナチ党の、妥協を知らぬ反共闘争にも、同じことがいえる。ドイツにおいて、ブルジョワと労働者をへだてている亀裂を克服しようとする努力（それはごまかしのないものと信じられていた）も、少なくとも軍人には、同様の効果をあげた。なんとなれば、この亀裂こそが、一九一八年の崩壊と、そこから生じた動揺すべての原因であったばかりか、将来、決定的な危険になる可能性があると、広範にみなされていたからである。かかる分断を埋めていないというのに、どうすれば、ドイツが、ただ外からの攻撃に対してだけ自らを守っていればよいような、大国の地位を回復する日が来るというのだろう？　そんなことは、他の諸政党には不可能だということは、これまでの経験に照らして、認めなければならなかった。共産主義者は、ソ連をお手本とした独裁制を追い求めている。社会主義者は相も変わらず、階級闘争という思想に固執していた。ブルジョワ政党は、その経済的・世界観的な地位を守るために争うか、過ぎ去りし時代に戻りたいと願うばかりだったのだ。

否定的な意味では、さまざまなモーメント、一部には、感情に即した性格のそれも働いていた。そうしたことは、とくに、政党が政治闘争に踏み込んだこと、そして、かかる闘争を遂行する上での荒っぽい暴力的な方法について、当てはまった。彼らの流儀は、非ドイツ的であり、私にとっては、非プロイセン的であると感じられたのだ。もっとも、その際、政治的慣習の野蛮化は、共産主義者がはじめたことであって、ナチ党はその上を行き、凌駕したにすぎないという事実に言及しないわけにはいかない。社会民主党と他の民主主義政党が結成した準軍事団体である「国旗団」、あるいは、一九三一年に「国旗団」と労働組合、労働者スポーツ協会からつくられた「鋼鉄戦線」でさえ、かの数年間には、政治的闘争で、過激な対手に引けを取るようなことはなかったのである。さらに、軍人に拒否感を起こさせたのは、ナチスの病的な制服好みだった。昔、「王様の制服」〔軍服のこと〕は、名誉ある衣裳として着用されたものだ。あの当時でも、ライヒスヴェーアにとっての軍服は同様のものであり、それを身にまとう者は、ライヒのために命を投げ出す義務を負っていた。ところが、ナチ党は、すべての者に制服を着せようとしたのだ。そこで示されたのは「軍国主義的」な空気であり、健全な軍人の感情は、それを拒否したのである。もし、あらゆる政党のメンバーが制服を着用し、あまつさえ階級章まで着けて、うろつくようであれば、「軍服」の観念が損なわれてしまっただろう。

そのようなことは外面だけの問題だったかもしれない。が、ナチスの軍事的な野心とその組織は、真剣に受けとめるべきであった。当然のことながら、ヒトラー＝ユーゲント〔ナチスの青少年組織〕と突撃隊〔ナチスの準軍事団体〕が、青少年の身体的鍛錬と、より年長の層の能力維持に努めてくれるならば、ライヒスヴェーアの立場からも、それは歓迎すべきことだった。「兵役以前」の訓練についても、合理的に遂行されているかぎりは、異議を唱えるわけにはいかない。ヒトラー＝ユーゲントと突撃隊の部署の多くが、ただ、この目的のために働いていることは、広く認められていたのだ。しかしながら、まったく異なる見方も少なくなかった。一部の者は、政党政治的な学習が強調されていること、そして、実質的には無価値であるけれども、うわべだけは軍隊のような格好を覚えることに満足していたのである。とどのつまり、結果として出てくるのは、実りのない兵隊ごっこの一種にすぎなかった。

一方、初期のナチには、大きく踏みこんでこようとする傾向も目立った。つまり、突撃隊を独自の軍隊たらしめようということだ。ライヒの軍隊〔ライヒスヴェーア〕としては、「党の軍隊」の発生に備えるのは、しかるべき用心というものだった。そんな軍隊は、国家と国内の平和にとって、いつでも、潜在的に危険な存在なのである。共産主義者の「赤色戦線」〔正確には「赤色戦線戦士同盟」〕が、内戦向けの組織であるのは明白だった。「黒赤金国旗団」〔国旗団の正式名称〕は、たしかに共和国防衛をその団旗に記していたが、彼らが国内政治の闘争場に現れるや、どんな状況であろうと、深刻な公的秩序の紊乱《びんらん》に至るのであった。「鉄兜団」に関しては、その恐れは少なかった。鉄兜団は、なるほど右指向だったけれども、そもそも政党組織ではなかったからである。何よりも、それは、国土防衛に関わる案件のすべてにおいて、国家のために無条件に働くとしていたのだ。ライヒの東部諸州において、鉄兜団は国境守備隊の脊柱《せきちゅう》となり、それらの指揮官は、ライヒスヴェーアの将校によってのみ占められていた。しかし、そうだとしても、異議を唱えるようなことではなかったのである。

むろん、ライヒが攻撃された場合には、純粋な国防意志を植え付けられた突撃隊やヒトラーユーゲントのメンバーも、頼りになる存在であったことはいうまでもない。ただし、彼らにとって、第一に問題になるのは、明々白々たる「党の軍隊」としての存在であり、その行動は「総統」の決定に左右されるだろう。この種の疑念が残ったのであった。しかも、突撃隊は軍隊類似の構成になっており、ライヒスヴェーアから旧軍の伝統を盗用していたのである。彼らの階級の仕組みは、軍隊の階級を真似ていた。また、突撃隊の階級に、軍の階級に相応した同等の地位を認めるように要求してきたのだ。突撃隊がひそかに調達した武器の規模は、誰も知らなかった。ただし、軍の監督下にある国境守備隊のそれに匹敵するほどではなかったろう。おまけに、さまざまな州で、多くの突撃隊指揮官が、国境守備隊を自らの参加に置こうと画策していることが明るみに出た。それは、戦時に、軍の指揮と責務の一部を譲渡することを意味するはずであり、ゆえに、とうてい我慢できることではなかった。もし、軍人の突撃隊に対する嫌悪が、競争相手に対する原始的な嫉妬心からだというのであれば、それは、まったく不当な邪推である。いつの日か、国内の紛争、あるいは外国との闘争の際に、ドイツに二つの軍隊が存在し、一方は国家、もう一方は党指導者に義務を負うというようなことになりかねない。そんな事態に対して、むしろ深刻な懸念を抱いていたのだ。

最後に、一九三二年の大統領選挙において、ヒトラーがヒンデンブルクの対立候補に指名されたことが、ライヒスヴェーア内に不快の念を引き起こしたことを触れずにおくわけにはいくまい。大統領にして、第一次世界大戦の軍司令官である人物〔ヒンデンブルク〕は、軍人にとって、ライヒのシンボルになっていた。普段からいつでも、国家思想を前面に押し出している政党指導者〔ヒトラー〕が、ライヒの統一を体現するがごとき人物に取って代わろうとするなど、言語道断のことだった。ほかにも、鉄兜団団長デュスターベルク中佐〔テオドール・デュスターベルク（一八七五〜一九五〇年）。ドイツの軍人・政治家〕が、ドイツ国家国民党によって対立候補に据えられていたが、これは、われわれ以外の者たちにも背信行為と受けとめられていたことだろう。

繰り返しになるが、まとめておこう。ライヒスヴェーアは、「権力掌握」に至るまでの数年において、二つに分裂した感情を以て、ナチズムに対していた。国家思想の主張、ヴェルサイユ強制条約の束縛を脱せんとする意志、また、ナチ運動がドイツ国民を引き裂いている亀裂を克服してくれるだろうという当然の期待が、軍人にアピールしたことは間違いない。だが、その一方で、先に述べたような躊躇もあった。それは、一部は感情的なものだったがしかしまた、国内の治安に関する純粋な不安にもとづいてもいたのである。にもかかわらず、一九三三年一月にヒトラーが首相に任命されたことについては、一月三十日〔ヒトラーの首相就任日〕のベルリン市民に圧倒的だったような熱狂こそなかったにせよ、ライヒスヴェーアの将兵も安堵感を抱き、歓迎したのであった。ナチ党もこれまでのような行き過ぎはできないだろうとの感想を抱いたのだ。

なるほど、フォン・パーペン〔フランツ・フォン・パーペン（一八七九〜一九六九年）。首相を務め、またのちにはヒトラー内閣の副首相になった。加えて、駐トルコ大使などにも任命されている〕ならびにフォン・シュライヒャーの大統領政府は、賠償や軍備問題といったことで、一定の外交的成果をあげられた。多くは、その前任者であったブリューニング〔ハインリヒ・ブリューニング（一八八五〜一九七〇年）。カトリック政党である中央党の政治家で、首相を務めた〕の政策のおかげだ。けれども、ライヒの国内情勢となると、ほとんどお手上げの状態であるかのようにみえた。増大するばかりの失業者、とくにベルリンや他の大都市のそれに対して、歴代政府は無策だったのだ。ただし、軍人にとっての最大の不安は、沸騰《ふっとう》せんばかりになっていた国内の緊張だったことは間違いない。

一九三二年十二月のベルリンにおける交通ストライキは、共産党とナチスの初めての共闘をもたらした。それは、一時かぎりの戦術的処置の問題であるかもしれず、しかも両党はその後も互いを仇敵同士とみなしていたのだが、ライヒは内戦の瀬戸際に立たされたものと思われたのだ。その際、軍は、二正面戦争を戦わざるを得なくなるかもしれなかったのである。かかる危険も、ヒトラーの首相任命によって、とにかくも取り払われた。ヒトラーにあっては、いまや共産党との共闘など考えられなくなったことは確実だった。政党の無能がはっきりしたことに鑑みて、彼はむしろ、最悪の危機のときにおいてすら、祖国の幸福のために全力を集中する「強い男」だと思われていたのである。当時のドイツにあっては、多くの人々がそのような人物を待望していたのだ。以後、ナチズムがいかなる展開をたどるか、また、全体主義体制の脅威がどのようなものなのかについては、ドイツ国民の大部分や外国人の多くにとってそうであったのと同様、ライヒスヴェーアにも認識不可能だった。共産主義支配下において起こることについては、ボリシェヴィキ体制のそれから推測することが可能だったが、のちにヒトラーが進めた恐るべき方法は、あのころ、誰にも予想できないことだったのだ。

さて、ライヒスヴェーアとヒトラーの首相任命に関係して、しばしば名前を挙げられる人々について、なお若干のことを述べておこう。フォン・シュライヒャー将軍が果たした役割は、よく知られている。彼は、政治に携わる国防大臣として〔現役軍人として、ではない〕、ナチスを政府に引きこんで共同責任を負わせる策を、自ら案出し、賛成したのであった。首相としては、ナチ党を分裂させることが可能だという錯覚におちいっていた。ところが、一九三三年一月の危機に際しては、ヒトラーを首相に指名することに反対したのである。同様のことが、すでに触れた当時の陸軍統帥部長官、男爵フォン・ハマーシュタイン将軍にもみられた。彼ら、二人の将校は、一九三三年一月に、ポツダム衛戍地の将兵の助けを借りて、ヒンデンブルクがパーペンに組閣を命じるのを阻止するつもりだったと陰口を叩かれているが、なんとも的外れな話だといえる。両将軍とも、そんな企てが成功確実だと考えるには賢すぎた。また、反ヒンデンブルクの兵を挙げても、誰もついてこないだろうということも、よく承知していたのだ。

それまで、ケーニヒスベルクの軍管区〔第一軍管区〕司令官だったフォン・ブロンベルク将軍〔ヴェルナー・フォン・ブロンベルク（一八七八～一九四六年）。当時、歩兵大将。最終階級は元帥。一九三八年に、再婚した妻が元売春婦であったことが発覚、失脚した〕は、一月三十日、ヒトラーではなく、ヒンデンブルクの求めに応じて、国防大臣に就任した。彼が、第一軍管区司令官だった当時、参謀長のフォン・ライヒェナウ将軍〔ヴァルター・フォン・ライヒェナウ（一八八四～一九四二年）。当時、大佐。最終階級は元帥。ヒトラーの政権奪取以前より、親ナチで知られた。第二次世界大戦では、軍・軍集団司令官を歴任したが、一九四二年に卒中発作を起こし、死亡した〕を通じて、ナチズムに関心を抱いていたことはたしかだが、ベルリンにおける政治決定については、何の働きかけもできなかった。というのは、ドイツの軍縮会議代表として、多くの時間をジュネーヴで過ごしていたからである。ブロンベルクは聡明で、平均をはるかに超えた教養を持つ人物だった。軍事の領域では進歩的な思想の持ち主で、軍の訓練をさらに発達させる上で、大きな影響力をおよぼしたのだ。いつでも「モダン」でありたいという性向があって、たぶん、それが新しいナチズムの理念の受容をうながしたのであろう。このあと、彼があのようにヒトラーの感化に屈してしまおうとは、当時の戦友たちのうち、ほとんど誰一人も予想していなかった。ブロンベルクが、その大臣官房長に任命したフォン・ライヒェナウ将軍は、彼よりも強烈なパーソナリティを持っていた。ただし、彼がブロンベルクをナチズムに接近させたのだとしても、ライヒェナウ自身は、ナチ党に対して、独自の判断を維持していた。もっとも、彼もそのころ、ケーニヒスベルクに配属されていたのだから、一九三〇年一月三十日に先立つ政治指導部の決定に対する影響力など持ち得なかったのである。

結論として、ライヒスヴェーアは、あの決定的な時期において、おのが義務に無条件に忠実でありつづけたということがいえる。ライヒスヴェーアは、大統領の命令があれば、誰が相手であろうと、自らの義務を果たしたことであろう。もし、ナチ党が力によって権力を奪い取るべく、何らかの行動に出たとすれば、彼らに対しても、同様のことがなされたはずだ。

ナチス支配の最初の一年における政治的な事件と諸決定に関しては、私は、コルベルクの大隊長として、つまり、辺縁《へんえん》の地にあって見聞したにすぎなかった。それゆえ、ここでは、当時、われわれ軍人が受けた印象を思い出すだけにとどめることにしよう。国会議事堂放火事件〔一九三三年二月二十七日から二十八日にかけての夜に、原因不明の火事によって、国会議事堂が焼失した事件。犯人は、オランダ人共産党員マリヌス・ファン・デア・ルッベだとされたが、単独でかかる大火災を起こせるかという疑問が残った。加えて、本事件を契機に、ナチ政権が反体制派の一斉検挙を行い、続く国会選挙で勝利を得たことから、ナチスが自ら放火したのではないかという説が唱えられた。ただし、今日では、ルッベ単独犯行説が有力になっている」のときには、わが猟兵大隊は、デーベリッツの射撃演習場に出ていた。ところが、たまたま休暇でベルリンにいた猟兵兵長が国会議事堂の脇を通りかかり、火災の第一発見者になって、警察に通報したのである。その功により、彼はのちに政府から表彰された。この事件を利用して、政府は共産主義者に一撃を加えた。その速さと決断力は、強い印象を与えたのだ。とはいえ、この火災は、目前に迫った国会選挙を有利にするためのナチスによる自作自演だったとする推測は、思考の飛躍というもので、政治機構の外にいた者にとっては、そんなことは頭に浮かばなかった。また、そうした仮定は、今日に至るまで、異論の余地がないところまで裏付けられたとはいえない。そのことも注目すべきだろう。

三月五日の国会選挙には、従前同様、軍の人間は参加を許されなかった。たとえナチ党単独で絶対多数を得るには至らなかったとしても、国内外で切迫している諸問題に、着実かつ目的を意識した対応を取ることがいまや可能になったと、ライヒスヴェーアは、その結果を評価した。政府の構成、ナチ以外の大政党が国会に戻ってきたこと、大統領の権威が、あまりにも極端な方針に対して、保障を与えているように思われたのだ。「ポツダムの日」（ポツダム衛戍教会で行われた国会の開会式）も、新体制によるプロパガンダの傑作で、同じ方向に作用したのである。それは、「奉仕」というプロイセンの伝統を、ナチズムの国家・社会理念と結びつける意志を示したのであった。われわれ軍人、また、国民大衆も同様に、プロパガンダとその背後にある政治的目標の両者をいまだ充分に区別するに至っていなかった。無知ゆえに、ヒトラーという人物の活動性と影響力を過小評価していたのだ。団結し、自らの指導者に無条件に従う過激な少数派は、穏健であるけれども、同時に優柔不断であったり、分裂したりしている国民の大多数を、苦もなく打ち負かすことができる。かかる一七八九年のフランス革命で得られた経験も、まさに一九一七年のロシア革命のそれと同様に忘れ去られていた。政府ならびに議会において存在しているかにみえたカウンターウェイトが、短期間のうちに無抵抗も同然の状態で排除されるなどという事態も予想されていなかったのだ。また、一年半ほど経ったのちにヒンデンブルクが死去し、最後の障害もなくなることになろうとは、知る由もなかったのである。

最初の一年にナチ政府が取った施策を詳述するには、この場はふさわしくない。なんとなれば、ライヒスヴェーアはそれらに影響をおよぼしてはいなかったし、そうすることもできなかったからだ。ここでは、二つの重要な国内・対外政策上の決定のみ触れておこう。前者の国内的な決定とは、三月二十四日に国会を通過した全権委任法だ。いかなる前提と根拠があったのか、あるいは、ブルジョワ諸政党がどのようにして、それを認可するように動かされたのかといったことにかかわらず、この法律によって、ヒトラーの最終的な独裁への道が啓けたのはたしかであった。のちにはまた、本法令のもと、ライヒの軍隊を彼の指令下に置くことが可能になった。

後者の外交的な決定は、軍縮会議参加の打ち切りと国際連盟脱退だった。われわれがあの会議の場から去ることは、軍事的な観点から認許できるものであった。ドイツは、他の列強がヴェルサイユ条約の規定に従い、彼らの側でも、ライヒの軍縮から自らの結論を引き出すことを十四年も待ったのだが、いまや、それも無益ということになったのである。際限なしの交渉ののち（まだシュライヒャー政権の時代だった）、やっとのことで、軍備の分野においてドイツが同等の権利を持つことが、少なくとも理屈としては承認された。しかし、それにはまったく、実践がともなわなかったのだ。限られた範囲でのドイツ再軍備に関する、ヒトラーのまさに中庸を得た提案も脇に押しやられ、ライヒはまず、数年間の「保護観察」下に置かれるものとされたのである。こんなありさまだったからこそ、軍人も、ドイツがフリーハンドを得るために国際連盟から脱退することを承知したのであった。さりながら、当時、参謀本部作戦部にいた私のように、ライヒの安全保障問題に取り組まねばならない少数の者たちにとっては、国際連盟脱退という大きな一歩が、必要で目的にかなったことであるかどうかは、疑問に思われた。敵の侵略に際して、われわれが国際連盟にどのような意義を認めていたか（いかなる幻想をも持たぬものだったとしても）については、先に記した。かような場合に生じる危険は、ヒトラーが政府の頂点に立ったといっても、おそらくは、いささかも減少していなかったのだ。ライヒは、常任理事国として、外国から紛争に追い込まれる危険が顕著になった場合、国際連盟に提訴することができた。同時に、国際連盟は、〔ドイツ国外に居住する〕ドイツ系少数民族の権利を代弁し、ヴェルサイユの強制に対する修正を働きかけることを可能とするだけの基盤を提供していたのである。また、ドイツが強くなるほどに、評議会での発言力が高まることも想定し得た。連盟脱退は、そうした可能性を絶ってしまったのだ。

ライヒの軍事力強化という点では、軍人は新政府と完全に一致していた。新しい政府にあっては、軍事的な理解に関して、ヴァイマール共和国の多くの政党内閣よりも、ずっと大きな理解が得られること、そればかりか、従来しばしば感じられた軍人忌避もないことは、多くの軍人が確認できた点だった。もちろん、当時の将校団が、より強力な国防軍、より広い活動の場、さらには個人的な利得を得ようとして、ナチスの路線に傾斜していったのだと信じる者は、間違っている。けっして友好的でない近隣諸国のただなかにあって、ライヒが置かれていた危険な情勢、最低限度の安全はあるのかといった憂慮だけで、もっと強い軍備を、と願う理由としては、まったく充分だったのである。他国の軍縮という希望も、残念ながら、まがいものであったと証明された。個人的な動機というようなことを軍人になすりつけようとする者は、そのもとでライヒスヴェーアが育てられた精神性を、とことん見誤っている。ドイツ将校を動かしてきたのは祖国愛であり、軍人という天職に対する献身であったという歴史的な事実が無視されているのである。もし仮に、そうしたことがみられなかったとしても、軍に勤務したところで、何ら良いチャンスが得られるわけでもなかった時代に、ライヒスヴェーアに残ったわずかな者たちだけには、かかる事実が妥当したといえる。その仕事自体が重要であるからこそ、やっただけだということを示す言い回し、「プロイセン王のために働く」《トラヴァイエ・プール・ル・ロワ・ド・プルス》〔フランス語で「骨折り損」の意〕が、よく使われたものだ。この点について、われわれ軍人は、ずっと以前から少しも変わっていないのである。

当時のわれわれは、戦争願望などゆめ思ったこともなく、そんなことには動かされていなかった。すでに本書の前段の章で、「同盟の悪夢《コシュマール・デ・コアリション》」が、ライヒスヴェーアの重要な地位にいる人々に対して、いかに重くのしかかっていたかということを記述してある。ドイツは、所与の政治的同盟の状況からみて、自らが攻撃側になったとたんに、多正面戦争を覚悟しなければならぬ。そのことは、軍事を学んだ者なら、誰の眼にもあきらかであったにちがいない。より高度な軍備を持っていたとしても、そうした多正面戦争を遂行することは不可能だった。加えて、年長の将校たちは、第一次世界大戦とその不幸な結果をともに体験していた。彼らの父や兄弟、最良の友が、戦場で斃れていたのである。これらの人々は、彼らの息子を犠牲に供する気になどなれなかった、それは、容易に信じ得るだろう。彼らは戦争を知っており、二度目のそれを求めたりはしなかったのだ。その思考において、「栄光」は、けっして重要な役割を演じていなかった。第一次世界大戦の敗北にもかかわらず、ドイツ軍は正当にも、これ以上の名声など必要ではないと考えていたからである。「ヒトラーとは戦争である」〔社会民主党が、ヒトラー攻撃に用いたスローガンか〕という言葉に、耳を貸す者も、反応する者もいなかった。そんな批判は、続く数年間に、事実によって反駁されることになったのだ。ヒトラーは、一発も撃つことなしに、あらゆる期待を上回る成果をあげた。それも、傲慢《ヒュブリス》が、彼をして、戦争をせずに獲得できることの限界を踏み越えさせるまでのことではあったが〔ギリシア神話では、傲慢が人間に取りつくと、神々への反抗を引き起こし、ついには、その者を破滅させるとされていた〕。

いわゆる「秘密再軍備」が、当時、ごく初期から存在していたことについても触れておくことにし

フォン・ゼークト上級大将。
ライヒスヴェーアの創設者

国防大臣ゲスラー博士。
彼は、ライヒスヴェーアのために闘った

陸軍参謀総長ルートヴィヒ・ベック上級大将。写真の添え書きは「長年にわたる、忠実な第一級の協力に感謝して。1938年12月。ベック」

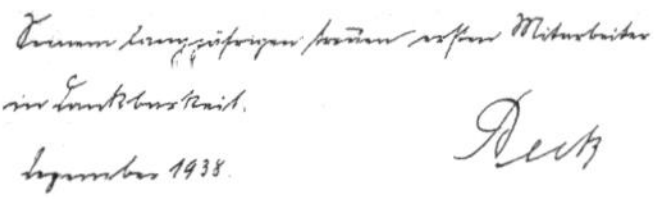

男爵フォン・フリッチュ上級大将。陸軍総司令官

よう。ただし、決定的な一歩は、いまだ踏み出されてはいなかった。むしろ重要だったのは、平時において、歩兵七個師団から二十一個師団へと陸軍を拡張するための大枠の準備がなされていたことである。ライヒスヴェーアの構成員は、そもそも政治的事件に対する判断力を有しているかぎりは、あの一九三三年においても、ライヒの指導部に対し、自信たっぷりに向き合うことができた。老ヒンデンブルクが彼らを見守っていたとあっては、なおさらだった。

しかしながら、日常レベルでは、かかる像を曇らせるようなことが多々生じた。それらは当初、個別的な事象だと受けとめられ、体制自体ではなく、その担い手たちに適性がなかったり、品位に欠けているせいだと思われていた。だが、そうしたできごとは、往々にして、政治的な措置の多くよりも、心理的に強く作用したのである。ほかの点では、まことに静かだったポンメルンも、その例外ではなかった。ナチ党が「権力掌握」によって、さらに大きな動因を得たことはわからないでもない。が、彼らが公共の場に現れる場合、それはあいにく、悪い意味で彼らを目立たせたのだ。

コルベルクにおいて、われわれは二度「大政治集会」を経験した。一方の集会では、バルドゥーア・フォン・シーラッハ〔一九〇七～一九七四年。ナチ党の幹部で、全国青少年指導者を務めた〕が演説し、彼の指導のもとにすべての青少年を結集すべしと訴えた。これまで、おおいに尊敬されているフォン・トロータ提督〔アドルフ・フォン・トロータ（一八六八～一九四〇年）。当時、海軍中将。最終階級は海軍大将。海軍内局長などの要職を歴任し、退役後は青少年の育成活動を行った〕が指導していた青少年団体をけなしたのである。彼の横柄な言動は、とりわけ、かつて提督の団体に所属していた若い軍人たちの感情を害したのであった。別の集会には、ゲーリング〔ヘルマン・ゲーリング（一八九三〜一九四六年）。第一次世界大戦では撃墜王として知られ、戦後は、ナチ党の幹部となった。政権獲得後は航空大臣など多数の要職を兼任。ニュルンベルク裁判で死刑を宣告されたが、隠し持っていた毒をあおぎ、獄中で自死した〕が現れた。当時の彼は、プロイセン州の首相である。ベルリンからの命令には、その集会に一個儀仗中隊を配置せよとあり、まったくおかしな慣例の変更だった。結局のところ、ライヒスヴェーアは国家の機関であり、ナチ党の警衛隊ではないのだ。儀仗中隊を出すのは普通、国家元首の訪問に際してのことで、州首相は対象外だったのである。われわれは、この指令は、フォン・ブロンベルク将軍のナチ党に対するお追従《ついしょう》であるとみなした。そこで、式典の際に儀仗中隊を、ゲーリングではなく、われわれの連隊長に表敬報告させることで意趣返しをすることにした。連隊長は儀仗中隊を閲兵した。挑発的なことに、州首相〔ゲーリング〕に対しては、儀仗中隊も、彼に随伴するだけにとどめたのであった。

かくて、少なくともわれわれは、党の警衛隊になるつもりなどないことを示したのである。

コルベルクのような小都市で、とりわけ嫌われたのは、ユダヤ人に対する干渉だった。これもまた、当初は個別的な事件として起こったものだった。ユダヤ人迫害は、あのころは当たり前のことではなかったのだ。とくに堕落していると思われたのは、競争相手への嫉妬心がある役割を果たしていると思われる事例がみられることだった。コルベルクでは、ザイローという大きな児童保育所の優れた主治医が、「半ノーリア人」〔ユダヤ人の血が半分入っているという意味のナチ用語〕であるとの理由で、職を追われようとしたのである。彼は、衛生将校として第一次世界大戦に従軍し、一級鉄十字章を受勲されていたから、のちに上級大将となったシュトラウス連隊長と私は味方してやることができた。彼のポストを狙おうとした者たちの企ても、さしあたり不首尾に終わったのである。彼はまた、以前同様に士官食堂に招待されていた。ナチ党筋はかんかんに怒ったけれども、われわれは放っておいた。たいていのいざこざは、われわれと突撃隊のあいだに生じていたといえば、納得がいくだろう。他の場所におけるのと同様、ポンメルンでも、突撃隊は、事態を掌握しているのは俺たちだと自負していた。

突撃隊の指導者ハイデブレック（彼は、一九一九年から一九二〇年にかけてのポーランド人相手の戦闘で、勇敢なる義勇軍指揮官として名を上げていた）は、突撃隊上級集団指導者の地位と権限を得たことでのぼせあがっていた〔ペーター・フォン・ハイデブレック（一八八九～一九三四年）。当時、突撃隊上級指導者で、突撃隊第四集団長（ポンメルン）。最終階級は突撃隊旅団指導者。ハイデブレックは、一九三四年の突撃隊粛清の際に殺害された。階級が「突撃隊上級集団指導者」とあるのは、原著者の誤記と思われる〕。彼は、ますます傍若無人で贅沢ざんまいの支配者と化していった。ハイデブレックのもとで、過激で、しかも感心しないことに、突撃隊で指導的な役割を果たしている連中は、勝手気ままに振る舞えるものと思い込んだのである。コルベルクの突撃隊の指揮官は、元海軍士官で、もののわかる落ち着いた男だったけれども、常時、その部下たちを暴走させないでおくというようなことはできなかった。突撃隊員の不遜な態度は、すぐに兵隊たちとの衝突につながった。唯一愉快だったのは、ぶちのめされるのは、いつでも突撃隊員のほうで、猟兵ではなかったことだ。さらに、フォン・ブロンベルク国防相が、部隊から突撃隊の兵営に教官をだせと指示したことから、またしても摩擦が生じた。なるほど、もし突撃隊員が、ライヒスヴェーアの指導下にある国境守備隊の教程に参加するというなら、われわれも反対しなかっただろう。ところが、ブロンベルクの指令は、われわれが、突撃隊の諸部隊を、あたかも国境守備隊であるかのごとくに訓練してやらねばならないという意味にほかならなかったのだ。このナチ党の準軍事団体が、危急のときに、自らを陸軍の補充予備隊とみなすつもりがあるとは思えなかった。突撃隊が、広範に国境守備隊の中核となっていた鉄兜団を吸収したばかりか、鉄兜団員を粗略に扱ったことも、われわれと突撃隊の関係改善を妨げた。

突撃隊幕僚長レーム〔エルンスト・レーム（一八八七～一九三四年）。将校として、第一次世界大戦に従軍。最終階級は大尉。戦後、ナチ運動に参加し、突撃隊の指導者となる。一九三四年、突撃隊の国軍化を唱えて、ヒトラーと対立していたレームは粛清された〕のポンメルン巡回にも、不快な印象を受けた。私が報告を受けたところによれば、レームは、なんとも優雅な自動車に乗り、突撃隊幹部の一団を引き連れて現れた。尊大な演説をぶち、宴会を催しては、乱痴気騒ぎをしでかしたのである。軍の各部署は、彼の旅行について、事前に何の通告も受けていなかった。かくのごとくであったから、われわれも、住民の大部分も、多くは新しい体制に好感を抱かなかった。とはいうものの、こうした連中のしくじりや脱線、悪行について、ヒトラーは何も知らず、もし、これらが彼の耳に入るようなことがあれば、絶対に許さないだろうというのが、当時のおおかたの見方だったのだ。ドイツ全土でながらく維持されていた欺瞞であった。軍人は、あらゆる指揮官が部下の行動に責任を持つのは当たり前のことと思っている。

ところが、その軍人であるわれわれが、ヒトラーに関しては、かかる観念から外れた考えを抱いていたことは、振り返ってみれば、注目に価しよう。われわれは、自らの職能階級にとっては当然であるような基準を、政治家にあてはめることはできないと信じていたのである。

原註

❖1 当時、直接関与している部署以外では、ヒトラーが一九一九年に活動をはじめた際、バイエルン軍管区司令部より一定の支援を得ていた事実は知られていなかった。同司令部は、彼の運動が共産主義者に対するカウンターバランスとなることを期待していたのだ。しかしながら、ミュンヘンにおける共産主義者の支配は、国側がアイスナー独裁に対して軍事的介入を実施したことで、ようやく粉砕されたのである。かかる〔ナチ党と軍の〕接触はまた、フランス軍のルール占領を契機として行われたが、成果は得られずに終わった。私自身を例にすると、この一件は、第二次世界大戦後、イギリス軍の捕虜になっているあいだに、本を読んで知ったことなのである。

第二部　平時の第三帝国におけるライヒスヴェーアとヴェーアマハト

第七章　第三軍管区参謀長

第三軍管区　レーム事件　「最初に手を打て《プリンキピース・オブスタ》」　クルト・フォン・シュライヒャー　ナチズムとの遭遇　ヒンデンブルクの死　公然たる再軍備の開始

第三軍管区

一九三四年二月一日を以て、私は、ベルリンの第三軍管区参謀長に就任した。そもそも予定されていた二年間ぐらいは、せめて部隊に置いてくれという私の願いは、残念ながら満たされなかった。将来、参謀本部の要職に配置するため、あらかじめベルリンの軍管区司令部の参謀長のような地位を経ておく必要がある。当時、陸軍統帥部長官だった男爵フォン・ハマーシュタイン将軍は、そう考えていると、私に言ったものだ。それゆえ、悄然としながらも、わが猟兵たちと別れなければならなかった。また、われわれは、大好きになったポンメルンからも離れることを余儀なくされたのである。

私が参謀長に任命されると同時に、軍管区司令官も異動となった。前司令官のフォン・フリッチュ男爵が、ハマーシュタインのあとを襲って、陸軍の指揮権を継承したのだ。フリッチュの後任は、後年、元帥となったフォン・ヴィッツレーベン将軍〔エルヴィン・フォン・ヴィッツレーベン（一八八一～一九四四年）。当時、中将で、最終階級は元帥。第二次世界大戦では、軍司令官などを務めたが、ヒトラー暗殺計画に参加、同計画の失敗後に有罪を宣告され、絞首刑に処せられた〕だった。われわれは、ドレスデンでともに指揮官補佐教官を務めていたから、お互いによく知っていた。

　ヴィッツレーベンは、国王擲弾兵連隊〔「ヴィルヘルム一世王」連隊〕出身で、言葉の最良の意味でのプロイセン貴族だった。軍事の才能に富み、明晰で、決断力を有していた。その、温かく親切な人柄は、人々を惹きつけた。むろん、おのが見解は、あけっぴろげに披露する。鷹揚で、素早く本質をつかみ、しかも、何もかも自分でやろうなどとしないという美点がある。自主独立性を重視する参謀長としては、こうしたことが非常に快適なのであった。ヴィッツレーベンは、私に全幅の信頼を置いてくれた。われわれの協力関係に、ほんのわずかでも影が差したり、意見の相違から気まずくなるようなことは、ただの一度たりともなかったのである。ナチ党、とくに、そのいかがわしい代表者に対しては（たいていの場合、そんな連中も相手にしなければならなかったのだが）、彼は、あからさまな嫌悪を以て接したのだった。

　将校の世界観という見地からは、軍管区司令部の幕僚たちは一致団結していた。私にとって、とくに貴重だったのは、情報参謀ツヴァーデ少佐の協力だった。彼は、優れた情報源を握っており、ナチ党、とりわけ突撃隊の行動について、われわれに詳しく伝えることができたのである。私と緊密に協同した他の助手には、作戦参謀の伯爵フォン・シュポネック参謀大佐〔ハンス・フォン・シュポネック伯爵（一八八八〜一九四四年）。最終階級は中将。第二次世界大戦では、第二二歩兵師団長、第四二軍団長などを歴任したが、クリミア戦中に独断退却、抗命罪で死刑を宣告されたが、ヒトラーにより六年の要塞禁固刑に減刑された。が、一九四四年のヒトラー暗殺未遂事件ののち、軍人の忠誠を引き締めるとの名目で、見せしめとして銃殺された。なお、ドイツ軍では、陸軍大学校その他で参謀教程を修了した将校には、階級に参謀を付して「参謀〜」と称する〕、兵站参謀フォン・ベークマン参謀中佐、第一副官フォン・ボルテンシュテルン少佐、動員係のハルトヴィーク予備大尉がいた。私は、感謝とともに彼らのことを思い出す。シュポネック伯爵は、後年、軍団長としてクリミアで悲劇的な運命に見舞われることになる。ハルトヴィークは、第一次世界大戦中、第二一三歩兵師団で親密な協力関係にあったことがあり、その思い出が私と彼を結びつけていた。

　第三軍管区司令部は二重の機能を持っていた。一つには、軍管区司令官は、同軍管区に置かれていた第三師団の長でもある。この第三師団は、続く数年のうちに、第三軍団に拡張された。他方、軍管区司令官は、担当地域に関する軍の課題を引き受けることになっており、そのなかには、われわれの軍管区にあった第一および第二騎兵師団の案件も含まれていたのだ。第三軍管区は、当時のブランデンブルク、下シュレージェン、上シュレージェンの三州を包含していたが、再軍備の準備が進行するにつれ、シュレージェン、フランクフルト・アン・デア・オーデル、ポツダムの「国防管区」を麾下に置くように再編された。一九三五年に再軍備が正式にはじまると、シュレージェンは特別第八軍管区として分離され、その代わりにザクセンが第三軍管区に組み入れられた。

軍管区参謀長として、私は初めて、地域の軍事的課題に触れることになった。それらを解決するには、民間諸官庁、さらに「権力掌握」後には、ナチ党諸機関との協力が必要とされたのである。

ブランデンブルク州を支配していたのは、州長官兼大管区指導者〔ナチ党の地方組織〕のクーベ氏〔ヴィルヘルム・クーベ（一八八七〜一九四三年）。ナチ党幹部で、独ソ開戦後には、白ロシア国家弁務官に任命された。一九四三年に、パルチザンによって爆殺された〕だった。最初は、ドイツ国家国民党の演説家だったが、資金の欠損を出して除名となり、ナチ党に移ったのである。クーベは、公式の機会があればいつでも、自分は国防軍と結びついていると強調した。けれど、本当のところは、国防軍の宿敵だったのであり、とくに将校に対して反感を抱いていたのだ。クーベの不品行ゆえに、ヒトラーも結局は彼を罷免せざるを得なかった。ところが、理解しがたいことに、ヒトラーは、戦争中に再びクーベを召し、高い地位に配したのである。クーベは、北ウクライナの国家弁務官に就任し〔これは、原著者の誤記で、前述のごとく、実際には白ロシア国家弁務官だった〕、暴虐な支配を行って、はかりしれないほどの損害を同地にもたらした。その最期は、自分の弁務官府でパルチザンに爆殺されるというものだった。

かかる不快な事象とは対照的に、シュレージェンの州長官兼大管区指導者のヨーゼフ・ヴァーグナー〔一八九九〜一九四五年。一九四一年に権力闘争に敗れて失脚、一九四二年にはナチ党から除名された。一九四四年に国家秘密警察（ゲシュタポ）に逮捕され、翌年殺害されている〕は、真面目な人物であった。ヴェストファーレン出身で、ナチスであると同時に、カトリック教会への信仰を堅持していたのである。それが、戦争中に彼がナチ党から除名されたことの一因になったのかもしれない。

格別にまずかったのは、当軍管区には、突撃隊の高位の幹部もまた配置されていることだった。ベルリンにおいて、突撃隊の頂点にいる男、突撃隊上級集団指導者エルンスト〔カール・エルンスト（一九〇四～一九三四年）。突撃隊の幹部で、国会議員も務めた。一九三四年、突撃隊粛清により殺害される。上級集団指導者というのは、原著者の誤記で、実際には集団指導者〕のことだ。威張りちらすばかりの若僧で、二十歳を少し超えたぐらいの年齢だった〔これも原著者の記憶ちがいか、誇張と思われる。エルンストは、当時、二十代の末に達していた〕。早くに厳しいしつけを受けていれば、ひょっとしたら、彼も何ものかになれたかもしれない。しかしながら、私が仄聞《そくぶん》したところによれば、エルンストは、何年か、エレベーターボーイをやっているころに、ザールでの闘争で功績をあげたという理由で、〔突撃隊の〕一定の地位に就くことができたらしい。が、彼は、自分の地位は、軍隊の軍団長に相当するものと思い込んでいたようだ。エルンストの登場の仕方は、傲慢、不当な要求、前代未聞の浪費といった点できわだっていた。エルンストもまた、フォン・ヴィッツレーベン将軍に対して、ことあるごとに、国防軍との連帯を請け合ってみせたことはいうまでもない。ただし、本当はまったく別のことを考えているのではないか、可及的速やかにヴィッツレーベンの地位を奪おうと狙っているのではなかろうかと疑われることはなかった。一九三四年二月に、ベルリンのカイザーホーフ〔高級ホテル〕でにぎにぎしく挙行された彼の結婚式には、われわれの幕僚部からも一人招待されていた。その男がのちに語ったことを聞くと、素朴で国家国民党的な思想を持つドアマンであるところのエルンストの父親が、主賓として彼の隣に座っていたゲーリングに対し、かなりの時間、ナチ党と息子に対するおのが意見をまくしたてたということだった。エルンスト同様、政治的に不愉快だったのは、ノイマルクで突撃隊旅団指導者になっていたカールの二人の兄弟であった。彼らはそこで、国境守備隊を自らの手に掌握しようと画策していたのである。

シュレージェンで突撃隊のトップにいたのは、悪名高いハイネス〔エドムント・ハイネス（一八九七～一九三四年）。当時、突撃隊上級集団指導者で、第八上級集団長。一九三四年の突撃隊粛清により殺害された〕だった。犯罪者的性格が、はっきりとみられた人物だ。ブレスラウの司令官フォン・ラーベナウ将軍（一九四四年七月二十日事件以後に殺害された）〔フリードリヒ・フォン・ラーベナウ（一八八四～一九四五年）。当時、大佐で、ブレスラウ市司令官。最終階級は砲兵大将。ヒトラー暗殺計画には参加していなかったが、その反体制的な言動ゆえに逮捕され、一九四五年に殺害された〕は、これ以上、突撃隊の不法行為に反対するなら殺すと、ハイネスによって脅されたことがあった。

こうした疑問の多いありようからして、ナチ党ならびに彼らの事務所との「協力」で重要だったのが、差異の解消であったことは間違いないとみなし得る。ナチの全体主義的統制の要求が、軍に対しても向けられていることはあきらかだったが、われわれには、その点で譲歩するつもりはなかった。かかる情勢にあって、軍管区全体で〔わが軍管区とクーベの緊張を措いても〕、ライヒスヴェーアと突撃隊の関係がしだいにとげとげしいものになってきたことも驚くにはあたらないのだ。

あのころから時が経つほどに、当時、レームのような男に指揮された突撃隊がいかなる脅威を形成していたかということを矮小化する方向に傾きがちである。それは、たしかにライヒスヴェーアにとってではなく、むしろ国家にとっての危険だった。突撃隊幕僚長の真の企図という問題を、実証可能なかたちで解明することは、もはや不可能だろう。レームとその同志たちは、同時期の重要人物同様、ほとんどすべてが死去しているからである。とはいえ、突撃隊のように、固く団結した組織を持ち、軍隊同様に構成されている上に、少なくとも一部は武装していることが確実な党の警衛隊は、いかなる場合においても、国家に対する潜在的脅威となっている。それについては、おそらく異論の余地がないだろう。加えて、彼らを指揮しているのが、レーム、ハイネス、ハイデブレック、エルンストのごとき、その権力欲と厚顔無恥に関して、誰も疑い得ないような連中だとあれば、なおさらである。当時の情勢や事件のことを判断するにあたり、後知恵で持ち出されてきたような仮定は、ほぼ無価値だと思われる。その逆、あの数か月間に、ライヒスヴェーア、さらには国民が、突撃隊によって国家が危地に立たされる可能性について、どのように考えていたか、ということが重要なのだ。なるほど、私は、ベルリン軍管区司令部の参謀長として、決定的とはいわないまでも、ある程度の判断を下せる立場にいた。それゆえ、われわれが軍管区司令部から追うことができた範囲内で、一九三四年二月から六月三十日までの経緯を叙述してみよう。そこから、当時の情勢はどう判断されていたか、また、ヒトラーの突撃隊に対する介入がいかに受け入れられたかが、はっきりするはずである。

すでに記したように、ライヒスヴェーアの諸機関とナチ党、とりわけ突撃隊との摩擦より、彼らが国家にとっての脅威になり得るとの観測をみちびくだけでは、むろん充分ではなかった。その指導部が権力を奪おうとしているものとの懸念をこめてみていくだけの根拠が、たっぷりと存在していたのだ。

時を経るごとに、突撃隊最高指導部が、突撃隊を軍の位置につける、少なくとも、軍を支配下に置こうと企図していることが、いっそう明白になってきた。彼らは、クリューガー上級集団指導者〔フリードリヒ＝ヴィルヘルム・クリューガー（一八九四～一九四五年）。突撃隊粛清後、親衛隊に移籍し、第二次世界大戦中は、ポーランドの占領にあたった総督府、武装親衛隊などで勤務した。一九四五年、米軍の捕虜となったクリューガーは、監視の眼を盗んで自殺した。最終階級は武装親衛隊大将・警視監〕のもとに、教育訓練幕僚部を新設したのだ。その任務は、表向きは、国防のための身体鍛錬ということにされていた。だが、多くの点から、同幕僚部が、広範かつ純粋に軍事的な訓練と組織形成を追求していることが伝わってきた。もっとも、クリューガー個人の忠実さを疑うような理由は、当時のわれわれには見いだせなかったのだが。軍管区司令部に寄せられる、突撃隊が秘密裡に武器を調達しているとの情報は、週を重ねるごとにいや増していく。レームが「国民軍」編成を求め、そのなかにライヒスヴェーアを吸収してしまおうとしていることもわかってきた。突撃隊員が、この国民軍の主たる構成員になるとされていたのだ。レームは総司令官となり、手下の指導者たちを軍に組み込んでいくつもりだった。それ以上に、突撃隊の高級指揮官の発言から、レームは、いわゆる「第二革命」を計画しているものと結論せざるを得なかった。そうした証言は、たいていは彼らが酔っ払った状態にあるときに引き出したものだが、だからこそ、逆に信憑性がないわけではなかったのである。かかる「第二革命」の性格がどのようなものになるか、明確に推測することができた。

当軍管区司令部が、知り得たことを国防省に継続的に報告していたことはいうまでもない。しかし、フォン・ブロンベルク将軍にとっては、われわれの警告はお気に召さぬものであった。当面のところ、ブロンベルクは完全にヒトラーに魅了されており、しかも、彼の信奉者たちについても悪感情を抱いてはいなかったのだ。ブロンベルクは、ナチ党と突撃隊における評判通り、私とフォン・ヴィッツレーベン将軍は反動だとみなしていたのである。

いずれにせよ、ヒトラーですら、彼のナチ党警衛隊と軍の緊張が拡大・継続していくのを看過することはできなかった。ゆえに、三月末には調停を試みようとした。ライヒスヴェーア、突撃隊ならびに親衛隊の高級指揮官を国防省のホールに招集し、これらの幹部を前に演説を行ったのだ。直接ヒトラーを目撃し、その演説をじかに聴いたのは、このときが初めてであった。私がヒトラー演説から強烈な印象を受けたことは、書かずに済ませるわけにはいかない。ヒトラーはまず、ライヒをヴェルサイユの強制という束縛から解き放つという彼の目標を語った。その前提となるのは、国内的には一つにまとまった国民であり、対外的には軍隊の増強によりライヒの安全を保障することだ。ドイツ国民のために充分な生存圏を確保する必要があるとの理念も披露されたが、そちらは漠然としたものに感じられた。当時、そんなことは、将来に関する夢想の一種としかみなせなかったのだ。仮にドイツの再軍備が完了したとしても、それを実現するための条件はなお満たされないであろうことは間違いなかったからである。ともあれ彼の言葉は、突撃隊や親衛隊の指導者向けの「人気取り《カプタツィオ・ベネヴォレンツィアエ》」だろうと、私には理解された。彼らには、ドイツが置かれている軍事的な状況など知り得なかったはずだからだ。国内政治の問題に関しては、ヒトラーは、「国民革命」は終わったと述べるだけにとどまった。突撃隊の指導者への警告と解釈し得るものだった。何よりも重要なのは、ライヒスヴェーアと突撃隊が平和な関係を維持することが必要であると力説し、それは既定のことだとした彼の発言であった。この点こそが、彼のアピールの目的だったのである。ヒトラーは、国防軍こそが、国民中「唯一の武器の担い手」であるし、これからも同様であると、明確に強調した。突撃隊とヒトラーユーゲントには、かような背景に応じて、政治教育と兵役前後の兵役適格者の育成という仕事を割り当てられる。そのために、軍と突撃隊の誠実な協同を求めると、ヒトラーは述べた。最後に、フォン・ブロンベルクとレームは、両者の任務区分を定めた協定にサインするものとされた。だが、ヒトラーの説明に対して、突撃隊や親衛隊の一部の指導者が示した態度から、われわれ軍人は、相手はこの協定を守らないだろうと結論づけたのみであった。

突撃隊高級幹部の態度には、実質的には何ら変化がないと、軍管区司令部は、ただちに確認せざるを得なかった。われわれの所轄における情勢は、突撃隊による秘密の武器調達やその他の情報がひっきりなしに入るにつれて、いよいよ尖鋭化していった。それらは、信頼できる情報源から得られたものので、なかには、ブロンベルクの右腕で、しだいに神経を尖らせはじめていたフォン・ライヒェナウ将軍から出たことも含まれていた。しかも、同様の情報は、別の側、突撃隊内部からも伝えられてきたのである。[1]

六月末に、私とフォン・ヴィッツレーベン将軍は、第三自動車大隊視察のため、バルト海沿岸のプトロス射撃場に、数日ほど滞在した。だが、ベルリンの軍管区司令部よりの報告が、情勢が激化していることを日々伝えてきたものだから、プトロス滞在を中断、ライヒの首都へ戻ることになった。ベルリンでは、緊張が進み、頂点に達そうとしていた。何よりも、突撃隊が、クーアフュルステン通りの軍管区司令部の向かい側にある家を押さえ、夜陰に乗じて、そこに機関銃を持ち込んだことが確認されたのである。その後、われわれは、自分たちの執務所の衛兵を増強した。各部隊もまた、兵営が奇襲攻撃されるような事態に備え、守備を固めておくべしとの指示を受領した。さまざまな情報源（そのなかには、ポツダム警察署長ヘルドルフ伯爵[2]〔ヴォルフ＝ハインリヒ・フォン・ヘルドルフ伯爵（一八九六～一九四四年）〕や、先に触れたクリューガーの教育訓練幕僚部の所轄からのものもあった）から、突撃隊がクーデターを計画しているとの警告が寄せられた。六月二十九日、フランクフルト・アン・デア・オーデル国防管区司令官で、後年、上級大将に進んだハーゼ〔当時、大佐で、ユィーターボルク砲兵教育訓練幕僚部長だったクルト・ハーゼ（一八八一～一九四三年）か？ そうだとすれば、フランクフルト・アン・デア・オーデル国防管区司令官というのは、原著者の記憶ちがいであろう〕が、われわれのもとに現れた。彼は、ノイマルク情勢の緊張について語り、ついに突撃隊の一揆が起こるのではないかと、連日のように覚悟しなければならないありさまだと述べた。ハーゼは、同地においては、突撃隊高級幹部の逮捕によって先手を打つことが必要だとみなしていたのである。

フォン・ヴィッツレーベン将軍には、そのような行動を許可することはできなかった。が、シュレージェンからも、危険を告げる情報が上げられてきた。ベルリンでも情勢はかくも緊迫していたのだ。そのため、軍管区司令部ではなく、グロース＝リヒターフェルデに居住していた私は、六月三十日直前の数夜においては、今夜にでも突撃隊が自分を拉致しようとするのではないかと覚悟していたのである。当時、われわれが、そうした方法で排除されるべき人物（私の名もそこに載っていた）のリストを入手していたのだったか、あるいは、あとになって、そのリストの存在がわかったのかは、今となっては思い出せない。ベルリンの突撃隊上級集団指導者エルンストが突如消え失せたことも、いぶかしく感じられた。周知のごとく、彼は、六月三十日に、休暇旅行でブレーメンから船出しようとしたところを逮捕されたのである。レームが突撃隊に数日の休暇を取るよう指示したことも、偽装の一策とみなされていた。とにかく、その点から示唆されるのは、何らかのかたちで企図されているものと目されていた一揆が、ほんの少しだけ延期されたというだけのことにすぎなかった。

六月三十日、ヒトラーが突撃隊に加えた一撃は、われわれにとっても、まったくの驚きであったことはいうまでもない。この日の午前中、必要と思われた場合に各部隊が取るべき、さらなる警戒措置について、指揮官たちとの会議が行われた。私が記憶しているかぎり、われわれが受け取った国防省からの第一報には、ヴィースゼーにおいて、ヒトラーが自らレームを逮捕し、彼やほかの突撃隊指導者は突撃隊から除名されたということが述べられていただけだった。かくも緊張した空気のもとで、その報せは、気持を和らげてくれた。が、それは、雷雨が迫って、蒸し暑くなっているなかに、雨がひとしずく落ちてきたようなものだったのだ。むろん、このヒトラーの行動がどのような流血沙汰に至るかということまでは、いまだ察せられていなかったのである。

フォン・シュライヒャー夫妻ならびにフォン・ブレドウ将軍〔フェルディナント・フォン・ブレドウ（一八八四〜一九三四年）。当時、少将。最終階級も同じ。シュライヒャーの腹心で、一九三二年以来、国防大臣代理を務めていた〕、レームとその同志たちの殺害は、比較的早期に伝えられた。同じく、さしたる時間を置かずに、別の一報が入った。かつてのグロース＝リヒターフェルデ陸軍士官学校、遺憾なことに、現在では親衛隊のヒトラー直衛旗団《ライプシュタンダルテ》〔Leibstandarte は、「親衛旗」、「親衛連隊」など、さまざまに訳されているが、Standarte は本来ドイツ騎士団の編制単位を意味することから、「直衛旗団」とした〕の宿舎となっているところで、さらに射殺が進められ、被害者のなかには突撃隊上級集団指導者エルンストも入っているというのだ。ただし、そこで処刑された者の数と氏名については、はっきりしたことはわからなかった。全国津々浦々から報告が飛び込んでくるなかで、事実と流言飛語を区別するのは難しかったのだ。死んだとされていた者の多くがまた表に出てくる一方で、他の死者に関する情報が続々と洩れだしてきた。たとえば、やはり殺された、かつてのバイエルン国家弁務官フォン・カール〔勲爵士グスタフ・フォン・カール（一八六二〜一九三四年）。ドイツの法律家・政治家。バイエルン州首相や外相を務め、また一九二三年にはミュンヘン一揆の鎮圧にあたった〕の消息は、かなりあとまで、われわれには不明だった。よりいっそう判然としないのは、この殺戮がどこまでヒトラー自身の指示によるものなのか、それとも、ベルリンにおいては、ゲーリングとヒムラー〔ハインリヒ・ヒムラー（一九〇〇〜一九四五年）。当時、親衛隊全国指導者。抑圧体制の維持やユダヤ人絶滅に辣腕を振るったが、第二次世界大戦の敗北に際して、自殺した〕、諸州にあっては、この機会に敵を除いておこうとする現地の権力者の専横に沿っているのかということだった。ともあれ、首相にしてナチ党総裁であるヒトラーに、すべての責任があったことは疑い得ない。もっとも、数日後に、おのが所行を正当化するために、国会で行った演説で、ヒトラーは明快に、その責任を引き受けるとした。

当時、突撃隊最高指導部による一揆が開始される、あるいは、すぐそこまで迫っているという危機が実際にあったのかについては議論があるし、今なお証明されぬままであると思う。多くの人々が、のちになってからの検証により、そうした危険の存在を否定している。その際、とくに引き合いに出されるのは、レームが反乱を考えていたとしても、そんなことでヒトラーは驚いたりしなかったであろうということだ。他方、レームは、彼がヴィースゼーに召集した突撃隊幹部たちとの会議において（ヒトラーも招待されていた）、ヒトラーから権力を奪おうと画策していたとの見方もある。これも、ただちにしりぞけるわけにはいくまい。

だが、かくも長きにわたり、賛否の議論のいずれもが提示されてきたとはいえ、あのころ、突撃隊内部の展開を注意深く見守っていた者は、クーデターは目前だと考えていたし、そう考えざるを得なかったということは間違いない。ベルリンにおいて、事態の焦点の一つとなっていた第三軍管区で自ら経験したことにより、それは確言できる。われわれが得た情報のすべて、とりわけ、先に述べた国防省での集会以後に入手したものは、そのような突撃隊の企図を暗示するばかりだったのである。かかる事実から、ことが開始されるのは六月三十日だと予想していたと主張するわけではない。けれども、ベルリンにいたわれわれにとって、まもなく一揆が生起し、それが「第二革命」の導入につながるということは、疑いようもなかったのだ。突撃隊は、休暇中であろうと、いつでも速やかに集結可能だった。さりながら、休暇終了後に一揆が起こされるというのも、おおいにあり得ることと思われた。当時、レームが最終的な決断を下していなかったとしても、彼以上に過激な手下たちの圧力ゆえに、もはや後戻りはできない状態にあると想定するのは、当然のことだったのである。

決行日の問題を度外視するとしても、他に、そのころの突撃隊が表していたような(その指導者のもと、不法な暴力行使の方向へと、しだいに進んでいた)、ある一定の力が、国家にとっての潜在的な危険を形成しているという事実がなお残っていた。ヒトラーは何故、この組織の過激な分子の行動、とりわけ、本書で繰り返し述べてきたような突撃隊指導者たちのそれを、ながらく傍観していることができたのか、まったく理解不能だった。もしヒトラーが早期に介入していれば、いまや彼が取ることになった血まみれの方法も不要になったかもしれないのだ。

あのころ、ヒトラーの行動、その自らの党警衛隊に対する一撃、何よりも、ドイツ国民中の何ら罪のない人々に対しての、嫌悪に値する蛮行は、どのように感じられ、受け止められていたのか。この問題も検討されるべきだろう。一九三四年六月三十日に、第三帝国は「法治国家」ではなくなった。以後、そのように断言したとしても、かかる評価の正しさは、のちにナチス体制で起こったことによって証明されることだろう。ただし、この事件以降の経緯にもとづいた、後知恵による裁断が、一九三四年のドイツにおける一般人の心情にあてはまるとはかぎらない。かような銃殺や殺人に際しては、わが国にいまだかつて存在したことのなかった専制的司法が問題となる。そのことは、当時すでに異論のないところであった。他の国々においては、同様の事件、あるいは、もっと悪いことが起こったことがあるかもしれない。が、ドイツ史上、それは前例のないことだったのである。

内閣が承認し、国会を通過した「緊急時の国家防衛に関する法律」〔「一九三四年六月三十日、七月一日ならびに二日の叛逆・売国行為を鎮圧するために執行された諸措置は、緊急時の国家防衛上、正当なものとする」との内容だった〕により、この事件について、遡及的に「合法性宣言」がなされようと、ここで法律破りがはじまったという事実を変えられるものではなかった。とはいえ、当時、たいていの人間が、この不法な一挙は、将来へと続く鎖の一環ではなく、歴史上の政治革命において、ほかの国々でも繰り返し起こったような暴力行為だとみなしていた。それは、あの時代を、自らともに生きた者にはわかるだろう。ヒトラーが突撃隊に打撃を与えたことによって、突撃隊を指導する高官たちの特徴だった無法性のさらなる進行が封じられ、いまや法が守られた状態へ立ち戻る道が均された。かような見解もまた支配的だったといえる。ドイツの人々は、なんとひどい欺瞞にひたっていたことか。それは今日、白日のもとにさらされている。が、こうしたことは、問題の数週間に生じていた状況からのみ、理解され得るのである。

レーム事件に先立つ何か月かのあいだ、体制の肯定的な業績（たとえば、失業を減らしたことなど）は認めるにしても、それに無批判に対しているわけではない人々にあっては、二つの感情が、ますます圧倒的になっていた。一つは、突撃隊に対する憤激で、彼らの無法な振る舞いにより、引き起こされた感情であった。そうした突撃隊の下っ端のやりようで、お手本とされていたのは、六月三十日に撃ち殺された指導者たちの言動だったのだ。もう一つ、別の感情は、「第二革命」への不安だった。突撃隊指導部が、そちらへ針路を取っていることは明白だったのである。なるほど、ヒトラーの党の部隊は、暴力的、あるいは過激派分子だけを集めたわけではなく、そこに包含されていた大部分の者は、理想主義ゆえにこの運動に行き当たったのであり、その指導者たちの振る舞いを拒否していた。突撃隊の邪悪な言動はともかく、こうした人たちが、その組織の仕事に自由になる時間を捧げ、おのれの利益など顧みなかったことを忘れてしまうようなことは公正ではあるまい。

けれども、あの当時、音頭を取っていたのは、過激分子だった。その際、元共産主義者が「権力掌握」後、突撃隊に手を伸ばしているのを見過ごすことは許されなかった。レームとその朋輩《ほうばい》が握った突撃隊の一部は、無規律な集団、さらには犯罪者の一味と化していったのである。突撃隊構成員の多くが、そんな言動を許さなかったとしても、彼らは、従者の義務に縛られているか、服従しなければならないと思っていたのだ。それ以上に、レームと彼の仲間が、これからもずっと、非合法的な警察の役割に甘んじているはずがないこと、むしろ権力奪取をめざしていて、自らを革命継続の前衛部隊だとみていることは確実であると考えられた。突撃隊幹部が、来るべき「長いナイフの夜」〔普通は、突撃隊粛清のことを示すナチの用語であるが、この場合は、突撃隊によるクーデター決行を指しているものと思われる〕について語っていたというのは、なんとも皮肉なことだ。事実、すでに述べたように、そうした企てがあるのではないかと疑いを持たせるようなしるしは、充分に現れていたのである。しかも、ナチ党本体と突撃隊のあいだにも緊張が存在していることはあきらかで、それが爆発への圧力となった。

しかしながら、憎悪にまで高まった憤激、恐怖にまで向かった不安は、政治においては、悪しき相談役でしかない。それはむしろ、正しさをみちびくような感覚を鈍らせるほうに働く。われわれドイツ人は、このことを、ナチ時代のみならず、戦後政治においても、いやというほど経験した。私のみるところ、そこにこそ、かの問いかけ、ほかの場合には、あれほど「合法性」の感覚を叩き込まれていた国民が、あのような違法行為を甘受するようなことが、いかにして可能になったのかという疑問に答えるためのカギがある。西洋の道徳律とキリスト教の戒律の見地からは、この設問に対する充分な回答は得られない。それはむしろ、当時の状況下の心性ゆえなのだ。ヒトラーの行動によって、法の枠組みが破られたのは間違いなかったとしても、たいていの者は、ほっと息をついていた。突撃隊の有害で無法な行為が終わりを告げ、また、何よりも第二革命の危険が回避されたものと思われたからである。

われわれ軍人は、ライヒスヴェーアが危険な敵を厄介払いすることができ、この事件が国家的見地からも歓迎されるべきことだという事実からのみ、態度を決めたわけではなかった。もし、われわれが、かくも深刻な問題を個人的な利害から判断したと仮定するなら、それは、ドイツ軍人の思考をまったく見誤ることになるであろう。われわれは、もしレームのごとき性格の男が軍事力の頂点に立ち、その徒党のために、将兵の指揮権を奪い取るようなことがあったとしたら、ライヒと国防軍に何が起こるかという問題に取り組まねばならなかったのだ。

また、国民とライヒスヴェーアの双方ともに、実際に決定を下すことはできなかったことを忘れてはなるまい。というのは、両者が事件を知ったのは、すでに一撃が加えられたあとになってのことだったからである。もっとも、われわれも国民も、公然たる批判の試みが、いかに速やかに、芽のうちに摘み取られてしまうかを経験するだけのことになっただろう。政府のナンバー・ツーがそうしたところで（フォン・パーペン副首相がマールブルク演説でやってみたことだ）〔パーペンは、一九三四年六月十七日に、ナチス急進派や突撃隊を批判する講演を行った〕、同様の結果にしかならなかったのである。さりながら、のちになっていわれるような、暴力を用いたヒトラーへの抵抗は、内戦を意味することになったであろう。

六月三十日の、流血にみちた暴力行為は、二種類のことを包含していた。国家にとっての危険であることは疑う余地のなかった突撃隊指導者たちの射殺、そして、法の見地からも国益の観点からも非難されるべきところのない無実の人らが殺害されたことである。前者については、突撃隊幹部を逮捕し、そののちに裁判によって有罪判決を下そうと試みたとしても、かように緊迫した情勢にあっては、あるいは、誤導された突撃隊の徒党による暴動が勃発したかもしれない。最終的には、ライヒスヴェーアが警察とともに、そうした騒擾を鎮圧できたことは間違いなかろう。突撃隊がそんなことをしても、国民の支持は得られなかったはずだ。しかしながら、たとえ不法であろうとも、とっくの昔にその行動によって自らを法の枠外に置いていた何人かの連中を迅速に除去するほうが、両陣営に多数の犠牲を余儀なくさせるような、長期にわたる反乱よりもずっとましだと、当時、たいていの者が信じたのである。今日では、シニカルな見方だとされるかもしれないが、にもかかわらず、ナチ党の敵の多くまでもが、レーム事件を同党の解体を告げる党内の案件とみなしたことは、わからなくもないのだ。そう考えた者たちは、ナチ党自体、突撃隊幕僚長とその「陰謀団」が、おのが規則に従って処断され、ことが終わるのを傍観していたではないかと言ったものだ。たいていの者にとって、ヒトラーの介入こそ、彼が剝き出しの暴力支配を拒否し、それゆえに、そのような体制を打ち立てんとした輩を排除したということを証明するものだった。「革命は自らの子を喰らう」という言葉は、突撃隊の指導者に関するかぎり、六月三十日の事件にも適用可能であると思われる。

むろん、レームの企みや彼の組織の行動といっさい関わりがなく、ナチ党やその権力者たちにとって面白からぬ存在、あるいは危険だと感じられたという理由から殺された人々のことは、まったく別問題である。それらのケースでは、政府と国会がヒトラーの行動を是認するにあたって使った「国家緊急事態」という概念を、正当化のために引き合いに出すことはできなかったのだ。

かかる蛮行のうち、まず第一に軍に関わっていたのは、フォン・シュライヒャー将軍ならびに、その晩年において長いこと彼の右腕だったフォン・ブレドウ将軍の殺害であった。彼らの最高司令官にして、軍の上官である国防相フォン・ブロンベルク将軍は、厳しい償いを要求し、かつ実行するものと、軍は正当な期待を抱いた。ところが、当初、何も発表されなかったものだから、私は、陸軍統帥部長官に対して抗議してほしいと、軍管区司令官のフォン・ヴィッツレーベン将軍に願い出た。男爵フォン・フリッチュ上級大将も、彼の立場から、ヒトラーに対して、そうした一挙に出るよう、国防大臣をうながした。けれども、ブロンベルクには、そんなことをするつもりはなかった。そのころ、私がフォン・ヴィッツレーベン将軍から聞いたかぎりでは、彼は、フォン・フリッチュ上級大将に、左のように告げたとのことだった。シュライヒャーとブレドウは、ある外国勢力と通じていたとの由で、ヒトラーはその証拠を見せると約束したから、それを待たねばならない、と。当時のブロンベルクが本当にそんな証拠があると信じていたのかどうか、私が判断することは許されないだろう。とにかく、彼は、二人の将軍の殺害に対して、ただちに補償を求めることをためらい、ヒトラーにそれを通す機会を逃してしまったのである。あの、六月三十日事件直後の時期において、かかる一歩を踏み出せるのは、国防大臣たるフォン・ブロンベルク将軍のみだった。ことの経緯について、彼と同等に知り得る者などいなかったからだ。ヒトラーが、首相として、事件のすべてについての責任を引き受けると国会で言明し、内閣と国会が「合法性宣言」によって正当性を付与したそのときから、彼が、それらの殺人を指示した者を犠牲にするような見込みはなくなったのである。❖3

両将軍の死が知れ渡るや、将校団に激しい憤激が生じたことはいうまでもない。その怒りは広がるばかりで、ついには、国防省が、この問題に関して議論することを禁じると言い渡すほどだった。むろん、かかる禁令も効果無しに終わったのだ。

必要とあれば、武器による圧力をかけてでも、このような殺人の罪を負う者に刑罰を強いてやろうと、ライヒスヴェーアは反抗した。しかし、それも、「合法性宣言」が出されたあとでは、政府や国会のみならず、大統領に対しても反旗をひるがえすことになってしまっただろう。なぜなら、大統領は、ヒトラーの介入を、国家の危機を防ぐためのものとして是認していたからである。[4]

そんなことをすれば、とどのつまり、クーデターという避けがたい結論がみちびかれたことだろう！　誰に対して、また誰の支持を得て、それを実行するはめになったことだろうか。そのあとはどうなったであろう？　ヒンデンブルクの身柄と地位については、おそらく手つかずのままということもあり得たはずだ。だが、ヒトラー退陣と全権委任法にもとづく体制の排除が問題になったであろうことは疑いない。しかし、この、国家権威に対し、軍事力を以て行う闘争において、誰がライヒスヴェーアに味方してくれただろうか？　ナチ党と親衛隊を一方とし、突撃隊をその対手とするような、両者の緊張は激化するばかりだったかもしれないが、クーデターが起きた場合には、これら三組織は、彼らの「総統」のもとに結集したはずだ。危険なライバルであったレームが、彼の徒党とともに排除されたあととなっては、なおさらだ。軍が企てた一揆に対する国民の態度に至っては、いささかの幻想も持てない。選挙や国民投票に際し、ヒトラーがひたすら圧力をかけて成功を得たことから、選挙民の空気が芳しくなくなっていたことを差し引いても、国民の大多数がヒトラーに賛成したであろうことは疑い得ない。いまだに彼に反対している少数派が積極的に助けてくれたとしても、その程度では、ものの数に入らなかっただろう。地下に潜行した共産主義者は、いかなる場合においても、同盟相手としては問題外である。社会民主党は、たしかにヒトラーの敵ではあったが、だからといって、ライヒスヴェーアと連合するということにはならなかった。もっとも、それも、諸政党解体のあとに、

師団長時代の著者。1938年、リーグニッツにて

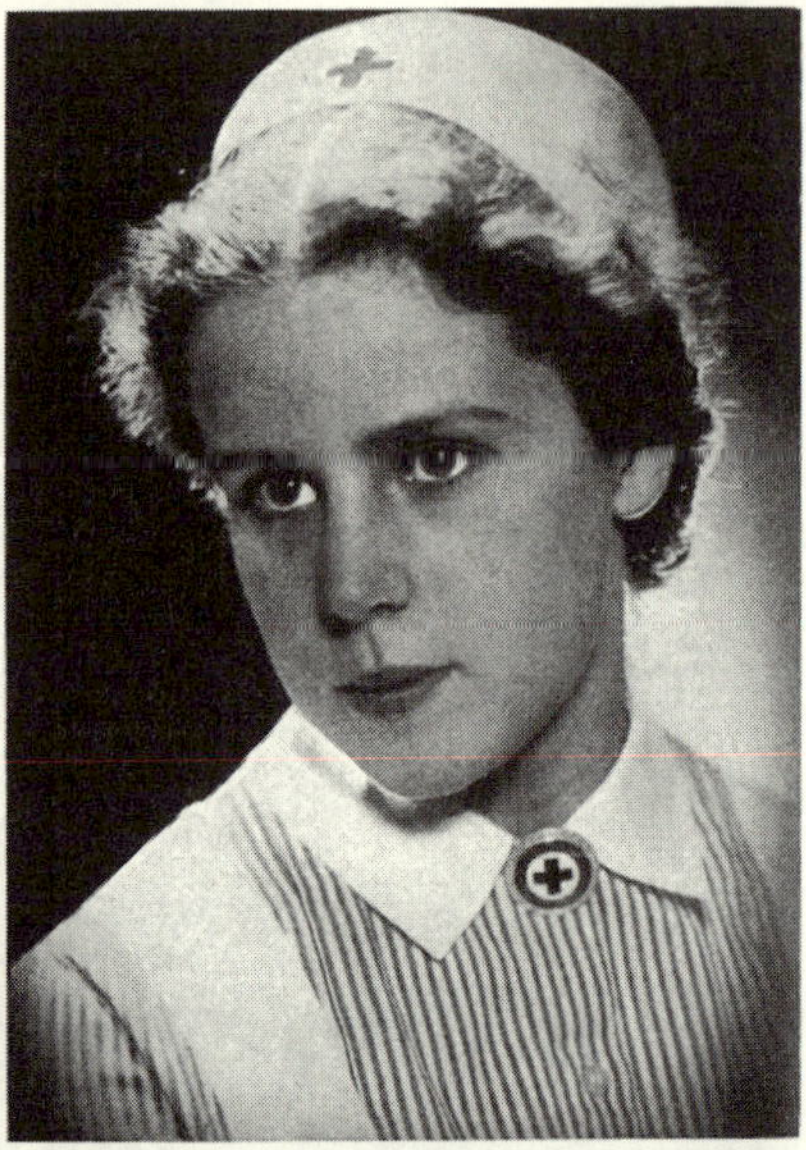
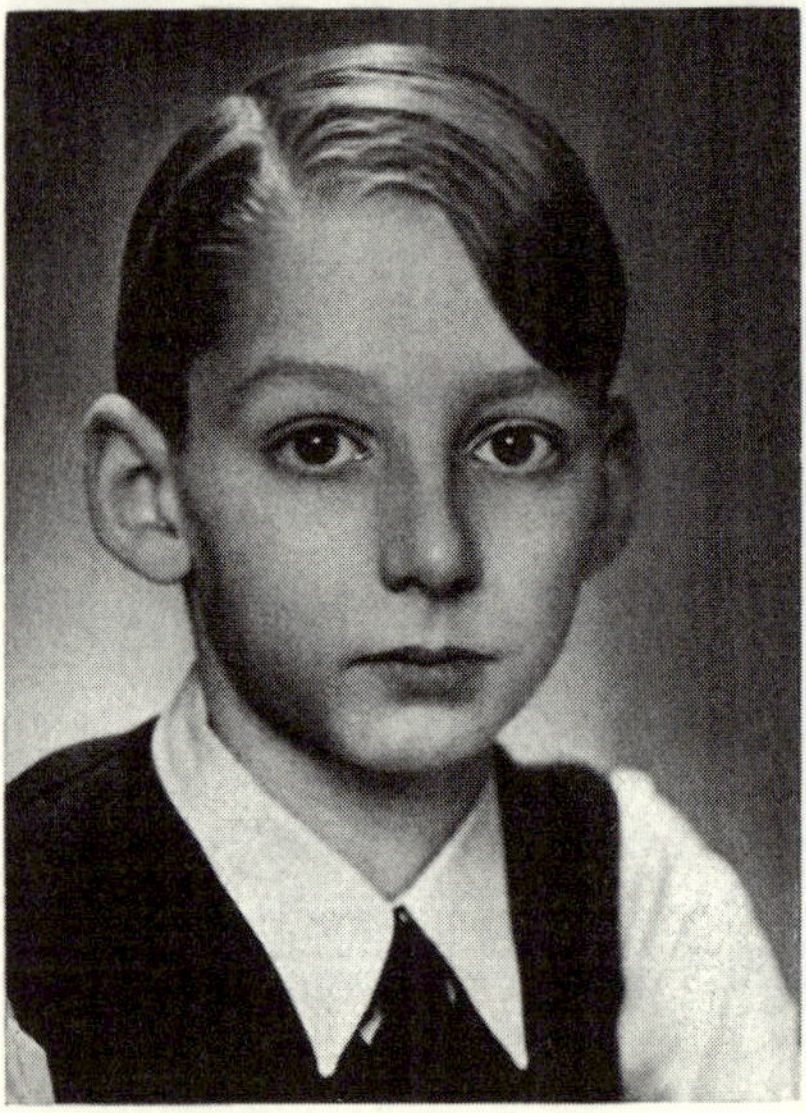
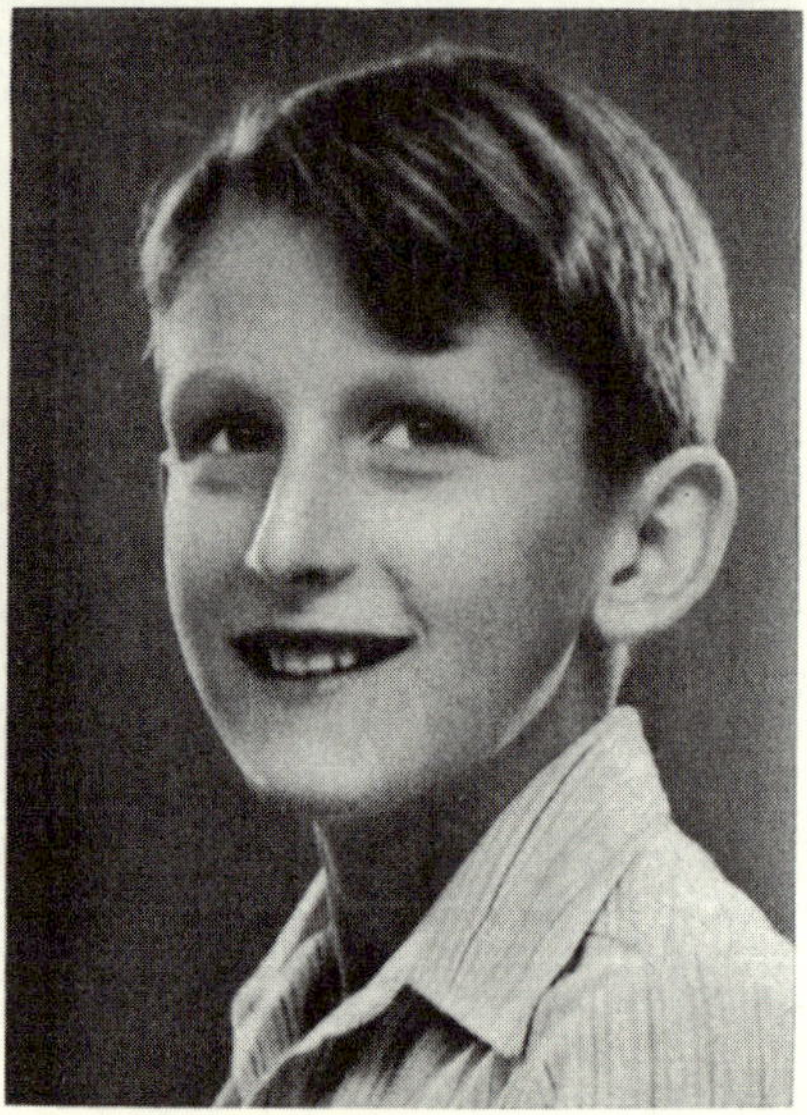

[左上] ユタ＝ジュビレ・フォン・マンシュタイン
[右上] ギーゼラ・フォン・マンシュタイン
[左下] リューディガー・フォン・マンシュタイン
[右下] ゲーロ・フォン・マンシュタイン

社会民主党が再び活動可能になると仮定してのことだったが。ブルジョワのサークルのうち、ライヒスヴェーアが、ともかくも積極的な支持を得られると当てにできるのは、怒れる元鉄兜団員だけだった。つまり、ライヒスヴェーアは、本質的には、ただ独《ひと》りで起つことになったはずだ。しかし、たとえクーデターが運良く成功したとしても、こんな状態で、どうすれば、新しく、安定し、国民の信頼を担った国家権力を創出することができただろうか？

「足跡が私を恐れさせる《ヴェスティギア・テレント》！」〔イソップの寓話からの言葉。年老いて、狩りをするのが難しくなった百獣の王ライオンが、臣下の獣たちに見舞いにくるようにとお触れを出し、住まいの洞窟にやってきた者をみな食ってしまった。ところが、賢いキツネだけは、洞窟に入っていく足跡はあっても、出てきたときのそれはないことから、ライオンの企みを見破り、見舞いには行かなかった〕　しかし、この場合、恐れの種となったのは、カップ一揆の足跡だけではなかった。そうした、軍隊による国家指導部への干渉は、国家、そしてまた将兵の心中の支えに影響をおよぼしかねないということへの懸念があったのである。そもそも、責任ある地位に就いている軍人にとって、暴力的反抗に部隊を使うなど、検討することさえ許されていないのだった。しかし、軍隊を以てする露骨な脅しは、ヒトラーに反対するには、まったく見当はずれの方法であったろう。ライヒスヴェーアが、戦友たちの殺害を甘受し、法による治安の再建のために動かなかったと非難する者は、それゆえに、自分は軍事力によって国家指導部をコントロールする権利を認めるのだと、明言しなければならないのである。

ライヒスヴェーア指導部は、六月三十日事件以後、名誉と戦友精神の要求を貫き通すことができなかった。フォン・ブロンベルク将軍は、事件のすべてに責任を持つと、ヒトラーが公に断言し、それを合法化してしまう以前の数時間、あるいは数日間を空費してしまったのだ。唯一実行されたのは、将校団の総意として、殺された両将軍の名誉回復宣言をヒトラーに知らしめたことぐらいだった。ドイツ将校の最長老たるフォン・マッケンゼン元帥〔アウクスト・フォン・マッケンゼン（一八四九～一九四五年）。第一次世界大戦のグンビンネン会戦やゴルリーツェ（ドイツ名「ゲルリッツ」）の突破で功績をあげた〕が、元参謀本部員から成る協会（シュリーフェン伯爵会）の年次大会で、名誉回復を宣言したのである。この協会には、ライヒスヴェーアの高級将校や参謀将校の大部分とともに、フォン・シュライヒャーとフォン・ブレドウの両将軍も所属していたのだった。本宣言は、一九三五年二月二十八日、一九三四年に亡くなった戦友の追悼式に続いて、読み上げられた。その文言は、左の通りである。

「さらに、フォン・シュライヒャーとフォン・ブレドウの両将軍が亡くなった。この両名の死に関して、当時問題となっていた純粋に政治的な権力闘争にあっても、彼ら二人の将校の個人的な名誉は損なわれていないこと、にもかかわらず、政府に敵対的であるとみなされたことにより、かくも重大な結果に至る道を歩んだのだということを確認する。この問題に立ち入ることはできない。ライヒ政府は、その立法措置により、六月三十日ならびに七月一日に亡くなった者については、国家の利益のために死すことになったのだと宣言しているからである。これ以上、本件を掘り下げていけば、われわれは政治の領域に関わることになろう。それは、われわれのシュリーフェン伯爵会の規約によって、禁じられていることなのだ」。

また、マッケンゼン元帥は、このように言い添えている。

「彼らは名誉ある人士として、運命が彼らを召した名誉の戦場に斃れたのである」。

本宣言によって、追認であったとはいえ、少なくとも戦友の義務は果たされた。控えめなかたちではあるにせよ（目下、国家元首であるヒトラーに配慮することは避けられなかった）、一九三四年六月三十日ののち、国会審議に出されたフォン・シュライヒャーならびにフォン・ブレドウの両将軍に対する、彼らが外国勢力（フランス）との連絡を追求したとの告発は的を射ていないと宣言されたのである。ただし、当然のことながら、この宣言といえども、司法の専制という事実の償いにはなり得なかった。

「レーム事件」についての記述の締めくくりとして、以下のことがいえよう。

一九三四年六月三十日、ヒトラーは、国家にとって緊急のこととなっていた政治的危機を回避した。が、その代償は、法の毀損であった。後追いで、その措置は「合法的」だったと宣言してみたところで、法にもとづく治安という、失われた財産を取り戻すには不充分だったのである。当時、「国家緊急事態」として想定し得たのは、突撃隊最高指導部によって突きつけられた危険に関すること、すなわち、レームとその一味に対する措置についてのみだった。それは、いついかなるときでも、突撃隊の動きに悪印象を得た者すべてを納得させたのだ。現在の私自身も、そうした見解に与するものである。しかしながら、国家緊急事態という観念によっても、他の者たちが殺されたことは正当化できない。あのころ、法治国家の再建を試みることができた権力ファクターは、ライヒスヴェーアだけだったろう。だが、ライヒスヴェーアは両手を縛られていた。その意味で大きかったのは、大統領の病よりも、ブロンベルク個人の性格の弱さだった。それを誇張することはできないし、また、それだけが原因ではないのだが、ブロンベルクにできたのは、戒厳令を布告し、そうすることで軍事力を合法的権力のもとに置くことぐらいだった。さりながら、かかる措置がなければ、ライヒスヴェーアの介入は、当時の情勢では責任を負いかねるようなクーデターを意味することになったであろう。

そもそも、もっと早く拒絶を示さなければならなかったのではないか。そういうことが、しばしば言われる。が、あのころに犯された決定的な誤りは、レームのような男を大臣に任命することに内閣が賛成したことなのである。その時点で、レームが同性愛の性向にふけっていることは、そこかしこで噂されていた。かかる、法に従うならば監獄にいなければならないような男〔当時の刑法第一七五条によって、同性愛は犯罪とされていた〕が入閣するということは、法律を否定する意志に対して、ヒトラーが屈服することを意味するのだった。内閣が、こんな男を隊伍に迎え入れるということは、ほとんど想像を絶することと思われた。どの大臣も、政府の統合という観念から、そのような任用に反対しなければならなかったのだ。しかし、そうだとしても、誰よりも、かかる義務を負っているのは、国防大臣、外務大臣、法務大臣であった。国防相は、かような男とともに内閣の椅子に座るのはごめんだと思っていた。もし、同性愛の性向を持つ軍人がライヒスヴェーアにいたら、彼はけっして我慢しなかったであろう。外務大臣は、レームの入閣は、外国におけるライヒ政府の威信を損なうとほのめかしたにちがいない。法相も、必ずや、レームのような政治的人物に対しても法を有効たらしめるのが、おのれの義務であると思い起こしたことだろう。かかる抵抗を受けても、レームを大臣に任命すると、ヒトラーが主張し得たなどということは考えにくい。少なくとも、最後には大統領が、以下の前提のもとに、突撃隊幕僚長を大臣にすることを拒絶したはずである。その条件とは、閣僚たちが互いに対立していようとも、緊急時の唯一の権力手段、すなわち、戒厳令とライヒスヴェーアの出動を活用する覚悟を固めていることだった。ヒトラーが、もっと早くにレームと訣別していれば、一九三四年六月三十日に実行された、血まみれの法律毀損は避けられたかもしれない。そう仮定しても、おそらくは許されよう。

「最初に手を打て《プリンキピース・オブスタ》」

「最初に手を打て」というのは、必要なことである。レーム事件とその前史は、このことわざの正しさを徹底的に証明した。しかしながら、同時代人が常に、ことが「開始された」とわかるものだろうか。そもそも、それを察知することは可能なのか？　ヒトラー体制で命取りであったのは、この「最初の手」が、当時の特別な状況下で、たいていは小規模な局部的行動として実施されたことにあった。それぞれの行動は、多かれ少なかれまともな理由付けによって守られるか、あるいは、受容可能なものだったのである。そのころ、ドイツの津々浦々までが、非常な危険の雲に覆われていた。今日になっても、私はそう信じて疑わない。それゆえに、突撃隊の無法に終止符を打ち、不法な勢力が国家権力を簒奪するのを防ぐため、ヒトラーは痛打を加えると決めたのだ。実際には、それが「不法国家」への「最初の手」となったのだけれど、私も、同時代を生きた人々の大部分も、そんなことになろうとは認識していなかった。われらすべて、そこから学ぶべし！

クルト・フォン・シュライヒャー

おそらくは、フォン・シュライヒャー将軍の人柄と、彼がライヒスヴェーアに与えた影響について、若干のことを述べるだけの紙幅の余裕もあろう。それ以上のこと、彼の政治活動について記述し、判断を下すのは、私も断念せざるを得ない。そうしたことについて、自らの知見にもとづき、伝えることができないからである。シュライヒャーの麾下で働いたことは一度もないし、政治の分野における彼の活動を詳しく追う機会もなかったのだ。

シュライヒャーの人物に関しては、ヴァイマール共和国時代に、ある役割を果たした将校すべてのなかでも、おそらくは、もっとも議論の対象となっているといえよう。世間は、政治家をその業績によって判断するし、シュライヒャーは、そうした成果をあげられないままに終わった。それゆえ、彼は現在でも、挫折した男だとみなされているのだ。だが、シュライヒャーを失敗の咎《とが》で責め立てる者も、たいていの場合、自分の時代で、彼よりもうまくやるどころか、それ以上の過ちを犯している。

それが見過ごされているのである。シュライヒャーが、ヴァイマール共和国の安定のために尽くしたことも忘れられている。ライヒスヴェーアを安定させ、さらに、それによって国家権力を安定させようと、彼が努力したことについての判断もゆがめられているのだ。人々は、シュライヒャーは、陰謀家、権力を奪わんとした野心家、倒閣運動家〔ビスマルク後の時代における枢密顧問官フォン・ホルシュタイン〔フリードリヒ・アウクスト・フォン・ホルシュタイン（一八三七～一九〇九年）。ドイツの外交官で、ビスマルク退陣後のドイツの外交政策に隠然たる影響力を振るった〕と比べられたのだ〕、ヴァイマール共和国の「灰色の枢機卿」〔十七世紀フランスで、リシュリュー枢機卿の腹心として辣腕を振るったジョゼフ神父のあだ名に由来する。隠然たる勢力を有する者の意〕だったとみたがっているのである。

かかる評価も、シュライヒャー自身が国防相、首相となるまで、彼の活動がいわゆる舞台裏で演じられていたかぎりにおいては、正しくないこともない。しかし、それは、彼が占めていた役職のしからしむるところだったのだ。シュライヒャーは最初、陸軍最高統帥部にいて、グレーナー将軍のもと、政務参謀を務めていた。陸軍最高統帥部が廃止されたのちも、国防省で同様の任務に当たった。当初、陸軍統帥部長官フォン・ゼークト将軍に属する機関を預けられたのである。この部局はのちに、部隊局第一部から分離され、「国防軍部」に改編されて、ゲスラー、さらにはグレーナー国防相を補佐することになったのである。シュライヒャーは最終的に、新設の「大臣官房」の責任者に昇進したが、それによって、議会に責任を負う省の次官となったわけではなく、大臣の相談役にして従者であるにとどまっていたのだ。加えて、軍の組織においては、シュライヒャーは将校として、大臣の麾下に配されたことになる。従って、彼が置かれた地位の性格からして、舞台裏に控えていたのも（そういう表現を使いたいのであれば、ということだが）、否応なしだったということがあきらかになろう。シュライヒャーの影響がおよぶ範囲を決めるのも、それを制限するのも、議会によって選ばれ、全権を有する大臣の思うがままだった。彼自身が国防大臣・首相として舞台端《ぶたいばな》に躍り出る前に、相当程度の政治的影響力を行使し得たことが確認されるとしても、それは、シュライヒャーが、ノスケ、ゲスラー、グレーナーといった歴代国防相のみならず、エーベルトとヒンデンブルクという大統領の信頼を得ていたという事実に拠るものにすぎない（もっとも、シュライヒャーが首相になってからの最初の数週間で、ヒンデンブルクの信任は失われた）。

とはいえ、先に触れた評価については、左のことがいえる。かかる評価は、おおむね、シュライヒャーに裏をかかれたり、彼に弱点を見抜かれたりした。あるいは無能を知られてしまった政治家たちから出ているのだ。かような者たちを客観的な証人とみなすことはできない。シュライヒャーが、グレーナー、ブリューニング、パーペンの失脚に力を貸したとそしる者もいる。彼らには、何よりもまず、そうしたケースにおいて、証明しなければならないことがある。シュライヒャーが、陰謀への欲求、もしくは、利己的な動機から行動したのであって、ここに名を挙げられた人々が、辞任の時点で、彼らに課せられた課題をこなせなくなっていたという確信にもとづいていたのではないという点だ。彼の動機は身勝手なものだったと、安易に決めつける者は、とても公正であるとはいえないのである。

他方、シュライヒャーの協力者や友人たちは、すでに亡くなってしまったか、あるいは、いかなる理由からなのか、これまで彼を弁護するような声をほとんど上げていない。そのことも顧慮すべきだろう。そこで問題となるのは、戦友が戦友について語ること、政治家としてではなく、一人の人間であり、軍人だった人物について話すことなのだ。私自身についていえば、それを中立的に行うことができると信じる。彼に重用された者のなかに数えられるわけでもないし、彼から何かを得ようとしたこともないからだ。

私は、少尉時代のシュライヒャーとともに、一九〇六年から一九一四年まで、第三近衛歩兵連隊に所属していた。一九〇七年より一九一〇年のあいだには、同連隊において、職務上、緊密に接触を保っていた。シュライヒャーが銃兵大隊付の副官で、私も同大隊に勤務していたからである。一九一一年、私は彼の後任となった。もっとも、大戦までの数年間においても、交友は続いていた。この間、シュライヒャーは、最初は陸軍大学校、のちには大参謀本部に配属されていたが、それでも、毎日、連隊の士官食堂における晩餐に出席していたためだった。

シュライヒャーは、彼の友人で、連隊での同期生であるハマーシュタイン＝エクヴォルト同様、賢さにおいて卓越した人物として、戦友仲間のあいだでも屹立した存在になっていた。もしも、情勢の変化がのちに彼を政治の領域にみちびいていかなかったとしたら、優れた軍事指導者になっていたことは間違いないだろう。シュライヒャーの性格は、多面的に形成された興味深いもので、とほうもない執務能力を有し、非常に勤勉だった。その思考は、何ものにも惑わされない論理という点で傑出していた。人の弱さをえぐりだす、鋭い眼を持っていたが、それは反面、他人の長所を見つける方向にも作用したのであった。しかも彼は、人生の喜びを識る人物だった。これらすべてが、模範的な軍人の名誉・義務観念、また、まったく偏見がないことと結びついていたから、年若の戦友たちはしばしば、彼のことを、相談相手、頼りになる人物とみなしたのである。シュライヒャーが議論に巧みであることは、とくに小さなサークルにおいて際だっていた。われわれのうち、誰一人として、議論で彼と張り合える者はいなかったのだ。なるほど、シュライヒャーは辛辣で、多くの場合、不作法だったし、ベルリンふうの大言壮語をすることもあった。しかし、彼の発言は、戦友仲間がつけたあだ名の「クルト小僧ことシュライヒャー」にふさわしく、ユーモアたっぷりで、その激烈なせりふさえも悪く取ることができないような魅力にみちみちているのであった。それは、シュライヒャーがやはり、歯に衣着せぬもの言いで接した上官たちとて同様だったのだ。

いずれにしても、彼と深く知り合うこともなく、その精神の鋭さに接したこともない者にとっては、彼の論評は高慢なものと感じられ、気を悪くするような場合もあったかもしれない。私には、そのように思われる。議論における巧妙さと対照的に、シュライヒャーには、国民に訴えかけるような演説家の才が欠けていた。決まり文句を並べるには、その思考は醒めすぎていたし、デマゴギーを言うには誠実すぎたのだ。彼の本質を構成する性向が表面に現れることは、けっしてなかった。それは、たしかである。が、最近、長年にわたり、シュライヒャーの友人だった人物が、私に伝えてくれたことがある。彼は、このように手紙に書いてきた。シュライヒャーの枕頭には、つぎのことわざが掲げられていたというのだ。「たとえ全世界を手に入れようとも、魂に傷を負ったなら、何の救いがあろうか」〔マタイ福音書　第一六章第二六節〕。彼の敵たちが好んで宣伝した野心家・陰謀家という像には、これはたしかにそぐわないだろう。

軍隊では、ある軍人の資質と性格を判断するに、その戦友や部下に如《し》くはないと、誰もが思っている。これが正しいとするなら、シュライヒャーは優秀な成績をあげていた。部下たちは、彼のことを極度に尊敬していた。私は、シュライヒャーに協力した人間で、彼を高く評価しない者に会ったことがない。シュライヒャーが政治活動を行っていた時代の協力者においてさえ、そうであった。われわれの連隊にあっても、彼は格別に愛された存在で、それ以上に全員の信頼を享受していたのである。戦友として信用できる人物であると、誰もがわかっていたのだ。シュライヒャーが約束したことは、必ず守られた。出世亡者であるとか、他人を蹴落とそうとする願望など、彼とはいっさい無縁だった。その天分からすれば、そんなものは不必要だったのだ。われわれの上官たちは、シュライヒャーの素晴らしい能力を評価していたし、人間としても高い価値があるとみていたのである。

のちのライヒスヴェーアにおいて、将兵のあいだでシュライヒャーの評判がよくなかったことは、まったく別の問題だった。その原因は、彼の活動の流儀にあった。実際、シュライヒャーが軍にとって、いかに重要であるかを認識できたのは、ごく少数の者だけだったのだ。一方、シュライヒャーの部署に起因する多くのことが、軍人たちにとって不人気だったことは間違いなかった。彼が影響力を振るい、急速に出世したことも、あるいは、同期同年の者たちの嫉妬心を引き起こしたかもしれない。人の常として、わからぬでもないことだ。

第一次世界大戦が開始されると、シュライヒャーは参謀本部に配属された。師団参謀として勤務した比較的短い時期を除いては、陸軍最高統帥部において大戦を経験することになったのである。彼は兵站総監部に属し、すぐに総監の右腕となった。その部署は、野戦軍の兵站に責任を負っていた。全国民と経済の総力を求めなければならなくなるほど（兵器・弾薬の生産増大のための「ヒンデンブルク計画」によって、それはいっそう激化した）、より多くの内政的・経済的・社会的な諸問題が、シュライヒャーのもとに殺到することになったのだ。が、一方では、それらのことによって、シュライヒャーの視野は軍事的思考を超えて広がることになったが、他方、政治的な作用反作用に彼を巻き込むことにもつながった。それは、より長く、よりきつく、彼を拘束していくことになる。彼は、早くから、社会に対する理解を進めていた。すでに兵站総監部にいた時代に、財界の戦時利得者と労働者の生活維持とのあいだに存在した亀裂の問題に取り組んでいたのである。シュライヒャーはのちに、相互の了解にもとづき、労働組合指導部と良好な関係を結ぶことに成功した。[5]

一九一八年の革命によって、われわれすべての者同様、シュライヒャーにとっても、みなともにそこで育ってきた世界が滅びてしまった。本書の最初の章において、ドイツ軍人の姿勢について述べたことは、彼にもあてはまった。国王、もしくはカイザーの理念に、「ライヒ」のそれが取って代わったのである。あのころ、不幸、混乱、危機の日々にあっても、彼にとって、ライヒ護持のための労働と闘争は、国家形態の問題以上に重要だった。

シュライヒャーの働きは、二つの目標をめざしていた。それらをもっとも適切に表現すれば、権威、と合法性ということになろう。

彼の最初の努力は、国家の権威を再建することだったとみなされる。君主制が崩壊したことにより、革命の諸事件の渦中で、ほぼ完全に消え失せてしまったものだった。おそらくは偶然のことだったろうが、シュライヒャーは、人民委員評議会議長エーベルトとヒンデンブルクの連絡を取り持った最初の将校となった。グレーナー参謀次長の政治に関する相談役として、彼は、エーベルトと最高陸軍統帥部の協力が成立するに際して、決定的な影響をおよぼしたのである。

シュライヒャーは、当時の上官であるフォン・テーア将軍〔アルブレヒト・フォン・テーア（一八六八～一九五七年）。当時、中佐で、陸軍最高統帥部第二部長。最終階級は少将〕とともに、政府の守護と東部国境の安全のため、潰滅した旧軍の代わりに、志願制を基盤とした新しい部隊を置く必要を認識していた。この構想を貫徹したことによって、彼は、不朽の働きをなした。つまり、あの時期に、国家の権威を再び有効たらしめ、ドイツ共産化の危険を防ぎ、これ以上東部の領土が失われるのを阻止することに成功したのである。

最終的なライヒスヴェーアの創設にあたっては、シュライヒャーは、最初、フォン・ゼークト将軍、のちにはゲスラーとグレーナー両国防相付の政務担当係兼相談役の地位にあって、重要な仕事をなした。軍人としての彼は、もちろん祖国のために、できるかぎり強力で、国内的にも安定した権力装置をつくらんとした。そうした軍隊は、内政を安定させると同時に、あり得る隣接諸国との敵対と彼らの干渉に対応するために必要だったのである。かかる認識のもと、シュライヒャーは、ひっきりなしに働いた。その際、彼の巧みな交渉と、諸政党に対して先入主を持たなかったことが役に立った。「ライヒ」の理念に奉仕していたから、共産党以外のあらゆる政党と協力できたのだ。ただし、彼が、自らと個々の政党の目標を同一視することはなかった。かかる協力は、ライヒスヴェーアがその任務に備えるために必要なものを得るにあたり、大きな貢献となった。それについては、さまざまに入れ替わる政府から、秘密裡に軍備を用意するための資金を得たばかりか、社会民主党が率いるプロイセン州政府より、東部国境守備隊保持への賛成を取り付けたことを思い出すだけでよかろう。だが、その一方で、シュライヒャーが、自分への支持を求めるようなことは、いかなる政党に対しても許されなかった。出自と受けた教育からして、当然、シュライヒャーと近しい存在だった右派も、彼は「アカ」だろうと邪推した。また、社会民主党員の多くは、「反動将軍」という強迫観念から自由になれなかったのだ。

わからぬでもないことだが、シュライヒャーの活動が、軍政の領域から、純粋に政治的な領域に移っていくにつれ、彼は、将兵と疎遠になった。将兵たちの側でも、シュライヒャーがライヒスヴェーアのために働いていることなど、まったく、あるいは、ごくわずかしか知らないという事態が生じたのである。シュライヒャーが、将兵のために、何かをやろうとしたり、また、実際にやってみせたとしても、たいていの場合、それで大向こうの評判を取るという目的にはかなっていなかった。ところが、とかく過渡期には避けられない、政治的な脱線や個々の誤った措置に対して、介入することが必要となったときには、そのことが、たちまち知れ渡ってしまうのであった。

シュライヒャーの仕事には、軍の国家に対する忠誠に疑いを生じせしめないよう、むしろ軍が国家の権力装置としての合法性を体現するように注意するということも含まれていた。そんな活動をしていれば、もちろん、味方も得られなかった。とはいえ、シュライヒャーや国防省のゲスラー、もしくはグレーナーが、とくに重要でもなく、緊急に対処することも必要ではない事態に際しては、常に軍人たちをかばっていたことは、強調しておかねばなるまい。その例外となったのは、下級の者が虐待されている場合であった。そうやって対処するのは正しいことだったし、喜ばしいことに、そんなケースは稀だった。

何か、ささいなことから攻撃された将校を弁護するにあたり、ゲスラー大臣が示した当意即妙の才と達者なやりようについては、素晴らしい実例がある。フォン・ハマーシュタイン将軍と私が、当時すでに職を辞していたゲスラー大臣に、その夢のように美しいボーデンゼー北方の農場に招待されたときに、彼自ら話してくれたことだ。ゲスラーが国防大臣に任命された直後、社会民主党が激しく攻撃してきた。理由は、どこかの小さな衛戍地で、ある少尉が「皇帝万歳」を唱えさせられたという事件で、それ自体は取るに足りないことだが、いわゆる将校団の反動的性格を証明するために誇張されたのである。これに対し、ゲスラーは、おおよそ左のように答弁した。「紳士諸君、小職は、本事件について、まだ何も聞いておりませんし、当該の将校のこともなお知らされておりません。小職が着任したばかりであるのは、貴君らも承知しておりましょう。しかしながら、必要な知見を得るために、小職が全力を尽くすことに関しては、諸氏に保証することができます。さよう、たとえば、手はじめに名前を覚えることにしましょう。馬の名については、私はもうアガメムノンまで覚えました」。もちろん、ゲスラーの味方側からは笑いが巻き起こり、この件についての追及も鈍ったという。

すでに述べた理由から、シュライヒャー自身の政治的影響、とくに、議会に責任を負う大臣、もしくは首相としての働きを詳述することはあきらめなければならないとしても、彼の人物像を完璧なものにするためには、なお一つ、検討すべき問題が残っている。単なる将校であり、いまだ年若で、責任ある地位にも就いていなかったシュライヒャーが、ヴァイマール共和国において、はっきりと大きな影響力をおよぼすことができるようになったのは、驚くべきことだったと思われる。彼が、「ライヒスヴェーア」のおかげで、かかる影響力を得た、軍事力の重みを背に負っていたためだろうと考える者は、的を外しているといえよう。シュライヒャー即「ライヒスヴェーア」であるなどということは、けっしてなかった。彼が初めてライヒスヴェーアを代弁できるようになったのは、短期間、国防大臣を務めたときからだった。シュライヒャーの意見が政治的重要性を帯びるようになったとしても、それは、その人格がおよぼす影響力によることだったのだ。さらには、当時の諸問題や敵味方の双方に対しての彼のやりようも、大きく与っていたのである。その際、先に触れたシュライヒャーの天分も、むろん重要な役割を演じていた。

何よりも、彼はいつでも、自らの能力、思考の明晰さ、実務的な仕事ぶりによって、上官や部下の信頼（彼らにとっては重要なことだ）を勝ち取るすべを知っていた。われわれは、連隊の青年将校だった時代に、そのことをすでに経験していたし、シュライヒャーが頭脳に秀でた二人の兵站総監に仕えた戦時においても、それは証明されたのである。また、ノスケ、ゲスラー、グレーナーといった歴代の国防相、エーベルトとヒンデンブルクの両大統領が、「陰謀家」を仕事に「関与」させるような人物でなかったことも確実だ。それも特筆しておこう。もし、シュライヒャーが彼らの信頼を得ていたとするなら、彼は、頭脳だけでなく、人格的にも何か重きを置かれるようなことを示していたにちがいない。また、たいていの政治家に対しても、役者が一枚上だった。軍人としてのシュライヒャーは、政党、身分、経済勢力といったものの利害のために働き、闘ったのではなく（彼の対手の多くは、かような動機を持っていた）、ライヒ、つまり、全体の利益のためにそうしたのであった。従って、シュライヒャーは、そのような人々に対し、より強力な、異論を差し挟むことのできない立場にいたのだ。そこに、偏見に囚われないという彼の美点が加わった。軍人の特徴は視野の狭さであるということが好んでいわれるが、そうした点で彼を非難することは不可能である。まったく、その逆で、シュライヒャーは、彼が扱わなければならなかった政党政治家の多数とちがい、イデオロギー的な目隠し皮（馬がまっすぐに進むよう、左右の視野をふさぐ皮）をかけられてはいなかった。共産主義者に対する場合を除けば、あらゆることを実務の土台に載せて、理解することができたのだ。

　結局のところ、共和国初期の日々から、シュライヒャーがずっと「現場にいた」ことが、重要な役割を果たしたことはたしかである。彼は、一九一八年以来、浮上してきた問題のすべてを伝えられていたし、ヴァイマール共和国創設以来のあらゆる議会主義的な展開を熟知していた。政治的に一定の役割を演じた人物なら、誰であろうと知っていて、一九一八年以後の彼らの活動にも注目してきたのだ。彼らの長所と短所、しでかした失敗、さらした恥に至るまで、百も承知だったのである。生粋の参謀将校であるシュライヒャーは、過剰なまでに勤勉であり、それゆえに事情をよく心得ていたから、彼がほとんど知らされていないことでも、ごまかすのは不可能だったのだ。シュライヒャーは、お定まりの文句や空想の産物によって動かされるには、聡明かつ冷静に過ぎた。一方、ひとたび与えた約束は、無条件に守ることでも知られていたのである。かようなことすべてが、あの時代に、一介の将校がかくも大きな政治的影響力を振るうことができたという事実の説明になるかもしれない。それは、シュライヒャーという人間がなしたことであって、「ライヒスヴェーア」がそうしたわけではないのだ。

クルト・フォン・シュライヒャーの政治活動が、どのような評価を受けようとも、彼は、熱烈な祖国愛にみちた人物だったのである。彼が努力したのは、「ライヒに奉仕する」ということにおいてであった。なるほど、野心からは自由でなかったかもしれない。しかし、何かを得るのではなく、何かをなしとげるのも、その野心なのだ。ひょっとすると、政治のゲームがあまりにも気に入ったために、シュライヒャーの考慮と行動において、政治的な術策が過剰に前面に出されるということもあったかもしれない。しかしながら、シュライヒャーは、プロイセン的な意味における「国家の僕《しもべ》」〔フリードリヒ大王の「国王は国家第一の僕である」という言葉から引いた表現か〕だったのであり、おのれの権力と影響力を求める意志のために努力するような人物ではなかった。むしろ、権力と影響力は、ことをなすにあたって使われるべきだと、彼が信じたがゆえの尽力だったのだ。ナチズム、とくにヒトラーの評価については、シュライヒャーは政治的な誤謬を犯した。けれども、彼には闘うつもりがあったし、また、愛国者として、（今日のわれわれが知っているように）ドイツを不幸にみちびくことになった者たちの手にかかって、斃れたのである。

ナチズムとの遭遇

以上、シュライヒャーの人格について述べてきた。戦友の想い出のよすがとして、私には、かようなことを書く義務があったと思う。それを済ませたからには、あの数年間に起こったことについての叙述を続けることをお許し願いたい。まず、ダリューゲ警視監〔クルト・ダリューゲ（一八九七～一九四六年）。当時、内務省政治局長。最終階級は親衛隊上級大将。秩序警察長官やドイツ警察長官代理といった要職を歴任した。敗戦後に、チェコスロヴァキアで裁判にかけられ、絞首刑に処せられた〕が、ヒトラーにより、突撃隊の再編を任されたことからだ。当軍管区司令部は、国防省からの命令を受領した。これまでの経験と軍の見地から、突撃隊の大規模団隊の指揮官に留めておけないと思われる突撃隊高級幹部の氏名一覧表を提出せよというのだ。それに応じて、第三軍管区は、そのようなリストを届けた。本リストは、各地域の司令官、つまり、シュレージエンの第二騎兵師団長、辺境《マルク》担当のフランクフルト・アン・デア・オーデルならびにポツダム国防管区司令官の意見を取りまとめ、私が参謀長として署名したものであった。われわれには、機密とみなされていた情報だったが、国防省は、これをダリューゲに渡してしまったのである。ダリューゲとしては、突撃隊の当該幹部たちにリストを閲覧させるほかなかった。

もはや成功は望めない。われわれとしては、解任はもう実行不可能とみなした。とりわけ、氏名一覧に載っていた、ノイマルクの旅団指導者K某については、そうだった。彼は、この件について、男爵フォン・フリッチュ上級大将に疑問を呈し、私を解任するか、さもなくば、将軍が私を追及するように要求してきたのだ。男爵フォン・フリッチュ将軍は、いずれも拒否した。

結果として、ヒトラーは、ライヒスヴェーア、突撃隊、親衛隊（親衛隊は、六月三十日事件の経緯に鑑み、武装に関する要求を増やしており、そこからまた緊張が生じていた）の幹部に対し、今一度団結を訴えることが必要だとみなした。そのため、われわれは、オペラハウスに招集された。ヒトラーは、ライヒスヴェーアは「国民中唯一の武器の担い手」であり、これからもそうあり続けると、あらためて確認した。しかし、国防軍と党が、その下部組織とともに、ライヒの幸福のために行う共通の仕事で協力しないのであれば、ドイツを再び独立した大国にするという自分の使命は達成できないにちがいない。その場合には、ヒトラーはピストルを握るしかない。なんとなれば、おのが大業が失敗したというのに、おめおめ生きていることなど望まないからだ。かかる首相のアピールが、われわれ軍人にとって好ましいものだったかについては、私は言えない。その晩、会合参加者は、『タンホイザー』の記念演奏会に招かれた。指揮者はクライバーだった〔エーリヒ・クライバー（一八九〇～一九五六年）。オーストリアの指揮者。反ナチの政治姿勢で知られていた〕。微妙な状況に置かれているにもかかわらず、彼はいつでも、自分の仕事を素晴らしいやりようでこなし、ひとたび登場すれば、みごとにタクトを振ってみせるのだった。私はというと、よりにもよって、親愛なる敵であるところのK氏の隣に座っていた。とはいえ、彼も、サーベルやピストルを抜いたりはしなかったのだが。

あの、軍管区参謀長を務めていた時代については、もう一件、お伝えすべきことがある。その際、私は、ナチ党の措置に反対するよう、国防大臣を動かそうとしたのだが、失敗に終わったのであった。国防省は、「職業官吏再建法」（この法によって、「非アーリア人」は辞職させられる）〔一九三三年四月七日に公布された法令で、「非アーリア人」、すなわちユダヤ人を公務員職から追放することを決めていた〕の執行にあたり、あらゆる「非アーリア」将校と下士官兵をライヒスヴェーアから除隊させると定めていた。今では、この条項にあてはまる下士官兵の数がどれぐらいだったかを示すことは、私にはできない。ともあれ、それは、ごくわずかなものだった。将校に関しては、六人の少尉と一人の士官候補生が該当した。魅力的な将来が開けるわけでもないような時代に、志願して、ライヒスヴェーアに入隊したのだとすれば、彼らは、それによってドイツへの忠誠を告白したようなものだというのが、私の意見だった。今、たぶんユダヤ人の祖母がいるからという理由で、そんな軍人を去らしめることは、まったく戦友精神に背くと思われたのだ。同じく、ライヒスヴェーアが、第一次世界大戦に従軍したユダヤ人前線将兵をかばうのも当然しごくのことと、私は考えた。

また、この国防相の指示は、個人的にも、私と関わりがあることだった。その条件にあてはまる将校の一人は、かつての私の部下だったのである。彼は、少尉として、コルベルクの猟兵隊で勤務していたのだ。本事案で、とりわけ悲劇的だったのは、この若者が今まで、自分のユダヤ人の先祖について何も知らなかったことであった。彼がまだ子供だったころ、両親が離婚していたのである。イギリス国籍の母親は、故郷に帰り、そこで亡くなった。ほかの者同様、アーリア人証明書を取得しなければならなくなったときに、彼の父親は初めて、母親は半ユダヤ人であると告げたのだ。そこで、彼は、私に助けを求めてきた。本件について、私は、当時まだブロンベルクの右腕だった、フォン・ライヒェナウ将軍に宛てて、きわめて明快な内容の手紙を送ったものだ。そのなかで、軍が党に譲歩して、これら少数の将校や下士官兵を犠牲にするようなことがあれば、それは怯懦《きょうだ》というものであろうという見解を表明したのである。彼らは、ライヒスヴェーアに入隊することによって、ドイツのために命さえも捧げる用意があることを証明したはずだ。ライヒェナウは、私の手紙をブロンベルクに見せた。ブロンベルクは激怒したそうである。心にやましいところがあるからだろうと、私は思った。ブロンベルクは、手紙をフォン・フリッチュ将軍に示し、私を処分するつもりだと宣言したという。ところが、フリッチュは、それは自分の専管事項だと注意して、手紙を取り戻したとの由だった。真の軍人として、彼は、私の見解を是認し、ゆえに、私の不利になるようなことは何もしなかったのである。さりながら、いわゆる非アーリア人の排除に関するブロンベルク指令に関しては、フリッチュもむろん、取り消せなかった。ただ、幸いなことに、くだんの少尉については、フォン・ゼークト上級大将に手紙を書いて、その在華軍事顧問団に引き取ってもらうことができたのだ。同軍事顧問団が政府によって帰国させられたとき、人事局のほうで、彼を軍に復帰させることに成功した。ただ、ポーランド戦役中、中隊長として、ブズラ河畔の戦いで部下の狙撃兵たちの先頭に立っていた際に、彼は戦死した。なんとも残念だったことである。

ヒンデンブルクの死

一九一四年の動員第一日から二十年目になる一九三四年八月二日、ドイツ全土に半旗がひるがえった。大統領フォン・ヒンデンブルク元帥が、彼の父祖の所有地であった東プロイセンのノイデックで、永遠の安息に就いたのである。

ライヒスヴェーアにとって、この死は、単なる国家元首の交代や最高司令官の喪失以上のことを意味していた。ヒンデンブルクは、そのなかでライヒスヴェーアが育ってきた伝統を体現する存在だったのだ。ライヒスヴェーアは、かつて「プロイセン王国軍」と彼らの「最高司令官たる将帥」を結びつけていた感情を以て、タンネンベルクの勝利者に対していた。この「老紳士」が健在で、ライヒの頂点にいるかぎり、軍は、いかなる政党、ナチ党に対してさえも、「われに触れるなかれ《ノリ・メ・タンゲレ》」〔聖書で、復活したキリストが、マグダラのマリアに告げたとされる言葉〕と言いつづけられたのである。

ヒンデンブルクについては、左のような疑問が繰り返し検討されている。寄る年波、最後には病気によって、大統領の気力が減殺されたため、自らの決定の意義をもはや、そう、少なくとも完全にはもう見通すことができなくなり、外からの影響に動かされ、言われるままに動くようになってしまったのかどうか。だとすれば、いつ、どの時点からなのか。この問題の討議に関しては、私も、純粋に個人的な交友を重ねるうちに得られた、いくばくかの観察をもとに貢献することができよう。私が、老紳士を最後に見たのは二度、一九三四年初頭の数か月のことだった。一度は、シュルスヌス〔ハインリヒ・シュルスヌス〔一八八八〜一九五二年〕。ドイツの声楽家〕の演奏会の夕べで、美しい大統領宮には、多数のお客が招待されていた。彼の家で開かれる、この種の催しで常にそうであったように、今夜もまた、快適ではあるものの、単調な接客の図が描かれていた。魅力的な嫁と息子に支えられ、ヒンデンブルクは、威厳とともに、生まれながらの大物ならではの完璧な愛想の良さを以て、客たちを迎えていた。彼は、誰に対しても、二、三の言葉をかけていた。多くは、何か、過去のできごとに関することだったり、相手の父親と自分のあいだの個人的なつながりについての話であった。名前や遠い昔のことについてのヒンデンブルクの記憶力は驚異的だった。この晩、とくに私の眼についたのは、ヒトラーを迎えた際の好意的なやりようだった。ヒトラーも同様にうやうやしく、かつ、はっきりと大統領に尊敬の念を示した。老紳士は一晩中、演奏のあいだとその後に、慣れたようすで、お客と会話を交わしていた。

別の機会があったのは、ごく近しい親戚の集まりのときで、私と妻も、ヒンデンブルクに招待されたのである。ときおりのことではあったけれども、彼の娘たちの一人か、私の姉ヘルタ（快活な性格ゆえに、彼女はヒンデンブルクのお気に入りだった）がヒンデンブルク家を訪問する際に、われわれも招かれることがあったのだ。その晩も、こうした小さなサークルだけで過ごす、快適なものだった。ヒンデンブルク家で、素晴らしい正餐会が開かれたのだ。食事には、たいてい美味いパンチが供され、老紳士もそれをおおいに愉しんだものだった。後半になると、彼はしばしば、選び抜かれた上等のワインを一瓶出してくれた。その前、ヒンデンブルクの誕生日に贈られた品であった。そうした折に、彼は、昔のちょっとした想い出を、あれこれと語ってくれたものだ。私にしてみれば、ヒンデンブルクは、両親の世代のうち、最後の生き残りだったのである。しかし、彼はまた、われわれ、若い者が日々の問題について話すのに、耳を傾けることを好んだ。ヒンデンブルクがなお、あらゆること、とくに軍事問題に関する論議に参加してくるのは、私には印象深かった。その際、何度となく示されたのは、彼が、われわれよりもずっと長いスパンで物事を考えていることだった。

そうしているうちに、昔のできごとから、軍事問題へと話題が移っていく。そのとき、騎兵総監フォン・ポーゼク将軍〔マクシミリアン・フォン・ポーゼク（一八六五～一九四六年）。当時、中将。最終階級は騎兵大将〕が行った槍に関する論争が問題になった。若い世代に属するわれわれは、槍はパレード用の素敵な道具ぐらいにみており、将来の戦争で有効に使える兵器だとは思っていなかった。ところが、老騎兵たちは、どんなことになろうと、愛する槍と別れるつもりはなかったのである。老紳士は、ひたすら冷静に、この件に論評を加えた。「善良なポーゼクが、これから槍で何をしようとしているのか、私には見当もつかん。しかも、これに関しては、伝統がものを言うことはまったくないね。そもそも、槍騎兵を除けば、騎兵が槍を装備したのは、やっと一八七〇年以降のことなのだ」。さらに驚かされたのは、かつて数百万の軍勢を率いたヒンデンブルクのような人が、ライヒが攻撃された場合、小さなライヒスヴェーアをいかに運用するかについて、われわれ、より若い層と完全に一致したことだった。

私がヒンデンブルク家で過ごすことを許された、とある晩に、彼の記憶力は、まったく驚嘆に価するという事実が証明された。第三近衛連隊の戦友のことが話題になったときだ。彼の父は、少尉時代に、同連隊でヒンデンブルクと一緒に過ごしたのである。ヒンデンブルクは、その老紳士フォン・レーベルが婚約した際のことを物語り、このように言った。「当時の私は、連隊副官だった。レーベルが婚約したというので、おふざけをこめた電報を送ろうということになり、私が詩を添えなければならなくなったんだよ。たぶん、その詩は今でも思い出せるだろう。なにぶん四行詩だったんだから」。実際、老紳士は、数秒ほど思案しただけで、われわれに対し、その四行詩を口ずさんでみせたものである。この一件は、当時、第三近衛連隊が駐屯していたハノーファーで、ヒンデンブルクが勤務していたころに起こったことであった。従って、時間的には一八七〇年代末ということになり、少なくとも五十五年前の話だったのだ。ヒンデンブルクはまた、ときにユーモアいっぱいのスケッチや文章を見せて、親戚たちを楽しませた。

元帥の存命中に、もう一度、ノイデックを訪れたことがある。彼のために新築された家は、質と規模の双方からして、東プロイセンの地主流の、質素でありながら上品な建物だった。そこは、古い家具で美しく飾りたてられていた。故人となったヒンデンブルク夫人が、芸術に関する豊かな知識を以て収集したものだ。とりわけ印象深かったのは書斎で、そのなかには、ヒンデンブルクが大戦中に受けた名誉表彰の贈り物が並べられていたのである。ルーデンドルフが、あまり愉快ならざるやり方で大統領に反抗したにもかかわらず、執務室には、以前同様に彼の肖像画が掛けられていた。ヒンデンブルクの人柄を特徴づけることだといえる。

かつてヒンデンブルクの参謀長であった人物〔ルーデンドルフ〕と元作戦参謀のホフマン将軍〔マックス・ホフマン（一八六九〜一九二七年）。タンネンベルク会戦当時、中佐で、東プロイセン防衛の任を負ったドイツ第八軍の作戦参謀。最終階級は少将〕が、とにかく、あらゆる参謀本部の伝統に背いて、タンネンベルク戦勝利の名声を自らのものにしようと試みたことについて、老紳士は、そっけない註釈を加えただけだった。「もし、あの会戦に敗れていたなら、私こそが、その責任を負うということになっただろうさ」。彼のベルリンの執務室には、伯爵シュヴェリーン元帥〔伯爵クルト・クリストフ・フォン・シュヴェリーン（一六八四〜一七五七年）。フリードリヒ大王の宿将だったが、七年戦争初頭のプラハの戦いにおいて戦死した〕の担架に寄り添うフリードリヒ大王を描いた絵が掛けられていた。それについて、あるとき、ヒンデンブルクは言ったものだ。「私には、こういう死に方が望ましかったよ」。

　ヒンデンブルクに精神的な活力が残されていたかという問題に戻ると、一九三四年春までは、その衰退はみられなかったと、私は信じる。けれども、彼の生涯最後の数週間に見舞われた苦悩が、最終的にはその死を招いたのだし、おそらくは、精神的な活力をも減退させたのかもしれない。それは考えられることだ。この病ゆえに、ヒンデンブルクは、死の直前の数週間を、ノイデックにひきこもって過ごさなければならなかった。そうした事実こそ、彼が六月三十日事件について知らされていたのは、ヒトラーその人からだけであったというのはたしかであり、それゆえに、ヒトラーが公表したヒンデンブルクの感謝の電報が出されるようになったことについて、首尾一貫した説明を与えてくれるように思われる。加えて、医師の訪問が認められなかったということもあるのだ。

元帥の甥である私は、タンネンベルク会戦記念堂のもとで行われる葬儀への招待状を受け取った。その葬儀は、きわめて尊厳にみちたもので、印象深かった。私には、そうとしか言えない。ただし、それが老紳士の控えめな性向に合っていたかどうかは別問題である。ノイデックで、夫人のそばに埋葬されるのが、ヒンデンブルクの遺志であったことは、よく知られている〔ヒンデンブルク夫妻の棺は、彼の遺志に反して、タンネンベルク会戦記念堂内に置かれた〕。国防軍監督〔この場合の「監督」は、プロテスタントの用語で、カトリックの司教に相当する〕D・ドールマン〔フランツ・ドールマン（一八八一〜一九六九年）。ドイツのプロテスタント神学者にして、監督〕の弔辞は、その率直さにおいて、故人の気持に沿っていたことは間違いない。記念堂内に棺が運びこまれる際に、第三近衛歩兵連隊閲兵行進曲が演奏された。この曲が鳴り響いたのは、おそらく、このときが最後ということになろう。偉大なる軍人に対する、真の別れの挨拶であった。

ヒンデンブルクは、おのれの行状について、いつかは神に弁明しなければならぬことを常に意識していた。ヒトラーが言ったように、「ヴァルハラに向かう」つもりが彼にあったかどうかは、もちろん疑わしいことと思われる〔「ヴァルハラ」は、北欧神話で、大神オーディンが戦死者を迎え入れる天堂〕。出席した他国の代表が故人の栄誉を称えたなかで、われわれ軍人が望んでいたものが、一つだけ欠けていた。フランス大使は、ヒンデンブルクの棺の上に、あの第三近衛連隊軍旗の布を置こうとはしなかったのである。それは、第一次世界大戦後、何年も経ってから、フランス人がドイツ軍の戦死者を改葬しようとした際に、第三近衛連隊のある斃れた擲弾兵の胸に隠されているのを発見し、「戦利品」として、廃兵宮に掲げていたのだった(軍旗の旗ざおは、当時、サン・レオナールの戦いにおいて、同連隊により、取り返されていた。一方、旗そのものは、かの擲弾兵が身につけて隠し、彼が死ぬとともに行方不明になっていたのである)。この機会に、かかる名誉にみちたやり方で失われた軍旗を返し、騎士道的な振る舞いを示していれば、われわれ軍人、そして、諸国民の和解を切望するすべての者に、深い感銘を与えたことは確実だったろう。

ヒンデンブルクが亡くなった直後に、ライヒスヴェーアは、「総統兼首相」に忠誠宣誓を行えとの国防省命令を受け取った。はたして、元帥が大統領だったころにそうだったような「われに触れるなかれ」という状態を、以後も維持できるのだろうか? あいにく、いかなる権利を以てしても、当時の軍人が忠誠宣誓を求められて、それを拒否することはできなかっただろうと、私はみる。表向きの合法性を守るために、ヒトラーは、早くもヒンデンブルクが死去する前の日に、国家元首のありかたを定める法令を公布していたのである。

公然たる再軍備の開始

既述のごとく、「権力掌握」後も、軍隊の再軍備に関する決定的な措置はなお取られていなかった。それらは、注意深く武装を近代化すること、一定の組織改編、さらに重要な仕事として、のちに歩兵師団の数を三倍にできるよう(平時においても)準備することに限定されていたのだ。

ヒトラーは、軍隊の内部機構に干渉することを避けていた。ヒンデンブルクが生きているあいだは、ライヒスヴェーアに対して、徹頭徹尾抑制的に振る舞っていたのである。もっとも、彼は、ライヒスヴェーアの打撃力を高めるような措置であれば、多大なる関心を示した。それで一度、第三軍管区が設定した演習に出席したことがある。その際、われわれは、当時保有していた近代兵器をすべて、彼に見せてやった。演習は、ほとんど封鎖状態にしたツォッセン部隊演習場で実施された。まさしく技巧の粋をつくした演習だった。自由になるスペースが限られているなかで、われわれが示すべきことが、ほぼ実戦同然の状態で、整然と行われたのである。このとき、実に滑稽なできごとがあった。演習には、わが軍最初の軽戦車が参加していたのだが、それらは、ただ車台にエンジンを据えただけのしろもので、砲塔や武装は付けられていなかった。つまり、そもそもがまだ模造品にすぎなかったのだ。この戦車群が、第九騎兵連隊相手の戦闘に突入した。かかる新しい事物に、馬たちが慣れていなかったことはいうまでもない。おびえる馬たちをみて、勇敢なる騎兵たちは、当然、面白からぬ感情を抱いた。戦車の上方は開放されていたから、腹を立てた騎兵は、怒りにまかせて、サーベルで無防備な運転手に斬りつけたのである。

ヒトラーの興味は、あらゆる技術上の細目にまでおよんでいた。演習につづき、兵営で将校たちと朝食を摂ることになったとき、彼は短いスピーチを行った。このとき、ヒトラーは、聴衆の心に合わせて、言葉を繰り出すわざを持っていることを証明したのである。その演説中、重要だったのは、彼が、ライヒに充分なだけの国防軍を持たせるために全力をつくすとしたことだった。それが成ったときにこそ初めて、真の意味で独立した国家として、政策を推進し得るというのだ。内政的なプロパガンダが表明されることもなく、不穏当な戦争への意志をほのめかすようなせりふも一言たりとなかった。ヒトラーは、実務的かつ明快に、中庸を得たことをしゃべったのである。

一九三五年三月十六日の一般兵役制再導入は、わが司令官フォン・ヴィッツレーベン将軍と私にとって、まったくの驚きだった。その公布に先立ち、ヒトラーが、国防大臣とフォン・フリッチュ上級大将にだけ通知しておいたことはあきらかだった。陸軍総兵力を十二個軍団・三十六個歩兵師団と確定したのも、ヒトラーその人に起因する。これだけの兵力を持つという目標が、理にかなったものであるのは疑う余地がなかったし、いかなる点からも侵略戦争の土台になるようなことではなかった。かつて一度、そうなったときの情勢〔第一次世界大戦〕が示すように、かような戦争は多正面戦争に拡大するだろうと、誰もが予測していたのである。右の陸軍総兵力が、ただ防衛戦にのみ充分な量であったことはいうまでもない。しかも、ドイツの国力を消尽してしまうようなものでもなかった。しかしながら、師団数三十六個への拡張は、段階を踏んで進めるようにしたほうが、新国防軍を内政的に確たるものとする上で好ましいだろうと、われわれ軍人は観測していた。現実的で、比較的容易に遂行し得る第一手は、すでに準備されていた師団数の三倍増、二十一個への拡張であったろう。おそらく、軍の大部分が、そのように考えていたのだ。

当然のことながら、三十六個師団への大躍進も、実際には、その一部しか実行できなかった。新編師団は、この先もながらく、連隊の定数を満たしていなかったし、そうした連隊の隷下大隊もまた建制に達していなかったのである。砲兵に関しても、同様の状態だった。これに対して、三倍増をまず進めておけば、師団の建制を速やかに充足することも可能だったろう。

建制の著しい拡張と、志願兵制度に代わる兵役義務の導入は、陸軍の性格を完全に変えてしまった。ライヒスヴェーアはそれまで、団結し、精神も一体化された組織体であった。ところが、兵役義務にもとづき徴兵された人々が流入するとともに、当たり前のことではあるが、国民のあいだに存在していた、さまざまな政治観もまた、部隊に入ってきたのである。とくに眼についたのは、新兵が、入隊前にすでにヒトラーユーゲントの学校に通っていることだった。さらに、第三軍管区では、多数の警察部隊を軍に編入しなければならなかった。警察に所属していた者は、今まで公務員だったのだ。彼らの多くにとって、おのが思考を公務員から軍人のそれへと変えていく道を見出し、公務員の権利を放棄するのは、たやすいことではなかった。将校団自体も、元将校多数を現役復帰させることによって、その団結性を失わざるを得なかった。それは避けられないことだったのである。もっとも、退役していた将校のほとんどが、すぐに軍人精神を取り戻し、軍隊指揮官として価値ある存在となった。だが、一部には、年を取りすぎて、それゆえ安逸に慣れてしまった者、市民として暮らしているうちに、精神的に軍人の観念から遠ざかった者もいた。

従来のライヒスヴェーアに在隊していた将校や下士官兵のすべてが、来るべき数年間に、極度に高い水準の負担を課されることになった。しかし、歩兵師団七個を三十六個に拡充するには、そうするほかなかったのである。ところが、この数も、じきに増やされたのだ。加えて、一連の個別部隊の新編が予定された。まず何よりも戦車団隊、ついで歩兵師団の建制内に重砲大隊、対戦車大隊等を新設、最終的には軍直轄部隊も編成することとされたのだ。他にも、少なからぬ数の将校を、新しく誕生した空軍に割愛しなければならなかった。それゆえ、ある部隊が、一定程度の編成作業を済ませ、応急訓練を受け終わるや、ただちに再分割されるか、最低でも、新編部隊用に基幹要員を差し出さなければならないといったことが生起したのである。

　こうしたことすべてによって、将校団は極端に過大な要求を課せられることになった。それは必然的に、将校がおのれの職業上の課題に埋没し、軍自体も、軍事の領域内にないことがらを把握することが不可能になるという事態につながっていったのだ。さらに、この数年間に、ヒトラーが再軍備の進行を著しい規模で加速させていったことで（ところが、そのあいだでさえも、本当に実戦に投入できるような部隊は無きにひとしかった）、軍は、ある危険水域に達していた。それを克服するには、あらゆる労力をつぎこみ、軍人が自分の職務でもない問題に精力を浪費するのも止めさせる必要があった。

　続く数年間、軍が、内政の領域に生じた諸問題に眼を向けていなかったという事実も、ここから説明できよう。しかし、忘れてはならないことは他にもある。軍人は、政治的なことに対して、まったく抑制的だった。その点は、ヴァイマール共和国時代のままだったのだ。

❖原註

1　フェルチュ将軍〔ヘルマン・フェルチュ（一八九五～一九六・年）。当時、大尉で、国防省報道局長。最終階級は歩兵大将〕は、その著書『責任と悲運』で、突撃隊高級幹部がベルリンで催した、一揆についての会議の情報を、第三軍管区司令部参謀長、すなわち私に届けたと記している。それについては、もう思い出せないが、そういう会議が持たれたことは確実だろう。

❖2

ヘルドルフ伯爵は当時、たしかに突撃隊に所属していたのだが、レーム路線が危険であることも認識していた。彼は、ベルリン警視総監に栄転したが、のちに一九四四年七月二十日の企てを行った人々に与し、処刑された。

❖3

これに関して、誰がこの悪行の張本人だったかという問いかけがなされよう。ヒトラーその人だったのか？　彼にはまだ、フォン・シュライヒャー将軍を恐れているという動機があったのか？　そうだとすれば、どっちみち、シュライヒャー一人で充分というわけにはいかなかっただろう。ベルリンで「裏切り者」に「徹底的な措置を取った」と誇っていたゲーリングが主唱者だったのだろうか？　のちにモンドルフ［ルクセンブルクのバート・モンドルフのこと。一九四五年、米軍がここに捕虜収容所を設置し、ゲーリングほかナチスの幹部や高級軍人を監禁、尋問を行った］の獄にあったころ、ゲーリングが語ったところによると、彼は、シュライヒャーをただ逮捕するだけの目的で、一人の刑事を派遣したのだという。ところが、刑事が現場に到着したときには、シュライヒャー夫妻がすでに殺害されているのを発見したとのことだった。このゲーリング証言とは逆に、私が聞いた、六月三十日事件から数年後のフォン・ハマーシュタイン将軍の発言では、とにかくゲーリングにはシュライヒャーを怖がるだけの理由があったとのことだ。シュライヒャーが、ナチ党を分裂させ、その指導者たち（ただし、ヒトラーではない）から、数名を入閣させることを考えていたころ、ゲーリングは大臣職を得ようと、大わらわになっていたのだという。これは、シュライヒャー自身が、彼（ハマーシュタイン）に語ったことだった。シュライヒャーがそんな試みを知っていたことは、ゲーリングにとっては脅威であった。それには、疑いの余地がなかろう。しかしながら、この挿話も、ゲーリングが張本人だったとするための決定的な証拠にはならない。

❖4

東プロイセンのノイデックにある地所に逗留していた大統領が、長引く病に苦しんでいたことは、当時知られていなかった。数週間後、彼は、その病気ゆえに死に至ったのである。同地で孤立していた大統領が、六月三十日事件についても、ヒトラーから、ごく一面的にしか知らされていなかったことも、あのころにはわからなかった。

❖5

自らの政府の基盤をつくるため、首相となったシュライヒャーが、労働組合、そして、ナチ党が分裂する可能性に希望をかけていたことは、よく知られている。ナチ党に関しては、彼は、ヒトラーの力と人物を過小評価していた。労働組合にあっては、ノスケ（彼は、ある民主政の興亡を、身を以て体験したのだ）の証言によると、ブライトシャイト〔ルドルフ・ブライトシャイト（一八七四～一九四四年）。社会民主党の指導者の一人だったが、ヒトラーの政権掌握後、フランスに亡命した。しかし、ドイツのフランス占領ののちに逮捕され、殺害された〕のもとにあった社会民主党指導部から異議が出されたのだという。ブライトシャイトは、「反動将軍」との協力の可能性を封じてしまったのである。

1932年、就任した直後の
シュライヒャー首相

1933年、中央の人物がブロンベルク。その左右にはヒンデンブルク大統領とヒトラー

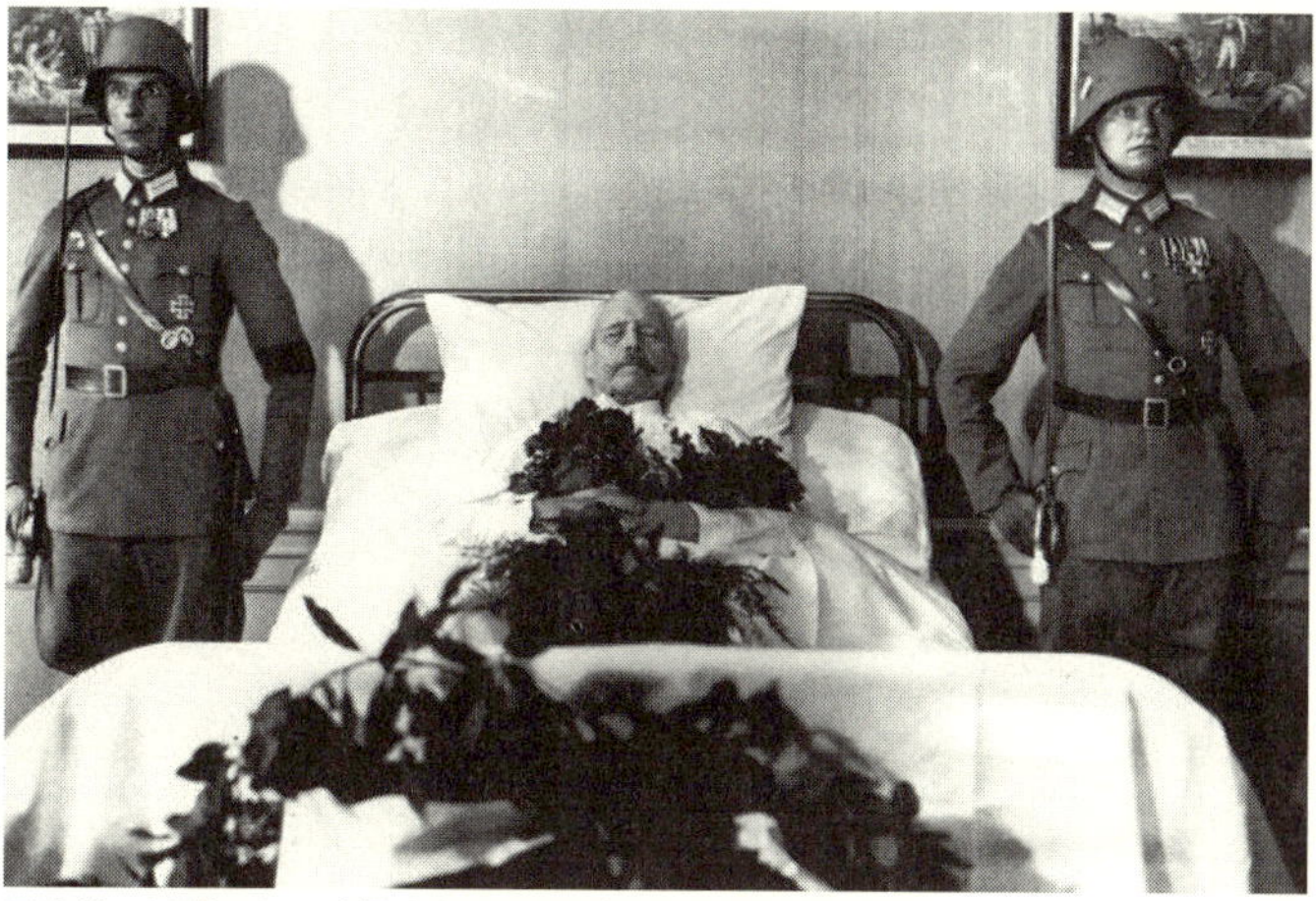

死去後、国葬のため安置されるヒンデンブルクの遺体

1936年3月7日、「ラインラント進駐」。住民から歓迎を受けるドイツ軍将兵

第八章　陸軍総司令部

陸軍参謀本部作戦部長・参謀次長　陸軍参謀本部の地位と参謀総長　開進計画と演習旅行　国土の強化　ラインラント進駐　陸軍拡張　装甲兵科の創設　突撃砲兵　後備師団　外国の軍隊——イタリア、ハンガリー、ブルガリア

陸軍参謀本部作戦部長・参謀次長

一九三五年七月一日付で、私は、陸軍参謀本部第一（作戦）部長に任命された。この素晴らしく、しかも重要な地位にあったのは、一九三六年十月一日までだ。その後、私は参謀次長に進み、同時に参謀総長代理ということになった。作戦部長として働くということは、おそらく、ある参謀将校が担い得る任務のうち、もっとも責任があり、かつ名誉あるものを引き受けることを意味している。むろん、陸軍参謀総長その人を除けば、という留保付きではあるが。しかし、参謀次長は、そのときどきの軍の運用に関する問題において、陸軍参謀総長ばかりか、陸軍総司令官の右腕でもあるのだ。なる

ほど、参謀次長に昇進したことは名誉であったけれども、当時の私は、陸軍参謀総長と作戦部長のあいだに置かれた、満足のいかない中間管理職的な地位で、右記のごとき役割を果たせるだろうかと危惧したものである。ただ、実際には、男爵フォン・フリッチュ上級大将とベック将軍が私に信頼を寄せてくれたおかげで、そうした懸念も杞憂《きゆう》に終わった。戦時の指揮とその知的な準備に関するすべてのことに対して、私は影響力を維持した。参謀次長になってからは、担当部局の長たちの上官として、編制や要塞構築の問題、技術上の発展についても、同時に影響をおよぼすことが可能となったのである。それゆえ、私は、いずれの職にあっても、同様の活動を行うことができた。

ここではまず、一般兵役制の再導入とともに、あらためて設立された陸軍参謀本部の権能と組織に関して、いくばくかのことを述べてみたい。

陸軍参謀本部の地位と参謀総長

一九三二年末以来、アーダム将軍の後任として、部隊局長になっていたベック将軍は、プロイセン王国陸軍の横範にならって、陸軍参謀本部を再建せんと努力していた。ベックほど、その使命に適した人物は、ほかには見いだせなかったであろう。彼は、私が知己を得た高級軍人の誰よりも、その人格と能力において、伯爵モルトケ元帥というお手本に近づいていた。

陸軍参謀本部の機構、そして、何よりも、偉大なる名将、モルトケやシュリーフェンの意識に、しかと則《のっと》って、参謀将校という軍エリートの精神を再建したのは、ベックその人だったのである。

ある一点、さよう、まさに決定的な一点において、根本的に異なる状況に、ベックが対していたことはいうまでもない。それは、陸軍参謀本部自体の地位に関すること、従って、陸軍参謀本部とその諸部局が、そもそも最高指導部に対して、いかなる影響力を行使し得るかという問題だった。

プロイセン参謀本部の起源が、遠く一八〇六年までさかのぼることは間違いない。だが、参謀本部が初めてその重要性を発揮したのは、解放戦争においてであり、なかんずく、ブリュッヒャー〔ヴァールシュタット侯爵ゲープハルト・レーベレヒト・フォン・ブリュッヒャー（一七四二～一八一九年）。最終階級は元帥。プロイセン軍の司令官として、ナポレオンのフランス軍と戦い、大功をあげた〕の参謀長を務めたグナイゼナウによってのことだったのである。とはいえ、以後数十年にわたり、参謀本部は、陸軍省の下部組織とされてきた。大モルトケ〔前出のモルトケ元帥。第一次世界大戦時に参謀総長だった甥と区別するために、こう呼ばれる〕が、将帥としての功績をあげたことによって、ようやく参謀総長はカイザー直属とされたのであった。しかしながら、そのあとでも、参謀総長は、君主にとって、唯一、あるいは最高の相談役というわけではなかった。以後も陸軍大臣が、編制、教育訓練、武装や陸軍軍政にかかわることすべてに責任を負っていたのである。なるほど、参謀本部が要求を出すことはできた。けれども、最後の決定権を握っているのは、陸軍大臣だった。予算案に関して、帝国議会で軍を代表しなければならないのは陸相だったからだ。それは、第一次世界大戦前に、陸軍拡張案が提議された際にも、はっきりと示された。そのとき、陸軍大臣は、参謀本部の希望を完全に満たしてやれなかったのである。加えて、カイザーの軍事面の相談役として、非常に大きな影響力を持つ軍事内局〔国王の諮問機関〕長がいた。これは、陸軍大臣と並立するかたちで独立しており、最高司令官の統帥権執行機関として、帝国議会にも責任を負わないのであった。軍事内局長は、何よりも将校人事、そして軍人の人事一般に関する権限を握っていた。参謀総長が決められるのは、ただ参謀将校の配置のみだったのだ。最後に、軍団長以上の司令官も、帷幄《いあく》上奏《じょうそう》権《けん》〔議会等を通さず、カイザーに直接、意見具申を行う権利〕を有していたのである。

さりながら、戦時において、陸戦の指揮に責任を負うカイザーの諮問役は、参謀総長だけだった。従って、その時点の彼我の兵力比に照らして、ライヒが戦争を遂行し得る状態にあるか、その場合、いかに軍を率いるかを判断するにあたり、参謀総長の意思表示が決定的であったことは間違いない。ただし、和戦の決定は、参謀総長の権限ではなく、カイザーと政治に責任を負う帝国宰相がその権利を握っていた。

第一次世界大戦において、ヴィルヘルム二世の陸軍に対する統帥権行使は、実際には名目的なものでしかなかった。陸戦指導は（のちには戦争全般の指導も）参謀総長にゆだねられたのだ。それ以上に、陸軍最高統帥部が、政治に対する決定的な影響力を得たとするなら、その原因は、ルーデンドルフの人格の強さと歴代の帝国宰相ならびにカイザーの弱さに由来していたのである。

一方、一九三〇年代の陸軍参謀本部再生にあっては、まったく異なる事情に支配されていた。陸軍参謀総長はもはや、「最高司令官たる将帥」の相談役ではなかった。単に、陸軍総司令官の相談役にすぎず、それも、彼が分担する領域に関してのみのことだった。陸軍参謀総長のほかにも、同程度の権能を有する陸軍総司令部の部局長がいた。もちろん、陸軍参謀総長は、正式にではないにせよ、実務面から、「同等者のなかの第一人者《プリームス・インテル・パーレス》」だったかもしれないのではあるが。

　しかし、もっと深刻だったのは、陸軍参謀総長が国家元首に直接働きかけるのはもう不可能だということであった。国家元首と陸軍総司令官のあいだに、国防軍全体の最高司令官である国防大臣が入ることによって、そうした作用をおよぼす可能性は、いっそう少なくなった。かくて、陸軍参謀総長職は、戦時における軍事の相談役筆頭という地位から、陸海空軍それぞれの総司令官の補佐役相当という三等職に転落したのである。その権能を通じてのみ、陸軍参謀総長は、最高指導部に自らの見解を認めさせることができたのだ。しかし、陸軍総司令官にしてみれば、自分と国家元首のあいだに、もう一階梯、つまり国防大臣がいるのを認めなければならなかった。国防相の下にあっては、陸軍総司令官も、国防軍の同格の三軍種、陸軍、空軍、海軍のそれぞれの責任者の一人にすぎなかったのである。そこから、「第三帝国」においては、陸軍参謀総長も、また陸軍参謀本部全体も、カイザーの帝国で有していたそれに近いような影響力を持ち得なかったという事実があきらかになろう。

　にもかかわらず、ベック将軍が、自らの部署の使命について理解していたような、高い姿勢も許されなかった。彼は、参謀本部は、陸軍総司令官の執行機関、もしくは、純粋に専門に特化した諮問役だとみなしていた。が、彼はむしろ、モルトケやシュリーフェンの後進の一人として、陸軍の出動に、いちいち共同責任を負おうとした点で一貫していた。だからこそ、ベックは一九三八年に、その権威のすべてにものを言わせて、ヒトラーが戦争を企図していることに反対すべしと、陸軍総司令官に要求したのである。それが、フォン・ブラウヒッチュ上級大将〔ヴァルター・フォン・ブラウヒッチュ（一八八一〜一九四八年）。一九三八年当時の陸軍総司令官。のち、一九四一年に、ヒトラーはブラウヒッチュを解任、自ら陸軍総司令官となった。戦後、戦犯裁判にかけられることになったが、その前に病死した〕に通じなかったとき、ベックは辞職したのだ。いまや、軍最高指導部の構成そのものが、陸軍参謀総長の責任を軽減する方向に働いていたのだが、ベックは、辞職によって、そんなことは認めないとの意思を表明したのだ。それゆえ、ベックは、モルトケ的な意味での真の「参謀総長」としては、最後の人だったのである。

ベックがそういう立場を取っていたことから、陸軍総司令官とのあいだには、当初、意見の相違があった。それを書かずにおくわけにはいくまい。当然のことながら、陸軍総司令官は、最後の決断は自分独りで引き受けることを求めた。そのため、陸軍参謀総長が基本的に、陸軍総司令部の他部局の長よりも優位に立つということを認めようとしなかったのだ。しかし、そもそもの根本的な見解ならびに、重要な軍事上の問題のすべてにおいて、この頭脳と人格において高く評価されていた二人の軍人、フリッチュとベックのあいだには、完全な一致がみられた。だからこそ、両者の協力は、絶対の信頼のもと、摩擦を起こすこともなしに進んだのである。男爵フォン・フリッチュ上級大将の辞任によって、かような態勢もついに変わった。フリッチュの後任となった、フォン・ブラウヒッチュ上級大将は、ベックを高く評価していたようだが、ズデーテン危機に際し、上に対して、彼の見解を実際に代弁してやるつもりなどなかった。あるいは、そんなことができるほど、自分は強くないと感じていたのだ。しかも、ブラウヒッチュはおそらく、陸軍総司令官職に就く際に、近い将来ベックを解任するとの意図を、ヒトラーから聞かされていたのである。

かかる軍最高指導部の構成と、それによる陸軍参謀本部の地位後退が、陸軍参謀本部と国防軍指導部のあいだに、よりいっそうの見解の相違をもたらしたことは、驚くにあたらない。この点については、本書後段でまた触れることにする。

さて、もう陸軍参謀本部の機構について詳述してもよかろう。部隊局は、「陸軍参謀本部」に改編されるにあたり、大きく拡充された。かつての五部（作戦、編制、外国軍情報、教育訓練、運輸）が、十三部から構成されるようになったのだ。ベック将軍は、そのかみの「大参謀本部」のお手本に従い、いくつかの部課を、それぞれ一人の部長の下にまとめた。この措置は、一方では陸軍参謀総長の負担軽減に役立ったし、動員時には、あらたに編成される軍集団や軍の参謀長に各部長を当てることを可能とした。

第一部長のもとには、作戦、編制、陸上要塞、地図測量の各部課が置かれ、ほかに、技術的進歩の調査観察と促進にあたる部が配された。第二部長が率いるのは、補給部と運輸部である。第二部長は、動員時には兵站総監に就任し、全陸軍の補給関係部署がその麾下に入る予定だった。第三部長は、東方ならびに西方外国軍課によって、外国軍隊に関する情報を獲得することを業務内容としていた。第三部には、駐在武官部も組み込まれており、信任を受けてベルリンに赴任した陸軍武官と、われわれの在外武官を管轄することになっていたのである。最後に、将校と部隊の教育訓練に携わる部署の長として、第四部長がいた。また、陸軍参謀総長直属の機関として、戦史部、陸軍大学校、中央部がある。最後の部は、参謀将校の人事記録を担当するばかりでなく、陸軍人事局と協力して、動員時の高級指揮官の配置を決めることになっていたのだ。それによって、陸軍参謀総長は、少なくとも、この重要な問題については、以前よりも大きな影響力を振るえるようになったわけである。中央部長と「総統付国防軍副官」を兼任していたのは、ホスバッハ大佐〔フリードリヒ・ホスバッハ（一八九四〜一九八〇年）。最終階級は歩兵大将。国防軍副官として、一九三七年十一月五日の会議におけるヒトラーの侵略企図表明を聞き、それを覚書にして残したことで有名である。第二次世界大戦では、軍団長や軍司令官を歴任した〕だった。彼は、ベック将軍の厚い信頼を得ており、その二重の職務においても、陸軍の利害と陸軍参謀本部の見解をヒトラーに伝えることに成功していた。ただし、それも、ホスバッハが、男爵フォン・フリッチュ上級大将に忠誠をつくした結果、彼の失脚の巻き添えになるまでの話だったが。ホスバッハは、いや増すばかりのヒトラーの陸軍参謀本部嫌悪に対して、カウンターウェイトになっていた。が、彼が国防軍副官職をしりぞいてからは、そのような者は、ヒトラーの周囲からいなくなってしまったのである。

当時、これらの部長職を務めていたのは、フォン・ヴィータースハイム将軍〔第三軍管区参謀長、作戦部長、ついには参謀次長の職に至るまで、すべて私の前任者であった〕〔グスタフ・アントン・フォン・ヴィータースハイム（一八八四〜一九七四年）。当時、少将。最終階級は歩兵大将。第二次世界大戦では、第一四装甲軍団長としての働きが有名である〕や、ハルダー〔教育訓練〕〔フランツ・ハルダー（一八八四〜一九七二年）。当時、少将。最終階級は上級大将。第二次世界大戦前半期に、陸軍参謀総長を務めた〕、ハインリヒ・フォン・シュテュルプナーゲル（外国軍情報）〔ハインリヒ・フォン・シュテュルプナーゲル（一八八六〜一九四四年）。当時、少将。最終階級は歩兵大将。第二次世界大戦では、第一七軍司令官等を務めたが、ヒトラー暗殺計画に参加、死刑に処せられた〕、シュミット（補給）〔ルドルフ・シュミット（一八八六〜一九五七年）。当時、大佐。最終階級は上級大将。第二次世界大戦では、第二装甲軍司令官などを務めた〕らの将軍たちであった。これらの最高の能力を有する将校は、遅かれ早かれ、ヒトラーによって排除された。ヒトラーの陸軍参謀本部に対する態度の特徴を示すことだろう。ハルダー将軍は、一九三八年にベックの後任となり、陸軍参謀総長としての心身をすり減らす仕事を四年にわたって続けたのちに、感謝されることもなく放逐された。フォン・ヴィータースハイム将軍は、早くもズデーテン危機に際して、義務にもとづく発言をしたために、ヒトラーの不興を買った。彼は、フランスとの戦争に突入した場合に、建設中の西方防壁によって、西部戦線を長期にわたって維持することは、まったく保証され得ないと述べたのである。ヴィータースハイムが、ある装甲軍団を率いて、ポーランド、フランス、ロシアで戦果をあげたにもかかわらず、ヒトラーは、空席となった軍司令官職があっても、そこに彼を据えようとはしなかった。一九四四年、ヴィータースハイムは、司令官予備に編入されたのである。フォン・シュテュルプナーゲル将軍も、「フランス軍政長官」〔フランス占領軍の司令官〕時代に、七月二十日の企ての失敗による犠牲に供された。シュミット将軍も、軍の最高指導部を批判した内容の手紙を出したことがヒトラーに知られ、軍司令官職から解任された〔直接には、弟が外国情報組織に通諜したかどで、ゲシュタポに逮捕されたことによるといわれる〕。男爵フォン・フリッチュ上級大将にはじまり、一九三八年から一九三九年にかけて、陸軍の枢要な地位にいた軍の指導者で、第二次世界大戦終結時に現役にとどまっていた者〔二人だけ、例外がいる〕はいないというのは、事実なのである。陸軍が、ヒトラーによって解決不能の課題を押しつけられるまで、大戦初期の数年間に大きな成果をあげていたにもかかわらず、だ。

参謀次長時代の私の配下にいた部長たちも、同様に、優れた能力を証明された参謀将校ばかりであった。私の後任として、第一部長になったのは、ハンゼン大佐〔エーリク・ハンゼン（一八八九～一九六七年）。最終階級は騎兵大将。第二次世界大戦では、ルーマニア派遣軍事使節団長、第五四軍団長などを務めた〕だった。彼は、のちにクリミアで軍団長となり、セヴァストポリ征服に重要な役割を演じた。編制部を率いたのは、シュタップフ大佐〔オットー・シュタップフ（一八九〇～一九六三年）。最終階級は歩兵大将。第二次世界大戦では、第四四軍団長、東部経済指導幕僚部長などを歴任〕で、この分野に関しては、格別に有能な将校だった。彼は、生粋のバイエルン人らしい強情さで、おのが意見を主張したのだ。要塞部のトップにいたのは、フォン・デア・シェヴァレリー大佐〔クルト・フォン・デア・シェヴァレリー（一八九一～一九四五年）。最終階級は歩兵大将。第二次世界大戦では、第五九軍団長などを務めたが、敗戦直前にコルベルク地区で行方不明になった〕だった。すでに私の著書『失われた勝利』〔原著者による第二次世界大戦回顧録。邦訳は、エーリヒ・フォン・マンシュタイン『失われた勝利――マンシュタイン回想録』上下巻、本郷健訳、中央公論新社、二〇〇〇年〕に書いた通り、モーデル大佐〔ヴァルター・モーデル（一八九一～一九四五年）。最終階級は元帥。第二次世界大戦では、軍・軍集団司令官などを歴任したが、敗戦直前に自決した〕は、技術開発の分野で、養鯉池のなかのカワカマス〔ドイツ語で、「怠け者のなかのやり手」の意〕として作用していた。地図測量部の発展には、現役復帰し、のちに将官となったヘンメリヒ〔ゲルラッハ・ヘンメリヒ（一八七九〜一九六九年）。当時、中佐。最終階級は中将。第二次世界大戦を通じて、陸軍総司令部の地図測量部長を務めた〕が多大な貢献をした。

開進計画と演習旅行

第一部長、のちには陸軍参謀次長としての私にとって、最重要課題は、何らかのかたちで陸軍の出動が必要になった場合のための準備作業だった。どこの国の参謀本部でもそうであるように、かかる準備作業を、ちらとみるだけでも、あり得る戦争の可能性について、軍の指導者がどのように考えを定めているかということが、一目瞭然になるのだ。

前述のごとく、われわれは、第一次世界大戦後、ライヒスヴェーアの師団数の少なさと、仮想敵が兵力多数であることに鑑み、あらかじめ開進計画を策定する、あるいは、いくつかの計画案を用意しておくことを放棄した。しかし、この間、状況は本質的に変化していた。陸軍は、一般兵役制の導入により、急速に拡張されていた。さりながら、陸軍が戦争装置として十二分の価値を備えるようになるまでには（たとえ防御だけに限ったとしても）、なお数年を要する。そのことは、責任ある地位にいる軍人には、まったくあきらかだった。ともあれ、現在保有している師団の数からすれば、戦争が勃発してから初めて、いわゆる即席で開進を命じることはもはや不可能になったと思われた。一方、ポーランド方面の情勢は、ドイツ・ポーランド条約〔一九三四年一月二十六日に、両国が締結した不可侵条約。向こう十年間、両国間の諸問題は、武力によらず、交渉によって解決することを約した」によって緊張緩和をみた。フランスとチェコスロヴァキアがともに攻撃してきた場合にも、われわれはもう、ポーランドが敵方に自動参戦するものと覚悟しなくともよくなったのである。もっとも、フランスが迅速に勝利をおさめたときには、ポーランドが戦利品の分け前を確保しにかかる恐れが残っていたことはいうまでもない。ただ、それに加えて、ベルギーが、フランスとの密接な関係をゆるめ、中立政策に回帰しようと努力しているのが、はっきりと見て取れた。従って、ロカルノ条約があろうと、第一の仮想敵はフランスであり、また、少なくとも第二の仮想敵として、チェコスロヴァキアが想定された。

　こうして、昔と条件が異なってきたことを理由に、一九三五年秋から、もしくは一九三六年中に、ドイツ陸軍の最初の開進計画が策定されることになった。いわゆる「赤号」開進計画である。これは、想定上、フランスがライヒを攻撃してきたケースを土台にしていた。チェコスロヴァキアについては、フランス側につくことは確実である。が、フランス軍がライン川右岸を奪取し、さらにドイツ国内奥深くまで突進する企図をみせるようなことがなければ、チェコスロヴァキア軍が深刻な軍事的圧力を加えてくることはないと想定された。ポーランドに関しては、当初は形勢観望を決め込むだろうと期待されていた。かかる想定が正しかったかどうかは、わからないというしかなかろう。

　ともかく、「赤号」開進計画においては、純粋な防御的開進のみが問題になっていた。いわゆる「掩護軍《アルメー・ド・クーヴェルチュール》」〔一八〇頁参照〕の戦力、即応性、機動力に鑑みて、このフランス軍第一波は奇襲的に突進、カールスルーエとマインツのあいだで、ライン川中流域の渡河点を占領するものと予想されていた。[1]そうした第一目標にフランス軍が到達したのちに、「国民軍《ナシオン・アルメー》」〔一八一頁参照〕の総力が投入され、突進が継続されるかはどうかは、当然のことながら、不明のままであった。ただ、フランス軍に呼応して、ベーメンから進撃してくるであろうチェコスロヴァキア軍と可及的速やかに手をつなぎ、南ドイツを北部から分断する目的を以て、クライヒガウ地域（オーデンヴァルトとシュヴァルツヴァルトのあいだの低地）の突破にかかるであろうことは、あきらかだった。同様に、おおいに可能性があったのは、フランス軍がマイン川の北にも重点を置き、ライヒの心臓部に突進、場合によっては、ライン川以東で一部の兵力を北に旋回させ、ルール地方を孤立させることであった。一方、フランス軍がベルギーを通過し、下ライン地方に直接前進してくることは、考えにくいものと思われていた。

　フランス軍が何らかのかたちで侵略してきた場合には、チェコスロヴァキアがただちに参戦するようなことがなくとも、所与の兵力に鑑み、ライン川以西、プファルツ地方で、決定的な抵抗を行う見込みはないとして、「赤号」開進計画は、それを放棄していた。[2]

　ドイツ軍の主力は三個軍に区分され、フランス軍の第一撃をライン川の線で捕捉するものとされた。もし可能であれば、ライン川以西では、モーゼル川、もしくは少なくともアール川より北の地域を固守するのである。以後、ライン川の戦線に沿って戦闘を続けるうちに、敵の一集団、あるいは複数の集団に打撃を与えることが可能になると期待されたのだ。ポーランドとチェコスロヴァキアに対する東部国境の保全は、それぞれ小規模な一個軍と東部国境守備隊にゆだねられた。

　しかしながら、かかる戦闘遂行要領においては、ライン川の線をめぐる戦闘でドイツ側が部分的勝利をあげたところで、フランス軍の前進を最終的に停止させるには不充分ではないかという疑問が残る。何よりも、西部戦線の一部でドイツ軍が成功したというだけでは、チェコスロヴァキア軍が引き続き、決戦を求めて攻勢をしかけてくるのを（その目標がベルリンであるか、マイン川の南でフランス軍と合流することであるかにかかわらず）拒止できるかどうか、疑わしかった。とにかく、「赤号」開進計画は、チェコスロヴァキア軍がまず一定の待機主義的な立場を取ると、無理な想定をした時点で、敵側の軍事的誤謬を前提とするものになっていたのである。

それゆえ、一九三七年に、「赤号」開進計画とは別に、第二の開進計画「緑号」が策定された。本計画は、チェコスロヴァキアの姿勢が、ただちに攻勢作戦を取る企図を有していると推測された場合に、発効することになっていた。

「緑号」開進計画は、ドイツ軍主力を、チェコスロヴァキア軍に対して迅速に遂行されるべき一撃に投入することを予定していた。のちのフランス軍との決戦に向けて、後背部の脅威を排除しておくのが、その目的だ。チェコスロヴァキア軍が、ベルリンをめざす攻勢を取るか、フランス軍に呼応して南ドイツに進軍したのち、シレジア〔ドイツ名「シュエージェン」〕、ザクセン、バイエルンの三方から、この敵に集中攻撃をしかけるという策であった。この方面で決戦に勝利するまでは、西方では持久戦を遂行しなければならない。その際、ドイツ領の相当部分を犠牲にすることは避けられないが、それも甘受することになった。従って、チェコスロヴァキアに向けられたドイツ軍主力が自由になり、〔フランス軍に対する〕決戦に召致することが可能になる以前に、フランス軍がライン川の線を越えることもあり得ると覚悟しなければならなかった。

たとえ、後背部を安泰たらしめるために、副次的な戦線における戦闘を攻撃的に遂行せんとしていたとしても、重要なのは、本開進計画の目的は戦略的防御にあったということである。「緑号」開進計画は、いかなる場合においても、チェコスロヴァキアを征服することなど考えていなかった。ヒトラーが、一九三七年十一月に初めて、国防大臣、外務大臣、陸海空三軍の総司令官に開陳し、討議した侵略の企図、あの、のちに有名になった征服の意志のようなものとは、まったく関わりがなかったのだ〔前出のホスバッハが記録を残した会議。ヒトラーは、軍事力によって、ドイツの大国としての地位を回復するとし、まずオーストリアとチェコスロヴァキアが攻撃対象となると宣言した〕。「赤号」「緑号」ともに、ドイツがその敵から攻撃された場合を想定して、作成された開進計画だったのである。あらゆる軍事筋にとって、ドイツの軍備の状態が、なお数年間、いかなる戦争をも避けることを前提づけられているのは明白だったのだ。今までヒトラーが発言してきたことに従うなら、彼も陸軍総司令官も、この点では一致しているはずであった。それ以上に、軍人は、ドイツは両面から脅かされる中間位置にあるがために、いかなる戦争であろうと、多正面戦争に至る危険があると認識していたのだ。第一次世界大戦の経験を考量すれば、もう一度、そんな戦争を行うことなど許されなかったのである。「緑号」開進計画をチェコスロヴァキアに圧力をかける手段として利用する、さらには、それをベーメンに対する侵略戦争の枠組みとして使おうという発想は、ヒトラーが、一九三八年になって初めて思いついたことである。その時期、私はもう陸軍総司令部を離任していたのだった。

最初の、本当に攻撃的な開進計画（まさにポーランドに向けられたものだった）は、ヒトラーの命により、「白号」の秘匿名称のもと、一九三九年に策定された。

戦争という問題に対する陸軍参謀本部の立場については、当時催された、もろもろの大規模な演習旅行からも、右記と同様の像が得られるだろう。これらの旅行は、陸軍総司令官と高級指揮官、陸軍参謀総長と高位の参謀将校たちによって実施されたもので、私は、その想定と統裁において重要な役割を果たしたのである。旅行の目的はもちろん、参加者の作戦的習熟とならんで、陸軍指導部が、彼らの作戦的考察を検証できるようにすることにあった。

機密保持上の理由から、策定された開進計画をもとにしての旅行は避けられたが、非常時にあり得るような作戦の一部から取った状況が、開始から終了まで試されたこともある。敵がどのような行動を取り得るか、われわれの側で、あらかじめイメージを固めておくためである。かかる旅行においてのみ、「緑号」開進計画のもとになっている想定に近いかたちで、フランス・チェコスロヴァキア同盟に対する戦略的防御の枠内で、いかにチェコ軍と戦うかという問題が精査された。

ほかの旅行ではすべて、すでにドイツ領奥深くまで突入してきたフランス軍、もしくはチェコ軍との戦闘、そして、こうした敵集団に対する反撃には、どの程度のドイツ軍戦力を結集しなければならないかといった問題が検討された。その結果、ライヒスヴェーアが弱体だった時代と、本質的には同じ認識が得られた。すなわち、ライヒの内部で、敵の攻勢を拒止するということである。以前との相違点は、ただ一つ、ライヒスヴェーアにあっては、フランス軍に対する決戦（それが最後の戦いになるのは間違いなかった）は、トイトブルク森林、もしくはチューリンゲンの森で行われ、また、ドイツ軍が反撃するにしても、国境付近でしか実施できないだろうと想定していたことだった。ゆえに、ベーメンからニュルンベルク方面に進められるチェコ軍攻勢に対する反撃について、演習してみたことがあったと記憶する。別の旅行では、クライヒガウ、あるいはフォーゲルスベルクの両側を突破してきたフランス軍の諸軍集団に対する局地的な反撃が対象とされた。ついには、ライン川西方において、ライン川中流域を越えて進撃してきたフランス軍の側面奥深くまで、ケルン地域よりの突進を実行する可能性を精査したこともあったのだ。かような旅行からも、ドイツ陸軍参謀本部が、ドイツ側から行う侵略戦争など、夢にも考えていなかったことを、はっきりと認められるだろう。

国土の強化

国土の強化に対する陸軍参謀本部の要求を決めたのもまた、「赤号」ならびに「緑号」開進計画を確定するにあたって働いたのと同様の思考だった。そこでも、やはりドイツの防御態勢をいかに支えるかということが問題になった。その際、再び東部が優先されることになったのである。

すでに述べたように、ドイツ側からしてみれば脅威であるとしか理解できないようなポーランドの軍事措置により、われわれは、本土から遮断された東プロイセン州に、ハイルスベルク要塞陣地を構築することを余儀なくされていた。そのほかにも、東部には、国境守備隊の戦闘を支えるものとみなされていた薄い封鎖線が存在した。それらは、東プロイセンにおいては、旧レッツェン要塞地区と東プロイセン南部国境に沿って、ポンメルンではバルト海と、ヴィッパー川地域にあるネッツェ低湿地、シュテッティン周辺の湖沼地帯、ドラーゲ川地域に設置されていた。また、シュレージェンでは、ブレスラウと古いグローガウ要塞のあいだ、オーデル川に沿って布かれた封鎖線が、抵抗の支えになるものと予定されていた。そうした封鎖線には、軽機関銃陣地、のちには対戦車砲の陣地が構築されていたのである。一部には、わずかな間隙もあったが、これは増水させてふさぐことになっていた。

しかし、西方では、非武装地帯〔ヴェルサイユ条約により、ラインラントは非武装地帯に指定され、軍事活動を行うことを禁じられていた。当然、軍隊も配置できない〕の条件を定めた規約が、国境、もしくはライン川沿いに要塞を設置する上で妨げとなっていたのだ。ゆえに、この方面では、道路封鎖措置、とくにシュヴァルツヴァルトにおけるそれが準備されていたにすぎなかった。一九三〇年代初めに、クライヒガウにおいて、のちには、シュペサルトとフォーゲルスベルクのあいだの低地（いずれも非武装地帯の外だった）に、簡便な封鎖線の構築が開始された。

東部において、強力な要塞施設の建造がはじめられたのは、やっと一九三四年ごろになってのことであった。フランクフルト・アン・デア・オーデルの東、オーデル川＝ヴァルテ川〔ポーランド名「ヴァルタ川」〕屈曲部と呼ばれる地区での構築が重要だった。ツィヒェルツィヒ（オーデル川沿い、クロッセンの東方）から、ヴァルテ川に沿ってシュヴェリーンに至る線に、堅固なものとさほどでもないものを取り混ぜ、鎖状に要塞を配置する。それによって、南翼はヴァルテ川、北翼はオーデル川に掩護された要塞地帯ができあがるのである。ポーランド軍が強力な攻撃手段を用いたとしても、これを蹂躙することはできなかった。本要塞に与えられた作戦目的は、ライヒの首都の防壁となることに加え、ポーランド軍が、オーデル川＝ヴァルテ川屈曲部を奪取する以前に、ライヒ内への攻勢を進めようとした場合に、敵に、その戦力の分割を強いることであった。敵戦力がこうして二つの支隊に分かれて前進してきたならば、ドイツ軍指導部には、それらを各個に叩く機会が与えられるであろう。

　西方でも国土強化のための包括的措置を取るべしと、私が第一部長として最初に意見具申したのは、一九三五年に作成した覚書においてであった。そこで私は、ドイツにとって適切なのは、建設の方法は異なるものとなるにせよ、マジノ線に相当する強力な国境要塞を構築することだとの意見を表明したのである。かような、スイス国境よりルクセンブルクのそれ、さらに望めるのであればベルギー国境にまで至るような要塞は、平和の維持に最大限の貢献をなすであろう。もし軍備制限が撤廃されるのであれば、そうした要塞線は、フランス軍に、攻勢を取ることは好ましくないとの考えを持たせるはずだ。われわれがマジノ線の存在を考慮して、そのように思量するのと同様のことであった。とはいえ、非武装地帯に関する規定は、かかる要塞線を国境付近に構築するどころか、ライン川沿いの要塞設置すら禁じていたのだから、別の方法を探さなくてはならなかった。そこで私は、オーデル川＝ヴァルテ川屈曲部要塞地帯の建設をみちびいたのと同じ思考過程を経て、ごく簡単な防備施設を置くだけで容易に守り得るような種類の地形を築き、敵に対して一定の地域を封鎖することによって、西方防衛でより多くのチャンスを得られるようにすべきだと進言したのだ。敵がもし、かかる地域の横をすり抜けていこうとするならば、その兵力をいくつかの支隊に分割することになる。そうした支隊に対してならば、われわれも局所的な打撃を与える機会が得られるのである。

かくて、南方におけるフランス軍の行動の自由を制限するため、シュヴァルツヴァルトの封鎖陣を強化することになった。さらに北方では、オーデンヴァルトとシュペサルトに、それに類似した役割を負わせることができる。最後に私は、ゾーンの森林〔フンズリュック山地南東部〕を利用しつつ、ビンゲンの西方およびその下流地域に、そのような封鎖地帯が設置できないか、調査するように提案した。とにかく、あらゆるケースにおいて重要なのは、ごく少数の道しか通っていないような山岳森林地帯を活用し、さような地域において、敵が大なり小なり砲兵や戦車を使えないように追い込むことだった。かかる地域を保持することに成功すれば、ライン川中流域をめざして、あるいは、そこを越えて前進してくるフランス軍は、いわゆる、やむなき道換え〔Zwangswechsel. 狩猟用語で、崖崩れなどの自然のアクシデントや人工の障害物に遭って、進路変更を余儀なくされること〕を多々行うことになるだろう。そのとき、われわれは、ばらばらに分かれた敵に打撃を加えることができるのである。

もっとも、一九三六年三月に、非武装地帯においても、ドイツの主権が再び確立されたため〔ドイツ軍のラインラント進駐のこと。後出〕、これらの意見具申も宙を切ることになった。ここで引き合いに出したのは、そうしたことによって、また、陸軍参謀本部が防衛戦争しか考えていなかったことが示されると思ったからだ。

ライン川西岸地域でドイツの主権が回復された直後に、スイスからルクセンブルクに至る国境近くに、強力な要塞線を築くという私の提案も承認された。が、その実施にあたり、さまざまな意見の相違があきらかになった。まず、ことを所轄する要塞査察部に提示された計画は、要塞建設の方法に関して、私が代表となっていた陸軍参謀本部の見解と、少なからず異なっていたのである。工兵科の者たちは、いうまでもなく、マジノ線に関する情報のすべてを精査しており、専門家として、その構造に夢中になっていた。彼らは、ある要塞は、あらゆる口径の火砲に対して安全であるときに、初めて真価を発揮するという原則を信奉していた。それ自体は、まったく正しい原則である。ただし、この原則は、往々にして、コンクリートと鉄の巨大な塊をつくりはするものの、費やされた資金や物資に比して、限られた戦闘効果しか得られないということにつながる。加えて、経験から得られた知見によれば、最強の堡塁といえども、兵器の改良によって、最後には征服することが可能になるのである。一方、陸軍参謀本部は、なるほど、平坦な開豁地《かいかつち》、とくにその重要な地点においては、そうした堡塁が不可欠であるが、敵砲兵が観測射撃を加えてくるようなことがなければ、どこであれ、より簡便な防備施設で済ませることを考えていた。かかる地区では、簡素で小型な防備施設を多数つくることのほうが優先されるのだ。

このようなことは、まず第一に、ライン川上流域に当てはまる。そこでは、ライン川の岸に森が生い茂っているから、砲兵観測は著しく困難になるし、何よりも、この川の流れが大小の歩兵火器の効果を減殺してしまうのである〔川幅の分だけ、射撃距離が長くなり、効力が薄くなるとの意と思われる〕。上ライン地方において、ライン川西方地域の北を閉ざしているビエン森林やプファルツ地方の森林山岳地帯にも同様のことがいえた。そうした、反対斜面に陣地を設置するのが目的にかなっていると思われるような場所なら、どこであろうと、梯形に縦深を取って配置され、充分な対戦車防御装置を備えた小防備施設多数のほうが、個々の強力な要塞よりも価値があるのだった。一九一四年から一九一八年の経験が、このような言い分が正しいことを証明しているにもかかわらず、工兵たちは、そんなものは「歩兵的」見方だと思っていたから、彼らの抵抗を克服するのは容易なことではなかった。私にとって救いだったのは、B堡塁と称されていた最初の防備施設をわれわれが視察した際に、男爵フォン・フリッチュ上級大将も来てくれたことだった。それは、実に大規模な施設だったが、そこから射撃できるのは機関銃二挺までだったのである。

また、国家指導部との乖離《かいり》もあかるみに出た。当時、ヒトラーは、アウトバーンその他の民間建築計画を優先していた。そのため、計画されていた要塞建築にあたって、われわれが受領したコンクリートと鉄材の量も充分ではないということになったのだ。おまけに、労働力も建築機械も不足していた。それらを自由にする権利を持っていたのは、道路建築総監トット〔フリッツ・トット（一八九一～一九四二年）。ナチ党の幹部で、突撃隊上級集団指導者。ヒトラーの政権掌握後、アウトバーン建築総監に、一九四〇年には軍備・弾薬担当大臣に任命される。一九四二年、飛行機事故で死亡〕だったのである。いずれにせよ、陸軍参謀本部は、西方の要塞化には何年もの月日がかかるものと予想していた。当初、それは、一九四二年までに完成させると定められていたのだ。ところが、物資、機械、労働力が充分に割り当てられなかったために、われわれは、予定されていた完成期日を一九四五年に延ばさなければならなくなった。

けれども、一九三八年にヒトラーが突如態度を変えたことは、よく知られていよう。彼がひとたび口にしたからには、「西方防壁」は最短時間で完成させることとされた。ヒトラーは、まったく正当化できないようなやり口で、建築の指揮権を陸軍からトットに移譲したのである。トットの偉大な組織の才を見そこなうつもりは毛頭ない。さりながら、これまでの悠長な建築テンポは、われわれの要塞査察部のせいではなく、先に触れたようなヒトラー自身が課した諸制約によるものだったのだ。この仕事がトットに委託されたことにより、たしかに建築速度は新記録をつくった。が、専門家ならざる者によってつくられた施設の多くが、軍の要求に即していなかったこともまた指摘しないわけにはいかない。加えて、一九三八年に、まさしく驚愕ものの建設の進捗をみせたにもかかわらず、チェコ危機に瀕した際の「西方防壁」は、ヒトラーの主張と相違して、まったく防御準備をととのえてはいなかったのである。一九三九年にもまた、当時の要塞線建築がやっとルクセンブルク国境に達した程度だったという事実を措いても、それがフランス軍に突破されてしまったであろうことは疑う余地がない。

嘆かわしいことに、オーデル川＝ヴァルテ川屈曲部要塞地帯も西方防壁も、建築当初、それらに振り分けられていた役目を、一九四五年に果たすことはできなかった。大西洋防壁〔一九四〇年にドイツがノルウェーやベネルクス三国、フランスなどを占領したのち、連合軍の上陸に備えて、それらの国々の沿岸部に建設した防備施設の総称〕に割り当てるため、国防軍指導部は、これらの要塞に据えられていた兵器や装甲板を外してしまったのである。当時、要塞防御専用に編成された部隊も、とっくの昔に野戦軍に移されていた。ライヒの東西国境に迫る脅威が深刻になったときにも、要塞部隊を新編することはなおざりにされた。なるほど、最後から一代前の陸軍参謀総長となったグデーリアン上級大将〔ハインツ・グデーリアン（一八八八〜一九四五年）。当時、上級大将。最終階級も同じ。ドイツ装甲部隊の育成と指揮に功績をあげたが、モスクワ攻略失敗の結果、第二装甲軍司令官職から解任される。その後、再起用され、装甲兵総監、陸軍参謀総長などを歴任した〕は、ついに東部戦線向けに要塞大隊を編成するよう指示した。が、これら要塞大隊の編成が完了するや、ヒトラーにより、その編制からしてまったく適していないフランスでの戦闘に投入されてしまったのだ。かくて、オーデル川＝ヴァルテ川要塞地帯も、ロシア軍によって完全に蹂躙され、西方防壁もその使命を果たさずじまいで終わったのである。

ラインラント進駐

ここで、非武装地帯の再占領について、簡単に述べておくのが適切かと思われる。

一九三六年三月七日、つまり進駐の日よりも少し前から、非武装地帯に関する制限規定の撤廃に関するドイツの意図について、外国の報道が示唆してはいたものの、それに関する軍の準備は実施されていなかった。私が一九三五年秋に起草した西方要塞建設のための覚書も、非武装地帯が維持されると想定していたのである。私が知るかぎり、非武装地帯を奇襲的に占領する案件のことを、ヒトラーが、国防大臣と陸軍総司令官とだけ秘密に話し合ったのは、ようやく三月七日の直前になってのことであった。両者とも、そんな企ては思いとどまるよう、ヒトラーに忠告したという。とにかく、作戦部長だった私も、そうした企図は戦争同然の紛争につながりかねなかったにもかかわらず、右の会談について、最初は聞かされていなかったのだ。

思い出せる範囲でいうと、陸軍参謀総長が私と編制部長に、まさに驚愕に価するようなヒトラーの意図を伝えたのは、三月五日の早朝だったことは間違いない。われわれは、ただちに必要な命令を作成しなければならなかった。というのは、この作戦に麾下部隊を出さなければならぬ軍管区の司令官たちは、すでにベルリンに招集されていたからである。しかも、本計画は、直接関与しない高級司令官ばかりか、その準備作業に絶対に必要とされる人間以外には、国防省内部においても極秘にしなければならなかったのだ。各部隊は、単に警報を受け取り、列車に乗り込む停車場と乗車時刻を指示されただけにすぎなかった。輸送の目的地について、彼らが受け取ったのは封緘《ふうかん》命令だった。それは、出発から数時間を経て初めて、開けてみることが許されるのである。実際、かくも完璧に、効果的な機密保持に成功することは稀であった。かかる命令が、警報を受けた部隊の将校はいっさい荷物を携行してはならないといったところまでも定めていたのだ。将兵も、警報とそれに続く列車への乗車は、何やら面倒な演習ぐらいにしかみていなかった。ちょうど、春の査察が組まれる時期だったから、国防省の現場部隊から遠ざかっている連中にしか思いつけないような指示が出たのだろうと考えたのである。

のちになって、ヒトラーは、この非武装地帯に関する規定の侵犯は、自分が敢えて冒したリスクのなかでも最大のものだったと、しばしば言明したものであった。かかる奇襲的一撃が、まったく大胆不敵な行いであったのは疑う余地がない。それによって、ライヒは、ヴェルサイユ強制条約の規定ばかりか（国防主権再獲得の際にも、ヒトラーは、そうした規定を破り、成功していた）、自発的に結んだロカルノ条約にも抵触したのである。しかも、このときまで、ロカルノ条約自体は拘束力があるものとして承認されていたのだった。

われわれが緊張しきった状態で、西方諸国の反応を待っていたのはいうまでもない。が、ヒトラーの国会演説により、フランスは単に部分動員を指示したにすぎないと知らされたのちには（記憶しているかぎりでは、たった十三個師団の動員が問題になっただけだった）、西方諸国がわが軍の進駐を戦争の理由にするつもりがないということは、私にも、はっきりしたのである。

ところが、この報に接したフォン・ブロンベルク国防相が狼狽したのは、あきらかであった。彼は、国境付近の衛戍地に入ることになっている部隊を、即刻呼び戻すべきだと、ヒトラーに進言したのだ。ヒトラーも、この時点では動揺しているようだったが、フォン・ノイラート〔コンスタンティン・フォン・ノイラート（一八七三～一九五六年）。ドイツの外交官、駐伊大使、駐英大使等を歴任したのち、外務大臣となった。戦後、ニュルンベルク裁判で十五年の禁錮刑を宣告されたが、減刑され、一九五四年に釈放された〕外相が冷静さを保つようにアドバイスしていた。このブロンベルクのヒトラーへの進言が、のちに後者が、軍指導部の意見に重きを置かなくなることにつながったとする見解があるが、私もそれに傾いている。おそらく、このときまでは、ヒトラーもまだ軍の意向を重視していたのだ。

いずれにしても、他国に対して、かかる武力行為を公然と実施することも可能であるという点では、彼は正しかった。このあと、一九三八年と一九三九年にも、ヒトラーは、まさにこの実例を、繰り返し引き合いに出したのである。〔一九三六年〕当時、西方諸国が戦争に訴えるとおどせば、ヒトラーも引き下がらなければならなかったであろう。それは確実だ。ドイツ国防軍には、戦争を成功裡に遂行する見込みなどなかった。だが、あのころ、失敗を一つ犯せば、ヒトラーの地位が危うくなったことも疑いない。まさに、あらゆる独裁者がもっとも恐れる事態だった。

陸軍拡張

一般兵役制の再導入によって緒に就いた陸軍拡張に関しては、二つの見解が相対していた。ヒトラーは、可及的速やかに再軍備を行うことを欲した。彼は、兵隊の数、師団数、兵器の近代性によって、外国を威圧したかったのだ。とはいえ、ヒトラーがのちにしでかした行動から、ある結論を引き出さなければならない。つまり、ヒトラーは最初から、今後、侵略戦争を行うとの企図を心中に秘めていたということである。もっとも、彼は当初、自分の計画をわれわれに隠していたと思われるのだが。

他方、陸軍総司令部は、いかなる戦争であろうと、それによって、ライヒは、多正面戦争を強いられる危険に直面するとの見解を堅持していた。第一次世界大戦の経験に照らせば、多正面戦争などという課題はとても果たせないであろう。よって、陸軍総司令部は、再軍備において、近隣諸国の攻撃に対してライヒの安全を得るように努めた。その際、陸軍の攻勢能力も築かなければならないのは当たり前のことである。それは、防衛戦争を成功裡に遂行する上でも、決定的な意味を持つのだ。しかしながら、いずれの軍人も、攻勢能力を持つことと、軍の攻勢能力を以て侵略戦争の基盤とするような思想を結びつけたりはしなかった。

だが、陸軍総司令部が何よりも望んでいたのは、再軍備において、着実に作業を進めることだった。陸軍総司令部にとって、各部隊が質的に価値を持つこと、そして、その教育と訓練は、単なる数よりもよほど重要なことだったのである。近代的な兵器の装備については、すでに「権力掌握」以前から、最良の準備作業がなされていた。ヒトラーが兵器の進歩に多大なる関心を示したこと、とくに戦車ならびに対戦車兵器の分野で大きな推進力となったこと、さらに、彼がその精力を注ぎ込んで、軍需生産を驚くべき規模にまで増進させたことなどについては、ほとんど議論するまでもない。しかし、彼が首相に就任する以前に、陸軍総司令部は早くも軍事技術の基盤を築いていたのである。本章後段で述べる突撃砲を除けば、あらゆる新兵器は、すでに「権力掌握」より前に開発されていた。今後も、その性能をさらに向上させていくことになっていたのだ。ところが、ヒトラーときたら、一九三三年以前に早くも進められていたロケットエンジン開発の重要性を認識せず、何年もの遅れを生じせしめた。

陸軍総司令部が、陸軍拡張を堅固な基盤の上に置きたいと望んでいたことは、新編部隊の質の確保という問題のみならず、戦時に必要とされる予備兵力のために、訓練された兵員と弾薬を調達する措置にもあてはまった。ヒトラーは、予備兵員確保の問題に関しては、必要な理解を示したものの、充分な予備弾薬を調達したいとの陸軍参謀本部の要求は、過大な誇張だとして、これを拒否した。ポーランド戦役があのように速やかに終結したのちには、ヒトラーは、この問題においても、将軍たちに対して正しく振る舞わなければならぬと確信し、陸軍参謀本部により誇張された弾薬への懸念というような、嫌味たっぷりのもの言いをやめようとしなかった。ところが、ロシア戦役開始から数か月ののち、最初の弾薬危機が生じた。それは、とりわけ、砲兵の主力となっている軽野戦榴弾砲ではなはだしく、無くなる寸前まで行った。しかも、そのあとでは、歩兵火器の弾薬までも不足しだした。第一次世界大戦においてすら、一度たりとも起こらなかった事態である。このとき、陸軍参謀本部の要求は、徹頭徹尾正しかったことがはっきりしたのだ。

とにかく、陸軍総司令部は、再軍備を行った数年間において、政治指導部に左のことを明示する機会を逃しはしなかった。すなわち、軍が完全に戦争準備を終えたとみなされ得るようになるまでには、なお何年もの時間を要するということである。軍の枢要な地位にある者は、一九四二年よりも前に陸軍拡張が満足すべき完了をみることはなく、それ以後も、ただ防衛戦争が可能になるのみと予想していた(これについては、すでに記した)。ヒトラーは、少なくとも一九三八年までは、こうした陸軍参謀本部の見解を適切なものとして、うわべでは承認していた。にもかかわらず、この問題に関して、ヒトラーと陸軍総司令部のあいだに存在した内部対立こそ、ヒトラーが、将軍たち、なかでも陸軍参謀本部に対して嫌悪を抱くようになった、もっとも大きな原因の一つだったのである。私は、そう信じて疑わない。

陸軍参謀本部の見解が正しかったことは、ポーランド戦役の勝利によっても、また、フランスがまたたく間に屈服させられたことによっても、くつがえされはしなかった。まったく理解に苦しむことだが、西側諸国が当時、差し出された好機を活用しなかった。ポーランドでの成功は、それゆえに、可能となったことであった。フランス陸軍の指導者たちが、最終的なドイツ軍西方攻勢計画に対して、あそこまで無力であり、ゆえにフランスの抵抗力が急激に崩壊する事態に至ろうとは、戦争前には誰も予想できなかったのである。

再軍備の過程で解決しなければならなかった多くの問題については、重要なものだけを、とくに示しておこうと思う。

装甲兵科の創設

陸軍拡張計画の枠組みと、それまで禁じられていた兵器の導入に関して、最優先とされたのは、装甲兵科の創設だった。まさに、ドイツ装甲兵科の創設者と呼ばれる権利を持つグデーリアン上級大将は、彼の回想録〔ハインツ・グデーリアン『電撃戦――グデーリアン回想録』上下巻、本郷健訳、中央公論新社、一九九九年〕で本件を詳述している。グデーリアンのタフさと戦闘的な気質がなければ、ドイツ陸軍が装甲兵科を保持することはなかった。かように断じても、この問題の経緯を知る者なら誰でも、けっして異論を挟みはしないだろう。戦争最初の数年間に彼があげた戦果の大部分も、そうした性格に拠っているのだ。しかしながら、装甲兵科の問題における陸軍参謀本部の活動は、ためらいがちなものだったとするグデーリアンの記述には、賛成しかねる。あらゆる革新者同様、グデーリアンが強い抵抗と闘わなければならなかったことは間違いない。軍隊というのは、昔から保守的なものなのだ。年長の将軍たちの多くが、革命的なアイディアに対して、懐疑どころか、拒絶を以て対応したことも、はっきりしている。けれども、陸軍参謀本部が装甲兵科の意義を認識しようとしなかったとか、グデーリアンに同調しようとせず、この兵科が陣地戦を克服する手段になるとも思わなかったというようなことは、絶対にない。両者の見解の相違は、むしろ本質的なところにあった。彼の立場からすれば、わからないでもないが、グデーリアンが、ただ装甲兵科のことのみを注視していたのに対し、陸軍参謀本部は、とどのつまり、陸軍全体のことに目配りしていなければならなかったのである。私は当時、作戦部長・参謀次長だったから、陸軍参謀本部がこの問題にいかなる態度を示したかを判定することができる。

陸軍参謀本部は、かなり早くから、イギリス軍が最初に試みたことや、フラー将軍やリデル＝ハート大尉の著作にもとづき、大規模な独立団隊として戦車を運用することを考えていた。一九三五年春、つまり、再軍備がはじまったばかりのころ、ベック将軍のもとで催された大規模な参謀旅行では、すでに装甲軍団（現実には、まったく存在していなかったものだが）の運用についての演習がなされていた。続く数年間、私は、この種の旅行の想定に重要な影響をおよぼしたのであるが、その際、装甲軍の運用までもが試されたのだ。最終的には、一九三七年に策定された開進計画「緑号」で、早くも装甲軍の運用を予定するに至った。すなわち、陸軍参謀本部は、その作戦研究と学習により、先を見通したやりようで、来るべき装甲部隊の運用可能性を計算に入れていたのである。それに際し、陸軍参謀総長ベック将軍は、装甲団隊の編成を承認するという点で、グデーリアンのワインに多々水を注いだ。だとしても、「敢行」よりも、いささか過度なぐらいに「熟考」に重きを置きがちなベックの本性を考えれば、それも当然のことだった。

陸軍全体の需要、原料ならびに工場の生産能力が現実にどの程度のものであったかということから来る制約があるとしても、装甲兵科の実際の発展は、それ以上の限定を受けていたという見解には、私は与しない。空軍、海軍、ヒトラーの民間建築事業の要求に直面した陸軍は、必要なだけの鉄の割り当てをもらえなかった。それは、前述した通りである。結果として起こったのは、西方要塞の構築遅延と弾薬備蓄の不足であった。鉄の割当量が制限されたことは、むろん戦車生産計画を妨げる方向に作用した。戦艦一隻の代わりに、どれだけの数の戦車をつくれるか、想像してみればよい。一方、あとから考えてみれば、燃料不足も、陸軍の自動車化、なかんずく補給縦列のそれへの制約を課していたのだ。最後に、工場の生産能力も青天井というわけにはいかなかったことを述べてもよかろう。かくて、大戦前には、予定されていた戦車の車台とともに、突撃砲用の車台（II号戦車のそれと同じもの）〔正確には、突撃砲の車台としては、III号戦車、のちにはIV号戦車の車台が主体となった。ただし、後段の記述から、原著者は、II号戦車の車台を使った自走対戦車砲なども突撃砲の範疇に入れているものと思われる〕を生産することは不可能であると思われた。ずっとあとになって、装甲師団の数を倍増したのだが、それは、各師団に与えられる戦車数を半分にすることによってしか達成できなかったのだ。

開戦時の陸軍が、独立した作戦運用に使うことができたのは、現役装甲師団四個（さらに一個装甲師団が臨時編成された)、軽師団《ライヒテ・ディヴィジョーン》〔Leichte Division. 自動車化歩兵師団と装甲師団の中間に位置する、やや戦車を強化された編制。歩兵師団の一種が、同じ名称を与えられたこともある。後者は、のちに「猟兵師団《イェーガー・ディヴィジョーン》(Jäger Division)」と改称された〕四個、自動車化歩兵師団四個であった。

グデーリアン上級大将は、装甲師団の代わりに、わずかな数の戦車しか持たない軽師団を創設したことを非難している。ポーランド戦役で得られた経験に照らせば、彼は正しい。ただ、その場合、自動車化戦闘団隊の創設は、まったくの処女地にあったことを顧慮すべきだろう。軽師団という編制の根底にあったのは、かつての、作戦的に運用できる軍直轄騎兵という発想だった。装甲師団のほうがより優れていると証明されたとき、軽師団もそくざに改編されたのである。

この件とは逆に、陸軍参謀本部が、作戦的な装甲兵科とならんで、歩兵軍団の直接支援に当たるべき独立戦車旅団をも要求したことに対するグデーリアン上級大将の非難については、左のごとくに異議を唱えることが可能である。機関銃が高度に発達した結果、失われてしまった歩兵師団の攻撃力を回復するために、何らかの策を講じなければならなかったのだ。

陸軍参謀本部は、グデーリアンのように、装甲兵科のことだけを気にかけているわけにはいかなかった。この兵科を可能なかぎり最強のものとすることは、いつでも望ましかったのだけれども、先に触れた原料面の理由から、陸軍の主力は相も変わらず歩兵師団から構成されざるを得なかったのである。グデーリアンのお手本に従い、歩兵師団は、装甲師団が征服した土地を確保する以上の、高度の任務には使えない「羊毛製の上着」であるとして、片付けるわけにはいかなかったのだ。もし、戦争になって、そこで勝利の見込みを得たいと思うなら、また、再び陣地戦の膠着した状態に戻りたくないのであれば、歩兵師団をあらためて攻撃部隊たらしめなければならなかったのである。

私は、作戦部長・参謀次長として、つまり、参謀本部内でまさしく責任を負う部署にいた。その私が、グデーリアンの構想全般を支持していたのだ。なるほど、陸軍参謀総長は、すべてを装甲団隊というカードに賭けることをためらった。が、戦術的戦闘手段としての戦車はたしかに徹底的に試されてはいたものの、大規模装甲団隊の作戦的運用については、実戦の経験がどこにもないような時代だった。ゆえに、結局のところは、それも理解できるのである。

先に述べたごとく、ドイツ陸軍が装甲兵科を得たのは、グデーリアンの活動性とあつれきを厭わぬ精力に負うところが大きいことは変わらない。彼が、大戦中も、装甲部隊指揮官として、陣頭に立ったこともまた、その功績である。ただし、ポーランド戦役ならびに西方戦役での作戦を策定し、両戦域において、あのように迅速かつ決定的な勝利を得るためのチャンスを装甲兵科に与えたのは、まさしく陸軍参謀本部であった。そのことは看過されるべきではなかろう。

突撃砲兵

独立した兵科として、装甲兵科が創設されたが、それでもまだ、陣地戦をいかに克服するかという問題は、完全に解決されたわけではなかった。装甲団隊は、その攻撃力ゆえに、敵に運動戦を強制することが可能だ。そう期待することができたとしても、陸軍の主力が歩兵師団で、従って充分な攻撃力を自由にし得ない以上、真の運動戦という意味においては、軍全体が不完全なままということにならざるを得ない。当座しのぎに、戦車旅団を特別に歩兵攻撃に随行させると予定されてはいたが、そんなことでは、この問題は解決できないのであった。もし、そうした戦車旅団を、作戦的な運用向けに定められた装甲軍団のほかに編成できたとしても、その数はとにかく、わずかなものにしかならないだろう。

一九三五年に、作戦部長として、この問題に取り組んでいた私は、新兵種、突撃砲兵の創設を要求するに至った。それは、以下の考量にもとづくものだったのである。

従来の編制を有する歩兵師団が、攻撃において決定的な成功を収めることは、よほどの好条件がととのえられないかぎりは期待できない。その点は、第一次世界大戦の最後の数年間に明白になっていた。われわれの敵も、最大限の攻撃手段を集中し、数日間におよぶ集中砲撃を実行したにもかかわらず、作戦的な突破を達成し得たことは一度もなかった。われわれの側も、一九一八年の三月・五月攻勢で、最初のうちこそ顕著な成果をあげ、敵戦線突破寸前の状態まで持っていったものの、最後には、戦況は膠着したのである。

あらたに投入され、すでに無力化された敵陣地システムの外で戦うことができた師団も、のちに、陣地無しの地において、敵が召致した予備兵力に捕捉されてしまった。

圧倒的に強力な攻撃砲兵、厖大な弾薬備蓄があることを前提にしても、敵陣地の覆滅は、まず不可能であるのはあきらかだった。そうした攻撃砲兵が弾幕射撃によって歩兵の前進を掩護しているうちは、敵縦深の奥へと突進することも可能であった。だが、部隊が陣地帯後方に達したときに、本来の困難がはじまる。そこでは、主陣地帯内部におけるのと同様、長期間の準備砲撃によって、目標を片付けることはできない。また、集中射撃を維持するのも、もはや不可能だった。なぜなら、そのために必要な弾薬を、攻撃前に砲兵陣地に備蓄しておくことはできるとしても、攻撃の進行とともに前方に輸送することは無理だったからである。攻撃作戦も、この段階に来ると、常に防御側が優越することが証明されていた。掩体壕に隠された少数の機関銃巣だけで、攻撃を停滞させられるからであった。ひとたび、攻撃が止まれば、敵に決戦を強いる前に夜となる。そうして、攻撃そのものが挫折するのが常だった。

ずっと後方にいて、掩体壕から射撃する砲兵では、目標とされる、もっとも危険な敵、すなわち、機関銃巣を速やかに捕捉することができず、ために歩兵の攻撃が継続不能になるというようなことが、繰り返し生起した。歩兵の重火器、歩兵砲、重迫撃砲などは、実に価値ある兵器だったかもしれないが、右の任務を完璧に果たすには不充分だったのである。これらを、どこかの地点に投入したとしても、戦闘地帯最前部において、どこか別のところに現れた敵防御火器を迅速に覆滅できるだけの機動性が欠けていたのだ。

強力な個別射撃が効果を発揮するなか、新しく出現した敵機関銃を急ぎ直接射撃で制圧するため、たとえ自らが射撃を受ける範囲にいようと、攻撃する最前衛部隊に随伴できる支援兵器を、歩兵は必要としている。私も、その点はよく承知していた。一九一八年には、いわゆる歩兵随伴砲兵中隊によって、この問題を解決することが試みられた。これは、輓馬式の軽砲兵中隊で、最前線まで驚異的な速度で急行するものとされていた。しかし、当時すでに、かかる砲兵中隊がその任を果たせるのは、特別に有利なケースか、すでに動揺している敵に対した場合のみだったのである。

こうした経験から、私は、そのような砲兵中隊を、自走車台に載せ、装甲をほどこした護衛砲兵に換えるとの結論に達した。基本的には、第一次世界大戦において、連合軍が最初に戦車を使用するに至った際の思考と同じものが働いていたことはいうまでもない。ただし、この間に、戦車は、歩兵の支援兵器から、独立した作戦的兵器へと進歩をとげていた。単に自動車化歩兵の支援兵器として投入するのは、もったいない話だという段階まで来ていたのである。その強みは、集中投入によって、敵をひたすら蹂躙し得るところにある。だが、戦車の視界は限られているから、攻撃する歩兵の直接支援、歩兵にとって、いちばん危険な小型目標を制圧する任には適していなかったのだ。

かくて私は、一九三五年の秋に、ある覚書において「突撃砲兵」創設を提案した。そのなかで、運動戦においては、その火力により、あらたに現れてくる敵の小目標を制圧することができないのであるから、砲兵が歩兵攻撃を充分効果的に支援してやることはもはや不可能であると、詳しく論じておいた。わが砲兵にあって、著しく発達した前進観測班〔前線に配置され、測距や着弾観測にあたり、正確な砲撃をみちびく要員〕といえども、この点では能力不足である。その砲兵中隊との通信連絡は、いまだ問題無しとしないからだ。

私の計画では、各師団ごとに「突撃砲兵」一個大隊を配することになっていた。突撃砲兵の砲は、自走車台に載せられ、歩兵の射撃、砲弾の破片、対戦車砲弾の直撃などに耐えられるだけの装甲がほどこされる。それによって、歩兵の最前衛に砲を随伴させることが可能になるのだった。これらの突撃砲は、戦車のように歩兵に先行するのではなく、歩兵の第一線の後ろに膚接《ふせつ》して追従するのであるから、上部に閉ざされた砲塔を設置せずにすませることができた。さらに、そのおかげで、七・五センチ口径の砲〔ドイツ軍では、慣習的に砲の口径を、ミリではなく、センチで示す〕をただちに採用することも可能となったのである。何よりも、上部が開放された砲塔は、戦車のそれよりも優良な視界と観測能力を与えてくれる。それゆえに、問題とされる個々の目標を、はるかに迅速に視認できるのであった〔三七二頁訳註に記したように、原著者は、ここで対戦車自走砲などを突撃砲の範疇に含めて考えているか、あるいは、原案段階のデザインのことを語っていると思われる〕。また、一定の割合で徹甲弾を持たせることにより、突撃砲はさらに、その機動性とも相俟って、敵射撃下においても、ベストの対戦車兵器として機能するにちがいない。副次的な任務として、われわれの弱体な師団砲兵を増強する役目を与えることもできた。もし、歩兵攻撃の護衛や対戦車戦闘が必要でなくなったなら、突撃砲中隊を掩体壕に入れて、そこから射撃させることも可能だったからである。

私が、この覚書を提出することによって、俗に言うスズメバチの巣をつついたような騒ぎになることは、まったくあきらかだった。最高指導部にあって、有力な地位にいる諸氏、つまり、陸軍総司令官、陸軍参謀総長、一般陸軍局長、陸軍兵器局長は全員砲兵出身だったのだ。そうした人々が、彼らの兵科はその主任務を充分に果たせないと指摘する私の意見具申書を、大喜びで受け入れるようなことは、まず考えられなかった。一方、装甲兵科の者たちも、突撃砲兵のことを、ただ望ましくない競争相手としかみないだろう。最後に、対戦車砲兵については、自分たちの専門である任務について、他の者がもっと良い何かを得ることなど、許すはずもなかった。

従って、私の覚書に対する最初の反応は、すべてが激励からは程遠いものとなった。第一にそれを提示した相手、陸軍参謀総長ベック将軍は、一読したのちに、歩兵攻撃の支援に際して、砲兵が効果をおよぼせる可能性は限られていることを述べた私の文章をもっぱら引き合いに出しながら、言ったものだ。「ふむ、マンシュタインよ。今度ばかりは、君も的を外したな！」とはいえ、そのあとで、私のアイディアの正しさについて納得させることに成功したから、ベックも、この覚書を陸軍総司令官に提出することに同意した。男爵フォン・フリッチュ上級大将の賛成を取り付けるには、現実的な理由のほかに、より感情に訴え、また、彼の軍人としての思考に合致するようなそれが重要であることを、私は承知していた。ゆえに本覚書で、とくに以下のことを示しておいた。観測班に属して、射撃を指揮する将校とその補佐役だけが直接戦闘に関わるだけで、ずっと後方の砲兵陣地の掩体壕で働く大多数の者は、そもそもどこを撃っているかも、ほとんど判然としない。かくのごときありさまは、砲兵にとっては面白からぬことであろうと述べたのだ。だが、突撃砲隊においては、砲兵も再び、言葉の真の意味での戦闘に参加することができるとしたのである。実は、男爵フォン・フリッチュ上級大将も、砲兵の前進観測班にいたことがあるのだった。

騎馬砲兵が駆歩《かけあし》で現れ、奇襲砲撃を加えたかと思うと、再び消え去ってしまう。印象深い一幅の軍事画といえるが、そんな時代は過ぎ去ってしまった。いまや突撃砲兵こそが、エリート兵種として、かつての騎馬砲兵の役目を継承することができるのだと、私は詳しく書いておいた。こうした主張によって、元騎馬砲兵たちの心をつかめるものと確信していたのだ。

むろん、どの兵科が新しい突撃砲兵を引き受けるかについては、熟慮しなければならなかった。純粋に戦闘技術からみれば、それは文句なしに歩兵科に属するであろう。しかし、この歩兵科による候補者擁立に対して、歩兵科がすでに陸軍拡張によって水増しされていることは間違いなし、よって、あらたな負担を負うことなどできないだろうとの意見が出された。一方、新編部隊で、この兵器の特性を教えることを考えれば、所属は砲兵に決まっている。しかも、場合によっては、師団砲兵隊として協同することもあるのだ。これらの理由から、私は、砲兵科において突撃砲兵を編成するように提案した。その際、非常に強く作用したのは、砲兵に新しい刺激を与えたいとの考えだった。少なくとも、砲兵の一部を、計算尺がらみの仕事から解放し、直接戦闘を体験することを可能にしてやるのだ。ただし、突撃砲兵の編成にあたっては、各師団隷下の対戦車砲大隊も編入されることになった。突撃砲兵の導入によって、少なくともその一部は不要になるものと、私はみていたのである。

こうして、当時の私は、おのが提案に対する陸軍総司令官と陸軍参謀総長の支持を受けることに成功した。もっとも、専門家たちが、突撃砲が最良の対戦車兵器になり得るという事実を認めようとしなかったのはいうまでもない。だが、それは、のちの大戦によって証明された。ベッカー将軍〔カール・ベッカー（一八七九～一九四〇年）。当時、中将。最終階級は砲兵大将。一九四〇年に、弾薬不足の責任を取って、自決した〕率いる陸軍兵器局は、新兵器の開発には数年かかるのが普通であるのに、このときは、まさしく感謝に価する速さで働いてくれた。比較的短時間のうちに、ベッカー将軍は、この新兵器の木製模型をわれわれに示し、続いて、すぐに最初の試作型を観覧に供した。新しい兵器といっても、この場合、主たる構成要素は、II号戦車のエンジンと装甲された車台、七・五センチ・カノン砲と、すでに存在するものばかりだったから、技術上の作業も迅速に進んだのだ。試作突撃砲第一号が完成するかしないかのうちに、歩兵査察部と砲兵査察部が争いをはじめた。いずれも、自分の兵科で、この新兵器を保有したくなったのである。

早くも一九三七年秋に、男爵フォン・フリッチュ上級大将は、最終的な突撃砲生産命令に署名していた。以後、一九三九年秋までに、あらゆる現役歩兵師団ごとに、突撃砲兵大隊一個が配備されることになったのである。当初、この突撃砲兵大隊は、三個中隊から成り、一個中隊は突撃砲四両〔のち、六両に増強される予定だった〕で構成されるものとされた。一九四〇年には、動員時に編成される予備師団にも、突撃砲兵大隊を置く計画が立案されたのだ。また、装甲師団に対しても、突撃砲兵大隊を配分することになった。さらには、歩兵師団、装甲師団、軽師団、自動車化歩兵師団などの隷下の捜索大隊にも、突撃砲兵一個小隊を置くことが予定された。これらの計画は、工場の生産力の面からも保証されていたのである。

ところが、遺憾なことに、男爵フォン・フリッチュ上級大将が辞任し、私がＯＫＨ〔陸軍総司令部（Oberkommando des Heeres）の略号〕を離れたのち、新任の陸軍総司令官フォン・ブラウヒッチュ上級大将は、本命令の一時停止を指示したのであった。軍直轄部隊として、若干数の突撃砲大隊（この兵種はもう、そう呼ばれるようになっていた）だけが編成されることになったのだ。戦争が進むにつれ、突撃砲大隊の数も増えたが、それらも、場合に応じて、個々の師団に臨時配置される軍直轄部隊にとどまったのである。歩兵師団に再び強力な攻撃力を与えるため、各師団の建制内に統合的に突撃砲兵を置くという当初の目標は達成されなかった。今日、この種の兵器を有しているのは、ソ連だけである！大戦中、突撃砲兵は輝かしい働きを見せた。攻撃を支援するには、もっとも効果的な手段として、また、最良の対戦車兵器として、突撃砲兵を呼び求める叫びが、常に響きわたっていたのだ。ゆえに、私自身に由来するこの兵器の発想は、陸軍、とりわけ歩兵にとって、ある貢献をしたものと信じる。

突撃砲兵に関しては、一九四三年にあるできごとが起こり、私を愉快な気分にさせた。ヒトラーとの会談の折に、またしても、いつもの話題になったときのことだ。彼は、われわれの兵器装備に関し、陸軍参謀本部は先を見通していないと言い張った。これに関連して、自分は陸軍に突撃砲を押しつけなければならなかったと主張したのだ。私にしてみれば、少しばかり言葉が過ぎるというものだった。私は、たぶん誤認されているにちがいないと思います、と応じた。なんとなれば、自分こそが突撃砲の発想を思いついたのであり、一九三七年にはすでに、右に記したような計画を組み立てていたのであるから、彼、ヒトラーが初めて、そのアイディアを陸軍参謀本部に強制したというようなことはあり得ない。フリッチュが本計画を命じたのに、彼の辞職によって実行されなかったのは、まったく遺憾である。私は、このようなことをヒトラーに述べたのだ。

私が参謀次長として、すなわち、陸軍参謀本部の編制・技術部門の上長として影響をおよぼすことができた、その他いくつかの編制・兵器技術上の問題について、もう一つだけ記述しておこう。

後備師団

一九三七年に、私は、従来あった東部国境守備隊を、いくつかの後備師団に改編するように意見具申した。陸軍現役部隊の増強とともに、近隣諸国に関する情勢も別ものになっていたからである。国境守備隊も、これまでのあり方では、その価値を失ってしまう。また、東部国境守備隊麾下の三十個以上にもおよぶ団隊は大量の兵器を有していたのだが、一般兵役制の導入によって、国境地域の若い志願兵はみな現役部隊に取られてしまい、国境守備隊には来なくなっていた。加えて、東部国境守備隊の編制と武装は、いっさいが局地防御に合わせて構成されており、機動戦を実行することはできなかった。もし、彼らがどこかの一点を突破されれば、他の場所での戦闘もほとんど不可能になってしまうのである。国境守備隊の諸団隊を、攻撃されていない戦区から他のそれへと動かすことも、車両不足その他の理由で、まず実施不能であった。最後に、ポーランド人とチェコ人のメンタリティからすれば、国境守備隊が完璧にハーグ陸戦条約の規定を守っていても、彼ら、国境守備にあたっている戦士を、軍人として扱わない恐れがあることも危惧された。

私のもくろみでは、国境守備隊の資材と、旧軍時代の訓練を受けて、いまだ国境守備隊に残っている年長世代の人員を以て、多数の後備師団を編成し得るはずだった。記憶しているかぎりでは、十四個師団を組めるということになっていたのだ。とにかく、歩兵については、完全な武装を与えることができた。砲兵についても、最初は、一個師団につき、軽砲兵大隊一個と重砲兵中隊一個を付けてやれるだけだったが、それでも配備が予定されていたことはいうまでもない。しかも、通信手段や車両などを装備させれば、これらの師団は、開豁地における機動防御にも使えるかもしれなかった。ただ、私が第一に考えたのは、山岳地、あるいは森林山岳地帯に、これらを投入することであった。そうした地域では、敵が強力な砲兵射撃を行うことや戦車を用いることは考えにくい。その際、念頭にあったのは、シュレージェン、ザクセン、バイエルンの山岳地帯、ライン川左岸地域やシュヴァルツヴァルトだった。この進言は、陸軍総司令官に承認された。

編制[3]、あるいは兵器技術の領域での、このほかの改善案は、やはり男爵フォン・フリッチュ上級大将に認可されていたものの、彼が辞任したのちには、もはや着手されることはなかった。これらの計画が実施されるよりも先に、戦争が勃発したことが、その一因となったのである。

外国の軍隊——イタリア、ハンガリー、ブルガリア

私がＯＫＨに勤務していた数年のうちに、外国の軍隊を知る機会が再びやってきた。

一九三六年、私は、ドイツ代表将校団の一員として、八月にナポリ周辺で実施された国王臨席の御前演習の客となった〔当時、イタリアでは、実質的にはムッソリーニが独裁体制を築いていたが、国制的にはなお国王の統治下にあった〕。われわれのほかには、オーストリアとハンガリーの代表団も招待されていた。

もちろん、信任状を奉呈して、ローマに駐在していた武官のすべても参加したのである。

演習第一日は、ムッソリーニの挨拶からはじまった。この州都〔ナポリ〕の大きな広場に、イタリアの近衛師団である「サヴォイア擲弾兵《グラナティエーリ・ディ・サヴォイア》」師団〔第六五師団〕が、ゆるやかな方陣を組んでいる。われわれ招待客と駐在武官は、パレードの隊伍の右翼側に席を占めた。ファシストの名誉伍長の制服を着たムッソリーニ〔ムッソリーニは、ヒトラーに「ファシスト民兵隊名誉伍長」の称号を授与しているが、原著者がそれと同様の制服を着用していると誤認したものと思われる〕が現れると、連隊軍楽隊が国歌を演奏しはじめ、将兵が敬礼を捧げた。ムッソリーニはまず、非常に親しげに、外国代表団に挨拶した。が、駐在武官のところは、むっつりとした面持ちになって、通り過ぎていく。ちょうど、アビシニア戦争のころだったのである。ムッソリーニは、代表団のお客たちに、自分のあとについてくるように求めたのち、三個連隊を正面から閲兵していった。それから、われわれにとっては、まったく新しい形式で、観閲が開始されたのだ。ムッソリーニは、将兵がつくった方陣の真ん中に踏み入っていく。そこには、小さな譜面台がしつらえられていた。そこに、各連隊の軍楽隊長三人が登り、師団の全将兵の合唱を指揮するのだ。実際、彼らはみごとな唱いっぷりを示し、ムッソリーニも満足したようだった。彼から三歩ほどの距離のところに、師団長が立っている。この年取った紳士は、かなり肥満していて、酷暑のなか、ひどく汗を垂らしていた。しかし、独裁者が、怒ったようにあごを突き出し、おどすような目つきで見ているとあって、この師団長も唱っていた。そう、軍歴を懸けて唱っているというふうにみえた！

ついで、われわれは、ムッソリーニの演習場へのドライブに同行しないかと誘われた。だが、そこでは、あまり多くのものは見られなかった。というのは、自動車縦隊はすぐに、ある山に向かい、曲がりくねった急坂の道を上っていったからである。その山の頂上には、有名な修道院があり、おおいに崇拝されているマリア像が収められているのだった。ムッソリーニは、ファシスト式の敬礼を以て、修行僧たちに迎えられた。われわれはみな、修道院の教会とその他の一見に価する物について、案内を受けた。ムッソリーニは、人を魅了するような愛想良さで修行僧に接した。われわれに対しても同様で、まずまずのドイツ語で話しかけてきたのである。ただ、われわれをがっかりさせたことに、彼は、提供された軽食を断った（このひどい暑さのなかでは、ここで食事を摂ったほうがずっとよかったろうに）。われわれは、ナポリの大ホテルに置かれた宿舎に戻ることになったのだ。のちに、われわれも確認したのだが、かかる修道院訪問は、内政的に大きな意味を持っていた。ムッソリーニは、もう何年も、この地方に来たことがなかったのだ。彼が、演習初日にその教会を訪れ、畏敬の念を示したという事実は、敬虔なカトリックの住民たちに反響を巻き起こした。どこの町や村でも、ムッソリーニが車で通りすぎていくと、熱狂的な歓迎を受けたのだ。もっとも、愛すべきイタリア人は、われわれのような客人にも喝采を送ってくれた。われわれが通ったところでは、どこでも、成功した役者のように拍手で迎えられたのである。そもそも、演習場に行くときも戻る際も、道のりは長く、地形の変化も少なくなかった。われわれの民間人運転手たちは、このひどく難しい道を、ひっきりなしにクラクションを鳴らしながら、猛スピードで駆け抜けていくのであった。彼らにとって、自分の道具、その機械が格別に楽しい思いをさせてくれるものだったことはあきらかであろう。昼の猛暑のあと、ホテルの屋上で、沈む夕日の光を浴びて輝くナポリ湾の素晴らしい眺めを眼にしつつ、夕食を摂るのは、実際、いい骨休みになった。われわれの食卓には、オーストリアやハンガリーの代表のほかに、ときおり、イタリア人、またユーゴスラヴィアやチェコスロヴァキアの駐在武官がやってきた。その際、こうした紳士たち全員が、かつて皇帝・国王軍に勤務していたことが確認された！

つぎの数日間には、国王と王太子も演習場に姿を見せた。注目すべきは、頭領《ドゥーチェ》〔ムッソリーニの称号〕が、国王に対して、どのように敬意を表するかということだった。このケース以外でなら、ムッソリーニこそが最上位の存在だったのである。こうした場合に備えた配慮がなされていることは、あちこちの壁に塗られた標語からも確認できた。つまり、「頭領万歳《ヴィーヴァ・イル・ドゥーチェ》」のスローガンには、常に「サヴオイア家万歳《ヴィーヴァ・ラ・カーサ・サバウダ》」〔サヴォイア家は、当時のイタリアに君臨していた王家〕が対置されていたのである。

ファシストの大物たちが列席していたことはいうまでもない。立派な押し出しのバドリョ元帥〔ピエトロ・バドリョ（一八七一～一九五六年）。当時、イタリア陸軍参謀総長。最終階級も同じ。一九四三年、ムッソリーニの失脚にともない、首相に就任、連合国に降伏した〕、親独的な姿勢を強調してみせたチャーノ外務大臣〔伯爵ガレアッツォ・チャーノ（一九〇三～一九四四年）。ファシスト・イタリアの外相を務めたが、一九四四年にドイツ軍に逮捕され、公開裁判にかけられたのち、銃殺刑に処せられた〕、またバルボ元帥〔イータロ・バルボ（一八九六～一九四〇年）。当時、リビア総督。最終階級も同じ。一九四〇年に、味方の誤射により乗機が墜落、死亡した。ただし、謀殺説もある〕ほかもいた。バルボは、最初にムッソリーニと顔を合わせたときに、彼の腕に抱かれた。われわれの案内役であるロアッタ将軍〔マリオ・ロアッタ（一八八七〜一九六八年）。当時、大佐で、陸軍情報部長。最終階級は中将〕（彼は、のちに参謀総長となり、ドイツ軍に対して、まったく不可解な役割を演じることになった）は、この抱擁は国民向けのジェスチャーにすぎないと、われわれに請け合った。ムッソリーニとバルボは、互いに好ましく思っていなかったからである。同様に列席していたファシスト四天王〔ムッソリーニの政権獲得にあたり、功績があったファシスト党の幹部四人を指す〕の一人、デ＝ボーノ元帥〔エミーリオ・デ＝ボーノ（一八六六〜一九四四年）。当時、海外部隊査察監。最終階級も同じ。イタリアの降伏後、ドイツの支援を受けて、ムッソリーニが創設したイタリア社会共和国で逮捕され、一九四四年に銃殺された〕について、ロアッタは「帝国随一の山賊《プリモ・ラドローネ・デルインペロ》」だと語った。デ＝ボーノは、アビシニアにおいて、軍人としてはさしたる戦功をあげなかったのだが、多くの物を掠奪したといわれていたのだ。

演習自体は、その状況に関わらず、さまざまな催しによって中断された。一度などは、ムッソリーニにお供して、ある野営地で開かれたスポーツ大会に出席したこともあった。みごとなスポーツのわざが示されたが、一種の見世物もあった。なかでも、若い、よく発達した身体を持つ若者が、裸で、大きな焚き火の上を飛び越さなければならなかったのは、芝居じみていた。彼はまた、跳躍の際に「栄光あれ《グローリア》」とかけ声を発し、そのヒロイズムを表したのである。

別のときには、ムッソリーニが、戦闘のただなかにあるという想定下に置かれていたベルサリエーリ〔十九世紀に創設されたイタリア軍のエリート軽歩兵部隊で、直訳すれば「狙撃兵」。ヘルメットに鳥の羽根飾りを付し、そのしるしとしている〕一個大隊を、歌を聴かせるために召致したこともあった。ムッソリーニには、彼らの合唱が充分なものであると思われなかったことはあきらかだった。彼は、文句を言いながら、ベルサリエーリを追い払ったのだ。

軍事的にみれば、本演習には、さして格別のこともなかった。自動車化部隊の運転規律がきわめて厳正なのが眼についたぐらいである。難しい山道だというのに、エンコした自動車は、ほとんど見かけなかった。この暑さのなかで、将兵が活発で元気を保っているのも、驚くべきことだった。偽装措置は優れていたが、それ以外の戦闘訓練となると、われわれの基準からは、高度な水準にあるとはいえなかった。命令示達の方法については、概観することもできなかった。この演習がどこまで自由な進行を許されているのか、それとも、多かれ少なかれ、決められた図柄に沿ったものなのかということも判然としない。資材に関しては、とくに小型の軽兵員輸送車が実用的な印象を与えてきた。戦車は、装甲・武装ともに貧弱であった。なお、軍人たちを不機嫌にさせたことに、黒シャツ隊〔ファシスト党の民兵隊〕も演習に参加していた。彼らには、合理的な軍事訓練というものが、いっさい欠如していたのだ。イタリア軍のエリートとなっているのがベルサリエーリ部隊であることは間違いなかった。

演習は、御前パレードで終わりとなった。国王は、彼よりもずっと上背のある王妃と並んで、およそ三十メートルほどの高さの切り立った岩礁の上に立ち、その下を部隊が分列行進で通り過ぎていくのだった。あまりに距離があるため、細かいところは、むろん、ぼやけて見えなかった。ベルサリエーリが速歩で駆け抜けていく際に、その軍楽隊が高らかに音楽を鳴らしたのが印象に残った。

このあと、さらに、ずっと興味深い事件が起こった。州都におけるムッソリーニの演説である。広い大通りは、斜めに横切るかたちに据えられた観覧席で封じられ、その中央に、高い塔がそびえ立っていた。両側には、われわれの国におけるのと同様に、整然と区切られたかたちで、「党と軍の代表」が席を占める。観覧席につながる一方の翼には、われわれ外国からの客が着席した。反対側に座っていたのは、有力者の奥方たちだった。大通り全体に、四千もの人々が詰めかけている。塔の上から演説すべく、ムッソリーニが登っていくと、〔ヨーロッパ〕北方の人間には、まったく想像もできないような歓声が彼を迎える。ヒトラーの場合、演説が一時間以下ということはまずないし、ナチズムの歩みを最初から語りはじめる。そのヒトラーとは対照的に、ムッソリーニは数分しかしゃべらなかった。彼の演説はそもそも、含蓄のある短いキャッチフレーズから構成されていたのだ。一文を口にするごとに、ムッソリーニは間を置く。そのとき、大衆の喝采が彼を包みこむのである。

演説が終わったあとも、大衆の熱狂はとどまるところを知らなかった。ムッソリーニは演説塔を去ろうとするのだが、偉大な名優のように、何度も呼び戻されるのだ。大衆は興奮して叫び、泣きわめき、互いに抱き合う。こちらの観覧席にも、われわれを抱擁しようと、人々が押し寄せてきた。南方人の気質が、この集会で完全にあらわにされたのである。数年後、この同じ国民が彼らの英雄に対して、まったく無情に振る舞うことになる。だが、当時、誰がそんなことを想像し得たであろうか。

さて、喜ばしいことに、われわれの親切な招待主は、軍事・政治面で感銘を与えることだけに、その仕事を限定しているわけではなかった。将兵の休息日や演習終了後に、彼らの国の美しさを示そうと努力してくれたのだ。おかげで、われわれはカプリ島に遠足に出かけ、ヴェスヴィアス山に登り、はたまた、ポンペイやナポリ湾沿いの名所を訪問することができたのである。時間の余裕があったので、演習実施中ではあったが、イスキア島の岸で海水浴を楽しんだこともあった。ナポリ自体には適切な海水浴場がないらしいこと、また、われわれが確認したごとく、「上層身分の」イタリア人は、この季節には普通海水浴をしないということは注目すべきだろう。われわれが海水浴をしていたときに、その場にいた人々は、上流階級出身ではなかったのだ。私は、帰国の旅程に、ローマ滞在を割り込ませたかった。少尉時代のローマ訪問の想い出をあらたにしたかったのである。しかしながら、ドイツで、われわれに認められた外貨持ち出し額はごくわずかだったから、それでは、客としてチップをやるにも不充分だった。外貨持ち出し額の認可という点では、軍は、第三帝国の乱費と歩調を合わせてはいなかったのだ。

もし、私がそうしたいと思っても、短期間のイタリア滞在で得た印象（もちろん、主として軍事面のことに限られる）にもとづいて、当時のファシズム体制についての判断を下すのは、適当なことではなかろう。ファシズム体制は、国民に極端なまでの刺激を与えている。さような感触を得たことは否定できなかった。当然のことながら、短期間の訪問客には、その影の面が表されることはなかったのである。けれども、われわれ軍人にとっては、軍と党の関係において、イタリアとドイツに類似点があることは見誤りようがなかった。そこでもまた、政略的なファシスト党に対する軍人の拒否感が示されていたのだ。もちろん、イタリア軍は、はるかにましな状況にあった。彼らは、国王という支えを持っていたのだ。たとえ、現状で権力の重点が分立していようとも、国王は、独裁者よりもずっと長く生き残ると想定されていたのである。さはさりながら、イタリアの軍人が、主人に対するがごとく、ムッソリーニを恐れながら、暮らしていたことは見逃せない。高級将校ですら、この独裁者の前に出れば、震え上がっていたし、彼の不興を買うことを避けるためならば、どんなことでもやっただろう。誰でも、感じ取れることだった。嬉しいことに、ドイツ将校がヒトラーに対して、これと同様の、うわべの勤勉さを以て接するのを経験したことがない。もっとも、直接ヒトラーのそばにいた、ごく少数の人々を除けば、ということではあるのだが。彼らは精神的に完全にヒトラーに従属していたのであるし、そうした者たちの名前を挙げるのも余計なことだろう。

ムッソリーニについては、他のすべての者を圧して屹立している存在という印象だった。加えて、彼は、自らを誇示することにかけては傑出していた。簡潔で含みの多いアピールによって、国民に際限のない熱狂を引き起こしたり、頭領として将兵を査閲すること、また、明快な畏敬の念をこめて国王に一礼したりといったことなど、いずれにおいても、ムッソリーニの態度は、常に自分のスタイルを持っていたのである。あるときは独裁者として、またあるときは親切な招待主、もしくは善良な人物として、自らを表現するすべを承知していたのだ。それは、彼の名人芸だった。

当時の私はまだ、直接ヒトラーと会う機会もさほどなく、その人となりをよく知らなかった。従って、ヒトラーとムッソリーニを比較考量しようにも、知識が不充分だったのである。しかも、ムッソリーニとその体制が、どこまで極端なところに向かっていくのか、そのころは誰にも予測できなかったのだ。現在の私は、ムッソリーニはいつでも人間的であったといいたい。その意味するところは、残忍ではなかったということではなく、普通の人間らしさを理解していたということだ。ムッソリーニはおそらく、ヒトラーのような意志と知性だけの人というわけではなかった。そのことは、彼の生活の流儀が、すでに証明している。同様に、ムッソリーニが、その「使命」についての思索だけに囚われていなかったこともたしかである。彼は、貧しいが、生を享受することに熱心なイタリア人を、古代のかたちのローマ人に教育せんとした。目的は、その国民を以て、あらたなローマ帝国を打ち立てることだった。だが、ムッソリーニが、祖国の運命と自らを同一視することは、ほとんどなかった。ヒトラーが、しだいにそうした方向に傾いていったのとは、ちがうやりようだったのだ。ムッソリーニは、自国民の力を過大評価していたものの、ヒトラーのように国民の忠誠心やヒロイズムを濫用することはなかった。もちろん、イタリア人の国民性に照らせば、かような特性は、われわれドイツ人のごとく、強く刻印されているわけではなかったのである。

一九三七年秋、私は、ハンガリー軍ならびにブルガリア軍の演習に参加することになった。ハンガリーでは、陸軍人事局長フォン・シュヴェードラー将軍〔ヴィクトール・フォン・シュヴェードラー（一八八五～一九五四年）。当時、中将。最終階級は歩兵大将〕と私は、やはり招待されたオーストリアとイタリアの同業者とともに、手厚くもてなされた。ティサ河畔で挙行された演習は、この国の財政状況が難しいことから、小規模なものだった。が、ハンガリー軍部隊からは、素晴らしい印象を受けた。ただ、ここでも、トリアノン条約〔一九二〇年に、ヴェルサイユのトリアノン離宮で、連合国とハンガリー王国のあいだに調印された講和条約。それによって、ハンガリーは、領土の多くを近隣諸国に割譲させられた〕によってハンガリーに押しつけられた軍事上の制限が、なおはっきりと見て取れた。というのは、この小さな国は、近隣諸国、すなわち小協商〔一九二〇年から一九二一年に、いくつかの相互援助条約締結によって、チェコスロヴァキア、ユーゴスラヴィア、ルーマニアのあいだに形成された同盟。ハンガリーを仮想敵としていた〕諸国の敵意にさらされていたというのに、再軍備を厳しく制限されていたからである。将校団については、他の諸国以上に、騎士道的な軍人観が支配していると思った。われわれも、さような観念のもとで育ったのだし、プロイセン王国軍の遺産としてのそれを、新時代にも保持してきたのだった。

演習には、摂政ホルティ提督〔ホルティ・ミクローシュ（一八六八〜一九五七年）。皇帝・国王軍海軍中将。第一次世界大戦後、ハンガリーの摂政となった〕と、ハンガリーの国王代理である大公ヨーゼフ〔大公ヨーゼフ・アウクスト・フォン・エスターライヒ（一八七二〜一九六二年）。皇帝・国王軍元帥。第一次世界大戦後、ハンガリーの国王代理となるが、一九四四年アメリカに亡命〕が列席していた。摂政は、彼独特の社交的な魅力を以て、われわれを迎えた。われわれは、ブダペシュトにある彼の居城の客となったのである。その後、ニュルンベルク〔裁判〕の証人官房において、毎日のように、私と彼がブリッジ〔コントラクト・ブリッジ。トランプ・ゲームで、二人一組になり、計四人で対戦する〕で組むことになろうとは、当時、誰が想像し得たであろうか！　プール・ル・メリート勲章を飾ったヨーゼフ大公は、第一次世界大戦で軍司令官を務めていたころの興味深い話を語ってくれ、そのころ、彼の参謀長だったフォン・ゼークト将軍のことを、繰り返し激賞したものだった。

しかし、このハンガリー訪問で、もっとも感銘を受けたのは、愛国的な感情が全国民にみちみちていることであった。押しつけられた講和条約により、ハンガリーの国土がばらばらに切り離されたことへの嘆きをシンボライズしたしるしも、何度となく目撃した。その領土割譲のさまを示すポスターや地図も、至るところに掛けられていた。ある公園で、小さくなった領土と失われた地域を毛氈《もうせん》花壇で表しているのを見たこともある。われわれは、戦死者記念碑に花輪を捧げたのだが、これも、ハンガリー側がお膳立てして、印象深い儀式としてくれた。うるわしのブダペシュト滞在は、あらゆる点で愉快なものであった。

このハンガリーの洒落た雰囲気とは、まったく異なっていたが、ブルガリアでは、やはり興味深く、満足すべきやり方でもてなされた。他の外国軍演習に参加した場合とちがって、そのときの外国からの客は、常駐している駐在武官を除けば、私だけだった。私の副官シュトレンペル騎兵大尉〔ヘルムート・シュトレンペル（一九〇五～一九四四年）。最終階級は少将。第二次世界大戦では、北アフリカ戦線や東部戦線を転戦したが、ラトヴィアで戦傷死した〕が同行したほか、国防省から、士官がもう一人付けられた。わが軍の駐在武官フリデリーチ将軍〔エーリヒ・フリデリーチ（一八八五～一九六四年）。当時、少将で、ハンガリー駐在武官（ブルガリア駐在武官兼任）。最終階級は歩兵大将。第二次世界大戦では、ベーメン＝メーレン保護領総督府国防軍代表、南方軍集団後方地域保安司令官などを歴任〕も親切に案内してくれた。

都市としてのソフィアについて、特筆すべき点はさほどない。そこに短期間滞在したのち、演習地に向かった。この演習は、大規模なかたちで行われる初めてのもので、ポポヴォという耳に残りやすい名を持つ、小さな町の周辺で実施されることになっていた。ポポヴォには、国王、演習統裁部、招待客が宿泊できる場所がなかったので、ある森のふちに天幕を張って、宿営することになった。国王とその従者が、やや離れたところに宿舎（それもテントだった）を取る。一方、われわれ用の天幕は、三筋の長い列をつくるかたちでしつらえられ、利用者の身分位階にもとづいて配分された。第一列は、お偉方、将官や大臣たちのために確保されていた。それぞれのテントは、小さな居間と小寝室を備えている。電気照明もあったし、ブリキの貯水槽から水道も引かれていた。二列目の天幕は、参謀将校用のもので、彼らは一部屋で満足しなければならなかったのだ。三列目は、若い将校の居住区で、私の副官もそこに入った。ここでは、テントも三角形に張られただけで、大きな犬小屋に似ていなくもなかった。彼らの洗面設備は、テントの前に敷かれた小さな簀《す》の子《こ》しかなかった。宿泊した者は、朝になると、その上に立ち、従兵に頭から水をかけてもらうのである。

私にあてがわれた従兵は、立派な若者で、しかもドイツ語を話した。彼は、自分は本当に嫌々ながら軍人になったのだけれども、同時に、心底からの愛国者でもあると、私に請け合った。また、この青年は、セルビア人に対しては憎しみをこめて、ブルガリアの領土を奪いかねないルーマニア人とギリシア人については軽蔑をあらわにして語ったのであった。彼は、涙ぐましいまでに、私の面倒をよくみてくれた。昼夜を分かたず、私のテントの入り口を見張っていて、私がテントに触れるや、御用は何かと飛び込んでくるのだ。私には、彼のように、身なりを十二分に整えることも、長靴をぴかぴかに磨きあげることもできなかった。ある晩、私は、勲章を拝受するため、ボリス王〔ボリス三世（一八九四～一九四三年）。一九三四年にクーデターを起こして、国王親政を布いたが、一九四三年に急死した〕に召されることになり、身だしなみを整えはじめた。すると、彼は、私の櫛をひったくり、整髪にかかりながら、王さまにお会いするのだから、どんなにきちんとしてもしすぎることはないと言いつのったのである。この従兵はいつでも、ブルガリアの美しさ、なかんずく、「薔薇の谷」〔ブルガリア中部にある渓谷地帯で、薔薇の産地として知られる〕の一角にある彼の故郷のそれのことを、夢中になって、私に語ったものだった。

食事は、天井が開いた大きなテントで摂った。この点では、他国の軍隊で経験したことと対照的で、徹頭徹尾野戦向けになっていたのだ。朝食は、お茶と羊乳製チーズにパンだけ、昼と夜には、通常、野戦烹炊所《やせんほうすいじょ》でつくったスープが出された。この調理が素晴らしかったことはいうまでもない。夕食には、土地のワインが一杯供された。

招待客の数は多かった。当時すでに専制的な統治にかかっていた国王は、本演習に出席すべしと、大臣全員に命じていたのだ（彼らはみな、軍服を着用していた）。加えて、とっくの昔に退役した、かつての将官多数も招かれていた。私が耳にしたところでは、それによって、演習中に、彼らがソフィアで不穏な動きをできないようにするためだったということである。もっとも、私が、軍事クーデターの時代はすでに過ぎ去ったと思っていたのはいうまでもない。大臣や将軍たちのほとんどすべてが、生粋のブルガリア農民タイプだった。多くは、がっしりとした体格の偉丈夫で、ごつごつした顔立ちをしていた。格別に目立った人物は、第一次世界大戦でブルガリア陸軍総司令官を務めたジェコフ将軍〔ニコラ・ジェコフ（一八六四〜一九四九年）。当時、歩兵大将。最終階級も同じ。一九四四年にドイツに亡命した〕であった。親独派の最右翼である。彼は、ニュルンベルクのナチ党大会に出席したことを熱心に語ったが、私が、その興奮についていけなかったのは、もちろんのことだった。ナチ党大会には、一度も出席したことがなかったからである。ジェコフ将軍は、七十代の高齢であったけれども、ブルガリアの青少年運動を指導しており、心身ともに、驚くほど、はつらつとしていた。ジェコフ将軍は、第一次世界大戦におけるその経験について、興味深いことを聞かせてくれたものだ。とくに関心を惹いたのは、ファルケンハイン〔エーリヒ・フォン・ファルケンハイン（一八六一〜一九二一年）。当時、歩兵大将。最終階級も同じ。第一次世界大戦で、陸軍大臣、陸軍最高統帥部長を歴任した〕との協力はきわめて良好だったけれど、ルーデンドルフとのそれは、まったく難しかったという話であった。一度、その貴重な想い出を後世に伝えていただけないかとの希望を口にしてみたが、将軍は笑って答えたのであった。「たしかに、もっと先になって、私が年寄りになったら、回想録を書こうと決めている。だが、さしあたりは、やるべきことが山積みなのでね」。彼にとって、七十という年齢は、まだ「年寄り」でないことはあきらかだった。

演習の進行は、ドイツ軍の原則に照らしても、みごとなものであった。将兵も、卓越した印象を与えてきた。ブルガリア軍が、われわれ同様、強制的な講和条約による制限を課せられていたとしても、彼らもまた、ひそかに、そうしたことから大幅に自由になっていたのである。ドイツが供給した、一連の「禁じられた」兵器も演習に登場した。けれども、最初、それらを公然と外国人の眼にさらすのはいかがなものかと思われているようだった。だが、驚いたことに、あとになると、その制約も取り払われた。私自身、随行員とともに、まったく自由に動きまわることができた。まるでドイツ軍にいるときのように、あらゆる司令部や部隊で情報を得ることが許されたのだ。どこに行っても、あけっぴろげの戦友精神が示された。ところが、駐在武官たちは、自分は厳しい制限を付せられているとみていた。通常、彼らは、一定の観閲所から演習を視察することしか許されなかったのである。そうした場所からは、さほど多くのものを見られない。しかも、観閲所は、熱い日光に灼かれるようなところに置かれているのが常だった。ときおり、彼らにも、何らかの、さして重要でないものが見せられた。ある晩、駐在武官の一人に、その体験について尋ねてみると、彼は憂鬱げに言ったものだ。「われわれは野戦病院見学を許可された。これで三度目だよ」。

演習最終日の晩に、私は、侍従の一人によって、国王の宿舎に案内された。ボリス王からは、すでに演習地において何度も親しく挨拶を賜っていたのだ。国王は、私を天幕内で迎え、すぐに話しはじめた。私は、もっぱら聞き役にまわった。聡明であることで知られる国王は、率直に発言した。結論は、彼が語ったことを、私がドイツに正しく伝えるよう望むというものだった。国王は最初に、ライヒが彼の軍隊のため、近代的な兵器を供給してくれたことへの感謝を表明した。王にとって特別な助けとなったのは、一個中隊分の戦闘機を贈与してくれたことだったという。もっとも、現状でのその軍事的価値よりも、心理的な効果が大きいとの由だった。それから、国王は、彼の軍隊の事情について話しはじめた。王の願い通り、私も、演習を通じて、この軍隊は第一級であるとの好印象を得ていたのだ。国王が詳述したところによれば、バルカン諸国のすべてにみられる政治的な将校同盟をつくろうとする傾向を措いても（ブルガリアの歴史においても、かかる団体は重要な役割を果たしていた）、第一次世界大戦後、拘束を押しつけられたことに対する不満は、とくに軍隊において大きくなっていたとのことである。いまやドイツは、ブルガリア軍に近代的な装備をほどこせるようにしてくれている。それによって、合理的な訓練も可能となるし、また、軍の不満も乗り越えられることであろう。続いて、国王は、これまで将校団内部の政治的な策動によって、どんな困難がもたらされてきたかについて述べた。しかし、最後の策謀を未然に防ぎ、しかるのちに、政治的に信頼できない分子をつぎからつぎへと遠ざけて以来、最大の難関を越した。そうであってほしいと願っているのだと、国王は言った。最後の策謀に関する話は、われわれの駐在武官から、もう聞かされていた。駐在武官自身は、国王に謁見した折に、直接話してもらったとのことだった。それによると、キモン・ゲオルギエフ〔一八八二～一九六九年。ブルガリアの軍人・政治家。最終階級は中佐。一九三四年にクーデターを起こして、首相となった。が、一九三五年に国王側のクーデターにより失脚、亡命した。第二次世界大戦中には、反ファシスト勢力である「祖国戦線」に参加、一九四四年には祖国戦線政府を結成した。戦後は、ブルガリア人民共和国政府の初代首相を務めた〕の指導のもと、将校団内部に結成された陰謀集団、いわゆるズヴェノ〔ブルガリア語で、環、つながりの意〕・グループが、クーデターによって、議会と国王を排除することで一致したのだという。ボリス国王は、企図された行動が実行に移される数時間前に、その情報を得た。彼ら、謀反人たちは、まず夜のうちに王宮を奇襲、国王を拘引し、しかるのちに議会を占拠する計画を立てていた。そのため、国王は就寝せず、ピストルを手にして、執務室で待ち構えていた。が、謀反人が押し入ってきても、友好的に迎え、無能な議会を排除するという意図に完全に同意し、彼らのトップに立とうと宣言したのである。そうしておいてから、国王は、謀反人たちに不意打ちをかけることに成功したのであった。議会の排除が成功したのちには、国王はもちろん、謀反人グループから成る政府をまず組まねばならない。ところが、彼は、そうした輩のうち、信用できない分子を徐々に追い出していき、自分が指導権を掌握したのだった。

ボリス国王は、私に対して、左のことを確認してみせた。精力的な首相と陸軍大臣に助けられ、軍部と政治を切り離すことができた。同時に、再軍備が開始されたことにより、軍は、敵対的な隣国に対し、ブルガリアの安全を再び保障し得るようになったと考えているというのである。彼はまた、ボリシェヴィキのプロパガンダがブルガリアにおよぼしている脅威についても、詳しく述べた。この目的のために、ソ連からブルガリアに流れ込んでいる資金の量たるや、前代未聞であるとの由だ。この会談〔彼は、流暢なドイツ語をしゃべった〕で受けた印象からは、ボリス国王は、とびぬけて聡明で、ものごとを実務的にみる人物だと思われた。加えて、この国の王家は、実に愛されているという感触も得た。王位継承者シメオン〔シメオン二世（一九三七年〜）。一九四三年、ブルガリア王に即位するも、一九四六年に亡命。一九九六年に帰国し、二〇〇一年から二〇〇五年までブルガリア首相を務めた〕の誕生も、国民の親君主制的感情をつよめたのは疑いなかった。実際、農民たちの家を訪ねてみると、必ず、ボリス国王の肖像とともに、その父、一九一八年の崩壊後に退位したブルガリア国王《ツァール》フェルディナント王〔フェルディナント一世〔一八六一～一九四八年〕。一九〇八年、オスマン帝国から独立したブルガリアの初代国王となる。一九一八年、第一次世界大戦の敗戦により退位〕のそれが掛けられていたのである。

翌日がまた見ものであった。この機会に、ブルガリア再軍備を全世界に対し、いわば公式に宣言するという重要な一幕が開かれたのだ。演習に参加した部隊のすべてがパレードを繰り広げた。騎馬の国王が部隊正面を巡察したのちに、新編された二十個大隊〔私が覚えているかぎりでは、これだけの数がいた〕への軍旗授与式が行われた。それによって、押しつけの講和によって課せられた陸軍兵力への制約が踏み越えられたことが、公然と示されたのである。将兵がつくった大方陣の真ん中に演台が据えられ、その最上部には祭壇がしつらえられていた。この祭壇の前に、高位の神品〔正教会の聖職者〕が立ち、いまや軍旗授与式を執り行っていたのだ。ついで、ボリス国王とイオアンナ王妃〔イオアンナ・サヴォイスカ〔一九〇七～二〇〇〇年〕。イタリアのサヴォイア家より、ボリス三世に嫁いだ。一九四六年、社会主義政権によって国外退去を命じられた〕が演台に登る。新編部隊の長たちが、軍旗旗手とともに前に進み出た。各指揮官は、軍旗に接吻したあとに、ひざまずいて、国王の手からそれを受け取るのである。続いて、将兵が分列行進を実施した。その際、外国の駐在武官たちも、演習中には示されなかった新兵器を確認する機会を与えられたのであった。

パレードが終わると、国王が、あらゆる賓客と全将校を祝典の正餐会に招待した。野原に長テーブルが置かれ、その上に、熱い日光をさえぎる天幕の屋根が張られた。食卓には、丸焼きにされたガチョウや子豚、サラダや焼き菓子を山盛りにした大きな深皿が並んでいる。中世の殿さまの結婚式では、民草《たみくさ》もたっぷりと食事やワインの供応にあずかるのが常だったが、それを思わせる光景だったといえる。われわれは、なかなか草臥《くたび》れるパレード観閲のあと、国王がおでましになるまで、酷暑のなかを三十分ほども待っていなければならなかったから、お客のなかの最年長者、ある八十三歳になる将軍が昏倒してしまったほどだった。みな、卒中の発作を起こしたのかと思った。だが、十五分も経つと、この老紳士は、子豚の焼肉をむさぼり、元気いっぱいにワインを楽しんでいたのである。

演習が終わったのちも、ブルガリア政府は、われわれのために、ちょっとした楽しみを考えていてくれた。われわれドイツ軍人と駐在武官全員は、バルカンの山々をドライブしたのだ。絵のように美しく、古い名誉の都市タルノヴォ〔一八七九年、タルノヴォで国民議会が開かれ、ブルガリア最初の憲法が制定された。一九〇八年にブルガリア完全独立が宣言されたのも、タルノヴォにおいてであった〕を見物し、同市の有名な修道院を訪れた。この修道院訪問には、国王もあとから合流したのである。晩には、美しい場所にある山の保養地に行った。ある富裕な工業家が、そこに大きな旅荘を所有していたのだ。彼は、われわれをにぎにぎしくもてなすようにとの政府の命を受け、太っ腹な歓待を以て、この仕事をかたづけたのであった。素晴らしい晩餐に、興をもよおすべく演出された民俗的なお祭りが続いた。民族衣装を着た舞踏団が、昔からの習わしに従って、ダンスを演じたのである。お祭りの掉尾を飾ったのは、壮麗な花火であった。翌日の午前中に、われわれは露土戦争で有名なシプカ峠を訪れ、朝食を摂ったのちに、親切なホストに別れを告げた。が、彼は、われわれが去る前に、もう一つ、特別の見世物を出さずにはおかなかったのだ。制服を着た婦人楽団がいきいきとした演奏を行ったのである。その団員たちも、外国の軍服がお気に召したことは、はっきりとわかった。

われわれは、ハンガリー軍ならびにブルガリア軍が、一九一九年の講和条約の強制によって負わされた束縛を外そうと努力し、しかも成功しつつあるとの知見を得て、ドイツに戻った。この二つの軍は、ともに第一次世界大戦以来の戦友意識が高い水準で保たれていることを示してくれたのである。われわれドイツ軍人は、外国の将校としてではなく、友人、それも戦友として迎え入れられたのだ。

ベルリンに帰ると、仕事が山積みになっていた。戦時、兵棋・図上演習、作戦研究において、軍最高指導部をどのように組織するかという問題における陸軍総司令部と国防軍最高司令部との見解の相違に関わることであった。あと数か月で、私の陸軍総司令部勤務が唐突に終わろうとは、夢にも思っていなかった。

本章を終える前に、わが年若な助手たちの想い出を述べておきたい。彼らはみな、選び抜かれた参謀将校で、優れた業績をあげたのだ。また私は、彼らと良好な人間関係を築けたものと信じる。だが、ここでは、勤務上、そして、人間的に、とくに近しかった数名のことしか述べられない。

第一部で、真っ先に挙げられるのは、現在の連邦国防軍《ブンデスヴェーア》総監、当時、少佐だったホイジンガー〔アドルフ・ホイジンガー（一八九七～一九八二年）。ヴェーアマハトにおける最終階級は中将、連邦国防軍では大将。第二次世界大戦では、陸軍参謀本部作戦部長を務め、戦後に創設された連邦国防軍（かつての西ドイツ軍で、現在のドイツ軍）では、最高司令官にあたる連邦国防軍総監に就任した〕である。ホイジンガーは、私が第一課長だったころ、すでに第一部で勤務していた。私が作戦部長に就任したとき、彼を第一課長に貰い受けようと請願したものである。彼は、第二次世界大戦中に、同課長から作戦部長へと昇進した。私はいつでも、戦時にあっても彼と協力したことを、感謝を以て思い起こすのである。彼の下で、当時は参謀大尉だったヴェストファル〔ジークフリート・ヴェストファル（一九〇二～一九八二年）。最終階級は騎兵大将〕、フォン・トレスコウ〔ヘニング・フォン・トレスコウ（一九〇一～一九四四年）。最終階級は少将。第二次世界大戦では、A軍集団作戦参謀、中央軍集団作戦参謀、第二軍参謀長などを歴任したが、ヒトラー暗殺計画に参加、それが失敗したのちに自決した〕、フォン・ロスベルク〔ベルンハルト・フォン・ロスベルク（一八九九～一九六五年）。最終階級は少将〕が働いていた。ヴェストファルは、ずばぬけて有能であり、そのおかげで、戦争中には要職を歴任した。まず、北アフリカのロンメルの作戦参謀、のちには参謀長に昇進し、ついには西部戦線でフォン・ルントシュテット元帥の軍集団の参謀長になった。最後の職は、ケッセルリング元帥〔アルベルト・ケッセルリング（一八八五～一九六〇年）。ドイツ空軍の元帥。陸軍から空軍に移籍、第二次世界大戦では、航空軍の司令官や南方総軍司令官などを歴任し、西部戦線や北アフリカ戦線の指揮を執った〕が指揮する西方総軍の参謀長であった。一九四五年から一九四六年にかけて、われわれはまた、ナチ体制の指導者たちに対する大規模な裁判の「証人」として、ニュルンベルクの獄中で顔を合わせたものである。

われわれは、他の戦友たちとともに、「犯罪組織」として告発された陸軍参謀本部の弁護にあたっているラテルンザー博士〔ハンス・ラテルンザー（一九〇八～一九六九年）。ドイツの法律家で、ナチ犯罪や戦争犯罪の裁判多数において、被告側の弁護士となった〕に、いかなる法廷であろうと、そのような告訴に反駁することを可能とする資料を提供する作業チームを結成した。われわれが陸軍参謀本部の無罪判決を勝ち取るために闘い得たことにより、多くの戦友たちが苛酷な運命に見舞われることが防がれたのだ。

トレスコウについてはもう、私の著書『失われた勝利』で述べた。大きな才能に恵まれた将校で、偉大な愛国者であった。彼は、戦争が進むにつれて、反ヒトラー抵抗運動の推進役の一人になったのである（私は、そのことを知らなかった）。トレスコウは、ある軍の参謀長だったが、前線に出て、そこで自決したのだ。

ロスベルクは、第一次世界大戦中、私がおおいに尊敬した参謀長の息子で、その父親から、作戦の才能と鷹揚なところを受け継いでいた。先の大戦では、国防軍統帥幕僚部〔ＯＫＷの作戦部〕で作戦参謀を務めた。ノルウェー戦役中、狼狽したヒトラーがナルヴィク撤退を指示したとき、その命令がディートル将軍〔エドゥアルト・ディートル（一八九〇～一九四四年）。当時、中将。最終階級は山岳兵大将。第二次世界大戦では、ノルウェー山岳軍団長、第二〇山岳軍司令官を歴任、ノルウェー侵攻やムルマンスク攻略作戦を指揮した。一九四四年、飛行機事故により死亡〕に示達されるのを止めさせたのも、彼であった〔一九四〇年四月に発動されたノルウェー侵攻作戦は、当初奇襲に成功したものの、連合軍の反撃により危機に瀕し、とくにナルヴィクのドイツ軍は苦戦した。戦況が一転したのは、五月のドイツ軍西方侵攻作戦によって、英仏軍がノルウェーから撤退せざるを得なくなったことによる〕。こうしたことや、ヒトラーに報告する際の、歯に衣着せぬもの言いが、独裁者にはお気に召さなかった。ロスベルクは、副次的な戦域に左遷されたのである。

もちろん、参謀次長付副官を務めた二人の想い出も書いておきたい。彼らと私のあいだには、特別に緊密な人間関係が結ばれていたのである。両者ともに、若々しい騎兵将校で、私のもとで、陸軍参謀本部に配属されるための試用期間を修了したのだった。

当時、騎兵大尉だったシュトレンペルは、一九三六年から一九三七年まで私の副官であり、ハンガリーおよびブルガリア訪問にも同行した。躁鬱のきらいがあったが、感動的なまでに、私に忠実だった。戦争中、クリミアで、彼がある師団の参謀をやっているときに再会した。シュトレンペルは、のちに連隊長として、東部戦線で斃れた。

一九三七年に彼の後任となったのは、ハウザー騎兵大尉〔ヴォルフガング・ハウザー（一八九三～一九七三年）。最終階級は少将〕だった。賢く、あらゆる仕事に倦むことがない、愉快なシュヴァーベン人だ。驚嘆に価したのは、彼が、われわれの秘書フォン・ジーベルト嬢と力を合わせ、私があの時期に書いた覚書の草案を解読してのけたことだ。それらは往々にして、私自身にも読み取れなかったのである。われわれが数か月間しか一緒に働いていないにもかかわらず、私が参謀次長を解任されると知ったときの彼の落胆ぶりは、絶対に忘れられない。大戦中は、南方軍集団の戦域で、第一装甲軍の作戦参謀を務めていた彼と、よく顔を合わせた。その司令官フォン・マッケンゼン将軍は、イタリアに赴任する際に、ハウザーを参謀長にして、連れていったのである。私が抑留されているあいだ、常に妻の味方になってくれ、また、ヴェストファル同様に、「戦争中のことで有罪判決を受けたもの」〔いわゆる戦犯に対する、同情的な呼称〕の味方となったことでも、彼の忠実さは証明された。われわれが、ハウザーとその愛らしい夫人をシュトゥットガルトに訪ねたこと（戦後、ハウザーはそこで、一人の戦友とともに、自分の手で家を建てたのだ）は、特別に嬉しい体験となっている。古い想い出を語り合えただけでなく、ハウザーの快活さと笑みとが、すべての時間を包みこんでいたからである。

原註

❖1 一九四〇年に露呈したごとく、フランス軍が完全に「マジノ線構想」に取り憑かれてしまうだろうなどということは、当該の数年間には、また、第一次世界大戦の経験からしても、とうてい予想不可能だった〔「マジノ線」は、一九二九年より、フランスが主としてドイツとの国境線に築いた要塞線。第二次世界大戦では、フランスは、この要塞線に頼った消極的な作戦を取り、ドイツの「電撃戦」に敗れた〕。

❖2 西方の要塞化は、ライン川の東で着手されただけで、当時はまだ、ごく初期の段階にあった。

❖3 とくに、東部の敵との戦闘を考慮して、騎兵旅団数個を再び編成することが予定されていた。

第九章　ヒンデンブルクの死去からヒトラーによる統帥権掌握までの、国防軍のナチ国家に対する姿勢の変化

ここまでの数章で、ライヒスヴェーアが、ヴァイマール共和国から全体主義的な国家指導への移行を経験し（初期にはまだヒンデンブルクに庇護されていた）、さらには、再軍備によって「ヴェーアマハト」の建設を開始した時期のことを叙述してきた。が、戦争までの数年間に、国防軍がナチ国家に対して、いかなる姿勢を取ってきたかを、なお論じておかなければなるまい。この場合、ヒトラーやナチ党に対する態度と、体制そのもの、あるいは、ヒトラーとナチ党の政策がそこで表現された諸措置へのそれとは、区別されるべきである。かかる関係の展開は、国防軍内部においては、まったく統一的なものではなかった。ナチの理想主義を訴えるプロパガンダが、懐疑的な年長の世代よりも、熱狂しやすい若者にアピールしたというのは、わからぬでもないことだ。加えて、年を経るごとに、ヒトラーユ

ーゲント教育の影響が、いよいよ目立つようになっていた。若い世代は、教え込まれた理想の純粋性を素直に信じ込んでおり、年長者と比べれば、おそらくは理論と実践のちがいに気づいていなかったのである。

とはいえ、陸海空三軍のあいだには、ある程度の差異があった。

陸軍が、数世紀にわたって形成された軍の伝統に、いちばん深く根ざしていたことには、疑う余地がない。陸軍は、軍人としての観念と名誉意識を先人から継承しており、それらはライヒスヴェーアから、新しいヴェーアマハトにも持ち込まれていた。かかる理念を、ナチズムのイデオロギーに合わせて変形させたり、あいまいなものにする気など、毛頭なかったのだ。しかしながら、当時、ナチズムの核心であり、正しいとみなされていた国民（国家主義的ということではないし、ましてや、人種的に度を越すことではない）・社会思想は、軍人の思考様式に合っていたのである。だが、それを超えたことは、われわれの思考の土台として受け入れるには、まず適していないものと思われていた。

海軍はおそらく、一定程度まで、この新しい理念に開かれていただろう。その理由の一部は、ヒトラーをまさしく共産主義に打ち勝つ者とみなしていたことによって説明できる。かつて、カイザーの海軍にとって、最暗黒の日を用意したのは、共産主義だったのだ。

一方、空軍は、ナチ体制によって、国防軍第三の軍種に引き上げられた。たとえ、その萌芽が以前からすでに、陸海軍によって用意されていたとしても、その存在意義からみて、完全に第三帝国の所産だったのである。従って、空軍の兵員が、国防軍の他の二軍種以上に、ナチズムと強く結びついていると自覚していたとしても、驚くにはあたらない。陸海軍は、ナチズム以前から存在していたのだ。加えて、空軍のトップには、ヒトラーに続く第一の党人ゲーリングがいて、「自分の」軍種が最優先されることを保証するつもりだった。

最後に、国防軍最高司令部においては（そこに属する将校の見解にかかわらず）、あの人物が長官を務め、指導的な役割を果たしていた。国防大臣フォン・ブロンベルク将軍だ。彼は、新しい理念とヒトラーのとりこになり、国防軍をナチズム精神みちあふれるものにすることこそ、自分の使命だとみていた。のちに国防軍最高司令部長官になるカイテルも、精神的には「総統」にすっかり依存するようになっていた。

右記のごとく、国防軍の三軍種には一定の差異があったと、私は解釈するのだが、それでも、純粋な軍人としての観念と名誉意識は、陸海空三軍に等しく存在していたことは強調しておくべきだろう。いずれにせよ、かかる差異こそが、何故にナチ党が一九三八年に陸軍に対する闇討ちにかかったのか、そして、どうして陸軍だけが対象になったのかということを説明している。遺憾なことに、当時のわれわれはみな、その真の意味を認識していなかったのである。

ヒトラーは一度、不機嫌そうに言ったことがある。「私は、プロイセンの陸軍、カイザーの海軍、ナチスの空軍を持っている」。この言明は極端にすぎるとはいえ、彼（さらに彼のナチ党）が、国防軍三軍のそれぞれの姿勢をどのように評価していたかをよく示している。

もし、陸軍がいちばん頑固に、そのナチズムに対する本来の姿勢を堅持しようと努力したことには

（空軍に関しては、同じ程度にそうした努力をすることは必要ではなかった。ゲーリングが、ナチ党に対して、空軍を擁護していたからだ）、別の事情もあった。各地域における軍事上の権限が国防軍に残されていたことが原因で、それぞれの地域が、全体主義的な要求を出してくるナチ党部局とのあつれきの場になることを避けられなくなったのだ。陸軍についてだけでも、突撃隊、あとには親衛隊が、ライバルとして大きくなってきた。そこから生じる緊張を、海軍と空軍はまぬがれていたのである。

ここで、軍人のヒトラーに対する姿勢を述べることにする。彼は、軍人にとっては、国民に承認された国家元首であり、その権能によって、最高司令官ということになる。軍に属する者はすべて、この最高司令官に忠誠宣誓をなすのだ。たとえ、ヒトラー個人について、どのような評価をしていようと、その宣誓は、軍人を「総統」に縛りつける「現実」であった。かかる軍旗宣誓〔当時のドイツ軍人が、軍旗に触れつつ、忠誠の宣誓を行ったことから来る用語〕の観念をもてあそぶことなど、われわれは教わっていなかったのだ。❖1

さらに、われわれ軍人は、そもそもドイツ国民の大部分がそうであったように（また、忘れてはならないことだが、真に賢い外国人の多くでさえも同様だった）、あの数年間に得られた国内・国外の成功に魅了されていた。そのことを確認しておこう。ヒトラーは、無防備で力もなく、常に脅威にさらされている状態にあったライヒを、自らの発言が聞き入れられる強国へと押し上げた。なんびとたりとも、もはや、そうした言葉を、その他大勢《カンティテ・ネグリジャブル》のせりふとして聞かぬふりをすることはなくなったのだ。彼は、一九三三年以前には貧窮の源であり、従って、国内治安への脅威となっていた失業という亡霊を追い払った。こうして失業が解消されたのは、単に再軍備によるものだった（今日、しばしば主張される意見だ）わけではないことも確認しておくべきだろう。むしろ、再軍備が全力で実行される以前に、失業の大部分はもう克服されていたのである。世界経済恐慌の収束が、その成功に寄与していたのだとしても、それは、本質的には、政府の徹底的な措置によって達成されたのだ。結局のところ、ヒトラーは、圧力を用いないわけではなかったにせよ、ヴァイマール共和国時代にドイツ国民を分断していた社会的な溝に架橋した。いまだ達成されてはいなかったとしても、本当の民族共同体の成立は、すぐそこまで迫っているものと思われたのである。

かくのごとく、一滴の血も流さずに、オーストリア合邦《アンシュルス》〔ドイツへの併合〕とズデーテン地方の獲得に成功したときのヒトラーは、なお輝かしいばかりの成功のオーラに包まれていたのだ！　彼はまた、きわめて投機性の高い政治を行ったのかもしれないが、そのあらゆる外交行動において、直感にもとづき、可能性の限界寸前で自制しているとの印象を与えていた。

かようなことをみれば、ほとんどのドイツ人同様、われわれ軍人が、この体制のもとで生じた、芳しからざる邪悪な現象を、ヒトラーではなく、彼の政治的な徒党のせいだとしたことも理解されるだろう。

他方、ヒトラーが、おのれの取り巻きたちに対し、スターリンのような役割を演じようとはしなかったことも確実である。ヒトラーは、彼らの欠点や横暴を知っていたにもかかわらず、好きなようにさせておいた。彼が、どの程度まで悪しき諸措置を主唱していたのかについては、当時はわからなかった。ヒトラーの成功が、すべてを覆い隠していたのである。彼は、そうした光のもとにみられるのが常で、それにともなって生起した影の面のことには、ほとんどわずらわされなかったのだ。

ところが、国防軍、とりわけ陸軍のナチ党に対する態度は（頂点に立つ国防大臣その人を除いて、ということだが）、まったく異なるものだった。「権力掌握」に至るまで、そうした態度は、共産党を除く他のすべての政党に対するのと同様に中立だったが（言い添えれば、たいていの政党に不信を感じていたのだが、それらのほとんどすべてにみられた国民的・社会的目標設定には同意していたのである）、ナチ党と近く接するにつれ、ますます冷たいものになっていった。「レーム事件」を扱った際、すでに述べたようなことが、ずっと続いていたのだ。時を経るごとに多数の「ダラ幹」が現れてきたことも、反感を引き起こした。ナチ党指導者の多く、なかんずくゲーリングの自堕落な生活態度は、プロイセンの伝統のなかで育てられた軍人には不愉快に思われたにちがいない。軍事上の重要性などお構いなしに、何にでも介入しようとするナチ党大管区指導者たちの権力要求など、陸軍には認められなかった。何よりも軍は、将兵をとにかく役に立つ存在にしておきたいのであれば、軍人に対する影響を獲得せんとするナチ党諸部局のいかなる試みに対しても、自らを守らなければならなかったのである。

とはいえ、ナチ党が国防思想を涵養しようと努力し、あらゆる軍備措置を支援することによって、力強い助力者になっていたことは認められる。無数の「小物の党同志」が、彼らの指導者と同様に、国民・社会思想の普及こそが自分たちの仕事の目標なのだと、素朴かつ大真面目に信じていたことを忘れるのも、許されないことであろう。しかしながら、ナチ党のイメージを決めたのは、彼らではなかった。また、それは、実益を考慮したり、多かれ少なかれ強制されて、入党した者によるわけでもない。権力に餓えた者、そして、「総統」に無条件に従った者が、ナチ党の像を決めたのだ。ヒトラーは繰り返し、ナチ党と国防軍は「第三帝国が拠って立つところの二本の支柱である」と語った。だが、それぞれに属する者たちのあいだには、根本的な見解の相違があり、亀裂となっていたのである。われわれ軍人は、外に対してはライヒの安全を守るのだが、危急の際には国内の治安にも責任を負う。そのわれわれこそが、国家という、さまざまに形態を変えつつも続いてきた、国民のなりわいを安んじる制度の支柱なのだと思っていた。それに対して、ナチ党は体制の担い手であり、その執行者として、国家とも対峙し得る存在となることを求めていたのだ。しかし、陸軍は、全体を掌握せんとするナチ党の企てなど認めはしなかった。その戦闘力の維持も、国益の護持も、国防軍の自己主張にかかっているのだと、われわれは確信していた。事実、国防軍は、あの時期において、また、戦争のずっと後に至るまで、内的には手つかずで損なわれていない存在でありつづけたし、そればかりか、何らかの理由で体制におびやかされていると感じる多くの人々の避難所となっていたのである。一九四四年七月二十日のクーデターが失敗したあとになって、陸軍はついに、おのが独自性をめぐる闘争のもとに置かれたのだ。

　ここで、われわれがナチ体制について、どう判断していたかという問題に移りたいが、その際、この言葉は、ヒトラーと、とくに彼の追随者たちが、内政的にいかなる統治をほどこしたか、なかんずく、彼らのイデオロギー上の目標を達成するためにどんな方法を用いたかという意味で理解されたい。

何故にドイツ軍人が、ナチが取った措置の多くやその実行方法に嫌悪を感じたか。彼らの、伝統に根ざした思想を知る者に、それを詳しく説明するなど、まさに蛇足というものであろう。ナチのやり方は、プロイセン・ドイツ国家に受け継がれてきたことに、はなはだしく違背するのであった。プロイセン・ドイツは、よしたとえ議会制民主主義の発展で他国に後れを取ることはあろうとも、フリードリヒ大王以来、宗教と思想の自由を体現していた。また、以前には、どこの国よりも法治国家の原則を示していたのである。いかなる理由があろうとも、暴力支配や国民の一部を劣等階層とすることはとにかく、それによって、われわれが育てられてきた観念に反するのだった。

あのころ、多くのことが、時の経過を経たのちの後知恵から今日正しいとみなされているものとは、いささか異なっていた。それはいうまでもない。この体制の暴虐がどの程度まで進むのか、誰もまだ予想できなかったのである。全面的な蛮行の展開は、戦争中に現れてきたのだが、そのときでさえ、誰もがすべてを知るというわけにはいかなかった。ある権威主義的国家形態のもとで生きていることは、われわれにもわかっていた。が、それは、両大戦間期に、少なからぬ数の国の人々によって、苦境から抜け出る道だとみなされていたのと同様の国家形態だと思っていたのだ。われわれが、すでに全体主義への途上にいることなど、認識していなかったのである。

ヴァイマール共和国時代の混乱のあと、そのもとで屈辱を経験したのちになっては、国内外の両方に対して強靭である国家権力こそ、一九三二年から一九三三年になるころにライヒをおびやかしていたカオスからの救済なのだとみなされた。共和国が、民主主義的な寛容を以て過激政党を扱うのをみてしまっては、新体制が、共産主義との闘争において、非民主主義的な方法を用いる余地を認めたことも、いたしかたないと思われたのだ。当時のドイツにとって、共産主義がいかに危険なものであったかは、あっさりと忘れられている。だが、遺憾なことに、あのころには、かような方法は他の者にも使用し得るということも看過されていたのである。それはすぐに、教会に対する態度、そして、何よりも人種法〔いわゆる「ニュルンベルク法」、一九三五年九月十五日に国会で可決された「ドイツ人の血と名誉を守るための法律」と「帝国市民法」を指すものと思われる。それらによって、非アーリア人の公民権は否定され、またドイツ人とユダヤ人の結婚も禁止された〕の制定によって、あきらかにされた。

付け加えておくと、現代のわれわれがナチ体制とはそういうものだと認識しているような、テロと抑圧のシステムは、実際にはまだ、国民大衆の前にはっきりとその姿を現してはいなかった。第一に、当時は、暴力行為が機密保持のヴェールに包まれていたからである。第二は、その残虐性が全面的に発揮されたのは、前述のごとく、戦争になってからのことだったためだ。第三に、暴力行為は最初、ごく限られたサークルにだけ向けられ、大多数の者には関わりがなかったことも、その一因だった。さりながら、人間は、自分が悪や危険にさらされたときに初めて、それらを察知したり、判断できるものだ。人類の嘆かわしい性《さが》である。ボリシェヴィズムとその暴力行為に対する西欧諸国の姿勢を、それを表す一例として挙げてもよかろう。結局、そうした横暴で暴力的な行為は、直接関係のない者に知られたところで、新体制の「小児病」であり、あらゆる革命的発展につきものであるが、経験に従うなら、たいていは克服されていくような付随的現象だとみなされることがしばしばだった。

こうして述べてきたことは、ドイツ国民の大多数について、大なり小なりあてはまるといえるのだが、軍人もまた同様に、一九三八年まではなお、ほとんど侵害されていない孤島に住んでいるようなものだった。レーム事件以来、突撃隊、さらに親衛隊やゲシュタポ〔Gestapo. 秘密国家警察（Geheime Staatspolizei）の略。原音に従えば「ゲスタポ」であるけれども、本訳書では、日本で慣用されている「ゲシュタポ」表記を採用する〕もまだ、国防軍に敢えて手をつけようとはしなかった。というよりも、ヒトラーに抑えられていたのである。たとえば言論の自由のごとき、政治的自由の喪失の問題は生じていたが、国防軍にとって、それは重要なことではなかった。軍の兵員が政治活動を行うことは、昔から禁じられていたのだ。君主制のもとにあっては、ライヒの主権を体現する国王への批判は、当然のことながら、自制されていた。ヴァイマール共和国時代に、ライヒスヴェーアが完全に非政治化されていたことも、必ずしもフォン・ゼークト将軍の意思のみに帰せられるわけではないのである。軍人、とくに将校が公然と政治的批判をなすことは許されない。その点については、民主主義政党といえども、きびしく監視していた。それゆえ、国防軍の内部では、政治的自由の喪失は、ほとんど実感されなかった。軍人サークルにあっては、政党による過干渉や失策は徹頭徹尾明快に批判されていたし、前者は、軍事の領域に関するかぎり、拒絶されていたから、なおさらのことであった。とどのつまり、軍人はみな、ヴェーアマハトの迅速な建設という任務で手いっぱいだったのであり、それに関わる諸問題を抱えていたのである。

しかし、何よりも、一九三八年までに、ヒトラーの政策がライヒにもたらした、とほうもない成功という事実を考慮に入れるべきだろう。国民意識（ナチ意識ではない）の指標であり、ライヒが無力だった時代にも統合のかすがいとなってきたドイツ国防軍が、ヒトラーのもとでようやく、ライヒを守るに充分なだけの力を持った楯となった。その国防軍以上に、ヒトラーの成功に感銘を受けた者などあり得なかっただろう。

当時、成功の重みが、ドイツ国民のほとんどを（彼らとともに、われわれ軍人も）、国家が拠って立つべき倫理的原則の侵害について盲目たらしめていた。それは、道徳的に憂慮すべきことだった。なるほど、現在のわれわれは、そのようにいえる。かようなことは、神がわれわれに定めたもうた人類の共生という永遠の掟に対して、物質的な獲得物を過大評価するに原因があったのかもしれない。そうした現象は、われわれが生きた時代すべてを通じて特徴的なことだったし、ドイツに限られたことではなかった。また、現在も、ドイツ特有の現象というわけではなかろう。その結果から、われわれすべてが学びますように！

すでに触れた軍旗宣誓の問題については、ここでは述べないことにする。が、やはり私が前に強調した一点については、明快に理解しておくべきだろう。法に背く、あるいは、致命的な行動に出ている政府に対し、それを緊急事態として、武器を執って立ち向かう義務を一国の軍隊に押しつけようとする者は、すなわち、国家権力を統制する権利を軍に認めることになる。それが、国家、国民、ついには国防軍自体の利害にかなうかどうかは、一考の余地があろう。

あのころの数年間、軍の側から合法的に、国家指導部に影響をおよぼす可能性があったことは疑うべくもない。それは、国防軍に所属しながら、大臣として全政策に共同責任を負う人物、国防大臣フォン・ブロンベルクと航空大臣兼空軍総司令官のゲーリングの手に握られていた。彼らは、閣内において、法や道徳の原則に反する政府やナチ党の措置に反対できたはずなのだ。その際、おそらくは、ナチ党に所属していないか、形式的に党員である程度の他の大臣たちの支持も得られたであろう。しかしながら、この両者が、ヒトラーの政治措置やナチ党の行状に対して、公然と異議を唱えることはなかったのである。そんなことを二人に期待するのは無理だったのだ。

高級将校、司令官たる将軍や提督、そのトップにいる陸海軍の総司令官が、右の両大臣に相応の圧力をかけ、ナチ体制が取る方法や目標の面で、ヒトラーに影響力をおよぼすべきだったと仮想することは、理屈の上では可能である。さりながら、そうした企てが、ドイツ軍の伝統に完全に背くものであることを度外視したとしても、その背後に反乱という威嚇がなければ、それも無意味に終わったであろう。かかる共謀がなされた時点で、もう反乱に等しいものになったはずなのだ。とにかく、ヒトラーを知る者ならば誰でも、軍の側から国家指導部に圧力をかけようなどという試みは、最初から失敗と決まったようなものであるということがわかるだろう。独裁者に強制することなどでき、な、い。おそらくヒトラーも、強制に従うことなど、絶対にない人物だった。まずは誘導されているかにみえても、ただ時間を稼いでいるだけのことで、それによって、脅しをかけてくる反政府党《フロンド》を殲滅できるようにし、しかるのちに、自分の政策をもっと苛酷に継続せんとしているのである。かくて、軍の指導者ばかりか、国防軍、なかんずく陸軍も力を失い、同時にライヒの安全も消え失せたことだろう！

全体主義体制、とりわけ、ヒトラーのような人物がトップにいる体制に対抗する手段は、事実上、一つしかなかったのだ。クーデター、すなわち、実力を以て政府を転覆し、「総統」とその主たる取り巻きどもを排除することである！　だが、そんな企てをやってのけるような適性は、ドイツ軍人の出自と教育からして、まったく欠如しているものだった。

加えて、陸軍が主役となるようなクーデターは、国防軍の他の二軍種〔海軍と空軍〕が参加するのみならず、国民が是認してくれることが確実になったときにのみ、遂行し得るのであった。しかし、この前提は、いずれも、ヒトラー統治時代を通じて（戦争末期の数週間だけは、あるいは例外であろうが）存在していなかったのだ。一般兵役制の導入以来、軍の指揮官たちは、かつてのライヒスヴェーアでそうであったように、部隊が統一的な姿勢を取ることを期待できなくなっていた。さらに、当時も、また、そののちも、国民の共感を得られるような軍の指揮官はいなかった。それあってこそ、ヒトラーに反対する企てにも成功が見込めたのだが、彼の地位は、一九三三年から一九三八年に達成された業績によって、国民、また軍人のあいだにおいても、まさしく揺るがぬものとなっていたのである。戦争最初の数年間における勝利も、ただヒトラーの地位を強化しただけだった。また、それには、細胞指導者、地区指導者、管区指導者〔いずれも、ナチ党内の位階・部署〕などが、小規模な所轄区域で、住民を監視したり、その世論形成に影響をおよぼし、彼らを支配することを可能とするナチ党のシステムも与っていた。

当時の権力関係の実情を判定できない亡命者、あるいは、排除されたために責任から解放された政治家が、法にもとづく政府を以て、暴力による体制に変えるのは諸子の義務であると、軍人たちに呼びかけたことは理解できなくもない。また、ナチズムのもとで深く苦しんだ人々が、しかるべき時機に介入しなかったことについて、国防軍を非難するのは非常によくわかる。

けれども、あの数年において、この問題は、ドイツ軍の指導者にとって、まったく異なる様相を呈していたのである。彼らは選ばなければならなかった。たとえ、暴力行為と法の歪曲が代償になろうとも、ライヒの無力、困窮、国民の分裂を克服してくれた男とその体制か〔ただし、この体制が将来、完全にテロと絶滅のシステムに進むことは、当時予測不能だったという前提において、であるが〕、内戦、つまり、その結末は誰にも予想できず、最後にはボリシェヴィズムが残るという可能性もおおいにあり得るような闘争の、どちらを選択するかということだったのだ。〔後者を選べば〕いかなる場合においても、ドイツ国民は再び引き裂かれ、その国防軍は崩壊したも同然となり、ライヒは、敵意を抱く近隣諸国に対して、無力無防備という状態に引き戻されたことであろう。

今となっては、そのようなことになろうとも、ヒトラー体制がのちにドイツにもたらした現実よりは、ずっとましだったという意見もあるかもしれない。が、当時のわれわれも情勢を観望し、没落ではなく、勃興を信じたのである。とにかく、ドイツ軍人にしてみれば、内戦の責任を引き受けるなどということは、人間の能力の枠外にあったのだ。

われわれにとって、ヒトラー時代最初の数年間は、かくのごとしであった。同様の問題は、一九三八年にも生じることになる。しかしながら、この先のことを理解してもらうためには、「最初に手を打て」で、それを扱っておかなければならなかったのである。

❖原註

1　この場合、伝統に則って、軍旗宣誓が個人を束縛するものであり、解釈どころか、事情の変化によって左右される規則のような抽象概念ではないことを考慮しなければならない。

第一〇章　ＯＫＨとＯＫＷ

読者はすでに、この前の数章から、陸軍において支配的だったナチズムとその体制に対する姿勢が、国防軍最高司令官兼国防大臣であるフォン・ブロンベルクと一致していなかったことを見て取ったであろう。内閣の一員として、ブロンベルクは、われわれ軍人の観念とは矛盾することをも是認した。彼は、フォン・シュライヒャーとフォン・ブレドウの両将軍が殺害されたのちも、軽率にもヒトラーを信じたのか、自らの弱さからだったのか、いずれにしても、いっこうに責務を果たそうとしなかったのだ。軍は、ナチ党に対して、おのが独自性と独立を維持するために闘い、党の路線に妥協する気などなかった。が、軍の主張を代弁し、ナチ党の不当行為に対して保護するという点で、国防相から充分に支持を得られないこともしばしばであるというのが、彼らの実感だった。しかし、平時の数年において、ヒトラーが国防軍内部の構造に干渉するのを避けたということも、公正に認めることが必要である。これはおそらく、フォン・ブロンベルク将軍が彼の信任を受けていたことに起因する。ブロンベルクはもちろん、ことあるごとに、国防軍（この場合、陸軍がまず念頭に置かれていた）を「ナチズムにみちびく」のが自分の使命であると言明していた。かかる発言は、一定のナチ党筋に、軍が「反動」呼ばわりされるという結果を招いた。あらゆる紋切り型の悪罵と同じく、不当な評言だ。あいにく、われわれの時代においては、あらたに起こることは何であろうと「進歩」であると認める用意がない者は、反動の烙印《らくいん》に苦しめられたのであった。

国防相は、軍事においても、優れた資質に恵まれていたが（彼は、第一次世界大戦中、ある軍の作戦参謀として、プール・ル・メリート勲章を得ている）、包括的な人格という点では不安定なところがあった。ヒトラーその人とナチズムの理念に魅了されてしまい、そのため、節度を保って、冷静に体制を批判するというようなことがなくなっていたのだ。が、ブロンベルクの地位からすれば、それが必要だったはずである。従って、彼は、何よりも将校、そして軍人一般の信頼を得ることができなかった。その傾向は、陸軍において顕著であった。

一方、陸軍総司令官の男爵フォン・フリッチュ上級大将は、しっかりした円満な人格の持ち主で、高い軍事的能力を有していた。同時に、裏表のない性格、軍人らしい振る舞い、常に戦友精神にみちた態度を取っていることにより、将兵の心をつかんでいたのである。

フォン・フリッチュ上級大将が、国防軍最高司令官フォン・ブロンベルクに全面的な忠誠を捧げていたにもかかわらず、純粋に実務上の理由から、両者の関係は冷えたままにならざるを得なかったこと、また、それが、二人の部下たち、すなわちＯＫＨとＯＫＷにも影響していたことも察せられるだろう。いずれにしても、陸軍総司令部においては、この陸軍出身の国防大臣は、ナチ党、また権勢欲まんまんの空軍総司令官ゲーリングに対抗する主張を行うにあたり、必要とされるだけのエネルギーを注いでいないと思われていたのである。もっとも、その際、ブロンベルクのゲーリングとの関係が、まったく容易でないものであったことは認めるべきだろう。まず、ブロンベルクは、国防軍最高司令官として、ゲーリングの上官だった。ゲーリングは、そのことを意に介していなかったが、少なくとも形式上はそうであった。他方、両者は、大臣としては同格だったのだ。とくに財政面では、ゲーリングは、空軍の利益に即して、独立した存在として行動し、しかも、そんな振る舞いをしていることを公然と認めていた。男爵フォン・フリッチュ上級大将と朝食をともにした折に、彼から直接聞かされたことである。

陸軍と国防軍のそれぞれの指導部のあいだにあった対立は、一方では、国内政治において相異なる立場を取っていたことが原因であり、他方では、実務上の見解の相違が多々あったことによるものだった。かかる不和は、戦争直前の数年間に、根本的な意見のちがいを理由に、いよいよ尖鋭化していったのだ。その際、問題となったのは、戦時における軍の統帥だった。

戦時の最高統帥部の組織をどうするかという課題は、有名な海蛇の話〔ドイツ語で、虚報を意味する〕が新聞に繰り返し掲載されるように、第一次世界大戦以来、毎年のように、省内で浮上した。覚書が何通も起案され、多数の会議が開かれたものの、満足のいく解決策が見出されるようなことはなかった。現在、合衆国でも、同様のことが問題にされている。

一九一四年から一九一八年の大戦にあっては、最高軍事指導部の組織が不充分であることがきわだっていた。カイザーは大元帥でありながら、事実上、統帥権を行使していなかったのである。陸海の作戦は、実際、調整されることのないまま、それぞれが並行して進められていた（サーレマー島上陸作戦〔ドイツ名「エーゼル島」。一九一七年、ドイツ軍は「アルビオン」の秘匿名称のもと、同島に上陸作戦を実行した。本作戦は、陸海統合作戦の先駆的な実例として、近年注目されている〕やフィンランド解放のような特殊な作戦は例外であった）。それ以上に、艦隊運用の分野では、ドイツ艦隊の創設者、海軍大臣フォン・ティルピッツ元帥〔アルフレート・フォン・ティルピッツ（一八九七～一九一六年）〕の見解と、軍令部や艦隊司令長官のそれが互いに対立することがしばしばであった。他方、海軍内局長〔海軍の人事をつかさどる部局〕フォン・ミュラー提督〔ゲオルク・アレクサンダー・フォン・ミュラー（一八五四～一九四〇年）。当時、海軍大将。最終階級も同じ〕も、カイザーに影響をおよぼすことができたのである。「陸軍最高統帥部」に相当する組織、「海戦指導部《ゼークリークスライトゥング》〔Seekriegsleitung〕」が設立されたのは、かなり後になってからのことだった。カイザーが、ライヒの陸戦に関する統帥権を放棄し、それを野戦軍参謀総長〔陸軍最高統帥部長〕に譲り渡す一方、われわれの同盟国の作戦については、協定にもとづき助言することだけにとどまった。大戦後半の段階で、「最高戦争指導部」〔正確には、「協同戦争最高指導部（Gemeinsame Kriegsleitung）」で、ドイツ、オーストリア・ハンガリー、ブルガリア、トルコの連合作戦を協議する組織であった〕が設立されたが、もう遅すぎた。戦争遂行のために、国民のあらゆる力と手段を組織する部署、あるいは人物が欠けていたことが、時を経るにつれ、ＯＨＬがよりいっそう戦時経済の問題に関わらざるを得なくなったことにつながったと思われる。かかる経験から、われわれは、戦時における国防軍統合司令部設置の可能性を、あらためて熟慮することを余儀なくされていたのだ。

しかも、ヴァイマール共和国時代には、新しい問題も生じていた。国防法に従えば、国防大臣が、全国防軍に対する統帥権を行使することになっていた。が、その国防大臣は、いまや文官なのである。だとすれば、戦時において、国防大臣はどの程度まで軍事指導の責任を負うことができるのか。彼が自ら軍を率いることも、政府が作戦上の問題について、国防大臣に諮問することもできないのは、はっきりしていた。よって、国防大臣が政治的責任を負うという前提で、戦時には、陸軍統帥部長官が全国防軍の指揮権を握るという解決策を採ることになったのだ。その際、海軍に関しては、陸軍統帥部長官の権能も、地上軍と艦隊の戦闘遂行を調整することに限定されたことはいうまでもない。そこから必然的に明示されたのは、いまや陸軍がライヒ防衛の決定的な要因であること、また、海軍の主任務となるのは、バルト海と北海の沿岸を守り、東プロイセンへの海上交通路を開放することによる北翼の掩護であるということだった。

この規定は、ライヒスヴェーアの頂点に立つ将軍であり、その軍歴からして、戦略指導をも引き受け得る人物であるグレーナーが、国防相であるあいだは、粛々と維持された。私が作戦部の課長だったころ、彼に報告したことがあるが、そのときの印象は、たとえ戦争になったとしても、グレーナーが作戦遂行に対して影響力を行使しないというようなことはまずなかろうというものだった。

フォン・ブロンベルク将軍が、国防大臣のみならず、[1]陸海空軍の統帥権を握る国防軍最高司令官に就任したとき、この最高指導部の問題も、文句なしに解決されたかと思われた。これでもう、統合指揮権を持った専門家がトップに据えられたのではなかったか？ 彼によって、陸海空を統合する戦争指導が保証されるのではないか？ 理論的には、この解決方法は、本当にベストのものであると思われた。ところが、実践となると、深刻な疑義が生じるのであった。かかる懸念は、あるいは実務的な面、あるいは人事面に関わっていた。

実務面で重要な問題となったのは、近代の戦争で要求されることからすれば、一人の人間、あるいは一つの部局が、二つの別々の課題をこなすのは現実的に無理なのではないかということだった。課題の一つは、戦時における本来の軍事指導、すなわち、戦略的・作戦的な諸計画の策定と実行だ。もう一つは、戦争遂行の組織化とでもいえるようなことである。この概念のもとに、戦争遂行のため、一国の人的資源と物的手段のすべてを掌握、組織、運用することから生じる、あらゆる任務を理解できる。最新の経験に従えば、戦争はもはや、相争う国家の兵士のみが戦うものではなく、本質的にその住民にも向けられるのだ。それゆえ、今日では、国民生活とその前提を維持することに奉仕するすべてのことも、戦争遂行の範疇《はんちゅう》に加わるのである。幸いにも、そうした要素を考慮に入れることは、当時まだ必要ではなかった。

あのころのＯＫＨは、この第二の課題、戦争遂行の組織化こそが「国防大臣」本来の業務であらねばならず、国防軍の作戦的指揮は副次的な任務として排することができるという意見を抱いていた。

とにかく、ライヒの国防大臣の任務と権能を、ライヒ参謀本部の総長、あるいは、国防軍の戦略計画立案や作戦指導を担当するような人物（かかる役職を設立することが望まれていた）のそれから、明快に区分することが必要だと考えられていたのである。このような軍の最高役職二つのあいだに、あつれきを生じることなしには、事態は進まなかっただろう。当たり前のことだ。政治のパートナーが、政治的・経済的理由から満たすことができないと確信するようなレベルの人的・物的要求があって、「将帥」がそれにさらされる。かような可能性があるかもしれないと、想定されるべきだったのだ。そのような場合には、政治的に責任ある政治家が決断するか、妥協案をみちびかねばならなかった。いずれにしても、戦略計画は、政治の目標や可能性に適合させる必要があるのだ。合衆国では大統領、英国では首相が、その役割を引き受けている。第三帝国においては、ヒトラーが、それをやるはずだった。連邦共和国〔原書刊行時のいわゆる西ドイツで、今日のドイツ連邦共和国〕ではＮＡＴＯ〔北大西洋条約機構。一九四九年に合衆国と西欧諸国が結んだ北大西洋条約にもとづき、成立した軍事同盟〕軍最高司令官が、「ドイツ民主主義共和国」〔いわゆる東ドイツ〕では、もちろん、クレムリンがこの役目を担っているのだ。

かかる実務上の疑念は、国防大臣と国防軍最高司令部に関する人事のやり方にもあてはまった。どんな戦争においても（たいていの場合、その前段階ですでに）、軍の側が、政治の要求とは逆のそれを多数出すし、その反対のこともある。軍人は、おそらく政治家が認められない、もしくは認めようとしない一定の条件が満たされた場合にのみ、軍事の目的を達成し得ると信じている。一方、いかなる状況にあろうと、政治は、自らが決めた条件を軍の指導部に課すことを求め、それを実行させようと試みる。が、軍指導部の側では、そんな条件のもとでは、もう成功は見込めないと考えるのだ。たとえば、国防主権回復とラインラント進駐の際に示された、ヒトラーの向こう見ずな政策は、そうした危険をあらわにしたのである。

フォン・ブロンベルク国防相は、軍事作戦に責任を持つ指導者として、政治家ヒトラーに対し、必要とされるような決然たる態度を以て、国防軍指導部の必要を主張できるような人物ではない。陸軍総司令部は、そのような見解を抱いていた。もし、ヒトラーが、国防軍には解決できないような課題を出そうと企図していたとしても、ブロンベルクが「総統」に対して、自らの立場を貫徹することはないだろう。それは、おおいにあり得たのであり、誰もが考えることであった。それどころか、最低限、陸海空三軍の統合作戦指揮を保証することもできないほど、ブロンベルクが弱腰になることも危惧しなければならなかったのである。

彼が、空軍総司令官ゲーリングに逆らわないことはあきらかだった。実際、ゲーリングは、おのれの領域においては、思うがままのことをやっていた。しかし、陸軍総司令部と空軍総司令部のあいだには、戦時に努力されるべき航空戦遂行に関して、大きな見解の相違があった。ゲーリングと空軍総司令部は、「作戦的航空戦」の思想に熱烈に惹かれていたのだ。この思想は、航空優勢を獲得したのち、敵国の戦争ポテンシャルと国民の士気を減殺する攻撃を行うものとして理解される。つまり、合衆国と大英帝国が、一九四四年に至るまで追求した対独戦略そのままである。ただし、米英も、それによって望む目的を達成することはできなかった。フランス進攻が成功し、彼らがドイツの深奥部まで進撃したことが、ソ連軍の攻勢と相俟って、ようやく勝利が得られたのだ。かかる戦果をあげるにあたり、英米空軍が決定的な役割を果たしたことには異論の余地がない。しかし、その成果は、ドイツ国民の士気低下を狙った攻撃ではなく、進攻軍への直接航空支援と、ドイツの戦争遂行の死命を決する輸送路ならびに燃料供給の遮断によって、もたらされたのである。現在、あらゆる民族が、核兵器による殲滅の脅威に瀕するようになってからは、もちろん、事情はまったく異なっている。

いずれにせよ、陸軍総司令部は当時、勝利は敵軍事力を屈服させることによってのみ達成されるのであり、それこそが戦争を成功裡に終結させる第一歩であらねばならないという立場を取っていた。第二次世界大戦の諸戦役によって、その正しさが証明された見解である（計画された「アシカ《ゼーレーヴェ》」作戦〔英本土上陸作戦。秘匿名称Seelöweは、ドイツ語で「アシカ」と「トド」の両方を指すが、ここでは前者の訳語を当てた〕に先立ち、空軍のみがイギリス空襲に投入された際のこと、とりわけ、作戦目的が英空軍の排除からロンドン攻撃へと過早に変更されたことも、当時すでに、陸海空の国防軍が一つの作戦の枠内で緊密に協同したときにのみ、成功が約束されたという事実をきわだたせるだけである）。

むろん、陸軍総司令部とて、陸軍に対する直接戦闘支援にのみ、空軍を投入せよというような考えを持っていたわけではない。しかしながら、航空戦遂行の目的は、常に陸海軍との協同であるとされるべきだった。が、国防相が空軍総司令官に刃向かえないのは明白だったから、場合によっては、ゲーリングが恣意的な航空戦を実行することもあり得るとの不安を覚えていたのである。

従って、フォン・ブロンベルク将軍が危急の際に、空軍に反対して、作戦全体の統合性を確保することをしないのではないかという懸念も、杞憂とは思えぬことだった。だが、なおもう一つ、危惧されることがあった。人の性としてわからぬでもないことだが、陸軍出身の国防軍最高司令官は、その陸軍作戦指揮の分野における経験と知識を、陸軍作戦に直接影響をおよぼす方向に使おうとしているように思われたのだ。戦時になれば、それは必然的に、陸軍総司令官の決断に対し、相当に過剰な干渉を行うことにつながる。第二次世界大戦において、この、双方ともに陸軍の指揮に携わる二つの機関、すなわちOKWとOKHの並立は、いずれのトップもヒトラーであったにもかかわらず、重大な結果をもたらした。

しかも、こうした心配に、第三のものが加わった。フォン・ブロンベルク将軍が、将帥として戦争を指揮するために必要な資質を持っているのかという問題にかかわることだ。その知的能力と作戦上の修練は疑うべくもない。傑出した参謀将校であることも、教育訓練部長や部隊局長を務めた時代に証明されている。さりながら、助手、顧問、参謀長といったナンバー・ツーの位置で優秀であり得たとしても、ナンバー・ワンの地位、責任ある最高司令官の職責を、適性なしに果たすことは不可能なのだ。将帥たるには、理解力、知識、経験といったことが重要な前提条件になるのはいうまでもない。だが、彼を能《よ》く補佐する参謀長の忠告に従う用意があれば、それらの不足も一定程度補うことができる。しかし、将帥にとって決定的な要素は、性格と精神の強さなのである。かかる特性のみが、戦争において必ず生じる危機をも耐え通す堅忍不抜の心を授けてくれるのだ。それらは、純粋に軍事的な知識とならんで、真に困難な状況にあっても大胆不敵な決断を下すための土台となる。結局、将兵が、自分たちを率いることになる男に寄せる信頼は、何よりも、指揮官の強靭な性格に立脚しているのである。けれども、かような特性については、フォン・ブロンベルク将軍には疑問が残り、それも不当な危惧とはいえなかった。いずれにしても、彼は、男爵フォン・フリッチュ上級大将のようには信頼されていなかった。

加えて、国防大臣兼国防軍最高司令官が、ただ独りで戦時の軍事指導をこなすことは不可能である。そのための参謀部を必要とするのだ。ところが、ブロンベルクには、そんな組織はなかった。とにかく、真の意味での参謀部を有していなかったのだ。

彼の筆頭補佐官であるカイテル将軍は、なるほど、陸軍編制部長として良い仕事をした。おそらく、戦争遂行の組織化においても、業績をあげることができただろう。しかしながら、彼が、サムエルの香油をひとしずくなりと受けているとは、誰も思わなかった。カイテル自身もそんなことはないと考えていたことは間違いない。が、その香油こそ、シュリーフェンが、将帥には不可欠であるとしたものなのである〔旧約聖書サムエル記の挿話にもとづく比喩。ユダヤの預言者サムエルは、民草よりイスラエルの王を選んでほしいと懇願された。彼は、主の言葉に従い、ベニヤミン族のキシの息子であるサウルの頭に香油を注ぎ、彼を王とした。つまり、この場合の「サムエルの香油」とは、将帥として必要な資質のことである〕。また、OKWには、たしかに国土防衛部という既存の部局があり、これをもとに、後年、国防軍統帥幕僚部が創設された。その部長となったのが、当時大佐のヨードル〔アルフレート・ヨードル（一八九〇～一九四六年）。最終階級は上級大将。戦後、ニュルンベルク裁判で死刑判決を受け、絞首刑に処せられた〕であった。彼は一九三二年に、私の後任として作戦部の課長となった。つまり、作戦上の問題については、非常に習熟している、有能な参謀将校だったのだ。だが、ヨードルも、年齢上の理由で、国防軍最高司令官の技術面での相談役以上にはなり得なかった。[2] 従って、陸軍のそれとは別のかたちで、国防軍全体のための参謀本部もつくらなければならなかったはずなのだ。この問題については、のちにまた述べることにしよう。

とにかく、右に記してきた理由から、理屈の上では理想的にみえる国防軍最高指導部の構造も、戦時に実際に運用してみれば、ほとんど実績をあげられないだろうと、陸軍総司令部の人々は確信していたのである。

トップを交代させることで事態を改善しようという考えは、問題外だった。当時のヒトラーが、ブロンベルクを手放さなかったであろうことは間違いない。彼にとって、ブロンベルクは、ナチ国家に陸軍を取り込むための「保証人」だったのだ。とはいえ、この点については、男爵フォン・フリッチュ上級大将も、ブロンベルクに反対して、何かを企てるようなことはなかっただろう。しかも、最高司令官が交代したところで、一人の人間、あるいは、一つの部局によって、国防大臣の職務と戦時の作戦指導を同時に処理することは不可能であるという事実が変わるわけではなかった。とにもかくにも、国防軍最高指導部の組織を改編し、その機能を分割することが必要であったと思われる。ブロンベルクの性格が原因であるとして、そうした改編を望ましいと思わせるように理由づけしたとしても、むろん、それだけでは、組織替えを要求するには不充分だったろう。個々の人間に合わせて、制度を調整するがごとき真似はすべきではない。もっとも、理想的な最高指導組織であろうと（現実には成績を上げられないものだとしても）、その長に人を得ないかぎり、良好に機能し得ないということは、明言してもよかろう。

かような状態について、陸軍参謀総長と多々協議したことにもとづき、彼は私に、戦時最高司令部の組織に関する存念を覚書にまとめる任務を与えた。その起案作業は、一九三七年夏の休暇中に終わった。このとき、私は妻と長男と一緒に、シュヴァルツヴァルトのフロイデンシュタット在の友人ベスラーのもとで休暇を過ごしたのである。

本覚書は、まず第一に、ライヒ陸軍大臣（あるいは国防大臣）の機能を、戦時における戦略・作戦指導部のそれと分離することを求めていた。国防大臣は、あらゆる人的資源と物的手段を掌握、組織し、運用するという職務を続けることになる。その場合、最重要の大臣たちによって構成されるライヒ防衛評議会が、彼を助けるのである。同時に、政治に対する国防軍の主張も、彼が代弁することになろう。最後に、必ずしも個々の軍種に残しておく必要がないような軍政部門も、国防大臣が一手に握ることもあり得るとした。かかる措置によって、人員、資金、物資の著しい節約が実行できるはずであった。

第二に、戦時における軍指導部の組織、すなわち、作戦計画立案と実行の問題が取り扱われた。そのために、ライヒの参謀総長と国防軍参謀本部を創設すべきか否かという問題である。

この課題を吟味するにあたり、私は、以下のごとき考察から出発した。どんな国であろうと、軍事情勢や、場合によっては、そのもとで戦わねばならないような戦略的条件に従い、最後に決定的な意味を持つようになる軍種がある。現在の大英帝国によって、それが艦隊〔海軍〕であることは疑いない。ドイツにとって、戦時に最重要となる軍種は、第一に陸軍である。陸軍こそが大陸において、空軍の助けを借り、決定的勝利を勝ち取らねばならないであろう。最終的に大陸を超えることになるような戦争においても、ライヒの本土が完全に守られているかぎり、陸軍はやはり決定的なファクターとなる。空軍に（海軍と協同した上で）第一等の役割が割り当てられるのは、おそらく、そのあとのこととなろう。

全国防軍の指揮は、決定的な重要性を持つ軍種の指導部から切り離されてはならないというのが、私の意見であった。ドイツの場合、それは、陸軍指導部から分離されてはならぬということになる。国防軍すべての指揮にあたる部局が、最重要の軍種による作戦遂行に決定的な影響を与えることを放棄するなど、あり得ないのだ。しかしながら、陸軍参謀本部のほかに国防軍参謀本部を創設すれば、陸軍は二重指揮を受けることになる。

それゆえ、私は、軍事作戦の統合指揮権は、大陸での戦争において決定的な意義を有する陸軍の総司令官が握るべきだと提案した。その参謀本部には、当然、海空軍の指揮機構も編入される。ただし、陸軍総司令官による統合的な戦争遂行の指揮にあたって、海軍と空軍については、その折々に達成せんと努めるべき、戦略、もしくは作戦目的の確定と、それに必要な戦力を大枠で配分する権限だけが認められる。指揮の細目は、空軍と海軍、それぞれの総司令部にゆだねられたままとなるのだ。[3]

とはいえ、独自の国防軍参謀本部を創設しようと思ったら、これまでの陸軍総司令官は一種の総監職とし、陸上戦力の指揮権は国防軍参謀総長の手に渡すほかなかった。ドイツの所与の条件からすれば、国防軍の指揮権と陸軍のそれを互いに切り離すことは許されなかった。そんな分離をやれば、完全に責任を取るわけでもないのに、一方が他方に言うことを聞かせようとするからである。

こうして提案した、軍の最高指導部についての規定が、一般に通用する最善の解決策でないことは、むろん、私にもわかっていた。他の国にとって、あるいは、海外で戦争を遂行する場合には（核戦争時代の今日のように）、別の解決策が検討されよう。私の意見具申は、当時のライヒの状況に合わせたものでしかなかった。そこでは、何よりも陸軍によって、決定的な成功が勝ち取られなければならなかった。その勝利があって、ようやく、以後も継続される必要があるやもしれぬ海外での戦争遂行の前提条件が整えられるのであった。

本提案は、当時の人間関係をも顧慮していた。そのころ、ヨードル大佐は、この問題について、私に言ったものだ。「なんとも頭が痛いのは、ＯＫＨに居を構えているのは、最強の人物だということですよ。もし、フリッチュ、ベック、そして、貴官がＯＫＷにいたら、まったく別のことを考えるでしょう」。私も、そうなったら、指揮権を要求するのは間違いないだろうと応じた。とにかく、われわれは、国防軍指導部と陸軍指導部が並立、もしくは対立するのを許すつもりはなかったのだが、一方では、国防大臣の仕事を背負い込む気もなかったのである。

私は今日なお、自分の提案こそが、第二次世界大戦期にライヒが置かれた条件のもとでは、現実的にベストの解決策だったろうと確信している。が、あいにくなことに、現実には、当時存在していたドイツ国防軍の統帥組織では不充分だということが証明されて、終わったのである。むろん、ヒトラーが、国家元首、国防大臣（これについては、カイテルが唯一、ヒトラーの執行機関をつかさどることになった）、国防軍最高司令官ならびに陸軍総司令官の仕事を一手に引き受けるなどというグロテスクな試みをなそうとは、誰も予想できなかったのだ〔周知のごとく、一九四一年までに、ヒトラーは、これらの職をすべて兼務した〕。たとえ、独裁者ならではの完全無欠の権力を追い求める男であっても、かかる権能と責任の集中を受けては、挫折せざるを得なかったのだ。しかも、ヒトラーには、作戦領域における能力が欠けていたというのに、軍事の相談役の言うことに耳を傾ける気などなかったのである。

それ以上に、国防軍統帥幕僚部と陸軍参謀本部の並立は、OKWと陸軍参謀本部で担当戦域を分割した結果〔一九四一年の独ソ開戦以降、OKHが主として東部戦線、OKWがその他の戦域を担当することになった〕、深刻な兵力分散と両指揮機構間の絶え間ないあつれきを招いた。ただ、ヒトラーがOKWを、彼の意思表明を命令に文書化するだけの、秘書官部より多少はましな程度の機構に堕さしめるようなことがなかったとしても、やはり、そうした事態は生じたであろう。

私の覚書け、ベック将軍ならびに男爵フォン・フリッチュ上級大将の同意を得て、後者により、ブロンベルクに提出された。ブロンベルクは、この案件は熟考しなければならぬと明言したものである。が、彼は、国防軍全体を扱う図上演習で、自分の回答を示した。国防軍全体の統帥権のみならず、陸上における決定的な作戦の指揮権も、国防大臣が握る必要がある。それを証明するために、その図上演習が設定されていることは一目瞭然だったのだ。かかる目的のために、OKWがめぐらせた空想は、とどまるところを知らなかった。本図上演習の基本設定として、ドイツ、オーストリア、ハンガリー、さらにはイタリアが連合して、チェコスロヴァキア（その後ろにはフランスがいることとなっていた）と戦争するという、まったく馬鹿げた状況を想定したのである。その際、同盟諸国は、ベーメン＝メーレン〔チェコ名は「ボヘミア＝モラヴィア」〕戦域にある彼らの戦力を、ドイツ陸軍総司令部の麾下に置くことを拒否したものとされた。いかなる場合でも、同盟軍が、指揮を受けることを承服するのは、OKWのみであるはずだというのだ。これに従い、陸軍総司令官は、投入されたドイツ軍戦力のみを麾下に置くとされた。その一方で、オーストリアとハンガリーの軍、イタリアが援軍として送り込んでくる軍団は、OKWが指揮するものと予定されたのである。かかる状況設定のもと、OKHが作戦案を提出することになり、その起案は私の任務となった。この作戦案のなかで、もし、オーストリアとハンガリーが、われわれの同盟国となったとしても、彼らの小さな軍隊をOKWの麾下に置こうとするようなことはまずあり得ないと示唆しておいた。イタリア軍に関していえば、かような状況下で二個軍団の援軍を受けることは謝絶したほうがよかろうと思われた。それは、OKHによる作戦の統一指揮を危うくするからである。

こうした指摘がきっかけになって、国防大臣は、OKWの指揮権掌握を理由づけるものでもあった演習終了時の講評（ヒトラーも出席していた）で、OKHは、威信上の理由から、貴重なイタリア軍戦力を手放すことになったと発言した。陸軍総司令官は、かかる身勝手な主張に対して、激しく抗議し、ブロンベルクの謝罪を引き出した。が、遺憾なことに、男爵フォン・フリッチュ上級大将は、この戦時統帥の問題を公式に検討するでもなく、ブロンベルクが謝ったことで満足してしまったのだ。このとき、陸軍総司令部と国防軍最高司令部の対立が表面化した。そのことが、数か月後に解任される際、ブロンベルクがヒトラーに自ら国防軍の統帥権を握るように勧めたことの一因となっているのかもしれない。彼のアドバイスは、陸軍に対する最後の一撃であるにとどまらなかった。第二次世界大戦におけるドイツ軍最高統帥部を欠陥組織とすることにもまた道を開いたのである。

国防大臣は戦時統帥権を放棄したがらないだろう。さらに、空軍ならびに海軍の総司令官も、自ら好んで、陸軍総司令部に指揮権の優位を認めるようなことはないはずだ。それはもちろん、最初からわかりきったことだった。決断を下せるのは、ヒトラーだけだったのである。

ゆえに、ブロンベルクとフリッチュが辞職したのち、ベック将軍が、いまや国防軍最高司令官となったヒトラーに対し、われわれの考えを通そうとしたことがある。ただし、私は、その意見具申書を、左のように修正しておいた。ヒトラーの下にいるカイテルの役割を、戦争遂行のために、戦力と手段を組織する任にあたる大臣相当のものとし、その仕事も国防軍の軍政に限定するとしたのだ。なお、カイテルは、ブロンベルクが職を去るとともに、国防軍最高司令部長官に任命されていた。加えて、ヒトラーのために、作戦全体と陸軍の作戦を同時に指導する国防軍参謀本部を創設すべきであるとも述べた。

ヒトラーは、カイテル将軍に国防軍参謀総長の役目と権能を認めることなど考えていないと保証した。また、彼はこの問題を考慮するとしたのだが、ゲーリングと、当時、上級大将だったレーダー〔エーリヒ・レーダー（一八七六～一九六〇年）。最終階級は海軍元帥。第一次世界大戦後、ドイツ艦隊再建に努力した。ヒトラーに海軍の失態を責められ、海軍総司令官職から解任された〕は、案の定、賛成しなかった。ベックと私がOKHより離任してからは、この重要な問題に対し、明快で満足できる解決策を出そうという試みは、もはやなされなかったようだ。

当時、われわれがかくのごとくに奔走した「最高統帥部組織」の案件は、ドイツだけのことではなく、たとえば、現在の合衆国でそうであるように、他の国々でも繰り返し現れてくる問題である。その解決策が、純粋に実務的な視点から決められるのは、おそらくは稀なことだといえよう。それは、そのつどの国内政治上の権力情勢、政治と軍事に携わる人々の影響力の多寡、陸戦を行わなければならない、あるいは行わんとする場合の前提条件といったことに左右されるのだ。

ドイツにおいて、満足のいく解決がなされたのは、一八六六年ならびに一八七〇年から一八七一年に遂行された、統一のための諸戦争が最後であった。そのころは国王がいて、政治と軍事の両面において、最終的な決定権を有していたし、実際に決断を下したものだ。しかも、傑出した政治家〔ビスマルク〕と本物の将帥〔モルトケ〕が、国王を支えていた。だが、それ以降は、国民の力と手段のすべてを戦争遂行に使用し得るようにするとともに、住民保護のために広範な措置を取る必要が生じ、この問題をいっそう複雑にしたのである。

現在では、敵戦力の排除を目標とする「通常戦争遂行」の代わりに、敵国民の絶滅によって、対手に講和を強制せんとする試みがなされるのではないかと危惧されている。しかし、それをやるかどうかの決定は、もう軍人の案件ではないのだ。

目下、アメリカ合衆国では、あらゆる軍の戦力と手段を、国防大臣に統合することが求められている。また、それと同時に、「プロイセン参謀本部」と似たり寄ったりのものをつくるような解決策が見出されるのではないかと、危険性が訴えられもした。しかし、かような比較は、まったく当を得ていない。プロイセン、のちにはドイツの参謀本部は、権力を持ったことなど一度もなく、ただ、人々がそれに付与することを望んだ影響力を行使しただけなのである。その状態が保たれたなら、ライヒが第二次世界大戦というリスクを冒すこともなかっただろうし、第一次世界大戦勃発の責任をドイツ参謀本部に帰するようなこともできなかったであろう。

原註

❖1 「ライヒ陸軍大臣」〔本訳書で「国防大臣」または「国防相」としている職名の直訳で、原語はReichs-kriegsminister で、直訳すると「ライヒ陸軍大臣」になる〕は、昔から陸軍軍政の責任者の称号であった「陸軍大臣」〔原語はKriegsminister〕を想起させるという点で語弊がある。ライヒ陸軍大臣は、今日、一般に「国防大臣」と称される役職で、つまり、全国防軍に責任を持つ人物を指すのである。加えて、ブロンベルクは「国防軍最高司令官」職を兼任しており、国防大臣の権能とともに、純粋に軍隊の総帥としての機能も有していた。

❖2 この職にあって、ヨードルは後年、ヒトラーに対する自主独立性を、カイテルよりもずっとはっきりと示した。ニュルンベルクでヨードルが死刑に処せられたことは、当時の連合国の裁判所が犯した最悪の法的な過ちであった。

❖3

本提案は、おおむねイギリスの「統合参謀本部」による解決策に近いものになったが、ドイツにおいては、陸軍総司令官が、軍事に関しては決定的な権限を持ち、軍事戦略上の目標設定ならびに陸海空三軍の任務を決めることになるという差異があった。また、陸軍総司令官は、統合的な戦争遂行の指揮官として、国防軍の戦略を政治に一致させるためであれ、国の戦力ならびに手段の組織者である国防大臣が示し得る可能性に合わせるためであれ、政府首班の決定をみちびきださねばならなかった。

1935年、新年の祝辞をヒトラーにそろって述べる、ブロンベルク国防相（左端）と左からゲーリング、フリッチュ、レーダーらの空・陸・海軍の各司令官たち

1938年、国会でオーストリア併合を宣言するヒトラー

1936年9月、左から国防相ブロンベルクと陸軍総司令官フリッチュ、海軍総司令官レーダー

ヴァルター・フォン・
ブラウヒッチュ上級大将（当時）

マンシュタインを歓待した
ブルガリア国王ボリス三世

第一一章　男爵フォン・フリッチュ上級大将の解任

陸軍総司令官に対する陰謀の黒幕と受益者について――今日いかにみられているか　われわれが当時どのようなことを経験したか――一九三八年二月四日のヒトラー演説　軍法会議の審理　上級大将の名誉回復　一九三八年六月十三日のヒトラー演説　何故に陸軍は、この一撃を効果的に防げなかったのか

一九三八年初頭に、男爵フォン・フリッチュ上級大将を辞職に追い込むことになった、あの恥知らずな陰謀の経緯について、今日では、その重要な部分すべてが周知のこととなっている。彼に向けられた、男色の罪を犯したという非難がまったく維持できないことが軍法会議の審理であきらかにされたのち、ヒトラーは、フリッチュに関して、表面的には最低限の名誉回復を行った。しかし、この巧妙な陰謀を進めるにあたり、個々の参加者、あるいは、その受益者が演じた役割は、なお解明されていない。❖1

上級大将の罪の証拠と称することが書かれた文書が、ヒムラーの役所、つまり、ライヒ公安総局に

おいて「製造」されたことは確定している。これに、「被告に不利な証言をする証人」が加わった。彼は、フォン・フリッチュ上級大将相手に性的非行を犯したと主張した。金で雇われたか、おどされて、かような証言をするに至った犯罪者である。また、ヒムラーは、フォン・ブロンベルク国防大臣が再婚する前に、早くも、その夫人となる女性のいかがわしい過去を察知していたことも確認し得る。この、彼と陸軍総司令官をめぐる危機のなかで、ブロンベルクも解任されたのだ。いずれにせよ、第三帝国のすみずみまで眼を光らせていたゲシュタポが、もう長いこと続いていたブロンベルクと女性の関係を察知しておらず、また、彼女の前歴調査にも興味を持たなかったというのであれば、それこそ、まったく不可解というものである。そもそも、ヒムラーの共犯者たちが、彼女を国防大臣に「あてがった」と推量されるのも当然のことかもしれないが、私の知るかぎり、それは証明されていない。とにかく、親衛隊長官は、国防大臣に時宜にかなった警告を与えることもせず、しかも、ヒトラーとゲーリングが結婚立会人になるのを止めさせることも控えていたのである。

ヒムラー（もしくは、彼の背後にいたハイドリヒ〔ラインハルト・ハイドリヒ（一九〇四～一九四二年）。当時、親衛隊集団指導者で、公安警察長官。最終階級は親衛隊上級集団指導者。ホロコーストの推進にあたり、重要な役割を果たした。のち、ベーメン＝メーレン保護領総督代理となったが、イギリスが送り込んだ亡命チェコスロヴァキア軍人の特殊部隊によって殺害された〕）が、ブロンベルクの件、また、何よりも男爵フォン・フリッチュ上級大将の事件において、かくも汚い行動に出た動機は、はっきり確認されているといってもよいだろう。それは、国防軍、なかんずく陸軍に対する憎悪であった。かかる憎しみは、個人的なルサンチマンや劣等感に相応するものであったが（ハイドリヒはかつて「無条件除隊」処置を受け、海軍を辞めさせられていた）、とくに、親衛隊指導部が臆面もなく権力を求めたことに起因していた。親衛隊指導部は、国防軍こそが、これまで敢えて手を出すこともできず、国家支配を独占しようとする彼らの進路に立ちはだかる唯一のファクターであると見抜いていたし、それは当たっていた。ブロンベルク危機は、国防軍、なかんずく陸軍に一大打撃を加える機会を、彼らに提供したのだった。そのために用いられる手段について、ヒムラーと彼の共犯者たちが、何ら良心の呵《か》責《しゃく》を感じなかったことは、以後、われわれが得た経験すべてに照らして、疑うべくもない。当時はまだ、それがわからず、彼らが実際に、どんなに無思慮であるかも知らなかった。そうだとしても、現実はかくのごとくだったのである。

今日では、ゲーリングも、この、陸軍総司令官に対する陰謀へのおもだった参加者の一人だったとみられている。かように言っても、さしつかえあるまい。理由は単純で、彼は、両将軍を排除することで利益を得るから、あるいは、それが実現することを望んでいたがゆえだ。ゲーリングは、ブロンベルクの後妻に関する文書ばかりか、男爵フォン・フリッチュ上級大将を有罪とするような証拠書類を、ヒトラーに提出したのである。ただし、「フリッチュ事件」を審問する軍法会議の判士長となったゲーリングは、先に触れた「被告に不利な証言をする証人」に、自分の発言は嘘だったと認めるように強制したが、その点も、しごく当然のことであった。しかしながら、それが虚偽の証言だとされたのは、ブロンベルクの後任として、国防大臣兼国防軍最高司令官に就任するというゲーリングの希望がお流れになり、単なる元帥に「しか」なれないとわかったのち、つまり、彼がもう、上級大将をライバルとして恐れなくともよくなってからのことだった。一方、軍法会議の判士長としては、ゲーリングは無為にひとしかった。それどころか、犯罪事実があるのか否かを解明することを妨げたのは間違いなかろうとされているのである。

ヒトラーその人についていえば、一九三七年十一月五日に、国防相、外相、陸海空三軍の総司令官と会談し、自らの意図を開陳した際に、フォン・ブロンベルクならびに男爵フォン・フリッチュの両将軍と外務大臣の強烈な抵抗に遭っていた。そのとき、ヒトラーは、政治的な情勢が好都合になった場合には速やかに、だが、遅くとも一九四三年から一九四五年の時期までにチェコスロヴァキアに進撃するとの企図を初めて論議したのである。われわれにしてみれば、一九四五年になって、ようやく知ったことだった。先に挙げた三人に、おのが構想をきっぱりと拒否されたヒトラーは、可及的速やかに彼らと手を切りたいとの願望を抱いたのかもしれない。少なくとも、国防相を排除したいとは思ったであろう。ヒトラーにとって、ブロンベルクは、国防軍をナチズム精神で満たすことを望む男であった。が、ヒトラーにしてみれば、彼は同時に、この先ずっと、自分の計画に反対されることを恐れずにすむことができる人物だったのである。その点を案じなくてもよいのは、フォン・フリッチュ将軍に対するよりも、まず確実だった。さらに、ブロンベルクは、自分の結婚によって、罷免を要請するだけでなく、それを強要するだけのきっかけを、ヒトラーに与えてしまった。一方、陸軍総司令官についていえば、彼を、おのれの戦争計画に賛成させるなど、ヒトラーには望みようもなかったのだ。加えて、両者のあいだに、まったく信頼関係がなかったという事情も与っていただろう。けれども、上級大将の国家指導部に対する忠誠は疑いようがなかった。ただ、この古い世代の貴族、真正なる軍人、冷静沈着に思考をめぐらす参謀将校が、考えなしの政治家にしてデマゴーグの思いのままになることなど、あり得なかったのである。

従って、ヒトラーが、ブロンベルク危機の折に得られた好機に飛びつき、陸軍総司令官と関係を断つことにしたと考えるのも、理の当然だろう。彼は、ヒムラーの策謀が提供した、卑劣な手段を使ったのだ。さはさりながら、ヒトラーが最初から意識して行動していたのか、それとも、本当に上級大将が罪を犯した可能性があると信じていたのかどうかという問いかけは、未解答のままである。ヒムラーが練り上げ、ゲーリングが差し出した、フォン・フリッチュを排除するための口実だったが、ヒトラーには、それを用いる必要がなかった。彼は、ただ目配せをするだけでよく、陸軍総司令官は、ヒトラーの望み通りに退き、陸軍トップの座を他の将軍のために空けたであろう。国防大臣が辞職した前後には、なおさら、そういう状態だった。いずれにせよ、ブロンベルクに失望させられたのちのヒトラーが、男爵フォン・フリッチュに対する非難は正しいのではないかという疑念をぬぐえなかったということも考えられるのだ。もっとも、彼の陸軍総司令官に対する振る舞い、この事件全体を扱ったやりようが、それによって、いささかなりと免罪されるわけではないのは、もちろんのことである。

以上の記述によって、当時の陸軍総司令官に対する謀略に参加した主要な者たちの動機と役割に関して、現在知られていること、あるいは、的を射ていると思われる推測を、ある程度は適切に記すことができたものと思う。

ここで、当時、こうした事件が進むなか、私や陸軍の指導的な地位にいた者、すなわち、集団司令官や軍団長が、ほとんど例外なく、経験したことを書かずばなるまい。読者諸氏は、そこから、当時の情勢を見て取ることであろう。そのような状態があったからこそ、男爵フォン・フリッチュ上級大将、ひいては陸軍に加えられた打撃の真の意味が認識されなかったこと、自分たちの総司令官がかかる扱いを受けたというのに、将軍たちが何ら決定的な手を打たないというような事態が生じ得たのである。

一九三八年一月末の数日間、私は、陸軍総司令部代表として、ケーニヒスベルクの第一軍管区司令部で催された図上演習に出席していた。第一集団司令官フォン・ルントシュテット上級大将もその場にいたのだ。図上演習終了後、私は、彼と一緒にベルリンに戻った。途中、ベック将軍の電報により、緊急にベルリンに召致されたのだと、ルントシュテットは私に語ってくれた。ベック将軍は、フリードリヒシュトラーセ駅〔ベルリンの主要な駅の一つ〕で、ルントシュテットを待っていた。ベックが協議を望んだようだが、その理由は付せられていなかったらしい。ルントシュテットは、何か、国防大臣個人に関わることではないかと推測していた。ブロンベルクは、長いこと寡夫ぐらしをしていたものの、彼の家族や軍の近しい者を驚かせたことに、一月なかばに再婚していたのである。新しい夫人が、まったくの庶民の出であることも知れ渡っていた。やがて、彼女は売春婦で、その稼業を通じてブロンベルクと知り合ったのだという噂が広まった。その年齢と地位を顧みず、ブロンベルクが売春婦と関係を持ち、ついには結婚という結論を引き出したという可能性は、しかし、ヒトラーとゲーリングが立会人として結婚式に出席した事実によって否定されたのだ。

ルントシュテットと私がベルリンに到着したとき、ホームにはベック将軍が待っていた。ごく短い挨拶を交わしたのち、彼はルントシュテットだけを連れて車に乗り込み、去っていった。

翌朝、ベックに報告を行った。彼は、私を駅に放り出したままにしたことについて、わびた。しかし、緊急に、かつルントシュテットとだけ協議しなければならない、重要な案件があったのだとも言う。その夫人にいかがわしい過去があることが発覚したため、国防大臣の辞任が取り沙汰されているということだった。しかし、それ以上に重要なのは、ブロンベルクの後任と目されていた陸軍総司令官自身の身柄も問題とされていることである。いまや、最悪の種類の陰謀が進行しているのだが、それについては沈黙せざるを得なかったとの由だった。

翌日には、ほとんどベックを見なかった。あきらかに、フリッチュ事件に忙殺されていたのだ。フリッチュに対する報告は、さしたる理由を示されることもなく、キャンセルされた。

秘密のヴェールが剝がされたのは、ようやく二月四日になってのことだった。この決定的な数日間、主たる関係者のほかは、ヒトラー付国防軍副官ホスバッハ大佐、ベック将軍、フォン・ルントシュテット、カイテル（ある程度のことは、ヨードルにも教えられていた）、レーダー上級大将しか、情勢を知らされていなかったことが、今日あきらかになっている。

この日の朝（ひょっとしたら、二月三日の午後だったかもしれない）、私はベックに呼び出された。彼は、心底から憤激していたものの、左のことを示達した。陸軍総司令官は、男色者との非難が向けられたために、辞表提出を強制された。かかる非難は、たとえヒトラーが山のような証拠文書を提示しようとも、一言一句たりとも真実ではなかろう。私に対して、そんな言わずもがなのことを告げる必要はないと、ベックにはわかっていた。男爵フォン・フリッチュ上級大将の辞表は、すでに受理されたという。フォン・ブラウヒッチュ上級大将が後任になるだろうとのことであった。[2]

ベックは先を続け、この陸軍指導部の交代のほかにも、さらに人事異動が指示されているとした。陸軍人事局長は、部下の二人の部長とともに離任し、カイテルの弟〔ボーデヴィン・カイテル（一八八八～一九五三年）。当時、少将。最終階級は歩兵大将。以後、一九四二年に健康上の理由で休職するまで、陸軍人事局長を務めた〕が、その後任となる。軍団長や査察監多数も辞任することになろう。私自身も、参謀次長の職を解かれ、リーグニッツ〔現ポーランド領レグニーツァ〕の第一八師団長に任命される。第四部長ハルダー将軍が、私の後を襲うはずだということだった。これらの件を示達する際、ベックは、怒りをあらわにしていた。彼の筆頭助手である私が解任されること、また、その異動をあらかじめ知らされることもないまま、ハルダーがその後任になると決められたことに憤慨していたのだ。しかも、ヒトラーは、集団司令官、軍団長、国防省の部課長に、フォン・ブロンベルクと男爵フォン・フリッチュの両将軍を解任する理由を自ら話すという。それには、参謀本部の部長たちも出席することとされていた。

この、軍の司令官たちや他の高級将校に対するヒトラーの演説は、二月四日の午後早くに実施された。その際、フォン・ブラウヒッチュ上級大将は、初めて、陸軍総司令官として出席していた。われわれは、首相官邸の一室に参集した。辞任する将軍たちも、この会報には出席するように命じられていたのだ。むろん、極度にとげとげしい雰囲気だった。ヒトラーは、「国防軍最高司令部長官」に任命されたカイテルと陸海空三軍の総司令官たちを従えて、その場に現れた。ゲーリングは、早くも元帥杖を手にしていた。汚れた陰謀の泥沼から釣り上げられた唯一の品だったろう。ヒトラー自身は蒼白で、ひどく疲れているように見えた。

彼は、ブロンベルク事件から語りはじめ、自分ではなく、ヒンデンブルクが、フォン・ブロンベルクを国防相に任命したのだと強調した。にもかかわらず、ヒトラーは、彼に全幅の信頼を寄せたのだという。ブロンベルクの最悪の仕打ちによって、かかる信任も失望に終わった。国防大臣は、自分とゲーリングに、結婚式の立会人になってくれと乞うた。が、未来のフォン・ブロンベルク夫人の出自に関しては、単に市井の育ちだと伝えたにすぎなかったとの由だった。[3]

もちろん、庶民の出である女性を選ぶことに対して、ナチズムの立場からは何の異議も唱えられないであろう。だが、いまや、国防大臣夫人がしばらくのあいだ、警察の監視下に置かれていたことが発覚した。[4]かような状況で、ブロンベルクが職にとどまることができないのは、わかりきったことである。ブロンベルクの振る舞いは、心情的には、わが人生で最悪の失望をもたらしたと、ヒトラーは表現した。

しかるのちに、ヒトラーは、男爵フォン・フリッチュ上級大将のことに話題を移した。上級大将が後任の国防大臣になることは、自明の理だったという。ところが、フォン・フリッチュ将軍が男色罪を犯したことに関する書類を含む文書が、ヒトラーに提出された。同様の非難は、以前にも一度、彼のもとに寄せられたことがあったはずだともいう。当時、彼は憤慨し、それを却下したとの由だ。しかしながら、ブロンベルクの一件を経験したあととなっては、あらためて提示され、しかも証拠によって固められた非難をなお無視するというようなリスクを引き受けることは、もうできない。ヒトラーは、そうしたおのれの主張を裏付けるために、その文書綴の内容を詳細に述べた。彼はまた、自分が総統付国防軍副官ホスバッハ大佐を通じて、そうしたことを明確に禁じていたにもかかわらず、上級大将は、あらかじめ自分にかけられた嫌疑について知らされていたと言い添えたのである。加えて、ホスバッハ、ヒトラー、上級大将の三者で、この件に関する協議を持ち、その際、彼の有罪を示す文書の中身を教えたということであった。[5]

上級大将は、その文書を床に叩きつけるものと、ヒトラーは期待していたとか。ところが、フォン・フリッチュ男爵はそんなことをせず、単に、この件については申し上げられないと応じたのみだということだった。おそらく、そうして否認したのは、ナチ国民福祉団〔ナチ政権下で、社会福祉事業にあたった組織〕の提案により、困窮したヒトラーユーゲントの少年を二人、しばらくのあいだではあるが、養っていたことに関係していたのだろう。男爵フォン・フリッチュ上級大将の振る舞いからは、かなり動揺していたるとの印象を受けたと、ヒトラーは主張した。[6]

彼（ヒトラー）は、ギュルトナー法務大臣〔フランツ・ギュルトナー（一八八一～一九四一年）。ドイツの法律家。一九三二年から、一九四一年に死去するまで、法務大臣を務めた」に要求した、本件に関する意見書を、われわれの前で読み上げた。その内容は、提出された、有罪を示す文書に従うなら、法的な調査を開始することは避けられないというものだった。

従って、上級大将を辞職させ、軍法会議の審理に付すよう指示する以外にやりようはなかったと、ヒトラーは言ったのである。

ヒトラーの説明は、ライヒならびに国防軍のため、両将軍が解任された理由は、いっさい公にされないとの宣言で終わった。それによって、ライヒが損失を負うような事態が見過ごされることは、絶対にないとされた。

それゆえ、この二つのポストにおける交代も大幅な人事異動につなげるし、それ以上に、軍指導部と政治指導部の確固たる結合を公に示すと、ヒトラーは決断した。こうした理由から、彼は、自ら国防軍最高司令官になるのだという。軍ならびに外交筋における高位のポストについて、すでに異動を指示している。また、今回の件に関連して、やはり職を免じられた前外務大臣を議長として、「枢密内閣諮問会」が結成される。加えて、今後は、国防軍の名声に傷がつくことがないよう、常に注意を払うとも言明された。

かかるヒトラーの説明が、どれほど将軍たちを意気消沈させたかを思い浮かべるのに、想像力はさほど要らないだろう。彼らは、ヒトラーが持ち出してきたことに対して、心底驚愕したのだ。ごく少数の事情を知らされていた者を除けば、右に述べたようなことについて、事前に察している者は誰もいなかったのである。いちばんましな者でも、ヒトラー演説の直前に、漠然とした噂をもとにした意見交換をやったぐらいだった。

「ブロンベルク事件」に関しては、残念ながら、すべてがあきらかにされているわけではない。ドイツ国防軍の筆頭代表者が、将校団の名誉・身分観念に背く行動をなした。陸軍は、ブロンベルクの出身母体であり、将校身分にともなう義務についての伝統的理解を、徹頭徹尾堅持してきた組織だったはずだ。その陸軍が、彼の振る舞いによって、国家元首、ナチ党、国民の前で恥をさらすことになったのである。さよう、問題とされたのは、軍人のみならず、一般国民の観念とも合致しないような結婚のことだけではなかった。ブロンベルクが、国家元首を結婚立会人とすることで真実を隠蔽し、しかも、それによって、あり得ない事態をもたらしたという事実が重要だったのだ。演説を聴いた者はみな、ヒトラーが元帥にしてやった前国防軍最高司令官の行動について、彼が抱いている深い失望は本物であり、また、その憤激は正当であるとの印象を受けたと思われる。とくに、陸軍の将軍たちは、将校団の最高位の代表者たる人物がさらけだした破倫《はりん》を恥辱と感じていた。彼には、その咎があったのだ。政治家ヒトラーごときが、国防軍の名誉を監視するとは、何たる屈辱だったことか。

かくて、われわれは、解任されるのが当然と思われる国防大臣のやりように対して憤慨し、しかも、自分たちの最高代表の振る舞いのおかげで、将校団の道徳的統一が疑問視されていると認識するようになった。そこに、第二撃が命中したのである。男爵フォン・フリッチュ上級大将に対する告発だ！　出席していた将軍・提督の誰一人として、彼に対する非難が正当だなどと受け止める者はいなかった。私は、そう確信している。上級大将を知る者ならば、彼が、頭のてっぺんから爪先まで紳士であるとわかっていた。私自身について言い得るのは、ヒトラーが「フリッチュ事件」について語り終えた瞬間、彼の足もとに剣を叩きつけ〔辞職するという意味〕、すべては恥知らずの嘘だと叫びたいとの衝動にかられたことだ。残念ながら、私はそうしなかった。そうしなかったことを悔やまなければならなくなったのだ。だが、私は何故、黙っていたのだろう？　列席している将軍たちのなかで、ただ一人、しかも、最年少の者として、問われてもいないのに発言するのをためらったわけでないのは、たしかである。一つには、将校として、国家元首に敬意を払うよう教育されてきたということがあっただろう。だが、もう一つ、問題があった。あのとき、深く尊敬するフォン・フリッチュ将軍への信頼以外に、討議の場に携えていけるものはあっただろうか？　慣習と分別が感情に勝った。けれども、本来ならば、その感情に屈するべきだったのだ。もっとも、あのときは、落ち着いて熟考することなどできなかった。というのは、ヒトラーは、最後の言葉を口にするや、陸海空三軍の総司令官とカイテルを従えて、広間を去っていったからである。その数分間、わが戦友たちの多くが、私と同様の考えを抱いたものと信じる。が、やはり同じような躊躇が働いたのであろう。「ブロンベルク事件」による動揺は、われわれをなおマヒさせていたのだ。

ヒトラーが、すべてあり得ることとみなさなくてはならないし、陸軍総司令官に対して突きつけられた証拠を、ただ無視していることはできないとしたことは、わからないでもない。また、この種の告発が上級大将に向けられたとしても、彼の清廉潔白な人柄への信頼だけでは反駁不能だということも、はっきりしていた。従って、告訴がすべて間違っているとしても、真の背景をあばきたいのであれば、指示されたような法的審理が不可欠であることは、われわれも確信していたのである。往々にして主張されているように、「市民的勇気の欠如《ツィヴィルクラージュ》」〔Zivilcourage. 理不尽なことに対し、自由な市民として、正論を主張する勇気のこと。ビスマルクが造語したとされる〕が、われわれの口を閉ざしたのではない。まったく想像の枠外にあるがごとき卑劣さに対して、名誉ある人々が無防備にさらされていることが問題だったのだ。ヒムラーの領分において探し出された負の要因が、ヒトラーを欺瞞したのではないかという考えもあったかもしれない。ところが、ヒトラーが確信犯的に、かくも汚い陰謀を進めたということもあり得るなどとは、真っ当な軍人には、とうてい考えつかないことだったのである。当時の将軍たちが自発的な反応を示さなかったことは、かように説明できる。ヒトラーが指示し、男爵フォン・フリッチュ上級大将が当然のこととして要求した法的審理によって、彼に向けられた非難は維持できないことが証明され、完全なる名誉回復がもたらされるものと、みな信じて疑わなかったのだ。

その審理は、若干の遅れを出しつつも進行していた。判士長はゲーリングである。陪席判士を務めたのは、陸海軍の総司令官、フォン・ブラウヒッチュ上級大将ならびにレーダー上級大将とライヒ軍法会議〔常設の軍事裁判所〕判士長二名であった。審議の経緯は、機密保持のヴェールに覆い隠されていたが、所与の情勢からすれば当然のことだった。私の知るかぎりでは、ベック将軍だけが継続的に報告を受けていた。[❖7] 彼は、「被告に不利な証言をする証人」、シュミットという名の男色家の主張を反駁するために役立つものなら、すべて集めてやろうと、倦まずたゆまず活動していた。そのため、私も、陸軍総司令官の業務旅行に関するすべてのデータをまとめるように求められた。それは、証人がいう上級大将との逢い引きに関する言明が、時期的に合わないことを証明するにちがいないと思われたのだ。ベックに、ずばぬけた助力をしてくれたのは、防諜局長カナーリス提督〔ヴィルヘルム・カナーリス（一八八七～一九四五年）。当時、海軍少将。最終階級は海軍大将。反ヒトラー抵抗運動に参加したため、一九四四年のヒトラー暗殺未遂事件直後に逮捕され、翌一九四五年に絞首刑に処せられた〕だった。彼の性格は、ヒムラーの共犯者たちの足跡を追うのに、もっとも適していたのである。

ある日、ベック将軍は大喜びで、実際にシュミットと情を交わした男色家を見つけ出したと、私に教えてくれた。シュミットは、彼と間違えて、フォン・フリッチュ上級大将に嫌疑をかけたのである。この発見は、審理の結果を左右するにちがいない！　ところが、遺憾なことに、オーストリア合邦によって、審理は中断された。加えてヒトラーも、「被告に不利な証言をする証人」が、自分が述べたことは真実ではないと白状したことにより、事件の徹底的な解明を要求していた。その自白があったために、ヒトラーは結局、ゲーリングを軍法会議判士長から解任したのである。にもかかわらず、残念ながら（すでに述べたように）、ヒトラーは、ことを放置した。その上、おそらくは、背景と黒幕の問題に関する軍法会議が再開され、解明されるのを妨害したと思われるのだ。

シュミットが自白したのち、審理は終了し、男爵フォン・フリッチュ上級大将は、無罪が証明されたとの判決を勝ち取った！

かくて軍法会議が結審するとともに、前陸軍総司令官を公に名誉回復するという問題が前面に押し出されてきた（国防軍内部の名誉回復についてはもう、その必要はなかった）。ヒトラーは、この義務をそくざに果たさなければならなかったはずだ。そもそも、紳士であれば、当たり前のことである。ところが、彼は、それを不当にも遅らせたのだ。上級大将の名誉が世間一般に再び認められるべきことは、もはや争うべくもなかったにもかかわらず、最終的に選択された名誉回復の方法も、充分なものではあり得なかった。男爵フォン・フリッチュ上級大将に対してなされた不正について、完全に補償するには、彼を復職させるか、国防軍最高司令官に任命することが条件となったであろう。だが、現実的には、いずれも不可能だった。失脚させられた者とヒトラーのあいだに、再び信頼関係が結ばれるなどということは考えられなかったからである。それは、フリッチュその人が、とくに強調したことだった。ある砲兵連隊の長に彼を任命したことも〔いわゆる「名誉連隊長」で、実際に指揮を執るわけではないが、連隊長としての礼遇を受ける〕、ヒトラーにできる最低限のことにすぎなかった（一方、ブロンベルクは、〔名誉〕連隊長リストからも抹消されていた）。とはいえ、かかる措置により、上級大将はなお、あらゆる軍人にとっての模範であるということが強調されたのである。多くの者が、彼の元帥進級を望んだが、そうしたジェスチャーをしておけば、世間に対して、より印象が強かったことは疑いなかろう。さりながら、この悲劇すべてから甘い汁を吸ったゲーリングの手に元帥杖が握られているかぎりは、元帥に進級したところで、後味の悪いものが混じることになったはずだ。自ら上級大将のもとに赴き、二人きりで話し合い、不正が行われたことを認めて、少なくとも外に対しては、良好な人間関係を取り戻す。ヒトラーは、そうした決心に到達することもできなかった。同じく、この陰謀の本当の張本人に対して、何らかの処置を取るつもりもなかったのである。だが、男爵フォン・フリッチュ上級大将が期待し、求めていたのは、その二つだったのだ。

新任の陸軍総司令官フォン・ブラウヒッチュ上級大将は、最低限の措置、右に述べた不充分な結論に至るまで、長いこと、ヒトラーを急きたてねばならなかった。ブラウヒッチュの方針は、将軍たちの一群が出した要求によってでも、支援されていたのである。[8] 私自身、ベックがひっきりなしに、フォン・ブラウヒッチュに催促していることをよく知っていた。そこで、私は、折から海軍の図上演習が行われたことを利用し、レーダー上級大将と直接話し合った。前陸軍総司令官の名誉回復をはかってもらうよう、急ぎ願い出たのだ。彼もまた、この件を承諾してくれた。

とうとうヒトラーも、男爵フォン・フリッチュ上級大将宛ての手紙を書いた。が、その内容は、軍法会議の結果は喜ばしかったと記し、ドイツ国民も上級大将は有罪ではないとみていることを確認するにとどまっていた。ただ、オーストリア併合時の陸軍の運用により、上級大将の能力と仕事の価値がおおいにあきらかにされたと、書き添えられていたという。[9]

フォン・ブラウヒッチュが、さらに迫ったことにより、この国家元首はようやく、公式に名誉回復すると決断したのであった。

一九三八年六月十三日、ヒトラーは、以前、フリッチュに対する告発を知らせたのと同じメンバー、陸海空三軍の高級将校たちを、空軍の大規模な観閲式が行われていたバート飛行場に招集した。このとき、ヒトラーは、ライヒ軍法会議判士長のハイツ砲兵大将〔ヴァルター・ハイツ（一八七八～一九四四年）。最終階級は上級大将。第二次世界大戦開戦時には退役していたが、志願して現役復帰、第八軍団長を務めたが、スターリングラード戦で捕虜になった。一九四四年に病死）に、男爵フォン・フリッチュ上級大将を無罪とする判決文と詳細な判決理由を読み上げさせた。ヒトラー自身が行った演説の内容は、フェルスター教授ならびにフェルチュ将軍の著作で、列席した者のメモにもとづき、再構成されている。ここでは、重要な点と、私がそれについて覚えていることを述べるだけで充分だろう。

ヒトラーは、もう一度、ブロンベルクの行動によって被った精神的動揺について、非常に詳しく語ってみせた。それが印象深かったことは間違いない。彼は、今日の落ち着いた状態であったなら、そのころとは別のやりようがあったと認めた。ブロンベルクの不品行が頭にあったのと、男爵フォン・フリッチュト級大将（ヒトラーが期待したように、文書綴を足もとに叩きつけたりはしなかった）の振る舞いから、「何もかもがあり得ることだ」と考えてしまったとの主張を繰り返したのである。

なるほど、軍法会議の判決によって、フリッチュに対し、法的に充分なことがなされたとはいえ、それによって、この事件の「悲劇性」が除かれたわけではなかった。彼、ヒトラーは、事件直後に、男爵フォン・フリッチュ上級大将は健康上の理由で退任すると発表していた。告訴が維持できないことがまだ証明されていない時点では、陸軍の名声が毀損されるのを防ぐためには、その形式を選ばざるを得なかったとしたのである。が、国家元首としては、今さら、国民の前で「恥をかく」ことはできない。上級大将に対しては、審理の結果についての喜びを表明する手紙を書いておいた。自分は、たった今、二月四日にフリッツチュに対する告発を伝えた将軍たちに対し、判決書とその理由書を朗読させることによって、かの告訴はまったく維持されなくなったと宣言するものである。

さらにヒトラーは、男爵フォン・フリッチュ上級大将を全国民に向けて顕彰するため、かつて彼が連隊長を務めていた砲兵連隊の名誉連隊長に任命したと告げた。本来ならば、この表彰も国会で告知したいのであるが、現今の政治情勢からして、これを国会で話すのは不可能であるとも言った。ついでヒトラーは、この上級大将に対する告訴は、当局が軽率に、あるいは充分な調査をすることもなしに受理したのではないかとの疑いには根拠がない、と強調したのである。問題とされるのは、ひとたび追及が開始されるや、それを誤った方向に持っていった下級官吏の過誤であるともされた。国防軍には、こんなことは繰り返されないと信用してもらって構わないとの由であった。

「悲劇的事件」の本来の責任は、恐喝者シュミット某が負うものとされた。法的な審理に従えば、単なる自由刑〔Freiheitsstrafe. 懲役、禁錮など、自由を拘束する刑罰〕のみが予想される。それでは、卑劣な行動と結果の重大さに照らして、適正ではないから、シュミット某の銃殺を指示すると、ヒトラーは言うのである。

陸軍総司令官を完全に名誉回復させようとした努力に対して、この結果では、とうてい満足できなかったことはいうまでもない。将校団からは、はっきりとした憤激が示された。その怒りは、かかる決着のついた事案を論議してはならないとする命令によっても、止められはしなかったのだ。誰もが、陸軍指導部の無為を批判する方向に傾いた。私も、陸軍のトップはもっと強硬にやりとおさなくてはならないと信じる側に属していたのである。ベルリンから遠く離れたリーグニッツの師団長となった私は、戦友たちと同様、陸軍最高指導部が、どうすれば印象深い名誉回復ができるかという問題に関して実行した、あるいは、情勢に応じて取り得た措置については、ほとんど知るところがなかった。陸軍、その将校団、なかんずく当時の将軍たちは非難されている。一九三八年二月四日に、陸軍総司令官個人だけではなく、陸軍自体に闇討ちが加えられたことを認識していなかった、また、そんな仕打ちを甘受したのであろう、と。

第一の非難は的を射ている。廉恥という観念のもとに育てられた軍人であるわれわれには、かくも不浄な陰謀を見抜くことはできなかったのだ。また、前述のごとく、国家指導者たるものが、彼のご機嫌をそこねた軍の指導者を辞任に追い込むために、そんな手段を使うことなど、われわれの想像力の枠外にあった。軍の指導者ごときは、まったく異論のない方法で、辞職願を出させるように仕向けることができたはずなのである。男爵フォン・フリッチュ上級大将自身でさえ、少なくとも最初のうちは、ヒムラーによって使嗾《しそう》された陰謀に対しているとしか思っていなかったのだ。彼は、償いを得るために、ゲシュタポのボスに決闘を申し込むとし、その要求をヒムラーに伝えるよう、フォン・ルントシュテット上級大将に依頼した。後年、抑留されていたころ、ルントシュテットは、私に語ってくれた。彼は、一日、その文書による要求を持ち歩いていたという。だが、結局、文書を渡すことを控えた。ヒムラーは拳銃を取らないだろうし、ヒトラーも決闘を認めるはずがないことは、はっきりしていたからである。法的な手段でどうにもならないなら、紳士が自らの手で償わせることができた時代は、とうの昔に過ぎ去っていたのだ。

当時のわれわれが、あの打撃が広範な意味を持つことに気づかなかったということも、同様に正しい。その一因は、政治的経験の不足だったかもしれない。われわれには、そうした判断力が欠如していたし、さらに敷衍《ふえん》すれば、国家指導部に対する反抗を控えていた。しかし、かかる事実から、軍人の教育は間違っていた、それによって、「気骨ある公民」であるべきところに、「軍事専門家」としてきわだっているだけの者を据えたというような結論を引き出そうとするのであれば、そんな判断は当たっていないといえる。尋常でない事態、受け継がれてきた道徳観念のすべてを外れたケースにおいて、無為であったとの事実から、そのような結論を出そうとする者は、以下のことを考量してみるべきであろう。軍人教育をどこへ向かわせようというのか。それによって、軍人を、政治家側のもっとも低劣な陰謀にも対抗できるようにするのが目的なのか？　かようなやり方では、策謀家が生まれてくるのではなかろうか？　反抗の問題に関しても、忘れるべきではないことがある。ある場合に反抗を要求する者は、反抗は原則として許されると宣言することになるのだ。だが、国家は、国防にあたる軍の規律と秩序に立脚しているのである！

その最高司令官、そして、陸軍それ自体に向けられた打撃に対して、身を守るために、どんな手段が残されていたというのだろう？

ホスバッハ大佐が、男爵フォン・フリッチュ上級大将に、彼に対して向けられた非難を伝えた日には、国家機構全体を揺るがすことなしに、ことを行うチャンスがあり得た。陸軍総司令官が、その裏にあるものをそくざに見抜くことができたなら、逆ねじを喰わせて、かかる誹謗中傷の張本人の捜査を要求することも、当時の彼は自在にやれたはずだ。軍司令官と軍団長全員が、ただちにベルリンに招集され、事態を教えられて、そうした要求の後押しをするであろうことは疑うべくもない。そうなれば、ヒトラーも折れたばかりか、ヒムラーとその共犯者たちが最悪の陰謀を企てたものと納得したかもしれなかった。むろん、国防軍とヒトラー、もしくは親衛隊指導部の最終的な対決は、それによって、先延ばしにされただけということにはなるだろうが。男爵フォン・フリッチュ上級大将は、かような反抗の構想を拒否した。自分の創造物である陸軍を試練に遭わせること、国家指導部が譲らない場合には、それに立ち向かわせるようなことを欲しなかったのだ。彼は、この事態においては、おのれを抑えなければならぬと信じていた。いかなる種類の反抗であれ、結局、その後ろに内戦の危険があった。彼は、愛国者として、また、軍人の義務観念からも、おのれのために、そんな危険を冒すことなど考えなかったのである。紳士として、彼は、わが身に宿命を引き受けることを優先した。一九三九年、ワルシャワ前面において、その連隊の陣頭に立ち、軍人らしく死すというかたちで、終焉を迎えたのだ。

自分個人の利害に沿って国家指導部に圧力をかけるため、将軍たち、さらには部隊を動かすべく、指揮権を行使するようなことはしない。上級大将がそう決断したことによって、あの決定的な日に、それぞれ事情を打ち明けられた陸軍の将軍二人も、両手を縛られることになった。陸軍最先任の将校であるフォン・ルントシュテット上級大将と、参謀総長として陸軍総司令官の代理を務めるベック将軍は、おそらくヒトラーに対して、フリッチュに向けられた告訴を、はっきりとはねのけたことだろう。しかしながら、彼らの総司令官の意に反して、それを断固拒絶することはできなかったのである。だが、フリッチュの後任となったフォン・ブラウヒッチュ上級大将は、前任者の決定に縛られなかったはずだ。なぜ、フォン・ブラウヒッチュは、陰謀の黒幕たちを訴えることを、陸軍総司令官に就任するための条件にしなかったのか。何故に、軍の圧力をかけることをやめたのか。それらは、私に判断できることではない。が、重要な理由としては、ブラウヒッチュがフリッチュに対する審理の判士になると決まっていたこと、かような立場につくからには、最初から中立性を疑問視させるようなことはできないと、彼が信じていたことなどが挙げられよう。

さて、フォン・ブロンベルクと彼の助手、当時、大将だったカイテルの無為についても、語らなければなるまい。ヒトラーに対して、男爵フォン・フリッチュ上級大将を守るために、ブロンベルクが何かしたということはなかった。それは、はっきりしている。ブロンベルクは何よりも、ヒトラー自身が国防軍の統帥権を握ることで、今後、陰謀が完全な成功を収めることを確実たらしめる役目を果たすはめにおちいったのだ。あとになってわかったことだが、カイテルは、ブロンベルクの後妻の前歴に関する文書を早期に入手していたのだから、それをナチ党に渡すのではなく、陸軍総司令官を通じて、ヒトラーに提示することもできたはずなのである。そうしていれば、この事件は、まったく異なる経過をたどったにちがいない。しかもカイテルは、一月二十七日にヒトラーに呼ばれて、国防軍最高司令官に就任し、「国防軍の分野における筆頭相談役」になるよう命じられてからは、前国防大臣と同じく、陸軍総司令官を擁護しようとはしなかったのだ。とにかく彼は、男爵フォン・フリッチュ上級大将の取り調べではなく、陰謀の真の張本人をつきとめるべく捜査させるために、指一本動かそうとしなかった。そのかみの名誉裁判《エーレンゲリヒテ》〔Ehrengerichte. 近代に至るまで、ドイツで行われていた、同じ身分の者や同業者による懲戒裁判〕があった時代なら、ブロンベルクとカイテルは、そこで裁かれたことだろう。

なぜ、一九三八年二月四日のヒトラー演説を契機に、将軍たちは、男爵フォン・フリッチュ上級大将のための示威行為をなすに至らなかったのか。それについては、この致命的な数時間に関して、先に記述したことにより、理解してもらえると信じる。のちになって、軍の高官たちが反乱したことに鑑みれば、以下の点が決定的だったといえよう。第一に、彼らは、そのときまで事件の全貌を知らされておらず、実情を見抜くことができなかったのだ。たしかに、上級大将に向けられた告発が正しいなどとは、一瞬たりとも信じなかった。けれども、ヒトラーが他にやりようがなかったと言ったときには、彼がありのままに語っているとの印象を持ったのである。第二に、将軍たちは、すでに終わったことを突きつけられているとみていた。陸軍総司令官は辞表を提出し、すでに受理されていた。事件の審理のために軍法会議が招集され、その判士団の構成に異論を唱えることは不可能だった。ゲーリングが演じた役割のことなど、当時は誰も見抜くことができなかったからだ。男爵フォン・フリッチュ上級大将自身も、法による解明を求めていたのである。この時点で抵抗すれば、将軍連がそのような解明に反対しているということになっただろう。そんなことで、誰が将軍たちに従っただろうか？

もう一つ、疑問がある。上級大将に無罪が言い渡され、軍法会議の審理が終わったのちに、将軍たちが歩調を合わせて行動に出ることで、印象的なかたちでの名誉回復、さらには、二月四日の一件に対する反撃として、陰謀の張本人に対する捜査を強いることができたかどうか。前述のごとく、ベック将軍は、新任の陸軍総司令官に対し、それを緊急案件として意見具申していた。が、フォン・ブラウヒッチュ上級大将は、この、陸軍の声望を保つために必要であったはずの手段を取ることを決断できなかった。汚らわしい事件に責任を負う者を確定し、どんな役職に就いていようと解任させるということは実現しなかったのである。これについて、二点ばかり、言っておかねばならない。

第一に、ヒトラーはおそらく、かかる圧力を受けて、一時的ではあるにせよ、譲歩し、何人かの「小物」を犠牲に差し出したであろうことは疑いない。しかしながら、それも、時間を稼ぎ、いまや自分の敵であるとみなさざるを得なくなった将軍たちを可及的速やかに放逐する目的からであることは確実である。とはいえ、個人の行く末は重要なことではない。軍が、貴重な指導者たちを失うことのほうが致命的だったろう。ただし、ヒトラーのそれのような独裁制のもとでは、そうした圧力への譲歩を拒否することも、同様にあり得た。圧力をかけようと思うなら、そこから先のこと、軍事力の投入によって圧力を強めることも起こり得ると、最初から注意しておかなければならなかったのだ。が、それはク﹅ー﹅デ﹅タ﹅ーになったことだろう！　前章で、国防軍によるクーデターの問題は検討しておいた。オーストリア合邦のあと、ヒトラーがドイツ国民の英雄となった、あるいは、少なくとも、そうなったと思われた時点、一九三八年に、かようなことを契機として引き起こされたクーデターが、民衆を動かし、従わせることができるなどと、誰が主張するであろうか？

第二に、将軍たちが新陸軍総司令官に背く行動をなす、もしくは、少なくとも指導的な立場にある者か、全将官が辞任すれば、陸軍総司令官の権威を無くしてしまうだけでなく、軍全体の権威の崩壊を意味することになり、ひいては、軍の破滅という結果をもたらしたであろう。国防軍が分裂するのを度外視したとしても、だ。なぜなら、空軍と海軍は、そのような一挙には加わらなかったはずだからである。軍人が「総統」に対して忠誠宣誓を済ませているという理由からだけでも（また、若い世代がナチ・プロパガンダの影響を受けていることを考えても）、国家指導部に反抗する将軍たちに付き従うのは、陸軍の一部だけだったといえる。国民のうち、教養ある上流層においては、一定の共感がみられるだろうが、真の支持はまず得られなかったであろう。が、大衆ならびに、基本的にあらゆる軍隊的なものを拒絶するインテリ層が、反乱を起こした将軍たちに味方することはなかったはずだ。これが、当時のあからさまな現実であり、かくあり得た、あるべきだったというような後知恵の考察によって片付けられるようなものではないのである。何故そうなったかということは、私の論究の対象には入らない。ただ、軍の指導層に関しては、左のごとくに、短くまとめられる。

われわれ全員が、この「闇討ち」の意味するところを認識していなかった。われわれの出自や受けた教育からして、国家指導部における破廉恥なやりようには対処できなかったからだ。男爵フォン・フリッチュ上級大将は、国家に対する義務という観念から、自らの創造物である陸軍を、おのれのために動かすことを拒絶した。将軍たちも、その意思を尊重し、フリッチュの数十年にわたる勤労と献身の所産を賭けものにすることをはばかった。そうすれば、ライヒの楯である国防軍が崩壊する可能性を考えなければならなかったからだ。その危惧は正しかった。ドイツ国民も、われわれも、この体制の本性を見抜くことができなかったのである。

本章の最後に、個人的なことを記しておこう。先に書いたように、二月四日の男爵フォン・フリッチュ上級大将の辞任と関連して、さらに一連の人事異動が指示された。

第三集団司令官の勲爵士フォン・レープ将軍、軍団長のフォン・クライスト将軍〔エヴァルト・フォン・クライスト（一八八一～一九五四年）。当時、騎兵大将。最終階級は元帥。第二次世界大戦では、第一装甲軍司令官、南ウクライナ軍集団司令官などを務める。戦後、戦犯として有罪判決を受け、ソ連の捕虜収容所で獄死した〕と男爵クレス・フォン・クレッセンシュタイン将軍〔フランツ・クレス・フォン・クレッセンシュタイン男爵（一八八一～一九五七年）。当時、騎兵大将。最終階級も同じ〕、フォン・ニーベルシュッツ教育訓練査察監〔ギュンター・フォン・ニーベルシュッツ（一八八二～一九四五年）。当時、歩兵大将。最終階級も同じ〕（陸軍の士官候補生全員の教育が彼にゆだねられていた）、フォン・ポグレル騎兵査察監〔ギュンター・フォン・ポグレル（一八七九～一九四四年）。当時、騎兵大将。最終階級も同じ〕は退役となった。❖10 この、ヒトラーが告知した「配置転換」の犠牲となった将校の選択は、フォン・ブラウヒッチュ上級大将との話し合いで確定されたという。いかなる理由から、ブラウヒッチュは、十二分にその職責を果たしていた将軍たちをおしなべて解任することを了解したのか、あるいは、了解を強いられたのか。それは、私にはわからない。

かかる退役と同時に、陸軍総司令部内でも重要な人事異動がなされた。その一つとして、陸軍人事局において、広範な補任が行われた。陸軍人事局長フォン・シュヴェードラー将軍は、軍団長に転任、後任となったのは、国防軍最高司令部長官に新任されたカイテルの弟だった。カイテルが、彼を任命することで、陸軍人事に影響をおよぼすことを望んでいたのは、疑うべくもない。それに先立ち、ヒトラー付国防軍副官ホスバッハ大佐が解任され、シュムント中佐〔ルドルフ・シュムント（一八九六〜一九四四年）。最終階級は歩兵大将。七月二十日事件で、ヒトラーを狙った爆弾により重傷を負い、死亡した〕が後を襲ったのも、兄のほうのカイテルのしわざであろう。

参謀本部の枢要な地位にいた人物の交代も、決定的な影響を与えた。すでに述べたごとく、私も、事前に陸軍参謀総長の了解を得ることなしに、参謀次長、すなわちベック将軍ならびに男爵フォン・フリッチュ上級大将のもっとも緊密な協力者の地位から解任されていた。私は、やはり陸軍参謀本部の部長を務めていたシュミット将軍とともに、現場部隊に配属されることになった。私の後任は、ハルダー将軍だった。

第三軍管区参謀長を務めて以来、ナチ党筋の評判はけっして芳しくなかった。さりながら、ヒトラーが私のことを覚えているはずがないから、私が解任されたのは、フォン・ブロンベルクか、カイテルの差し金だと考えざるを得なかった。二人とも、私のことを、男爵フォン・フリッチュ上級大将とベック将軍の忠実なる信奉者、また、ＯＫＨのＯＫＷに対する指揮権要求の主唱者として、眼の上のこぶぐらいに思っていたはずなのである。私の解任を言い出したのはカイテルにちがいないと推測するようになったきっかけは、はからずも彼自身が示したことだった。ベック将軍は、左のように、私に語ってくれた。男爵フォン・フリッチュ上級大将の辞任から数日後、彼はカイテルを呼び出し、自分の筆頭助手〔つまり、原著者〕を、あらかじめ陸軍参謀総長〔つまり、ベック自身〕に打診することもないままに解任したことに対する憤激を、強烈なかたちでぶちまけた。カイテルは、自己正当化にこれ努めたという。ついにベックは怒り心頭に発し、文字通り、カイテルに出ていけと命じた。だが、カイテルは、陸軍参謀総長のもとから蒼惶《そうこう》として退出する際、ベックの執務机の上に、彼が書いた紙片を置いていった。そこには、実行予定の人事異動がすべて記されていた。ところが、その紙片には、私とハルダー将軍の交代のほかにも、陸軍参謀総長の氏名が書かれており、クエスチョンマークと「いずれ、集団司令官とする。後任はハルダー」という註記が付されていたというのである。従って、その時期にはもう、厄介な陸軍参謀総長に冷や飯を食わせるたくらみが進んでいたことになるのだ。

もちろん、私が現場部隊に配属されるのは時間の問題であったろう。一度は師団長を経験しなければならなかったからである。それゆえ、事務机と指揮官職を交換するのは望むところであったけれども、私にとって、この異動は、尊敬する上官にして師父である男爵フォン・フリッチュ上級大将とベック将軍との辛い別れを意味していた。それ以上に重要だったのは、私のキャリアに深刻な変更が生じる可能性がきわめて高いことだった。陸軍参謀本部において、作戦部長を経て、参謀次長にまで昇ったことにより、私は、将来の陸軍参謀総長候補と目されるようになっていた。いつかベック将軍がそのポストを去るときには、私が後任となるということは、当時、まずは約束されたものとみなし得たのである。男爵フォン・ハマーシュタイン将軍は、その予定だと私に言ったし、ベック将軍も、辞任演説の際に、そうほのめかしたのであった。だが、それもふいになった。あらゆる参謀将校にとって、もっとも栄誉ある望み、いつかは、モルトケ、シュリーフェン、ベックのような人々が就いた地位に上ることを許されるという願いは、私に関していえば、まったく無くなったのである。慰めは、フリッチュとベックの忠実なる助手として、陸軍の利害と見解のために闘ったがゆえに、かかる境遇におちいったのだという事実であった。

だが、個人的なことのすべてよりも重要なのは（残念ながら、そのころの私は、そうと認識していなかったのだが）、ヒトラーが、陸軍指導部に打撃を加え、自ら国防軍の統帥権を握ったことにより、それからのわずかな期間のうちに侵略戦争につながっていく政策への道を開いたことだったのである。陸軍総司令部が、そんな侵略戦争を自分たちの仕事の目標にすることなど、ただの一度もなかったのだ！

❖原註

1　この点に関し、出版された書物のなかでも最重要なものとして、ヒトラー付国防軍副官だったホスバッハ大佐、キールマンゼグ伯爵〔伯爵ヨハン・アドルフ・フォン・キールマンゼグ（一九〇六～二〇〇六年）。当時、大尉で、陸軍大学校学生だった。第二次世界大戦では、OKWなどに勤務。戦後は、連邦国防軍に入り、大将に進級した〕、フェルチュ将軍の著作がある。また、シュヴェリーン＝クロージク伯爵〔伯爵ヨハン・ルートヴィヒ・シュヴェリーン＝クロージク（一八八七～一九七七年）。一九三二年から一九四五年まで蔵相を務めた〕、ヴォルフガング・フェルスター教授〔一八七五～一九六三年。ドイツの軍人・

軍事史家。最終階級は中佐。軍事史研究の功績により、一九四四年に教授の称号を得た」、レーダー元帥らの著書にも、関連する記述がある。これらについては、後段のいくつかの註で引用する。それによって、当時知られていいなかった、あるいは、直接陰謀に参加した、ごく限られたサークルにしかわからなかった事実が示されることになろう。

❖2 国防大臣は、すでに一月二十七日に辞任しており、彼の辞職は二月四日に公式に発表された。それ以前に、私がそのことを知らされていたか、また、この機会にベックが私に教えてくれたかどうかは、もう思い出せない。

❖3 ホスバッハ将軍の著書によれば、ブロンベルクは、ヒトラーに対し、夫人の「過去」について、一定程度のことを慎重にほのめかしていたようである。が、ヒトラーは、そのことは言わなかった。これは、ホスバッハ将軍の本によって、初めて知られたことである。

❖4 この点について、ヒトラーは詳しく述べたが、もはや記憶に残っていない。

❖5 ヒトラーは、ホスバッハにながらく請願されたのちに、ようやくフリッチュと会談する気になったのであったが、そのことは黙っていた。これも、ホスバッハの著書によって、初めてあきらかにされたことである。

❖6 上級大将は、男色の性向がある、もしくは男色行為におよんだというようなことは、まったく真実ではないと、ヒトラーに誓約していた。今日のわれわれには周知の事実であるけれども、ヒトラーは、それについても沈黙していた。

❖7 この法的審理のほかに、ゲシュタポも捜査を行っており、フリッチュ上級大将も、彼らの尋問を受けた。彼らは、かつての上官に不利なことを聞き出せるのではないかと期待し、以前、将軍の従卒を務めた者たちを召致したが、無駄に終わったことはいうまでもない。こうした事実は、戦後になって、初めてあきらかにされた。

❖8 フェルスター教授の著書『将軍は戦争に反対して闘った』で解明されているように、ベックは、ヒトラーに「公的措置」を取らせるよう、フォン・ブラウヒッチュに要求していた。また、トップの将軍たちを集め、その要求を支持させることにしていたのである。その際、求められるのは左の二点だった。一、明示的な方法で、男爵フォン・フリッチュ上級大将の名誉を公に回復すること。二、ゲシュタポ指導部において、大幅な人事異動を行うこと（それによって、ベックが示唆していたのは、ヒムラー、ハイドリヒ、さらにその小物の手下たちだった）。しかし、フォン・ブラウヒッチュ上級大将は、私が当時聞き及んでいなかった理由により、ベックが提案したようなかたちでの措置は取らなかった。

❖9

フリッチュの返書は、職業上、彼の事件の取り扱いとヒトラーならびにゲーリングに対し、適宜、完全な報告をする責任のある人物たちの釈明を求めるものだったが、答えは得られなかった（フェルチュの著作『責任と宿命』に翻刻された本書簡からは、以下のことが浮かび上がってくる。軍法会議において、ゲシュタポが早くも一月十五日、つまり、ゲーリングがヒトラーに「フリッチュ事件」のことを報告するずっと前に、例の男色家に関する手がかりをつかんでいたことは確認されていた。この男こそが、「被告に不利な証言をする証人」であるシュミット相手に性的非行をしでかした真犯人だったのである。シュミットは、相手を間違い、上級大将に嫌疑をかけたのだ）。

❖10

フォン・レープとフォン・クライストは、戦争中に現役復帰し、元帥に進級した。フォン・ニーベルシュッツは、〔第三近衛歩兵〕連隊時代の戦友で、私の親友であった。大戦では、ある軍後方地域の司令官になったが、ポーランド戦役のあとで解任された。公安機関の非行に干渉したためである。彼は、一九四五年に、その東プロイセンの地所において、ボリシェヴィキに殺害された。フォン・ポグレルは、戦争中、フランスに置かれた特務軍団〔北部フランスの占領にあたった第三二特務上級司令部のこと〕の長を一時務めていたことがある。

第一二章　独墺合邦

ヒトラー、陸軍総司令官に自らの企図を伝える　部分動員が必要である　進駐——喝采と花　ウィーンへの飛行　オーストリア連邦軍の編入

一九三八年二月四日、陸軍総司令官の男爵フォン・フリッチュ上級大将が解任されたことと関連して、私も陸軍参謀本部の次長職をしりぞくことになったが、OKHでの仕事はなお終わりはしなかった。陸軍参謀総長ベック将軍に、当面は彼のもとにとどまるよう、求められたのである。その目的は、何よりも、新任の陸軍総司令官フォン・ブラウヒッチュ上級大将に、われわれの開進準備を説明し、今後の陸軍拡張、国土強化に関する構築事業についての構想を知らしめること、さらに、先に述べたごとき、軍の最高指導部の構成に対するOKHの立場を主張することであった。

当時、ベックも私もまだ、ヒトラーの外交アクションがすぐにも開始される可能性があるとは考えていなかった。陸軍はなお、積極的な外交政策の道具になれるような状態とは程遠く、そのことは、

われわれには明々白々だった。われわれは、男爵フォン・フリッチュ上級大将の意思に沿って、機会があるたびに、それをOKWに強調しておいたのだ。ここまでは、ヒトラーも、そうした見解に同意しているようだった。一九三七年十一月五日に、首相官邸で行われた会議については、私は何も知らなかったのである。そこで、ヒトラーは、外務大臣や国防大臣、陸海空三軍の総司令官に、彼のチェコスロヴァキアに対する企図を表明したのであった。陸軍総司令官はおそらく、ベック将軍にも、そのことを教えていたと思う。だが、ベックは、他の会議出席者同様、ヒトラーが自分の「遺言」であると強調した言明には現実性がないものと判断したのであろう。そう信じたい。ヒトラーが、情勢が好都合になりしだい、チェコ問題を解決する、それが唯一の可能性だとの見通しを示したところで、彼が付与した、時機に応じてチェコスロヴァキアに対する行動を起こすための前提条件は、まったくの夢想でしかなかったのである。

イタリアが地中海で仏英相手の戦争に突入し、それによって、後者の二国の戦力が拘束されるなどという想定には、何ら現実味がなかったし、国内の困難によってフランスは完全に動けなくなるから、ヒトラーもフリーハンドを得られるなどということは、とうてい考えられなかった。また彼が、別の選択肢として、遅くとも一九四三年から一九四五年のあいだにチェコ問題解決に着手する必要がある、なぜなら、そのあとになると、ドイツの軍備の優位はもはや無くなってしまうからだと言い立てたところで、それまでにはまだ、五年ないし七年の時間があった。今後、国際情勢がどうなるかもわからないのに、一九三八年の時点で、そんなことに頭を悩ますのは間尺に合わなかったのである。従って、ベック将軍が、この会議について、助手たちに伝える気にならなかったことも（彼が他言厳禁を命じられていた場合のことは措く）、筋の通った説明ができるのだ。もっとも、ベック将軍が当時すでに、ヒトラーの企図が膨れあがっていくことを危惧していた可能性はある。

たしかに、人々はもう、さまざまなことでヒトラーの不意打ちをくらうのに慣れていた。しかしながら、一九三七年十一月五日の会議で彼が語ったことをすべてかき集めても、その参加者たちには、ヒトラーは、おのれの発言に反して、まずオーストリア問題に着手するとの結論をみちびくことはできなかっただろう。ましてや、彼が、自らが付与した前提条件が満たされるのを待つことなく、すぐにチェコ問題に取りかかるのではないかと危惧するはめになることなど、考えられなかったのである。

一九三八年三月七日の月曜日、陸軍参謀総長は、突然、午前十一時に首相官邸に出頭するよう、ヒトラーに呼び出された（陸軍総司令官はベルリンを留守にしていた）。オーストリアに関することが問題になるとほのめかされたという。私は、ベックに同行した。

ヒトラーは、国防軍最高司令部長官のカイテル将軍とともに、われわれを迎えた。彼はすぐに、前置きもなく話しはじめた。オーストリアにおける情勢の展開に介入せざるを得ないとの意見を開陳したのである。彼はそもそも、この時点でオーストリア合邦問題を解決することは意図しておらず、シュシュニク〔クルト・シュシュニク（一八九七～一九七七年）。オーストリア首相。第二次世界大戦中は、ドイツにより「保護拘禁」下に置かれたが、戦後は合衆国に移住、国法学教授を務めた。一九六八年、オーストリアに帰国〕とのあいだに、有名になったベルヒテスガーデン協定〔一九三七年以来、ドイツは、オーストリアを併合すべく、圧力を強めていた。一九三八年二月十二日に、南独ベルヒテスガーデンにあったヒトラーの山荘で結ばれたドイツとオーストリアの協定。ドイツは、オーストリア・ナチ党の活動の自由と、その指導者ザイス＝インクヴァルトの入閣を認めさせた〕を結んだのちは、オーストリア情勢の展開を観望しているつもりだった。しかしながら、シュシュニク連邦首相は、前日に国民投票を行うとの指示を下して、ヒトラーが行動することを余儀なくさせたというのである。当然のことながら、現今のオーストリア情勢にあっては、自由な投票はあり得ない。加えて、国民投票は、わずか一週間ののちと期日が切られており、自由な判断を下すことなど不可能であった。自分がシュシュニクによって奇襲されたのは明白だと、ヒトラーは言う。

しかるのちに、ヒトラーは、国際情勢に話題を移した。まず、ドイツ人のオーストリア共和国に関しては、住民の大多数がライヒに合邦されることを望んでいるのは疑いない。シュシュニク政府とそれを支える政治集団も、繰り返し、そう述べている。合邦実現のためにライヒが介入したとしても、オーストリア国民ならびに同国の連邦軍が何らかの抵抗をなすことは予想されない。

他の列強については、フランス、もしくはイギリスが介入してくることはなかろうと、ヒトラーはみていた。両国とも、既成事実を突きつけられて、終わりということになるはずだ。にもかかわらず、チェコスロヴァキアが干渉してくることはあり得る。それについては、プラハを安心させるような保障を与えることにする。ソ連に関しては、われわれやオーストリアと国境を接しているわけではないし、ソ連軍が介入しようとしても、ポーランドが領土通過を許さないであろうから〔当時の国境からして、ソ連軍がオーストリアないしチェコスロヴァキアに介入するには、ポーランドを通らなければならなかった〕、何ら恐れるべきではなかろう。ポーランド自体は、ドイツと条約〔不可侵条約。三五一～三五二頁訳註参照〕を結んでいるため、同様に動かないものと目される。

驚いたことに、ヒトラーが唯一懸念しているのは、イタリアがどういう態度に出るかという問題だった。アビシニア戦争に対するドイツの姿勢によって、ライヒとイタリアの関係は密になっていたし、スペイン〔内戦〕でも協同行動を取っていたのだけれども、ムッソリーニが、あっさりと合邦を受け入れるだろうか。それについて、ヒトラーが確信に至っていないことはあきらかだった。つまり、第三者が介入してくる可能性という点で、ヒトラーが唯一恐れているのは、この方面だけだったのだ。

かかる状況で、ヒトラーがわれわれに示したシナリオは、論理的に一貫したかたちで組み立てられていたし、それを話す口調もまったく事務的だった。少人数の人間に対し、大衆演説家ではなく、冷静な政治家として話しているヒトラーに接するのは、これが初めての機会だった。その発言には強い説得力があり、また、情勢判断も適切なものであったといわざるを得ない。

説明を終えたヒトラーは、オーストリア進駐に必要とされる兵力量について、われわれのアドバイスを求めた。その際、いかなることがあろうと、シュシュニクが計画している国民投票まがいのことに先手を打つため、三月十二日、土曜日の早朝に進駐を開始しなければならないと宣告された。

ごく短い時間、私と協議したのちに、ベック将軍がこの件に関して、ヒトラーに提出した意見具申書の内容は、以下のごとくであった。オーストリア連邦軍、あるいは住民の側においても、ドイツの進駐に対する抵抗は行われないものと想定し得たとしても、隣国〔イタリアとチェコスロヴァキア〕の動きに鑑み、充分な兵力を出すべきである。かたちばかりの弱体な兵力を動かすだけでは、右の両国が、最終的な決定に与る権利を主張する目的で、何らかの積極的な行動をなすような事態を引き起こしかねない。

それゆえ、命によって編成される総司令部の麾下に、バイエルンの二個軍団、すなわち、ミュンヘン第七軍団〔第七師団、第二七師団、第一山岳師団〕とニュルンベルク第一三軍団〔第一〇師団、第一七師団〕、さらにヴュルツブルク第二装甲師団を置くようにするとの進言がなされた。のちに、〔親衛隊〕直衛旗団と第一六装甲軍団〔当時の呼称は「自動車化軍団」のはずだが、原文のママとする〕司令部の参加も指示された。

もっと難しかったのは、ヒトラーから、これらの軍団に動員下令する許可を得ることだった。彼にしてみれば、そんな要求は、政治的理由ゆえに、まったく好ましくなかったのだ。だが、ベック将軍と私は、それに固執せざるを得なかった。結局のところ、国際紛争が勃発するかどうかを、確実に予想することはできない。もし、われわれが、オーストリアに押し出していく軍団の動員の遅れを、あとから取り戻そうとするなら、極度の困難に見舞われることになろう。一八七〇年に、動員未了のまま、国境に投入されたフランス軍同様の状態におちいることになりかねないのだ。かかる措置は、あらかじめ策定済みの計画通りにしか進められないので、両バイエルン軍団の動員のため、進駐に不必要であるにもかかわらず、後備一個師団の動員・編成が求められた。それはそうとして、のちにはっきりしたように、この部分動員は、われわれにとって、大きな価値があるものとなった。詳しくいえば、さまざまな欠陥をあきらかにすることができたのだ。このような経験を平時に得られたことには感謝しなければなるまい。われわれが、短期間のうちに、やっとのことで組み上げた動員組織は、文句なしで機能するというわけにはいかなかったのである。何もやらずに済んだ時代が長かったのであるから、当然のことだった。

あれやこれやと迷ったあげくに、ヒトラーはとうとう、オーストリア向けに予定された兵力の動員許可を出した。そのあとに、いつまでに進駐命令を示達するかという問題が投げかけられた。ヒトラーは、どんなことがあろうと、三月十二日、土曜日の早朝に進駐を開始するとしていたから、部隊の行軍準備や国境への配置にかかる時間を考えると、本日の午後四時までに、動員命令が陸軍総司令官に届いていなければならない。ヒトラーが、こうして時間を確定することを渋っているのはあきらかだったが、そのときまでに最終的決断を下すと約束した。

ベックと私は、国防省〔陸軍総司令部も、同じ敷地にあった〕に戻った。私は、ただちに、フォン・ボック将軍を司令官とする軍の行動を決める開進訓令の起案にかかった。「オーストリア」案件は、これまで、ＯＫＨの準備作業には勘案されていなかった。しかし、ＯＫＷでは、たしか、以前に一度「オットー案件」と称して、紙上の検討を行っているはずだった。ハプスブルク王家が復辟《ふくへき》した場合のオーストリアへの干渉を扱ったものである。だが、ＯＫＨには、オーストリア方面の計画は存在していなかったのだ。

ヒトラーの命令が届かぬまま、午後四時になった。それが到着したのは、午後四時半だったのである。動員に責任を負う編制部長は、明日、動員を進めることは不可能だと説明した。前日午後四時までに、動員開始の合い言葉を下達するのが、その前提条件になっているからだった。とはいうものの、三十分ばかりの遅れは、ものの数に入らないと、彼は確信していた。すでに触れたような、動員上の欠陥に突き当たるまでは（それは、わずかな命令示達の遅れとは無関係に存在していた）、部隊の準備措置はおおむね円滑に進んだ。

進駐の経緯は、よく知られている。われわれの部隊の行くところならば、どこであろうと、住民とオーストリア軍部隊に熱狂的に歓迎された。まさしく、花が降り注がれたのである。これらのすべては、地元のナチの圧力によって生じたのではなく、国民の真情に沿ってのことだった。のちになって（とりわけ戦争中に）、そうした気持もまったく変わってしまったかもしれないが、このときには、その心を疑うべくもなかった。

一方、ベルリンのわれわれは、動員初日に、おおいに緊張しながら、ブレンネロ峠〔ドイツ名はブレンナー峠。イタリアとオーストリアの国境にある〕を注視していた。いかなる場合にも、イタリア軍の開進企図に先んじるため、そこには、チロル経由で自動車化一個大隊を派遣してあった。われわれを安堵させたことに、この大隊が出会ったのは、温かい歓迎だけだったのである。ヒトラーは、ムッソリーニ宛てに、今回の振る舞いのことは終生忘れないとする、有名な電報を打った。

初日に、わが軍のオーストリア進駐が、この国においても、また他の国に関しても、紛争につながらないと判断されたのち、私は、陸軍総司令官に対し、自らオーストリアに赴くべきだと進言した。親衛隊では、ヒムラーが早くも現地に到着しており、ゲーリングも同様にオーストリアへの途上にあるということだったから、それは、よりいっそう必要になったと思われたのである。陸軍総司令官が現場にいてこそ、右の二人が行く先々で、陸軍の利害に反する措置を取るのを防ぐことができるのだ。

三月十三日早朝、フォン・ブラウヒッチュ上級大将は、ベルリンを飛び立った。私も、参謀総長代理として、この旅に随行した。着陸したのはリンツで、そこにはもうヒトラーが来ていた。カイテルが、いったい陸軍総司令官はオーストリアで何をしようというのだと尋ねてきたが、まったくおめでたい質問だった。ヒトラーに、短く到着を申告する。カイテルとは対照的に、彼は、われわれが現れたのも、しごく当然のこととみなしていた。われわれは、ただちにウィーンで、オーストリア連邦軍をドイツ国防軍に編入する作業に着手すると、ヒトラーに簡単に説明した。さらに、ウィーンに飛ぶ。われわれは、合邦への歓喜にみちみちた都市にやってきたのだ。ヒトラーが到着した際に、どれほどの喝采に迎えられたか、想像することもできまい。クライマックスは、ヒトラーが三月十五日にウィーンで催した一大パレードで、ドイツ軍将兵のほかに、オーストリア連邦軍の部隊も参加していた。その先頭を行進していたのは、「ドルフス親衛大隊」だった〔「ドルフス」は、オーストリア首相を務めたエンゲルベルト・ドルフス（一八九二～一九三四年）にちなむ。ドルフスは、オーストリア・ファシズムと呼ばれる強権的な支配を行ったが、一九三四年に暗殺された〕。

続く数日間に、フォン・ブラウヒッチュ上級大将と私は、ドイツ国防軍へのオーストリア連邦軍編入について、基本的なことを話し合った。それについては、ウィーン駐在武官のムフ将軍〔ヴォルフガング・ムフ（一八八〇〜一九四七年）。当時、中将。最終階級は歩兵大将〕が、ずばぬけた価値のあるアドバイスをくれた。われわれにとって貴重だったのは、そのオーストリア連邦軍の編制や訓練程度に関する知識ばかりでなく、何よりも彼が多数の知己を有していること、将校や下士官兵の政治的態度について判断できることだった。さらに特筆すべきは、自身、ヴュルテンベルク人であるムフが、将校を交代させるにあたり、できるかぎりは、南ドイツ人をオーストリアに送り込んではいけないと、たっての忠告をしてくれたことだった〔ヴュルテンベルクは、南西ドイツの一地域〕。オーストリア人は、プロイセンの「教官」に対してのほうが、ずっとうまく折り合っていけるだろうというのが、彼の意見であった。ムフ将軍と、その心理学的な理由から出された見解は、実際正しかったと、私は信じている。しかも、バイエルン人とヴュルテンベルク人には、当たっていなくもないことだが、プロイセン人よりも「兵隊っぽい」という評判がつきまとっている。シュヴァーベン人ムフは、これをことさらに強調した〔ヴュルテンベルクは、シュヴァーベン地方に包含される〕。いつでも、「プロイセンの兵役」のことのみ聞かされるのが常だ。けれども、ライヒスヴェーア時代にプロイセンに配属された南ドイツ出身の将校が、いかにも軍隊らしいはずのプロイセン軍で、往々にして鷹揚な考えを身につけ、しかるのちは、必ずしも故郷の部隊に帰りたがらないというのも事実であった。

来るべき編入に関するオーストリア連邦軍首脳部との協議は、連邦陸軍省〔正確には国防省〕で行われた。それは、ドイツの陸軍省や、第一次世界大戦直前に建てられ、簡素で実務的な内装をほどこされた、かつてのライヒ海軍省とちがって、ウィーンの壮麗なバロック宮殿内にあった。そこに向かったのだ。そのいくつかの広間で、われわれは、名高い皇帝・国王軍の伝統をモチーフにした絵画、ゴブラン織り、彫像に邂逅した。プリンツ・オイゲン〔オイゲン・フォン・ザヴォイエン（一六六三〜一七三六年）。オーストリアの将軍で、オスマン帝国やフランス王国相手の戦争で大功をあげた〕、カール大公〔カール・フォン・エスタライヒ・テシェン（一七七一〜一八四七年）。ナポレオン戦争でオーストリア軍を率いて、フランス軍を苦しめた〕、ラデツキー元帥〔ヨーゼフ・ラデツキー・フォン・ラデーツ（一七六六〜一八五八年）。オーストリア軍を率いて、イタリア独立運動の鎮圧にあたった。とくに、一八四九年のノヴァーラの戦いで、サルジーニャ王国軍に勝利したことで知られる〕やその他の有名な陸軍司令官の魂が、広間をさまよっているようだった。この皇帝・国王軍の後衛が、いまや独立を捨て、たとえ縁戚のようなものだとしても、より大きな軍隊に組み込まれようとしている。後者は、かつての敵対関係のなかから育ってきた軍隊なのだ〔プロイセンとハプスブルク帝国は、七年戦争やドイツ統一戦争で敵対した〕。あらゆるドイツ人が一つのライヒに統合されるのは歓迎し得ることだとしても、まさしく悲劇的なできごとではあった。

たとえ、政治的に合邦を心底から歓迎していたとしても、この日、オーストリアの戦友たちは、何かを感じずにはいられないだろう。われわれ、フォン・ブラウヒッチュ上級大将と私は、それに理解を示さぬような軍人ではなかった。それゆえ、たしかに両軍の統一を速やかに行う必要が切迫しているけれども、どうにか可能となるかぎりにおいては、オーストリア軍諸部隊にその伝統を護持させると決定したのである。われわれは、ナチ党の諸措置を支配していた「強制的同質化《グライヒシャルトゥング》」〔Gleichschaltung.

ナチズムにもとづき、国家や社会を均質のものにしようとする思想とその試み」への努力など、まったく行わなかった。われわれが望んだのは、それぞれの軍の名声にみちた歴史を互いに尊重しつつ、一つの軍隊の戦友になっていくことだったのだ。

この融合の作業はまず、第一次世界大戦後の時代に、オーストリア連邦軍がすでに多くの点でライヒスヴェーアの模範に倣《なら》っていたという事実により、さまざまな面で容易になった。かくて、オーストリア連邦軍は、何よりも灰緑色《フェルトグラウ》〔「灰緑色」は、ドイツ国防軍の軍服の色であり、そのシンボルカラー〕の軍服を受領したのである。つまり、自らの栄誉ある衣裳を、他国の陸軍のそれと交換しなければならないという痛みの感情は消えたのだ。さらに、オーストリア連邦軍、とりわけ、将校や下士官兵の若い層には、ナチズムの立場を取る者が広範に存在していた。それはもちろん、政治指導者たちが軍隊を用いて、最初は社会主義、のちにはキリスト教社会主義に導こうと圧力をかけたことへの反動であった。結局、このドイツ人のオーストリア共和国において、連邦軍は、シンデレラ的存在でありつづけなければならなかった。当然のことながら、生活を維持する能力に乏しい小さな国が、破滅的な経済危機に直面したのだから、その軍隊に充分な資金が提供されたことも一度もなかった。それは、あらゆる階級の軍人に、飢えを満たすことも難しいような俸給しか出されなかったことのみならず、教育訓練の機会が耐えがたいほどに制限されることを意味していたのだ。その点、ドイツ国防軍では、軍人が効果的な活動を行う自由が待っていた。とどのつまり、ライヒスヴェーアと連邦軍は、軍事の領域において、すでに緊密に協力していたのである。ただし、この協力関係は、後者、ライヒに敵対する立場を取ったオーストリア陸軍参謀本部が影響を振るったことにより、最後の数年間には中断されていた。

加えて重要だったのは、シュシュニク政府の退陣とともに、あらたな人物が連邦軍の頂点に立ったことである。これまで、ヴィーナー=ノイシュタットのテレジア陸軍士官学校長だったアンゲリス〔マクシミリアン・デ・アンゲリス（一八八九〜一九七四年）。当時、少将。最終階級はドイツ国防軍砲兵大将。第二次世界大戦では、軍団長や軍司令官を務めた。なお、この人物は、スペイン系、もしくはフランス系の出自で、その姓 de Angelis も、それぞれ「デ・アンヘリス」、「ド・アンジェリス」と発音される可能性があるが、本訳書では、ドイツ語発音に従い、カナ表記した〕が、陸軍次官に任命されたのだ。ファウゴイン陸軍大臣〔カール・ファウゴイン（一八七三〜一九四九年）。キリスト教社会党の政治家。首相を務めたこともある。この人物は、フランス系の出自で、Vaugoin の姓も「ヴォーゴワン」と発音される可能性があるが、本訳書では、ドイツ語発音に従い、カナ表記した〕は退任し、陸軍参謀総長はイタリアに逃亡していた。われわれに対した、陸軍省の他の将軍たちも、ともに解決すべき課題について、完全な理解を示した。その際、とくに問題になったのは、軍組織の同一化、教育訓練の統一、人事の規定であった。

まず、最後の問題に関しては、当然、ある一定数の将校を辞職させなければならなかった。とくに青年将校たちは、大量にドイツ国防軍に組み入れられることを歓迎していたのだが、一方、年長の将校たちの多くが、オーストリアが独立を放棄したことをつらく思っていることも理解できた。年金基金に負担をかけることを忌避していたから、連邦軍では進級が非常に遅く、かてて加えて、将校のかなりの部分、とりわけ、参謀将校が高齢化していた。また一般に、幕僚業務に就いている者が多すぎ、それゆえに、たとえば、階級が少佐である者が中隊を指揮する〔俸給は、大尉相当の額だったことはいうまでもない〕ということが起こっていた。その立場ゆえのことであれ、適性不足という理由からであれ、受け入れられない者がいたのである。しかしながら、彼らの解職も支障なく進んだ。そうした者たちは、ドイツの年金法に従って処遇され、一部は、これまでの俸給よりも高額の年金を受けることになったのだ。給養問題について、かかる太っ腹な規定がなされたことにより、〔ドイツ国防軍への〕移行処置も、きわめて容易になった。

教育訓練の統一の前提となっていたのは、ドイツの兵器、装備、教範〔連邦軍がすでに相応の教範を有していないかぎりのことだった〕の導入と、ドイツの教育訓練要員の割り当てだった。同時に、オーストリア将校も、ドイツ本国の部隊に配属された。が、その場合も、さしたる困難は生じなかった。私自身、のちにアンゲリス将軍をわが師団に迎えられたことは喜びであった。傑出した砲兵の専門家である将軍は、オーストリアである師団の指揮を執る前に、われわれのところで、歩兵の問題に関する講習を受けることになったのである。同じく、私の師団で勤務したオーストリアの青年将校、フォン・オーバーマイヤー中尉は、ポーランド戦役で最初に騎士鉄十字章を受けた者たちのなかに入った〔事実は不詳。訳者が調べたかぎり、騎士鉄十字章受勲者のなかに、オーバーマイヤーなる人物はいない〕。

組織の同一化に関しては、より大きな変更が必要となった。オーストリアには、各連邦州に一個ずつ、計七個旅団が存在していた。これらは、陸軍省に直属している。加えて、ウィーンには、発足したばかりの快速団隊一個があった。軍団司令部はなかった。これらの旅団はまた、定数を満たしておらず、その編制上、独立して作戦を遂行し得る部隊として使用することはできなかったのだ。フォン・ブラウヒッチュ上級大将は、新しい編制の基本案を急ぎ提出するよう、私に命じた。彼は、ウィーンにいるうちに、それをオーストリアの諸氏に示したかったのである。

　オーストリア軍諸団隊を、ドイツ軍の価値ある構成員としなければならない。私にとって、それは自明の理だったが、偉大なる伝統に対する畏敬の念も強かった。ヒトラーが、上ドナウとか下ドナウといった大管区名を付すことで、大オーストリアの記憶を消そうとする一方、われわれ軍人は、プリンツ・オイゲン、カール大公、ラデツキー元帥といった名前が生命を保つべきだと考えた。オーストリア軍を「プロイセン化」しようなどということは、思いもしなかったのである。もっとも、「これはもう抜き差しならぬことだから」という、よく知られた言い訳も、この先はもはや使えなくなっていくのだが。

　ライヒの利益が許すかぎりは、せめてオーストリアの部隊に本来のなりわいを保たせるように、私は努めた。が、オーストリア陸軍省を存続させられないことは、むろん、はっきりしていた。

　これについて、私は、少なくとも最初のうちは、ウィーンに陸軍参謀本部の支局を設置し、新しい態勢への移行を任せるべきだと意見具申した。それによって、ベルリン中央からすべてを操作しようとするよりも、ことは円滑に運ぶだろうというのが、私の見通しだったのだ。さらに、もう一つの利点がある。オーストリア合邦によって、ライヒはあらたに、三つの国と境を接することになった。イタリア、ユーゴスラヴィア、ハンガリーである。ベルリンよりもウィーンにいるほうが、これらの国境の問題をずっとよく理解できるということは明白だった。そう、軍人にとっては、国境確保の問題や潜在的な開進地域の知識を得ていくということばかりではなく、国境の反対側に帰属している民族同胞〔ドイツ系住民のこと〕や住民の態度、あるいは関わることになるやもしれぬ少数民族やその他の国境問題も、重要な役割を演じていたのである。かようなことすべてが、ベルリンのティルピッツ河岸〔当時、海軍総司令部の一部が置かれていた。が、国防軍最高司令部や陸軍総司令部も、その街区内に隣接していたから、ここでは、陸軍総司令部を指しているものと思われる〕よりも、ウィーンからのほうがよく見通せるのだった。また、国防軍司令部の部課長たちがその構想を実現しようと、ベルリンから出張してくるよりも、ウィーンの中枢部局から監督するほうが、オーストリア人の感情を尊重しながら、新態勢への移行を成功させられるだろう。それは確実だったのだ。

諸団隊の改編に関しては、オーストリア軍団の司令部を二個新設し、その麾下に、現存の七個旅団を編合した四個師団を置くことを提案した。一個師団は上オーストリア、もう一個師団は下オーストリアに配される。三個目はシュタイアーマルクおよびケルンテン、四個目の師団は、チロル、ザルツブルク、フォアアールベルク地域だ。また、すでにある快速部隊の萌芽をもとに、軽師団一個〔四個目の師団〕を創設するものとされた。両軍団への師団の分配については、それぞれの軍団ごとに、チェコ国境の一個師団〔つまり、上オーストリアか、下オーストリアに一個ということになる〕とイタリアならびにユーゴスラヴィア国境に置かれた一個師団を指揮下に置くように意見具申した。私には、両軍団司令部が、一つの方面のみならず、別の国境正面にも関心を抱くことが重要であろうと思われたのである。

フォン・ブラウヒッチュ上級大将は、私の提案を了承し、オーストリア人もそれを良いものとして受け入れた。ともあれ、アンゲリス将軍とその助手たちの実務的な態度と、オーストリア人の感情に顧慮したフォン・ブラウヒッチュ上級大将が示した思いやりのおかげで、われわれのウィーンにおける交渉は、実になごやかに進んだ。前陸相ファウゴインから将官の階級を剝奪するとか（彼は、輜重大尉から、一足飛びにその階級を得たのである）、親衛大隊の解散といった、オーストリア人が持ち出してきた、いささか痛ましい希望については、ブラウヒッチュは、彼ら自身の処理にまかせた。

私がベルリンに戻り、ハルダー将軍に参謀次長職の申し継ぎを済ませたのち、右に述べた組織案に、若干の修正が加えられたことはいうまでもない。ウィーンに陸軍参謀本部の支局を置くことはなされず、代わりに集団司令部が新設された。その司令官となったリスト上級大将〔ヴィルヘルム・リスト（一八八〇～一九七一年）。正確には、当時、歩兵大将。最終階級は元帥。第二次世界大戦中は、軍・軍集団の司令官を歴任したが、戦後、戦犯裁判で有罪とされ、終身禁錮刑に処せられたが、重病を理由に釈放された〕の有能さのおかげで、オーストリア軍諸団隊のドイツ陸軍への編入も、たやすく実行されたのである。加えて、ヴュルツブルク第二装甲師団も、ウィーンに残ることになった。[❖1] 師団の配置も変更になった。一個軍団が、上ならびに下オーストリア、すなわち、チェコ国境に配置された二個師団を麾下に置き、他の二個師団から、ザルツブルクに司令部を置く山岳軍団一個が編合されたのである。この点では、バイエルン人の山岳部隊びいきが表されたといえる（ハルダーも、編制部長のシュタップフ大佐もバイエルン人だった）。この決定は、教育訓練の見地からは、おおいに価値があったが、私には、国境問題のほうがより重要だったのにと思われた。

ウィーンからベルリンに戻るとともに、私の陸軍最高司令部での勤務も終わった。

❖原註

1 第二装甲師団はのちに、新編された第四軽師団とともに、第一九装甲軍団を構成することになった。

第一三章　花の戦争

シュレージェンの師団長　ズデーテン併合　一九三八年に戦争の危機に直面した際、クーデターの成算はあったか？　ベーメン＝メーレン保護領の創設

一九三八年三月末に、私がベルリンを去り、リーグニッツの第一八師団の指揮を継承したとき、国防省内ではまだ、ヒトラーがただちにチェコスロヴァキア問題の解決にかかる可能性があることなど取り沙汰されていなかった。

われわれが、妻の故郷の州であるシュレージェンに居を構えられるようになったのは、初めてのことだった。リーグニッツは、魅力的な中規模都市で、周囲は肥沃《ひよく》な農地だった。あらゆるシュレージエンの都市における中心であり、特徴である「リング」〔「環」の意。リーグニッツの市場を中心とする旧市街のこと〕を飾っているのは、バロック様式の破風を備えた古い家々だった。自動車を使えば、リーゼンゲビルゲにも容易にドライブできた。われわれは、あらゆる方面から温かく迎え入れられ、私にとっては最後の衛戍地となったこの場所に、おおいに好感を持ったのであった。私の妻は、戦争中の苦しい時期に、みなから助けられたし、一九四五年一月にロシア軍が迫ってきたときには、今度はわれわれが、多くの人々を助けることができた。

リーグニッツ市は、その歴史を誇っているし、それは正当なことである。一二四一年のヴァールシュタット会戦では、リーグニッツの門前において、襲来したモンゴル人が撃砕された。シュレージェン公ヘンリク〔ポーランド大公ヘンリク二世ポボジュヌィ（一一九六、もしくは一二〇七〜一二五一年）〕は、ドイツ騎士団の多くの者とともに、この西洋のための戦いに命を捧げたのである。七年戦争においては、フリードリヒ大王が、リーグニッツ付近で、最後の勝利の一つをあげた。解放戦争に際しては、カッツバッハの戦いが、一八一三年戦役の転回点となった〔カッツバッハは川の名で、リーグニッツとヴァールシュタットのあいだにある〕。その勝者であるブリュッヒャーは、それによって、ヴァールシュタット侯爵の爵位を得ることになったのだ。かくのごとく、このシュレージェンの町には、軍人の伝統が息づいているのである。プロイセン王国のころには、国王付擲弾兵連隊がここに駐屯しており、名誉連隊長は老カイザーであった。その伝統は、第五一歩兵連隊（のち、装甲擲弾兵連隊）に継承されていた。同連隊の隊伍のなかには、われわれの長男ゲーロも入っていた。彼は、少尉として、一九四二年にイリメニ湖畔で斃れたのであった。だが、そんなことはまだ、一九四五年にリーグニッツの故郷と財産を失うこと同様、未来の暗いふところに隠されていた。

今度の、陸軍総司令部から現場部隊への異動は、私にとって深刻なことではあったが、新しい任務には、まったく満足していた。もっとも、この仕事には、全精力をつぎこむ必要があったのはいうまでもない。第一八師団は、他のあらゆる師団同様に、いまだ完成品ではなかった。数個大隊、重砲兵一個大隊ほかが編成未了だったのだ。師団内部で隷下部隊を新編することに加え、オーストリア向けの部隊の割愛もあった。そうしたことによって、師団の全部隊が改編の真っ最中といったありさまだったのである。しかも、最近導入されたばかりの二年制兵役のおかげで、現役の訓練要員には大きな負担がかかっていた。けれども、わがシュレージェン人たち、将校、下士官、兵は、猛烈な勢いで自分たちの任務に取りかかり、すべての困難を克服したのであった。優れた指揮官たちとよく団結した幕僚に支えられて、本師団の頂点に立つのは、一つの喜びだった。師団幕僚を率いているのは、優秀な作戦参謀、男爵フォン・シュトラハヴィッツ少佐〔マウリッツ・フォン・シュトラハヴィッツ男爵（一八九八～一九五三年）。最終階級は中将。第二次世界大戦では、師団参謀や軍団参謀を務めた〕で、彼は戦後、ソ連で二十五年の強制労働を宣告された。そこでは、参謀将校であり、騎兵に関する本を書いたことがあるという理由で非難されたのである！　シュトラハヴィッツは、最後の捕虜がソ連から帰還するよりずっと前に亡くなった。最後まで廉直な姿勢を示し、自分たちの模範であった人物の死を、戦友たちは深く嘆き悲しんだという。

大戦が勃発し、師団を離れねばならなくなったときも、彼らは、いかなる任務を与えられても対処し得るだろうと期待していたし、それは正しかった。シュレージェン人が、私の願いを裏切るようなことはなかったのである。ポーランド戦役で、最初の騎士鉄十字章を受勲した二人は、同師団に属していた。ワルシャワ前面で敵堡塁を急襲、これを奪取した将校二名が、騎士鉄十字章を獲得したのだ。さらに、第一八師団は、どこに投入されようと、傑出した戦いぶりを示した。同師団は、ベルリンで終戦を迎えたのだが、終わりが来たとわかったとき、残余の将兵は西方に突破脱出したのである。この師団を戦争前に訓練したことを、私は誇りに思っている。そうすることで、私と妻にとっては、第一八師団の想い出と、長男の軍人としての生と死が、特別のつながりをみせるのだ。

この夏のうちに、私は、チェコスロヴァキアとの紛争になった場合、バイエルン・チェコ国境地帯に開進する軍の参謀長に予定されているとの内示を、OKHより受けた。軍司令官は、すでに退役していた勲爵士フォン・レープ上級大将に決まっているという。また、ブルーメントリット参謀大佐〔ギュンター・ブルーメントリット（一八九二～一九六七年）。最終階級は歩兵大将。第二次世界大戦では、A軍集団作戦参謀、西方総軍参謀長などを務めた〕率いる小規模な作業グループにより、ミュンヘンで開進の準備が行われているとのことだった。記憶しているかぎりでは、基本的な指示について、フォン・レープ将軍ならびにブルーメントリットと打ち合わせるために、一度、ミュンヘンに赴いたと思う。

そうこうしているうちに、ベルリンからの話で、陸軍参謀総長ベック将軍が、ヒトラーに覚書を提出したと聞いた。そのなかで、戦争の危険をはらみかねない政策に対しては、いかなるものであれ、根本的な疑義を呈すると表明したというのである。

たとえ、その覚書を閲読していなかったとしても、ベックとは緊密に協力していたのだから、彼の思考の進め方には慣れていた。一方、陸軍総司令官が、この覚書の件で、軍司令官や軍団長を集めて催した会議の詳細については、当時は何も知らなかった。今日ではよく知られているように、フォン・ブラウヒッチュ上級大将は、この機会に、自分の意見について、陸軍の高級指揮官たちの同意を取り付け、ヒトラーに提出したのである。ところが、彼は、指導的な将軍が共同でヒトラーに対処するというベックの要求には賛成していなかった。むろん、陸軍参謀総長の覚書によって、ブラウヒッチュがおのれの計画をひるがえすようなことはないと、当時すでにはっきりしていた。

私は、一九三八年七月二十一日付で、長い書簡を書き、辞職を申し出るとのベックの意志をくつがえそうと試みた。チェコ問題に関する彼の観測と政治指導部の見解に相違があろうとも、その地位にとどまってくれと懇願したのだ。理由として挙げたのは、陸軍参謀総長の職務を、ベックのように果たせる者は他にいないということだった。加えて、この機会を利用し、以前検討された、戦時における最高指導部の構成の問題にも立ち戻ってみた。そもそも、必要とされる軍の指揮統一をなしとげられるのは、彼以外にはいないと、ベックに宛てて書いたのである。字句通りには、こういう文章だった。「どんなかたちであれ、必要とされる指揮の統一を得るにあたり、将軍閣下のごとくに、同じ姿勢、同じ声望、同じ権威を維持できる後任などおりません。将軍閣下は、われわれの前に立ち現れるであろう困難な軍事的課題を統御し得るのでありますが、能力と人格にもとづき、それに取って代わることができる者など、陸軍には存在しないのです。かかる、あけすけなもの言いによって、将軍閣下がお気を悪くされることはないはずであります。将軍閣下は、これはおざなりな世辞ではなく、心底から確信しての発言だとお感じになるはずでしょうから」。

かような言葉からは、私がベック将軍に対して抱いていた、高い評価と尊敬を見て取れるであろう。が、あいにく、その答えは、これ以上責任を負うことはできないと思っているというものだった。

八月はじめに、妻とともにジュルト島で短い夏季休暇を過ごし、ベルリン経由でリーグニッツに帰ってきたときのことである。ベルリンで、ヒトラーが彼の覚書に拒絶を示したという理由で、ベック将軍が辞任を求めたものの、ヒトラーの命令により、形式的にはいまだ職にとどまっているとの話を聞いた。実際、すでにハルダーが陸軍参謀総長の職務を代行しているとのことだった。

八月末に〔正確な日付はもう思い出せない〕、私は、リーグニッツから、ベルヒテスガーデンでの会議に招集された。いざというときに編成されることになっていた諸軍の参謀長が全員そこに集められたのだが、陸軍参謀総長の姿はなかった。それは、まったく新しい種類のやりようだった。目的は、はっきりしている。そのチェコスロヴァキアに対する意図に関し、OKHならびに陸軍の高級指揮官において抵抗があることを、ヒトラーは知っていたのだ。より若い世代、つまり、参謀長たちなら与しやすいだろうと、彼が考えたのはあきらかだった。

われわれは、この会議日の午前中にベルヒテスガーデンに到着し、一緒にベルクホーフ〔ヒトラー山荘の所在地〕に連れていかれた。ヒトラーは、われわれを広大な応接間に迎え入れた。そこには、可動式の巨大な窓があって、ザルツブルク方面の素晴らしい景色が一望できるのだった。その眺望を示したのちに、彼は、田舎流に質素であるが、趣味の良い内装がなされた食堂にわれわれを招じ入れ、朝食をともにした。私は、ヒトラーの隣に座ったが、何かの考えに夢中になっていて、心ここにあらずというふうだった。きっと、このあと、われわれに何を言おうかと、そちらにすっかり気を取られていたのだろう。よく知られているように、ヒトラーは普通なら、食卓においても、まずは自分だけがしゃべるのが常なのだけれども、今は口数が少なくなっていた。とにかく、彼と会話を続けるのも一苦労だったのだ。政治や軍事の問題に立ち入るつもりはなかったから、芸術について話してみた。その少し前に、ミュンヘンのドイツ芸術展に行っていたので、それを話題にしたのである。ヒトラーは、そこに展示されていた物への感想を聞きたがった。何枚か良い絵を観たが、全般的には、画家たちは、自分が何を描けばよいのか、正しく理解していないようだという印象を受けたと、私は述べた。それがもとで、画家たちは、ドイツの柏木を偏愛していて、あらゆる色で描いているようだとか、一方、この展覧会で、すでに第一次世界大戦前にベルリン分離派〔十九世紀末から二十世紀はじめに展開された芸術運動。旧来の芸術からの分離を唱えたため、「分離派」の名が付いた〕が出していた、一連の昔なじみの絵に再会したというようなことを言ったかと思う。ともあれ、二点の肖像画はよい出来だった。一枚はシャッハライトナー大修道院長〔プラハのエマウス修道院で大修道院長を務めたアルバーヌス・シャッハライター（一八六一～一九三七年）か〕、もう一枚はフォン・ショーベルト将軍〔勲爵士オイゲン・フォン・ショーベルト（一八八三～一九四一年）。当時、歩兵大将で、第七軍管区司令官。最終階級は上級大将。第二次世界大戦では、軍団長や軍司令官を務めた。独ソ戦においては、第一一軍司令官を拝命したが、事故死。原著者は、その後任となった〕を描いたものだ。いずれも、展覧会では、その前に人だかりができていたが、それらについては言及しなかった。馬上ゆたかに、赤い十字の旗を手にしたヒトラーの絵、また、彼がナチ運動初期に小さな居酒屋で演説している姿を描いたものもあった。いずれも、ひどい駄作だと感じられたものの、観覧者の多くから、とくに好評を得ているのはあきらかだった。ヒトラーは、ごく真っ当な反応を示した。彼の意見では、この展覧会には良い作品は多くないけれども、じきに新しい才能が育つだろうということだった。

朝食に引き続き、広い応接間で会議が開かれた。ヒトラーは、およそ二時間ほども演説をぶったのだ。彼は、なぜ今、チェコスロヴァキア問題に一つの解決をもたらすという決断に至ったのかについての理由付けを展開した。その際、ドイツ系少数民族に対する抑圧が強まっていることと、いかなる紛争であろうと、近隣諸国がライヒの宿敵として、軍事的な役割を果たす可能性があるということが、とくに強調された。ヒトラーはさらに、一般政治情勢に関して、詳しく述べた。イギリスの軍備が不充分であること、また、フランス国内の諸困難からして、この両国がチェコスロヴァキアのために介入してくることはできないというのだ。オーストリア合邦の際にムッソリーニが示した友情、ポーランドとハンガリーにしてみれば、チェコスロヴァキアに味方しても、何の利益もないということも指摘された。というのは、両国自体が、チェコ、あるいはスロヴァキア地域に対する領土要求を抱えているからである。ソ連についても、その介入を恐れるべきではない。赤軍は「大粛清」〔一九三七年の赤軍指導部に対するスパイ嫌疑に端を発した粛清。これによって、ソ連軍の幹部多数が死刑に処せられるか、追放され、その戦力は極度に低下した〕の後遺症を克服していないし、それにポーランドがロシア軍の通過を許すことはないという。

ヒトラーが演説を終えると、お茶がふるまわれ、発言の機会が与えられた。が、それによって、ヒトラーに、左の事実が突きつけられることになった。「参謀長世代」もまた、一般に戦争の危険をはらみかねない政策に対して、疑問を抱いていることが明言されたのだ。われわれがとくに強調したのは、ドイツが実力を行使した場合、西方諸国が静観しているかどうか、きわめて疑わしいと思われることだった。フランスがチェコスロヴァキアと同盟しているとあっては、なおのことである。こうした疑念に対して、ヒトラーは反論し、われわれの議論を無力化しようと努めた。が、西方国境の確保に当たることになっていた軍の参謀長、フォン・ヴィータースハイム将軍が、いわゆる西方防壁のことに言及するに至って、ついにヒトラーは爆発した。ヴィータースハイムは、使用し得るわずかな兵力だけでは、フランス軍の攻撃に対して、西方防壁を保持できるのはごく短い期間のみであり、彼の軍の司令官であるアーダム将軍も同意見であると宣告したのだ。これを聞いたヒトラーは激怒した。その答えの趣旨たるや、将軍たちがマスケット銃兵〔マスケットは、近世以降使用された後装式で無施条の小銃。この場合の「マスケット銃兵」は、「普通の歩兵」程度の意味〕ほどの勇敢さを持ち合わせていれば、西方防壁は敵に対して長期間保持できるというものだったのである。

こんな発言を聞いては、もう実務的な議論を進める余地などなかった。とはいえ、ヒトラーは、参謀長と軍司令官の見解はみな一致しているということを、まざまざと見せつけられたわけであった。この会議とわれわれのＯＫＷに対する態度が引き起こした反響は、ニュルンベルク裁判に提出されたヨードル将軍の日記からも読み取れる。もっとも、それも、ヒトラーの想定内であった。

本会議がこうした経緯をたどった結果、これは、ヒトラーが自らの情勢判断と企図を広範に示し、議論に付した、最初にして最後の機会ということになったのである。その後、ポーランド戦役や西方戦役の前には、かかる可能性はもう問題にもならなかった。

以後のズデーテン・ドイツ人に関する案件の経緯は、周知のこととなっている。国境地帯への軍の開進は計画通りであった。われわれの軍司令部はパッサウに置かれた。そこから、情勢の展開、ゴーテスベルクとミュンヘンでの会談のもようを、じりじりしながら見守っていたのである。ミュンヘン協定〔一九三八年九月、ミュンヘンで行われた英仏独伊の首脳会談により、締結された協定。チェコスロヴァキアの領土の一部をドイツに割譲することにより、平和の維持をはかった〕により、二正面戦争の恐れだけでなく、いかにしてチェコの要塞を突破するかという問題も解消された。数年前から、チェコスロヴァキアが、その国境地帯の要塞化を開始しているというのは、よく知られた事実だったのである。とりわけ、旧グラーツ伯爵領付近の環状地帯と主正面のシュレージェンには、マジノ線に匹敵するような堡塁群が建設されていたし、ザクセン＝ベーメン国境にも、強力なトーチカ線が設置されつつあった。だが、有り難かったのは、チェコ軍が国境すぐ近くにそれらを配置したため、わが方の管制高地により、早くも建造中から観測を進められたことだった。しかも、この要塞群は、ドイツ系住民の居住地に設置されていたから、危急の際には、彼らの協力も期待できたのである。

チェコスロヴァキアがミュンヘン会談の結果に屈服したことは、同国が、ヴェルサイユにおいて、民族自決権を無視したかたちでつくりだされ、深刻な試練に立ち向かうことができない存在であるという事実を示した。さりながら、全体の人口の半分ほどでしかない民族が、他の民族集団三つを抑圧し、しかも、それらと共通の血統を持つ同胞が隣接諸国の国民を構成する状態で、どうすれば、国を立ちゆかせていくことができたというのだろう。

十月一日、ズデーテン・ドイツ人の喝采を受けながら、進駐が実行された。われわれの軍が占領した地域の中心は小都市メーリッシュ＝クルマウで、そこには、シュヴァルツェンベルク侯爵家〔神聖ローマ帝国に仕えた貴族の名家〕の居城があった。注目すべきは、この城に、シュヴァルツェンベルク家の直衛衛兵隊が置かれていたことだ。彼らは、色とりどりの制服を身にまとい、古いマスケット銃で武装した、居城警護部隊であった。

われわれの軍司令部の所在は、詩人アーダルベルト・シュティフター〔一八〇五〜一八六八年。詩人・小説家にして、画家。『水晶　他三編』手塚富雄・藤村宏訳、岩波文庫、一九九三年など、その作品は多数邦訳されている〕の生誕地であるオーバー＝プラーンということになった。小さな町とその環境は素晴らしく、シュティフターに、この地域のことを書こうという気を起こさせたのであった。ある日、フォン・レープ将軍に面会するため、シュヴァルツェンベルク侯爵〔シュヴァルツェンベルク侯爵アドルフ（一八九〇〜一九五〇年）〕が、われわれの司令部に現れた。彼は、数日前に、自分の家の当主になるとの栄誉を得たのであった。われわれが聞かされたところによれば、彼の父、老侯爵〔シュヴァルツェンベルク侯爵ヨハン二世（一八六〇〜一九三八年）。国会議員を務めた〕は、常にドイツ系の出自であることを強調していたが、十月一日に逝去したとのことだった。ただし、息子のほうは、民族よりも仕事に関心があるように見受けられた。彼は、徹頭徹尾、ズデーテン地方がいまやチェコの支配から解放されたことについて、なにがしかの祝意を表することを避けつづけた。侯爵はむしろ、取り引きをするためにやってきたのである。

われわれの軍が所轄する地域は、森に覆われた山塊（その名前は忘れてしまった）があり、新しい国境線は、それをまたぐかたちで引かれる予定だった。侯爵は、彼の持ちものである、この広大な森林地帯が新国境線で分割されてしまうことについて、おおいに遺憾に思っていたのだ。しかし、ただの軍司令部が、同地区が完全にドイツに帰属するように差配することなど、不可能ではなかろうか？　かような留保付きではあったものの、この件は誠実に聴取された。ところが、すぐに馬脚が現れた。侯爵は、実にさりげなく言ったものだ。「将軍閣下。むろん、チェコ人は、何か、ささやかな代償を提供しなければなりません。そのことを示してもらいたいものですな。私は、ここ北部ベーメンの、やはり国境線上に位置するところに、小さな地所を持っております（私が記憶しているかぎりでは、ザーッ周辺の場所だった）。ちょっとした鉱泉があるのですがね。まあ、交換というのも、あり得るのでは？」あいにく、私は、一九三〇年のチェコ軍演習に招かれた際に、「小さな、ちょっとした泉」からつくられる製品のことを知るに至っていた。チェコスロヴァキア中で愛飲されているミネラルウォーターだ。それゆえ、フォン・レープ将軍は、左のごとくに侯爵に答えた。おっしゃるような森林の案件に関して、われわれが、侯爵のお立場を喜んで主張することは、申し上げるまでもありません。しかしながら、北部ベーメンの国境変更に影響をおよぼすことは、あいにく不可能です。そこでは、無人の森林ではなく、ドイツ系住民がいる、経済的にも重要な都市が問題となるからであります。侯爵が辞去する際、わがレープ将軍は、彼独特の冷静さで、「関税の前には、王侯貴族もあったものではない」と思っていたという。

ミュンヘン協定によって、われわれに譲渡された地域の占領については、もう作戦上の仕事もなく、残っている任務は部隊の給養のみ、それも兵站監の領分ということだったので、私は、離任して、わが師団に戻りたいと、OKHに願い出た。

ヒトラーは一九三八年になお〔残余〕チェコスロヴァキアに進出するつもりであり、一方、新任陸軍参謀総長ハルダー将軍は、陸軍の介入により、その戦争を阻止するとの考えを抱懐しはじめていた。私が、そうしたことを初めて知ったのは、一九四五年から一九四六年にかけて証人監房にいたころであった。

ヒトラーは逮捕され、かかる戦争の実行を企図したかどで、裁判にかけられることになっていた。だが、ベルリン中央から遠く離れ、一介の師団長として、ベーメン国境地帯にいる身には、そんな計画は知らされていなかったのである。従って、ベルリンで準備されていた、ヒトラーを逮捕する試みの方法や規模、その成功があり得たか否かということは判断しかねる。ただ、事後に、独裁者に対する裁判になってからのほうが、主たる困難が生じたであろう。それは確実なことだったと思われる。戦争勃発を防ごうと思うなら、すでに政治的危機の段階、つまり、何らかの敵対行為が開始される以前に、その一挙を行わなければならなかった。だとすれば、あとで行われる法廷での審理において、平和的にズデーテン・ドイツ人に自由をもたらすような解決に進む直前にクーデターを起こされたと、ヒトラーが主張した場合、誰が反駁できただろう？　彼は、将軍たちに勝った男として、法廷を去ることになるのではないか？

ミュンヘン会談まで至らなかったとの想定のもと、チェコスロヴァキア進軍により、ヒトラーの戦争への意志が証明されたときに、初めて一挙に及ぶものとしてみよう。それでも、そんな反対行動は、陸軍、ひいては全国防軍の団結に、破滅的な影響をおよぼすことになっただろう。まず、想像してみるがよい。ベーメン＝メーレン国境で待機していた部隊が越境すると同時に、ベルリンで国家指導部を排除する試みが別になされたとしたら、それは何を意味したであろうか。かかる状況になっても、西方諸国が、ライヒにとって不都合な干渉に踏み切らないなどと考えられるだろうか？　そうなったら、どの政治勢力が、陸軍を支持してくれるだろう？　ドイツ国民も、そのような、戦争に向かう展開を望みはしないはずではないのか？

最後に、将兵の態度という問題について、触れよう。あの時期に、将兵を反ヒトラー行動にみちびくことが可能であった、さらには、忠誠宣誓の対象である最高司令官に対して武器を取る用意がある将校が、当時のドイツ軍にいたとするような主張を、私は信じない。将校は、誰もが名誉ある軍人として尊重しなければならぬ対象である。その将校ともあろうものが、国家元首を除こうと決心するまでには、一九四四年までの恐ろしい展開を経ることが必要だったのだ。

ズデーテン危機において交渉が続いているかぎりは、とにかく、ヒトラーがいかなる展開になろうと戦争をみちびこうとしていると、将兵に納得させることは不可能だった。彼はそれまで、武器に訴えることなく、成功を獲得してきたのだ。ある軍隊が、外国との紛争で「最後の主張《ウルティマ・ラティオ》」〔ラテン語の Ultima Ratio. 戦争に訴えるという意味〕という役目を果たす用意がないとしよう。だからといって、国家指導部に反乱するというような例は、歴史上存在しただろうか？　心理的にみれば、軍人の見地からして、そんなことは不可能事に属していたといえる[1]。

ライヒにとって、戦争は、常に多正面のそれとなる危険をはらんでいる。かかる戦争を到来させまいとするドイツ陸軍参謀総長〔ハルダー〕の願いは、昔からの陸軍参謀本部、なかんずくベック将軍の立場に沿ったものだったのである。彼が計画した一挙は、国内に深刻な動揺をもたらすことも、対外的な危険につながることもなしに、遂行し得たかどうか。その答えは得られぬままだとしなければなるまい。

いずれにせよ、ミュンヘン協定によって、ハルダー将軍の計画はふいになった。平和は維持されたのだ。ヒトラーは、たとえ自分自身はいまだに満足していなかったとしても、片手に解放されたズデーテン地方、もう片手にイギリスとの「平和条約」を掲げ、ドイツ国民にそれらを見せつけながら、凱旋将軍としてベルリンに帰還したのである！　将軍たちの警告は、またしても間違っていたのだった。

ベーメン＝メーレン保護領の設立

「花の戦争《ブルーメンクリーク》」〔オーストリア合邦やズデーテン進駐の際に、ドイツ軍部隊が地元住民より花を捧げられ、歓迎されたことを表すプロパガンダ用語〕から戻ると、部隊の編成と訓練に関する業務が再開された。ベルリンから届く指示も、そうした問題についてのことばかりであった。あらたなヒトラーの外交行動のために、何らかの軍事的準備を進めるというふうな話は洩れてこなかったのだ。それゆえ、一九三九年三月十四日から十六日のできごと〔ヒトラーは、ミュンヘン協定を破り、チェコスロヴァキアに残されていた地域に、軍を進めた〕は、ラジオと新聞によって、初めて知ったのである。

ベーメン＝メーレン保護領〔かつてのチェコ地域に置かれた、ドイツの行政地区〕の設立とともに、スロヴァキアがライヒに深く依存する独立国の地位に置かれたことによって、ヒトラー外交の成果は頂点に達した。が、同時に転換点を迎えてもいたのである。その成功は、またしても武器にものを言わせる必要もないままに達成された。けれども、今度ばかりは危険な手段を用いていたのだ。世界の他の国々は、いくつかの国が激しく抗議したとはいえ、積極的に干渉することもなく、少し前には想像だにできなかったような、中欧の政治構造の完全なる変更を甘受した。むろん、他国とて、耳をそばだてていた。ヒトラーに、ナポレオン一世の母〔マリア・レティツィア・ボナパルト（一七五〇～一八三六年）。賢母として知られる〕のような人がいたなら、かのご母堂《マダム・メール》のように言ったことであろう。「それが続きさ《プールヴュ・ク・》えすればね《スラ・デュール》！」と〔ナポレオンの母が、全盛期の息子をいましめた言葉〕。

いずれにしても、当時のドイツ国民が、軍人たちの多くと同様、いまや中欧が統一されたという考えに夢中になり、その誘惑が、ヒトラーが用いた方法に対する疑義をかすませてしまったのも無理からぬことと思われる。[2] しかしながら、そのころ、独裁者の外交政策に対する疑問も著しく高まっており、それが消えることはなかった。たとえ、外国勢力がチェコスロヴァキアを救おうとしなかったとしても、西方諸国の再軍備が加速されだしたことは看過できなかったし、彼らが、今後のドイツの拡張努力を拱手傍観することも考えられなかった。これまでヒトラーは、外交上の要求を出すにあたり、民族自決権をたてに取ることができた。それによって、道徳的な正当化を得たのである。一九三九年三月に、リトアニアからメーメル〔現リトアニア領クライペダ〕を返還させたときには、これはまだ通用した。だが、チェコスロヴァキアの残部をライヒに併合したときには、いくらヒトラーがうわべをつくろって、「協定」を遵守しているように見せたところで、民族自決にもとづく要求というかたちに傷がついたのである。諸国民の民族自決権という原則を毀損するとともに、独裁者は、自らをおとしめたばかりか、たとえば、のちのダンツィヒならびに同回廊をめぐる問題〔ダンツィヒは、現ポーランド領グダニスク。自由都市（国際連盟によって保護された自治都市）ダンツィヒ西方にある回廊状の地域は、東プロイセンとドイツ本国を分断しており、ヒトラーのポーランドに対する領土要求の対象となった〕を調整する際に、もう一度、道徳的な理由付けをすることができなくなってしまったのだ。しかしながら、いちばん疑問に思われたのは、ドイツの国家元首が約束を破ったことだった。ミュンヘン協定が結ばれた折に、ヒトラーは、ズデーテン・ドイツ人の問題が調整されたのちには、これ以上の領土要求をなすことはしないと宣言した。が、西方諸国がそんな約束を真に受けるかどうか、人々は自問したかもしれぬ。ダンツィヒおよび同回廊の問題に対する、筋の通った解決が望まれていることを認めなければならなかったからだ。ヒトラーは、ドイツの言質を与えておきながら、みえすいたトリックを使い、チェコ大統領に強制して、保護の保障を求めさせるや、食言したのである。

ビスマルクはかつて、このように述べている。良き集まりでは、ある人物が慣習に背くことを多々しでかしても、普通は見逃してくれるものだ。しかしながら、絶対に許されないのは、ぺてんにかけることである。ヒトラーがミュンヘンで保証を与えた点からすれば、彼は、プラハ進駐によって、そうした詐欺をはたらいたことになるのだった。ヒトラーが、かかる行動様式ゆえに、最終的には諸国民の共生の基盤となっている信頼を、うかうかと失ってしまったことは看過できないのである。むろん、多くの国民の歴史において、政治的な約束が破られた例は見つけられる。われわれの時代にあっても、同様の経験が得られた。危機的な情勢のもとにあるからといって、ドイツが、ほとんど罰を受けることもなしに、そんな真似をするのは許されなかったし、将来においても、やはり許されないであろう。チェコスロヴァキアの残部に対するヒトラーのやりよう、民族自決権にもとづく正当化の放棄は、いまや諸外国のみならず、ドイツ国民にも、彼がさらに度を越したことに踏み込んでいくのではないかという不安を背負い込ませていた。このとき以来、戦争の脅威が、ヨーロッパに覆い被さってきたのである。

原註

❖1　この点について、ムッソリーニ解任〔一九四三年〕を引き合いに出すことはできる。が、イタリアの情勢は、まったく異なっていたのだ。一九三八年のヒトラーが、その権力と名声の頂点に達していたのに対して、ムッソリーニ失脚のときには、独裁者の星もすでに地に墜ちていたのだ。イタリア国民は戦争に倦み、即時降伏のみが救いだとみていた。頭領《ドゥーチェ》の失脚はまた、軍部のみならず、彼に背いた党の大物たちが、最高の正統権力である国王と協力して達成したことであった。軍の最高司令官バドリョ元帥も、国王を楯に取ることができたのである。

❖2　チェコスロヴァキア大統領ハーハ〔エミール・ハーハ（一八七二〜一九四五年）〕が、どのようなやり方で圧力をかけられ、ライヒの「保護」を乞うようにさせられたか、それが詳しくわかったのは、ずっと後のことであった。

1938年9月ミュンヘン会議。左からチェンバレン英首相、ダラディエ仏首相、ヒトラー、ムッソリーニ、チャーノ伊外相

1942年3月、独ソ戦屈指の激戦の一つ、セヴァストポリ要塞攻略作戦を指揮中のマンシュタイン。当時は上級大将

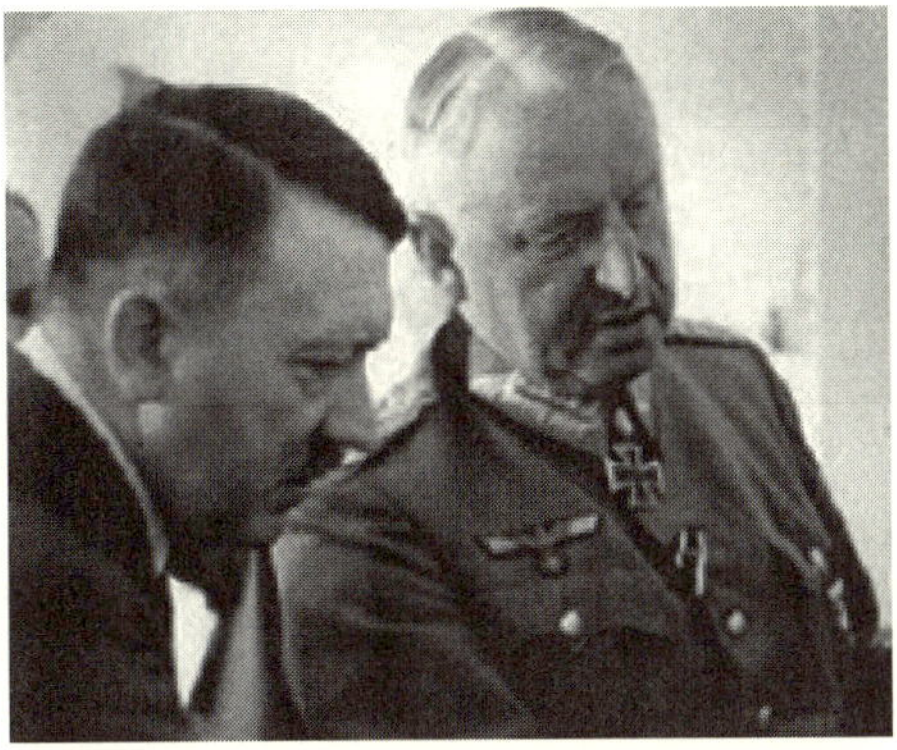

1943年9月、マンシュタインとヒトラー

敵国アメリカの雑誌『タイム』を飾ったマンシュタイン。『タイム』誌曰く、「われらの最も恐るべき敵」

終章　一九一九年から一九三九年までの平和な時代の回顧

本書の結びに、両大戦間期の二十年を回顧することを許してもらおう。ドイツ軍人が、所与の条件下で可能なかぎり、第一次世界大戦後に課せられた使命をよく果たしたことには議論の余地はない。もちろん、両大戦間期のドイツ陸軍が、ライヒの敗戦より、検証済みの古い理念を新しいそれと融合する動因を得たからこそ、軍において、あのように全身全霊を込めた働きがなされた、などというようなことを信じるものではないが。

今日、ライヒスヴェーアは、一八〇六年から一八一四年にかけて、偉大なるプロイセンの軍制改革をなしとげた者たちと対置される。後者に活力を与えていた創造的な理念が、ライヒスヴェーアには欠けていたと主張するためだ。かの軍制改革に携わった人々とは対照的に、ライヒスヴェーアは、おのれを軍の伝統から解放できなかったというのである。ライヒスヴェーアの指導者たちには、一八一四年の一般兵役制導入のような、革命的な計画がなかった。そう言って、残念がる者もいるが、彼らは、ライヒスヴェーアが勝者により、国防システム、編制、武装、さらには教育訓練の可能性にまで、ヴェルサイユ強制条約の軍事条項という拘束衣を着せられ、がんじがらめにされていたことを見逃しているのである。まだ、一八〇六年のイエナ＝アウエルシュテット会戦〔プロイセン軍が、ナポレオンのフランス軍に大敗した〕の敗北によって生じたような必然的な動機も、まったく存在していなかったのだ。当時、ひどく旧式化していたプロイセン軍のシステムは、粉々に砕けてしまった。そんなことは、一九一八年に第一次世界大戦が不幸な結果を迎えたにもかかわらず、圧倒的な敵に対し、数年にわたって持ちこたえてみせたドイツ帝国の軍隊には認め得ない。とにかく、ドイツ崩壊は、その軍事システムの構造に起因したものではないのである。たとえ革命的とはいえないにせよ、ライヒスヴェーアを指導した人物たちは、言葉の真の意味で改革者だった。彼らは、強制された、職業軍人からなる国防システムを、そこから構成し得るかぎり、最良のものに仕立てあげたのであった。陸軍を「傭兵隊」に堕させしめるのではなく、「指導者の軍」に脱皮させたのだ。つまり、あらゆる将校、すべての下士官、兵士のほとんど全員が、伝統的な意味の軍人ではなく、独断専行可能であり、さらには、個々人の能力に応じて、大小の部隊の指揮官となれるように教育された軍隊である。かかる「指導者の軍」(にもかかわらず、「部隊」としても運用可能なのだ)が再来したことは一度もないし、どこかで再び、同様の偉業がなされないかと期待されてもいる。

だが、指導者の軍なる理念は、軍人教育において急進的な転換を行ったときにのみ、実現し得る。

ライヒスヴェーアは、他のどの陸軍よりも、独立独歩の戦士というところに重点を置いた。ライヒスヴェーアが「退屈な教練」ばかりの息がつまるような軍隊だったという主張ほど、不当なものはない。

その軍紀厳正の伝統は、近代的な教育目標と相俟って、のちの大戦で、味方将兵が内面的な価値において、おおむね敵を圧倒するというかたちで示された。また、軍人が敵地の民間人に対して、非の打ちどころがないような関係を保つように意識させる上で、唯一保証となるのは、厳格な規律を叩き込むことだけなのである。若い軍人たちに、ゆるやかな、あるいは軟弱な教育訓練をほどこしていたならば、彼らが東部の戦争に耐えられなかったであろうことは間違いない。ゲーテは、自分の息子が解放戦争に志願することを禁じたし、なるほど、「軍務の喜び」には無理解な人物だった。その彼ですら、おのが人生をまとめた『詩と真実』の冒頭に、ギリシア語の引用文を置いている。ざっと思い出してみると、こういう文だ。「厳しく鍛えられない（原語通りであれば「しごかれない」）者を教育することはできない」〔ギリシアの喜劇作家メナンドロス（紀元前三四二年、もしくは同三四一〜二九〇年）の言葉〕。

とはいえ、「指導者の軍」という理念は、その昔とは異なる将校と下士官兵の関係を、ライヒスヴェーアにもたらした。職業軍人から成る軍隊は、たしかに強固な団体精神を示す。けれども、ライヒスヴェーアにあっては、それが、灰緑色の軍服を着用する者すべてを包含する戦友精神に凝縮されたのである。一般兵役制が再導入されるとともに、陸軍拡張のテンポが速められた際、かつての、統合性を有する将校・下士官選抜基準の厳格性は維持できなくなった。この点について、陸軍総司令部は繰り返し警告していた。大戦で優秀な将校や下士官が多数失われた結果、教育訓練程度の後退は、いっそう顕著になり、また不可避のこととなった。[❖1] さりながら、そもそも、あの短期間に新国防軍を建設することを可能たらしめたのは、ライヒスヴェーア、この「指導者の軍」だったのである。加えて、わが陸軍は、さまざまな障害が課せられたにもかかわらず、近代的な兵器の開発においてもリードしていた。

ライヒスヴェーアと、それを前身として生まれた新陸軍は、技術的に進歩していたばかりか、作戦・戦術の教育訓練や指揮の分野でも、創造性をみせていたのだ。当時、われわれの敵であったフランス軍は、戦術と技術の面で、本質的には、第一次世界大戦の経験に固執していた。しかも、作戦面での能力については、ある程度の退歩さえ確認されたのは間違いないところなのである。イギリス軍は、大規模装甲団隊による近代的な戦闘遂行の緒についただけにとどまっていた。その先駆者たちが、守旧分子にぶつかって、挫折したためだった。赤軍は、ライヒスヴェーアに習ったこと、また、戦争〔独ソ戦〕初年の大敗から学んだことにより、ことを推進する動因を得ていた。

いずれにせよ、ドイツ陸軍は、指揮、教育訓練、組織、武装といった分野における進歩的な思想のおかげで、陸上戦の遂行を陣地戦の膠着と純粋な物量戦の地獄から解放し、軍隊指揮を再び技芸の域に高めた。そういう軍隊だったのである。一方、当時のわれわれの敵が、陸戦遂行に導入したテロ爆撃による戦争やパルチザン戦といった方法は、戦争の相貌を根本的に変えるような、さらなる展開を示していた。

第二次世界大戦の諸戦闘は、戦間期の二十年におよぶドイツ軍人の訓練と教育、その能力と行動が、最良のものであったことを証明した。ドイツ国防軍の悲劇は、政治指導部によって、彼らの戦力を以てしても対応できないような任務を課せられたことにある。少なくとも、ヒトラーが不遜にも軍事装置を自ら操作したあの時代を後世からみるならば、軍人ならざる者にも、そのことは明瞭になるだろう。

最後に、もう一度強調しておきたい。二つの世界大戦のあいだの時期に、ドイツ軍人が追い求め、実現したことは、ライヒの安全保障を得るためのものであった。ドイツから侵略戦争を起こそうなどという願いは、ドイツ参謀本部にはかけらもなかったのである。

たいていの者は、ライヒスヴェーアとそれから生じたヴェーアマハトの軍事的業績を認めてくれるだろう。だが、国防軍は、高い意味において、さよう、政治において無為であったとの非難が、しばしばなされている。その際、軍のヴァイマール共和国（ひいては民主主義）に対する立場、ナチ体制と向かい合ったときの姿勢が念頭に置かれているのだ。

一九一八年の革命後、あらたな国家形態について、ドイツ軍人がどのような態度を取るに至ったのかを、まず述べてみよう。帝政のもとで生まれ育った人間が、一朝一夕で、核心的な共和政支持者、あるいは民主主義者になれるものではない。それは納得がいくだろう。そうした変化には時間がかかる。一九一九年において、国家に仕える身分、もしくは職業のなかで、軍人ほど「既成事実にもとづき」宗旨変えするのが難しかったものはない。軍旗宣誓の本質について多少なりとも知っている者には、いうまでもないことである。彼らにとって、過去の記憶を乗り越える、もしくは、今日いわれるように、それを克服するのは、容易なことではあり得なかった。よって、最初は、部隊とその指揮官が、軍人の義務観念に従って、新しいかたちを取ったライヒに留保なしに仕えるということだけで満足しなければならなかったはずである。その際、彼らにとっても、あらたな事情になじむのは、けっしてたやすくはなかったということを忘れるべきではない。ライヒスヴェーアは、あらゆる分野に制限を課し、軍の任務達成を難しくするようなヴェルサイユ強制条約の条項により、重荷を負わされていたのだ。ドイツ国内においてさえ、軍人のまなざしの先には、政党、階級、利益集団のあいだの紛争があった。そうしたことのおかげで、軍人が仕える対象すべてが、あまりにも頻繁に退歩させられていると思われたものである。国民、国家、国防軍を結びつける上で不可欠のきずなである信頼の代わりに、軍人は、うわべだけ隠された敵意とはいわぬまでも、諸政党の無理解、不信、拒絶に、何度となくさらされたのだ。一方、当時の情勢からして、ライヒスヴェーアを政治と切り離しておくことは、絶対に必要な条件だとされた。わが国民が分裂しているなかでは、将兵をいかなる政治活動からも遠ざけておくことによってのみ、信頼を置くに足る国家権力の暴力装置が確保されるものと思われたのである。

かくのごとき国家と国防軍の合一を妨げる前提があったにもかかわらず、カップ一揆後の数か月間にそのかたちを整えたのちのライヒスヴェーアは、ヴァイマール共和国に対する義務を忠実に果たした。それ以上に、軍は、危機的な時期にライヒをまとめるかすがいとなったのだ。その最高司令官たる大統領は、共産主義者の暴動が生じた際、軍を自由に使えたのである。ナチが暴力によって権力を奪取せんと試みたとしても、軍は同様に使われたであろう。
ナチ体制に対するライヒスヴェーア（のちにはヴェーアマハト）の姿勢について、私は、ヒトラーとその運動に対する軍の立場の変化というかたちで述べてみようと試みた。一般兵役制の導入により、職業軍人の軍隊が、国民全体の姿を反映する国民軍に変わったのは、もちろんのことである。
ドイツ人のほとんど、また、多数の賢い外国人同様に、軍人の大多数も、ヒトラーの平和宣言を、彼の平和を求める意志の表れだと、無邪気に受け止めた。ヒトラーは最初、ドイツの限定的な再軍備について、きわめて控えめな提案をしただけだった。ところが、西方諸国は、それを拒絶したのだ。なんとも遺憾なことではあった。ポーランドとの条約は、今まで、いちばん危険だった外交正面での緊張緩和を意味していた。エルザス＝ロートリンゲン〔フランス名は、「アルザス＝ロレーヌ」〕を放棄するとの宣言は、フランスとドイツの関係において、最終的に紛争の種子を排しようとする意思の表明だった。英独海軍協定〔一九三五年に、ドイツとイギリスのあいだに結ばれた海軍軍縮条約。ドイツの水上艦艇保有量を、イギリスのそれの三十五パーセントに制限することを約した〕は、将来、海上において敵対する可能性を打ち消そうとするものと思われた。西方諸国との協調を得たいとの希望は、一九三九年までは、ヒトラーにも実際にあった。そういっても、さしつかえなかろう。それも、彼の無軌道と破約によって、了解が不可能になるまでのことだったが。[2]
ナチ体制第一年目に、全体主義的な国家指導の非道を経験していない市民、そして軍人において、かような汚泥は払い落とされ、掃除されるだろうという善良な信頼が認められたことは間違いない。

とどのつまり、左のことを忘れるのは許されないだろう。ドイツでは、ヒトラーは、ボリシェヴィズムという致命的な危険と失業を克服した人物だと思われていたのだ。たとえ、残忍な方法を用いたとしても、彼は、内戦という亡霊の脅威を打ち払い、同時に、今まで労働者とブルジョワを分けていた亀裂に架橋する見通しを開いた。国防軍は、本来、自分たち固有の任務であったことに立ち返り、ついに、その任を遂行できるようになったとみたのである。それはすなわち、外国からの脅威に対し、ライヒの楯となることだった。

ヒトラーが、ドイツ人、そう、たいていのドイツ人が持っていて、しかも、今日までも色濃く残っている性向、すなわち専門家気質と完全主義につけいったことには、議論の余地がない。われわれは、自らの職業に全身全霊を傾けることで（しかも、おそらくは喜び勇んで）、当時の高い要求に、全力を以て取り組むことを得た。ナチ体制が、軍人ばかりか、官吏や財界人に望んだことについても同様だった。軍人としては、国家、つまりライヒの権力装置の担い手であることに満足していたのだ。政治は政治家、司法は法律家、国家理論は哲学者に任せていたのである。また、将校の教育と出自のすべてからして、倫理が欠如した勢力が、国家とその指導的地位をわがものにしたなどと邪推するような心構えは、まったく無かった。将校団にとって、君主制の崩壊を忘れ去るのが二重の意味で難しかったのと同様のことだ。

しかし、これまで本書を読んできた方であれば、つぎの問いかけを禁じ得ないであろう。かかる言明は、国防軍の少数のトップ、事情を知らされていた一握りの者たちにもあてはまるのか？　彼らは何故、たとえ国民の意思に反することになろうとも、武器に訴えて、ナチ体制を変革、もしくは除去するように強いる試みをなさなかったのか？　その答えは、かようになる。全体主義国家に対しては、全体的な対抗措置を取ることしかできない。この場合、それは、クーデター、ヒトラーと彼のもっとも重要な協力者を排除することを意味していた。将軍たちが歩調を合わせて抗議するといった個別的な行動では、おそらく、独裁者の一時的な譲歩を引き出すだけで、最終的には、国防軍の指導的な人物が放逐され、ソ連のお手本に従って、軍がナチ党の支配下に置かれるという結果になったはずだ。ともあれ、クーデター成功の前提条件は、いかなる場合においても、国防軍全体の服従と国民大多数の賛成であったろう。いずれも、第三帝国にあっては、平時・戦時（最後の数か月間は、そうではなかったろうが）ともに存在していなかった。かくのごとき状態であったから、軍が平時にクーデターを決行すれば、国防軍の崩壊と内戦につながることになったのである。その結果は、誰にも予測できなかった。さりとて、ライヒが存在を賭して戦っていた数年間にクーデターをはかれば、それはすなわち、軍の指導者が、何年にもわたって、その将兵に戦闘継続と最高度の犠牲を払うことを要求したのちに、自らの手で戦線崩壊と敗北をみちびいたということになるのだ。軍指導部が敢えてクーデターを決心しなかったからといって、彼らに有罪を宣告するのは、一九四四年七月二十日に体制転覆を試みた人々の動機と犠牲を認めないのと同様に、不当なことだといってよい。どちらの場合についても、良心にもとづく決断が問題とされているのだ。その善悪を判断するには、人間の裁きは不充分であると思われる。

とはいえ、第三帝国のケースの枠を超える、根本的な疑問が生じる。そもそも、国防に当たる軍隊に、（軍事の分野以外に）独自の政治的責任、ひいては、論理の筋道として、クーデターを行う権利、あるいは義務を認めることなど、許されるのであろうか？　それに答えることを避けたり、ヒトラー時代の状況は特異だったということはできない。そんなことをしても、問題が少しばかり先延べされるだけのことだからだ。特異な状況とは何か、いつ、それが出現したのかを判断する権利は、誰にあるのか、はたまた、いかなる権能において、そうした判定を下す者を選ぶのか？　ここで重要なのは原則である！　軍人に、クーデターを行う権利、もしくは義務を付与せんとする者は、それによって、軍が国家指導に対する最後の統制権を握ることを認めているのだ。軍は、暴力の行使という手段を有しているからである。

しかしながら、主観的にはなお名誉を保っていると思いながらも忠誠を破った者によって、危機に陥った国家が、その生死の懸かった瞬間に、軍旗宣誓が堅持されることによって救われた例は、史上多くみられる。

当時、政党、階級、利益集団のあいだの闘争の影が、全体の福祉をひたすら覆い隠していたが、最終的には、それも、ナチ党指導部の放恣な権力獲得の努力によって、取って代わられた。そんな世の中にあって、ドイツ軍人は、伝統に根ざした「奉仕」の観念、国家、ライヒ、国民のための無私なる献身を堅持していたのである。それが、ライヒスヴェーアより、若き連邦国防軍、そして、遠くない将来に再び統一されるであろう（神よ、かくあらしめたまえ）ドイツの軍人が相続する、もっとも高貴な遺産となりますように！

原註

❖1　将校団は、一九三三年の四千名から、開戦の年である一九三九年の二万四千名にふくれあがった。

❖2　ヒトラーの性格の分裂については、私の著書『失われた勝利』で、描写を試みたことがある。

付録　ドイツ陸軍の軍政・軍令機構

訳者作成

本書に登場する、ドイツ陸軍の軍政・軍令機構は、その歴史を反映し、複雑な変遷をたどっている。以下、それについて簡単な解説を加え、読者の参考に供したい。

ドイツ帝国（一八七一～一九一八年）

皇帝《カイザー》――**プロイセン陸軍大臣**（Kriegsminister）　プロイセン陸軍省をつかさどり、軍政事項を担当する。連邦国家であったドイツ帝国にあっては、プロイセンのほかにも、バイエルン、ザクセン、ヴュルテンベルクの諸邦が独自に陸軍省を有していた。しかしながら、帝国全体の軍政事項ならびに戦時の戦争指導においては、プロイセン陸軍省の指揮下に入る。

参謀総長（Chef des Generalstabes）　正確には、プロイセン王国陸軍参謀総長。プロイセン王国陸軍参謀本部、いわゆる「大参謀本部」を指揮し、軍令事項を担当する。陸軍省の場合と同様、ドイツ帝国にあっては、プロイセンのほかにも、バイエルン、ザクセン、ヴュルテンベルクの諸邦が独自に参謀本部を持っていた。しかしながら、帝国全体の軍令事項ならびに戦時の戦争指導においては、それらもプロイセン王国陸軍参謀本部の指揮下に入るため、同参謀本部は「大参謀本部」（Großer Generalstab）と呼ばれた。

プロイセン軍事内局長（Chef des preussischen Militärkabinetts）　将校団の人事をつかさどる。

第一次世界大戦（一九一四～一九一八年）

皇帝[❖1]

プロイセン陸軍大臣（Kriegsminister）　プロイセン陸軍省をつかさどり、ドイツ帝国全体の軍政事項を担当する。

陸軍最高統帥部長（Chef der Obersten Heeresleitung）　第一次世界大戦の勃発とともに、大参謀本部が動員され、「陸軍最高統帥部」[❖2]（略称はＯＨＬ）を構成し、ドイツ帝国の全野戦軍の指揮に当たる。そのトップが陸軍最高統帥部長である。

プロイセン軍事内局長（Chef des preussischen Militärkabinetts）　将校団の人事をつかさどる。

ヴァイマール共和国（一九一八〜一九三三年）

大統領──国防大臣（Reichswehrminister）　国防省をつかさどり、軍政事項を担当する。また、陸軍統帥部を通じて、軍令も指導する（一九一九年創設）。

陸軍統帥部長官（Chef der Heeresleitung）　軍令事項を担当する陸軍統帥部を指揮する（一九一九年創設）。

部隊局長（Chef des Truppenamtes）　ヴェルサイユ条約により参謀本部の維持が禁じられたため、「部隊局」と称したもの。実質的には、参謀本部の機能を果たす（一九一九年創設）。

ナチス・ドイツ（一九三三〜一九四五年）

大統領[3]──国防軍最高司令官（Oberbefehlshaber der Wehrmacht）　陸海空三軍の軍政・軍令をつかさどる国防軍最高司令部[4]のトップ。

陸軍総司令官（Oberbefehlshaber des Heeres）　陸軍の軍令事項をつかさどる陸軍総司令部[5]のトップ。

陸軍参謀総長（Chef des Generalstabes des Heeres）　陸軍の軍令事項の立案・陸戦指揮に当たるスタッフのトップ。

ヒトラーは、一九三八年より国防軍最高司令官、また、一九四一年より陸軍総司令官を兼任した。

❖註

❖1 本書に記述があるように、第一次世界大戦中、事実上、統帥権を失っていた。

❖2 プロイセン王国陸軍参謀総長が、陸軍最高統帥部長に就任した。初代は、伯爵ヘルムート・フォン・モルトケ上級大将(一九一四年八月から九月まで在任)。二代目はエーリヒ・フォン・ファルケンハイン中将(在任一九一四〜一九一六年)、三代目はパウル・フォン・ヒンデンブルク元帥(一九一六〜一九一九年)。便宜上、それぞれの時期の陸軍最高統帥部を、第一次OHL、第二次OHL、第三次OHLと呼ぶこともある。

ちなみに、第三次OHLでは、参謀次長エーリヒ・ルーデンドルフ歩兵大将が実権を握り、事実上の国家指導者となった(「ルーデンドルフ独裁」と呼ばれる)。

❖3 一九三四年にヒンデンブルク大統領が死去した際、ヒトラーは、大統領を兼任、「総統兼首相」と称した。一九四五年には、再び大統領職と首相職が分離され、カール・デーニッツ海軍元帥が大統領となっている。

❖4 一九三五年のドイツ再軍備宣言にともない、国防省が「ライヒ陸軍省」(Reichskriegsministerium)に改称され、さらに一九三八年に「国防軍最高司令部」(Oberkommando der Wehrmacht. 略称はOKW)に改編された。だが、本書に記述があるように、その実態は統合司令部というには程遠かった。一九四一年のソ連侵攻以降、主として東部戦線以外の戦争指導を担当することとされた。

❖5 一九三五年のドイツ再軍備宣言にともない、陸軍統帥部が陸軍総司令部(正式名称は「陸軍総司令部/陸軍参謀本部」Oberkommando des Heers / Generalstab des Heeres)に改編された。同時に、部隊局も、陸軍参謀本部に改編されている。

訳者解説　ドイツ近現代史の目撃者

大木《おおき》毅《たけし》

エーリヒ・フォン・マンシュタイン元帥といえば、戦史・軍事史に関心を持つものはいうにおよばず、広く歴史に興味を抱く、あるいは、組織の運用を考える人々にとっても、よく知られた人物であろう。従って、その生涯を概観することは、必ずしも必要ではないのかもしれないが、念のため、最初にまとめておこう。

一八八七年、ベルリンに生まれたマンシュタインは、軍人としてのエリートコースを歩んだ。陸軍士官学校、陸軍大学校を経て、陸軍参謀本部作戦部長、参謀次長などの要職を歴任、第二次世界大戦開戦時には、ドイツ陸軍の主要大規模編制の一つであるA軍集団参謀長となっていた。マンシュタインは、その職にあって、有名な「マンシュタイン計画」、アルデンヌの森を突破して、英仏連合軍を分断、各個撃破する作戦を立案したのである。これは、戦略次元の不利を、作戦次元の成功でくつがえしたという点で、世界戦史上まれにみる偉功だったといってよい。

一九四一年に開始された独ソ戦では、装甲軍団長、軍司令官、軍集団司令官と累進し、一九四二年のセヴァストポリ要塞攻略、一九四三年はじめのソ連軍冬季攻勢の撃砕といった戦功をあげたが、ヒトラーの命令に抗しつづけたために、一九四四年に解任された。敗戦後は、イギリス軍軍法会議により、東部戦線の管轄地域における住民虐殺に関与したかどで有罪判決を受け、十八年の禁錮刑に処せられる。が、減刑され、釈放されたのちは、ドイツ再軍備に関する諮問役を果たし、ドイツ連邦国防軍の創設に大きな影響をおよぼした。一九七三年に死去した際には、軍礼葬の処遇を受けている[1]。

輝かしい経歴というほかない。が、今日では、第二次世界大戦において、ほぼ無謬の名将だったというイメージは、マンシュタイン自身、またイギリスの軍事理論家バジル・リデル＝ハートをはじめとする西側の著述家たちにより醸成され[2]、人口に膾炙したものであることがあきらかにされている。これに対して、ナチ犯罪・戦争犯罪へのマンシュタインの関与を非難し、さらには、戦略次元での認識の欠如を批判する研究が登場してきたのは、周知のごとくだ[3]。

かくのごとく、マンシュタインという歴史的個性を論じる場合、もっぱら、第二次世界大戦におけるその行状が問題とされる。が、彼が、歴史の重要な場面に居合わせたのは、実は、第二次世界大戦が初めてのことではない。一九三九年の開戦以前にも、あるいは陸軍参謀本部作戦部長、あるいは参謀次長として、ナチの政権獲得、突撃隊の粛清、ラインラント進駐、ブロンベルク・フリッチュ危機といった、さまざまな重大局面に遭遇していたのである。

本書は、マンシュタインが、そうした前半生、誕生から第二次世界大戦開戦に至るまでを回顧した著書、『マンシュタイン元帥自伝——一軍人の生涯より』(Erich von Manstein, *Aus einem Soldatenleben*, Bonn, 1958) の全訳である。多々あるマンシュタイン伝も、第二次世界大戦開戦の勃発までの部分は、おおむね、この自伝に依拠する、あるいは依拠せざるを得ない。そうした意味では、マンシュタイン研究には不可欠であり、ひいてはドイツ近現代史に対する貴重な証言であるともいえる。

しかしながら——本書にもまた、回想録であるがゆえの欠点がつきまとっている。当然のことながら、著者マンシュタインにとって、不都合であったり、不快な事実は書かれていない。もしくは、記載されていたとしても、ごく簡単に片付けられているのだ。

実際、訳者は、今から四半世紀ほど前に、ヴァイマール共和国史に関する註釈付きの文献目録を閲読していたときに、この自伝が「知りたいと思うことは、何一つ書かれていない」と酷評されているのを見かけ、苦笑したことがある。なるほど、政治史・事件史の見地から、事実を確定するための証言を求めるのであれば、かかる評価も当たっていなくはない。

けれども、著者が見聞した事実をすべて、赤裸々に告白することなど、はたしてあるだろうか。そもそも、自伝や回想録は、ある意味では、常に「弁護側の証言」であろう。むしろ、それらを歴史の理解に活用しようとするならば、書かれていないこと、または、どのように書かれているかということに留意しなければならないはずだ。かような視点から、このマンシュタイン自伝を読んでいくと、驚くほど興味深い記述がみられるのである。

加えて、ひとたび事件史の観点から離れ、文化史や社会史の視点からみる、あるいは、ドイツ近現代史の激動を自ら体験した者の告白として理解するならば、そこには、豊饒《ほうじょう》なまでの証言がみちあふれている。一例をあげるならば、その陸軍幼年学校時代の回想などは、ヴィルヘルム期ドイツの空気を活写した、貴重な資料といえよう。

また、原著者の文章が、文体・語彙ともに優れた、教養の香気あふれるものであることも特筆しておきたい。訳者はこれまで、ドイツ装甲部隊を育成したハインツ・グデーリアン、装甲部隊指揮官として卓越した手腕をみせたヘルマン・ホート、「砂漠の狐」と称せられたエルヴィン・ロンメルの著作を邦訳してきたが、文章のレベルという点では、マンシュタインはずばぬけている。はたして、訳者がそれをどこまで的確に日本語に移し得ているかという点を措いても、味読していただきたいところである。

以下、章を追って、読みどころとでもいうべき部分を指摘していこう。

序章では、原著者の生い立ち、自らの一族、幼少年期、陸軍士官学校時代から任官、第一次世界大戦までのことが語られる。とくに、侍童を務めたカイザーの宮廷の華やかさ、オスマン帝国訪問の印象などは、単なる軍人の回想を超えた、文化史的にも価値ある記述であろう。

第一章から第三章までは、ドイツ革命と敗戦、その後の混乱、カップ一揆やライヒスヴェーアの創設が述べられる。原著者が直接知る人々も関わっていたカップ一揆に関する証言は、とりわけ生々しい。

第四章から第五章にかけては、原著者が体験したライヒスヴェーアのあり方、ヴェルサイユ条約やヴァイマール共和国に対する姿勢が論述される。また、「十万人の軍隊」に制限されたライヒスヴェーアの陸軍が、何を策していたかをうかがう上で、軍事史的に重要な資料である。また、原著者がソ連訪問で接した赤軍将星に関する記述も興味深い。マンシュタインは、のちの第二次世界大戦で、これらの将軍たちと対決することになるのである。

第六章は、猟兵大隊長を務めていた時期の回想である。今日、米陸軍・海兵隊では、ドイツ軍が第二次世界大戦で駆使した「委任戦術（Auftragstaktik）」、下級指揮官に大幅に権限を移譲、作戦・戦術上の自由を許すことで効果をあげる戦法が注目されている。本章の記述からは、マンシュタインもまた、この委任戦術を実施すべく、部下の教育・訓練に心を砕いていたことが読み取れる。さりげない描写であるけれども、見逃せないところであろう。

第七章では、原著者がベルリンで、軍中枢に勤務していた時期のことが詳述される。このころ、マンシュタインは、突撃隊粛清とヒンデンブルクの死に際会する。本書の白眉ともいえる部分で、突撃隊と軍の対立、晩年のヒンデンブルクのありさまなど、まさに貴重な証言といえる。一例をあげれば、ラーベナウ将軍が、これ以上突撃隊の妨害をするようなら殺すと脅されたとするエピソードなどは、当時の緊張をありありと伝えるものであろう。

第八章から第一〇章は、ナチ体制の成立と国防軍の姿勢を扱う。とくに、軍隊の統合指揮という、今日に通じる問題に関するマンシュタインの議論に注目したい。原著者の指摘するＯＫＷとＯＫＨの並立は、第二次世界大戦において、大きな禍根を残すことになるのである。

第一一章は、ヒトラーが侵略の意志をあらわにし、その妨げとなる国防軍最高司令官ブロンベルクと陸軍総司令官フリッチュを排除するさまが、自らの体験とともに語られる。この経緯は、ドイツ現代史の研究においても、しばしば議論の対象となることでもあり、むろん額面通りには受け取れないにせよ、マンシュタインの「証言」は貴重であろう。

第一二章から第一三章では、ヒトラーの成功の時代、オーストリア合邦からチェコスロヴァキア解体に至るまでの体験が描かれる。国防軍ははたして戦争を止められたかという問いかけに答えた箇所は、マンシュタインの思想ともからんで、見逃せないところだ。

終章は、ドイツ革命から第二次世界大戦の勃発まで、国防軍は何を行い、また、何が可能であったかということに関する考察となっている。おそらく、原著者が本書を上梓した動機のかなりの部分を占めていた疑問と思われる。弁明論の色彩が濃いことはいうまでもないが、不正な体制を倒すために軍隊が武力を用いることは許されるのか、さらには、そうした措置が必要な非常事態だと誰が認定するのかというマンシュタインの設問は、今日なお重い意味を持つであろう。

以上、本書のポイントを概観してきた。かくのごとく、この自伝は、単なる軍人の回想録を超えた、ドイツ近現代史への貴重な証言であり、さらには、マンシュタインという十九世紀的教養人の思想と生涯を知る上で不可欠の資料といえる。本書に存在するであろう誤記・誤植・誤訳については、訳者が責任を負うものであるが、こうして邦訳を出版する運びになったことを喜びたい。また、編集の労を取られた作品社の福田隆雄氏にも、感謝の念を表するものである。

❖註

❖1 マンシュタイン自身、第二次世界大戦期を対象とする回想録、Erich von Manstein, *Verlorene Siege*, Bonn, 1955（エーリヒ・フォン・マンシュタイン『失われた勝利』上下巻、本郷健訳、中央公論新社、一九九九年）を著している。また、最近の包括的な伝記としては、Mungo Melvin, *Manstein. Hitler's Greatest General*, London, 2010（マンゴウ・メルヴィン『ヒトラーの元帥　マンシュタイン』上下巻、大木毅訳、白水社、二〇一六年）がある。

❖2 マンシュタインの第二次世界大戦回想録『失われた勝利』英訳版の刊行を通じて、リデル＝ハートが「神話」の形成に果たした役割については、メルヴィン前掲書、下巻、三五四～三五八頁をみよ。

❖3 マンシュタインのテーゼと、それに対するアンチテーゼについては、メルヴィン前掲書下巻の拙文「訳者解説」を参照されたい。

索引

ア行

カ行

サ行

タ行

ナ行

ハ行

マ行

ヤ行

ラ行

写真クレジット

ドイツ通信社――フォン・ハマーシュタイン上級大将の肖像写真。

ミュンヘン市――ヘルベルト・シュヴェルペルによるフリードリヒ・エーベルトの肖像画。

ヒストリア写真社（ベルリン）――皇太子妃チェチーリエの到着（二枚）、ライヒスヴェーアの演習。

ウルシュタイン社（ベルリン）――訓示を終えたカイザー・ヴィルヘルム二世の帰還、フォン・ゼークト上級大将、ゲスラー国防大臣、男爵フォン・フリッチュ上級大将の肖像写真。

その他の写真は、著者所有のものを使用した。

著者略歴

フリッツ・エーリヒ・フォン・レヴィンスキー・ゲナント・フォン・マンシュタイン（Fritz Erich von Lewinski genannt von Manstein, 1887–1973）　ドイツ国防軍の軍人、貴族。最終階級は元帥。由緒あるプロイセン軍人貴族の家庭で育つ。フランスを降伏に追い込んだ西方電撃戦の立案者であり、続く独ソ戦でも遺憾なくその才能を発揮した。第二次世界大戦で活躍した将帥たちの中でもとりわけ有能な将帥と言われ、ドイツ国防軍「最高の頭脳」と綽名される。また、敵国アメリカの雑誌『タイム』の表紙をも飾り、「われらの最も恐るべき敵」と紹介された。もう一つの回想録『失われた勝利――マンシュタイン回想録』（上下巻、本郷健訳、中央公論新社、一九九九年）は、数か国語に翻訳されベストセラーとなった。

訳・解説者略歴

大木毅（おおき・たけし）　一九六一年東京生まれ。立教大学大学院博士後期課程単位取得退学。DAAD（ドイツ学術交流会）奨学生としてボン大学に留学。千葉大学その他の非常勤講師、防衛省防衛研究所講師、国立昭和館運営専門委員等を経て、現在著述業。二〇一六年より陸上自衛隊幹部学校（現・陸上自衛隊教育訓練研究本部）講師。最近の著作に『灰緑色の戦史――ドイツ国防軍の興亡』（作品社、二〇一七年）。訳書にイェルク・ムート『コマンド・カルチャー――米独将校教育の比較文化史』（中央公論新社、二〇一五年）、マンゴウ・メルヴィン『ヒトラーの元帥　マンシュタイン』（上下巻、白水社、二〇一六年）、ハインツ・グデーリアン『戦車に注目せよ――グデーリアン著作集』（作品社、二〇一六年）、ヘルマン・ホート『パンツァー・オペラツィオーネン――第三装甲集団司令官「バルバロッサ」作戦回顧録』（作品社、二〇一七年）、エルヴィン・ロンメル『「砂漠の狐」回想録――アフリカ戦線1941～43』（作品社、二〇一七年）など。

ERICH v. MANSTEIN
GENERALFELDMARSCHALL

AUS EINEM SOLDATENLEBEN
1887–1939

ATHENÄUM-VERLAG　BONN

マンシュタイン元帥自伝——一軍人の生涯より

二〇一八年四月三十日　初版第一刷発行
二〇二〇年三月二十日　初版第二刷発行

著者　エーリヒ・フォン・マンシュタイン
訳・解説者　大木 毅
発行者　和田 肇
発行所　株式会社作品社
〒一〇二-〇〇七二　東京都千代田区飯田橋二-七-四
電話　〇三-三二六二-九七五三
ファクス　〇三-三二六二-九七五七
振替口座　〇〇一六〇-三-二七一八三
ウェブサイト　http://www.sakuhinsha.com

装幀　小川惟久
本文組版　大友哲郎
フランス語校正　関 大聡
印刷・製本　シナノ印刷株式会社
ISBN978-4-86182-688-7　C0098　Printed in Japan